KARL MAY

Orangen und Datteln

KARL MAY

Orangen und Datteln

Reiseerzählungen

VERLAG
NEUES LEBEN

Diese Ausgabe erscheint unter Zugrundelegung der 1893 im Verlag Friedrich Ernst Fehsenfeld herausgegebenen Originalfassung Karl Mays

ISBN 3-355-01358-7

Einband: Peter Nagengast (Reihengestaltung)
Jörn Hennig (Bildmotiv)
Lichtsatz: Nationales Druckhaus GmbH, Berlin
Lithographie: SWS Repro GmbH, Wiesbaden
Druck und buchbinderische Weiterverarbeitung:
Chemnitzer Verlag und Druck GmbH, Werk Zwickau

Die Gum

1.
Djezzar-Bei, der Menschenwürger

Afrika!

Sei mir gegrüßt, du Land der Geheimnisse! Ich soll auf edlem Roß deine kahlen, leeren Steppen, auf flüchtigem Dromedar deine gluterfüllte Hammada durchreiten, soll unter deinen Palmen wandeln, deine Spiegelung schauen und auf grünender Oase an deine Vergangenheit denken, deine Gegenwart betrauern und von deiner Zukunft träumen.

Sei mir gegrüßt, du Land des Sonnenbrandes, des tropischen Pulses und des physischen Gigantentums! Ich habe im eisigen Norden deine Wärme gefühlt, dem wunderbaren Klang deiner Märchen gelauscht und das ferne Rauschen der Psalmen vernommen, die deine überwältigende Natur zum Himmel braust. Da brandete das Meer der Springböcke über die Ebene; das Flußpferd weidete tief unter dem Wasser; der Wald brach unter den Tritten des Elefanten und des Rhinozeros; im Schlamm wälzte sich das Krokodil, und unter stacheligen Mimosen röchelte der schlafende Löwe. Mein Fuß war gefesselt, aber meine Seele eilte zu dir. Da donnerte die Büchse des Buren; da erklangen die Speere der Hottentotten und Kaffern; schwarze Gestalten wanden sich im athletischen Ringen; Ketten rasselten; Sklaven heulten, und schwer beladen zog die Karawane nach Osten, das Schiff aber dem Westen zu. Im einsamen Duar erscholl der schmetternde Chor der Hariri; vom hohen Minarett rief der Muezzin zum Gebet; am Tor der Wüste knirschte der Sand zum Teyemmüm, und am fernen Bir beugten die Kamele ihre Knie; die Söhne der Wüste wandten ihre Augen gen Aufgang, und der Dschellab – der Pilger – sang sein frommes „Lubbekka Allah hümeh, hier bin ich, o mein Gott!“

Sei mir gegrüßt, du Land meiner Sehnsucht! Jetzt endlich sehe ich deine Küste winken, atme die Flut deiner reinen Atmosphäre und trinke den süßen Hauch deiner Düfte. Deine Zungen sind mir nicht fremd, doch will kein Angesicht mir entgegenlächeln und keine Hand die meinige erfassen, aber vom grünen Strand herüber neigen sich die Palmenwedel, und die

Höhen strahlen im freundlichen Glanz mir zu ihr „Habakek, sei uns willkommen, o Fremdling!“

Ich hatte in Australien den Emu und das Känguruh, in Bengalen den Tiger und in den Prärien der Vereinigten Staaten den Grizzly und den Bison gejagt. Drüben im „far west“ habe ich einen Mann getroffen, der sich ebenso wie ich aus reiner Abenteuerlust ganz allein in die „finstern und blutigen Gründe“ des Indianergebietes gewagt hatte und mir bei allen Fährlichkeiten ein treuer Freund und Maat geblieben war. Sir Emery war ein Engländer vom reinsten Kristall, stolz, edel, kalt, wortkarg, kühn bis zur Verwegenheit, geistesgegenwärtig, ein starker Ringer, ein gewandter Fechter, ein sicherer Schütze und dabei voller Aufopferungsfähigkeit, wenn sein Herz einmal freundschaftlichen Regungen zugängig geworden war.

Neben diesen zahlreichen Vorzügen besaß der gute Sir Emery allerdings einige kleine Eigentümlichkeiten, die ihn sofort als Engländer charakterisierten und einen Fremden gar wohl abzustoßen vermochten; mir aber hatten sie keinerlei Störung, sondern im Gegenteil öfters eine kleine, allerdings heimliche und unschuldige Belustigung verursacht, und wir waren schließlich in New Orleans als die besten Freunde geschieden und hatten uns das Versprechen gegeben, uns wiederzusehen. Das Rendezvous sollte – in Algier stattfinden.

Daß wir uns für Algier, für Afrika entschieden, geschah allerdings nicht ohne Gründe. Mein braver Bothwell war ebenso wie ich das, was man einen „Weltläufer“ zu nennen pflegt; er hatte fast alle Winkel der Erde durchkrochen, von Afrika aber im Süden nur die Kapstadt gesehen und im Norden das „Gharb“, wie der Araber die Küstenstrecke von Marokko bis Tripolis nennt, bereist. Natürlich lag ihm da der Wunsch nahe, auch das Innere dieses Erdteils, die Sahara, den Sudan, kennenzulernen; über Dar-for und Kordofan wollte er dann auf dem Nil zu Zivilisation zurückkehren. In Algier lebte ein Verwandter von ihm, bei dem er früher einmal längere Zeit gewesen war, um das Arabische kennenzulernen. Dieser, ein Onkel mütterlicherseits, war ein Franzose und Chef eines Handelshauses, welches sehr fruchtbringende Beziehungen zu dem Sudan unterhielt. Bei ihm, einem Mr. Latréaumont, wollten wir uns treffen.

Was mich betrifft, so hatte ich mich während meiner Schülerzeit aus besonderer Liebhaberei auch mit der arabischen Sprache beschäftigt und während eines Aufenthalts in Ägypten die darin erlangte, nicht gar zu große Fertigkeit möglichst zu vervollständigen versucht. Unser Zusammensein in der Prärie hatte treffliche Gelegenheit geboten, beiderseits in Übung zu bleiben, und so ging ich mit dem Dampfer Vulkan, welcher der messagerie impériale gehörte, mit der beruhigenden Überzeugung von Marseille ab, daß es mir nicht schwerfallen werde, mich mit den Kindern der Sahara in ihrer Muttersprache zu verständigen.

Afrika galt uns, wie ja auch einem jeden andern, als das Land großer, noch ungelöster Rätsel, welche uns genug des Interessanten und wohl auch Gefährlichen bieten würden; doch erfüllte uns besonders eins mit erwartungsvoller Begeisterung: wie wir den Jaguar, den grauen Bären und den Büffel getötet hatten, so wollten wir unsere Büchsen auch an dem schwarzen Panther und dem Löwen versuchen. Emery Bothwell hatte mit einer Art von Eifersucht die Berichte über Gérard, den kühnen Löwenjäger, vernommen und war fest entschlossen, sich auf alle Fälle einige Mähnenhäute zu holen.

Es war bereits ein Jahr seit unserer Trennung vergangen, doch kannte er die ungefähre Zeit meines Eintreffens, und da er ebenso wußte, daß ich mit dem französischen Dampfer kommen würde, so fühlte ich mich einigermaßen enttäuscht, als ich ihn beim Landen nicht unter der bunten Menge erblickte, welche auf dem Kai auf die Ausschiffung der Passagiere wartete oder in Booten herbeigeeilt kam, um Bekannte in Empfang zu nehmen.

Algier ist an der Westseite eines halbmondförmigen Golfs gelegen und kehrte dem Schiff seine ganze Front zu. Die Stadt gewährte dem Beschauer ein sonderbares, fast geisterhaftes, ungeheuerliches Bild. Eine an dem grünen Gebirge aufsteigende, kreideweiße und ineinanderfließende Häusermasse ohne Dächer und Fenster starrte herab in den Hafen und sah beinahe aus wie ein Kalksteinfelsen, eine riesige Gipsgruppe oder ein Gletscher bei Sonnenbeleuchtung. Hoch oben auf dem Gipfel des Gebirges erschienen die Bastionen des Kaiserforts, und am Fuße desselben zogen sich außer der Festung Mersa Edduben verschiedene Fortifikationen – Befestigungen – hin.

Auf dem Kai bewegten sich Gruppen weißer Burnusgestalten, Neger und Negerinnen in den buntesten Kostümen, Frauen, vom Kopf bis zum Fuß in weiße Wollenschleier gehüllt, Mauren und Juden in türkischer Tracht, Mischlinge aller Farben, Herren und Damen in europäischer Kleidung und französische Militärs in allen Graden und Abteilungen.

Ich ließ mein Gepäck nach dem Hotel de Paris in der Straße Bab-el-Qued schaffen, restaurierte mich dort nach Bedürfnis und begab mich dann in die Straße Bab-Azoun, in welcher die Wohnung Mr. Latréaumonts lag.

Meine Karte wurde abgegeben, und sofort erschien der Chef unter der Tür des Zimmers, in welchem er arbeitete.

„Bienvenu, bienvenu monseigneur, aber nicht hier, nicht hier! Bitte, kommen Sie mit mir, damit ich Sie Madame und Mademoiselle vorstelle. Wir haben seit lange mit Schmerzen auf Sie gewartet!"

Dieser unerwartete Empfang mußte mich frappieren. Mit Schmerzen hatte man auf mich, den Unbekannten, gewartet? Aus welchem Grund?

Latréaumont war ein kleiner, höchst beweglicher Mann, welcher die breiten, marmornen Stiegen erklommen hatte, noch ehe die Hälfte derselben unter mir lag. Das Haus war früher der Palast eines reichen Muselmannes gewesen, und die Vereinigung arabischer Architektur mit französischer Ausstattung brachte einen eigentümlichen Effekt hervor. Ich wurde durch den brillant eingerichteten Salon in das Familienzimmer geführt, eine Auszeichnung, welche mit dem Schmerz, mit dem man mich erwartet hatte, in Verbindung stehen mußte.

Madame saß, in einem Roman blätternd, auf einem Taburett; sie war nach europäischem Schnitt in schwarze Seide gekleidet. Mademoiselle lag in einem Diwan und trug das bequeme, malerische, morgenländische Gewand. Ein weites, seidenes Beinkleid reichte vom Gürtel bis zum Knöchel herab, während der nackte Fuß in blauen, goldgestickten Pantoffeln stak; feine Spitzeneinsätze, mit Gold und Silber durchwirkt, bedeckten Hals und Brust, und darüber trug sie eine samtene türkische Jacke, die mit kostbaren Arabesken verziert und mit Reihen wertvoller Knöpfe besetzt war. Das dunkle Haar war von Gold- und Perlenschnüren durchflochten und in blaue und rosa Foulards – seidene Halstücher – eingebunden.

Beide Damen erhoben sich bei unserem Eintritt und konnten ihre Überraschung über den gesellschaftlichen Fauxpas kaum verbergen, welchen der Hausherr dadurch beging, daß er einem Fremden so ohne alle vorherige Anmeldung in diesem Raum Zutritt gestattete. Kaum aber hatten sie meinen Namen gehört, so machte diese Überraschung dem Ausdruck unverhohlener Freude Platz.

Madame eilte zu mir heran und ergriff meine Hand.

„Welch ein Glück, Monseigneur, daß Sie endlich kommen! Unsere Sehnsucht nach Ihnen ist grenzenlos gewesen. Nun aber dürfen wir ruhiger sein, denn Sie werden unserm wackern Bothwell nacheilen und ihm helfen, Rénald zu finden!"

„Gewiß, Madame, werde ich dies tun, wenn Sie es wünschen, nur bitte ich Sie, mir zu sagen, wer Rénald ist und was für eine Bewandtnis es mit ihm und Emery hat, den ich hier zu treffen hoffte!"

„Sie wissen es noch nicht, wirklich noch nicht? Mon dieu, die ganze Stadt weiß es ja schon längst!"

„Aber, Blanche", fiel Latréaumont ein, „magst du nicht bedenken, daß Monseigneur jedenfalls soeben erst mit der Messagerie angekommen ist?"

„Vraiment, das ist wahr! Sie können noch nichts wissen! Bitte, nehmen Sie Platz, und, Clairon, begrüße doch unsern Gast!"

Die junge Dame verneigte sich mit verbindlicher, beinahe respektvoller Höflichkeit, und ich wurde von der Mutter zu einem Sitz geleitet. Der Empfang war geheimnisvoll, und ich sah dem Kommenden mit wirklicher Erwartung entgegen.

„Sie finden uns in einer Situation", begann Latréaumont, „welche uns gebietet, von den gewöhnlichen Formen abzusehen. Emery hat uns sehr viel, sehr viel von Ihnen erzählt, was bei seiner verschlossenen Weise für uns eine Veranlassung ist, Ihnen unser ganzes und vollständiges Vertrauen zu schenken."

„Ja, unser ganzes und unerschütterliches Vertrauen, Monseigneur", bekräftigte Madame, nach dem höflichen Gebrauch des Südens das Monseigneur an Stelle des einfachen Monsieur setzend. „Sie haben so viel Schlimmes mit unserm Neveu gewagt, daß Sie wohl auch nicht vor der Erfüllung unserer Bitte zurückschrecken werden."

Ich mußte beinahe über die rasche Art und Weise lächeln, in welcher diese liebenswürdigen Leute über mich verfügten, die ich zwar noch nicht kannte, welche aber nach den Worten der Dame mit irgendeiner Gefahr für mich verbunden sein mußte.

„Mesdames und Monseigneur, gestatten Sie mir, mich Ihnen für alles, was Sie von mir wünschen, zur Verfügung zu stellen!" bat ich.

„Eh bien! Nach dem, was wir von Ihnen hörten, konnten wir nichts anderes erwarten, obgleich ich Ihnen zu unserer Entschuldigung sagen muß, daß unsre Bitte keine selbständige ist, sondern uns von Bothwell diktiert wurde."

„Liegt es in meiner Macht, so wird sie erfüllt!" antwortete ich einfach.

„Ich danke Ihnen, Monseigneur!" sprach Latréaumont. „Wir

haben einen großen Verlust, ein fürchterliches Unglück erlitten . . ."

„Ja ein fürchterliches, ein gräßliches Unglück, Monseigneur", fiel Madame ein, indem ihr die Tränen aus den Augen brachen.

Auch Clairon, die Tochter, zog ihr duftendes Taschentuch, um ein sich hervordrängendes Schluchzen zu verbergen.

„Bitte, sprechen Sie, Madame!"

„Nein, ich kann es nicht erzählen; der Kummer raubt mir die Worte dazu!"

Die kleine, zarte Dame zeigte auf einmal eine Erschütterung, welche so tief war, daß sie mich beinahe beängstigte.

„Bitte, Monseigneur, lassen Sie mich hören!" bat ich darum Latréaumont.

„Kennen Sie die Imoscharh?" fragte er, fügte aber sofort in der lebhaften südlichen Weise hinzu: „Doch nein, Sie können sie ja nicht kennen, da Sie heute erst hier ankamen; aber ich sage Ihnen, diese Imoscharh oder Tuareg sind ein fürchterliches Volk, und die Karawanenstraße von Aïn Salah nach Ahir, Dschenneh und Sakkatu, auf welcher ich meine Güter nach dem Sudan schicke, geht grad durch ihr Gebiet. Mein Haus ist das einzige in Algier, welches direkte Beziehung nach Timbuktu, Pullo, Haussa, Bornu und Wadaï unterhält, und da wir fern von jeder Straße liegen und nur erst in Aïn Salah oder Ghadames und Ghat Anschluß finden, so ist die Unterhaltung so unsicherer Handelsverbindungen oft mit schweren Opfern und Verlusten verbunden. Das Schwerste aber hat uns mit der letzten Kaffila – Handelskarawane – betroffen."

„Sie wurde von den Tuareg überfallen?"

„Sie raten richtig, Monseigneur. Die Gum – Raubkarawane – griff sie auf und machte alles nieder. Nur einer entkam; er hatte sich gleich bei Beginn des Kampfes totgestellt und brachte mir die Nachricht von dem fürchterlichen Schlag, der meine Familie betroffen hat."

„Ihr Haus wird sich von demselben erholen. Monseigneur!"

„Mein Haus, ja, aber meine Familie nie! Der Verlust der Güter ist zu verschmerzen, aber Rénald, mein Sohn, mein einziger Sohn, befand sich bei der Kaffila und ist nicht zurückgekehrt!"

Jetzt konnten die Damen ein lautes Weinen nicht länger zurückhalten, und auch Latréaumont gab sich rückhaltslos seinem Schmerz hin, der ihn übermannte. Ich ließ sie einige Zeit gewähren und fragte dann:

„Erhielten Sie keine bestimmte Nachricht über sein Schicksal? Die Räuber der Wüste pflegen kein Pardon zu geben."
„Er lebt noch!"
„Ah! Das müssen Sie als ein Wunder betrachten, wenn nicht ein Irrtum vorliegt!"
„Er lebt sicher, denn wir erhielten Nachricht von ihm."
„Durch wen?"
„Durch einen Tuareg, welcher von dem Aguid – dem Anführer der Gum – abgeschickt worden war. Er verlangte ein Lösegeld."
„Welches Sie bezahlten?"
„Ich mußte; ich konnte nicht anders."
„Worin bestand es?"
„In Waren, die ich nach der Oase Melrir zu schicken hatte."
„Und Ihr Sohn?"
„Kehrte dennoch nicht zurück; die treulosen Räuber traten mit einer neuen Forderung auf."
„Die Sie auch befriedigten?"
„Ja."
„Und mit demselben Erfolg?"
„Kann ich noch nicht sagen. Als der zweite Bote kam, war Bothwell eben eingetroffen. Das war vor ungefähr zehn Monaten, und . . ."
„So lange ist Sir Emery bereits in Afrika?" unterbrach ich ihn. „Er wollte erst im gegenwärtigen Monat nach Algier gehen!"
„Er hat sich nur einige Wochen in Altengland ausgeruht und dann der alten Reiselust nicht länger widerstehen können. Helas, er kam zur rechten Zeit!"
„Ich ahne das weitere, Monseigneur! Das Gouvernement mit all den ihm zu Gebote stehenden Mitteln konnte Ihnen nichts nützen. Sie waren auf sich selbst angewiesen, und da hat sich unser Englishman erboten, die Sache in die Hand zu nehmen."
„So ist es!"
„Welche Maßregeln traf er?"
„Er ließ die verlangten Waren abgehen, folgte aber heimlich nach."
„Ein kühnes Unternehmen! Mit welcher Begleitung reiste er?"
„Nur mit einem Führer und einem einzigen arabischen Diener."
„Wohin ging der Weg?"
„Dieses Mal waren die Güter nach der Oase Lotr bestimmt."
„Welche Waren wurden verlangt?"

„Fertige Burnusse und Kopftücher, lange Flinten, Messer, Dekken, weit ausgeschnittene Schuhe, wie sie die Araber zu tragen pflegen, und eine Menge für uns allerdings beinahe wertlose Zeltgegenstände.“

„Ich sehe, die Gum will sich eine vollständige Ausstattung erpressen und wird dann dennoch Ihren Sohn nicht ausliefern. Der Araber hält es für keine Sünde, einen Ungläubigen zu betrügen, und muß, wenn man ihn sicher haben will, bei gewissen empfindlichen Punkten gefaßt werden. Aber, Monseigneur, Emery hat sämtliche Waren zeichnen lassen?“

„Woher wissen Sie das?“ fragte er überrascht.

„Ich hörte es von niemand. Er handelt hier als amerikanischer Westmann, und von dieser Seite kennen wir uns genau. Wer unter den Indianerstämmen des wilden Westens jahrelang und in jedem Augenblick in Todesgefahr schwebte, hat sich an Scharfsinnigkeiten gewöhnt, welche ihm wohl auch in der Sahara von Nutzen sein können. Wie war das Zeichen?“

„Es bestand in den Anfangsbuchstaben meines Namens André Latréaumont, also in einem A.L. Ich ließ es den Kolben und Griffen der Flinten und Messer einbrennen und nebst einer Arabeske dem Kragenteil der Burnusse und den Ecken der Kopftücher und Decken einsticken.“

„Emery wird die Räuber daran erkennen. Haben Sie keine Nachricht von ihm?“

„Eine sehr bestimmte. Ich erhielt sie vor zwei Wochen und erwarte seitdem sehnlichst Ihre Ankunft, denn sie bezieht sich meist auf Sie, Monseigneur.“

„Ich soll ihm folgen, nicht?“

„Allerdings. Hier sind die Zeilen, welche er von Zinder aus sandte!“

Das Papier lag auf dem Tisch, ein Zeichen, wie oft während dieser vierzehn Tage die Augen der drei Personen auf demselben geruht hatten. Bothwell schrieb nur wenige Worte. Er hatte zwar noch keinen größeren Erfolg zu verzeichnen, bat aber dennoch, die Hoffnung nicht sinken zu lassen, und knüpfte hieran die Bitte, mich ihm nach meiner Ankunft sofort nachzusenden. Das Papier enthielt weder eine Orts- noch eine Zeitbestimmung.

„Wer brachte diesen Brief?“ erkundigte ich mich.

„Ein Araber vom Stamm der Kubabisch, welcher den Befehl hat, auf Ihre Ankunft zu warten und Ihnen als Wegweiser zu dienen.“

„Wo befindet er sich?“

„Hier im Hause. Befehlen Monseigneur, ihn rufen zu lassen?"
„Ich bitte darum!"
Ich mußte mich im stillen ein Glückskind nennen, denn kaum hatte mein Fuß die afrikanische Erde betreten, so wurde ich in eine Angelegenheit gezogen, welche mir eine reiche Aussicht auf die interessantesten Erlebnisse eröffnete. Latréaumont klingelte nach dem Araber, und die Damen vergaßen in Erwartung der kommenden Verhandlung für kurze Zeit den Schmerz, welcher sie bewegte.

Während meiner Anwesenheit in Ägypten hatte ich einen Ausflug nach Siut, Dakhel, Khardscheh und Soleb bis zur Oase Selimeh unternommen und war auf demselben mit einigen Kubabisch zusammengetroffen, die ich als tapfere Krieger und tüchtige Führer kennengelernt hatte. Daher sah ich der Unterredung mit dem Kubbaschi – Singular von Kubabisch – nicht ohne ein auch persönliches Interesse entgegen.

Er trat ein. Die Araber sind nur selten über Mittelgröße und meist von schlanker, hagerer Gestalt; dieser Mann aber war fast ein Riese zu nennen. Er war so hoch und breit gewachsen, daß mir beinahe ein Ausruf des Erstaunens entfahren wäre, und sein langer, dichter Vollbart, verbunden mit dem Umstand, daß er bis unter die Zähne in allen möglichen Waffensorten stak, gab ihm ein höchst martialisches Aussehen. Das war jedenfalls ein Begleiter, wie ich mir keinen bessern wünschen konnte, denn schon sein bloßer Anblick mußte dem Feind Furcht einjagen.

Er verbeugte sich mit über die Brust gekreuzten Händen bis beinahe herab zur Erde, und mit tiefer, dröhnender Baßstimme erklang sein „Salam aleikum, Friede sei mit Euch!"

„Marhaba, du sollst willkommen sein!" antwortete ich ihm. „Du bist ein Sohn der tapfern Kubabisch?"

Ein stolzer Blick seines dunklen Auges blitzte mir entgegen. „Die Kubabisch sind die berühmtesten Kinder des großen Abu Zett, Sihdi – Herr –; ihr Stamm umfaßt mehr als zwanzig Ferkah, und der tapferste derselben ist En Nurab, zu dem ich gehöre."

„En Nurab? Ich kenne ihn; sein Scheich ist der weise Fadharalla-Uëlad-Salem, neben dessen Stute ich geritten bin.

„Bismillah, das ist gut, Sihdi, denn nun darf ich deine Stimme hören, obgleich du ein Ungläubiger bist aus dem armen Lande Frankistan!"

„Wie ist dein Name?"

„Mein Name ist schwer für die Zunge eines Inglese. Er lautet Hassan Ben Abulfeda Ibn Haukal al Wardi Jussuf Ibn Abul Foslan Ben Ishak al Duli."

Ich mußte lächeln. Hier stand einer jener Araber vor mir, welche ihrem einfachen Namen den ganzen Stammbaum beifügen, teils um ihre Ahnen zu ehren, meist aber um auf den Hörer einen Eindruck zu machen. Ich entgegnete daher:

„Hassan Ben Abulfeda Ibn Haukal al Wardi Jussuf Ibn Abul Foslan Ben Ishak al Duli. Die Zunge eines Inglese vermag einen Namen auszusprechen, der, wenn er niedergeschrieben wird, von Bengasi bis nach Kaschenah reicht; dennoch aber werde ich dich nur Hassan nennen, weil Mohammed sagt: ‚Sprich nicht zehn Worte, wo ein einziges genügt!'"

„Mein Ohr wird verschlossen ein, wenn du mich Hassan rufst, Sihdi. Die mich kennen, nennen mich Hassan el Kebihr, Hassan den Großen; denn du mußt wissen, das ich Djezzar-Bei, der Menschenwürger, bin!"

„Allah akbar, Gott ist groß; ihn kennt jede Kreatur, aber von Djezzar-Bei, dem Menschenwürger, habe ich noch nie ein Wort vernommen! Wer hat dich so genannt?"

„Ein jeder, der mich kennt, Sihdi!"

„Und wie viel Menschen hast du bereits erwürgt?"

Er schlug verlegen die Augen zu Boden.

„Die Steppe bebt und die Sahel erzittert, wenn Djezzar-Bei erscheint, Sihdi; aber sein Herz ist voll Gnade, Langmut und Barmherzigkeit, denn ‚deine Hand sei stark wie die Tatze des Panthers, doch lind wie der Halm des Grases auf dem Feld', lehrt der fromme Abu Hanifa, dem jeder Gläubige gehorcht."

„So ist dein Name makasch – nichts –, und ich werde ihn erst dann gebrauchen, wenn ich überzeugt bin, daß du ihn verdienst!"

Ich begann zu ahnen, daß der gute Hassan el Kebihr, trotz seiner riesigen Gestalt und des Waffenarsenals, welches er um sich hängen hatte, ein höchst unschädliches Menschenkind sei. Die Wüste hat ihre Renommisten ebenso wie die Bierbank oder der Salon.

„Ich habe ihn verdient, sonst hätte ich ihn nicht, Sihdi", antwortete er stolz. „Sieh diese Flinte, diese Pistolen, diese Muzra – Messer –, dieses Kussa – zweihändiges Schwert – und dieses Abu-Thum – diese Lanze –, vor dem selbst der kühne Uëlad Sliman flieht! Und du willst mir meinen Namen verweigern? Selbst Sihdi Emir hat ihn mir gegeben!"

Sihdi Emir? Verwandelte er vielleicht das englische Emery in das morgenländische Emir?

„Wer ist Sihdi Emir?“ fragte ich ihn.

„Rabbena chaliëk, Gott erhalte dich, Sihdi, und deinen Verstand! Kennst du nicht den Namen dessen, der mich zu dir sendet?“

Wahrhaftig, er hatte aus unserem Emery einen Emir gemacht! Der liebenswürdige Wunsch, mit welchem er seine Verwunderung aussprach, mußte mich belustigen, doch nahm ich einen ernsteren Ton an, um ihn in die gebotenen Schranken zurückzuweisen.

„Erzähle mir von Sihdi Emery!“

„Ich war in Bilma, von wo aus ich eine Kaffila nach Zinder geleitete. Du mußt nämlich wissen, Sihdi, daß Hassan el Kebihr, Hassan der Große, ein berühmter Khabir – Karawanenführer – ist, der alle Wege der Sahara kennt und ein Auge besitzt, dem nicht die geringsten Darub und Ethar – Spuren und Fährten – entgehen!“

War dies wirklich so, dann mußte mir seine Begleitung allerdings von großem Vorteil sein. Ich beschloß, ihn sofort auf die Probe zu stellen, um zu sehen, was ich von ihm zu halten hatte.

„Sagst du die Wahrheit, Hassan?“

Er nahm die stolzeste Haltung und Miene an, die ihm möglich war.

„Weißt du, was ein Hafiz ist, Sihdi?“

„Einer, der den Koran auswendig kennt.“

„Du bist klug, obgleich du aus dem Lande Frankistan stammst. Nun wohlan, Sihdi! Hassan Ben Abulfeda Ibn Haukal al Wardi Jussuf Ibn Abul Foslan Ben Ishak al Duli ist ein Hafiz, der dir alle hundertvierzehn Suren und alle sechstausendsechshundertsechsundsechzig Ajats des Koran hersagen kann; du aber bist ein Giaur. Willst du an dem Wort eines echten Moslem zweifeln?“

„Hüte deine Zunge, Hassan, denn ich bin nicht gewohnt, mich von jemand beschimpfen zu lassen, und wenn er zehnmal ein Hafiz und hundertmal ein Moslem ist! Strenge dein Gedächtnis an, so wirst du dich entsinnen, daß die Christen nicht ungläubig sind, weil sie ebenso wie ihr ein ‚heiliges Buch‘ empfangen haben; so sagen alle weisen Lehrer von dem ersten Emir el Mumiain an bis herab zu deinem frommen Abu Hanifa, dem jeder Gläubige gehorcht, wie du vorhin sagtest. Du hast den Koran gelernt; aber kennst du auch den Ilm teffir el Kuran – den Komentar zum Koran? Dort heißt es, daß nur ein Parsi und ein Götzendiener ein Giaur ist!"

„Du bist weise wie ein Softa – ein Student der Theologie –, Sihdi; noch weiser aber wärst du, wenn du glaubtest, was ich dir sage!"

„Ich will es glauben, wenn du mir sagst, welche Oasen den Schlüssel zum Rif – Küste von Tripolis und Ägypten – bilden!"

„Aïn es Salah, Ghadames, Ghat, Murzuk, Audschelah und Siut."

„Und zum Sudan?"

„Aghades und Ahir, Bilma, Dongola, Khartum und Berber."

„Wie reist man von Kordofan nach Kairo?"

„Von Lobeïdh nach Khartum über Kurssi, Sanzür, Koamat und Tor el Khada. Die Reise dauert zehn Tage. Oder von Lobeïdh nach Debbeh über Barah, Kaymar, Dschebel, Haraza, Way und Ombelillah. Dieser Weg ist um acht Tage länger, aber besser als der vorige."

„Wie lange braucht man, um von Soaken nach Berber zu kommen?"

„Der Weg geht über den berühmten Brunnen von Ruay und durch das Gebiet der Amaver, Hadendoa und Omram, die sämtlich nubische Hirten sind. Du kannst ihn in zwölf Tagen zurücklegen, Sihdi."

Er gab seine Antworten schnell, korrekt und mit einer Miene, in welcher sich eine sichtbare Genugtuung über die glanzvolle Art und Weise aussprach, mit der er das kurze Examen bestand.

„Ich glaube dir, Hassan", entschied ich jetzt einfach. „Jetzt erzähle weiter! Also du geleitetest eine Kaffila nach Zinder!"

„Von Bilma nach Zinder. Dort traf ich den Sihdi Emir. Er gab mir alles, was ich brauchte, und sandte mich hierher, wo ich einen tapfern Sihdi aus Germanistan – Deutschland – finden würde, den ich zu ihm bringen soll."

„Wo soll ich ihn treffen?"

„Beim Bab-el-Ghud – Dünentor –, wo man aus den wandernden Sandhaufen in die Felsen des Serir – Steinwüste – gelangt. Hast du gehört von den bösen Djinns – Geistern – der Wüste, Sihdi?"

„Ich kenne sie. Hast du Angst vor ihnen, Hassan?"

„Angst? Hassan el Kebihr, der große Hassan, fürchtet weder die Scheitans – Teufel – noch die bösen Djinns; er weiß, daß sie fliehen, wenn er den Surat en nas und den Surat el falak betet. Du aber bist ein Christ und kannst keinen Surat – Sure –

beten, darum werden sie dich verschlingen, wenn du in das Serir kommst, wo sie wohnen."

„Warum hast du da den Sihdi Emir nach dem Bab-el-Ghud gehen lassen? Sie werden ihn verschlungen haben, ehe wir ihn erreichen!"

Diese unerwartete Entgegnung brachte ihn doch in einige Verlegenheit, aber er wußte sich zu helfen.

„Ich werde für ihn beten!"

„Für einen Ungläubigen? Gut, Hassan, ich sehe, daß du ein frommer Sohn des Propheten bist; bete auch für mich: für ihn den Surat en nas und für mich den Surat el falak, dann brauchen wir uns vor den Djinns der Wüste nicht zu fürchten. Ich werde aufbrechen morgen, wenn die Sonne sich erhebt."

„Allah akbar, Gott ist groß, Sihdi! Er kann alles und darf alles; der Mensch aber muß ihm gehorchen und darf keine Reise antreten zur Zeit der Morgenröte. Die Zeit des Aufbruchs ist drei Uhr nachmittags oder das heilige Asr zwei Stunden vor dem Abend."

„Du vergißt Hassan, daß diese Zeit nur den Karawanen gilt; der einzelne Reisende aber kann gehen, wenn es ihm beliebt."

„Sihdi, du bist wirklich ein großer und gelehrter Fakih – Gesetzkundiger –, und ich beklage die Stunde, welche dir einen Franken zum Vater und eine Christin zur Mutter gegeben hat. Ich sehe, daß du ein Hafiz bist, der nicht allein den Koran, sondern auch den Ilm teffir el Kuran auswendig kennt, und werde dir treu und gehorsam sein und dich führen, wohin du willst!"

„Was hast du für Tiere?"

„Keines, Sihdi. Ich ritt mit zwei Djemmels – Kamelen – von Zinder ab; das eine stürzte mir in der Tehama – flachen Wüste – und das andere war, als ich hier anlangte, so abgetrieben, daß ich es verkaufen mußte."

„So werden wir mit der Steppenpost von hier nach Batna gehen und von dort mit der Wüstenpost über den Djebel-bou-Rezal nach den achtzehn Oasen des Siban, wo wir uns in Biskara mit guten Hedjihns – Reitkamelen – versehen können. Also halte dich bereit, früh mit der Sonne aufzubrechen, und überzeugst du mich bis Bab-el-Ghud von deiner Tapferkeit, so werde ich mich nicht weigern, dich Djezzar-Bei und el Kebihr zu nennen!"

„Meinst du vielleicht, Sihdi, daß ich ein Tuschan – Hasenfuß – bin? Ich fürchte weder den Löwen noch den Samum – Wüstenwind –; ich fange die Assaleh – gefährlichste Schlange der Steppe – und den Vogel Strauß; ich jage die Gazelle und das

Gnu, und ich töte den Panther und den Skorpion. Wenn meine Stimme erschallt, so zittert jedermann, und auch du wirst mir den Namen nicht versagen, der mir gebührt. Salam aleikum, Friede sei mit Euch!"

Nach einer tiefen Verbeugung verließ er das Zimmer.

Madame Latréaumont trat abermals auf mich zu und faßte meine Hand.

„Also wirklich, Sie erfüllen unsere Bitte, Monseigneur, obgleich dieselbe so groß und so kühn ist? Und schon morgen wollen Sie fort, ohne zuvor unsere Gastfreundschaft zu genießen?"

„Madame, wir befinden uns in einer Lage, welche schnelles Handeln erfordert, und wenn Sie mir erlauben, werde ich Sie nach unserer Rückkehr um Ihre Gastfreundschaft ersuchen. Vielleicht gestatten Sie mir, bis dahin diejenigen meiner Effekten, welche ich nicht mitnehmen kann, bei Ihnen einzustellen!"

„Sûr, assurément, Monseigneur! Ich werde sofort nach dem Schiff senden, um alles, was ..."

„Pardon, Madame, ich stieg bereits im Hotel de Paris ab."

„Wirklich, das taten Sie? Wissen Sie, Monseigneur, daß dies eine große Beleidigung für uns ist?"

Ich hatte einige freundliche Vorwürfe zu hören, dann wurde die Angelegenheit einem Diener übergeben. Eben war ich bereit, mich in das mir angewiesene Zimmer zurückzuziehen, als ein Araber gemeldet wurde, welcher mit Monseigneur zu sprechen wünsche. Der Mann wurde in meiner Gegenwart im Sprechzimmer empfangen.

Er war von langer, hagerer und sehniger Gestalt. Sein Burnus war außerordentlich mitgenommen; die ausgefransten Kamelhaarschnüre hingen ihm in Fetzen um die Kapuze, und jeder Zollbreit an ihm zeigte den echten Wüstensohn, der vor keiner Gefahr zurückbebt und jede Entbehrung mit Gleichmut zu ertragen weiß.

„Sal – aleik –!" grüßte er mit stolzer Abkürzung der beiden Worte. Nicht die leiseste Neigung seines Hauptes ließ sich bemerken; der Kolben seines langen Gewehres klang mit rücksichtslosem Ton auf den Marmorfließen, und sein dunkles Auge flog mit einem Blick, in welchem sich die Überlegenheit des freien Mannes und Rechtgläubigen aussprechen sollte, von einem zum anderen.

„Sprechen Sie mit ihm, Monseigneur", raunte mir Latréaumont zu. „Es ist der Tuareg, welcher wegen Rénald bereits bei mir war."

Nichts konnte mir lieber sein, als daß der Bote gerade heute noch kam.

„Sal – al –!“ antwortete ich noch kürzer. Der Beduine gibt durch diese Art der Ausdrucksweise gern den Grad der Achtung zu erkennen, welche er dem andern widmet. „Was willst du?“

„Du bist nicht der, mit dem ich zu sprechen habe!“

„Du hast mit keinem andern als mit mir zu reden!“

„Ich komme nicht zu dir.“

„So kannst du wieder gehen!“

Ich drehte mich um. Auch die andern wandten sich dem Ausgang zu.

„Sihdi!“ sagte er.

Ich schritt weiter.

„Sihdi!“ rief er dringlicher.

Ich wandte bloß den Kopf.

„Was noch?“

„Ich werde mit dir sprechen!“

„So bemühe dich, höflich zu sein, sonst sende ich dich hinab auf die Straße. Wie ist dein Name?“

„Ich heiße Mahmud Ben Mustafa Abd Ibrahim Jaakub Ibn Baschar.“

„Dein Name ist länger als dein Gruß. Euer Prophet, der große Mohammed Ibn Abdallah el Haschemy, sagt: ‚Seid höflich auch mit den Ungläubigen und Feinden, damit sie euren Glauben und die Kaaba achten lernen!‘ Merke dir das! Du bist ein Tuareg?“

„Ein Tuareg und Imoscharh.“

„Von welchem Stamm?“

„Hedjahn-Bei, der Karawanenwürger, erlaubt seinen Kriegern nicht, den Franken ihren Stamm zu nennen.“

Beinahe hätte mich ein kleiner Schreck erfaßt. Also Rénald war Gefangener des berüchtigten Hedjahn-Bei! Das war das Schlimmste, was ich erfahren konnte. Ich hatte selbst in der Ferne von diesem ebenso grausamen wie verwegenen Wüstenräuber gehört und wußte, daß er der Schrecken aller Karawanen sei. Niemand vermochte zu sagen, zu welchem Stamm er eigentlich gehöre; die ganze, weite Wüste war sein Jagdgebiet. Von der algerischen Steppe bis hinunter zum Sudan und von den ägyptischen Oasen bis hinüber nach Wadan und Walada in der westlichen Sahara war sein Name bekannt. Bald hier, bald dort auftauchend, war er stets ebenso schnell verschwunden, wie er gekommen war; doch stets und überall kostete sein Erscheinen Opfer an Gütern und Menschenleben. Er mußte geheime Aufenthaltsorte haben, die über die ganze Sahara zerstreut lagen; er mußte Agenten besitzen, die ihm von jeder bedeutenden Kaffila Nachricht brachten und ihm behilflich waren, die geraubten Güter an den Mann zu bringen. Aber seine Person und seine Taten waren in so geheimnisvolles Dunkel gehüllt, daß eine Aufklärung bisher unmöglich gewesen war. – Ich hielt es für geraten, gegen seinen Boten so zu tun, als ob ich noch gar nicht von ihm gehört habe.

„Hebjahn-Bei? Wer ist das?"

„Kennst du den Karawanenwürger nicht? Ist dein Ohr taub, daß du noch nichts von ihm vernommen hast? Er ist der Herr der Wüste, fürchterlich in seinem Zorn, gräßlich in seinem Grimm, schrecklich in seinem Haß und unüberwindlich im Kampf. Der junge Ungläubige ist sein Gefangener."

Ich lachte.

„Unüberwindlich im Kampf? So kämpft er wohl nur mit dem kleinen Schakal und der feigen Hyäne? Kein Franke fürchtet sich vor ihm und seiner Gum. Warum gibt er den Gefangenen nicht frei? Hat er nicht zweimal Lösegeld erhalten?"

„Die Wüste ist groß, und der Hedjahn-Bei hat viele Männer, welche Kleider, Waffen und Zelte brauchen."

„Der Karawanenwürger ist ein Lügner und Betrüger. Sein Herz kennt nicht die Wahrheit, und seine Zunge ist falsch; sie hat zwei Spitzen wie die Zunge der Schlange, der man den Kopf zertritt. Mit welcher Botschaft sendet er dich?"

„Gib uns Burnusse und Schuhe, Waffen und Pulver, Spitzen für unsere Speere und Tücher für unsere Zelte!"

„Ihr habt bereits zweimal erhalten, was du begehrst. Du wirst nicht den Zipfel eines Tuches und nicht ein Körnchen Pulver mehr erhalten!"

„So stirbt der Gefangene!"

„Der Hedjahn-Bei gibt ihn nicht los, auch wenn er erhält, was er von uns fordert."

„Er wird ihm seine Freiheit schenken. Der Würger der Karawanen ist gnädig, wenn er den Preis erhält."

„Wie viel fordert er?"

„So viel, als er bereits erhalten hat."

„Das ist viel. Du willst die Waren mitnehmen?"

„Nein. Du wirst sie ihm senden wie die beiden andern Male."

„Wohin?"

„Nach dem Bab-el-Ghud."

Das war ja derselbe Ort, nach welchem mich Emery bestellt

hatte! War dies Zufall oder wußte er, daß der Räuber sich dort befinden würde?

„Werden wir den Gefangenen dort treffen und gegen das Lösegeld erhalten?“

„Ja.“

„Sagst du die Wahrheit?“

„Ich lüge nicht!“

„Du hast bereits zweimal Ja gesagt, und doch gelogen. Schwöre es mir!“

„Ich schwöre es!“

„Bei der Seele deines Vaters?“

„Bei – der Seele meines – Vaters!“ stieß er zögernd hervor.

„Und beim Bart des Propheten!“

Jetzt wurde er vollständig verlegen.

„Ich habe geschworen; das ist genug!“

„Du hast geschworen bei der Seele deines Vaters, die nicht mehr wert ist, als die deinige. Für beide zusammen gebe ich nicht eine einzige Sisch oder Bla halef – verkrüppelte Dattel –, und ein Schwur bei ihnen ist kein Sandkorn wert, deren doch die Wüste voll ist vom Aufgang bis zum Niedergang. Schwörst du beim Barte des Propheten?“

„Nein.“

„So ist dein Wort wieder Lug und Trug, und du wirst die Sterne der Wüste nicht wiedersehen.“

Sein Auge leuchtete auf.

„Wisse, Ungläubiger, daß die Seele des Gefangenen zur Dschehennah – Hölle – fahren wird, wenn ich nicht bis zur rechten Zeit beim Hedjahn-Bei eingetroffen bin; dieses schwöre ich dir allerdings beim Barte des Propheten, der seine Gläubigen zu schützen weiß!“

„Dann wird deine Seele ihr vorangehen, und die Gebeine des Karawanenwürgers und seiner Gum werden bleichen im Sonnenbrand, das schwöre ich dir bei Jesus, dem Sohn Mariens, den ihr Isa Ben Marryam nennt, und der mächtiger und größer ist als Mohammed; denn ihr selbst sagt, daß er sich einst auf die Moschee Ommijaden zu Damaskus niederlassen wird, um zu richten alle Kreaturen der Erde, der Luft und des Wassers!“

Er warf den Kopf empor und fuhr sich mit den Nägeln der geöffneten Rechten rasch unter den Bart, bei den Beduinen die Gebärde der vollständigsten Verachtung.

„Ihr werdet alles bringen, was wir verlangen! Ich war zweimal bei euch, und ihr habt es nicht gewagt, eure Hände an den Gesandten des Hedjahn-Bei zu legen; ihr werdet es auch heute nicht tun. Hundert Männer wie du vermögen nicht, ihn zu besiegen, und tausend Männer deinesgleichen werden seine Gum nicht überwinden, denn du bist – ein Giaur!"

Ich trat sofort mit erhobener Faust auf ihn zu.

„Ist dein Kopf leer und dein Geist verdorrt, daß du es wagst, mir dieses Wort zu sagen, du, der du nichts bist als ein Kelb – ein Hund –, den man zur Erde schlägt?!"

Er ließ sofort die Flinte zur Erde gleiten und erhob die beiden Arme. An jedem Handgelek hing ihm ein scharfes, spitzes Kussa – Messer – von wohl acht Zoll Klingenlänge. Während der gewöhnliche Beduine nur ein solches Messer trägt, führt der Wüstenräuber deren zwei, welche er in der Weise gebraucht, daß er den Feind umarmt und ihm die beiden Klingen dabei in den Rükken stößt. Mein Tuareg hielt sich zu dem selben Verfahren bereit.

„Willst du das Wort widerrufen?" fragte ich.

„Ich sage es noch einmal, Giaur!"

„So falle nieder vor dem Giaur!"

Noch ehe er eine Bewegung machen konnte, traf ihn meine Faust auf die Stirn; er knickte zusammen und sank besinnungslos zu Boden. Es war dies ganz derselbe Jagdhieb, wegen dessen man mich in der Prärie Old Shatterhand genannt hatte.

„O mon Dieu!" kreischte Madame auf, „Sie haben den Mann erschlagen; er ist tot; vollständig tot!"

Mademoiselle lag in halber Ohnmacht auf dem Diwan, neben welchem sie gestanden hatte, und Latréaumont war sprachlos und machte ein Gesicht, als ob der Blitz grad vor ihm in den Boden gefahren sei.

„Keine Sorge, Madame", tröstete ich; „dieser Geselle lebt noch, wenn ihm auch die Besinnung für einige Zeit abhanden gekommen ist. Ich kenne meine Faust genau; wäre es meine Absicht gewesen, ihn zu töten, so hätte ich ein wenig weiter ausgeholt."

Diese Worte brachten den erschrockenen Franzosen wieder zu Atem.

„Aber Sie sind ja ein Gigant, ein wahrer Goliath, Monseigneur! Bei mir hätte es wenigstens einiger hundert Hiebe bedurft, um diesen Mann par terre zu bringen."

Das kleine Männchen, welches mir kaum bis zur Schulter reichte und die Hände eines Kindes besaß, hatte jedenfalls recht. Er hätte wohl monatelang auf dem Schädel des Tuareg herumhämmern können, ohne ihm einigermaßen weh zu tun.

„Bitte, Monseigneur", erwiderte ich, „sorgen Sie dafür, daß

dieser Beduine gebunden und der Polizei überliefert werde: ihre Gewalt reicht zwar nicht bis in die Wüste; hier aber wird sie sich Ihnen gern zur Disposition stellen.“

Er sah mich ganz überrascht an.

„Ist das Ihr Ernst, Monseigneur?“

„Gewiß!“

„Mon ciel, das dürfen wir doch nicht tun, denn dann wird der fürchterliche Hedjahn-Bei unsern armen Rénald töten! Ich glaube vielmehr, daß dieser gräßliche Hieb schon ein ganz außerordentliches Wagnis ist!“

„Ich werde Ihnen meine Gründe erklären, ersuche Sie aber dringend, bis dahin so zu handeln, wie ich es von Ihnen erbitte. Oder sagten Sie nicht vorhin, daß ich im Besitz Ihres vollständigen Vertrauens sei?“

„Gewiß, gewiß, Monseigneur. Ich stehe ja schon im Begriff, die Dienerschaft zu rufen!“

Er eilte nach dem Klingelzug, und auf den ungewöhnlich lauten Ton der Glocke kam die sämtliche disponible Domestikenschaft herbeigestürzt.

„Bindet diesen Menschen, und werft ihn in ein festes Gewölbe, bis die Polizei kommt, um ihn abzuholen!“ befahl der Hausherr mit einer Miene, als sei er es gewesen, der den gräßlichen Hieb geführt hatte.

Man stürzte sich mit echt südlicher Lebhaftigkeit auf den Besinnungslosen, und in zwei Augenblicken war er mit allen möglichen Dingen, die einstweilen als Fesseln dienen konnten, so eng zusammengeschnürt, daß ihm nach seinem Erwachen sicherlich keine Bewegung möglich war.

Dann faßten acht eifrige Hände den Gefangenen, um ihn fortzuschleifen.

Ein einziger von den Dienern war am Eingang stehengeblieben, ohne sich an den Bemühungen der anderen zu beteiligen. Er war eine untersetzte, breitschulterige Figur und hatte ein Gesicht, welches mir zu der morgenländischen Kleidung, welche er trug, gar nicht recht zu passen schien. Als er den Aufwand von Kräften bemerkte, mit welchem die andern vier den Tuareg nach der Tür zogen, trat er heran und schob sie beiseite.

„Maschallah, tausend Schwerebrett, is des aan Gezieh und an Gezerr! Packt euch fort, ihr Nixnutz ihr, denn dos bring’ ich halt ganz allein fertig!“

Ein Ruck, ein kräftiger Schwung, und er hatte den Tuareg auf die Schulter geworfen.

Vor Freude über die so unerwarteten deutschen Laute ließ ich ihn fast aus dem Zimmer laufen, ohne ihn nur zurückzuhalten.

„Halt!" rief ich, als er bereits die Tür geöffnet hatte. „Du bist ein Deutscher?"

Im Nu hatte er sich trotz seiner Last zu mir herumgedreht. Sein breites, ehrliches Gesicht glänzte von einem Ohr bis zum andern.

„Dos will ich wohl meinen, Herr! Sie wohl auch?"

„Allerdings. Wo bist du daheim?"

„Ich bin zu Haus in Kaltenbrunn bei Staffelstein."

„Also in Bayern. Aber dein Dialekt ist ein anderer als der in der Gegend von Staffelstein, wo ich so gutes, laufiges Bier getrunken habe!"

„Ja, Herr, dos is – aber da habt ihr halt den Kerl wieder! Schleift ihn meinetweg'n, wohin ihr wollt!" unterbrach er sich, indem er den Tuareg zur Erde gleiten ließ. Dieser wurde hinausgeschafft, der Landsmann aber wandte sich wieder zu mir und reichte mir treuherzig die Hand „So, itzt hab' ich halt nun die Händ' wieder frei. Grüß Gott, Herr in Afrika! Ja, in Staffelstein, da gibt's aan Bier, aan Bier, sag' ich, dos läuft wie die Maus ins Loch; drum ist's ganz richtig, wenn Sie sag'n, daß es laufig is. Also dort gewes'n sind Sie? Na, dos is halt schön; dos is halt prächtig! Und an meiner Sprach' is halt niemand schuld als die Leut' aus Baden und der Rheinpfalz hier, die mir den Staffelsteiner Dialekt halt ganz verdorben hab'n."

„Es sind Süddeutsche hier?"

Satt und genug, Herr. Sie sind drauß'n auf dem Dorf Dely Ibrahim bei El Biar, wo's Trappistenkloster is. Aber wo sind denn Sie zu Haus?"

„Ich bin ein Sachse."

„Maschallah, tausend Schwerebrett, aan Nachbar von daheim! Darf ich halt frag'n, wie lange Sie noch hier bleiben werd'n?"

„Morgen früh reise ich wieder ab."

„Schon! Wohin denn, wenn's erlaubt sein wird?"

„In die Sahara."

„In die Sand- und Mördergrube? Aan Stück bin ich schon drin gewes'n, nämlich in Farfar, und hab' schon lang wieder mal hineingewollt. Maschallah, Herr, darf ich halt mit?"

Diese Frage kam mir nicht unwillkommen. Einen Diener mußte ich haben, und ein Deutscher war mir auf alle Fälle lieber als jeder andere.

„Gingst du wirklich mit?"

„Auf der Stell' und mit Pläsier!"

„Kannst du reiten?"

„Reiten? Wie der Teufel, Herr! Ich bin ja mit der Fremdenlegion herübergekommen und hab halt bei den Chasseurs d'Afrique gestand'n."

„Verstehst du Arabisch?"

„Grad was gebraucht wird, ja."

„Was warst du früher?"

„Schreiner. Hab auch was Tüchtiges gelernt, Herr, besonders das Dreinschlag'n. Nachher bin ich halt in die weite Welt 'gangen und unter die Legion gerat'n, hol sie der Kuckuck! Dann hab' ich in Dely Ibrahim gearbeitet, bis ich hier den Dienst erhalt' hab'. Fragen Sie den Herrn; er wird halt zufried'n mit mir sein!"

„Du gehst mit. Ich werde dir seine Erlaubnis auswirken."

„Maschallah, tausend Schwerebrett, dos is ja, als hätte heut' das Christkind beschert! Geht auch der große Hassan mit, der den langen Namen hat?"

„Ja. Er wird unser Führer sein."

„Juch! Der gefällt mir schon! So lange er da is, hat's zwischen ihm und mir halt nix gegeben als Luft und Katzbalgerei. Ich geh' mit; ich geh' halt mit; drauf können Sie sich verlassen, Herr! Juch, Maschallah!"

Mit der Zunge und allen zehn Fingern schnalzend, sprang er in die Höhe und fuhr zur Tür hinaus.

2.
Assad-Bei, der Herdenwürger

Die Steppe!

Im Süden des Atlas, des Gharian und der Gebirge von Derna liegt sie, von welcher Freiligrath so treffend sagt:

> „Sie dehnt sich aus von Meer zu Meere;
> Wer sie durchritten hat, dem graust.
> Sie liegt vor Gott in ihrer Leere
> Wie eine leere Bettlerfaust.
> Die Ströme, die sie jach durchrinnen,

Die Ausgefahrnen Gleise, drinnen
Des Kolonisten Rad sich wand,
Die Spur, in der die Büffel traben
Das sind, vom Himmel selbst gegraben,
Die Furchen dieser Riesenhand."

Von dem Gebiet des Mittelmeers sich bis zur Sahara erstrekkend, also zwischen dem Sinnbild der Fruchtbarkeit, der Zivilisation und dem Zeichen der Unfruchtbarkeit, der Barbarei, bildet sie eine breite Reihe von Hochebenen und nackten Höhenzügen, deren kahle Berge wie die klagenden Seufzer eines unerhörten Gebetes aus traurigen, öden Flächen emporsteigen. Kein Baum, kein Haus! Höchstens eine einsame, halb verfallene Karawanserei bietet dem Auge einen wohltätigen Ruhepunkt, und nur im Sommer, wenn ein armseliger Pflanzenwuchs den sterilen Boden durchdringt, wandern einige Araberstämme mit ihren Zelten und Herden zur Höhe, um ihren mageren Tieren eine kaum genügende Weide zu bieten. Im Winter aber liegt die Steppe vollständig verlassen unter der Decke des Schnees, welcher auch hier trotz der Nähe der glühenden Sahara mit seinen Flockenwirbeln über die erstorbene Einöde fegt.

Nichts ist rundum zu schauen als Sand, Stein und nackter Felsen. Kieselbruch und scharfes Geröll bedeckt den Boden, oder wandernde Ghuds – Dünen – schleichen sich, von dem fliegenden Sand genährt, Schritt um Schritt über die traurige Fläche, und wo sich irgend einmal ein stehendes Gewässer zeigt, da ist es doch nur ein lebloser Schott, dessen Wasser in seinem Becken liegt, wie eine tote Masse, aus welcher jeder frische, blaue Ton verschwunden ist, um einem starren, unbelebten und schmutzigen Grau zu weichen. Diese Schotts vertrocknen während der Sommerhitze und lassen dann nichts zurück als ein mit Steinsalz geschwängertes Bett, dessen stechende Reflexe den Nerv des Auges töten.

Einst hat es auch hier Wälder gegeben; aber sie sind verschwunden, und nun fehlen die segensreichen Regulatoren der feuchten Niederschläge. Die Betten der Bäche und Flüsse, Wadis genannt, ziehen sich im Sommer als scharfe Einschnitte und wilde, felsige Schluchten von den Höhen herab, und selbst der Schnee des Winters vermag ihr grausiges Gewirr nicht genugsam zu verhüllen. Schmilzt er aber unter der Wärme der plötzlich eintretenden heißen Jahreszeit, so stürzt sich die brausende, tobende und donnernde Wassermasse ganz unvorhergesehen mit weithin hörbarem Brüllen zur Tiefe und vernichtet alles, was nicht Zeit findet, die schleunige Flucht zu ergreifen. Dann faßt der Beduine an die neunundneunzig Kugeln seines Rosenkranzes, um Allah zu danken, daß er ihn nicht dem Wasser begegnen ließ, und warnt die Bedrohten durch den lauten Ruf: „Flieht, ihr Männer, der Wadi kommt!"

Durch diese zeitweilige Flut und die stehenden Wasser der Schotts werden an den Ufern der Seen und Wadis dornige Sträucher und stachelige Mimosen hervorgelockt, welche die Kamele vermöge ihrer harten Lippen benagen können, unter deren Schutz aber auch der Löwe und der Panther schlafen, um von ihren nächtlichen Razzias auszuruhen.

Wie vorher bestimmt, war ich am andern Morgen mit Hassan, dem Kubbaschi, und Josef Korndörfer, dem Staffelsteiner, von Algier abgereist. Wirklich hatten wir bis Batna die Steppenpost benützt; hier aber stellte sich unserer Weiterfahrt ein unerwartetes Hindernis entgegen. Noch war mir die wahrhaft halsbrecherische Fahrt mit einem italienischen Betturino von den Alpen nach Italien hinunter im Gedächtnis; noch klang mir das haarsträubende ‚Allegro, allegrissimo!' welches er stets gerufen hatte, wenn ich ihn bat, langsamer und vorsichtiger zu fahren, in die Ohren; die alte Karrete wurde von den im Galopp bergab stürmenden Pferden am Rand grausiger Abgründe dahin- und um scharfe Felsenkanten herumgerissen, als habe ich meine Reise nur unternommen, um in der Tiefe irgend einer Gebirgsschlucht zerschmettert zu werden; und als ich endlich wohlbehalten die Ebene erreichte, war es mir, als sei ich einer Gefahr entronnen, gegen welche es für mich weder Wehr noch Waffe gegeben hatte.

Was aber war selbst diese Allegrissimo-Tour gegen eine Reise mit der Steppenpost! Die Diligence bestand aus einem Wagen mit Interieur, Coupé und Blanquet und war mit acht Pferden bespannt, von denen zwei vorn und dann je drei nebeneinander gingen. Von einer Straße gab es keine Spur; die Fahrt ging immer in gestrecktem Laufe durch Löcher, über halsbrecherische Flußbetten, steile Pässe hinan, jähe Abhänge hinunter, und alle Augenblicke waren wir gezwungen, auszusteigen, um in rührender Geduld unsere Kräfte mit denen der unglücklichen Pferde zu vereinen, wenn es galt, den Wagen aus einem Loch herauszuarbeiten oder über eine Steilung hinwegzubringen, die selbst für einen Fußgänger beschwerlich gewesen wäre. Ich fühlte mich schon nach den ersten Stunden wie gerädert; Korndörfer räsonnierte ein „Maschallah" nach dem andern, und Hassan el Kebihr gab sich mit allen Kräften denjenigen interessanten Zerstreuungen hin, welche gewöhnlich mit der Seekrankheit verbunden zu sein pflegen. Der gute Araber vom berühmten Stamm der Kubabisch und dem Ferkah en Nurab hatte noch nie in einem Wagen gesessen; ich mußte unwillkürlich an seine grandiose Versicherung denken: „Die Steppe bebt, und die Sahel erzittert, wenn Djezzar-Bei erscheint!" Jetzt bebte und zitterte er an allen Gliedern in der Steppe, und es war ihm anzusehen, daß es ihm ganz fürchterlich „giaur" zumute sei.

Sein Grimm über diesen unwürdigen Zustand machte sich erst in Batna Luft:

„Allah kerihm, Gott ist gnädig, und ihm sei Dank, daß mich meine Haut zusammengehalten hat! Ist denn Hassan Ben Abulfeda Ibn Haukal al Wardi Jussuff Ibn Abul Foslan Ben Ishak al Duli ein Blutegel, daß er wieder von sich geben muß, was er genossen hat? Ich schwöre es beim Bart des Propheten, daß Hassan el Kebihr nie wieder in ein Räderhaus steigen wird, wo ihm zumute wird, als ob er unter die Haschasch – Haschischraucher – gehöre! Djezzar-Bei, der Menschenwürger, hat seine Heimat im Serdj – Sattel –; du wirst ihn nur nach Bab-el-Guhd bringen, Sihdi, wenn du ihm erlaubst zu reiten!"

„Hassan hat Recht", stimmte der Staffelsteiner bei. „Maschallah, tausend Schwerebrett, war dos aan Gerumpel und Gerassel in der alt'n Bude, die sie Diligence schimpfen! Ich fahr' mit acht Pferden und soll halt noch selber Vorspann tun? Dos hält kaan Mensch nit aus! Ich war Chasseur d'Afrique und will lieber die ärgste Bestie reiten als noch mal in die Bud' hineinschau'n!"

Ich mußte den beiden erbitterten Passagieren recht geben, zumal ich mich bereits entschlossen hatte, auf die weitere Benutzung der Diligence zu verzichten. Ein Aufenthalt in Batna war mir nicht gestattet, und so engagierte ich einen Beduinen, mich und meine zwei Begleiter auf Pferden nach Biscara zu schaffen, wo ich mir Kamele zur Weiterreise kaufen wollte. Er aber riet mir, dies nicht zu tun, sondern mit ihm über das Auresgebirge nach einem arabischen Duar – Zeltdorf – zu gehen, wo ich bessere und zugleich billigere Kamele finden würde, als in Biscara.

Ich ging auf seinen Vorschlag ein, behielt mir aber vor, das Gebirge über den Fuhm-es-Sahar – Mund der Wüste – zu erreichen, um so lange wie möglich dem gewöhnlichen Reiseweg folgen zu können. Ich konnte mir allerdings denken, daß ich im Duar frische und ungeschwächtere Tiere erhalten würde, als in der Stdt, wo vielleicht nur abgetriebene zu finden waren, die man notdürftig wieder aufgefüttert hatte; doch gab es noch einen Grund, welcher mich bestimmte, der Ansicht des Führers zu folgen. In den wilden Tälern des Auresgebirges ist der Löwe keine Seltenheit, und wenn ich auch wegen der Eile, mit welcher wir reisten, keine Hoffnung hatte, mit dem König der Tiere persönlich zusammenzutreffen, so war es doch vielleicht möglich, seine Spur zu sehen oder gar seine Stimme zu hören. Übrigens war eine kleine Ewigkeit vergangen, seit ich den letzten Schuß getan hatte, und ich fühlte eine wirkliche Sehnsucht, den Klang meiner Büchse wieder zu vernehmen und irgend ein jagbares Geschöpf aufs Korn zu nehmen. Zwischen den Bergen bot sich dazu jedenfalls die Gelegenheit, und ich suchte daher meinen Bärentöter und den Henrystutzen hervor.

Wir waren der Diligence voraus und gaben ihr auch keine Gelegenheit, uns einzuholen. Die Pferde, welche wir ritten, gehörten zu jener kleinen Berberrasse, deren brave Leistungen in keinem Verhältnis zu ihrer Größe stehen. Wir saßen bereits zwölf Stunden im Sattel, und dennoch trabten sie in der Richtung, welcher wir noch vier volle Stunden zu folgen hatten, ganz unverdrossen dahin, und selbst das Grauschimmelchen, von dessen niederem Rücken die unendlichen Beine des „großen Hassan" beinahe bis zur Erde niederhingen, schien sich aus seiner schweren Last nicht viel zu machen und blieb um keinen Schritt breit hinter uns zurück.

Vor und um uns lag die Steppe in gelblichem Licht. So weit das Auge reichte, war das Plateau vollständig kahl und leer, aber diese Landschaft zeigte heute eine seltene und lebensvolle Staffage. Der Fuhm-es-Sahar, der Mund der Wüste, hatte sich geöffnet, um zahlreiche beduinische Hirten über die Steppe zu speien, welche ihre Herden den Wadis und Schotts zutrieben, um den spärlichen Pflanzenwuchs abzuweiden. Auf schnellen Pferden, mit wehendem Burnus und schimmernden Lanzen ihre Kamele und Schafe umreitend, zogen sie, gefolgt von ihren Frauen und Kindern, welche auf bunt bedeckten Dromedaren saßen, nach allen Richtungen über die Ebene dahin und brachten auf das ungewohnte Auge den Eindruck einer Phantasmagorie hervor, die einen halb wachen und halb träumenden Geist gefangenhält.

Von jetzt an traten die Höhenzüge, welche die weite Fläche begrenzten, näher aneinander und schoben sich endlich zu einem immer enger werdenden Felsental zusammen. Der Blick, welcher bisher in die unendlich scheinende Weite zu schweifen vermochte, wurde von kahlen, nackten Abhängen festgehalten, welche beinahe senkrecht aus der Talsohle emporstiegen. Wir ritten zwischen ihnen und Abgründen, in deren unterster Tiefe das Auge das graugelbe Wasser eines reißenden Bergstroms erblickte, über welchen wir, nach abwärts gerichtetem Ritt bei ihm angelangt, drei- bis viermal setzen mußten. Es war der Wed-el-Kantara, in dessen Fluten Jules Gérard, der kühne Löwenjäger, seinen Tod gefunden hatte. An der Stelle, wo er in den Fluß gegangen war, hatte ihm eine vorüberziehende Abteilung französischer Truppen aus aufgehäuften Steinen ein einfaches Monument errichtet. Ich ließ halten.

„Hast du von Gérard, dem Löwentöter gehört, Josef?" fragte ich den Staffelsteiner.

„Versteht sich, Herr!" antwortete er. „Er war aan Franzos' und is endlich halt in das Wasser gestürzt und drin elend versoff'n."

„Kennst du den Emir-el-Areth, den Herrn des Löwen, Hassan?" fragte ich auch den Kubbaschi.

„Er war ein Ungläubiger, aber beinahe so tapfer wie Hassan el Kebihr", antwortete er stolz. „Er hat den Herrn mit dem dicken Kopf – den Löwen – des Nachts und ganz allein aufgesucht, um ihn zu töten; aber der Wangil-el-Uah – König der Oasen – hat ihn doch noch zerrissen und verzehrt, denn er war kein Moslem, sondern ein Mann aus dem Darharb – einem nicht muselmanischen Land."

„Du irrst, Hassan. Der Emir-el-Areth wurde nicht von dem Löwen zerrissen, der eher hundert Moslemin als einen Christen erwürgt, sondern er starb hier in den Fluten des Wed-el-Kantara, und seine Brüder haben ihm dieses Denkmal erbaut. Nehmt eure Gewehre, ihr Männer; ihre Stimmen sollen seinem Geist verkünden, daß der Wanderer den Gebieter des Herrn mit dem dicken Kopf kennt!"

„Soll meine Büchse zu den Ohren eines Geistes klingen, der den Er-Raït nicht kennt, Sihdi?" fragte Hassan.

„Auch der Christ lebt im Er-Raït – im Anblick Gottes –, wenn er gestorben ist, Hassan, denn Gott ist überall auf allen Sternen und in allen Himmeln. Oder spricht nicht dein Prophet von Aissa – Jesus – und Marryam, Imrams Tochter – die heilige Jungfrau –, die im Himmel wohnen und Gott sehen von Angesicht zu Angesicht?"

„Sihdi, warum bist du nicht ein Sayd – Abkömmling von Hassan und Hussein! Du kennst den Fuhm-el-Kuran – Mund des

Korans –, die Hand-el-Ard – Rinnen der Erde – und die Battn-el-Djinne – Berge des Paradieses. Deine Stimme ist wie die Stimme des Khatib – Vorbeter in der Moschee –, die nur die Wahrheit spricht. Ich werde tun, was du von mir forderst!"

Aus vier Läufen – denn auch der Führer fügte sich in meinen Willen – erklang eine dreimalige Salve zu Ehren des Löwenjägers, ein von den Felswänden wiederhallender Totengruß, welchen ein „Rifleman" dem andern brachte; dann ging der Ritt weiter nach dem Paß von Kantara.

Hier traten die Steinwände bis an die Ufer des Flusses heran, der die ganze Breite des Engpasses ausfüllte. Wir mußten fast eine Viertelstunde lang in den schäumenden Wellen reiten und gelangten dann in einen Talkessel von wild-großartigem Charakter.

Steil, schroff und himmelhoch stiegen die schwarzgelben Schieferwände, an dem Fuß mit wirren Steinmurren bedeckt, ringsum empor und bildeten im Süden mit einer gigantischen Felsenmauer eine kolossale Schlucht, die einer klaffenden Wunde im Haupt des Gebirges glich.

Das war der Fuhm-es-Sahar; er führte hinab nach den Oasen des Siban. Die schroffen Felsen zur Rechten gehörten den Höhenzügen des Auresgebirges an; die dunklen Schieferwände zur Linken bildeten den Anfang des Dschebel Sultan. Zwischen ihnen lag die Karawanserei El Kantara, wo wir für die Nacht Einkehr hielten.

Der Seraidschi – Wirt – bereitete uns einen echt türkischen Kawuah – Kaffee –, und nachdem wir unser frugales Abendbrot verzehrt hatten, wurden die Pfeifen angebrannt, und ich lehnte mich zurück, um den Gesprächen der anwesenden Reisenden zu lauschen, welche außer uns und zwei von Tolga kommenden Juden sämtlich Araber waren, deren Weg sich hier am „Munde der Wüste" begegnete.

Der Hauptsprecher war mein guter Hassan el Kebihr, welcher sich die größte Mühe gab, seinen Zuhörern einzuprägen, daß er Djezzar-Bei, der Menschenwürger, genannt werden müsse. Josef Korndörfer dagegen saß still neben mir und hielt, gelangweilt, seine Augen geschlossen. Nur zuweilen öffnete er sie, und dann vernahm ich entweder einen müden Seufzer oder ein zorniges Maschallah über die Selbstverherrlichung des Kubbaschi vom Ferkah en Nurab.

Da kam die Rede auf einen Gegenstand, der mich außerordentlich interessierte. Der Seraidschi besaß nämlich eine kleine

Hammelherde, von welcher, obgleich er sie während des Nachts in der Nähe des Serai eingepfercht hielt, schon einige Nächte hintereinander sich der Panther jedesmal ein Stück ohne Bezahlung geholt hatte.

„Seraidschi!" befahl ich.

„Sihdi!" antwortete er, näher tretend.

„Weißt du gewiß, daß es ein Panther war?"

„Ja, Sihdi. Ich habe seine Spur gesehen. Sie ist groß und scharf; es ist ein Weibchen, das Allah verdammen möge! Ich bin ein armer Kawedschi – Kaffeewirt – und habe nur dreiundzwanzig Schafe. Kann die Mörderin nicht zu einem Reicheren gehen? Ein Männchen würde die Herde eines Armen nicht berauben!"

Der zornige Moslem schien von dem Rechts- und Schicklichkeitsgefühl des weiblichen Teils des Tierreichs keine allzu galante Meinung zu hegen.

„Warum tötest du sie nicht?" fragte ich ihn.

„Das Weib des schwarzen Panthers töten, Sihdi? Weißt du nicht, daß unter ihrem Fell der Scheitan wohnt, der jeden zerreißt, der es beschädigen will?"

„Und weißt du, daß unter deiner Haut el Schubak wohnt, der Satan der Angst, der dein Herz verschlungen und dein Blut getrunken hat? Du bist ein Gläubiger und fürchtest dich vor einem Weib! Allah schütze dein Haus, sonst kommt die Sultana des Panthers ins Serai, um auf deinem Diwan zu schlafen und aus deinem Schädel Kawuah zu trinken!"

„Sie wird meine Herde verspeisen, aber meinem Haus fernbleiben, Sihdi! Weißt du nicht, daß vor jedem wilden Tier geschützt ist, wer täglich dreimal das Surat el ikhlass betet?"

„Das Surat el ikhlass ist gut, denn der Prophet hat es euch gelehrt, und solange du es täglich dreimal betest, hat dich die schwarze Katze noch nicht gefressen; ich aber habe ein Surat, welches mächtiger ist, als alle Ajas eures heiligen Buches; es vernichtet jeden Feind, wenn ich es bete."

„Sage mir es vor, damit ich es beten lerne, Sihdi!"

„Nicht vorsagen, sondern zeigen werde ich es dir!"

Ich nahm meine Büchse und schlug auf ihn an.

„Dies ist mein Surat gegen alle Feinde."

Er sprang erschrocken zur Seite.

„Be issm lillahi radjal, um Gottes willen, auf ihr Männer, flieht! Dieser Sihdi hat den Verstand verloren. Er hält seine Flinte für das Surat el ikhlass und will uns ermorden!"

Ich legte die Büchse wieder zur Seite.

„Bleibt ruhig sitzen, ihr Männer! Mein Verstand ist noch bei mir, denn ich halte das Weib des Panthers nicht für einen Scheitan, sondern für eine Katze, die ich mit meinem Surat töten werde." Und mich erhebend, fügte ich hinzu: „Seraidschi, zeige mir die Hürde, in welcher sich deine Schafe befinden!"

„Bist du toll, Sihdi, daß du verlangst, ich soll mit dir zur Hürde gehen? Die Nacht ist finster, und dieses Weib des Panthers kommt nicht gegen Morgen, wie die andern Tiere, welche Fleisch stehlen, sondern sie naht stets um Mitternacht. Sie mag meine Schafe fessen, mich aber soll sie nicht zerreißen!"

„So beschreibe mir den Ort, wo ich die Hürde finde!"

„Du findest sie hundert Schritte vom Serai, grad gegen Norden, wo die Steine liegen."

Ich hing die Büchse über und griff zum Henrystutzen. Das Messer stak bereits im Gürtel. Mit dem Stutzen hatte ich zwar keinen so weiten und sichern Schuß, wie mit dem Bärenrohr, aber er war mir nötig, wenn der Büchsenschuß ja nicht sofort tödlich sein sollte.

Ich hatte kaum den Fuß erhoben, so sprang Hassan auf.

„Allah akbar, Gott ist groß, Sihdi; er kann den Löwen töten und den Panther vernichten. Du aber bist ein Mensch, dessen Fleisch den Katzen schmeckt. Bleib hier, sonst verzehren sie dich, und wir finden am Morgen nichts von dir als die Sohlen deiner Schuhe!"

„Du wirst am Morgen nicht nur die Schuhe, sondern auch den Mann unverletzt sehen, der sie trägt. Nimm deine Waffen, und folge mir!"

Der große Mann sprang erschrocken zurück; er spreizte alle zehn Finger aus und hielt sie mir mit ausgestreckten Armen abwehrend entgegen.

„Hamdulillah, Preis sei Gott, daß ich am Leben bin; ich werde es nie einem wilden Tier schenken!"

„Fürchtet sich Hassan el Kebihr vor einer Katze?"

„Ich bin Djezzar-Bei, der Menschenwürger, aber nicht Hassan, der Pantherfresser, Sihdi. Verlange, daß ich gegen hundert Feinde kämpfe: ich werde sie alle schlachten, aber der Gläubige verschmäht es, des Nachts mit einem Weib zusammenzukommen, welches noch dazu die Sultana eines wilden Tieres ist!"

„So bleib!"

Ich hatte ihn ja nur auf die Probe stellen wollen und schritt nun dem Ausgang zu. Da hörte ich, daß mir jemand folgte. Der Staffelsteiner war es.

„Darf ich halt mit, Herr?“
„Warum?“
„Warum! Maschallah, tausend Schwerebrett, soll ich vielleicht gar zuschau'n, daß Sie von der Katz' zerrissen werd'n? Wozu hab' ich die Flint' und das Messer? Wo mein Herr is, dort bin ich auch, das versteht sich halt ganz von selber!“
„Ich danke dir, Josef, aber ich kann dich nicht brauchen!“
„Warum nit, wenn ich fragen darf?“
„Weil du kein Jäger bist. Du würdest dich unnütz in Gefahr begeben und günstigenfalls mir nur das Tier verscheuchen.“
Ich hatte wirklich Mühe, den treuen und beherzten Mann von seinem Vorhaben abzubringen, und trat dann in die Nacht hinaus, um die Hürde aufzusuchen.

In der angegebenen Richtung und Entfernung vom Serai lag ein Gewirr hoher, gewaltiger Felsblöcke. An diese lehnte sich die Hürde, welche an den drei andern Seiten aus Pfählen bestand, die durch Stricke, aus Leff – Dattelfaser – gedreht, verbunden waren. Die Schafe lagen ruhig innerhalb dieser einfachen Umzäunung und ließen sich auch durch mein Nahen nicht im mindesten stören. Die Nacht war sternenhell, und ich konnte die Umrisse der Felsen deutlich erkennen. Zwischen zweien derselben befand sich ein oben geschlossener Spalt, grad so breit, daß ein nicht zu starker menschlicher Körper darin Platz finden konnte. Das war der geeignetste Ort für mich, das Raubtier zu erwarten. Er bot mir von drei Seiten sichern Schutz und gewährte mir nach der vierten hin die freieste Aussicht über die Hürde. Wenn der Panther wirklich kam, so konnte ich, ohne für mich etwas befürchten zu müssen, ihn hier in aller Gemütsruhe aufs Korn nehmen. Eine Heldentat war seine Erlegung jedenfalls nicht.

Ich nahm in dem Spalt Platz und machte mir es darin so bequem wie möglich. Mit der Büchse in der Hand und mit dem Stutzen am Knie wartete ich und horchte auf jedes Geräusch der allerdings höchst schweigsamen Steppe. Mitternacht ging vorüber; wenn das Tier heute kam, so mußte es bald erscheinen.

Da bemerkte ich eine Bewegung der Schafe; sie steckten die Köpfe zusammen und krochen unter allen Zeichen der Angst so nahe wie möglich an den Felsen heran. Ich strengte mein Gesicht an, um die Ursache zu erspähen, konnte aber nichts bemerken. Doch jetzt, jetzt vernahm ich über mir ein beinahe unhörbares, schleichendes Geräusch. Das Tier befand sich auf dem Felsen, um von da aus seine Beute im Sprung zu erreichen. Jetzt hörte ich, wie es seine Krallen an dem Stein wetzte, dann – ein Sprung – ein dunkler Körper schnellte herab unter die Schafe – ein kurzer, blökender Todesschrei – und der Panther stand hochaufgerichtet inmitten der Hürde, unter seiner rechten Vordertatze lag das getötete Schaf. Es war ein ungewöhnlich großes, gewaltiges Exemplar, wie ich fast keinen Jaguar gesehen hatte, und, wie ich sofort bemerkte, allerdings ein Weibchen.

Den Kopf erhebend, stieß jetzt das Raubtier seinen Siegesruf aus, jenes in fürchterlichen Kehltönen erschallende, zusammengezogene A – uuhh – a – oorrrr, welches in einem tiefen, grollenden Schnurrlaut zu endigen pflegt. Noch aber war der Ruf nicht ausgeklungen, so krachte meine Büchse. Die weit geöffneten, in grünlichem Licht rollenden Augen hatten mir ein sicheres Ziel geboten. Mit dem Schuß verklang das Brüllen; das Tier machte einen jähen Satz nach dem Spalt zu und brach da hart vor meinen Füßen zusammen. Wie ich später sah, war ihm meine Kugel in das Auge gedrungen.

Der Schuß hatte aber noch einen anderen Erfolg. In der Ferne ertönte ein heiserer, wilder Schrei und nach wenigen Sekunden ein kurzes abgerissenes Brüllen aus größerer Nähe. Das Männchen nahte, durch meine Büchse zur Hilfe herbeigerufen.

Ich hatte schon – der Vorsicht wegen – den Henrystutzen in die Hand genommen, um die zweite Kugel des Bärentöters für diesen Fall zu sparen. Rasch nahm ich den letzteren wieder auf und legte an. Ein schlanker, geschmeidiger Tierkörper kam in langen Sätzen herbeigeschnellt und hielt außerhalb der Hürde an, grad mir und dem gefallenen Weibchen gegenüber. Der Panther mußte trotz des zweifelhaften Sternenlichts uns beide bemerken, denn er duckte sich unter einem grimmigen Schnaufen zur Erde nieder, um zum Sprung auszuholen. Noch sah ich jetzt seine Augen glühen, im nächsten Augenblick mußten sie sich im Moment des Sprungs schließen. Ich drückte los. Mitten in der blitzenden Beleuchtung durch den Schuß flog das Tier empor und kam hart am Spalt zum Boden nieder. Aber schon hatte ich den Stutzen ergriffen; ich konnte aus seinem Lauf, ohne zu laden, fünfundzwanzig Schüsse hintereinander abgeben. Ich hielt die Mündung grad an den Kopf des Panthers und drückte ein-, zwei-, dreimal los. Schon der erste Schuß war, wenn auch nicht sofort, tödlich gewesen; ein konvulsivisches Zittern ging durch den Körper des Tieres, dann lag es regungslos gestreckt zu meinen Füßen.

Ich lud zunächst wieder und trat dann hinaus. Die beiden

Raubtiere lagen aufeinander und waren, besonders das weibliche, wo groß und schwer, daß ich sie nur mit Anstrengung zu bewegen vermochte. In einiger Entfernung bellte ein Schakal sein heulendes „ia – ou, ia – ou"; er wußte die Panther in der Nähe und glaubte, sich Hoffnung auf den Nachtisch machen zu dürfen. Er ist ein treuer, aber furchtsamer Begleiter der großen Räuber des Tierreiches und nimmt gern fürlieb mit den Brosamen, die von des Reichen Tische fallen.

Als ich in der Serei ankam, fand ich alle Gäste noch wach. Es war für sie ein unglaublicher Gedanke, daß ein einziger Mensch mitten in finsterer Nacht sich an den Panther wage, der beinahe noch gefürchteter ist, als der Löwe. Die mit Angst gepaarte Neugierde hatte sie wach erhalten, doch mußten sie meine Schüsse vernommen und also gemerkt haben, daß ich mich wenigstens nicht ohne Gegenwehr von dem „fürchterlichen Weibe" verschlingen ließ. Bei meinem Eintritt sahen sie mich an, als sei ich ein Gespenst.

„Maschallah, tausend Schwerebrett, da is er, wie er leibt und lebt!" rief Josef Korndörfer, in dem er voll Freude auf mich zugesprungen kam.

„Marhaba, Sihdi, willkommen Herr", meinte der große Hassan; „du hast klug gehandelt. Wir haben deine Schüsse gehört, und die Frau des Panthers, die sie vernommen hat, wird diese Nacht von der Hürde bleiben."

„Ich danke dir, Sihdi", stimmte auch der Seraidschi ein, „daß du meine Herde beschützt hast. Die Räuber werden heute nicht kommen, denn du hast dich in die Finsternis gewagt und sie durch die Stimme deines Gewehrs gewarnt!"

Man war also der Meinung, daß ich geschossen hatte, bloß um die Raubtiere abzuschrecken.

„Die Frau des Panthers ist mit ihrem Mann gekommen, Kawedschi", antwortete ich, „und hat dir ein Schaf getötet. Du mußt es holen, denn der Schakal ist in der Nähe, der es sonst verzehren wird."

„Er mag es verzehren, denn Allah behüte meinen Fuß, daß er hinaustrete in das Reich des Todes, wo ich zerrissen werde!"

„Du wirst nicht zerrissen werden, denn die Sultana des schwarzen Panthers ist tot, und ihr Herr liegt bei ihr mit zerschmetterter Stirn."

„Allah kehrim, Gott ist gnädig! Sagst du die Wahrheit, Sihdi?"

„Mein Wort ist wahr! Sieh diese Schuhe, Hassan; sie sind unversehrt, und kein Haar ist mir gekrümmt; aber mein Surat ist erklungen, und nun liegen die Panther niedergestreckt durch die Faust des Todes. Kommt, ihr Männer, und helft, sie herbeizuschaffen!"

Diese Worte brachten eine außerordentliche Aufregung unter den Leuten hervor. Sie wollten mir nicht glauben, und es kostete mich nicht wenig Überredungsgabe, sie endlich zum Mitgehen zu bewegen.

Man brannte Fackeln aus Palmenfaser an und folgte mir. Als wir der Hürde nahten, drängten sich die Schafe vom lodernden Brand erschreckt, ängstlich zusammen. Die jetzt folgende Szene ist unmöglich zu beschreiben. Kaum erblickten die Araber die beiden erlegten Tiere, so stürzten sie sich auf sie, schlugen sie mit den Fäusten, traten sie mit den Absätzen und schimpften sie mit allen möglichen Schandwörtern, von denen die arabische Sprache einen beinahe unerschöpflichen Vorrat besitzt. Hassan el Kebihr war der lauteste von allen. Er wandte sich schließlich auch an mich:

„Sihdi, du bist der größte Jäger, den meine Augen gesehen haben; du bist noch größer als der Emir-el-Areth – Gérard –, welcher der Herr des Löwen war. Wenn ich singe von den Siret el modschaheddin – Taten der Kämpfer – und wenn ich erzähle von den Siret el behluwan – Taten der Helden –, so werde ich deinen Namen nicht vergessen, sondern ihn rühmen vor den Ohren der Gläubigen!"

Der Araber spricht gern fulminant und liebt es, seine Gefühle im Superlativ auszudrücken. Auch der Staffelsteiner konnte sein Erstaunen nicht verbergen.

„Maschallah, tausend Schwerebrett, is dos aan Schuß gewes'n. Die Katz' is grad ins Aug' getroff'n und die andre halt auch nit schlechter! Ich hob' noch gar kaan solch Viehzeug geseh'n und nit geglaubt, was der Panther für aan Bursch' sein kann. Meine Büchs' hätt' wohl gewankt, wenn ich dabei gewes'n wär!"

Die Tiere wurden im Triumph nach der Serei fortgeschleift, wo ich ihnen das Fell abstreifte; dann gingen wir zur Ruhe.

Am andern Morgen erhob sich vor dem Aufbruch ein heißer Streit zwischen Hassan el Kebihr und dem Staffelsteiner, und ich eilte hinaus, um den Zank zu schlichten. Josef Korndörfer hatte das Fell des Pantherweibchens unter meinen und dasjenige des Männchens unter seinen Sattel gelegt, eine Manipulation, mit welcher sich der Kubbaschi nicht einverstanden erklärte.

„Du bis ein Franke, der noch nie eine Moshia – Moschee – betreten hat", meinte der letztere, „und willst mich um das

Recht der Gläubigen betrügen? Hast du jemals einen Ungläubigen gesehen, der auf dem Fell des Panthers reitet?"

„Hast du ihn erlegt, Djezzar-Bei, du Menschenwürger?" lachte der frühere Chasseur d'Afrique.

„Der Sihdi hat ihn erlegt, weil Hassan el Kebihr, vor dem die Tiere zittern, bei ihm ist. Das Fell gehört unter meinen Sattel, denn was bist du gegen den Kubbaschi en Nurab? Bin ich nicht Diener gewesen an der berühmtesten Universität der Moshia El Azar zu Cahira, das ihr Kairo nennt? Ich habe die weisen Männer gesehen, die dort ein- und ausgingen; wen aber hast du gesehen, und an welcher Schule bist du gewesen?"

„Ich habe gesehen unsern Sihdi, in dessen Kopf mehr Weisheit steckt als in eurer ganzen Moshia El Azar in Cahira, und bin gewesen in der Schule zu Kaltenbrunn bei Staffelstein, wo deine gelehrten Männer auf die letze Bank zu sitzen kämen", verteidigte sich der Bayer unter fortwährendem Lachen.

„Nun wohl! Aber kennst du meinen Namen? Ich heiße Hassan Ben Abulfeda Ibn Haukal al Wardi Jussuf Ibn Abul Foslan Ben Ishak al Duli. Wie aber heißt du? Mein Name ist lang wie der Fluß, der durch die Berge rollt; der deinige aber klein wie der Tropfen, der schmutzig vom Blatt fällt."

„Beschmutze meinen Namen nit, denn er is auch der deinige! Ich heiße Jussuf wie du."

„Weißt du, daß Jussuf nur ein Gläubiger heißen darf? Du bist ein Franke und wirst Jussef genannt. Merke dir das! Und du hast nur diesen einen Namen!"

„Oho! Hast du nit gehört, daß ich auch Korndörfer heiße?"

„Aber wo bleibt der Name deines Vaters?"

„Der hieß auch Korndörfer."

„Und dessen Vater?"

„Auch Korndörfer."

„Und dessen Vater?"

„Immer wieder Korndörfer."

„Und wo lebte dieser?"

„In Kaltenbrunn."

„In Kah el brunn? So heißest du Jussef Koh er darb Ben Koh er darb Ibn Koh er darb Abu Koh er darb el Kah el brunn. Mußt du nicht lachen über deinen eigenen Namen? Und du verweigerst mir das Fell? Gib es her!"

„Höre, Hassan! Jussef Koh er darb, Ben, Ibn und Abu Koh er darb aus Kah el brunn wird das Fell behalten! Dort kommt der Sihdi; wende dich an ihn!"

Der Kubbaschi tat dies auch. Der große Hassan wollte mit der Schabracke vor den uns Begegnenden glänzen; dies gab mir Gelegenheit, ihn für seine gestrige Feigheit zu strafen.

„Jussuf", entschied ich, mit Fleiß Jussuf statt Jussef sagend, „wollte mit mir den Panther schießen, du aber hattest Angst vor der Katze. Ihm gebührt das Fell und nicht dir!"

Murrend mußte er sich in diesen Bescheid ergeben, und murrend folgte er uns, als wir die Serei verließen.

Wir befanden uns bald inmitten der Schluchten und Steinklüfte des Auresgebirges, dessen Längenrichtung wir bis gegen Abend einhielten, um dann über seinen Kamm in die Sahara herabzusteigen. An seinem Fuße lag das Zeltdorf, welches das Ziel unserer heutigen Wanderung war. Wir wurden von den Arabern gastfreundlich aufgenommen, und noch ehe es Nacht ward, befand ich mich im Besitz von drei Reit- und ebenso vielen Packkamelen nebst allen Gegenständen und Vorräten, welche zur Reise nach dem Bab-el-Ghud oder wenigstens nach Aïn-es-Salah erforderlich waren.

Am andern Morgen folgten wir dem Fuße des Gebirges, um, Biscara nun vermeidend, die Karawanenstraße von dort nach Aïn-es-Salah aufzusuchen.

Es war ein heißer Tag, und um die Mittagszeit brannte die Sonne mit solcher Vollglut auf uns nieder, daß ich beschloß, auch gegen den Gebrauch für einige Zeit Rast zu halten. Wir suchten nach einem geeigneten schattigen Ort; da blieb der voranreitende Hassan, welcher mit Josef noch immer wegen der Schabracke schmollte, halten und deutete abwärts.

„Schau, Sihdi, eine Sobha – eine Wasserlache!"

Wir befanden uns noch immer auf hohem Terrain, welches von den Ausläufern des Gebirges gebildet wurde. Am Fuße eines solchen Höhenzuges glänzte von unten die blitzende Fläche eines Wassers zu uns herauf, an dessen Ufer ich einiges spärliche Lentiskengesträuch bemerkte.

„Das ist keine Sobha, Hassan, sondern ein Schott oder Birket – See –, welcher hinter dem Hügel liegt und von dem wir hier nur eine Bucht sehen können. Ich werde dir gleich seinen Namen nennen!"

Ich schlug die stets bereite Karte auf und fand den See verzeichnet. Es war eines jener leblosen Gewässer ohne Farbe und Bewegung, die kein Fisch, kein Lurch durchrudert und in deren Wasser man höchstens jene häßlichen Würmer zu Myriaden erblickt, welche der Beduine Thud nennt.

„Es ist der Birket el fehlatn – der tote See. Laßt uns zu ihm hinunter!"

„Das ist ein Befehl, Sihdi, der mehr wert ist, als der Preis von zehn Kamelen. Mein Serdj, was du Sattel nennst, brennt unter mir, als säße ich auf einem abgerissenen Zipfel von der Dschehennah – Hölle –. Ich werde mich entkleiden und meinem Körper durch einen Ghusl – ein Bad – neue Kräfte geben."

Wir hielten auf das Wasser zu, welches wir nach einer Viertelstunde erreichten. Es war, wie ich richtig bemerkt hatte, kein Schott, sondern der Birket el fehlatn. Hassan war uns voraus; er konnte das Bad nicht erwarten. Am Ufer angekommen, wandte er sich mit einer Gebärde der Enttäuschung zurück.

„Sihdi, das ist kein Wasser zum Ghusl, sondern ein Bahr el Thud – ein Würmermeer –, und siehe, dort liegt ein Duar von über zwanzig Zelten, die uns Schatten geben werden!"

Wirklich sah ich zwischen dem oberen Teil des Sees und dem Hügel eine Reihe von Zelten stehen, zwischen denen zahlreiche Pferde und Kamele lagen. Ein anderer Trupp von fünf Kamelen weidete seitwärts die fleischigen Blätter der Salzkräuter ab, welche der dürftige Boden durch den Einfluß des Wassers hervorbrachte. Ich erkannte auf den ersten Blick, daß es nicht gewöhnliche Lastkamele sind, die man für vierhundert Piaster das Stück bekommt, sondern ohne Ausnahme Reitkamele, echte Hedjihn, deren jedes man mit mehreren tausend Piastern bezahlt. Vielleicht waren es gar Bischarinhedjihn, diese edelste Rasse der Kamele, denen man bei aller Enthaltsamkeit wohl eine ganze Woche lang täglich einen Weg von vierzehn bis sechzehn deutschen Meilen zutrauen kann. Ja, bei den Tuareg trifft man Kamele, welche noch mehr zu leisten vermögen. Ich erkannte diese Rasse an den zierlichen Formen, dem verständigen Auge, der breiten Stirn, den herabhängenden Unterlippen, den kurzen, stehenden Ohren, dem kurzen, glatten Haar und der Farbe desselben, welche bei dem Bischarin entweder weiß oder lichtgrau, manchmal auch falb und zuweilen gefleckt ist wie bei der Giraffe.

Diese kostbaren Tiere gehörten jedenfalls nicht in das arme Zeltdorf, sondern sie waren wohl das Eigentum von fremden Beduinen, welche im Duar als Gäste weilten.

Wir eilten auf das Duar zu.

Es wäre eine ganz unverzeihliche Beleidigung für den Besitzer des ersten Zeltes gewesen, wenn wir an diesem vorübergeritten wären, um in einem der folgenden Aufnahme zu suchen. Der Bewohner der Steppe ist ein geborener Dieb und Räuber, aber das Gastrecht hält er noch ebenso hoch und heilig, wie es den biblischen Erzvätern galt, von denen er ja seine Abstammung herleitet.

Als wir hielten, wurde das alte, vielfach zerfetzte Tuch, welches den Eingang bedeckte, bei Seite geschoben, und ein Mädchen trat heraus, um uns zu begrüßen. Sie war unverschleiert; die Frauen der Wüstenaraber sind weniger diffizil als die Weiber und Töchter der Mauren – Städtearaber. Ihr Haar war in dichte Dafira – Flechten – geordnet, welche mit roten und blauen Bändern durchflochten waren. Um die Hüften trug sie den Rahad, einen schmalen Gürtel, von welchem eine große Anzahl Lederstränge bis über das Knie herabfiel und so einen Rock bildete, welcher mit Korallen, Bernsteinstücken und Kaurimuscheln verziert war. Um den Hals trug sie den Kharaz, eine vielfache Schnur von Glasperlen und allerlei Münzen. Von den Schultern hing ein leichter Überwurf bis zu dem Gürtel herab. In den kleinen Ohren hingen goldene Ringe von enormer Größe; an den Füßen oberhalb der Knöchel glänzten silberne Spangen, und um die Gelenke der feinen Händchen, deren Fingernägel mit Henna gefärbt waren, wanden sich starke Ringe von Elfenbein, deren weißer Glanz sehr hübsch gegen die warmen Töne der braunen Haut abstach, welche der schönsten florentinischen Bronze nichts nachgab.

„Marhaba ia Sihdi, du sollst willkommen sein, o Herr", klang ihr Gruß, und zugleich reichte sie zur Bekräftigung desselben meinem Kamel eine Handvoll Waedydatteln dar.

Hinter ihr kam ein alter Mann zum Vorschein, der uns mit neugierigen und verwunderten Blicken musterte. Sein sonnengebräuntes Gesicht war voller Falten und seine ausgedorrte Gestalt tief gebeugt. Er mochte wohl an die neunzig Jahre zählen.

„Salam aleikum", grüßte ich ihn, die Hand zur Brust erhebend. „Hast du ein wenig Raum für uns, wo wir das Haupt zu einer kurzen Ruhe niederlegen können?"

„Marhaba ia Sihdi, willkommen, o Herr! Unser armes Zelt hat der Gäste bereits drei, doch ist noch Platz für dich. Steig ab, und erlaube mir, dir einen Hammel zu schlachten!"

„Dein Herz ist voller Wohltat, und dein Zelt steht offen dem Wanderer; du bist ein guter Sohn des Propheten und ein Liebling Allahs, der dir viele Jahre des Lebens geschenkt hat; doch sollen deine Gäste die Güte deiner Seele ganz besitzen. Erlaube mir, zu einem andern Zelt zu gehen!"

„Willst du mich beschimpfen, Sihdi? Was habe ich dir getan,

daß du mein Zelt verschmähst? Steig herab vom Tier, welches bereits ein Gast der Tochter meines Sohnes ist, und leg dich bei mir zur Ruhe!"

Er ergriff das Halfter des Kamels und gebot ihm durch das gebräuchliche, kehllautende „khe, khe", niederzuknien.

Ich stieg ab und wurde in das Zelt geführt, wohin auch Josef und Hassan bald nachfolgten. Längs der Wand desselben zog sich das Serir herum, ein sich nur wenig vom Boden erhebendes gitterartiges Gerüst aus leichtem Holz, welches mit Matten und Hammelfellen bedeckt war. Das bildete den Diwan und das Bett für die ganze Familie nebst den etwaigen Gästen. Im Hintergrund des Zeltes waren Sättel und Schilde aufbewahrt; an den Pfählen hingen Waffen, Schläuche, lederne Eimer und allerlei wirtschaftliches Gerät, und die Wände selbst waren mit künstlich geflochtenen Bechern, Giraffenhäuten, Bouquets von Straußenfedern und vorzüglich mit Schellen und Klingeln geschmückt. Diese letzteren sind in arabischen Zelten sehr gebräuchlich und machen in stürmischen Nächten eine dem ermüdeten Wanderer sehr unwillkommene Musik. Der Wind bewegt das ganze Zelt, das Metall der Schellen erklingt und bildet die Begleitung zum Krachen des Donners, zu dem Stöhnen der Kamele, dem Blöken der Schafe, dem Gebell der Hunde und dem Heulen der wilden Tiere.

Ich nahm auf den Matten Platz. Der Alte hatte die Pantherfelle gesehen; das Gesetz der Gastfreundschaft verbot ihm, nach meinem Namen und Herkommen zu fragen, aber wissen durfte er, wie ich in den Besitz dieser kostbaren Beute gekommen war. Mit der dem unzivilisierten Menschen eigenen Schlauheit wußte er das Gespräch auf diesen Gegenstand zu bringen.

„Ruhe dich aus, Sihdi, bis Fleisch und Kuskussu bereitet sind."

Kuskussu ist ein aus grob gemahlenem Weizenmehl bereitetes Lieblingsgericht der Araber.

„Ich danke dir, Vater", entgegnete ich. „Ich esse Fleisch und Kuskussu nur des Abends, wenn ich die Reise des Tages beendet habe. Gib mir und meinen Dienern Wasser und ein wenig Bsissa – Brot, von Mehl und getrockneten Datteln gebacken.

Das Mädchen brachte mir das Bsissa.

„Das Wasser des Birket ist schlecht, Sihdi. Willst du nicht einen Becher Kamelsmilch oder Lagmi – Dattelsaft – trinken?" fragte sie.

„Eddini Lagmi, gib mir Lagmi, Ambr el Banat, du Zierde der Mädchen!"

Sie brachte mir einen Lederbecher voll des erquickenden Getränks. Der Alte wartete, bis ich getrunken hatte, und fragte dann:

„Du wirst bleiben viele Tage in der Hütte deines Freundes?"

„Ich werde sie verlassen, sobald ich ausgeruht habe."

„So willst du reiten des Nachts, wenn die Stimmen der wilden Tiere erschallen und der Panther Mensch und Djemmel zerreißt? Bleib bei uns, Sihdi, denn dein Tod würde auf meine Seele fallen!"

Ich mußte dem guten Alten sein Verhör erleichtern.

„Der Panther wird mich nicht zerreißen. Hast du nicht sein Kleid auf meinen Tieren gesehen?"

„Ich habe es gesehen, das Kleid des Panthers und seiner Sultana."

„Nun wohl, ich habe ihn und sie getötet beim Sternenschein am Fuhm-es-Sahar."

„Den fürchterlichen Panther am Fuhm-es-Sahar, der schrecklicher war, als alle Panther der Steppe? Sihdi, du bist ein Held, ein großer Krieger! Wie viele Männer sind bei dir gewesen?"

„Keiner. Ich habe ganz allein mit dem Panther und seiner Frau gesprochen."

„Ganz allein? Allah akbar, Gott ist groß, und du bist ein Akhu – Bruder, Genosse – des großen Emir-el-Areth, der im Wed-el-Kantara ertrank!"

„Ich bin ein Franke, wie er, und habe eine Büchse, welche dieselben Worte spricht, wie die seinige."

„Ein Franke bist du und ein Jäger, wie der Emir-el-Areth? Dann muß ich dir etwas sagen, was deine Seele erfreuen wird!"

Er war plötzlich sehr ernst geworden und trat mit geheimnisvoller Miene ganz nahe zu mir heran. Die zwei hohl gebogenen Hände wie ein Sprach- oder Hörrohr an meine Ohren haltend, legte er den Mund an sie und flüsterte so leise, daß ich es kaum zu verstehen vermochte:

„Kennst du Assad, den Aufruhrerregenden?"

Ich nickte und blickte ihn erwartungsvoll an.

„Kennst du Assad-Bei, den Herdenwürger?" fragte er in derselben Weise.

Ich nickte zum zweiten Mal bejahend mit dem Kopf, und er fuhr fort:

„Er ist unserer Herde gefolgt schon lange Zeit und hat uns die besten Tiere geraubt; erst in der vergangenen Nacht holte er wieder ein Rind für sich und seine Frau; aaïb aaleïhu, Schande über ihn!"

Der leise Flüsterton war mir nicht unbegreiflich. Der Araber hat einen außerordentlichen Respekt vor dem Löwen; so lange das gewaltige Tier noch lebt, nennt er es mit den hochtrabendsten und ehrendsten Namen, um es ja nicht zu beleidigen und zur Rache herauszufordern; ist es aber getötet, so bewirft er es mit den demütigendsten Schimpfworten und tut ihm alle möglichen Beleidigungen an. Er fürchtet die Stärke und Zähigkeit des Königs der Tiere und läßt sich lange Zeit von ihm berauben, ehe er sich zu einem Angriff entschließt, der bei der gebräuchlichen Weise der Araber meistens mehrere Menschenleben kostet.

Der sonst so tapfere und unerschrockene Sohn der Wüste wagt es nämlich nie, wie der kühne europäische Jäger zu tun stets vorzieht, den Löwen allein anzugreifen. Es treten sämtliche waffenfähige Männer des Duars oder der Dachera – der Gebäudedörfer – zusammen, suchen das Lager des Tieres auf, locken es durch lärmendes Rufen, Brüllen, Pfeifen, Schießen und Klappern aus demselben hervor und jagen ihm, sobald es erscheint, aus ihren langen, unsicher treffenden Flinten so viele Kugeln wie möglich in den Leib. Selbst wenn es zum Tode verwundet ist, besitzt es noch so viel Lebenszähigkeit und Kraft, sich auf einen oder mehrere zu werfen, um sich vor seinem Verenden blutig zu rächen.

Die Furcht, welche man vor ihm hegt, geht sogar so weit, daß man bei dem Entschluß und der Vorbereitung eines Angriffs nur leise spricht; man meint, er könne es hören und dem Angriff begegnen. Darum sprach der Alte so heimlich; Assad Bei, der Aufruhrerregende, der Herdenwürger, hätte ja sonst seine Worte vernehmen können.

Jetzt fiel es mir auch auf, daß ich keinen einzigen waffenfähigen Mann in dem Duar bemerkt hatte. Nur einige neugierige Frauenköpfe waren zwischen den Vorhängen der Zelte zu sehen gewesen.

„Eure Männer sind gegangen, ihn zu töten?“

„Alle unsere Männer und Jünglinge samt unsern Gästen, welche kühne Söhne der Uëlad Sliman sind.“

Bei dieser Nachricht war alle Müdigkeit und Erschöpfung von mir gewichen.

„So werde auch ich gehen, um den Sihdi el salßali, den Herrn des Erdbebens, aufzusuchen!“ Ich wußte, daß der Löwe wegen der Macht seiner Stimme so genannt wird.

„Be issm lillahi, um Gottes willen, sprich leise!“ bat der Alte ängstlich. „Wenn er es hört, so bist du verloren. Er kommt herbei und reißt dich in Stücke.“

„Bist du toll, Sihdi“, lamentierte Hassan-el-Kebihr, „daß du dein Fleisch zerreißen und deine Knochen zermalmen lassen willst durch den Herrn mit dem dicken Kopf, der mehr Kraft hat als zehn Scheitans, als hundert Teufel zusammengenommen? Du hast den Panther und sein Weib getötet, Assad-Bei aber spottet der Kugel und lacht deines Messers; sein Fell ist härter als der Schild des Nurab-a-Tor-el-Khadra.“

„Aus deinem Mund spricht die Angst, und deine Rede trieft von Furcht, Hassan. Allah hat ein Weib geschaffen und ihm deine Gestalt gegeben!“

„Sihdi, wenn mir dies ein anderer sagte, so würde ich ihn auf der Stelle erwürgen. Hassan Ben Abulfeda Ibn Haukal al Wardi Jussuff Ibn Abul Foslan Ben Ishak al Duli kennt weder Angst noch Furcht, denn er ist Djezzar-Bei, der Menschenwürger. Aber er ist nicht jung und auch nicht fett genug; der Löwe mag ihn gar nicht fressen!“

„Er soll dich auch nicht fressen; du bleibst mit Jussuf hier bei unseren Tieren“, tröstete ich ihn.

Er schien mit diesem Befehl außerordentlich zufrieden zu sein, nicht so aber der Staffelsteiner.

„Dos kann nix sein, Herr“, appellierte dieser gegen meinen Bescheid. „Ich geh’ halt mit. Ich hab’ nit mit auf den Panther gedurft, drum will ich wenigstens heut meine Büchs’ probier’n. Wenn der Löwe Sie nit frißt, so mag er seh’n, wie ich ihm schmeck’. Ich bin Ihr Diener und gehör’ halt dahin, wo sich mein Herr befindet.“

„So magst du mitgehn“, entschied ich, erfreut über diesen Beweis von Mut.

Hassan suchte mich noch immer abzuhalten; er erging sich in den kräftigsten Schilderungen der Gefahr, welche uns erwartete. Es half ihm nichts.

„Hamdulillah, Preis sei Gott“, meinte dagegen unser Wirt. „Allah ist barmherzig und gnädig; er hat dich zu uns gesendet und wird deine Waffe segnen, daß du unsere Männer errettest von den Klauen des Tieres, welches der Herr des Erdbebens ist!“

Der Morgenländer hält jeden Franken, welcher ein Gewehr trägt, für einen ausgezeichneten Schützen, und die Freude des Alten gründete sich jedenfalls auch mit auf die stille Hoffnung, daß der Löwe statt einen der Seinigen mich und Josef zerreißen werde.

„Wo ist der Löwe?“ fragte ich ihn.

„Komm heraus vor das Zelt, Sihdi; ich werde es dir zeigen!“

Ich nahm meine Waffen und folgte ihm.

Vom See aus zog sich eine immer breiter werdende Vertiefung den Hügel hinan; es war ein jetzt trockener Wadi. Noch immer flüsternd, zeigte der Alte auf die mit Felsen übersäte Rinne des Wadi.

„Ganz oben in diesem Battn el Hadjar, in diesem Bauch der Steine, hat der Emir-el-Areth sein Lager. Die Männer sind hinauf, um ihn hervorzutreiben. Lauf schnell, Sihdi, daß du nicht zu spät kommst, ihn in die Dschehennah, in die Hölle, zu schicken!"

„Komm, Josef!"

Ich war meiner Büchse sicher; sie hatte mir niemals versagt, und jede der aus ihr geschossenen konischen Kugeln hatte bisher ihre Schuldigkeit getan. Ich war überzeugt, daß sie mich auch heute nicht verlassen werde.

Um den obern Teil der Schlucht so bald wie möglich zu erreichen, vermied ich die Windungen, welche sie machte, und schritt von den Zelten aus gleich direkt den Berg hinan. Am oberen Wadi angekommen, vernahm ich einen ganz entsetzlichen Lärm, welcher aus der Tiefe der Schlucht emporscholl. Rasch eilte ich dem vor mir liegenden Rand zu, von welchem aus ich die Situation vollständig überblicken konnte.

Die steile Böschung grad mir gegenüber zog sich ein Gebüsch von Wacholder und stacheligen Mimosen hinan, welches von den Arabern umzingelt war. Es mußte den Löwen verbergen, denn die oberhalb des Gestüpps Befindlichen rollten große Steine in dasselbe, um das Tier herauszutreiben. Die Männer schwangen ihre Flinten und tanzten dabei vor Aufregung und suchten sich durch kreischende Zurufe zu ermutigen. Ich empfing einen eigentümlichen Eindruck von dieser untaktischen Art und Weise, ein Wild zu jagen, welches sich am besten des Nachts, Auge in Auge und ohne Lärm erlegen läßt.

Da bemerkte ich inmitten des Gebüschs eine leise Bewegung; sie wurde stärker, und jetzt trat er hervor, nicht plötzlich, nicht nach Katzenart springend und schnellend, sondern langsam, mit sicheren, majestätischen Schritten. Die reiche, dunkle Mähne hing ihm wirr um Kopf und Vorderleib; den stark bequasteten Schwanz zog er langgestreckt hinter sich her; es war wirklich ein prachtvoller Anblick, das edle, gewaltige Tier so selbstbewußt und ruhig inmitten der schnell auf seinen Leib gerichteten Gewehre stehen zu sehen, und es wollte mir wirklich scheinen, als bemerke ich ein verächtliches Funkeln der großen rollenden Augen. Ich hatte viel von dem Fürsten der Tiere gehört und noch mehr von ihm gelesen, gesehen aber hatte ich nur einige Exemplare in Menagerien und zoologischen Gärten. Sie alle hielten keinen Vergleich aus mit diesem prächtigen, machtvollen Sihdi el salßali, dessen Anblick meine Erwartungen weit übertraf. Dieser charaktervolle, hoch- und breitstirnige Kopf, dessen langsames Schütteln ein Zeichen der Verwunderung über das verwegene Beginnen der Araber zu sein schien; dieser ungebeugte Nacken, dieser kurze, breite Rücken, diese mächtigen Flanken, diese Pranken, denen man es ansah, daß ein einziger Schlag von ihnen genügend sei, ein Rind niederzustrecken; dieses drohende Öffnen der Lefzen – die Natur hatte hier alles vereinigt, um die wilde, physische Kraft in all ihrer Majestät zur Darstellung zu bringen. Und jetzt hob er den Kopf und ließ jene furchtbaren Töne erschallen, derentwegen ihn der Sohn der Wüste den „Herrn des Erdbebens" nennt, und von welchen der Dichter schreibt:

„Da liegt der Maure unter Palmen,
Vom Sonnenbrand herbeigeführt,
Das Dromedar nascht von den Halmen,
Die noch der Samum nicht berührt;
Da trinkt das Gnu sich an der Quelle,
Der frischen, lebensvollen, satt,
Da naht verschmachtend die Gazelle,
Vom wilden Jagen todesmatt;
Da geht der Löwe nach der Beute,
Der König, kampfesmutig aus,
Und in die unbegrenzte Weite
Brüllt er den Herrscherruf hinaus,
Und Mensch und Tier, Gnu und Gazelle,
Sie zittern vor dem wilden Ton
Und jagen mit Gedankenschnelle,
Entsetzt, von Furcht gepackt, davon."

Es war mir wirklich, als zittere der Boden unter mir bei dem leise beginnenden, dann zu unbeschreiblicher Stärke anwachsenden und sich endlich in einem grimmigen Rollen verlierenden Gebrüll, welches der Araber so treffend mit dem Wort Rad, Donner, bezeichnet.

Da blitzte es aus allen Läufen auf; der Löwe wurde von mehreren Kugeln, aber nur leicht, getroffen. Er duckte sich nieder und fuhr dann mit einem einzigen, weiten Satz mitten unter die

Angreifer hinein. Zwei von ihnen lagen unter seinen Tatzen. Länger durfte ich nicht zögern. Mehr gleitend als steigend warf ich mich, gefolgt von Korndörfer, den steilen Abhang des Wadi hinunter. Die Araber, welche ein beinahe betäubendes Geschrei erhoben, bemerkten mein Kommen nicht. Einer von ihnen hatte seine Flinte noch nicht abgeschossen. Mutiger als die anderen, deren größter Teil sich nach der Salve zur Flucht gewandt hatte, blieb er stehen, zielte und drückte los. Die Kugel traf, doch nicht zum Tode. Das Tier zuckte zusammen, schnellte im nächsten Augenblick durch die Luft und riß den Schützen nieder. Ihm die beiden Vordertatzen auf die Brust setzend, stieß es ein zweites, womöglich noch erschreckenderes Brüllen aus als vorher. Im folgenden Moment mußte der Mann zerrissen sein.

In eiligen Sprüngen lief ich hinzu und kniete nur wenige Schritte von dem Löwen nieder. Dieser bemerkte mich und trat von seinem Opfer zurück, ein Umstand, welcher nur außerordentlich selten vorzukommen pflegt. Ich legte an. Es war nicht Furcht und nicht Angst, was ich in diesem Augenblick empfand; es gibt keine Bezeichnung für das Gefühl, welches jede Faser in mir anspannte. Die rollenden Augen glühten mir vernichtend entgegen, der Schwanz krümmte sich verräterisch; die kraftvollen Pranken zogen sich zum Sprung zusammen, ein kurzes Zukken ging über den sich niederduckenden Leib – ich drückte los und sprang sofort zurück, das Messer aus der Scheide ziehend.

Der Löwe hatte sich im Augenblick des Schusses emporgeschnellt; er stürzte mitten im Sprung zur Erde, wälzte sich einige Male hin und her und blieb dann unbeweglich liegen. Meine Kugel war ihm ins Auge gedrungen – er war verendet.

„Hamdulillah, Allah akbar, Preis sei Gott, der Herr ist groß!" erscholl es aus allen Kehlen. „Hasa nessieb, das hat Gott geschickt; der Kelb, der Hund, der Sohn von einem Hunde, der Enkel von einem Hundesohn ist tot; er ist schmachvoll gefallen, gestürzt und gestorben wie ein Ungläubiger, ohne Ruhm und Ehre. El Thibb, der Schakal, und el Tabäa, die Hyäne, werden ihn fressen; el Büdj, der gewaltige Bartgeier, mag ihm das feige Herz zerhacken, und el Rassahl, die Gazelle, mag ihn und seine Väter beschimpfen, ihn, der ohne Kampf und Gegenwehr aus dem Lande der Lebendigen gegangen ist. Er, der sich el Jawuhs, den Grausamen, nennen ließ, muß aus seinem Fell steigen. Holt die Hariri, die Musikanten, herbei; sie mögen auf der Nogara seine Schande trommeln und ihm mit der Rababa seine Schmach vorpfeifen!"

So klang es jubelnd und verhöhnend von allen Seiten. Man trat den toten Körper mit den Füßen; man schlug ihn mit den Fäusten, stieß ihn mit den Kolben und spie ihn verächtlich an. Die Spannung hatte mich verlassen; es war mir, als sei ich einer unvermeidlichen Todesgefahr entgangen, und tief atmend sah ich dem Treiben der heißblütigen Söhne eines glutüberfluteten Landstrichs zu, die mich in ihrem Eifer um das gefallene Tier vollständig übersahen.

„Maschallah, tausend Schwerebrett", meinte der Staffelsteiner, „is dos aan Gejauchz' und Gelärm'! Ich werd' nur schaun, ob sie sich halt auch bedanken werd'n!"

„Ama di bacht, welch ein Glück, daß du noch zur rechten Zeit gekommen bist!" klang es da neben mir.

Es war der, der zuletzt unter dem Löwen gelegen hatte. Von langer, hagerer, aber sehniger Figur, besaß er ein Gesicht, welches die Sonne beinahe schwarz gebrannt hatte. Seine großen, scharfen, dunklen Augen hatten ein eigentümliches Licht. Ein zorniger Blick aus ihnen konnte wohl auch einen beherzten Mann aus dem inneren Gleichgewicht bringen, das war ihnen leicht anzumerken.

„Gib nicht mir, sondern dem Herrn die Ehre, der dich errettet hat!" antwortete ich, vielleicht etwas unfreundlicher als ich selbst beabsichtigte. Ich hätte diesem Mann nie mein Vertrauen schenken mögen.

„Ja, Allah die Ehre und dir den Dank!" stimmte er bei, indem sein Auge scharf und forschend über mich glitt. „Du bist fremd unter den Kindern der Wüste?"

„Ich komme aus Frankistan, um Assad-Bei, den Herdenwürger, zu töten."

„Du hast ihn getötet; Allah gab dir Heil und Gnade."

Er wandte sich jetzt zu den noch immer schreienden und jubilierenden Arabern.

„Laßt ihn gehen, den Herrn mit dem dicken Kopf! Er hat seine Schande genugsam vernommen, und seine Seele wird in die Haut eines Flohs fahren. Auf, ihr Männer, laßt uns Allah danken, der uns errettet hat. Kniet nieder und betet mit mir die heilige Fathha!"

El Fathha – die Eröffnung – ist das erste Kapitel des Korans, welches bei allen religiösen Handlungen der Moslems eine Hauptrolle spielt. Die Männer knieten, das Angesicht gegen Morgen gewandt, nieder und beteten eintönig:

„Lob und Preis dem Weltenherrn, dem Allerbarmer, der da

herrscht am Tage des Gerichts. Dir allein wollen wir dienen, und zu dir wollen wir flehen, auf daß du uns führest den rechten Weg, den Weg derer, die deiner Gnade sich freuen, und nicht den Weg derer, denen du zürnest, und nicht den der Irrenden!"

Nach Beendigung des Gebets wandten sie nun auch mir ihre volle Aufmerksamkeit zu. Die Fragen und Lobpreisungen wollten kein Ende nehmen, bis endlich einer von ihnen meine Hand ergriff und mich ihnen entzog.

„Du hast nur ruhen wollen unter dem Dach des Arabers, aber du mußt bei uns bleiben viele Tage! Ich bin der Bei-el-Urdi, der Vorsteher des Lagers, und du sollst mein Zelt haben, so lange es dir bei uns gefällt."

„Ich danke dir, du Freund des Wanderers, doch ist mein Weg lang und mein Ziel noch weit. Ich werde das Fell des Löwen nehmen und dann weiterziehen."

„Wie heißt dein Ziel?" fragte der, welcher zuerst mit mir gesprochen hatte.

„Timbuktu", antwortete ich, da ich es nicht für notwendig hielt, Bab-el-Ghud anzugeben.

„So könntest du mit mir reisen, denn ich gehöre zu den Kriegern der Uëlad Sliman, die gegen Mittag wohnen. Doch muß ich hier warten auf einen unserer Männer, welcher mit einer Botschaft in die Stadt der Franken geritten ist."

Diese letzten Worte erregten meine Aufmerksamkeit. Er war einer der Gäste, von denen der Alte gesprochen hatte.

„Ich kann nicht warten. Du aber reitest bessere Kamele als ich und wirst mich einholen."

„Wie viele Männer sind bei dir?"

„Zwei."

„Und du fürchtest dich nicht, mit so wenigen in das Bahr billa ma, in das „Meer ohne Wasser" – die Wüste – zu gehen?"

„Ich fürchte mich nie."

„Fürchtest du auch Hedjahn-Bei, den Karawanenwürger, nicht? Du kannst seiner Gum gar leicht begegnen!"

„Er wird mich friedlich ziehen lassen, denn sonst geht es ihm wie Assad-Bei, dem Herdenwürger."

Es war ein eigentümliches Aufleuchten seines stechenden Auges, welches mir bei diesen Worten entgegenblitzte.

„Du hast Assad-Bei getötet, Fremdling; der Hedjahn-Bei aber würde dich zermalmen. Er ist fürchterlicher als Areth, der Donnerstimmige."

„Kennst du ihn?"

„Ihn kennt jeder Tuareg und Tebu; warum sollte ich ihn nicht kennen? Spricht nicht jedermann von ihm?“

„So kennst du wohl auch Mahmud Ben Mustafa Abd Ibrahim Jaakub Ibn Baschar, den Imoscharh?“ fragte ich, es möglichst verbergend, daß ich sein Gesicht scharf beobachtete.

Er entfärbte sich trotz seines dunklen Teints.

„Wer ist dieser Mann?“

„Er ist kein Mann, sondern ein Weib, dessen Zunge nicht zu schweigen weiß. Ich traf ihn, und er sagte mir, daß er ein Bote des Hedjahn-Bei sei und zu einem Franken gehe, um ein Lösegeld zu fordern.“

Die Brauen des Arabers zogen sich finster zusammen.

„Allah inhal el Kelb, Gott verderbe den Hund! Und du bist zu dem Franken gegangen, um ihn zu warnen?“

„Warum ich? Der Imoscharh wird schon selbst mit ihm sprechen!“

„Sihdi, du hast klug und weise gehandelt, denn Reden ist Silber, Schweigen aber Gold!“

Ich wußte genug. Dieser Araber war jedenfalls einer der Leute des Hedjahn-Bei und wartete hier auf die Rückkehr des Boten, der in Algier gefangen gehalten wurde, und der Bei-el-Urdi war wohl ein geheimer Verbündeter des Karawanenwürgers. Ich konnte die Gastfreundschaft dieser Leute, denen ich vielleicht noch feindlich gegenübertreten mußte, nicht in Anspruch nehmen und beschloß, sofort wieder aufzubrechen.

Mit Hilfe Josefs schälte ich den Löwen schnell aus seinem Fell und kehrte dann unter der jubelnden Begleitung sämtlicher Männer nach dem Duar zurück. Die glückliche Jagd hatte kein Menschenleben gekostet, denn auch die zwei, welche der Löwe niedergerissen hatte, waren nur verwundet worden, allerdings so schwer, daß sie in das Dorf getragen werden mußten.

Hassan der Große kam mir freudig entgegengeeilt.

„Du lebst, Sihdi, du bist wieder da und hast den Herrn mit dem dicken Kopf getötet? Hamdulillah, Preis und Ruhm sei dem Herrn, der dein Schutz gewesen ist! Ich habe um dich gezittert, wie der Halm des Grases, wenn der Samum über die Oase geht.“

„Maschallah, tausend Schwerebrett, is dos aan Vergleich: aan Grashalm und Djezzar-Bei, der Menschenwürger!“ antwortete Josef statt meiner. „Schämst du dich nit, Hassan el Kebihr, zu deutsch der große Haas’? Mach dich rasch aufs Kamel, denn die Reis’ geht wieder vorwärts!“

Als ich im Begriff stand, Abschied zu nehmen, führte mich der Uëlad Sliman zu seinen Kamelen.

„Sihdi, du hast kein Djemmel, wie du es brauchst. Deine Hand hat mich vom Tod errettet. Sieh dieses Tier an! Es ist ein Hedjihn, ein Bischarinhedjihn, wie es in der ganzen Sahel kein zweites gibt; maktub ala salamtek, es ist auf deinen Namen geschrieben; ich schenke es dir!"

Es war ein kostbares Geschenk. Hatte dieser Mann die Mittel dazu? Ich wollte widersprechen, weil ich ihn als meinen Feind betrachten mußte; er aber winkte mit einem wahrhaft gebieterischen Ausdruck zum Schweigen und zog dann ein eigentümlich geformtes Korallenstück hervor.

„Du hast gelernt, den Mund verschlossen zu halten. Nimm diese Anaïa – Zeichen –, und wenn du der Gum des Hedjahn-Bei begegnest, so zeige sie vor. Sie wird dir Schutz gewähren, denn du hast einen Gläubigen aus den Klauen des Sihdi el salßali errettet. Steige auf, und reise ohne Furcht!"

Um ihn nicht zu erzürnen oder gar sein Mißtrauen zu erwekken, mußte ich das Tier annehmen. In der Ecke der Satteldecke sah ich eine Arabeske, in welcher sich die Buchstaben A. L. eingestickt befanden. Es waren die Anfangsbuchstaben des Namens André Latréaumont.

Ich sagte dem Alten und seiner Tochter, in deren Zelt ich Aufnahme gefunden hatte, Dank und wurde dann vom Bei-el-Urdi und von einigen seiner Leute eine Strecke weit begleitet. Als er von mir schied, meinte er:

„Sihdi, du bist ein tapferer Krieger, doch der Hedjahn-Bei ist mächtiger als du. Aber ich habe gesehen, daß du seine Anaïa bekommen hast. Du wirst sicher sein, so weit die Wüste reicht. Salam aleikum, Friede und Heil sei mit dir!"

3.
Hedjahn-Bei, der Karawanenwürger

Die Wüste!

Von der Nordwestküste Afrikas zieht sich mit wenigen kurzen Unterbrechungen bis hinüber nach Asien hinauf zu dem mächtigen Kamm des Chingangebirges eine Reihe von öden, unwirtlichen Länderstrecken, die einander an Grausen überbieten. Die großen Wüsten des afrikanischen Kontinents springen über die Landenge von Suez hinüber in die öden Flächen des steinigen Arabiens, denen sich die nackten, dürren Strecken Persiens und Afghanistans anschließen, um hinauf in die Bucharei und Mongolei zu steigen und dort die grauenvolle Gobi zu bilden.

Wohl über 120 000 Quadratmeilen groß, erstreckt sich die Sahara vom Kap Blanco bis zu den Bergwänden des Niltales und vom Rif bis in die heißdunstigen Wälder des Sudan. Ihre Einteilung ist eine sehr mannigfaltige. Die an die Nilländer stoßende libysche Wüste geht nach Westen in denjenigen Teil der eigentlichen Sahara über, von welcher der Dichter sagt:

„. . . bis da, wo sich im Sonnenbrande
Die öde Hammada erstreckt,
Und man im glühend heißen Sande
Nicht einen grünen Halm entdeckt . . ."

und von hier aus zieht sich dann die Sahel bis an die Küste des Atlantischen Ozeans. Der Araber unterscheidet die bewohnte – Fiafi –, unbewohnte – Khela –, gesträuchige – Haitia –, bewaldete – Ghoba–, steinige – Serir –, mit Felsblöcken übersäte – Warr –, gebirgige – Dschebel oder Nedsched –, flache – Sahel oder Tehama – und von beweglichen Dünen durchzogene Wüste – Ghud –.

Die Ansicht, daß die Sahara eine Tiefebene bilde, welche niedriger liege, als der Wasserspiegel des Meeres, ist eine durchaus irrige; vielmehr ist die Wüste ein ausgedehntes Tafelland von tausend bis zweitausend Fuß Höhe und gar nicht so arm an Abwechslung der Bodengestaltung, wie man bisher immer meinte.

Das letztere ist besonders der Fall im östlichen Teil, in der eigentlichen Sahara, welche sich dem Wanderer freundlicher zeigt, als die westliche Sahel, die der eigentliche Schauplatz der Wüstenschrecken und des gefürchteten Flugsandes ist, der, vom Winde zu fortrückenden Wellen angehäuft, langsam durch die Wüste wandert; daher der Name Sahel, d. i. Wandermeer. Diese Beweglichkeit des Sandbodens muß natürlich dem Wachstum der Pflanzen außerordentlich hinderlich sein, und dazu kommt der außerordentliche Mangel an Quellen und Brunnen, ohne welche das Entstehen von Oasen eine absolute Unmöglichkeit ist. Der dürre Sandboden vermag kaum einige wertlose Salzpflanzen, höchstens noch etwas dürren Thymian, ein paar Disteln und einige stachelige, krüppelhafte Mimosen zu nähren. Durch das glühende Sandmeer streift nicht der wilde Leu, obgleich der Dichter behauptet:

„Wüstenkönig ist der Löwe";

nur Vipern, Skorpione und ungeheure Flöhe finden in dem heißen Boden ein behagliches Dasein, und selbst die Fliege, welche den Karawanen eine Strecke in die Wüste hinein folgt, stirbt bald auf dem Weg. Und dennoch wagt sich der Mensch in den Sonnenbrand und trotzt den Gefahren, welche ihn von allen Seiten umdrohen. Freilich ist deren Schilderung oft eine übertriebene, aber es bleibt trotzdem genug übrig, um die Sehnsucht nach einem „Wüstenritt" zu verleiden, dessen Opfer man in der Sahel häufiger findet, als in der wasserreicheren eigentlichen Sahara. Da liegen dann die ausgedorrten Leichen der Menschen und Tiere in grauenerregenden Stellungen neben- und übereinander; der eine hält den leeren Wasserschlauch noch in den entfleischten Händen; ein anderer hatte wie wahnsinnig die Erde unter sich aufgewühlt, um sich Kühlung zu verschaffen; ein dritter sitzt als vertrocknete Mumie auf dem gebleichten Skelett seines Kamels, den Turban noch auf dem nackten Schädel, und ein vierter kniet am Boden; das Gesicht ist gegen Morgen nach Mekka gerichtet, und die Arme sind über die Brust gekreuzt. Sein letzter Gedanke hat, wie es dem frommen Moslem geziemt, Allah und seinen Propheten gesucht.

Und dennoch hat die Wüste ihren Zweck zu erfüllen in dem großen Haushalt der Natur. Sie bildet den Glutofen, welcher die erhitzten Lüfte emporsteigen läßt, daß sie nach Norden streichen und, sich dort zur Erde niedersenkend, den Gegenden der Mitternacht die notwendige Wärme und Belebung bringen. Die Weisheit des Schöpfers duldet keinen Überschuß und hat von Anbeginn dafür gesorgt, daß alle Gegensätze und Extreme zur wohltätigen Ausgleichung gelangen.

Das berüchtigte Bab-el-Ghud liegt ungefähr auf dem einundzwanzigsten Breitengrad an der Grenze zwischen der Sahara und Sahel, wo auch das Gebiet der Tuareg oder Imoscharh mit demjenigen der Tebu oder Teda zusammenstößt.

Diese Grenzverhältnisse geben sowohl der Landschaft als auch ihrer menschlichen Staffage etwas fortwährend Kampfbereites. Die wandernden Sandberge der Sahel werden von dem herrschenden Westwind immer weiter nach Osten getrieben und stoßen beim Bab-el-Ghud auf die Felsen der Serir, an denen sie sich aufbäumen und, die Täler, Schluchten und sonstigen Zwischenräume mit unerbittlicher Sicherheit ausfüllend, tiefe Sandlager bilden, denen die Feuchtigkeit mangelt, um zu einer festen kompakten Masse zusammengepreßt zu werden. Wehe dem Wanderer, der in eine solche verräterische Sandsee gerät! Noch vor einigen Augenblicken hat sein Dromedar den sichern felsigen Boden unter den Hufen gefühlt, plötzlich aber reicht ihm der feine, leichte Sand bis an den Leib; es macht eine kräftige Anstrengung, zurückzukehren, und gerät durch dieselbe nur noch tiefer in die brennende Körnerflut. Der Reiter darf nicht vom Tier steigen, weil er sonst versinkt; er kämpft mit den Krallen des Sandes, die ihn immer enger, immer fester umschließen; das Dromedar arbeitet sich immer tiefer hinab; es verschwindet endlich ganz; das Bahr-el-Ghud, das Dünenmeer, reicht immer höher an dem Reiter hinauf; es faßt ihn bei den Beinen, bei den Hüften, an den Schultern; schon kann er sich nicht mehr regen; er wendet das Haupt nach der heiligen Kaaba – „Allah kehrim, wie Gott will, Allah ist gnädig!" flüstern seine bleichen vertrockneten Lippen, die nun der Sand verschließt. Die Düne schnürt ihm die Brust zusammen, die Lider schließen sich; der Engel des Todes rauscht vorüber, und hoch oben in der Luft schwebt der Bartgeier. Er hat den letzten Kampf des Wanderers beobachtet, aber in einer langsamen, weit sich aufwickelnden Spirallinie läßt er sich von seinen gewaltigen Schwingen in die Ferne tragen; er weiß, daß die Düne ihre Opfer vollständig verschlingt und ihm nicht den mindesten Anteil an ihrem Raub gönnt.

Das ist das Bab-el-Ghud. Wer sich zwischen seine Felsen und Sandwogen wagt, muß von scherwiegenden Gründen dazu gedrängt werden.

Und doch gibt es wilde Gestalten, welche vor einem solchen Wagnis nicht zurückbeben. Sie schöpfen den Mut dazu aus dem fürchterlichen „Ed dem b'ed dem – en nefs b'en nefs, Auge um Auge, Zahn um Zahn, Blut um Blut". Neben der Gastfreundschaft ist die Blutrache das erste Wüstengesetz, und wenn es auch zwischen den Angehörigen verwandter Stämme vorkommt, daß ein Mord mit der Entrichtung des Diyeh – Blutpreis – gesühnt wird, so ist dies doch wohl niemals der Fall bei einem Verbrechen, welches durch das Glied einer fremden oder feindlichen Völkerschaft begangen wurde. Da erfordert die Schuld blutige Rache; sie wandert herüber und hinüber, wird größer und immer größer, bis sie endlich ganze Stämme erfaßt und zu jenem öffentlichen und heimlichen Hinschlachten führt, zu welchem das Bab-el-Ghud zwischen den Tuareg und Tebu den Schauplatz bildet. Hier ist das Blutgesetz mächtiger als die Natur, welche alle ihre Schrecken aufbietet, die Feinde zu trennen, und doch grad durch diese Schrecken den Feindseligkeiten ein Grausen verleiht, wie es die zerfleischenden Kämpfe der wilden Indianerhorden Amerikas nicht größer bieten können.

Seit unserm letzten Abenteuer waren mehrere Wochen vergangen, und ich hatte Hassan wirklich als einen ausgezeichneten Führer kennengelernt, ein Umstand, welcher mich mit seinem Mangel an Mut zur Genüge aussöhnte. Er kannte nicht nur die Wege genau, sondern verstand es, alle seine Vorkehrungsmaßregeln so zu treffen, daß wir bisher nicht den geringsten Schaden oder Mangel zu leiden hatten. Seine Anhänglichkeit an mich hatte sich nach und nach zu einer ganz erfreulichen Stärke entwickelt, und ich hätte ihm gern mein vollständiges Vertrauen geschenkt, wenn mir nicht eine außerordentliche, beängstigende Aufregung aufgefallen wäre, an welcher er seit einiger Zeit, und zwar nur des Morgens, zu leiden schien. Er saß dann auf seiner Matte, von welcher er nicht aufzubringen war, weinte und schluchzte, lachte und jubelte in einem Atem, nannte sich bald einen Helden und bald eine Memme, bald eine guten Moslem und bald eine Ungehorsamen, der in die Dschehennah fahren müsse. Es war eine Art Wahnsinn, der ihn erfaßt haben mußte und dessen Ursache ich gar zu gern auf die Spur gekommen wäre; doch stand es fest, daß ich mich der Führung eines geistig gestörten Mannes nicht ohne ganz besondere Vorsicht anvertrauen konnte, was mir seiner sonstigen Zuverlässigkeit wegen herzlich leid tat.

Wir waren noch immer bloß drei Personen und zählten eine hinreichende Anzahl Packkamele, um die Lasten verteilen zu können; darum reisten wir mit doppelter Schnelligkeit als eine gewöhnliche Karawane und konnten sicher sein, das Bab-el-Ghud nach drei guten Tagemärschen zu erreichen. Da mein Hedjihn ein besserer Läufer als die andern Tiere war, so pflegte ich des Morgens später als Josef und Hassan aufzubrechen und, wenn ich sie eingeholt hatte, ihnen eine Strecke vorauszueilen, um dann bis zu ihrem Nahen entweder meinen Tschibuk in Gemütlichkeit rauchen zu können oder für die Bereicherung meiner Naturaliensammlung Sorge zu tragen.

So ritt ich auch jetzt ganz allein zwischen den Dünen dahin

und hielt zuweilen mein Tier an, um dem eigentümlichen Klingen des Sandes zu lauschen, welches, beinahe unhörbar, für ein scharfes Ohr dennoch zu vernehmen war. Die einzelnen Körnchen berührten sich, drängten einander vorwärts, an der westlichen Seite der Dünen empor, an der entgegengesetzten wieder hinab, und verursachten jenes seltsame, beinahe singende Geräusch, welches in seinem zarten, metallischen Klang dem heimlichen Flüstern von Millionen Liliputkehlen gleicht. Die Myriaden und aber Myriaden Körnchen bewegten sich, ohne daß ich einen nennenswerten Lufthauch bemerkt hätte; sie waren einmal in Gang gebracht und behielten ihre Stetigkeit infolge einer so geringen Bewegung der Atmosphäre, daß die menschliche Haut für dieselbe keine Empfänglichkeit besaß.

Da bemerkte ich zwischen zwei Erhöhungen einen kleinen Sandberg, welcher nicht auf natürliche Weise entstanden sein konnte. Ich ließ mein Hedjihn niederknien und stieg ab, um ihn zu untersuchen. Ich hatte recht vermutet. Hier lag die Leiche eines Arabers samt derjenigen seines Tieres, welche der wandernde Sand bereits überflutet hatte. Das Tier war ein echtes Bischarin gewesen und – wahrhaftig, es hatte, wie ich jetzt sah, eine Kugel vor die Stirne bekommen. Sollte hier ein Akt der Blutrache vorliegen? Ich entfernte den Sand weiter, um den Reiter genauer in Augenschein zu nehmen. Ich fand ihn in vollständiger Bekleidung und Bewaffnung; der Kapuze seines Burnus war ein A. L. eingestickt, und dieselben zwei Buchstaben fand ich auch dem Kolben seiner Flinte und dem Griff seines Messers eingebrannt. Grad einen Zoll über der Nasenwurzel sah ich ein scharfes rundes Loch, welches von einer Kugel herrührte, die dem Mann vorn in den Kopf und hinten wieder hinaus gedrungen war.

„Emery Bothwell!" rief ich überrascht, obgleich kein Mensch in der Nähe war, der mich hören konnte.

Ich kannte diesen Kapitalschuß; ich hatte dasselbe Loch in mancher Indianerstirn gesehen, welche der sichern Büchse meines englischen Freundes zu nahe gekommen war, und wußte daher ganz genau, daß er auch hier der Schütze gewesen sei. Er befand sich also bereits in Bab-el-Ghud, und es mußten wenigsten drei Wochen seit diesem Schuß vergangen sein, wie ich aus der Höhe des Sandes und an genugsam andern Zeichen sah. Ich sagte mir augenblicklich, daß dies nicht der einzige Tote sei, dessen Gebeine, getroffen von der Kugel des „verytablen Englishman", in der Wüste bleichten; das verhängnisvolle Zeichen mußte jedem den Tod bringen, an dessen Kleidern oder Waffen er es bemerkte.

Ich vermutete auch hier ganz richtig, denn in einiger Entfernung fand ich eine zweite und dann noch eine dritte Leiche, einen Zoll hoch über der Nasenwurzel in die Stirn getroffen. Der Hedjahn-Bei hatte einen fürchterlichen, unerbittlichen Feind gefunden, der sicherlich nicht eher ruhte, als bis Rénald Latréaumont gefunden oder gerächt worden war.

Eine Strecke weiter fand ich eine ganz frische Darb – Spur –, welche unsere Richtung schief durchschnitt. Sie stammte von einem einzelnen Tier und war so klein, daß ich vermutete, das Kamel sei ein Bischarinhedjihn oder wenigstens eines jener Mehara, wie man sie bei den Tuareg in ausgezeichneter Rasse findet. Ein solches Mehari übertrifft an Schnelligkeit, Ausdauer und Enthaltsamkeit sogar oft noch das Hedjihn der Bischara, und besonders sind es dann die Stuten, für welche man einen ganz außerordentlich hohen Preis bezahlt.

Dieses Tier hier war eine Stute, denn die hinteren Füße hatten eine größere Spurweite als die vorderen. Die Eindrücke waren nicht tief, aber auch nicht zu seicht; das Kamel war also nur mittelmäßig belastet; es trug nichts als seinen Reiter. Dieser war also entweder ein Verfolgter oder ein Räuber oder einer jener Kuriere, wie sie die Wüste auf ihren schnellen Tieren nach allen gangbaren Richtungen durcheilen. Das letztere freilich schien mir unwahrscheinlich, denn der Mann hielt mitten in die Serir hinein, in welcher ein Kurier nichts zu suchen hat. Aber was wollte ein Räuber dort, wo es eine Beute unmöglich geben konnte? So war es also doch wohl ein Flüchtling, der die Verborgenheit suchte, vielleicht auch ein Bluträcher, der einen einsamen Bir – Brunnen – entdeckt hatte und von demselben aus seine unheilvollen Ausflüge unternahm.

Die Spuren waren noch vollständig rein; kein einziges Körnchen Sand lag in ihnen, und keiner der Eindrücke zeigte, wie es beim Lauf nicht zu vermeiden ist, nach rückwärts einen Schweif. Der Mann war also langsam geritten und vor kaum fünf Minuten hier vorübergekommen. Dieser einsame Reiter hier mitten in der Wüste war jedenfalls eine ganz ungewöhnliche Erscheinung und nahm mein vollstes Interesse für sich in Anspruch. Ich machte auf meiner Fährte ein Zeichen, daß die Meinen unbesorgt ihre Richtung weiter beibehalten sollten, und wandte mich seitwärts hinter der aufgefundenen Spur her.

„Hhein, hhein!“ Auf diesen Zuruf warf mein Hedjihn den

Kopf in den Nacken und stürmte wie eine Windsbraut zwischen den Dünenbergen dahin. Wäre das Terrain eben gewesen, so hätte ich meinen Verfolgten sicher schon nach zehn Minuten erblickt; da aber die Sanderhöhungen jede Aussicht hemmten, so wurde er mir erst sichtbar, als ich mich schon in seiner Nähe befand.

„Rrree, halt!" rief ich ihm zu.

Er hatte den Ruf vernommen und zügelte sofort sein Dromedar, welches allerdings ein sehr schönes Mehari war. Es herumlenkend, erblickte er mich und riß sofort die lange Flinte vom Sattelriemen.

„Salam aleikum, Friede sei zwischen dir und mir!" grüßte ich ihn, ohne nach einer meiner Waffen zu langen. „Hänge dein Gewehr an den Serdj, denn ich erlaube dir, Freund zu mir zu sagen!"

Er blickte mich mit großen, verwunderungsvollen Augen an.

„Du erlaubst es mir? Weißt du auch, ob ich dir die Erlaubnis zu dieser Erlaubnis gebe?"

„Du brauchst sie mir nicht zu geben, Mann, denn ich habe sie mir bereits genommen."

„Wie ist dein Name, und wie heißt der Stamm, zu welchem du gehörst?"

Mein Äußeres und meine ganze Ausrüstung berechtigten ihn allerdings, mich für einen Araber zu halten. Er selbst war ein Tebu, wie ich auf den ersten Blick bemerkte. Die dunkle, beinahe schwarze Hautfarbe, das kurze, krause Haar, die starken, vollen Lippen, die etwas hervortretenden Backenknochen unterschieden ihn deutlich von den Beduinen und Tuareg. Sollte ihn eine Blutrache herein in das Bahr-el-Ghud getrieben haben? Ich konnte mir nicht denken, daß es hier zwischen den wandernden Dünen eine Quelle geben könne, und dennoch trug er keinen großen Wasserschlauch, sondern an dem hintern Sattelknopf hing nur eine kleine Zemzemiëh – Wassergefäß – von Gazellenleder. Er trug nebst der langen Flinte eine vollständige Kriegerausrüstung, und sein Leib stak unter dem weiten, weißen Burnus in einem eng anschließenden Wams von Ochsenleder, welches als Harnisch gegen Schnittwaffen und Wurfgeschosse dient und gewöhnlich nur von den Tuareg getragen wird.

„Ich komme aus dem fernen Land Germanistan herüber, wo es keine Stämme und keine Ferkah gibt. Du bist ein Tebu?"

Er überhörte die letztere Frage und rief ganz verwundert: „Aus Germanistan? Kennst du den Sihdi Emir?"

„Ich kenne ihn“, antwortete ich nun überrascht. „Hast du ihn gesehen?“

„Ich habe ihn gesehen. Bist du der Scheich aus Germanistan, auf den er wartet?“

„Ich bin es.“

„Habakek, so sei mir willkommen, Sihdi! Ich bin von ihm ausgesandt, dich zu erwarten.“

„Wo ist er?“

„Im weiten Bab-el-Ghud. Am Bab-el-Ghud wirst du sein Zeichen finden, welches dir sagt, wo seine Füße weilen.“

„So danke Allah, daß ich deine Darb sah und ihr folgte; du hättest mich sonst vorüberziehen lassen, ohne mich zu sehen.“

„Ich hätte dich gefunden, Sihdi. Ich wollte in der Serir mein Mehari tränken und mir Wasser holen; dann wäre ich zurückgekehrt zum Weg, den du kommen mußtest. Ich hätte deine Darb gesehen und wäre dir gefolgt, bis ich sah, wer du bist.“

„So kennst du eine Quelle in dieser Wüste?“

„Ich kenne viele Quellen, die nur mein Auge gesehen hat, Sihdi.“

„Und du bist ein Tebu?“

„Du hast es erraten; ich bin ein Tebu vom Stamm der Beni Amalech.“

„Und wie ist dein Name?“

„Ich habe keinen Namen, Sihdi. Mein Name liegt vergraben unter dem Dach meines Zeltes, bis ich den Schwur erfüllt habe, den ich beim Barte des Propheten und beim ewigen Gericht tat. Nenne mich Abu billa Beni – Vater ohne Söhne –.“

Dieser Wunsch sagte mir alles, dennoch aber fragte ich weiter:

„Man hat dir deine Söhne getötet?“

„Drei Söhne, Sihdi, drei Söhne, die meine Freude, mein Stolz und meine Hoffnung waren. Sie standen hoch und schlank wie die Palmen, waren klug wie Abu Bekr, tapfer wie Ali, stark wie Khalid und gehorsam wie Sadik, der Aufrichtige. Sie trieben meine Herde zum Bir – Brunnen –, und ich fand ihre Leichen, nicht aber die Tiere.“

„Wer hat sie getötet?“

„Hedjahn-Bei, der Karawanenwürger. Er holte sich meine Mehara, um seine Räuber zu tragen, und meine Rinder und Schafe zur Speise für die Mörder. Ich habe mein Duar, meinen Stamm, mein Weib und meine Töchter verlassen und bin ihm nachgefolgt von einer Uah – Oase – zur andern. Meine Lanze hat drei, mein Pfeil vier und mein Messer sechs seiner Männer gefressen, ihn selbst aber beschützt der Scheitan, daß ihn mein Auge nicht erblicken und mein Arm nicht erreichen konnte. Aber er wird dennoch in die Dschehennah gehen, denn wenn meine Hand zu kurz ist, so wirst du ihn treffen, du und Sihdi Emir, den sie Behluwan-Bei, den Räuberwürger, nennen."

„Wo trafst du ihn?"

„Beim Brunnen Khoohl, wo seine Kugel drei Hedjahn tötete, die das Todeszeichen trugen."

„Wen hatte er bei sich?"

„Zwei Männer, die sein Diener und sein Führer sind. Hast du nicht auf deinem Weg Leichen gefunden, welche durch die Stirn geschossen waren – Reiter und Tiere?"

„Ja."

„Das ist Sihdi Emir, der Behluwan-Bei, gewesen. Seine Kugel ist wie Allahs Zorn; sie fehlt nie ihr Ziel. Der Hedjahn-Bei und seine Gum kennen die Büchse des Rächers; sie fluchen ihm, aber der friedliche Hirt denkt ihrer mit segnendem Worte. Er reitet auf den Ethar – Fährten – der Räuber; sie wollen ihn fangen und töten, aber sein Gott ist mächtig wie Allah; er macht ihn unsichtbar und behütet ihn vor aller Fährlichkeit. In jeder Uah ertönt sein Lob, und an jedem Bir erklingt sein Ruhm; die Wüste ist stolz auf seinen Namen, und die Lüfte verbreiten den Preis seiner Taten. Er ist der Richter des Sünders und der Schutz des Gerechten; er kommt und geht, keiner weiß, woher und wohin. Ich aber werde dich zu ihm bringen, damit dein Name so groß werde, wie der seinige."

Das war ja eine wirkliche Hymne, gesungen auf meinen braven Emery Bothwell! Dieser Tebu hatte jedenfalls ein mutigeres Herz, als der große Hassan, und ich konnte mich seiner Führung ohne Sorge anvertrauen.

„Wie weit ist es noch bis zum Bab-el-Ghud?" fragte ich.

„Einen Tag und noch einen Tag; wenn dann dein Schatten nach Osten geht, dreimal so lang wie dein Fuß, wird dein Bischarin unter dem Bab-el-Hadjar – Tor der Steine – niederknien, damit du im Schatten Ruhe findest."

Der Bewohner der Wüste kennt weder Kompaß noch Uhr oder Bussole – Seekompaß. Die Sterne zeigen ihm den Weg, und nach der Länge des Schattens bestimmt er seine Zeit. Und darin besitzt er eine solche Fertigkeit, daß er sich nur selten irrt.

„So komm, damit wir meine Leute treffen!"

„Mein Wasser geht zur Neige, Sihdi!"

„Du findest bei mir, soviel du dessen bedarfst."

Er folgte mir. In kurzer Zeit stießen wir auf Josef und Hassan, welche mein Zeichen verstanden und ihre Richtung beibehalten hatten. Sie verwunderten sich nicht wenig über die Gesellschaft, welche ich hier mitten in der Wüste aufgegriffen hatte.

„Maschallah, tausend Schwerebrett", meinte der Staffelsteiner, „is dos hübsch, daß Gesellschaft kommt! Wer is denn halt der Schwarze, Herr?"

„Das ist Abu billa Beni, der uns nach dem Bab-el-Ghud führen wird."

Da zogen sich die Brauen Hassans finster zusammen.

„Wer ist dieser Tebu, daß er den Weg besser kennen will, als Hassan el Kebihr, den alle Kinder der Wüste Djezzar-Bei, den Menschenwürger, nennen? Welche Mutter hat ihn geboren, und wie viele Väter sind ihm vorangegangen? Er kann gehen, wohin er will, Sihdi; ich werde dich nach dem Bab-el-Ghud bringen auch ohne ihn! Sieh sein Gesicht und sein Haar, seine Wange und seinen Mund; ist er ein echter Nachkomme Ismails, welcher der wahre Sohn des Erzvaters Abram war?"

Der Tebu sah ihm ruhig lächelnd in die Augen.

„Du nennst dich Hassan el Kebihr und Djezzar-Bei, den Menschenwürger? Das Ohr meines Djemmels hat noch niemals diese Namen vernommen. Wie heißt dein Stamm und deine Ferkah?"

„Ich bin ein Kubbaschi vom Ferkah en Nurab. Wir haben den Panther mit seiner Frau und Assad-Bei, den Löwen, getötet. Wen aber hast du getötet? Du bist der Vater ohne Söhne und der Tebu ohne Mut und Heldentat. Ich werde den Sihdi führen; du aber kannst dich am Schwanz meines Djemmels halten!"

Der Tebu blieb auch bei dieser Beleidigung gleichmütig.

„Wie ist dein Name?" fragte er.

„Größer als die Zahl deiner Verwandten und länger als dein Gedächtnis. Ich heiße Hassan Ben Abulfeda Ibn Haukal al Wardi Jussuf Ibn Abul Foslan Ben Ishak al Duli."

„Nun gut, Hassan Ben Abulfeda Ibn Haukal al Wardi Jussuf Ibn Abul Foslan Ben Ishak al Duli, steige von deinem Djemmel, denn ich habe ein kleines mit dir zu reden!"

Er stieg ab, zog sein Messer und setzte sich in den Sand.

Ein arabisches Duell! Das hatte ich erwartet und aus diesem Grund den kleinen Zank ruhig gestattet; ich wußte, daß den großen Hassan eine Demütigung erwartete. Dieser merkte jetzt, was ihm drohte, und meinte:

„Wer hat dir erlaubt, vom Kamel zu steigen? Weißt du nicht, daß hier keiner zu befehlen hat als nur der Sihdi, der Eile hat, nach dem Bab-el-Ghud zu kommen?“

„Ich erlaube es euch abzusteigen, Hassan“, antwortete ich ihm. „Du bist ein tapferer Kubbaschi en Nurab und hast ein scharfes Kussa – Messer –; wahre deine Ehre!“

„Aber wir haben keine Zeit, Sihdi; die Schatten werden immer länger!“

„Darum steige ab, und beeile dich!“

Jetzt konnte er nicht anders; er stieg ab, setzte sich dem Tebu gegenüber und zog sein Messer ebenfalls.

Ohne ein Wort weiter zu verlieren, entfernte der Tebu sein Beinkleid von der Wade, setzte die Spitze des Messers an dieselbe und bohrte sich die Klinge bis an das Heft ins Fleisch. Dann blickte er Hassan still und erwartungsvoll in das Angesicht.

Der Kubbaschi mußte, um seine Ehre zu retten, denselben Stich auch bei sich anbringen. Auf diese Weise zerfleischten sich zwei Kämpfer oft viele Muskeln ihres Körpers, ohne bei diesen höchst schmerzhaften Verwundungen mit der Wimper zu zukken; wer am längsten aushält, hat gesiegt. Die Söhne der Wildnis halten es für eine Schande, sich vom Schmerz beherrschen zu lassen.

Hassan entblößte höchst langsam seine Wade und setzte sich die Messerspitze auf die Haut. Diese bog sich unter einem leisen, ganz leisen Versuch, die Klinge einzustoßen, aber Djezzar-Bei, der Menschenwürger, merkte, daß dies weh tut; er schnitt ein recht schauderhaftes Gesicht und stand schon im Begriff, die Waffe wieder abzusetzen, als ein Intermezzo eintrat, auf welches er am allerwenigsten vorbereitet war. Josef Korndörfer war nämlich ebenfalls abgestiegen, um sich den Zweikampf in Bequemlichkeit betrachten zu können; er stand hart hinter dem Kubbaschi, und als dieser jetzt Miene machte, das Duell aufzugeben, bog er sich, einer augenblicklichen Malice folgend, vor und schlug mit der Faust so kräftig auf das Heft des noch über dem Bein schwebenden Messers, daß der scharfe, spitze Stahl zur einen Seite der Wade hinein- und zur andern wieder herausfuhr.

Mit einem fürchterlichen Schrei sprang Hassan empor.

„Be issm lillahi ia Kir, um Gottes willen, Kerl, bist du verrückt? Was hast du mit meinem Bein zu schaffen? Gehört diese Wade mir oder dir, du Laus, du Floh, du Igel, du Vater von einem Igel, du Vetter und Oheim von einem Igelsvater? Hab ich dir etwa mein Bein geborgt, daß du mit meiner Wade zeigen sollst, wie tapfer du bist, du Giaur, du Sohn und Enkel einer Giaurin, du – du – du Jussef Koh er darb Ben Koh er darb Ibn Koh er darb Abu Koh er darb el Kah el brunn!"

Es war ein fürchterlicher Wutausbruch, aber ich konnte wirklich nicht anders, ich mußte lachen über den tragikomischen Anblick des Riesen, welcher – das Messer stak noch immer in der Wade – auf einem Bein die wunderlichsten Kraftsprünge ausführte und trotz seines Grimms nicht den Mut besaß, sich an dem Staffelsteiner zu vergreifen.

„Maschallah, so schäm' dich doch in die Seel' hinein, Djezzar-Bei, du Menschenwürger", antwortete dieser. Er hatte es jedenfalls nur auf einen kleinen Ritz abgesehen gehabt und war infolge seiner Körperstärke um einige Grade zu kräftig gekommen. „Geh her; das Messer soll sogleich wieder raus!"

Er faßte den Kubbaschi und zog unter einem erneuten Gebrüll desselben das Messer aus der Wunde. Als Hassan das rinnende Blut bemerkte, fiel er, so lang und breit er war, in den Sand. Er kam erst wieder zur Besinnung, als er bereits verbunden war. Der Anblick des rinnenden Bluts hatte einen solchen Eindruck auf ihn gemacht, daß, vielleicht auch infolge einer stillen Beschämung, der laute Zorn einem schweigsamen Groll gewichen war.

Natürlich bekam der Staffelsteiner einen Verweis, den er allerdings nicht sehr reuevoll hinnahm; dann wurde der so eigentümlich unterbrochene Weg wieder fortgesetzt.

Am Abend machten wir zwischen den Dünen Halt; die Zelte wurden aufgespannt, die Matten ausgebreitet, die Tiere gefüttert, und dann legten wir uns nach einem frugalen Abendbrot, welches aus einer Handvoll Mehl, einigen Monakhirdatteln und einem Becher Wasser bestand, zur Ruhe.

Daß ich eine Wache ausstellte, verstand sich ganz von selbst. Hassan hatte sich, wie gewöhnlich so auch heute, den letzten Teil derselben ausgebeten. Die Hoffnung, mit Emmery nun bald zusammenzutreffen, ließ mich früher als sonst munter werden. Ich erhob mich und trat aus dem Zelt, um mir aus dem Schlauch eine Handvoll Wasser zum Waschen zu nehmen.

Ein wunderlicher Anblick bot sich mir dar. Bei den abgeladenen Effekten saß nämlich, mir den Rücken zukehrend, der lange Kubbaschi vom Ferkah en Nurab und hielt – mein Spiritusfäßchen an den Mund. Ich führte das sorgfältig in Bastmatten gehüllte Fäßchen bei mir, um in der konservierenden Flüssigkeit allerlei für meine Sammlungen bestimmtes Getier aufzubewahren. Es befanden sich in demselben außer den mannigfaltigsten Insekten und Würmen allerlei Amphibien, Vipern, Skorpione, Steppenmolche, Birketkröten, und jetzt saß Hassan, der wahre Moslem, da an der Erde und schlürfte die Sauce, in welcher diese Kreaturen schwammen, mit einem Behagen, als sei er über den Nektar des Olymps geraten. Zugleich bemerkte ich, daß dieser Opfertrank nicht der erste sei, dem er sich hingab; denn er mußte das Fäßchen gewaltig heben, um noch einige Tropfen aus dem geöffneten Zapfenloch zu erhalten. Jetzt war ich mir mit einem Mal über den Wahnsinn klar, an welchem er in jüngster Zeit zu leiden schien: es war nichts gewesen als – Betrunkenheit.

Ich schlich mich zu ihm hin und schlug ihm dann die Hand auf die Schulter. Er ließ vor Schreck das Fäßchen fallen und fuhr empor.

„Was tust du hier?"

„Ich trinke, Sihdi!" antwortete er, vollständig perplex vor Überraschung.

„Und was trinkst du?"

„Ma-el-Zat."

Die Moslems, welche sich im stillen dem Genuß des Weines und der Spirituosen hingeben, benennen dieselben mit den verschiedensten Namen, um ihr Gewissen zu beruhigen. Nach ihrer Logik ist der Wein nicht Wein, wenn er anders heißt.

„Ma-el-Zat, Wasser der Vorsehung? Wer hat dir den Namen des Getränks genannt, welches sich in dem Gefäß befindet?"

„Ich kenne ihn, Sihdi. Als die Menschen einst traurig waren, ließ die Vorsehung eine Nuktha, einen Tropfen der Erheiterung, zur Erde fallen; er bewässerte das Land, und nun wuchsen allerlei Pflanzen hervor, deren Saft einen Teil der Nuktha enthält. Darum heißt solch ein Trank, der den Menschen fröhlich macht, Ma-el-Zat, Wasser der Vorsehung."

„So sage ich dir, daß dies kein Ma-el-Zat, sondern Spiritus ist, der einen noch viel schlimmeren Geist hat, als der Wein, den du nicht trinken darfst."

„Ich trinke keinen Wein und keinen Spiritus; ich habe die Nuktha-el-Zat genossen."

„Aber auch diese ist dir verboten!"

„Du irrst, Sihdi; der Moslem darf sie trinken."

„Hast du nicht gehört, daß der Prophet sagt: ‚Kullu muskirün haram, alles, was trunken macht, ist verboten.'"

„Sihdi, du bist weiser als ich; du kennst sogar die Ilm et tauahhid, die Lehre von dem einen Gott und die Gesetze des frommen Schaffey; aber ich darf das Mal-el-Zat trinken, denn es macht mich nicht betrunken!"

„Es hat dich betrunken gemacht schon mehrere Tage, und auch jetzt hält der Geist des Schnapses deine Seele gefangen."

„Meine Seele ist frei und munter, als hätte ich aus der Zemzemiëh getrunken!"

„So sage mir den Surat el kafirun!"

Diese Sure ist die hundertundneunte des Koran und findet bei den Muselmännern oft eine eigentümliche Anwendung. Dieses Kapitel muß nämlich ein Moslem hersagen, wenn man ihn für betrunken hält. Die einzelnen Verse unterscheiden sich nur dadurch voneinander, daß dieselben Worte in ihnen eine verschiedene Stellung haben, und ein Betrunkener wird es nur selten dahin bringen, sie nicht zu verwechseln. Deutsch heißt diese Sure: „Sprich: O ihr Ungläubigen, ich verehre nicht das, was ihr verehret, und ihr verehret nicht, was ich verehre, und ich werde auch nicht verehren das, was ihr verehret, und ihr werdet nie verehren das, was ich verehre. Ihr habt eure Religion und ich die meinige." In arabischer Sprache ist allerdings die richtige Rezitation eine viel kritischere und schwierigere als im Deutschen.

„Du hast kein Recht, Sihdi, mir den Surat el kafirun abzuverlangen, denn du bist nicht ein Moslem, sondern ein Christ."

„Du würdest ihn sagen, doch du vermagst es nicht. Du glaubst, ein Moslem dürfe einem Christen nicht gehorchen; warum bist du dann mein Diener geworden? Du hältst es für kein Verbrechen, das Ma-el-Zat zu trinken, aber daß du es mir gestohlen hast, kannst du nicht leugnen. Der Koran bestraft den Dieb, und auch du wirst deine Strafe haben!"

„Kannst du einen Rechtgläubigen bestrafen, Sihdi? Geh zum Kadi!"

„Ich brauche deinen Kadi nicht!"

Hassan war nur unser Führer, und da die Aufsicht über das Gepäck Sache des Staffelsteiners war, so wußte der gute Kubbaschi nicht, welchen Inhalt das Fäßchen außer dem Spriritus noch hatte. Ich nahm das Messer her. In wenigen Augenblicken waren die oberen Reifen zerschnitten und losgesprengt; ich schlug den Boden auf und hielt dem Menschenwürger nun das übelaussehende und noch übler riechende Gewürm unter die Nase.

„Hier hast du dein Ma-el-Zat, Hassan!"

Er spreizte die Beine aus, warf alle zehn Finger in die Luft und schnitt ein Gesicht, in welchem sich alle in dem Gefäß befindlichen Figuren widerspiegelten.

„Bismillah, Sihdi, was habe ich da getrunken! Allah inhal el rhuschar, Allah verderbe dieses Faß; denn mir ist's in meiner Gurgel, als hätte ich die ganze Dschehennah hinuntergeschluckt mit zehn Millionen von Geistern und Teufeln!"

„Dies ist der eine Teil deiner Strafe; der andere mag in der Wunde bestehen, welche dir Jussuf gestern gestoßen hat. Ihr seid quitt!"

„Sihdi, die Wunde ist nicht so schlimm als dieses Ma-el-Zat. Paß auf, es wird mich im Augenblick umbringen!"

Ich hatte keine Lust, mich an dem weiteren Anblick des traurigen Djezzar-Bei zu weiden, und gab Josef, der mittlerweile aufgewacht und herbeigekommen war, den Befehl, die Tiere auf ein Reservefäßchen zu füllen, welches ich glücklicherweise bei mir führte. Dieses war nun jedenfalls vor den Angriffen Hassans sicher, der wohl nicht gleich wieder Appetit nach der Nuktha der Fröhlichkeit verspürte.

Wir brachen auf und setzten unsere Wanderung bis gegen Mittag fort, wo wir zu unserem Erstaunen auf die Spur einer zahlreichen Karawane trafen.

„Allah akbar, Gott ist groß", meinte Hassan, der sich bisher sehr kleinlaut verhalten hatte; „er dürstet nie und kennt alle Wege der Wüste; was aber will diese Kaffila im Ghud, wo es kaum eine Quelle gibt, aus welcher zwei Tiere genug zu trinken bekommen?"

„Zählt die Spuren!" gebot ich.

Wir fanden Eindrücke von Menschen-, Pferde- und Kamelsfüßen. Die Djemmels waren meist schwer beladen; wir hatten also eine Handelskarawane vor uns. Eine genaue Übersicht ergab sechzig Lastkamele, elf Satteltiere, und zwei Fußgänger nebst drei Reitern zu Pferd, welche uns die Gewißheit gaben, daß sich die Karawane verirrt haben müsse, denn hier gab es für mehrere Tagereisen nicht so viel Wasser, um ein einziges Pferd zu erhalten.

„Diese Kaffila kommt aus Air und geht nach Safileh oder gar nach Tibesti", bestimmte der Tebu.

„Dann hat sie sich einem sehr unwissenden Führer anvertraut, daß sie sich so außerordentlich weit verirren konnte."

„Der Khabir ist nicht unwissend, Sihdi", antwortete er mit einem eigentümlichen Lächeln um die aufgeworfenen Lippen. „Der Hedjahn-Bei nimmt in seiner Gum keinen Mann an, der die Wüste nicht kennt.

Was konnte er meinen? Der Gedanke, welcher mir kam, war allerdings ungeheuerlich.

„Du denkst, der Khabir führt die Kaffila in die Irre?“

„So ist es, Sihdi. Ein Khabir kann sich um einige Fußbreit des Schattens irren, doch er kann nicht das Bab-el-Ghud mit dem Safileh verwechseln. Wenn er etwas nicht genau weiß, so hat er seinen Schech el Djemali – Obersten der Kameltreiber –, den er fragen kann. Sieh diese Darb, Sihdi; die Djemmels sind nicht gegangen, sondern sie haben sich nur noch geschleppt. Liegt hier nicht ein leerer Schlauch, der hart ist wie Holz? Die Kaffila hat kein Wasser mehr. Der Khabir führt sie dem Hedjahn-Bei entgegen, und sie wird untergehen, wenn wir ihr nicht Hilfe bringen.“

„Dann vorwärts, ihr Leute, daß wir sie erreichen!“

Ich wollte forteilen, doch der Tebu ergriff das Halfter meines Kamels.

„Rabbena chaliëk, Gott erhalte dich, Sihdi, denn du gehst einer großen Gefahr entgegen, die du dir nicht mit den Augen deines Geistes angeschaut hast. Was wirst du dem Khabir sagen, wenn er dich fragt, was du im Sandmeer tust?“

„Ich werde ihm sagen, daß ich von Sehliet komme, um nach Dongola zu reisen, und mich verirrt habe. Oder ich werde ihm auch nichts sagen, wenn es mir beliebt. Die Gefahr, in welche mich dieser Khabir bringt, ist nicht so groß wie ein Nagel an der Sohle meines Schuhes; wenn ich auf ihn trete, muß er gehorchen. Hhein!“

Josef und Hassan hatten nicht so schnelle Tiere wie der Tebu und ich; ich bedeutete sie daher, uns langsamer zu folgen, während wir im raschen Trott vorausritten.

Die Kaffila vor uns mußte wirklich sehr Not leiden, denn hier und da fanden wir einen Gegenstand, welcher vor Müdigkeit oder aus Verzweiflung weggeworfen worden war. Die Eindrücke zeigten, daß die Bewegungen der Tiere immer müder und langsamer geworden waren, und besonders die Pferde schienen dem Umsinken nahe, denn sie waren sehr oft gestolpert.

Da endlich sahen wir vor uns zwischen den Dünen einige weiße Kapuzen zum Vorschein kommen, und bald befanden wir uns bei den hinteren Reitern der Karawane, deren Tiere die müdesten waren und den andern nur sehr schwer zu folgen vermochten. Sie sahen bei unserm rüstigen Erscheinen freudig erstaunt auf und erwiderten mit neu erwachender Lebhaftigkeit unsern Gruß.

„Wer ist der Khabir dieser Kaffila?“ fragte ich.

„Gib uns zu trinken, Sihdi!“ war die Antwort.

Ich hatte einen meiner großen Schläuche mit vorangenommen und reichte ihnen den verlangten Trunk. Augenblicklich hatte ich beinahe die ganze Kaffila um mich versammelt, und alles begehrte Wasser. Nur zwei schlossen sich von dieser Bitte aus, ein Tuareg, welcher ein ausgezeichnetes Bischarinhedjihn ritt, und ein Beduine, welcher zu Fuß an der Spitze des Zuges gegangen war; ich vermutete in ihm den Schech el Djemali. Beide beobachteten mich mit halb erstaunten, halb finsteren Blicken.

Ich gab jedem nur so viel zu trinken, daß mein Schlauch für alle reichte, und wiederholte sodann meine Frage:

„Welcher unter euch ist der Khabir?“

Der Mann auf dem Bischarin kam herbei.

„Ich bin es. Was willst du?“

„Einen Gruß von dir. Hast du nicht vernommen, daß mein Mund die ganze Kaffila grüßte und meine Hand jeden tränkte, der des Wassers bedurfte? Seit wann sind die Lippen des Gläubigen verschlossen, wenn ihm der Wanderer Heil und Frieden bietet?“

Der Tebu sah mich erstaunt an; er war tapfer, aber in diesem Ton hätte er vielleicht doch nicht mit dem Tuareg gesprochen. Die Augen des Khabir wurden noch größer als diejenigen des Tebu.

„Sal – alek“, grüßte er kurz, grad wie der Bote, welchen der Karawanenwürger nach Algier geschickt hatte. „Wie viele Leben hast du, daß deine Zunge solche Worte spricht?“ fügte er stolz hinzu.

„Sal – al – Nur ein einziges, grad wie du, doch scheint es mir lieber zu sein, als dir das deinige.“

„Warum?“ brauste er auf.

Ich mußte einlenken.

„Weil du dich in dieser Wüste verirrst und verschmachten wirst, wenn du den rechten Weg nicht wiederfindest.“

„Ich verirre mich nie“, entgegnete er, indem er eine ernste Besorgnis nicht verbergen konnte. Er mußte natürlich annehmen, daß ich jetzt sagen würde, daß sich die Karawane in einer falschen Richtung befinde. „Allah gab trockene Luft, daß unser Wasser auf die Neige ging; er wird uns morgen an einen Brunnen führen.“

„Wohin geht diese Kaffila?“

„Mußt du es wissen?“

„Hast du Grund, es zu verschweigen?"
„Sie geht nach Safileh."
Ich nickte wie einverstanden mit dem Kopf.
„Auch ich will nach Safileh. Erlaubst du mir, mit euch zu ziehen?"
Er atmete beruhigt auf, obgleich ich es ihm ansah, daß er nicht wußte, wie er sich mein Verschweigen seines Verrats deuten sollte.
„Wie ist dein Name, und zu welchem Stamm gehörst du?"
„Ich bin ein Franke, dessen Namen deine Zunge nicht auszusprechen vermag."
„Ein Franke bist du, ein Christ?" fragte er. Und sich zu den andern wendend, setzte er hinzu: „Ihr habt von einem Giaur euch Wasser reichen lassen!"
Sie wichen von mir zurück; ich aber drängte mein Kamel so hart an das seinige, daß er nach seinem Messer griff, und sagte:
„Vergiß dieses Wort nicht, Khabir, denn du wirst es sühnen müssen!"
Seit meinem offenen Geständnis, daß ich ein Ungläubiger sei, wußte er sich sicher. Ich hätte ihn immerhin verdächtigen können, die fanatischen Muselmänner, aus denen die Karawane bestand, hätten mir doch keinen Glauben geschenkt. Jetzt ließ er auch den Grund vernehmen, dessentwegen er mich bei meinem Erscheinen so erstaunt und finster, so argwöhnisch gemustert hatte.
„Von wem hast du dieses Bischarin? Ein Moslem verkauft ein solches Tier nicht an einen Ungläubigen."
„Ich erhielt es zum Geschenk von einem Gläubigen, den ich aus dem Rachen des Löwen errettete."
„Du lügst! Ein Giaur fürchtet den Herrn des Erdbebens, und der, welchem dieses Bischarinhedjihn gehörte, kommt nicht unter die Tatzen des Löwen."
Ich griff nach meiner Kamelpeitsche.
„Höre, Ben Kelb, du Hundesohn! Sagst du noch einmal, daß ich lüge, so gebe ich dir diese Peitsche ins Gesicht, und du weißt, daß der Koran sagt, Mikaïl, Dschebraïl, Issrafil und Asraïl, die vier Erzengel, lassen keinen Gläubigen in das Paradies, der von einem Christen geschlagen wurde."
Das war die allerärgste Beleidigung, welche ihm widerfahren konnte. Die abgematteten Reiter, welche ich soeben erst getränkt hatte, drängten sich drohend um mich, und der Khabir griff zur Pistole, welche er aus seinem Gürtel zog.

„Steige vom Dschemmel, Giaur, denn ehe du die Seele deinem Gott befehlen kannst, wird dich der Scheitan durch die Lüfte führen!"

Er spannte den Hahn. Der wackere Tebu hielt hart an meiner Seite und griff zur Lanze, um mich zu verteidigen. Jetzt konnte ich die Macht der Anaïa, welche ich am Birket el fehlate erhalten hatte, erproben. Der Khabir kannte mein Bischarin, er mußte auch den kennen, von dem ich es erhalten hatte. Übrigens bemerkte ich sowohl bei ihm als auch bei dem Schech el Djemali die verräterischen Buchstaben A. L., welche mir das übrige erklärten.

Ich zog das Korallenstück hervor und hielt es ihm entgegen.

„Stecke deine Waffe ein, sonst bekommt der Scheitan deine Seele, aber nicht die meinige! Wirst du gehorchen oder nicht?"

Ich sah, wie er erschrak.

„Allah akbar, Gott ist groß, Sihdi, und du stehst unter einem Schutz, der stärker ist, als selbst die Macht des Teufels. Ich sehe, daß du die Wahrheit sagst: Du hast einen Gläubigen aus dem Rachen des Löwen errettet und dafür sein Hedjihn bekommen. Ziehe mit uns, so weit du willst!"

Das war es, was ich wünschte. Diese Erlaubnis machte mich zum Mitglied der Kaffila und gab mir das Recht, für das Wohl derselben gegen den Khabir zu sprechen und zu handeln.

„So zieh weiter; meine Diener werden uns erreichen!"

„Wie viele Diener hast du bei dir, Sihdi?" fragte er, wieder mißtrauisch.

„Zwei außer diesem. Sie waren dabei, als ich den Herrn des Erdbebens tötete. Wenn sie kommen, kannst du seine Haut sehen und auch die Felle der Panther, welche meine Kugel traf."

„Was tust du in der Wüste?"

„Ich will Assad-Bei töten und auch noch mit anderen Beis sprechen."

Er war befriedigt und winkte zur weiteren Fortsetzung des Rittes. Ich hielt mich mit dem Tebu am Ende des langsam dahinschleichenden Zuges.

„Allah kerihm, Gott ist gnädig, Sihdi, er schützt die Gläubigen. Du aber bist ein Christ und wagst dein Leben, obgleich dir Allah keine Hilfe gibt."

„Allah ist nicht mächtiger als mein Gott, der im Himmel wohnt; er hat alle Macht, und wir sind seine Kinder."

„Aber kein Ben Arab hätte mit dem Khabir deine Worte gesprochen. Der Engel des Todes schwebte über dienem Haupt. Du bist stark und kühn, wie Sihdi Emir, der Behluwan-Bei."

„Ein mutiger Finger ist besser als zwei Hände voll Waffen; auch du bist wacker und treu; ich werde Sihdi Emir davon erzählen. Werden wir im Bab-el-Ghud Wasser finden?"

„Es gibt dort zwei verborgene Quellen, aus denen zehn Kamele trinken können."

„So kann sich die Kaffila halten, bis ihr Hilfe wird, wenn sie nicht der Hedjahn-Bei vernichtet."

„Was wirst du tun, um sie zu erretten?"

„Ich muß erst meine Seele fragen. Sihdi Emir ist am Bab-el-Ghud?"

„Er wartet dort, doch er weiß nicht, wann du kommst; er kann für kurze Zeit gewichen sein."

„Wird die Kaffila das Dünentor erreichen?"

„Nein. Der Khabir wird sie zur Seite in die Dünen führen, wo sie überfallen wird."

Auch ich stimmte aus gewichtigen Gründen dieser Vermutung bei und sann über die sicherste Weise nach, die Karawane zu erretten und zugleich den Räuber in meine Hand zu bekommen.

Ich hätte einfach den Khabir und den Schech el Djemali niederschießen können; das aber wäre, so lange ich nicht zweifellos beweisen konnte, daß er mit dem Hedjahn-Bei verbündet war, den Arabern gegenüber für mich gefährlich gewesen und hätte mich doch nicht zum rechten Ziel geführt. Ich mußte den Bei fangen, um Rénald Latréaumont zu befreien, und, ehe ich ungezwungen einen entscheidenden Schritt tat, danach trachten, mit Emery zusammenzutreffen.

Unterdessen holten uns Josef und Hassan ein. Ich wies sie an, einen Wasserschlauch für uns zu verbergen und den übrigen Vorrat an die Kaffila zu verteilen. Der große Hassan hatte sich bald mit den Gliedern derselben in ein gutes Einvernehmen gesetzt, rühmte sich und seinen Namen und ließ auch, wie ich bemerkte, nichts unversucht, mich in den gehörigen Respekt zu bringen. Korndörfer dagegen hielt sich zu mir und dem Tebu.

Da hielt der Führer sein Tier an und ließ den Zug an sich vorüberpassieren, bis ich bei ihm angelangt war.

„Kennst du den Namen dessen, der dir dein Djemmel schenkte, Sihdi?" fragte er, mit mir allein hinter den übrigen zurückbleibend.

„Der Christ hilft seinem Nächsten, ohne nach dem Namen zu fragen."

„So weißt du auch nicht, was er ist?"
„Ich weiß es."
„Sage es!"
„Er ist, was du bist."
„Und du auch, Sihdi. Du hast seine Anaïa und mußt für seinen Schutz tun, was er befiehlt. Kennst du den Pfad, den ich euch führe?"
Der Mann sprach hier eine Meinung aus, welche mit meiner Ansicht allerdings nicht sehr harmonierte. Für die Anaïa des Hedjahn-Bei mußte ich sein Mitschuldiger sein? Dazu hatte grad ich die allerwenigste Lust. „Du hast seine Anaïa", hatte er gesagt. Sollte dieses „seine" vielleicht bedeuten, daß der, von welchem ich sie bekommen hatte, der Bei selbst sei? Dann hätte ich mir allerdings einen ausgezeichneten Fang entgehen lassen. Erst jetzt leuchtete mir diese Möglichkeit ein, denn ein untergeordneter Räuber war wohl schwerlich berechtigt, die Anaïa zu vergeben, und hatte wohl auch nicht die Mittel, ein kostbares Bischarinhedjihn zu verschenken. Ich mußte den Khabir ausforschen.
„Ich kenne ihn. Er geht nicht nach Safileh, sondern in das Bab-el-Ghud."
„Wir werden das Bab nicht erreichen, sondern heute, wenn die Sonne sinkt, im Sandmeer lagern. Dann kommt der Bei."
„Der Bei? Wartet er nicht im fernen Duar, wo er unter dem Herrn mit dem dicken Kopf lag?"
„Hat er dir nicht gesagt, daß es zwei Hedjahn-Bei gibt, Sihdi, die Brüder sind?"
Das also war das Geheimnis, daß der Räuber mit solcher Schnelligkeit an verschiedenen Gegenden auftauchen konnte! Ich hatte den einen Bruder in meiner Macht gehabt und ihn mir wieder entgehen lassen; den andern mußte ich desto sicherer zwischen die Hände nehmen.
„Wir hatten keine Zeit zu vielen Worten", antwortete ich. „Weiß der Bei, wo er die Kaffila trifft?"
„Er wartet auf sie schon mehrere Tage. Wenn alles schläft, wird er kommen, um mit mir zu reden, damit ich ihm sage, wie viele Männer die Kaffila zählt. Die Gum ist stark, Sihdi, und sie wird keinen Widerstand finden. Doch es kann ein Feind kommen, der größer ist, als alle andere Gefahr; wirst du uns auch gegen ihn deinen Arm leihen?"
„Mein Arm gehört meinen Freunden zu aller Zeit", antwortete ich zweideutig. „Wer ist dieser schlimme Feind?"

„Der Behluwan-Bei. Hast du von ihm gehört, Sihdi?"
„Wer ist er?"
„Niemand weiß es. Reite durch die Serir, durch das Belad-el-Ghud, das Land der Dünen, durch die Sahel, und du wirst die Gebeine der Unseren finden, die seine Kugel traf. Er ist an jedem Ort, und doch sieht ihn niemand; sein Djemmel hat acht Füße und vier Flügel; es ist schnell wie der Blitz und läßt keine Spur zurück; er braucht weder Speise noch Trank und ist dennoch ein Riese, dessen Leib so hoch ist, wie drei Männer. Er ist der Scheitan, er ist Eblis, der widerspenstige Engel, der sich nicht vor Adam niederwerfen wollte und nun auf der Erde weilt, um die Seelen der Gläubigen zu morden."

Es war spaßhaft, mit welchen Eigenschaften der Aberglaube und das böse Gewissen dieser Araber den guten „Englishman" ausstaffierten, doch hütete ich mich sehr, die Meinung des Khabir zu bekämpfen. Behluwan-Bei, der „Oberste der Helden", war ein Name, welcher zur Genüge sagte, in welchen Respekt sich Emery bei den Bewohnern der Wüste gesetzt hatte.

„Denkst du, daß er kommt?" fragte ich.

„Ich weiß es nicht; er naht, wenn seine Kugel fertig ist, die in der Dschehennah gegossen wird. Er kennt jedes Tier und jeden Mann der Gum, er weiß alle unsere Brunnen und Halteplätze; nur auf El Kasr – dem Schloß – war er noch nicht, weil es ein frommer Marabut gefeit hat gegen alle bösen Geister."

Das war mir eine höchst wertvolle Mitteilung; die Anaïa tat eine größere Wirkung, als ich jemals hatte erwarten können. Im Vertrauen auf sie ließ sich der unvorsichtige Khabir zu Enthüllungen hinreißen, welche seinem Gebieter mehr als gefährlich waren.

Die alten Römer drangen weiter in die Sahara vor, als man gewöhnlich anzunehmen pflegt, und zur Zeit, in welcher die kriegerischen Horden der Kalifen über die Landenge von Suez stürmten, ergoß sich eine wahre Völkerwanderung über die Wüste. In jenen alten und mittelalterlichen Zeiten wurde in stiller Uah oder im einsamen, sichern Warr manches Bauwerk errichtet und später wieder verlassen, so daß es nun vom Flugsand bedeckt wird oder in Trümmern liegt, die immerhin noch geeignet sind, dem räuberischen Gesindel der Wüste als Versteck zu dienen. Ich hatte schon mehrere solche Kasr oder Ksur gesehen und dabei stets gefunden, daß zwischen ihren Mauern oder doch in ihrer Nähe ein Brunnen oder sonstiges Wasser war.

Besaß die Gum hier einen solchen Zufluchtsort, so war derselbe wohl schwerlich im Bahr-el-Ghud, sondern jedenfalls im Serir zu suchen, und es ließ sich beinahe mit Gewißheit erwarten, daß sich nirgends anders als dort der gefangene Rénald Latréaumont befand.

„Ich werde bei dem Bei im Kasr sein", meinte ich daher. „Wie lange braucht ein Hedjihn, um es zu erreichen?"

„Wenn du am Bab-el-Hadjar, am Tor der Steine, stehst, Sihdi, und du reitest grad in der Richtung deines Schattens, wenn er gegen Aufgang zweimal so lang ist wie der Lauf deines Gewehres, so kommst du am Abend des andern Tages an den Berg Dschebel-Serir, der die Mauern unsers Kasr trägt."

Ich wollte weiterfragen, doch wurde seine Gegenwart bei der Kaffila erforderlich, wo Hassan der Große ein ganz bedeutendes Unheil angerichtet hatte. Trotz meines Befehles nämlich, die Leute über die Richtung ihres Weges bis auf weiteres im unklaren zu lassen, hatte er geplaudert und sich mit dem Schech el Djemali in einen Streit eingelassen, zu dessen Schlichtung der Khabir herbeigerufen wurde.

„Hast du nicht gesagt, daß du zu den Kubabisch gehörst?" verteidigte sich der Oberste der Kameltreiber. „Diese haben ihre Duars in Kordofan. Wie willst du den Weg nach Safileh besser kennen, als ein Tuareg, der ihn hundertmal geritten ist? Kubabisch heißt Schafhirten; sie hüten ihre Schafe, sie reden mit ihren Schafen und sie essen ihre Schafe, ja, sie kleiden sich sogar in das Fell und in die Wolle ihrer Schafe; darum sind sie selbst Schafe geworden, die keine verständige Seele haben, sondern Unsinn blöken, wie die Schafe. Halte den Mund Kubbaschi, und schäme dich!"

Schon öffnete Hassan den Mund zu einer geharnischten Gegenrede, als ein Ereignis eintrat, welches ihn verstummen ließ und die Aufmerksamkeit aller, ganz besonders aber die meinige, in Anspruch nahm.

Es kamen nämlich im raschesten Lauf vier Reiter hinter uns her, welche beim Anblick der stehenden Karawane einen Augenblick beobachtend anhielten, dann aber vollends herbeigeritten kamen. Sie saßen auf Bischarinhedjihns, und ich erkannte – den Uëlad Sliman, welcher mir sein Djemmel geschenkt hatte, und den Boten, welcher in Algier von uns gefangengenommen worden war. Diesem mußte es auf irgendeine Weise gelungen sein, seine Freiheit zu erlangen; er war in das Duar am Auresgebirge zurückgekehrt, und der eine der Räuberbrüder hatte sich sofort mit den Seinen in Eile auf den Weg gemacht, den Mißerfolg der

Sendung zu berichten. Vielleicht kannten sie den Zweck meiner Reise, aber selbst wenn dies nicht der Fall war, schwebte ich jetzt in einer offenbaren Gefahr, und ich winkte daher Josef und den Tebu an meine Seite.

„Salam aleikum", grüßte der Uëlad Sliman laut, indem er mich und Josef nicht bemerkte, da wir hinter den andern hielten. „Wer ist der Khabir dieser Kaffila?"

„Ich", antwortete der Tuareg mit einem verschmitzten Blinzeln seiner Augen.

„Wohin geht euer Weg?"

„Nach Safileh."

„Bismillah, das ist gut. Auch ich will nach Safileh; ich werde mit euch reiten!"

Da gab es weder Anfrage noch Bitte; der Mann machte kurzen Prozeß; er behandelte die Karawane bereits als sein Eigentum. Da erblickte er den großen Hassan, der über alle andern um eines Kopfes Länge emporragte. Sofort ritt er auf ihn zu.

„Du warst bei dem Franken, welcher den Löwen tötete?"

„Ja."

„Wo ist dein Herr?"

„Dort!" antwortete der Kubbaschi, auf mich deutend. Das Auge des Beis traf mich und wandte sich dann zu dem Boten.

„War es dieser?"

„Ja; er schlug mich nieder."

Jetzt lenkte er, gefolgt von den drei andern, sein Tier zu mir heran; auch der Führer und der Schech el Djemali kamen herbei. Ich hatte sechs wohlbewaffnete Leute gegen mich, von den Männern der Kaffila ganz abgesehen. Korndörfer hatte die Büchse gefaßt; der Tebu hielt seinen aus biegsamem Bassamholz gefertigten Wurfspeer in der Faust, und ich zog mit der Linken den Revolver unter dem weiten Burnus aus dem Gürtel, während ich in der Rechten die Kamelpeitsche behielt, damit es den Anschein hatte, als sei ich auf eine augenblickliche Verteidigung nicht vorbereitet.

„Du kennst mich", fragte er ohne Gruß, indem sein stechendes Auge drohend das meine suchte.

„Ich kenne dich", antwortete ich ruhig und kalt.

„Du hast meine Anaïa?"

„Ja."

„Gib sie mir wieder!"

„Hier!"

Ich warf ihm das Korallenstück hinüber; er fing es auf und steckte es zu sich.

„Du hast mich vom Löwen errettet, und ich gab dir mein bestes Hedjihn; wir sind quitt!"

„Gut! Dein Leben hat keinen höhern Wert als den eines Kamels. Du hast recht gesagt; wir sind quitt!"

Sein Auge blitzte auf.

„Kennst du diesen Mann?"

„Ich kenne ihn."

„Du hast ihn geschlagen, daß er seinen Geist verlor. Er war ein Bote, und ihr habt ihn gefangengenommen. Ein Giaur, der einen Gläubigen schlägt, verliert seine rechte Hand, sagt der Koran; du wirst deine Strafe leiden!"

„Und wer Menschenblut vergießt, des Blut soll wieder vergossen werden, sagt die Bibel, das heilige Buch der Christen. Du wirst deine Strafe leiden, Hedjahn-Bei!"

Bei diesem letzteren Wort war es, als habe der Blitz mitten unter die Männer der Kaffila eingeschlagen. Sie waren von Anstrengung und Entbehrung entkräftet und entmutigt; Hunger und Durst wühlten in ihren Eingeweiden; sie konnten der Gum unmöglich widerstehen, wenn der Schreck sie schon bei Nennung dieses einen Namens beinahe vom Pferd und Kamel stürzte.

Der Uëlad Sliman war auch überrascht; er konnte von der Plauderhaftigkeit des Khabir nichts wissen; doch sah er die Wirkung seines Namens, sah fünf mutige Männer bei sich und wußte auf jeden Fall seinen Bruder mit der Gum in der Nähe; dies gab ihm die Kühnheit, sich ohne Leugnen zu dem Namen, den ich genannt hatte, zu bekennen.

„Allah kerihm, Gott ist gnädig, und ich bin der Hedjahn-Bei. Diese Kaffila wird morgen wohlbehalten in Safileh sein, wenn sie mir den Franken mit seinen Dienern ausliefert. Steige herab vom Djemmel, Giaur, und küsse mir die Schuhe!"

Sämtliche Araber wichen von uns zurück, so groß war die Furcht vor diesem Mann.

„Du wirst die Kaffila dennoch töten", entgegnete ich ruhig. „Dieser Khabir ist ein Verräter; er hat sie nach dem Bab-el-Ghud geführt, wo die Gum heute in der Nacht über sie herfallen wird."

„Du lügst!" donnerte er.

„Mensch, wage es nicht noch einmal, mich, einen Christen, einen Lügner zu nennen, sonst . . ."

„Agreb, Skorpion, deine Zunge ist Gift“, unterbrach er mich mit doppelt verstärkter Stimme. „Du lügst!“

Mein Kamel hielt hart an dem seinen. Kaum hatte er das letzte Wort ausgesprochen, so sauste meine aus Rhinozeroshaut gefertigte Kamelpeitsche durch die Luft und strich ihm lautschallend über das Gesicht, daß ihm das Blut aus Nase, Mund und Wangen spritzte. Der entsprungene Bote, welcher neben ihm hielt, legte in demselben Augenblick das Gewehr auf mich an, doch ich kam ihm zuvor: den Revolver zu seiner Stirn erhebend, drückte ich los.

„Kennst du diesen Schuß, eine Mandel hoch über der Nasenwurzel, Karawanenwürger? Du bist der Bruder des Hedjahn-Bei, und ich bin der Bruder des Behluwan-Bei. Fahre zur Dschehennah und melde dem Scheitan, daß die Gum nachfolgen wird!“

Mein zweiter Schuß traf ihn an derselben Stelle in die Stirn; den dritten riß die Kugel Korndörfers vom Kamel, und dem vierten fuhr der Speer des Tebu in die Brust.

Das war das Werk kaum zweier Sekunden, so daß die beiden übrigen, der Khabir und der Schech el Djemali, gar nicht dazu gekommen waren, ihre Waffen zu gebrauchen. Ich hielt ihnen den Revolver entgegen.

„Gebt eure Waffen ab, sonst, das schwöre ich euch beim Barte eures Propheten, frißt euch die Kugel des Behluwan-Bei!“

Ein Wink an den Staffelsteiner genügte; er trat zu ihnen und entwaffnete sie.

„Binde sie, daß sie nicht fliehen!“

Er tat es, und sie ließen es ruhig geschehen. Der „Behluwan-Bei“ hatte auf sie dieselbe niederschmetternde Wirkung hervorgebracht, wie auf die Männer der Kaffila der „Hedjahn-Bei“. Jetzt konnte ich mein Verhör beginnen.

„Steigt ab von den Tieren, ihr Männer, und hört zu, wie ein Franke Gericht hält über die Räuber und Verräter der Wüste!“

Sie folgten meinem Gebot und schlossen einen Kreis um die beiden Inkulpaten und mich. Bisher hatte sich Hassan el Kebihr hinter den andern versteckt gehalten, jetzt aber war ihm der Mut zurückgekehrt. Er zog seinen langen Sarras, der aus Methusalems Waffenkabinett zu stammen schien, stellte sich mit der abschreckendsten Zerberusmiene, die es geben kann, vor die Gefangenen hin und ermahnte sie mit donnerdem Baß:

„Hört meine Worte, und vernehmt meine Stimme, ihr Räuber, ihr Mörder, ihr Schurken, ihr Schufte, ihr Gesindel, ihr Söhne vom Gesindel, ihr Abkommen und Väter des Gesindels! Ich bin ein Kubbaschi vom berühmten Ferkah en Nurab, und mein Name lautet Hassan Ben Abulfeda Ibn Haukal al Wardi Jussuf Ibn Abul Foslan Ben Ishak al Duli. Die Kinder der Tapfern nennen mich Djezzar-Bei, den Menschenwürger, und ich werde euch erdrosseln und zermalmen, wenn ihr nur das Geringste tut, was mir nicht gefällt. Allah hat euch in meine Hand gegeben, und ich werde euch richten lassen durch diesen Sihdi aus Germanistan, welcher den Herrn des Erdbebens und den schwarzen Panther mit seiner Frau getötet hat. Öffnet euren Mund, und redet die Wahrheit, sonst werdet ihr von meinem Zorn zerschmettert und von meinem Grimm vernichtet, denn ich bin Hassan el Kebihr!“

„Wir haben kein Unrecht begangen“, behauptete der Khabir, „und lassen uns von keinem Ungläubigen richten. Habt ihr eine Klage, so stellt uns vor einen Kadi und seinen Adul – Beisitzer –; ihm werden wir antworten, aber nicht euch.“

„Du wirst mir antworten“, entschied ich, „sonst öffnet dir meine Peitsche den Mund.“

„Du darfst keinen Gläubigen schlagen!“

„Wer will es mir wehren? Hat nicht meine Peitsche sogar den Karawanenwürger getroffen?“

„Diese Männer werden es nicht dulden. Sie sind Moslems.“

„Sie sind Moslems und kennen das Gesetz, welches sagt: ‚Blut um Blut‘. Du wolltest sie in den Tod führen; dein Leben gehört ihnen.“

„Ich habe sie den rechten Weg geführt. Sagte nicht auch der Hedjahn-Bei, daß wir morgen in Safileh sein werden?“

„Sagtest du mir nicht selbst, daß heute, wenn alles schläft, die Gum kommen werde?“

„Ich habe nichts gesagt. Du bist ein Ungläubiger und willst uns verderben.“

„Lüge nicht, Khabir! Der Tod streckt seine Hand aus nach dir, und dein Prophet spricht: ‚Redetest du nie die Wahrheit, so rede sie, wenn du stirbst, damit Allah dich ohne Flecken sieht!‘ Wir sind beim Bab-el-Ghud, und Safileh liegt gegen Mitternacht von hier. Du hast gehört, daß ich der Bruder des Behluwan-Bei bin, der mächtiger ist als die Gum. Er hat einen Geist bei sich und ich auch, der uns alles sagt, was wir wissen wollen. Hier, sieh ihn an! In diesem kleinen Häuschen ist seine Wohnung, und ich werde ihn fragen: Wo liegt Safileh?“

Ich zog den Kompaß hervor. Der Araber ist außerordentlich

abergläubisch, und ich wußte, daß das unbekannte Instrumentchen eine größere Wirkung hervorbringen werde, als alles Ermahnen und Drohen.

„Siehst du, wie er nach Mitternacht zeigt? Seht es auch, ihr Männer! Ich kann seine Wohnung nach allen Richtungen drehen, er zeigt euch immer ganz denselben Weg."

Der Kompaß wurde mit staunender, ehrfurchtsvoller Scheu betrachtet, und selbst der lange Hassan, der ihn noch nicht beachtet hatte, konnte seine Bewunderung nicht verbergen.

„Sihdi, du bist ein großer Zauberer! Dir kann niemand widerstehen!" meinte er.

„Hast du diesen Geist schon bei einem Gläubigen gesehen, Khabir? Die Christen sind weiser und mächtiger als die Moslems, und wenn du nicht gehorchst, so werde ich dir auch deinen Geist aus dem Leib ziehen und ihn noch viel enger einsperren als diesen hier, der einst auch ein verräterischer Khabir war und nun gefangen bleibt in alle Ewigkeit, um dem Wanderer den Weg zu zeigen."

„Frage, Sihdi; ich werde die Wahrheit sagen!" gelobte voll Angst der durch diese Drohung, über welche der beschränkteste Europäer gelacht haben würde, eingeschüchterte Muselmann.

„Du gestehst, daß du mit dem Schech el Djemali zu den Leuten des Hedjahn-Bei gehörst?"

„Ja."

„Die Gum sollte heute diese Kaffila überfallen?"

„Ja."

„Dabei sollten alle Männer getötet werden?"

„Ja", antwortete er zögernd.

„Wie stark ist sie?"

„Ich weiß es nicht, Sihdi, ob alle Djemalan beisammen sind. Die Gum hat an jedem andern Ort andere Leute."

Das war ein weiterer Beitrag zur Lösung des Rätsels von der schnellen Beweglichkeit der Raubkarawane. Der Hedjahn-Bei ritt allein von Ort zu Ort und fand überall zum Raub gerüstete Leute, und da es zwei Brüder waren, so konnte es allerdings scheinen, als ob der gefürchtete Räuber mit den Seinen allgegenwärtig sei.

„Kennst du den jungen Franken, welchen der Bei gefangen hält?"

„Ja. Er ist auf El Kasr."

„Wie viele Eingänge hat das Schloß?"

„Einen durch das Tor, Sihdi, und eine unterirdische Treppe, die nach dem Schott hinabführt."

„Wo wartet die Gum auf die Kaffila?"

„Wenn du jetzt gegen Aufgang reitest, so erreichst du sie, wenn dein Schatten zweimal und noch die Hälfte so lang ist, wie du selbst."

„Der Bei wollte kommen, um vor dem Überfall mit dir zu sprechen. Wo sollst du ihn treffen?"

„Er wird die Kaffila kommen sehen und ihren Lagerplatz kennen. Wenn alles schläft, wird die Hyäne rufen, so daß ich weiß, wo er steht."

„Ist dies die erste Karawane, die du in das Verderben führst?"

Er schwieg.

„Du bist ein großer Sünder, Khabir, doch sollst du nicht getötet werden, wenn du mir gehorchst und mich zum Schloß führst."

„Rhemallah, das verhüte Gott!" rief da der Tebu. „Hast du meine Söhne gesehen, Sihdi, und die Tränen meines Auges? Hast du gefühlt den Gram meines Herzens und gehört die Schwüre meiner Seele? Ich habe gelobt bei den acht Himmeln Allahs und den sieben Höllen des Teufels, bei dem Munde Ozaïrs – Esra – und dem Haupt von Seydna Yaya – heil. Johannes –, daß jeder Mann sterben soll, der mit dem Mörder ist. Ed dem b'ed dem – en nefs b'en nefs, Blut um Blut, Leben um Leben! Gibst du mir diese Männer, Sihdi?"

„Ihr Leben gehört nicht mir; ich kann es nicht verschenken."

„Wohlan, so gehört es mir!"

Ehe ich es hindert konnte, fuhr seine Lanze dem Khabir in die Brust, und im nächsten Augenblick hatte er die Kehle des Schech el Djemali durchschnitten.

„Hamdulillah, Preis sei Gott, der da gerecht richtet im Himmel und auf Erden", jubelte er. „Meine Rache wird fressen unter den Mördern, bis die Gum in der Dschehennah wohnt!"

Ich konnte mit ihm nicht rechten, obgleich mir die beiden Toten sicher von Nutzen gewesen wären. Die Strafe, welche sie so schnell ereilt hatte, war jedenfalls eine wohlverdiente, wenn man an die Opfer dachte, welche sie dem Hedjahn-Bei an das Messer geliefert hatten.

„Weißt du nicht, Abu billa Beni, daß der Prophet sagt: ‚deine Tat sei schnell, aber dein Gedanke langsam vorher?' Diese Verräter waren uns nötig, um die Gum zu fangen; jetzt aber schweigt ihr Mund, und ihr Fuß kann uns nicht zu den Räubern führen."

Schon befand sich alles, was die Toten getragen hatten, in den

Händen der Araber. Der Uëlad Sliman hatte noch einen ziemlichen Vorrat von Wasser und Proviant bei sich geführt; ich ließ beides verteilen und nahm die Bischarinhedjihn der Gefallenen als Beute für mich in Beschlag.

Die Kaffila hielten leise beratend beieinander; dann trat einer von ihnen zu mir.

„Sei unser Khabir, Sihdi! Du hast einen Geist, der uns nach Safileh bringen wird."

„Wollt ihr diesem Geist gehorchen?"

„Ja. Sage uns seine Befehle!"

„Ihr werdet nicht nach Safileh kommen, wenn ihr die Gum hinter euch laßt; sie wird euch verfolgen und vernichten. Doch wenn ihr tapfere Uëlad Arab seid, so werden wir die Räuber töten, und der Pilger kann fortan in Frieden durch die Wüste ziehen."

„Wir sind tapfer, Sihdi, und haben keine Furcht, doch die Gum hat mehr Männer, als wir sind, und wird uns besiegen."

Ich mußte ihnen Mut machen.

„Mein Geist sagt mir, daß sie uns nicht besiegen wird. Ich bin der Bruder des Behluwan-Bei, der am Bab-el-Ghud auf uns wartet; er wirft die Räuber nieder wie dürren Weizen. Seht hier: diese zwei Revolver, von denen ihr noch niemals gehört habt, fressen zwölf Männer auf; diese Büchse sendet zwei von ihnen zum Scheitan, und dieser Henrystutzen, dessen Namen noch kein einziges Mal an euer Ohr gedrungen ist, kostet zweimal zehn und noch fünf Djemalan das Leben. Soll ich euer Khabir sein, so sagt es schnell, sonst suche ich mit meinen Dienern die Gum allein auf und lasse euch hier in der Wüste halten."

„Wir wollen dir gehorchen, Sihdi!"

„Ja, wir wollen dir gehorchen, Sihdi", stimmte der große Hassan begeistert ein. „Du bist der Weiseste der Weisen, der Klügste der Klugen und der Held aller Helden. Seht her, ihr Männer, ich bin Djezzar-Bei, der Menschenwürger. Dieser Säbel wird zehn Räubern den Bauch aufschlitzen, diese Tschembea – Dolch – wird zwanzig Mördern die Kehle zerschneiden, und diese Flinte, diese Lanze und diese Pistolen werden alles vernichten, was dann noch übrig ist. Für euch wird nichts übrig bleiben, als unsere Tapferkeit zu rühmen und unsere Heldentaten zu besingen, und wenn ihr zurückgekehrt seid zu euren Söhnen und Töchtern, so werden eure Zelte erklingen von dem Lob Hassan el Kebihrs und des großen Sihdi aus Germanistan, der Areth, den Herrn des Erdbebens, tötet, und den schwarzen Panther mit seiner Frau verschlungen hat!"

„Maschallah, tausend Schwerebrett, hat der aan Maul!" meinte der Staffelsteiner ärgerlich. „Wenn's losgeht, wird der große Hassan so klein geworden sein, daß man ihn halt gar nit zu seh'n vermag!"

Die Sonne hatte bereits das dritte Viertel ihres Bogens vollendet; ich mahnte zum Aufbruch. Die Leichen blieben in ihrer gegenwärtigen Stellung liegen; die Totengräber der Wüste, Sand- und Bartgeier, überhoben uns der Arbeit. Ich wußte, daß ich mich nur wenig auf die Araber verlassen konnte, doch schien es mir, als sei die Gefahr, welcher ich entgegenging, nicht größer als so manche andere, die ich glücklich bestanden hatte. Der Hedjahn-Bei war mir nicht fürchterlicher als jeder gewöhnliche Araber, und wo der offene Mut nicht ausreichte, konnte ich ja zur List meine Zuflucht nehmen. Die Anaïa hatte ich wieder zu mir gesteckt; sie konnte mir von Nutzen sein.

4.
Behluwan-Bei, der Räuberwürger

„Die Spiegelung!"

Durch die brennende Einöde schleicht langsam die Dschellaba – die Pilgerkarawane. Sie ist bereits seit Monaten unterwegs und durch die von allen Seiten sich anschließenden Zuströme sehr stark und zahlreich geworden. Reiche Uëlad Arab aus dem Belad es Sudan reiten neben armen Fußwanderern, welche sich auf die Mildtätigkeit der Gläubigen verlassen müssen und nichts besitzen als einen einzigen Mariatheresientaler, um die Überfahrt über das Rote Meer bezahlen zu können. Jünglinge, welche kaum das Knabenalter überschritten haben, wandern neben ausgetrockneten Greisen, die vor dem Tod noch die heilige Kaaba sehen wollen. Gelbe Beduinen, braune Tuareg, dunkle Tebu und wollhaarige Tekrur, wie die schwarzen Mekkapilger genannt werden, murmeln in melancholischen Tönen ihre frommen Gebete oder ermuntern sich durch den lauten Zuruf des moslemischen „La illaha il' Allah we Mohammed Rasul Allah, es ist kein Gott außer Gott, und Mohammed ist Gottes Phrophet!"

Der Himmel glüht fast wie kochendes Erz, und die Erde

brennt wie flüssiges Eisen. Der Samum hat die Wasserschläuche ausgetrocknet, und bis zur nächsten Uah ist es noch weit. Ein einsamer Bir kann keine Hilfe bringen, da sein weniges brackiges Wasser kaum hinreicht, die Zungen der Menschen und die Lefzen der Kamele zu kühlen. Die erst geschlossene Karawane hat sich längst in einzelne Frik – Abteilungen – aufgelöst, welche sich mühsam hintereinander herschleppen. Brot, Mehl und Bela – trockene Datteln – sind genugsam vorhanden, aber für einen Schluck Wasser oder eine Schale Merissa – ein kühlender Trank aus Dokhnkorn – würden die Verschmachtenden Monate ihres Lebens hingeben. Der Dürstende greift wieder und immer wieder zur leeren Zemzemiëh, hält sie an die verlangenden Lippen und setzt sie wieder ab mit einem klagenden „bom bosch, ganz leer!"

Die Gebete werden leiser, die Zurufe seltener, und die am Gaumen klebende Zunge liegt wie Blei im Mund. Sie vermag kaum das Surat yesin, das sechsunddreißigste Kapitel des Koran, zu seufzen, welches der Moslem „Quelb el Kuran", das Herz des Koran, nennt und in der Not des Todes betet.

Da ertönt ein lauter Freudenschrei.

Über dem dichtumflorten Horizont heben sich die scharfen Umrisse der ersehnten Oase empor. Auf schlanken Säulen bauen sich die stattlichen Wipfel der Dattelpalmen übereinander, und ihre leichten Fliederkronen wehen in dem frisch sich erhebenden Wüstenwind. Zwischen grünen Hainen schimmert es wie das Wellengekräusel eines lieblichen Sees, und die Luft scheint sich von der Ausdünstung des Wassers zu feuchten. Die Palmenkronen spiegeln sich in der glitzernden Wasserfläche, und Kamele waten in der Flut, ihren langen Hals niederstreckend, um das belebende Naß zu schlürfen.

„Hamdulillah, Preis sei Gott! Das ist die Uah; der Herr hat uns errettet; ihm sei Lob und Dank!"

Die Jubelnden wollen ihre Tiere in eine schnellere Bewegung setzen; diese aber lassen sich nicht täuschen; ihr scharfer Geruch hätte es ihnen ja schon längst gesagt, wenn wirkliches Wasser vorhanden wäre.

„Hauehn aleihu ia Allah, hilf ihnen, o Gott!" bittet der erfahrene Führer der Karawane. „Sie haben vor Durst und Hitze den Verstand verloren und halten die Fata Morgana, die gefährliche Spiegelung, für Wirklichkeit."

Seine Worte rufen doppelte Niedergeschlagenheit unter den Getäuschten hervor; mutloser und langsamer schiebt sich der immer mehr ermüdende Zug weiter und geht vielleicht dem grauenvollen Schicksal entgegen, wie das vom Sonnenbrand verzehrte Wasser eines Wadi in der starren Wüste zu verrinnen. Die Dschellaba hält dann ihren Einzug in einem Mekka, welches erbaut ist hoch über den Sternen und nicht im Sande des Belad Moslemin – Arabiens.

Die Spiegelung ist seltener, als man anzunehmen pflegt; ich hatte sie erst zweimal geschaut und auch mich, wenigstens beim ersten Mal, von ihr täuschen lassen. Heute sollte ich die Erfahrung machen, daß sie unter Umständen dem Menschen freundlich und nützlich sein kann.

Nach der Weisung des Khabir hatte ich unsere östliche Richtung beibehalten. Unsere Schatten wurden länger und länger, bis sie unsere doppelte Länge übertrafen. Da stieg über dem vor uns liegenden Horizont ein seltsames Phantom empor:

Die Sonnenstrahlen oszillierten wie ein mehrere Fuß hohes, aus mikroskopischen, glühenden Flimmern bestehendes Meer über dem Boden; trotz der Nähe des Abends war die Hitze beinahe unerträglich, und die abgemattete Kaffila drohte in dem heißen, immer tiefer werdenden Sand zu versinken. Wir nahten uns dem Kampfgebiet zwischen Ghud und Serir, zwischen Dünen und Felsen, und hatten bald leere, nackte Steinfläche, bald gefährliche, nachgiebige Sandablagerungen unter den Füßen unserer dampfenden Tiere. Da wuchs langsam und allmählich ein mächtiges Gebirge aus den hohen Lüften vor uns hernieder; die Umrisse der gigantischen Bergesriesen verschwammen in der zitternden Atmosphäre, aber an ihrem Fuße sahen wir deutlich mächtige Seen flimmern, in die sich mehrere Ströme ergossen; die Ufer derselben waren kahl und öde und zeigten nicht die mindeste Spur eines Pflanzenwuchses.

„Maschallah, tausend Schwerebrett“, meinte der Staffelsteiner, „is dos aane wunderliche Geschicht'! Das Gebirg hat sich auf den Kopf gestellt und schaut mit der Spitz' nach unten. Wenn's so fortgeht, so läuft halt der große Hassan bald mit den Beinen in der Luft.“

Jetzt richtete sich in verkehrter Stellung eine riesige Figur empor und neben ihr eine zweite. Trotz der auseinanderfließenden Umrisse erkannten wir ein am Boden liegendes Kamel, neben welchem ein Araber stand. Es war klar, daß die Originale dieses Bildes sich in Wirklichkeit hinter den vor uns liegenden Dünen befanden. Der Araber konnte nichts anderes sein, als ein Posten, der von dem Hedjahn-Bei vorgeschoben worden war, um das

Nahen der Kaffila zu beobachten. Die Fata Morgana hatte uns die Gum verraten, während die Spiegelung unser Bild dem Posten nicht zutragen konnte, da wir vor der Sonne hielten.

Es war ein eigener, gespenstischer Anblick, dieser verkehrt in den Lüften schwebende und in gigantischen Dimensionen gezeichnete Wächter der Raubkarawane.

„Rrree, halt!" gebot ich. „Die Gum ist vor uns. Steigt ab, ihr Männer, und schlagt das Lager auf!"

Während dieser Beschäftigung sank die Sonne immer weiter niederwärts, und das Phantom stieg, in gleichem Verhältnis, seine Formen ausdehnend, am Horizont empor. Es war, als befänden wir uns vor einer meilenweiten Camera obscura, deren Linse von Augenblick zu Augenblick an Dicke und Vergrößerungsfähigkeit zunahm.

Da wurde hinter dem Luftbild des Arabers eine neue Gestalt sichtbar, die seitwärts von ihm aus dem Boden wuchs. Wir konnten jede ihrer Bewegungen beobachten. Sie erhob die Arme und richtete einen langen, schmalen Gegenstand nach dem Kopf des Postens – ein einziger Augenblick – ein eigentümliches Schwanken und Schwingen des ganzen Gemäldes – der Araber stürzte nieder.

„Allah kehrim, Gott ist gnädig und barmherzig!" rief Hassan. „Ich preise den Propheten, daß dieses Bild nicht von meinem Leib stammt, denn dort hat ein Mann den andern totgeschossen!"

Er hatte recht, und wäre die Entfernung nicht zu groß gewesen, so hätten wir den Schuß jedenfalls gehört.

Wer war der Täter? Seine vergrößerte Figur bog sich zu dem Gefallenen nieder, dann richtete er den langen Gegenstand, welcher nichts anderes als ein Schießgewehr sein konnte, auch auf das Kamel – ein zweites Schwingen und Schwanken der Spiegelung – das Tier zuckte in seinen mächtigen Formen empor und sank dann wieder zusammen.

Eine blitzschnelle Ahnung stieg in mir auf.

„Seht ihr ihn, ihr Männer?" rief ich. „Das ist Behluwan-Bei, der Räuberwürger. Er hat den Wächter der Gum in das Reich des Todes geschickt. Bleibt hier zurück! Auf, Abu billa Beni, auf, Korndörfer; wir müssen hin zu ihm!"

Einige Augenblicke später saßen wir auf unsern Kamelen und jagten der Richtung des Bildes zu.

Je weiter wir vorwärtskamen, desto mehr sanken die Linien desselben zusammen. Die Figur dessen, den ich für Emmery

Bothwell hielt, war schon kurz nach dem zweiten Schuß verschwunden. Wegen des tiefen Sandes und weil wir zahlreiche Dünen zu umreiten hatten, kamen wir trotz unserer Eile nur langsam von der Stelle; doch wich die Spiegelung endlich, und folglich mußten wir uns in dem Gesichtskreis des Ortes befinden, an welchem die Tat geschehen war.

Wir hatten lange zu suchen, ehe wir die Stelle fanden, und nun zeigte es sich, daß meine Vermutung allerdings das Richtige getroffen hatte. Im Sande lag ein Tuareg, von der Seite einen Zoll hoch über der Nasenwurzel in die Stirn geschossen, und auch das Kamel hatte die gleiche tödliche Wunde. Der Kragen des Burnus und eine Ecke der Satteldecke zeigten die Buchstaben A. L., eine Anweisung auf die sicher treffende Kugel aus der Büchse meines „Englishman", der sich den Ehrennamen Behluwan-Bei erworben hatte. – Wir hatten über eine halbe Stunde gebraucht, um diesen Ort zu erreichen, und seit derselben Zeit hatte ihn Emmery verlassen. Konnte ich ihm nachreiten? Ein kurzes Einhalten seiner Spur zeigte mir, daß er sich mit großer Schlauheit diejenigen Stellen des Bodens ausgewählt hatte, wo der Felsen keine Fährte annahm oder der hohe Sand sich sofort wieder über derselben schloß. Ich hätte also Mühe gehabt, ihn zu erreichen, und, da in kurzer Zeit die Nacht hereinbrach, den Rückweg zur Kaffila ganz sicher verloren. Zudem mußte ich annehmen, daß er in der Nähe der Gum bleiben und ich ihn also bei der Berührung mit derselben ohne Zweifel treffen würde. Ich gab es also auf, ihm zu folgen.

Jetzt mußte sich mir nun eine zweite Erwägung aufdrängen.

Der getötete Posten hatte nämlich nur einige Schlucke Wassers bei sich, ein sicheres Zeichen, daß entweder eine baldige Rückkehr erwartet wurde oder er in kurzem abgelöst werden sollte. Sein Tod wurde also auf jeden Fall bemerkt. Ohne Zweifel gab es auch noch andere Posten in der Nähe, die der Hedjahn-Bei persönlich inspizierte. Konnte ich also diese Stelle ohne weitere Vorsichtsmaßregeln verlassen? Und welches war die beste Vorkehrung, die ich treffen konnte? Sollte ich die Tier- und Menschenleiche mit Sand verschütten oder zurückbleiben? Im letzteren Fall konnte ich leicht einen glücklichen Fang tun, aber auch trotz aller Furchtlosigkeit in eine Gefahr geraten, aus welcher es bei allem Mut kein Entrinnen gab.

Ich entschloß mich für das erstere.

Der Sand war leicht beweglich, und schon nach wenigen Minuten bedeckte eine Düne den Tuareg und sein Kamel. Dann suchten wir, so wenig Fährte als möglich zurücklassend, die Kaffila auf. Wir wurden mit der Frage empfangen, ob wir den Behluwan-Bei gesehen hätten.

„Die Kamelstute des Räuberwürgers ist so schnell wie der Vogel der Lüfte“, antwortete ich. „Er war bereits wieder verschwunden. Doch kenne ich die Gedanken meines Bruders! Er weicht nicht von der Gum, bis sie getötet ist. Ihr werdet bald sein Angesicht sehen und seine Stimme hören.“

Die Sonne sank, und doppelte Glut strömte nun die erhitzte Erde aus. Wir hatten die Kamele angepflockt und das mehr als einfache Nachtmahl beendet; der Schlaf aber floh unsere Augen. Die Sterne stiegen am Himmel empor, und Mitternacht nahte heran. Emmery hatte mir mit der Tötung des Tuareg einen Strich durch die Rechnung gemacht. Hätte dieser die Kaffila bemerkt, so wäre der Hedjahn-Bei von ihm benachrichtigt worden und wohl längst schon in die Nähe gekommen. Jetzt aber wollte der Ruf der Hyäne nicht erschallen. Sollte ich es wagen, den Räuber aufzusuchen und die Kaffila ohne Anführer zu lassen?

Ich gab Josef und dem Tebu, welchem ich vertrauen konnte, die nötigen Verhaltungsbefehle und schritt in die stille, lautlose Nacht hinaus.

Es war so sternenhell, daß ich bei der klaren Wüstenluft die Umgebung deutlich erkennen konnte, und trotz der täuschenden Ähnlichkeit der Dünen die Nähe der Stelle erreichte, an welcher der Tuareg von Emmery getötet worden war. Jetzt war doppelte Vorsicht nötig. Ich legte mich nach Indianerart auf den Boden und kroch geräuschlos weiter.

Grad auf demselben Punkt, an welchem der Tote gewacht hatte, standen zwei Männer in einer bewegungslosen, lauschenden Stellung. Ich schob mich bis hart an sie heran und richtete mich dann in die Höhe. Sie erschraken und sprangen, die Waffen ergreifend, zurück.

„Rrree, halt! Wer bist du?“ fragte der eine, das Gewehr auf mich anschlagend.

„Wo ist der Hedjahn-Bei?“ lautete meine Gegenfrage.

„Kennst du ihn? Bist du einer der Seinen?“

Ich zog die Anaïa hervor.

„Sieh hier sein Zeichen! Wo ist er?“

Beide Männer ergriffen die Anaïa, um sie in Augenschein zu nehmen.

„Du hast die Murdschan – die Koralle – und gehörst zu uns“,

entschied der vorige Sprecher. „Kennt du die Kaffila, auf welche wir warten?"

„Ich kenne sie, denn ich bin mit ihr gekommen."

„Wo ist der Khabir, warum kommt er nicht? Warum hält er nicht an dem Ort, den ihm der Hedjahn-Bei geboten hat?"

„Dein Atem ist lang, und deiner Fragen sind sehr viele. Führe mich zu dem Bei, so wird er meine Antwort vernehmen!"

„Dein Fuß darf nicht zur Gum treten, ehe er es erlaubt hat. Ich werde ihn rufen und ihm deinen Namen nennen."

„Allah gab auch mir einen Mund; der Bei wird meinen Namen von meinen eigenen Lippen hören."

„Dein Mund ist wie der Bir billa ma, der Brunnen, der kein Wasser hat, und deine Zunge liebt nicht den Tropfen der Rede. Aber er wird fließen, denn ich gehe, um den Bei zu holen."

Er ging, und ich blieb bei dem andern zurück, der mit keinem Worte versuchte, eine Unterhaltung anzuknüpfen. Es herrschte ringsum eine lautlose Stille, so daß man im leisen Hauch der Nachtluft das Klingen des wandernden Sandes deutlich vernehmen konnte. Da aber drang ein anderer Ton an mein Ohr, ein Ton, der mich überrascht aufhorchen ließ.

Es war ein Schuß gefallen, allerdings in weiter Ferne, aber der Schall war doch so vernehmlich, daß ich mich nicht täuschen konnte. Er war aus der meiner Kaffila entgegengesetzten Richtung erklungen. Auch die Wache fuhr in eine womöglich noch aufmerksamere Haltung empor.

„Hast du vernommen die Stimme des Todes in der Wüste?" fragte ich.

„Die Nacht schweigt gegen das Auge, aber sie spricht zum Ohr. Ich habe diese Stimme gehört."

„Kennst du sie?"

„Du bist ein Freund des Bei und kennst sie nicht? Sage deiner Seele, daß sie das Surat yesin bete; es ist das Quelb el Kuran, das Herz des heiligen Buches, und errettet den Gläubigen vom Tode."

„Wer will ihm den Tod bringen?"

„Kennst du nicht Behluwan-Bei, den Würger der Gum? Sein Gewehr ist es, welches gesprochen hat."

„Wie soll ich ihn kennen, da ich aus weiter Ferne komme!"

„So bitte Allah, daß er dich vor ihm behüte, sonst wird deine Seele ein Raub des Todes und dein Leib eine Speise der Tiere. El Thibb, der Wüstenwolf, wird dein Blut trinken, und el Büdj, der Bartgeier, deine Augen fressen; el Tabäa, die Hyäne, wird dein Fleisch kosten, und Abu Ssuf, der Fuchs, dein Herz verschlingen. Der Behluwan-Bei ist der Vater des Verderbens, und in seinen Spuren wandelt der Tod."

„Ich fürchte ihn nicht. Wenn der Tod in seinen Spuren wandelt, so wird er ihn ereilen."

„Der Behluwan-Bei stirbt nicht; sein Leib ist nicht von Fleisch gemacht, und keine Kugel, keine Lanze kann ihn töten. Er steht bei dir, und du siehst ihn nicht; er reitet an deiner Seite, und du hörst ihn nicht; er kommt zu dir, wenn du nicht an ihn denkest, und er ist verschwunden, ehe du daran denkst, ihn zu halten. Er ist kein Mensch; er ist der Oberste der Djinns, dem kein Sterblicher widerstehen kann, und seine Büchse hat der Scheitan gefertigt, der in der Hölle wohnt. Sie sendet ihre Kugel über die ganze Sahara hinweg, und sie trifft dich, selbst wenn du dich in das Innere der Erde verbirgst. Hat dir die Wüste noch keinen Toten gezeigt, die Wunde grad über der Nase mitten in der Stirn?"

„Ich sah mehrere."

„Sie sind von seiner Hand gefallen. Er ist allwissend; er kennt alle Männer der Gum und tötet nie einen andern."

Hätte er gewußt, daß sich diese Allwissenheit auf das verhängnisvolle Zeichen A. L. stützte, so wäre seine abenteuerliche Meinung über den braven Emmery bald eine andere geworden.

„Was hat ihm die Gum getan?"

„Ich weiß es nicht, und niemand vermag, es dir zu sagen. Frage ihn selbst."

„Das werde ich tun, sobald ich ihn treffe."

„Verbiete deiner Zunge diese Worte! Weißt du nicht, daß die Geister kommen, wenn man sie ruft? Horch! Er naht. Hast du ihn gehört?"

Ein zweiter Schuß war gefallen und zwar in größerer Nähe. Jetzt war es mir gewiß, daß Emmery Bothwell der Schütze war. Ein geübtes Ohr vermag recht gut den Knall eines Gewehres von dem eines andern zu unterscheiden, und ich hatte den Ton dieser untrüglichen Kentuckybüchse zu oft gehört, um ihn nicht sofort zu erkennen. Es war klar, daß der „Englishman" in seiner gewöhnlichen kalten Verwegenheit die Gum umschlich, um ein Ziel für seine Kugel zu finden, und die zwei, welche er getroffen hatte, gehörten jedenfalls zu den Posten, welche von dem Hedjahn-Bei ausgestellt worden waren. Behielt er die Richtung, welche er eingeschlagen zu haben schien, bei, so mußte er auch den Ort berühren, an welchem wir uns befanden, und in diesem

Falle hatte ich mich ebenso vor ihm in acht zu nehmen, wie der Araber, für dessen Gefährten er mich halten mußte.

Da nahten Schritte. Zwei weiße Burnusse tauchten zwischen den Dünen auf; der Posten kehrte mit noch einem Araber zurück, der sofort auf mich zutrat und mich betrachtete, so gut es die Dunkelheit gestattete.

„Salam leïlet, die Nacht sei dir glücklich“, grüßte er. „Du begehrst den Hedjahn-Bei?“

„Ja. Bist du es?“

„Nein. Der Bei wird die Gum nicht verlassen, bis der Würger fort ist, der sie umschleicht. Welche Botschaft hast du an ihn?“

Der Anführer der Räuber fürchtete also den Behluwan-Bei und blieb unter dem Vorwand, die Seinen zu beschützen, in ihrem Schutz zurück. Es wäre mir erwünscht gewesen, mit ihm schon jetzt zusammenzutreffen; da ich aber nun Emmery in der Nähe wußte, so zog ich es vor, mich zunächst mit diesem zu vereinen.

„Ich habe nur mit ihm und nicht mit dir zu sprechen. Warum versteckt er sich? Hat ihm die Angst vor dem Würger die Füße gelähmt?“

„Fessele deine Zunge! Der Hedjahn-Bei kennt weder Angst noch Furcht; er gebietet über alle Schilugh und Amazigh – freie Männer – der Wüste, und ich bin der Mudir – der Oberst – dieser Gum. Zeige mir die Anaïa!“

„Hier ist sie!“ antwortete ich, zurücktretend und die Büchse auf ihn anschlagend. „Bist du der Mudir dieser Gum, so gehe ihr voran in die Dschehennah!“

Ich wollte abdrücken, doch die drei Männer standen vor Überraschung so perplex und wehrlos vor mir, daß ich die Büchse wieder absetzte.

„Bist du von Sinnen, Mann?“ fragte der Anführer nach einer Pause im Ton der höchsten Verwunderung. „Du hast die Anaïa und drohst mir mit dem Tod! Soll dir meine Kugel das Herz zerreißen?“

„Hätte dich die meine nicht vorher getroffen, Räuber? Lähmte dir der Schreck nicht die Glieder, daß du dich nicht regen konntest? Wisse, ehe du deine Flinte erhebst, seid ihr alle drei Kinder des Todes. Der Bei fürchtet den Würger; so vernimm, daß ich der Bruder des Behluwan-Bei bin, der die Gum vernichten wird bis auf den letzten Mann.“

Er starrte mich an, als halte er mich wirklich für einen Wahnsinnigen.

„Allah akbar, Gott ist groß; er kann Verstand geben und nehmen, wie es ihm gefällt. Doch der Prophet befiehlt, die Irrsinnigen zu schonen. Komm, und folge uns!"

„Unsere Wege sind verschieden; der meine geht nach El Kasr, der eure aber in den Tod."

„Dein Geist ist dunkel wie die Nacht, die keine Sterne hat. Was willst du auf El Kasr?"

„Mein Geist ist hell wie der Tag, der alles offenbart. Ich bin kein Moslem, sondern ein Christ und komme nach El Kasr, um den Franken zu befreien, den ihr gefangen haltet."

„Du bist ein Giaur und hast die Anaïa? Stirb, Verräter!"

Er erhob das Gewehr; da aber krachte schon meine Büchse; er stürzte zusammen. Der zweite Schuß traf den einen Posten, und den andern streckte eine Revolverkugel zu Boden, noch ehe beide von ihren Waffen hatten Gebrauch machen können. Ich hatte mein Gewissen befriedigt und sie nicht getötet, bevor sie wußten, daß ich ihr Feind sei.

Kaum waren die drei Schüsse verhallt, so ertönte unweit meines Standortes eine laute Stimme:

„Hallo–i–oh!"

Es war der Waldruf, welchen ich mit Emmery zu wechseln gewohnt gewesen war, wenn wir getrennt durch den Forst oder die Prärie marschierten. Wie ich die seine, so hatte er auch meine Büchse erkannt und durch den darauf folgenden Revolverschuß die vollendete Gewißheit erhalten, daß er sich nicht irre.

„Halloh–i–oh!" antwortete ich ihm unbekümmert um den Hedjahn-Bei und seine Gum.

Der Ruf wurde, während wir aufeinander zuschritten noch einmal wiederholt, und dann standen wir, die wir uns in den Vereinigten Staaten das Wort gegeben hatten, uns in Afrika wiederzusehen, leibhaftig voreinander im Innern der Sahara.

Er nahm mich bei den Schultern, blickte mir in das Angesicht und drückte mich dann in langer, stummer Umarmung an sich. „Welcome in the Sahar!" grüßte er endlich; dann war dem Herzen genuggetan.

Keine einzige Frage über Vergangenes wurde ausgesprochen; die Gegenwart nahm uns vollständig in Anspruch.

„Laden!" bemerkte er in seiner kurzen Weise.

Wirklich war ich in der Freude so unvorsichtig gewesen, diese Maßregel, was mir noch niemals passiert war, außer acht zu lassen. Ich holte natürlich sofort das Versäumte nach.

„Drei Schüsse – drei Räuber?" fragte er.

„Ja."
„Ich nur zwei. Wo hältst du?"
„Mit einer Kaffila zehn Schüsse von hier."
„Wie stark?"
„Siebzehn ohne mich."
„Feige Araber?"
„Ja, und zwei Diener, auf die ich mich verlassen kann, ein Tedu und ein Deutscher."
„Der Khabir gehört zum Hedjahn-Bei?"
„Ja. Er und der Schech el Djemali sind tot."
„Durch dich?"
„Durch mich. Weißt du, wo Rénald sich befindet?"
„Nein."
„Warum bestellst du mich dann nach dem Bab-el-Ghud?
„Weil in dessen Nähe die Räuber ihre Niederlage haben müssen. Jede Gum kehrt dorthin zurück."
„Ich kenne den Schlupfwinkel; es ist ein Kasr, und dort werden wir Rénald treffen."
Der kaltblütige Engländer stieß doch einen Ruf der Überraschung aus.
„Das weißt du, und ich nicht, trotzdem du erst kommst und ich schon längst hier streife!"
„Ich entlockte es dem Khabir, welcher mir vertraute, weil ich die Anaïa des Bei besitze."
„Du hast sein Zeichen? Wer gab es dir?"
„Er selbst. Ich schoß einen Löwen, unter dem er lag."
„Du hast einen Löwen erlegt? Mensch, dein Glück ist ungeheuer!"
Jetzt kam sein Blut in Wallung.
„Einen Löwen und ein schwarzes Pantherpaar. Du wirst die Felle sehen."
„Pshaw! Sie sind doch nicht mein! Und den Bei hast du beim Löwen getroffen? Wo?"
„An den Auresbergen."
„Das ist nicht möglich. Er ist in Ghud!"
„Es sind zwei Brüder."
„Ah!" rief er erstaunt. „Und wo ist jetzt der andere?"
„Tot."
Ich erzählte ihm in Kürze das Wissensnötige.
„Kerl, du hast wirklich ein ganz unmenschliches Glück!" räsonnierte er, als ich zu Ende war. „Vorwärts, ich muß mir meinen dritten holen, und das weitere werden wir dann sehen!"

„Wie stark ist die Gum?“

„Heut früh dreiundvierzig; jetzt fünf davon ausgelöscht, bleiben achtunddreißig.“

„Wo ist deine Begleitung?“

„Ganz in der Nähe. Ich umkreise die Gum und stoße dann zu ihr. Jeder Posten, auf den ich treffe, stirbt.“

„Warum nur die Posten? Wenn du willst, bekommen wir heut die ganze Gum.“

„Well, so werde ich wollen!“

„Komm!“

Ich schritt noch eine kurze Strecke vorwärts und blieb dann stehen. Befand sich eine Wache in der Nähe, so stand zu erwarten, daß sie auf das verabredete Zeichen antworten werde. Ich hielt die Hände an den Mund und ließ das tiefe „Ommu ommu“ der Hyäne erschallen.

Ich hatte mich nicht geirrt, denn gar nicht weit vor uns ertönte der gleiche Ruf.

„Bleib hier!“ bedeutete ich Emmery und ging dann weiter. Ein Araber kam mir langsam entgegen.

„Wo ist der Hedjahn-Bei?“ fragte ich ihn.

„Du bist der Khabir?“ entgegnete er.

„Ja“, antwortete ich.

„Hüte dich vor dem Behluwan-Bei! Hast du nicht seine Schüsse gehört?“ fragte er.

„Ich habe sie gehört und ihn gesehen; er mordete drei Männer von der Gum, bei denen ich stand. Sag es dem Bei. Ich muß ihn sprechen.“

„Warum läßt du die Kaffila an einem falschen Ort halten?“ forschte er jetzt.

„Kann ich sie dahin führen, wo der Behluwan-Bei ist?“

„Du hast Recht. Warte hier!“

Er ging und kehrte nach kurzer Zeit zurück. Ich hatte das erwartet. Er begann:

„Sage mir den Weg zur Kaffila. Wenn sich der Würger nicht mehr hören läßt, wird die Gum kommen.“

Ich deutete mit der Hand die Richtung an und sagte:

„Dort halten wir, zwanzigmal so weit als deine Flinte trägt.“

„Wieviel Männer zählt die Kaffila?“

„Siebzehn, von Durst und Anstrengung ermattet.“

„Du hast mit dem Mudir gesprochen?“

„Ja. Die Kugel des Würgers tötete ihn mit den beiden andern an meiner Seite.“

„So sage Allah Preis und Dank, daß du entkommen bist. Kehre zurück und wache, damit du es hörst, wenn wir kommen!"

Dieser Posten mußte ein neues Mitglied der Bande sein, da er den Khabir nicht kannte. Ich ging zu Emery zurück und folgte ihm seitwärts zwischen die Dünen. Dort hielten seine Mehara, von seinem Diener und dem Führer bewacht. Ich führte sie zur Kaffila, wo man die Schüsse gehört hatte und deshalb in Sorge um mich gewesen war.

„Hamdulillah, Gott sei Dank, Sihdi, daß du kommst!" meinte der große Hassan. „Ich hörte fünf Schüsse und glaubte, der Hedjahn-Bei habe dich fünffach getötet."

„Sihdi Emir, der Behluwan-Bei!" rief der Tebu, als er den Engländer erblickte.

Sämtliche Männer der Kaffila schauten bei diesem Ruf mit ehrfurchtsvoller Scheu auf die hohe Gestalt des „Englishman".

„Ja, ihr Leute, dieser Sihdi ist der Behluwan-Bei, dessen Kugel die Gum beinahe aufgefressen hat. Sie wird kommen, uns zu überfallen; macht euch bereit, sie zu empfangen!" befahl ich.

Diese Nachricht brachte eine bedeutende Aufregung hervor. Die bis an die Zähne bewaffneten Araber gebärdeten sich wie Schafe, die den Wolf erwarten, und nur durch die possierliche Vermittlung des Kompaß gelang es mir, ihnen etwas Mut und Selbstvertrauen einzuflößen. Niemand zeigte sich über ihr Verhalten so entrüstet, wie Hassan.

„Allah akbar, Gott ist groß; er gibt dem Mutigen ein Herz und dem Helden eine Faust", donnerte er sie an. „Ihr aber seid wie die Flöhe, die vor jedem Finger davonspringen. Habe ich euch nicht gesagt, daß ich Hassan el Kebihr heiße und Djezzar-Bei, der Menschenwürger, bin? Nun wohlan, warum fürchtet ihr euch denn? Fürchtet euch doch vor mir, aber nicht vor den Räubern, deren Fleisch ich essen und deren Blut ich trinken werde wie Merissa und Wasser, mit Zibib gewürzt."

„Halt' den Mund!" warnte ihn der Staffelsteiner. „Du selbst bist der richtige Zibib, und die Gum wird dich verschlingen und nix von dir übrig lassen, als dein großes Maul, das zehntausend Männer nit hinunterbringen. Wenn das Geschieß losgeht, werd' ich wohl sehen, wo du steckst!"

„Schweig!" brauste ihn der Geschmähte an. „Ich bin ein Kubbaschi en Nurab, du aber bist nur Jussef Ko-er-darb, und deine Väter haben denselben Namen wie du. Weißt du, was ein Hadschi, ein Mekkapilger, ist? Ich war zweimal in Mekka, der Stadt des Propheten, einmal in Medina, der ruhmbedeckten, und habe zu Dschidda gebetet, wo Eva, die Mutter der Menschheit begraben liegt, fünfhundert Fuß lang und zwölf Fuß breit. Was aber hast du getan, und an welchem gottgefälligen Ort bist du gewesen? Du bist ein Franke, der Schweinefleisch ißt und in das Land der Gläubigen muß, wenn er das Land seines Propheten sehen will. Du hättest klüger getan, wenn du in Kah-el-brunn geblieben wärest; drum klappe deinen Mund zu, und schweig still."

„Maschallah, tausend Schwerebrett, ist doos aan Ärger für den Kerl, daß er nit auch Rauchfleisch und Schwartenwurst essen darf, wie ich! Dafür aber trinkt er Ma-el-Zat, zu Deutsch Kröten- und Eidechsensaft, und tut dick wie aan Hyppopotamus – Flußpferd. In Mekka und Medina war ich nit, dos is wahr, aber wenn du deshalb etwa denkst, daß du besser bist, als aan Christ aus Kaltenbrunn, so lange ich dir aane ins Gesicht, daß es noch dreimal länger und breiter wird, als deine fünfhundertige Menschenmutter in Dschidda!"

Der tapfere Kubbaschi zog es jetzt vor, zu schweigen.

Ein kurzer Meinungsaustausch zwischen Emery und mir brachte uns zu dem Entschluß, die Räuber zwischen zwei Feuer zu nehmen. Wir trennten uns daher. Die Anwesenheit des Behluwan-Bei mußte die Männer der Kaffila ermutigen; aus diesem Grund blieb er bei ihnen, während ich mit seinen Begleitern, dem Tebu und dem Staffelsteiner, also mit mir fünf Mann stark, mich hinaus zwischen die Dünen zog, um dort die Gum zu erwarten und im Rücken anzugreifen.

Unsere Schüsse mußten den Hedjahn-Bei außerordentlich eingeschüchtert haben, denn es dauerte sehr lange, bis wir das erste Geräusch der anrückenden Räuber vernahmen.

Zwei von ihnen schlichen sich rekognoszierend voraus; die andern folgten in einiger Entfernung. Sie huschten an uns vorüber, ohne uns zu bemerken, trotzdem wir uns nun hart hinter ihnen hielten. Die beiden Vorausgehenden umschritten das Lager der Kaffila. Es herrschte dort eine solche Ruhe und Bewegungslosigkeit, daß alles im tiefsten Schlaf zu liegen schien. Die Räuber traten zusammen, um die Befehle ihres Anführers zu vernehmen. Jetzt war es jedenfalls die beste Zeit, loszubrechen. Ihre zusammenhängende Masse bot selbst einem schlechten Schützen ein sicheres Ziel, und wenn wir sie einmal in das Lager kommen ließen, so war der Sieg, an dem ich allerdings auch dann nicht zweifelte, für uns mit größeren Opfern verbunden. Emery mußte ganz dieselbe Ansicht hegen, denn kaum hatte ich den Gedanken ausgedacht, so erklang zwischen den Zelten seine befehlende Stimme:

„Rrree! Halt, Mörder! Die Rache und Behluwan-Bei sind über euch. Gebt Feuer, ihr Männer!"

Im nächsten Augenblick krachte von hüben und drüben eine Salve mitten unter die Räuber hinein; drei Doppelbüchsen versandten ihre zweite Kugel, und dann riß ich den Henrystutzen empor. Ich konnte nur zweimal abdrücken, denn dann war der Platz gesäubert. Emery, der Staffelsteiner und der Tebu hatten sich auf die überraschten Angreifer gestürzt, aber keine Arbeit gefunden; sobald nämlich der erste Schreck vorüber war und der Hedjahn-Bei die Anzahl derer bemerkte, welche tot oder verwundet am Boden lagen, ertönte sein Ruf:

„Allah inhal, Gott verderbe sie! Flieht, flieht von dannen!"

Der Räuber der Wüste überfällt den Wanderer nur der Beute wegen; steht diese in keinem Verhältnis zu der Gefahr, welche ihm dabei droht, so gibt er sein Vorhaben wieder auf. Es entgeht ihm jener Mut, welcher aus sich selbst heraus und nicht um des Gewinnes willen handelt. Bei der außerordentlichen Angst, welche man allgemein vor der Gum empfand, war diese noch nie auf einen nennenswerten Widerstand gestoßen; jetzt aber war eine einzige Minute genügend gewesen, sie in die Flucht zu schlagen. Die gefürchteten Männer des Hedjahn-Bei verschwanden hinter den Dünen, ohne einem einzigen von unseren Leuten auch nur ein Haar gekrümmt zu haben.

Wir ließen sie fliehen, ohne an ihre Verfolgung zu denken, da wir sicher waren, sie wiederzutreffen.

Die Männer der Kaffila erhoben ein wahrhaft betäubendes Triumphgeschrei, während der Tebu sich im lautlosen Grimm auf die Verwundeten warf, um sie seiner Rache zu opfern.

„Maschallah, tausend Schwerebrett, war dos aan Gefecht!" zankte der Staffelsteiner. „Was woll'n die sein? Räuber woll'n sie sein? Ja, prosit die Mahlzeit! Taugenichtse sind's, die man mit der Peitsch' versohlen möcht'! Da hat man sich einmal auf aan ordentlich Gebalg gefreut und steht nun da und leckt das Maul wie die Katz, die den Vogel nit bekommt. Aber sobald ich diese Gum wieder ertapp', nehm ich gar kaan Gewehr, sondern schlag gleich mit den Fäusten drein!"

Da öffnete sich der Vorhang meines Zeltes, und es kam ein Kopf zum Vorschein, der sich höchst vorsichtig nach dem Stande der Dinge umschaute; dann schob sich ihm ein langer Körper nach, welcher sich mit einem raschen Sprung mitten unter die jubelnden Araber schnellte. Es war Hassan, der sich beim Nahen der Feinde verkrochen hatte.

„Hamdulillah, Preis sei Gott, der uns Macht gegeben hat, wider unsere Feinde!" brüllte er über die Stimmen der andern weg. „Wir haben sie empfangen wie die Helden, und sie sind geflohen wie die Memmen. Unsere Augen haben sie erschreckt, und ihre Beine sind vor unserer Kühnheit davongelaufen. Sie haben Hassan el Kebihr gesehen und sind erschrocken; sie haben Djezzar-Bei, den Menschenwürger, erblickt, und heulten vor Angst. Seine Kugel ist in ihr Herz gedrungen, und sein Messer hat ihre Kehle zerschnitten. Nun liegen sie tot am Boden; Ehre sei Allah, und Preis und Ruhm erschalle Hassan el Kubbaschi vom Ferkah en Nurab!"

„Willst wohl gleich ruhig sein, du Feigling vom Ferkah Hasenfuß!" antwortete ihm der ergrimmte Josef Korndörfer. „Wer hat denn dort im Zelt gesteckt? Ich hab's halt wohl gesehen, daß du hineingekrochen bist, du Angst-Bei und Ma-el-Zat-Würger!"

„Welcher Frosch ist es, der hier quackt?" fragte der Kubbaschi stolz. „Ist es nicht ein Franke, welcher für wahr hält, was el Kitab-el-Mukaddas – die Heilige Schrift – sagt? Ich aber bin ein Moslem, der nach dem Koran betet. Weißt du nicht, daß Adam an einem Freitag erschaffen wurde? Sein Weib aber wurde am Sonnabend gemacht, der auch dein Geburtstag ist, du Weib, du Sohn eines Weibes und Vetter einer Weibstochter. Hast du schon einmal gehört, daß die Kubabisch sich verkriechen? Habe ich nicht zehn Räuber erschlagen, als du dich hinter meinem Rücken verstecktest, Giaur?"

Das war dem braven Staffelsteiner denn doch zu viel. Er sprang auf den Kubbaschi zu, um ihn für diese Unwahrheit zu bestrafen; dieser aber wich mit einem mächtigen Satz zurück und eilte hinter das nächste Zelt, wohin ihm der erzürnte „Vetter einer Weibestochter" augenblicklich folgte. Er mußte den großen Hassan dort ergriffen haben, denn es ließen sich jene wohlbekannten Töne vernehmen, welche eine kräftige flache Hand auf der menschlichen Wange hervorzubringen pflegt. Nach einigen Minuten kehrte er höchst befriedigt zurück; Hassan folgte erst nach einiger Zeit. Er trat, sich den Bart reibend, zu mir.

„Sihdi, du bist weise und gerecht. Was hat ein Ungläubiger verdient, der einen Gläubigen schlägt?"

„So viele Streiche, als er selbst gegeben hat. Gehe hin, und gib sie ihm!"

„So gebiete ihm, daß er stillhält!"
„Hast du auch stillgehalten?"
„Nein; ich habe mich tapfer gewehrt, wie es einem Uëlad Arab geziemt."
„So darf er sich auch wehren, wie es einem Uëlad German geziemt."
„So befiehl, daß ein anderer ihm die Streiche gibt! Ich habe es nicht zu tun, denn ich bin kein Henker, der das Gesetz erfüllt."
„Heißt nicht Djezzar Henker, und du selbst nennst dich Djezzar-Bei, den Obersten der Henker? Geh hin, und gib sie ihm; es bleibt dabei!"
„Du bist ein strenger Richter, Sihdi; ich aber bin gnädig und barmherzig und werde ihm die Strafe schenken, denn meine Hand würde so schwer auf ihn fallen, daß sie ihn zermalmte!"
Er trat in seiner stolzesten Haltung zurück.
Wir konnten für den übrigen Teil der Nacht nichts weiter gegen die Räuber unternehmen, stellten also die Wachen aus und begaben uns dann zur Ruhe. Vorher aber saß ich mit Emery beisammen, um unsere bisherigen Erlebnisse auszutauschen und einen Plan für unser morgiges Verhalten festzulegen.
Er war für die augenblickliche Verfolgung der Gum, ich aber schlug vor, nach dem Bab-el-Ghud und von da nach El Kasr zu gehen, welches die Räuber sicher auch aufsuchen würden. Er stimmte schließlich bei, da ihm ja ebenso wie mir daran liegen mußte, Rénald so bald als möglich Hilfe zu bringen. Die Männer der Kaffila, welche die toten Räuber sofort ausgeplündert hatten, waren durch unsern Sieg in eine mutige und entschlossene Stimmung versetzt worden und daher bereit, uns zu folgen.
Die Zeit bis zum Morgen verging ohne Störung; dann brachen wir auf.
Es kommt vor, daß das Kamel des Wüstenreisenden an einer Stelle, die ihm nichts Auffälliges bietet, halten bleibt und nicht von ihr wegzubringen ist. Steigt er dann ab, um sie zu untersuchen, so entdeckt er eine Feuchtigkeit des Sandes, welche immer größer wird, je weiter er gräbt, bis er endlich in der Tiefe von einigen Fuß auf Wasser stößt. Der wilde Tuareg hält solche Brunnen sehr geheim. Er breitet über das Wasser ein Fell, welches er sorgfältig mit Sand bedeckt, so daß die Stelle von ihrer Umgebung nicht zu unterscheiden ist. Sie bietet ihm die Möglichkeit, in der Verborgenheit auszuharren, so lange es ihm beliebt, und von ihr aus seine Streifzüge zu unternehmen, von denen er immer wieder zu ihr zurückkehrt.

Einen solchen Brunnen fanden wir. Unsere Tiere konnten sich erfrischen; und da uns gestern die Erbeutung der Kamele in den Stand gesetzt hatte, die Lasten zu verringern, so hatte unser heutiger Ritt die wünschenswerte Schnelligkeit, und wir erreichten das Bab-el-Ghud kurze Zeit nach dem Einbruch der Nacht.

Die Dünen waren immer wirrer geworden, und die Kamele hatten beinahe bis an die Knie im heißen Sand zu waten gehabt; hier aber am Bab-el-Ghud trafen wir auf ein Chaos von Fels und Sand, dessen Unheimlichkeit die Dunkelheit der Nacht nur zu erhöhen vermochte. Von Westen her drang der Sandozean in hochgehenden Wogen an die Steinmassen der Serir, und wie eine fürchterliche Brandung, die der Befehl eines mächtigen Geistes mitten in ihrer größten Erregung fest gebannt hatte, brachen sich die Dünen an den schroffen Klippen der Steinwüste, die sie nicht zu überfluten vermocht hatten. Erst der Tag konnte uns die Einzelheiten dieses Kampfes zwischen Sand und Fels zur Anschauung bringen. Und selbst in dieser Wildnis hatte der gütige Gott für einen der oben beschriebenen Brunnen gesorgt. Der Tebu hatte ihn entdeckt und führte uns zu ihm. Wir schlugen bei ihm unsere Zelte auf.

Am andern Morgen suchten wir das Bab-el-Hadjar, den schauerlichsten Teil des Bab-el-Ghud. Es trug seinen Namen „Tor der Steine“ mit vollem Recht.

Hatten hier in der Wüste, hier an dieser Stelle die Titanen der Vorzeit die Felsen aufeinander getürmt, um Jupiters Himmel zu stürmen? Oder hatten hier Giganten eine Burg erbaut, deren Zinnen zwischen den Sternen funkelten, an die aber doch die Jahrtausende getreten waren, um die Mauern in der Wüste zu zerstreuen und nur das Portal stehenzulassen unter welchem wir hielten, wie Zwerge unter dem Bogen eines riesigen Domes? Zwei mehrere hundert Fuß starke Säulen, aus mächtigen Felsblöcken errichtet, stiegen himmelan und neigten sich hoch oben einander zu, so daß sie in ihrer Vereinigung einen Spitzbogen bildeten, den keine menschliche Hand in dieser Weise errichten konnte. Die einzelnen Steine waren vom Zahn der Zeit vielfach zerfressen und zernagt; es schien, als ob einer kaum den andern halten könne, und dennoch sah man es dem Ganzen an, daß es seine jetzige Festigkeit noch manches Jahrhundert hindurch behalten werde.

Das war das Bab-el-Hadjar, durch welches wir unsern Weg nach El Kasr, der Mitteilung des Khabir zufolge, suchen mußten.

Wir ritten scharf nach Osten. Die Sandwüste hörte nach und nach auf und machte einer jener Steinebenen Platz, welche, weil sie mit wirren Felsblöcken übersät sind, von dem Araber mit dem Namen „Warr“ bezeichnet werden. Hier hemmte uns die Tiefe des Sandes nicht mehr, und darum kamen wir heute noch schneller vorwärts als gestern. Das Terrain schien anzusteigen, und gegen Abend sahen wir einen Höhenzug vor uns, dessen aus Dschir – Gips, Kalk – gebildete Massen uns im Licht der sich neigenden Sonne entgegenglänzten.

„Das muß der Dschebel-Serir sein, von dem der Khabir gesprochen hat“, sagte ich.

Emery nickte.

„Well; die Zeit stimmt.“

„Wir ritten weiter und kamen den Bergen näher. Jetzt zog ich mein Rohr hervor. Bothwell tat dasselbe.

„El Kasr!“ meinte er nach eine Weile, indem er mit der Rechten grad auf die Mitte des Höhenzuges deutete, der sich in Form eines Hufeisens vor uns ausbreitete.

Auch ich hatte das hohe Gemäuer erkannt, welches sich dort erhob. Es waren allem Anschein nach die fensterlosen Ruinen eines burgähnlichen Gebäudes, welches vor langen, langen Zeiten dort errichtet worden war, ein neuer Beweis dafür, daß manche Teile der Wüste früher nicht so menschenleer waren wie heute, wo die Kultur den unterbrochenen Kampf mit der Unfruchtbarkeit des Bodens von neuem aufzunehmen hat.

„Darf ich auch mal durch das Perspektiv schauen, Herr?“ fragte der Staffelsteiner.

Ich gab ihm das Rohr.

„Sihdi, gib auch mir dieses Ding“, bat Hassan. „Ich will auch einmal sehen, was darinnen ist!“

Ich erfüllte lächelnd auch diesen Wunsch und hielt es ihm in der rechten Richtung vor das Auge.

„Allah akbar, Gott ist groß, Sihdi; du aber bist der größte unter den Weisen der Erde, denn in deinem Rohr steckt ein Ksur – eine Festung –, welches so groß ist, daß tausend Menschen darin stehen können!“

Das Fernrohr ging von Hand zu Hand; ein Ausruf des Staunens folgte dem andern, und es war augenscheinlich, daß unser Kredit bei den Arabern in fortwährendem Steigen begriffen war.

„Man wird uns aus El Kasr kommen sehen“, bemerkte Emery. „Jetzt erkennt man uns noch nicht. Wir müssen unsere Richtung ändern.“

„Wie? Der Aufgang muß von dieser Seite sein."

„Der Khabir sprach von einer unterirdischen Treppe, die nach dem ‚Schott' führt. Nun aber sehe ich von hier aus weder einen Schott, noch ein sonstiges Wasser, folglich muß sich dasselbe an der andern Seite des Berges befinden."

„Richtig. Wir umreiten die Höhe!"

Wir wandten uns rechts. Es war nicht mehr lange Tag, und wir mußten vor Anbruch der Nacht zu einem Resultat kommen. Daher strengten wir unsere Tiere so viel wie möglich an. Mit verdoppelter Schnelligkeit trugen sie uns rings an der äußern Seite der Höhe dahin, die auch hier vielfach zerklüftet und zerspalten war. Als wir ihre Mitte erreichten, bemerkten wir eine Schlucht, welcher wir jedenfalls zu folgen hatten. Wir bogen in dieselbe ein und gelangten nun in einen Felsenkessel, welcher mitten in den Bergen lag. Den größten Teil seiner Sohle nahm ein salziges Wasser ein, welches seine Ufer vollständig füllte, da die Sonne hier nur wenig Zutritt hatte und ein so schnelles Verdunsten wie auf offener Sahara also nicht stattfinden konnte. Die den Kessel bildenden Felsen stiegen rundum fast senkrecht zum Himmel empor, und auf ihnen, grad uns gegenüber, sahen wir El Kasr liegen.

„Schwieriges Terrain!" brummte Emery.

„Wir können nicht hinüber, ohne von dort bemerkt zu werden."

„Höchstens einer oder zwei, die das Anschleichen verstehen."

„Bis zur Nacht können wir unmöglich hier warten. Ich werde es versuchen."

„Well – ich auch!"

Wir stiegen vom Dromedar und geboten den andern, sich in die Schlucht zurückzuziehen, damit sie von El Kasr aus nicht bemerkt werden konnten. Korndörfer vermutete eine Gefahr für mich und wollte mich unbedingt begleiten; ich hatte Mühe, ihn zum Bleiben zu bewegen. Der brave, folgsame Hassan blieb ohne Weigern zurück; es fiel ihm gar nicht ein, mir seine Begleitung anzubieten, obgleich er mir versichert hatte, daß er mich für den größten Weisen der Erde halte.

Die Felsenmauern des Kessels waren mit hinreichenden Vorsprüngen und Einschnitten versehen, um uns bei der nötigen Vorsicht eine Deckung zu gewähren. Wir bewegten uns, bald langsam schleichend, bald wieder in schnellen Sprüngen vorwärts und gelangten ungesehen in einen schmalen, tiefen Spalt, welcher grad unterhalb vom Kasr in den Felsen geschnitten war.

Von diesem aus mußte die verborgene Treppe in die Höhe führen; eine andere Möglichkeit gab es nicht.

Wir drangen in den Spalt ein und fanden unsere Vermutung bestätigt; denn noch waren wir ihm nicht weit gefolgt, so bemerkten wir eine niedrige türähnliche Öffnung im Felsen, in welche eine Stufenreihe mündete, die nach aufwärts führte.

„Hinauf!" gebot Emery.

„Noch nicht!" widersprach ich ihm. „Wir müssen erst wissen, wohin der Spalt weiterführt."

„Well – also weiter!"

Es ging wieder vorwärts, doch führte der Einschnitt nicht mehr sehr weit in den Felsen hinein. Da aber, wo er endete, bot sich uns ein unerwarteter Anblick dar. Mehrere Fuß hoch aufeinandergeschichtet lag hier nämlich ein Haufen menschlicher Schädel und Knochen, welche deutliche Spuren davon zeigten, daß sie von Tieren, entweder Hyänen oder Schakals, oder Aasgeiern abgenagt worden waren. Zerrissene Kleiderfetzen mischten sich darunter, und einige derselben, die an den scharfen Felskanten über uns hingen, erklärten uns, wie die Knochen an diese Stelle gekommen waren. Wir befanden uns jedenfalls auf der Richtstätte des Hedjahn-Bei, der die von ihm zum Tode Verurteilten vom Felsen in den Spalt stürzen ließ, eine Prozedur, welche jedenfalls nicht selten vorkam, denn wir zählten über zwanzig Schädel.

„Das Schicksal seiner Gefangenen!" bemerkte Emery.

„Vielleicht auch derjenigen seiner Leute, die sich einen Ungehorsam zu schulden kommen ließen. Ich denke, es wird nicht mehr vorkommen!"

„Richtig, außer wenn es ihm gelingt, uns selbst herabzustürzen."

„Das wird ihm nicht gelingen, denn zehn solcher Hedjahn-Beis wiegen keinen einzigen Siouxhäuptling auf. Doch jetzt nun zur Treppe!"

Wir suchten den Eingang wieder auf.

Es schien, als habe hier einst ein Erdbeben auf die kompakte Masse des Felsens gewirkt. Der Einschnitt, welchen wir verfolgt hatten, war wohl eine Folge davon, und auch der Ausstieg, in den wir jetzt eindrangen, war jedenfalls nicht künstlich eingehauen, sondern von der Natur gerissen und dann zur Anlegung einer Stufenreihe benützt worden.

Wir mußten alle Augenblicke gewärtig sein, einem Wasser holenden Räuber zu begegnen, weshalb wir uns nur höchst vorsichtig und unter Vermeidung von allem Geräusch emportasteten. Der Spalt war so eng, daß wir nur hintereinander gehen konnten; bei einer feindlichen Begegnung war also eine gegenseitige Hilfe nicht möglich, doch glich sich das vollständig dadurch wieder aus, daß auch uns gegenüber nur eine einzige Person Platz finden konnte. Übrigens fand eine solche Begegnung gar nicht statt, vielmehr erreichten wir nach längerem und, da die Stufen eine sehr verschiedene Höhe besaßen, sehr beschwerlichem Steigen unbemerkt das Ende der Treppe.

Eine Tür konnten wir hier, bei der Holzarmut der Wüste, nicht erwarten, dennoch aber fanden wir den Eingang verschlossen. Vor demselben lag ein Felsstück, welches, wie die Untersuchung bewies, mit Hilfe irgend einer für uns unsichtbaren Vorrichtung nach innen zu bewegt werden konnte. Alle unsere Anstrengung, es zu beseitigen, war vergebens.

„Was jetzt?" fragte Bothwell. „Wir müssen hinein."

„Oder wir stürmen das Kasr von außen"

„Nur für den Notfall. Wir kennen die Besatzung nicht, und obgleich wir schnell geritten sind, könnte der Bei doch bereits mit der Gum eingetroffen sein. List ist der offenen Gewalt vorzuziehen."

„So wird auch hier die Anaïa helfen."

„Ah! Wieso?"

„Die Nacht ist noch nicht da, und mein Hedjihn ist schnell. Ich reite auf das Schloß und öffne von innen."

„Zu gefährlich, my dear!"

„Nicht so sehr, als es den Anschein hat. Oder meinst du, daß ich mich fürchten soll?"

„Pshaw! Aber kannst du wissen, welche Umstände und Hindernisse dir entgegentreten?"

„Ich habe die Koralle und meine guten Waffen!"

„Well; aber ich begleite dich!"

„Das geht nicht. Willst du unsere Leute ohne Führung lassen?"

„Richtig! Diese Araber sind so unfertig, daß man sich nicht auf sie verlassen kann."

„Korndörfer wird mich begleiten."

„Gut, so sei es gewagt. Aber ich sage dir, daß ich den Bei mit seinen Schuften in Stücke reiße, wenn sie dich nur unrecht anrühren."

„Mir ahnt nichts dergleichen. Bis Mitternacht werde ich mich orientiert haben; dann steigst du mit den Männern auf, und ich lasse euch ein."

„Und wenn du es nicht vermagst?"

„So überlasse ich das weitere ganz deinem Ermessen. Ich kann für diesen Fall nichts vorherbestimmen."

„Ich werde bis ein Uhr hier warten; öffnest du nicht, so sind wir eine Stunde später vor dem Schloß, und ich gebe dir durch einen Eulenruf das Zeichen. Kommst du nicht, so nehme ich dann an, daß du dich in Gefahr befindest, und ich werde in das Kasr eindringen. Komm!"

Wir stiegen wieder abwärts und gelangten wohlbehalten zu unsern Leuten. Als der Tebu hörte, daß ich mit Korndörfer auf das Schloß wolle, bat er, mich begleiten zu dürfen. Ich mußte ihm die Erfüllung dieses Wunsches versagen. Er hatte die Gum verfolgt und war von einigen ihrer Männer gesehen worden; es lag also die Möglichkeit vor, daß er auf El Kasr erkannt würde, was das Gelingen unsers Unternehmens in Frage stellen mußte.

Ich bestieg mein Bischarin, und Josef nahm ein Mehari von Emery; dann ging es in möglichster Eile den Weg zurück, den wir gekommen waren. An dem einen Ausläufer des Hufeisens angekommen, bogen wir um denselben herum und ritten nun in gerader Richtung auf das Schloß zu.

Die Sonne tauchte eben hinter den westlichen Horizont hinab, als wir den hohen, offenen Eingang erreichten. Bisher hatten wir trotz unserer sorgfältigen Beobachtung des alten Gemäuers kein menschliches Wesen zu sehen bekommen, doch nahm ich an, daß unser Kommen ganz sicher bemerkt worden war. Eben wollten wir den Eingang passieren, als hinter den Seitenpfeilern desselben vier Männer hervortraten und uns ihre langen Flinten entgegenstreckten.

„Rrree, halt! Was wollt ihr, Fremdlinge?"

„Wir sind Wanderer, haben weder Speise noch Wasser bei uns und begehren, diese Nacht bei euch zu bleiben und von euch zu kaufen, was wir bedürfen."

„Wie kommt ihr hierher, und wer hat euch gesagt, daß hier Männer wohnen?"

„Wir sahen auf der Ebene die Spuren eurer Tiere. Laßt uns ein!"

Sie warfen sich fragende Blicke zu, dann meinte einer von ihnen mit einem wenig verheißungsvollen Gesicht:

„So kommt!"

„Gebt ihr uns Herberge im Namen des Koran und des Propheten?"

„Komm!"

Wir hatten ihren Aufenthalt entdeckt; wir durften El Kasr nicht lebendig verlassen; das war deutlich in ihren Mienen zu lesen. Ich aber wußte mich sicher und fragte, um sie zu versuchen, weiter:

„Warum gibst du mir keine Antwort auf meine Frage?"

„Ich habe dir gesagt, daß du eintreten sollst!"

„Wird mich der Koran bei euch beschützen?"

„Hältst du uns für Räuber, die ihre Gäste töten?"

„Seid, was ich wollt. Ihr habt uns keinen Gruß geboten; wir werden wieder gehen!"

Ich wandte mein Kamel der Wüste zu, und sofort richteten sich die Gewehre wieder auf uns.

„Halt, ihr bleibt! Hier wohnt der Hedjahn-Bei; ihr werdet die Sahara nicht mehr sehen!"

Ich verschmähte es, eine meiner Waffen zu ergreifen.

„Bist du blind, daß du mir drohst? Siehst du nicht die Gewehre, welche wir tragen? Oder meinst du, daß wir nur mit ihnen spielen? Kennst du nicht das Tier, auf dem ich sitze? Allah hat dir Augen gegeben, aber sie sehen nicht!"

Erst jetzt warfen sie ihre Blicke auf mein Dromedar.

„Das Bischarin des Bei! Wer gab es dir?"

„Er selbst. Ich rettete ihn aus den Krallen des Löwen, als er weit von hier gegen Mitternacht auf Mahmud Ben Mustafa Abd Ibrahim Jaakub Ibn Baschar wartete, den er in die Stadt der Franken geschickt hatte. Seht hier sein Anaïa!"

Dieser lange, ihnen wohlbekannte Name und die Koralle überzeugten sie, aber dennoch blieb ihr Angesicht finster.

„Zu welchem Stamm gehörst Du?"

„Ich bin ein Franke."

„Ein Ungläubiger? Was tust du in der Wüste?"

„Ich komme, um ein Gast des Bei zu sein, mit dem ich zu sprechen habe."

„So bleibe hier. Es wird dir nichts geschehen, bis er kommt."

Ich ließ mein Tier niederknien und stieg ab. Josef tat ebenso. Über El Kasr zog ein einsamer Geier seine weiten Kreise. Ahnte er, daß er uns als Speise in dem Felsenspalt finden werde? Ich ergriff die Büchse und schoß ihn herab. Die Räuber hätten dies mit ihren Flinten unmöglich fertiggebracht. Sie staunten. Das wollte ich.

„Eure Lippen haben verschmäht, uns ein Salam zu sagen; hütet euch vor meinem Auge und vor meiner Kugel!"

„Du hast das Zeichen und drohst uns? Du hast es gestohlen; stirb, Giaur!“

Er legte an, doch mein Revolver war schneller als er. Ich brauchte bloß zweimal abzudrücken, denn Korndörfers Kugel traf den dritten, und der vierte wurde von ihm mit dem Kolben niedergeschlagen.

Sofort wieder ladend, warteten wir zunächst, ob sich ein neuer Feind zeigen werde, doch regte sich in dem Hof nicht das Geringste. Hatte der Hedjahn-Bei nur diese vier Männer zur Bewachung des Kasr zurückgelassen? Bei der Abgeschiedenheit und Sicherheit der Lage war dies sehr leicht denkbar; wir mußten es untersuchen.

Das Innere der Ruine war besser erhalten, als es von außen den Anschein hatte. Vor uns lag eine offene von Säulen getragene Halle, an deren Seiten sich noch mehrere Gemächer anzuschließen schienen. Wir sahen, daß sie leer war, und schritten auf sie zu. Die Nebenräume hatten keine Türen und waren auch leer. Jetzt gelangten wir durch einen hinteren Ausgang in einen zweiten Hof. Das Gebäude war jedenfalls zu der Zeit errichtet worden, als im achten Jahrhundert die mächtigen Uëlad Mussa die Serir überschwemmten. Schon wollte ich diesen Hof betreten, als Korndörfer mich am Arm faßte.

„Halt, Herr! Steht dort hinter der Säul' nit auch so aan Halunk'? Er dreht uns der Rücken her und hat uns halt noch gar nit bemerkt.“

Ehe ich antworten konnte, hatte sich der Räuber zu uns gewandt; im nächsten Augenblick blitzte sein Schuß, und die Kugel streifte Josef am Arme.

„Maschallah, is der Kerl unvorsichtig; wie leicht konnte er mich erschießen!“

Mit diesem Ausruf sprang der Staffelsteiner in weiten Sätzen über den Hof hinüber und packte seinen Mann an der Kehle. Ich eilte ihm nach und kam noch zur rechten Zeit, um zu verhindern, daß er ihn erwürgte.

„Laß los; wir brauchen ihn vielleicht!“

Er nahm die Hand von der Gurgel, hielt ihn aber fest.

„Warum schießt du auf einen Gast des Hedjahn-Bei?“ fragte ich den Gefangenen.

Es war mir klar, daß sich außer ihm niemand mehr auf dem Kasr befand. Er holte tief Atem, ehe er antwortete:

„Ein Gast? Wo sind die, welche euch erwarteten? Ich hörte Schüsse. Wer seid ihr?“

„Sieh hier die Anaïa! Wie viele Männer sind im Schloß?"
„Fünf, bis der Bei zurückkehrt."
„Du irrst! Nur du allein bist hier, denn vier hat unsere Kugel getötet, weil sie uns als Feinde empfingen."
„Ihr habt die Koralle und tötet die Männer des Bei! Wer seid ihr?"
„Ich bin der Bruder des Behluwan-Bei und komme, den Franken zu holen, den ihr gefangen haltet. Wo ist er?"
„Du sagst die Unwahrheit! Kann ein Mensch der Bruder eines Geistes sein?"
„Frage den Würger selbst; er wird kommen, sobald ich ihn rufe! Wo ist der Franke?"
„Ich sage es nicht."
„So werde ich ihn finden, und du mußt sterben!"
„Der Bei wird mich rächen!"
„Er kann dich nicht rächen. Der Behluwan-Bei hat ihn geschlagen und sechzehn seiner Männer getötet. Und sein Bruder ist mit eurem Mudir, dem Khabir und Schech el Djemali durch diese Büchse hier gefallen. Die Dschehennah wird auch dich verschlingen, wenn du mir nicht gehorchst."
„Beweise mir, daß du die Wahrheit sagst; dann will ich tun, was du begehrst."
„So komm! Ich werde dir den Würger zeigen."
Ich stieg über eine Mauerbresche hinaus auf den Rand des Talkessels, grad der Schlucht gegenüber, in welcher sich Emery befand. Der Mann folgte mir zaudernd.
„Hallo-i-oh!" rief ich hinab, und sofort trat Emery hervor. „Kommt herauf!"
„Alles sicher?"
„El Kasr gehört mir!"
Jetzt traten auch die Männer der Kaffila herbei und erhoben ein Freudengeschrei. Es war noch so hell, daß man deutlich sehen konnte, was vorging. Emery ließ die Tiere unter der Aufsicht dreier Männer, unter denen sich auch der lange Hassan befand, am Schott zurück; die andern begaben sich nach dem Treppeneingang.
„Siehst du, daß ich die Wahrheit sage? Willst du gehorchen?"
„Ja, Sihdi!"
„So öffne den Stein vor der Treppe!"
Er trat, nachdem ich ihm die Waffen abgenommen hatte, in ein Gewölbe, aus welchem er eine aus Dattelfaser gefertigte Fakkel brachte, die er anzündete. Dann stieg er in die dunkle

Pforte, vor welcher er Wache gestanden hatte, als wir ihn zuerst bemerkten. Die Stufen führten abwärts in einen unterirdischen Raum, der mit verschiedenen Waren bis hoch an die Decke gefüllt war. Hier hatte der Hedjahn-Bei seine Beute aufgestapelt. in der hintersten Ecke lag ein Steinblock auf zwei Rollen, welcher mit Stricken an die Mauer befestigt war.

„Hier ist die Treppe, Sihdi!“ erklärte der Gefangene.

Die Stricke waren schuld, daß Emery und ich den Stein nicht hatten bewegen können. Ich öffnete die Schlingen und zog den Block zu Seite. Nach einigen Minuten befand sich die Kaffila im Kasr. Ich sprach einige erklärende Worte zu Bothwell und wandte mich hierauf an den Gefangenen.

„Wo ist der Franke?“

„Muß ich es sagen? Wir haben geschworen, zu schweigen.“

„Du mußt! Hier steht der Behluwan-Bei, der deine Seele von dir fordert, wenn du nicht gehorchest.“

„So kommt!“

In der andern Ecke des Gewölbes war eine niedrige, tiefe Nische ausgehauen, die statt der Tür von einigen Warenballen verschlossen wurde. Drin lag auf dem harten, bloßen Boden, von Stricken festgehalten, eine menschliche Gestalt.

„Rénald!“

Das Licht der Fackel fiel auf die hohe Figur des Engländers.

„Emery!“ jauchzte es laut auf.

„Heraus, mein Junge, schnell!“

Ein paar rasche Messerschnitte lösten die Banden, dann lagen sich die Freunde in den Armen.

Eine halbe Stunde später hatten wir mittels der vorhandenen Fackeln das ganze Schloß durchsucht; nun wurde ein Bote abgesandt, unsere Tiere herbeizuholen, da wir von dem Gefangenen hörten, daß die Gum ihre Kamele zum Schott führen und dann das Kasr durch die Treppe ersteigen werde.

Der Jubel des befreiten jungen Mannes, der sich vollständig verloren geglaubt hatte, war ein außerordentlicher; sein Dank fand keine Worte, und wir saßen bis in die späte Nacht hinein über der Erzählung der Leiden und Freuden, welche wir hinter uns hatten. Dann gingen wir zur Ruhe; die ausgestellten Wachen sicherten uns vor jeder Überraschung.

Als ich mich am andern Morgen erhob und hinaus in den Hof trat, überraschte ich den Tebu bei einer schrecklichen Arbeit. Er hatte während der Nacht den Räuber getötet und stand jetzt auf der Mauerzinne, um die blutige Leiche desselben in den Spalt zu stürzen. Ich stellte ihn zur Rede, erhielt aber keine andere Antwort als:

„Ed dem b'ed dem – en nefs b'en nefs, Leben um Leben, Blut um Blut, Auge um Auge, Sihdi; ich habe es geschworen, und ich halte es!"

Unsere Tiere waren angekommen, und der große Hassan trat mir entgegen.

„Hamdulillah, Gott sei Dank, Sihdi, daß wir wieder beisammen sind, denn ohne mich wärst du nicht ... Allah inhal el Bei, Gott verderbe den Bei!" unterbrach er sich. „Siehst du ihn dort kommen?"

Wirklich kam unten über die Ebene eine Reihe von Arabern. Sie gingen zu Fuß und hatten also ihre Tiere nach dem Schott geschickt. Sie sollten einen unerwarteten Empfang finden. Ich sandte Hassan, der uns beim Kampf sicher nichts nützen würde, hinaus auf den Mauervorsprung, um den Schott zu betrachten; wir andern hielten unsere Gewehre bereit. Ich verbarg mich mit dem Staffelsteiner hinter einem Steinhaufen, der sich hart neben dem Eingang befand. Wer einmal das Kasr betreten hatte, durfte nicht wieder hinaus.

Wir hatten nicht lange zu warten. Sie kamen, und obgleich sie die Abwesenheit ihrer fünf Wächter hätte aufmerksam machen sollen, traten sie unbesorgt in den Hof. Schon hatten sie beinahe die Hälfte desselben durchschritten, da kam ihnen Emery langsam entgegen. Sie stutzten.

„Rrree! Ich bin der Behluwan-Bei; die Gum fahre zur Hölle! Feuer!"

Alle Gewehre krachten.

„Ich schieß halt nit mehr; ich nehm die Faust!" rief der Staffelsteiner, warf das Gewehr weg und befand sich mit Emery und dem Tebu im dicksten Haufen der Feinde. Mein Stutzen ließ keinen durch das Tor; in zehn Minuten waren wir Herren des Platzes.

Da ertönte die Donnerstimme Hassans:

„Allah akbar, Gott ist groß; Sihdi, sie kommen mit den Tieren, und der Bei ist dabei; ich habe ihn am Panzer erkannt!"

Ich trat hinaus. Die Kamele standen mit ihren hohen Beinen drunten im Wasser, und bei ihnen hielten drei Männer. Der eine hatte den Burnus abgeworfen, und sein Kettenpanzer schimmerte wie pures, gediegenes Gold zu uns herauf. Er wusch sich, warf dann den Burnus wieder über und winkte seinen Leuten, ihm zu folgen. Sie schritten dem Treppenaufgang zu.

„Der gehört mir; ich muß ihn lebendig haben!“ rief Bothwell. „Zieht euch in die Hallen zurück!“

Ich eilte hinab in das Gewölbe, um den Treppeneingang zu öffnen, und kehrte dann nach oben zurück.

Rénald Latréaumont hatte mich bereits gestern um einen von meinen Revolvern gebeten. Mein Auge suchte ihn jetzt, fand ihn jedoch nicht. Da ließen sich Schritte vernehmen. Der Bei trat mit seinen beiden Begleitern aus der Pforte in den Hof. Die Leere desselben mochte ihm auffallen; er blieb halten. Er war das grade Ebenbild dessen, den ich am Auresgebirge getroffen und später erschossen hatte. Sein scharfes Auge schweifte forschend umher, und seine Lippen öffneten sich zu einem Ruf des Erstaunens. Aus dem Säulengang hervor kam Rénald auf ihn zugesprungen, den Revolver in der Hand. Ich ahnte, was kommen werde, und hob die Doppelbüchse.

„Halt, laß ihn mir!“ gebot mir Emery, indem er an mir vorübereilte.

„Ich bin frei, stirb, Räuber!“ rief Rénald und drückte auf den Bei ab.

Die Kugel prallte von dem Panzer zurück, und sofort hatte der Bei den kleinen, schmächtigen Franzosen mit der Linken erfaßt und holte mit der Rechten zum tödlichen Stoß aus. Er kam nicht dazu; Emery hatte ihn von hinten gepackt. Jetzt eilte alles herbei. Die beiden Räuber sahen, wie die Sache stand, und wandten sich zur Pforte zurück; sie erreichten sie nicht; meine beiden Kugeln streckten sie nieder.

Emery hielt den Bei mit eisernen Armen gepackt.

„Kennst du mich, Räuber? Ich bin der Behluwan-Bei. Fahre deinen Opfern nach!“

Ein fürchterlicher Faustschlag traf den Bei vor die Stirn und betäubte ihn; dann faßte ihn der „Englishman“, trug ihn zur Mauer empor und schleuderte den Mörder hinab in die Spalte, wo die Gebeine der Gemordeten lagen. Die Gum war bis auf den letzten Mann vernichtet.

Vierzehn Tage später hatten wir die Serir durchschritten, und ein wunderbar liebliches Bild breitete sind vor uns aus. Viele tausend Palmen wiegten ihre dunklen Blätterkronen auf den schlanken Stämmen, die vom Sonnenlicht golden überrieselt wurden. Die Füße dieser Stämme standen in einem Garten von blaßroten Pfirsichblüten, weißen Mandelblumen und hellgrünem, frischem Feigenlaub, in welchem der Bülbül – die Nachtigal – seine entzückende Stimme erschallen ließ.

Es war die Oase Safileh, wohin wir die Kaffila glücklich brachten.

Mit ihr trennte sich nach einem mehrtägigen Aufenthalt auch der Tebu von uns.

„Allah sei mit dir, Sihdi“, meinte er beim Abschied. „Du hast die Männer der Kaffila reich gemacht durch die Beute von El Kasr, selbst aber hast du nichts genommen. Ich habe keine Söhne mehr, aber ich habe einen Segen. Nimm ihn mit dir in das Land der Franken, deren Gott auch der unsere ist: Baid el bela alik, alles Übel sei fern von dir!“

Und wieder mehrere Wochen später hielten wir unsern Einzug in Algier, wo wir von der glücklichen Familie Latréaumont mit unendlicher Freude empfangen wurden. Hassan war uns bis hierher gefolgt, und der Staffelsteiner wollte mich nicht verlassen. Er ging mit mir und Emery, der mir zu Liebe seinen ursprünglichen Reiseplan änderte, nach Deutschland, um den „laufigen“ Trank seiner Heimat zu kosten. Für Latréaumont und die Seinen war der Abschied von uns recht schmerzlich, und auch dem tapfern Kubbaschi en Nurab zuckte es gewaltig um den Bart.

„Sihdi, du gehst, und wir sehen uns nicht wieder, aber du wirst auch in Germanistan mit Freude und Stolz denken an Hassan Ben Abulfeda Ibn Haukal al Wardi Jussuf Ibn Abul Foslan Ben Ishak al Duli und ihn stets nennen Hassan el Kebihr und Djezzar-Bei, den Menschenwürger, der dir mit dem Behluwan-Bei geholfen hat, den Assad-Bei und den Hedjahn-Bei zu töten.“

„Und auch ich werd' dich nit vergessen, Hassan“, versprach der Staffelsteiner, „sondern in Germanistan erzählen von Ma-el-Zat-Bei, dem Spirituswürger!“

„Deine Zunge ist voll Gift, und niemand wird dir glauben; denn die Leute in Germanistan werden sagen: ‚Da kommt Jussuf Koh er darb Ben Koh er darb Ibn Koh er darb Abu Koh er darb el Kah el brunn, der Verleumder, der Ungläubige, der Schakal, der Schweinefleisch ißt!‘ Ich verbiete dir, von mir zu sprechen jetzt und in alle Ewigkeit. Wir aber, Sihdi, werden voneinander erzählen, und mein Name wird erklingen in allen Oasen und unter allen Zelten von Germanistan. Salam aleikum, Friede und Heil sei mit dir!“

Christus oder Mohammed

I.

Wenn der Marseiller Gelegenheit findet, über die Vorzüge und Schönheiten seiner Vaterstadt zu sprechen, so pflegt er zu sagen: „Wenn Paris eine Cannebière hätte, so wäre es ein kleines Marseille.“ Dieser Vergleich ist übertrieben, doch gewiß nicht ohne Berechtigung. Die Cannebière ist die größte und, wenigstens früher, schönste Straße von Marseille, welche die ganze Stadt durchschneidet und auf den Hafen mündet. Der Bewohner der größten Stadt Südfrankreichs besitzt ein volles Recht, auf dieselbe stolz zu sein. Sie hat ein mildes, ein herrliches Klima, ägyptisch klare Nächte und trotz ihrer südlichen Lage eine Luft, welche von ewig gleicher Frische ist. Hier strömen alle Nationen der Erde zusammen, der zugeknöpfte, ernste Englishman, der feurige Italiener, der smarte Yankee, der listige Grieche, der verschmitzte Armenier, der dickblütige Türke, der wortkarge Araber, der schmächtige Hindu, der zopftragende Chinese und der in allen Farben vom schmutzigen Dunkelbraun bis zum tiefsten Schwarz spielende Bewohner Innerafrikas.

In dem bunten Gemisch von Rassen, Farben, Trachten und Sprachen herrscht hier der orientalische Typus vor; er erteilt Marseille jenes asiatisch-afrikanische Gepräge, welches man in einer andern Hafenstadt Frankreichs vergebens suchen würde. Wer hinüber nach Algier oder Tunis will, der findet hier die beste Gelegenheit, sein Auge auf die Farben und sein Ohr auf die Klänge des andern Erdteiles vorzubereiten.

Was mich betrifft, so hatte ich noch vor kurzem nicht geahnt, daß ich mich so bald am Mittelmeer befinden würde. Mein Freund, der Kapitän Frick Turnerstick, welcher vielen meiner Leser als tüchtiger Seemann und universelles Sprachgenie bekannt sein wird, hatte mich durch folgendes aus Harwich an mich gerichtete Schreiben aus meiner häuslichen Ruhe gestört:

„Liewer Charley! Hier liegge ich vor Anker und werde heut übber quinze jours to weigh anchor, um nach Antwerpen zu seggeln und Euch dort bey Grootvader Leidekker abzuhohlen. Ich faahre übber Marseille ins Thunis und würdte Euch rundum verachten, wenn Ihr at home bliept und nicht would be willing, als meyn Gaßt an Bord zu mounten. Lebt wohl, und kommt! Ich expecte Euch mit security.

Your old Frick Turnerstick.“

Was sollte ich tun? Zu Hause bleiben und mich „rundum verachten“ lassen? Nein! Es war mir Herzensbedürfnis, den braven Gefährten wiederzusehen, und eine Fahrt nach Tunis und vielleicht noch weiter versprach so viel des Interessanten. Ich beschloß also, der Einladung zu folgen, packte meine Sachen und traf noch vor der angegebenen Zeit in Antwerpen ein. Dort brauchte ich zwei Tage, um den „Grootvader Leidekker“ zu erfragen. Er wohnte im nahen Burgerhout und war der Besitzer eines kleinen aber altrenommierten Gasthauses, in welchem meist nur Seekapitäns zu verkehren pflegten. Am dritten Tag traf Turnerstick dort ein. Seine Freude darüber, daß ich seinen Wunsch erfüllt hatte, war ebenso groß wie aufrichtig; es wurde in Eile ein Willkommen getrunken, und dann zog er mich fort, um mir sein neues Barkschiff „the courser“ zu zeigen. Er hatte es sich nach seinen eigenen Angaben auf dem weltberühmten Klipperplatz von Baltimore bauen lassen und floß des Lobes über, indem er es als den schnellsten Segler der Handelsmarinen aller Nationen bezeichnete. Die Ladung bestand in Waffen und englischen Web- und Eisenwaren, mit denen er in Tunis ein gutes Geschäft zu machen gedachte. In Antwerpen wollte er noch Spitzen, Zwirn und Gold- und Silbertressen aufnehmen, Artikel, welche von den Mauren und Berbern stets gesucht werden. In Marseille sollten Seidenzeuge, Gerbereiartikel, Bijouterien, Quincaillerien – Eisen- und Stahlwaren –, Seifen und Kerzen dazukommen. Die schon vorher bestellte Fracht war bald an Bord genommen; dann ging es die Wester-Schelde hinab, in die Nordsee hinein und dem Kanal entgegen.

Turnerstick hatte seinen „Courser“ mit vollstem Recht gelobt. Die Bark war im Verhältnis von 1 zu 8 gebaut und zeigte Linien, welche die Bewunderung jedes Sachverständigen erregen mußten. Der Bau des Schiffes bekundete die Geschicklichkeit des Architekten; die Ausrüstung und Einrichtung war bei aller Zweckmäßigkeit so nett, so gefällig, daß der Kapitän wohl stolz darauf sein konnte, der Schöpfer derselben zu sein. Wir hatten ununterbrochen guten Wind, machten eine außerordentlich schnelle Fahrt und legten zwei volle Tage früher, als Turnerstick vorhergesagt hatte, am Port de la Joliette von Marseille an.

Während der Kapitän sich hier zunächst seinen Pflichten zu

widmen hatte, wanderte ich in der Stadt umher, um die Sehenswürdigkeiten derselben in Augenschein zu nehmen, die neue, prächtige Kathedrale, die gotische Michaeliskirche, das Hotel-Dieu und vor allen Dingen die reichhaltige Bibliothek, welche sich in dem herrlichen Gebäude der Ecole des beaux Arts befindet. Dann, als Turnerstick Zeit gewonnen hatte, besuchten wir miteinander denjenigen Ort, für welchen er sich am meisten interessierte, nämlich den zoologischen Garten, welcher hinter dem prächtigsten Bauwerk Marseilles, dem Château d'Eau oder Palais de Longchamp, liegt.

Als wir denselben in seiner ganzen Länge und Breite durchschritten und alle Abteilungen in Augenschein genommen hatten, fühlten wir uns ermüdet und suchten eine Bank, um uns auszuruhen. Wir fanden eine solche unter einer Platane, welche sich an der schmalen Zunge eines dichten, länglichen Bosketts erhob. An der andern Seite desselben erhob sich über den Zweigen des niedrigen Gebüsches ein hölzernes Kreuz mit dem Bild des Heilandes. Die Inschrift einer daran befestigten Tafel sagte, daß an dieser Stelle einer der Wärter von einem ausgebrochenen Panther zerrissen worden sei; hieran war die Bitte geschlossen, für den Verunglückten zu beten. Wir kamen entblößten Hauptes derselben nach und nahmen dann jenseits des Buschwerkes auf der Bank Platz.

Da wir nicht Sonn-, sondern Wochentag hatten, so war der Besuch des Gartens kein bedeutender, und es kam nur selten jemand an dieser abgelegenen Stelle vorüber. Turnerstick erzählte mir seine neueren Erlebnisse und machte nur einmal eine längere Pause, als er mir eine Zigarre gab und auch sich eine nahm. Während wir dieselben ansteckten, hörten wir infolge der eingetretenen Stille deutlich die Schritte zweier Personen, welche sich hinter dem Gebüsch näherten und bei dem Kruzifix stehenblieben.

„Allah, vernichte dieses Land!“ hörte ich den einen in arabischer Sprache sagen. „Überall stehen diese Götzenbilder, welche dem wahren Gläubigen ein Greuel sind, und vor denen diese Christenhunde die Würde ihrer Häupter entweihen.“

„Vergiß nicht, daß ich auch ein Christ bin!“ antwortete der andere in derselben Spache, aber so gebrochen, daß zu vermuten stand, er sei gewöhnt, sich der Lingua franca zu bedienen.

„Oh“, lautete die Entgegnung, „du besitzt Klugheit genug, diese Abgötterei für verderblich zu halten. Du bist ein Kumi – ein Schismatiker – und magst von dem Baba – dem Papst – nichts wissen, welcher in Roma auf seinem falschen Thron sitzt.

Die Lehre des Propheten ist die allein richtige. Er hat alles Bildwerk verboten, und wohin der Islam gedrungen ist, hat er die Bilder und Figuren verbrannt und ausgerottet. Kannst du mir sagen, was unter diesem Kreuz zu lesen steht?“

„Ja. Ein Panther ist aus dem Käfig gebrochen und hat hier an dieser Stelle einen Beamten des Gartens zerrissen. Darum hat man dieses Kreuz errichtet, damit man für den Toten bete.“

Der Sprecher hatte, obgleich ein Christ, diese Erklärung in lachendem Ton gegeben. Der Moslem meinte in verächtlichem Ton:

„O Allah, was für Dummköpfe diese Christen sind! Sie verdienen, angespieen zu werden. Hat euer Christ den Mann retten können? Nein! Und nachdem derselbe zerrissen worden ist, setzt man ein Kreuz hierher. Das Gebet kommt zu spät; was kann es nützen!“

„Es ist für das Heil seiner Seele.“

„Laß dich nicht auslachen! Für die Seele eines toten Christen gibt es kein Heil, denn alle Anhänger dieser Götzendienerei müssen in die Hölle wandern. Wäre ich an der Stelle des Getöteten gewesen, so hätte ich den Namen des Propheten angerufen, und der Panther wäre voller Schreck entwichen. Vor dem Gebet eines Christen aber fürchtet sich keine Katze. Wie machtlos euer Jesus mitsamt euern Kreuzen ist, werde ich dir sofort zeigen. Ich will sehen, ob er mich straft, wenn ihm das, was ich jetzt tue, nicht gefällt.“

Er stieß noch einige Lästerungen aus, welche ganz unmöglich zu Papier zu bringen sind, und dabei hörte ich ein Prasseln und Knacken, daß ich annahm, er wolle das Kreuz umstürzen. Ich wollte aufspringen, um ihn zu hindern; aber Turnerstick, welcher die Worte nicht verstanden hatte, hielt mich zurück, um eine leise Erklärung derselben zu erhalten. Ich gab sie ihm kurz und schnell und erhob mich dann, aber zu spät; der in der Erde steckende Teil des Schaftes war angefault; er zerbrach, und das starke und wohl fünf Ellen hohe Kruzifix stürzte derart nach unserer Seite herüber, daß es den Kapitän am Kopf traf. Dieser stieß einen Schrei des Schmerzes und des Ärgers aus, sprang auf und folgte mir schnell um die Ecke des Bosketts nach der andern Seite, wo die beiden Männer standen.

In dem einen erkannte ich infolge seiner Habichtsnase und anderweiten Gesichtsbildung sofort den Armenier. Er trug eine Schaffellmütze, kurze Jacke, weite Hosen und hohe Schaftstiefel; im Gürtel hatte er ein Messer stecken. Der andere war, wie es schien, ein Beduine. Ich schätzte sein Alter gegen fünfzig Jahre. Die lange, starkknochige Gestalt war in einen weißen Burnus gehüllt. Auf dem Kopf saß der rote Fez, um welchen ein Turbantuch von derselben Farbe gewickelt war. Das hagere Gesicht war dasjenige eines starr- und blindgläubigen Mohammedaners. Er zeigte sich über unser Erscheinen gar nicht etwa erschrocken, sondern blickte uns mit seinen dunkeln, stechenden Augen beinahe höhnisch entgegen.

„Was fällt Euch ein!“ rief der zornige Kapitän in seinem amerikanischen Englisch. „Wie könnt Ihr es wagen, dieses Kreuz um- und auf mich zu werfen!“

„Was will dieser Mann?“ fragte der Moslem, indem er sich an seinen Begleiter wendete, welchen er wohl als Dolmetscher bei sich hatte. An Stelle desselben antwortete ich:

„Du hast soeben etwas getan, was hierzulande streng bestraft wird. Du hast das Bild des Gekreuzigten geschändet, und wenn wir dich bei der Obrigkeit anklagen, wird man dich in das Gefängnis werfen.“

Er maß mich mit einem vernichtend sein sollenden Blick vom Kopf bis zu den Füßen und fragte:

„Wer bist du, daß du es wagst, in dieser Weise mit mir zu sprechen?“

„Ein Christ bin ich, und als solcher habe ich die Verpflichtung, eine Tat, wie die deinige ist, dem Richter anzuzeigen.“

„Ein Christ bist du? Und doch sprichst du die Sprache der Gläubigen wie ein echter Moslem? Dann gleichst du der Schlange, deren Zunge zwei Spitzen hat und giftig ist. Du kennst mich nicht und wirst auch nie die Gnade erfahren, daß mein Name an deine Ohren klingt; aber ich sage dir so viel, daß ich ein Mann bin, welcher gewohnt ist, verächtlich auszuspukken, wenn ein räudiger Christenhund ihn anbellt.“

Er spuckte dreimal vor mir aus, und zwar so, daß er mich beim dritten Mal traf. Nun, ich bin ein sehr ruhiger Mensch und pflege mich nicht vom Zorn fortreißen zu lassen; wenn ich einer Beleidigung eine ebenso schnelle, wie kräftige Antwort folgen lasse, so geschieht dies nicht in jäher Aufregung, sondern aus Selbstachtung. Hier nun war nicht bloß ich beleidigt, sondern der Mann hatte das Heiligste, was ein Christ in sich trägt, verhöhnt, und die Art und Weise seines Angriffs ließ keine feine Abwehr, etwa in zierlich gesetzten Worten, zu. Kaum hatte sein Geifer meinen Rock berührt, so saß ihm meine Faust im Gesicht, und er stürzte zu Boden. Er raffte sich schnell auf und griff nach mir, doch schnell hatte Turnerstick ihn beim Nacken, drückte ihn wieder nieder und rief mir zu:

„Charley, holt Polizei! Ich beschlagzeisinge indessen dem Kerl die Segel so fest, daß er binnen einer Stunde nicht um einen halben Zoll vorwärts kommen soll."

Der Dolmetscher war so perplex, daß er sich nicht rührte. Ich zauderte, der Mahnung des Kapitäns Folge zu leisten. Vielleicht hätte ich den Moslem mit der bisherigen Lehre entkommen lassen; aber da näherte sich, gerade wie gerufen, ein Gartenintendant, welcher, als er die ungewöhnliche Gruppe bemerkte, rasch herbeikam und sich nach der Veranlassung erkundigte. Indem Turnerstick mit seinen Seemannsfäusten den Übeltäter noch immer fest am Boden hielt, erzählte ich, was geschehen war. Der Dolmetscher versuchte, zu beschönigen, hatte aber angesichts des umgestürzten Kreuzes keinen Erfolg. Das Ergebnis war, daß wir dem Beamten zum Direktor folgen mußten. Dieser nahm meine und des Kapitäns Aussage entgegen und entließ uns dankend; die beiden andern behielt er bei sich, um sie, wie er sagte, streng zu bestrafen.

Wir befanden uns in der Nähe des Ausgangs des Gartens, wo es ein Restaurant gab. Dort setzten wir uns im Freien an einen leeren Tisch, um ein Glas Wein zu trinken. Nach ungefähr einer Viertelstunde sahen wir zu unserem Erstaunen die beiden Schuldigen kommen, frei, mit dem Ausdruck der Befriedigung in den Gesichtern. Sie erblickten uns. Der Muselmann kam herbei, blieb, doch in vorsichtiger Entfernung, vor mir stehen und zischte mich grimmig an:

„Zwanzig Franken Strafe, die schenke ich Frankreich gern; dir aber ist nichts geschenkt! Du hast einen Moslem geschlagen, und kein christliches Kreuz soll Dich vor meiner Rache schützen!"

Ich tat, als ob er gar nicht vorhanden sei, und er entfernte sich in stolzer Haltung und mit so würdevollen Schritten, als ob er als Sieger aus dem Konflikt hervorgegangen sei. Als ich Turnerstick die Drohung übersetzt hatte, meinte er:

„Hätte er mir das gesagt, so hätte ich ihn auf der Stelle niedergesegelt. Nun dampft er, stolz wie eine Panzerfregatte, von dannen und meint wunder, wie wir uns vor ihm fürchten!"

„Nun, Furcht fühle ich nicht; aber vorsichtig müssen wir sein. Wir befinden uns zwar nicht in einem arabischen Duar – Zeltdorf –, sondern hier in Marseille, doch so einem Beduinen ist es zuzutrauen, daß er in seinem Grimm darauf keine Rücksicht nimmt. Nach seiner Anschauung ist ein Faustschlag in das Gesicht nur mit Blut abzuwaschen."

Nach kurzer Zeit brachen wir auf, um uns nach dem Hafen und auf das Schiff zu begeben. Da sahen wir unsere beiden Feinde in einem Durchgang stehen. Sie ließen uns vorüber und folgten uns dann. Wir machten verschiedene Schwenkungen und Umwege, doch es gelang uns nicht, sie von unserer Spur abzubringen. Sie sollten unsern Aufenthalt nicht erfahren. Turnerstick schlug als Mittel zu diesem Zweck vor, nach Schloß If zu rudern. Er hatte zur See in unbeschäftigten Stunden den „Grafen von Monte Christo" von Dumas gelesen und wünschte, das unterirdische Gefängnis des Helden dieses Romans zu sehen. Es befindet sich auf Schloß If und wird jedermann gegen ein geringes Entgelt gezeigt. Ich mag Dumas' Romane nicht, aber da sich dort auch das Zimmer befindet, in welchem Mirabeau im Jahre 1774 gefangen saß, so willigte ich ein. Wir nahmen also ein kleines Boot, um den Vorschlag des Kapitäns auszuführen und dadurch die beiden Verfolger von uns abzubringen.

Turnerstick interessierte sich so für seinen unmöglichen Grafen von Monte Christo, daß er nur schwer aus dem angeblichen Kerker desselben fortzubringen war. Und der Mann, welcher uns das Loch zeigte, wußte so viel zu erzählen, daß es fast dunkel geworden war, als wir wieder von der Insel du château d'If abstießen. Der Kapitän führte das Steuer; der Besitzer des Bootes und ich, wir ruderten.

Zu bemerken ist, daß die Insel If zwei Kilometer von der Küste liegt, die Entfernung bis zu unserm Schiff im Port de la Joliette aber das doppelte betrug. In der Stadt brannten schon die Laternen; wir sahen ein weitgestrecktes Lichtmeer vor uns liegen. Die See war ruhig; es war die Zeit zwischen Ebbe und Flut; dennoch war in unserer Nähe kein Boot zu sehen. Aber bald brummte der Kapitän:

„Warum weicht uns der Kerl nicht aus? Er liegt in unserm Kurs und rührt sich nicht von der Stelle."

Er, der vorwärts gerichtet saß, mußte also ein Boot vor uns gesehen haben. Wir beiden andern saßen rückwärts. Er legte das Steuer etwas über, um vorbeizukommen, rief aber schon nach wenigen Ruderstrichen dem andern Boot zornig zu:

„Was ist das? Bist du blind? Halte dich mehr backbord, sonst rennen wir zusammen!"

Jetzt schaute ich mich um. Ich sah ein Boot kleinster Größe, in welchem nur ein Mann saß; er war dunkel gekleidet. Wir kamen so dicht an ihm vorbei, daß ich sein Boot hätte mit der Hand erlangen können. Als er sich weit herüberbog, glaubte ich das Gesicht des Muselmannes zu erkennen; aber dieser hatte ja einen weißen Burnus angehabt! Er lenkte nun schnell um und ruderte uns aus Leibeskräften nach. Das war höchst verdächtig. Warum hatte er wie wartend auf unserem Kurs gehalten und sich dann so weit nach uns über Bord gebogen? Hatte er etwa sehen wollen, wo ich saß? Jetzt hatte er uns erreicht. Er zog das rechte Ruder ein, griff neben sich nieder und hob dann den Arm, um denselben grad gegen mich zu richten. Ich warf mich blitzschnell von meinem Sitz auf den Boden des Bootes, und da krachte auch schon ein Schuß, welchem augenblicklich ein zweiter folgte.

„Holla, was ist das!" rief Turnerstick. „Hier wird geschossen?"

„Der Moslem ist's", antwortete ich. „Nehmen wir ihn fest! Er hat zwei Schüsse abgegeben und also keine Kugel mehr."

„Well! Werden dafür sorgen, daß er überhaupt nicht mehr schießt. Legt euch ins Zeug; alle Kraft aufs Ruder!"

Dadurch, daß ich mich niedergeworfen und also die Riemen losgelassen hatte, waren wir aus der Fahrt gekommen und hatten halb gewendet; ich sah, daß der Attentäter sich außerordentlich ins Zeug legte, um davonzukommen. Unser Bootsmann war infolge der Schüsse vor Schreck sprach- und bewegungslos gewesen; jetzt aber arbeitete er, als gelte es, einem Taifun zu entgehen. Ich strengte mich ebenso an, und so schoß unser Fahrzeug dem Flüchtigen pfeilschnell nach. Ich konnte den letzteren, eben weil ich rückwärts saß, nicht sehen, doch bemerkte ich so viel, daß Turnerstick nicht in gerader Richtung steuerte, sondern einen Bogen beschrieb.

„Rudert der Mensch denn im Kreis?" fragte ich ihn. „Oder macht Ihr aus irgendeinem Grund einen Umweg?"

„Werdet den Grund gleich sehen, hören und auch fühlen", antwortete er. „Arbeitet nur so weiter; seht euch nicht um, und fallt nicht von den Bänken!"

„Von den Bänken? Also ein Zusammenstoß? Ihr wollt ihn in die See werfen? Soll er ertrinken? Das dulde ich auf keinen . . ."

Ich kam nicht weiter, denn der Kapitän unterbrach mich, indem er das Steuer noch fester in die Hand nahm und dem Boot eine kurze Wendung gab.

„Hallo! Nicht mucksen, sondern rudern! Wir haben ihn. Drauf, drauf!"

„Allah kerihm, Allah kerihm!" erklang vor uns die Stimme des Verfolgten.

Er wollte ein drittes Allah rufen, doch gab es in demselben Augenblick einen Krach, und unser Boot hob sich vorn, so daß wir beinahe von unsern Sitzen fielen.

„Ruder einziehen!" kommandierte Turnerstick. „Und aufpassen, wenn sein Kopf erscheint!"

Er hatte seinen Zweck erreicht; wir waren dem Boot des Muselmannes in die Seite gefahren und hatten es umgestürzt; es schwamm kieloben neben dem unsrigen. Wir paßten auf, wo der in das Wasser Gestürzte erscheinen werde – vergeblich. Einmal war es mir, als ob in der Ferne ein runder Gegenstand, wie ein Menschenkopf, auf der Oberfläche erscheine, aber das mußte eine Täuschung sein. So weit von der Unglücksstelle konnte nur ein ausgezeichneter Schwimmer sich, ohne Atem zu holen, unter dem Wasser entfernen.

„Vielleicht steckt er unter seinem Boot", meinte Turnerstick. „Wollen es umwenden."

Wir brachten dies unschwer fertig. Der Verschwundene war nicht zu sehen; aber sein Obergewand, welches er abgelegt gehabt hatte, war an der Riemengabel hängengeblieben; als wir es untersuchten, sahen wir, daß es ein weißer Burnus war. Jetzt gab es keinen Zweifel mehr, daß wir es wirklich mit dem Moslem zu tun gehabt hatten. Er war uns gefolgt und hatte beobachtet, daß wir nach dem Schloß Jf gefahren waren. Dies hatte ihn auf den Gedanken gebracht, uns während der Rückfahrt aufzulauern und mir eine Kugel zu geben. Um dabei keinen Zeugen zu haben, hatte er den Dolmetscher nicht mitgenommen. Da er auf ein Mißlingen gefaßt gewesen sein mußte, so ließ sich mit Bestimmtheit sagen, daß er nicht nur ein vewegener Mensch, sondern auch ein sehr guter Schwimmer sei. Vielleicht war der runde Gegenstand, den ich gesehen hatte, doch sein Kopf gewesen.

Wir blieben wohl eine halbe Stunde auf derselben Stelle. Wir ruderten hin und her, ohne eine Spur von ihm zu finden. Ich hatte gesehen, daß sein Kopf unbedeckt gewesen war. Wo hatte der Mann seinen Turban gelassen? Jedenfalls hatte derselbe mit dem Burnus im Boot gelegen und war untergesunken. Mit diesem Ausgang des Abenteuers unzufrieden, konnte ich gegen Turnerstick den Vorwurf nicht unterdrücken:

„Warum mußtet Ihr ihn anrammen? Gab es denn keine andere Weise, sich seiner zu bemächtigen?"

„O doch! Aber wer Pistolen bei sich führt, der hat wahrscheinlich auch ein Messer. Hätten wir nach ihm gegriffen, so wäre er imstande gewesen, nach uns zu stechen. Warf ich ihn aber in das

Wasser, so mußte er froh sein, durch unsere Hände herausgezogen zu werden."

„Wir brauchten sein Messer nicht zu fürchten. Wäre er von uns an das Ufer getrieben worden, so hätte es dort Polizei und auch sonst Hunderte von Händen gegeben, um ihn festzuhalten."

„Das ist richtig; daran habe ich nicht gedacht. Vielleicht bin ich zum Mörder geworden. Das ist keineswegs ein angenehmes Gefühl. Aber wenn ich bedenke, daß er Euch Rache geschworen und dann auf Euch geschossen hat, so meine ich, daß ich mir keine schweren Vorwürfe zu machen brauche. Der Kerl ist in seine eigne Grube gefallen und drin ertrunken."

„Messieurs", ließ sich jetzt der Bootsmann vernehmen, „es ist am besten, wir gehen ans Land und begraben diese Angelegenheit in tiefes Schweigen. Das ist der Rat, den ich Ihnen, auch um meinetwillen, geben muß."

Er hatte recht, und wir führten seinen Vorschlag aus. Als wir dann den Port de la Joliette erreichten und die Reihe der hier nebeneinanderliegenden Schiffe passierten, kamen wir an einer Brigg vorüber, an deren Seite das Fallreep niederhing. Daran stieg soeben ein langer, barhäuptiger Mann empor, dessen dunkle Hose und Jacke sich vor Nässe eng an seinen Leib gelegt hatten.

„Sollte das unser Mann sein?" fragte Turnerstick. „Ich habe diese Brigg gestern betrachtet; sie hat zwei Namen, nämlich einen französischen, ‚Le vent', und einen, den ich wegen der fremden Schrift nicht lesen konnte. Morgen früh wollen wir uns einmal genauer unterrichten."

Aber am andern Morgen war die Brigg in See gegangen. Wir erkundigten uns und erfuhren, daß sie ein tunesisches Schiff sei. Die fremde Schrift hatte arabisch „El Hawa" gelautet, was ganz dasselbe wie das französische „Le vent", nämlich „der Wind", bedeutet.

II.

Goldene See! Kein anderer Teil des Weltmeeres verdient diese Bezeichnung in dem Grade wie das mittelländische – wenn es nicht, vom Sturme aufgewühlt, seine Wogenkämme auf die nahen Küsten schleudert. Steht die Königin des Tages hoch am

Himmel, so liegt die Flut wie reines Himmelblau vor, hinter und neben dem Kiel und ist doch so durchsichtig, daß man bei einem vorübersegelnden Schiff die neue Kupferung emporleuchten sieht. Wenn dann die Sonne sich senkt, so nehmen die Wasser immer hellere, goldenere Töne an, bis bei Sonnenuntergang mächtige mit purpurnen Lichtern vermischte Strahlenbündel, so weit das trunkene Auge reicht, über die leicht gekräuselten Wellen schießen. Dazu ist die Luft so rein, so mild und erfrischend, daß die Lunge tiefer atmet und die Brust des Menschen in einem seltenen Wohlgefühl schwillt.

Das hatte ich früher beobachtet und beobachtete es auch jetzt wieder. Ich saß unter dem Deckzelt und verzichtete stundenlang auf die andernorts unvermeidliche Zigarre, nur um die herrliche Seeluft rein und unvermischt zu atmen.

Nicht so guter Laune war der Kapitän. Er kümmerte sich nicht um das Wohlgefühl einer Landratte, wie ich war, sondern er ging mit zusammengezogenen Brauen auf und ab, betrachtete bald die See und bald den Himmel und murmelte halblaute Worte vor sich hin. Der Mann am Steuer machte ein ebenso griesgrämliches Gesicht, und die Deckhands lagen hier und dort gähnend auf den Planken, schoben ihre Priemchen aus einer Backe in die andere und warfen einander gelangweilte oder gar bedenkliche Blicke zu.

„Was gibt es denn? Was ist los, Kapt'n?" fragte ich Turnerstick. „Ihr kaut an einer Sache, welche Euch nicht schmeckt."

„Was los ist?" antwortete er, indem er zu mir unter das Zelt trat. „Nichts ist los, leider, leider; aber es kann leicht etwas losgehen."

„Was denn? Etwa ein Sturm? Es scheint ja alles ganz vortrefflich und gut zu sein."

„Es scheint, ja, das ist richtig; aber es scheint auch nur. Ein ewig lächelndes Gesicht ist ein falsches, ein heimtückisches Gesicht. So ist's auch mit dieser alten See. Wenn die Matrone nur immer lacht, so kann man darauf schwören, daß sie ganz plötzlich tüchtig zu keifen beginnt. Als wir Frankreich hinter uns ließen, hatten wir Nordwest; gut, das ist ein schöner Wind, um von Marseille aus in See zu gehen. Aber Nordwest und stets Nordwest, das ist hier, wo die Winde so häufig wechseln, bedenklich."

„Aber es ist ja grad der Wind, den wir für unsern Kurs brauchen!"

„Sehr richtig! Wir machen eine ausgezeichnete Fahrt und

könnten fast mit einem Steamer um die Wette gehen; jedoch mir wäre es weit lieber, wenn dieser Wind ein wenig schralen wollte. Das ist's, was mir und meinen Jungens die Laune verdirbt. Dazu kommt die Geschichte mit dem verteufelten Muselmanne. Ich werde den Gedanken nicht los, daß ich sein Mörder bin."

„Auch ich mache mir Vorwürfe. Wie schon gesagt, wir hätten ihn nicht rammen, sondern ans Land treiben sollen."

„Besser wäre das gewesen, viel besser. Nun haben wir zwar seinen geretteten Burnus an Bord, ihn aber fressen wahrscheinlich die Fische. Ich gäbe einen Finger, oder auch zwei, meiner Hand darum, wenn diese Geschichte nicht geschehen wäre. Sogar des Nachts im Traum erscheint mir dieser Mensch, nur um mich um mein gutes Gewissen zu bringen. Vielleicht wird es am Lande anders; an Bord ist's so einsam."

„Wann denkt Ihr, daß wir Tunis erreichen?"

„Morgen abend, wenn der Wind so stehen bleibt. Wollen hoffen, daß er uns nicht betrügt."

Er verließ das Zelt, schritt wieder einige Male hin und her und blieb dann stehen, um den Horizont zum tausendsten Mal zu mustern. Dabei gab er seinem Kopf plötzlich einen Ruck in die Höhe, hielt die Hand über die Augen, sah scharf nach Westen und sagte dann zu mir:

„Da haben wir es! Ich werde wohl recht bekommen. Da hinten braut sich etwas zusammen, was uns keinen Spaß machen wird."

Ich trat ins Freie und blickte in die angegebene Richtung. Dort gab es an dem sonst völlig ungetrübten Himmel ein kleines, lichtes Wölkchen von der scheinbaren Größe einer Wallnuß. So wenig Seemann ich war, ich hatte doch erfahren, daß ein so winziges Gebilde imstande ist, in kürzester Zeit den ganzen Himmel in Finsternis zu hüllen.

„Ja, ja; das ist's", nickte Turnerstick. „In einer Stunde geht es los, wenn nicht noch früher. Wir wollen unsere Vorbereitungen treffen, und ich hoffe, daß mein ‚Courser' die Probe leicht bestehen wird."

Das Zelt wurde unter Deck gebracht und alles Bewegliche festgemacht. Noch ließ er das Schiff unter voller Leinwand gehen; aber als nach einer Viertelstunde das ursprüngliche Wölkchen sich wie eine schwarze Wand über den ganzen westlichen Horizont ausgebreitet hatte, gab er den Befehl zu reffen. Das Unwetter kam doch nicht so schnell, als er vermutet hatte. Es dauerte noch eine Stunde, ehe die Wolkenwand den dritten Teil des Himmels einnahm. Jetzt wurden die großen Segel beschlagen und der Brigg nur diejenige Leinwand gelassen, welche sie brauchte, um dem Steuer gehorchen zu können.

Es war gegen Abend, eine bedenkliche Zeit. Auf einem so eng begrenzten Meer ist ein Sturm des Nachts weit gefährlicher als am Tag. Das wußte selbst ich. Doch hatte ich keine Sorge, denn die Bark war ein Prachtschiff und Turnerstick ein Seemann, dem man sich recht wohl anvertrauen konnte.

Jetzt verdunkelte sich der Himmel schneller, und nun kamen Mutter Kareys Küchlein gehüpft. So nennt der Seemann diejenigen kurzen Wellen, welche einer vom Sturme aufgeregten See vorangehen. Diesen Küchlein folgten hohe Wellen; der Wind nahm an Stärke zu, und aus den Wellen wurden Wogen – der Sturm war da.

Er fegte über das Deck, daß man sich sehr fest anhalten mußte, um nicht fortgerissen zu werden. Die Bark flog unter ihrer kleinen Leinwand vor ihm her, bald hoch oben, bald unten in der Tiefe des Wellentales. Es war so dunkel geworden, daß man kaum fünf oder sechs Schritte weit zu sehen vermochte.

„Charley, geht in die Kajüte!" riet mir der Kapitän während einer Pause, in welcher der Sturm Atem holte.

„Ich bleibe oben", antwortete ich.

„Ihr werdet weggespült!"

„Ich binde mich am Mast fest."

„Unsinn! Ich befehle es Euch, und Ihr habt zu gehorchen. Marsch fort, hinab!"

Da nahmen mich zwei Matrosen, einer rechts und der andere links. Jede ihrer Hände hatte einen Durchmesser wie meine beiden in summa. Sie führten mich zur Treppe, stopften mich hinab und warfen die Luke über mir zu. Gegenwehr wäre da vergeblich, ja lächerlich gewesen. Nun saß ich, da alle Mann an Deck beordert waren, ganz allein da unten und hörte die Wut der Elemente sich an den dünnen Wänden brechen. Das war ein Fauchen und Zischen, ein Sausen und Brausen, ein Heulen und Toben, von dem nur derjenige eine Ahnung hat, der zur See gewesen ist. Das Schiff krachte in allen Fugen. Der Donner schlug, prasselte und rollte unaufhörlich, und die Blitze schienen ein wahres Haschen um das Schiff zu halten.

Die Minuten wurden mir zu Wochen und die Viertelstunden zu Jahren. Ich glaubte, diese Einsamkeit in dem engen Raume nicht ertragen zu können, und mußte doch aushalten. Nach drei oder vier Stunden schien das Tosen ein wenig nachzulassen, und da kam Turnerstick herab. Er war fadennaß und sah aus, als ob er direkt aus der Tiefe des Meeres komme, doch sein Gesicht strahlte förmlich vor Vergnügen.

„Alles vortrefflich", lachte er mir zu. „Mein ‚Courser' macht seinem Namen Ehre und geht wie ein richtiges Rennpferd durch die Wogen.

„So ist nichts zu befürchten?"

„Gar nichts. Wir haben einige Sturzseen bekommen; das ist alles. Es ist nur ein kleines Stürmchen gewesen. Freilich mußte ich vorsichtig sein, da die Abtrift nicht zu vermeiden war. Wir befinden uns zwischen Kap Teulada und Cap de Fer und können leicht auf die Untiefen von Galita getrieben werden. Der Wind hat sich gedreht; er bläst aus Südsüdwest, und so werde ich beilegen, um möglichst Kurs zu halten. Der Sturm hat keine Dauer; es war nur eine längere Donnerbö, welche wenig Wasser brachte. In zwei Stunden bin ich wieder da, um einen Grog zu trinken, den Ihr mir und Euch brauen könnt."

Er ging wieder nach oben. Ein kleines Stürmchen? Der Mann drückte sich ja recht bescheiden aus. Aber er behielt recht. Als die angegebene Zeit vorüber war, hörte das wilde Toben der Elemente auf; der Donner schwieg, und der Wind blies steif und ohne Intervalle aus einem Punkt. Turnerstick kehrte zurück, um seinen Grog zu trinken, und gab mir die Erlaubnis, wieder nach oben zu gehen.

Da sah es freilich ganz anders aus als während der vergangenen Nächte. Noch war der Himmel wolkenschwarz; ebenso schwarz stiegen die Wogen am Schiff empor, um phosphoreszierenden Gischt aufs Deck zu spritzen. Ja, der Sturm, die Bö war vorüber, aber die See tobte noch fort. Die Hälfte der Mannschaft durfte hinab; die andern blieben oben; alle aber bekamen als Belohnung für die Anstrengung eine Doppelration Rum. Der pflichtgetreue Turnerstick blieb auch oben; ich konnte nichts nützen und ging also nach einiger Zeit wieder hinab, um mich niederzulegen.

Als ich geweckt wurde, glaubte ich, kaum eine Stunde geschlafen zu haben; aber der Tag war da, und als ich an Deck kam, sah ich über mir den frischen unbewölkten Morgenhimmel und rund umher eine fast ganz beruhigte See.

„Es ist glücklich überwunden, und wir befinden uns wieder in voller, richtiger Fahrt", meinte Turnerstick. „Ob aber alle Schiffe so glücklich wie wir gewesen sind, das bezweifle ich. Darum halte ich jetzt auf Galita und Fratelli zu, um zu sehen, ob sich vielleicht einer auf den dortigen Felsen festgefahren hat."

Wie glücklich dieser sein humaner Gedanke war, das sollte sich schon nach kaum zwei Stunden zeigen. Um diese Zeit nämlich meldete der Mann am Ausguck ein Wrack in Sicht. Wir richteten die Rohre auf dasselbe, und zugleich gab der Kapitän den Befehl, beizudrehen und das Lot auszuwerfen. Das Lot ergab neunzig Faden, so daß es gefährlich erschien, sich dem Wrack noch mehr zu nähern. Dieses ragte als dunkler, dreieckig erscheinender Körper aus dem Wasser. Von Masten war nichts zu sehen; auch waren wir zu weit entfernt, als daß wir selbst durch das Rohr einen Menschen hätten entdecken können. Turnerstick ließ dessenungeachtet das große Boot nieder; es wurde mit den nötigen Ruderern unter dem Befehl des Steuermannes bemannt, und ich erhielt die Erlaubnis mitzugehen.

Je näher wir dem Wrack kamen, desto deutlicher sahen wir es. Nun erkannten wir es als das Vorderteil eines Schiffes, dessen Mittel- und Hinterteil ganz unter Wasser lag. Die Masten waren mit der ganzen Takelung über Bord gegangen; auch der Klüverbaum war abgebrochen.

„Was für ein Fahrzeug mag das gewesen sein?" fragte ich den Steuermann.

„Das kann niemand sagen", antwortete er. „Man sieht ja nur den halben Bug und das Spriet. Werden es aber bald erfahren, denn, wie mir scheint, gibt es Menschen darauf."

Ja, es gab Menschen; ich konnte sie durch das Rohr zählen; es waren ihrer nur drei. Sie sahen uns kommen und winkten unausgesetzt mit den Händen. Der Bug des Fahrzeuges ragte so weit aus dem Wasser, daß der daran befindliche Name zu sehen war. Wie erstaunte ich, als ich einen doppelten Namen las, nämlich in großer Firmenschrift ‚Le vent' und in arabischer Schrift ‚El Hawa'. Das war also die tunesische Brigg, welche Marseille für uns zu früh verlassen hatte. Und bald vewandelte sich mein Erstaunen in Freude; mein Herz wurde leicht, denn in dem einen Mann, welcher, um zuerst gesehen zu werden, auf dem Bugspriet ritt, erkannte ich unsern totgeglaubten Muselmann und Pistolenattentäter. In diesem Augenblicke war ihm alles, alles vergeben, denn wir waren nun keine Mörder und konnten uns mit ruhigem Gewissen schlafen legen.

Glücklicherweise gab es keine starke Brandung; es gelang uns unschwer, das Boot an das Wrack zu bringen. Das Wasser stand bis zur Kistluke nach vorn; darum war es vollständig unmöglich, in das Schiffsinnere zu dringen, um von dort etwas zu bergen. Wir mußten uns auf die Erlösung der drei Männer beschränken.

Was in dem Innern des Muselmannes vorging, das konnte ich nicht sehen. Er tat, als ob er mich nicht kenne; ja, er tat, als ob ich gar nicht vorhanden sei. So, wie er jetzt im Boot vor mir saß, mit durchnäßter Hose und Jacke, glich er genau der Person, welche am Fallreep der Brigg emporgestiegen war. Er wechselte einige leise Worte mit den beiden andern, worauf mich diese verstohlen, aber forschend betrachteten. Der Steuermann legte ihnen unterwegs einige Fragen vor, erhielt aber eine murmelnde Antwort, welche selbst ich nicht verstehen konnte. Was mich betrifft, so beschloß ich, für jetzt zu schweigen, um zu sehen, wie der Mann sich benehmen werde.

Man kann sich die Freude Turnersticks denken, als er sah, wen wir brachten.

„Charley“, rief er mir entzückt zu, „nun ist alles gut. Der Kerl wird, da ich ihn am Tage sehe, mir nun nicht mehr des Nachts im Traum erscheinen. Ist's sein Prophet, dem wir den Schiffbruch zu verdanken haben, so will ich ihn loben. Allah il allah, allüberall Allah!“

Natürlich mußten die Geretteten ausgefragt werden. Turnerstick tat dies in seiner Art und Weise, erhielt aber nur die stete Antwort ‚non comprendre‘ und ‚no capire‘. Er war also gezwungen, die Erkundigung mir zu überlassen. Die zwei Matrosen gaben sich für Tunesier aus, sprachen aber so verkehrt arabisch, daß ich sie für Griechen und nebenbei für Schurken hielt, welche allen Grund hatten oder wenigstens von dem Moslem beredet worden waren, die Wahrheit zu verschweigen. Sie nannten mir den Namen des Reeders in Tunis, welchem das Schiff gehört hatte, und erzählten mir auch, wie dasselbe auf den Grund geraten war. Ihrem Bericht nach schien der Kapitän ein unfähiger Mensch gewesen zu sein; ich aber hatte große Lust, ganz andere Gedanken zu haben. Es handelte sich vielmehr wohl um einen freiwilligen Schiffbruch zur Erreichung der hohen Versicherungssumme; der plötzlich eingetretene Sturm aber hatte Ernst gemacht und außer den von uns geretteten dreien der ganzen Bemannung das Leben gekostet.

„Und wer ist dieser Mann, von welchem ihr bis jetzt noch gar nicht gesprochen habt?“ fragte ich die zwei, indem ich auf den Moslem deutete.

„Wir wissen es nicht“, war die Antwort.

„Ihr müßt es wissen, da er mit euch gefahren ist!“

„Nein. Wir kennen ihn nicht, denn er war Passagier und hat nur mit dem Kapitän gesprochen.“

„Aber ihr habt gehört, wie er von dem letzteren genannt wurde?"

„Er sagte stets nur Sahib – Freund, Herr – zu ihm."

Nun wendete ich mich an den Betreffenden direkt, indem ich ihn nach seinem Namen fragte. Sein Anzug bestand nur aus dem Hemd, der Hose und der Jacke; alles übrige hatte er während des Schiffbruchs im Sturm verloren; seine Füße waren nackt und sein geschorenes Haupt entbehrte der Bedeckung, ohne welche der Moslem sich vor keinem Menschen sehen läßt. Dennoch hatte er sich seitwärts von uns niedergesetzt und eine Haltung angenommen, als ob er der Gebieter unseres Schiffes sei. Ich mußte meine Frage wiederholen, ehe er antwortete:

„Ist es bei den Franken Sitte, den Gast sofort nach seinem Namen zu fragen? Wie sehr entbehren diese Christen doch der Höflichkeit!"

„Meine Frage war im höflichsten Ton ausgesprochen. Das Gesetz hat mich gezwungen, sie zu tun. Alles, was an Bord geschieht, muß in die Schiffsbücher eingetragen werden."

„Sofort?"

„Ja."

„Auch mein Name?"

„Gewiß."

„So schreibe Ibrahim."

„Wie noch?"

„Weiter nichts."

„Dein Stand und deine Heimat?"

„Ich lebe von dem, was ich besitze, und wohne in Tunis."

„Das wird genügen."

„So laß mich nun in Ruhe!"

„Er sagte das in strengem, abweisendstem Ton; ich fuhr ruhig fort:

„Deine Güte wird mir erlauben, noch eine Erkundigung einzuziehen. Du warst in Marseille?"

„Ja."

„Hast du da den Tiergarten besucht?"

„Nein."

„Bist du nicht zwischen Schloß If und dem Port de la Joliette mit dem Kahn verunglückt?"

„Ich weiß nichts davon."

„Erinnerst du dich auch nicht, mich dort gesehen zu haben?"

„Ich sah dich noch nie; ich kenne dich nicht und habe auch nicht Lust, mit einem Christen Bekanntschaft zu machen."

„Das hättest du früher sagen sollen; dann hätten wir dich auf dem Wrack zurückgelassen."

„Allah wird mir die Berührung mit den Ungläubigen verzeihen; er ist groß, und Mohammed ist sein Prophet. Habt ihr mich nach Tunis gebracht, so werde ich nach dem heiligem Keruan pilgern, um wieder rein zu werden."

Keruan oder Kairwan ist eine tunesische Stadt, welche kein Nichtmohammedaner betreten darf. Die dortige Okba-Moschee ist die heiligste in den Berberstaaten, und in ihr liegt El Waib, Mohammeds Busenfreund und Gefährte, begraben.

Schon wollte ich mich von dem Moslem abwenden, da fügte er hinzu:

„Du wirst mir die Kajüte überlassen, und mir Fleisch, Mehl, Datteln und Wasser geben, welches kein Ungläubiger berührt hat. Ich will abgeschieden wohnen, um euern Augen zu entgehen, denn die Blicke der Christen verunreinigen den Leib des Gerechten."

Sollte ich diesen Menschen auslachen oder ihm meine Hand abermals zu fühlen geben? Keins von beiden. Zum Lachen ärgerte ich mich zu sehr, und zum Schlagen war mir meine Hand denn doch zu wert. Darum antwortete ich ihm sehr freundlich:

„Willst du nicht in die See geworfen werden, so begnüge dich mit dem Platz, auf welchem du jetzt sitzt. Du hast ihn ja selbst gewählt. Das Essen und Trinken wirst du mit den Matrosen bekommen, welchen du dein Leben zu verdanken hast. Der Gerettete darf sich nicht besser und höher dünken, als derjenige, der ihn gerettet hat."

Da flammte sein Auge auf, und als ob ich ein Hund sei, schnauzte er mich an:

„Wer hat mich gerettet? Sage es! Als ich über den Wassern hing, habe ich gerufen: ‚Sa'id'ni ja nebi, ja Muhammed – Rette mich, o Prophet, o Mohammed!' Da sandte er euch, um euch zu begnadigen, mir die Hand zu reichen."

„Warum sandte er dir keine Muslime?"

„Weil keine in der Nähe waren."

„So ist unser Jesus, den du gelästert hast, mächtiger als er, denn er führte uns in deine Nähe. Wir sind fertig miteinander, und zwar, hoffe ich, für immer!"

„Noch nicht. Du gehst nach Tunis, und ich wohne dort. Wir treffen uns noch! Jetzt aber wirst du mir etwas geben, um die Blöße meines Hauptes und meiner Füße zu bedecken!"

Das war geradezu frech. In demselben Atem, in welchem er mich beleidigte und mir drohte, verlangte er Gefälligkeiten, und zwar in welchem Ton! Daher lautete mein Bescheid:

„Das kann ich nicht, da du behauptest, daß alles, was aus der Hand eines Christen kommt, dich beschmutze."

„Willst du, daß ich mit unbedecktem Schädel in Tunis aussteige?"

„Nein. Ich will barmherzig sein und deinen Glauben achten, welcher dir verbietet, den nackten Kopf sehen zu lassen. Du sollst eine Hülle haben; diese hier; sie ist ja dein Eigentum."

Ich hatte gesehen, daß Turnerstick nach dem weißen Burnus geschickt hatte; diesen gab ich dem Moslem hin. Er nahm ihn, ohne daß ein Zug seines Gesichtes sich veränderte, und sagte:

„Das ist das Gewand eines Gläubigen; ich darf es nehmen. Schuhe wird mir einer der beiden Matrosen leihen. Deine Seele und dein Leben aber sei wie der Rauch des Feuers, welcher entweicht, ohne zurückzukehren!"

Dem Kapitän erging es ebenso wie mir. Als ich ihm alles Gesprochene übersetzte, wußte er nicht, ob er diesen Menschen über Bord werfen lassen oder einfach auslachen solle. Er war mit dem, was ich bestimmt hatte, vollständig einverstanden. Der unverschämte Patron mußte auf die Kajüte verzichten; aber er begehrte auch kein Essen und kein Wasser. Er hatte den Burnus zerrissen und die Hälfte desselben sich um den Kopf gewickelt. An die Füße steckte er die geborgten, niedergetretenen Schuhe, welche kaum mehr Pantoffel genannt werden konnten. So saß er steif und unbeweglich auf seinem Platz und starrte in das Weite, scheinbar unbekümmert um alles, was um ihn vorging.

Von dem Augenblick an, in welchem die Geretteten an Bord kamen, waren wir wieder mit vollen Segeln gegangen. Kurz nach Mittag dublierten wir das Vorgebirge Sihdi Ali, und wenig vor Abend hatten wir das Kap Karthago hinter und den Hafen von Goletta, dem Vorort von Tunis, vor uns. Bald darauf ließen wir im Handelshafen, welcher sich an der Südseite des Kriegshafens befindet, die Anker fallen. Nun bewegte sich der Moslem zum erstenmal. Er trat zu Turnerstick und mir und befahl, indem er auf seine beiden Matrosen zeigte:

„Ihr werdet sofort mit diesen Leuten zu eurem Konsul gehen und bestätigen, daß die Brigg untergegangen ist! Der Konsul wird seine Unterschrift geben."

Da legte ich ihm die Hand auf die Schulter und antwortete:

„Und was wirst du inzwischen tun?"

„Ich gehe ans Land."

„Meinst du, daß wir es dir erlauben?"

„Erlauben? Ihr habt mir nichts zu erlauben und nichts zu verbieten. Ihr seid hier fremd, und ich bin Herr."

„Umgekehrt! Du befindest dich auf diesem Schiff; da bist du fremd und wir sind die Herren. Wir haben das vollste Recht, dich als einen Mörder hier zurückzuhalten, bis unsere Konsuln ihre Verfügung treffen. Oder bist du noch immer so feig, zu leugnen, daß du auf mich geschossen hast?"

Es war ein unbeschreiblich stolzes und hochmütiges Lächeln, welches über sein Gesicht glitt, als er antwortete:

„Ich feig? Ihr Würmer! Ja, ich habe auf dich geschossen und werde es wieder tun, sobald du es wagst, mir zu begegnen. Nun behalte mich zurück! Ich sage dir, ich brauche nur meine Stimme zu erheben, so sind hundert Männer da, um mich mit Ehren von hier abzuholen. Noch weißt du nicht, wer ich bin, und wehe dir, wenn du mich kennenlernst!"

„Pah! Ich kenne dich. Daß du mir nicht deinen wahren Namen und Stand genannt hast, das habe ich sofort gewußt. Sei wer du willst, wir fürchten dich nicht. Wenn wir dich festhalten wollten, so würden deine Hundert uns nicht hindern können. Wir haben noch ganz andere Männer, als du bist, vor uns gehabt und ihnen Achtung eingeflößt. Aber wir sind Christen, und unser Glaube gebietet uns, selbst unsern Feinden wohlzutun. Darum wollen wir dir den Mordanschlag verzeihen und dich in Frieden ziehen lassen. Du kannst gehen!"

„Ja, ihr seid Christen", lachte er höhnisch, „Christen, welche erst dann für einen Menschen beten, wenn er von dem Panther zerrissen worden ist. Eure Lehre ist lächerlich und euer Glaube eitel. Eure Priester verkünden die Unwahrheit, und ihr glaubt, was sie euch sagen. Ich verachte euch und werde euch zertreten, wenn ihr es wagt, mir wieder vor die Augen zu treten!"

Den rechten Arm wie zum Schwur erhebend, ging er mit dieser Drohung von Bord.

III.

Die Zeiten verändern sich und die Menschen und Völker mit ihnen. Die Wahrheit dieses Wortes erkennt man sofort, wenn man den Fuß auf die Erde Nordafrikas setzt. Noch ist's nicht lange her, so zitterten die schiffahrenden Völker Europas vor den Raubfeluken der Barbareskenstaaten. Die Angehörigen zivilisierter Nationen wurden ohne Erbarmen ausgeraubt und getötet oder in lebenslängliche Sklaverei geschleppt. Da gab es keine Hilfe, als nur diejenige des Loskaufes um sehr hohe Summen, um teures Geld. Da trotzte der Halbmond dem Kreuz, und der Bei oder Dei eines kleinen Räuberländchens spottete der mächtigen Fürsten und Könige, welche Armeen aus der Erde stampften, um – sich untereinander zu bekämpfen.

Wie ganz anders heute, nach verhältnismäßig so kurzer Zeit! Marokko krankt an innerer Verzehrung. Von Tripolis wird nicht einmal gesprochen. Algerien wurde „ausgeräuchert“, und nun hat Frankreich seine Hand auch auf Tunesien gelegt. Dort schreitet die französische Zivilisation mit Riesenschritten vorwärts. Hat man doch sogar Eisenschienen gelegt, so daß der schrille Pfiff der Lokomotive den Muezzin unterbricht, wenn er vom hohen Minarett herab die Gläubigen zum Gebet ruft.

Und doch ist Tunis immer noch orientalischer als Algier und selbst Kairo. Das bemerkt man erst, wenn man in das Innere der Stadt gelangt. Vor der Stadt, am Hafen, wird der Reisende zunächst von den Zollbeamten empfangen, welche nicht allzu streng sind, sondern beim Anblick eines oder einiger Frankenstücke sich eines menschlichen Rührens nicht zu erwehren vermögen. Der Europäer mag sich dann vor den Lastträgern, welche gern mitsamt dem Gepäck echappieren, in acht nehmen und sich so schnell als möglich nach dem Hotel d'Orient oder Hotel de France bringen lassen, wo er zwar selten gutes Essen und reine Wäsche, aber zu jeder Zeit gutwillige Aufklärung findet, wenn er weiß, was das Wort – Bakschisch, Trinkgeld, im Orient zu bedeuten hat.

Von der Stadt selbst läßt sich wenig sagen. Sie gleicht den andern orientalischen Städten, ohne irgendwelchen Vorzug vor ihnen zu haben. Der Moslem freilich hat eine so gute Meinung von ihr, daß er sie die Stadt der Glückseligkeit nennt. Dem pflichtet der Europäer bei, wenn er von dem Ölbaumhügel, Belvedere genannt, im Lichte der sinkenden Sonne die schlanken Minaretts und platten Dächer, auf deren Weiß goldige Tinten flimmern, liegen sieht. Doch wird er, wenn er das Innere der Stadt betritt, auch diese Meinung sicher ändern. Die Gassen sind krumm und eng; überall liegt Schutt, Geröll und übelriechender Schmutz. Oft treten die Häuserreihen so nahe aneinander, daß man mit einem kurzen Schritt von einem Dach der diesseitigen Straßenseite auf ein Dach der jenseitigen gelangen kann. Baufällige Gebäude werden nicht repariert; man läßt sie zerfallen und baut, da es nicht an Platz gebricht, ein neues Haus nebenan. So stehen Ruinen, wohlgepflegte Gebäude, improvisierte Zelte, ja Grabkapellen nebeneinander, die Geschichte und Entwicklung der Stadt von der ältesten bis auf die neueste Zeit vertretend. Kaiser Karl V. ließ nach dem Sieg von Keleah eine Zwingburg bauen, zu welcher die Bewohner die Quadern des karthagischen Aquäduktes abbrechen und herbeischaffen, auch aus den Marmorsäulen Karthagos Kalk brennen mußten. Diese Burg liegt heute auch in Trümmern. Das einzige erwähnenswerte Haus ist der Palast des Beis am Kasbahplatz, welcher aber nur sehr selten benutzt wird.

Früher waren die Bewohner äußerst streng nach der Rasse und dem Glauben voneinander gesondert. Dies ist jetzt nicht mehr der Fall, dennoch nehmen den untern Stadtteil und die Vorstädte vorzugsweise die Christen und Juden ein; der obere Teil wird von den sogenannten Kulugli, den Nachkommen der Türken, bewohnt, und in dem Mittelteil hausen die Mauren, welche meist Nachkommen der aus Spanien vertriebenen Moriskos sind. Zu erwähnen wäre noch, daß des Abends bei Dunkelheit jedermann verpflichtet ist, eine Laterne zu tragen.

Der Bei wohnt in seinem Schloß Bardo, welches in westlicher Richtung eine Stunde von der Stadt entfernt liegt. Um dorthin zu gelangen, passiert man einen Bogen des imposanten Aquäduktes, welcher einst Karthago mit Wasser versorgte. Dieser Bardo ist eine Zusammenstellung von verschiedenen Gebäuden, in denen nicht nur der Bei residiert, sondern auch viele hohe Würdenträger, Beamte und Bedienstete wohnen.

Was die Ruinenfelder von Karthago betrifft, so führt der Weg über das Schlachtfeld von Zama, auf welchem Scipio Africanus Hannibal besiegte. Die meisten Ruinen stammen aus späterer Zeit; als die wirklichen Überreste des alten Karthago hat man wohl nur jenes Wasserwerk, welches aus achtzehn großartigen Zisternen besteht, zu betrachten.

Mit diesen Sehenswürdigkeiten ist der Fremde sehr bald fertig. Ich hielt es mit der Gegenwart; das Leben und Treiben der jetzigen Bevölkerung interessierte mich mehr als das hier übrigens verbotene Suchen und Graben nach Altertümern. Darum trennte ich mich von Turnerstick, welcher geschäftlich sehr in Anspruch genommen war, und mietete mir eine Wohnung in der Mittelstadt. Das Haus gehörte einem Barbier und bestand aus einer großartigen Reihe von zwei feinen Salons, welche durch einen die ganze Breite und Höhe des Gebäudes einnehmenden Vorhang voneinander getrennt waren. Dieser ganze Palast war acht Schritte lang und sechs Schritte breit; das Dach bestand nur aus Stroh, die Mauer aber aus Lehm und Stroh. Um die Tür zu ersparen, hatte man auf der einen Seite die Mauer lieber gleich ganz weggelassen. Der Vorhang war sehr pfiffig aus Papierstükken aller Sorten, Größen und Farben zusammengeklebt. Den Boden bildete die freundliche Mutter Erde. Da saß ich dann auf meinem Diwan, d. h. auf meinem Reisesack, welche das ganze Meublement bildete, in der Ecke und blickte durch eines der vielen Vorhanglöcher hinüber in den andern Salon, in welchem der alte Barbier sein Wesen trieb, nicht allein etwa, sondern mit seinem Harem, einer vielleicht siebzigjährigen Medusa, deren einzige Beschäftigung im Braten von Zwiebeln zu bestehen schien. Sein Salon wurde niemals leer. Er hatte eine sehr bedeutende Kundschaft, doch habe ich keinen von ihnen allen bezahlen sehen. Es war ein wahres Gaudium, ihn bei der Ausführung seiner Kunst zu beobachten. Besonders ergriff und rührte mich die Treue, mit welcher er den von den Gesichtern und Schädeln gekratzten Seifenschaum sammelte, um mit ihm liebevoll wieder andere Schädel und Gesichter zu labsalben.

Dieses mein Logis kostete pro Monat vier Franken, pro Woche also achtzig Pfennige, die ich pränumerando zu bezahlen hatte. Als ich dem Alten zwei Franken gab und dabei erklärte, daß ich nur eine Woche bleiben könne, hielt er mich für einen Prinzen aus Tausendundeiner Nacht und erbot sich, mich umsonst zu rasieren, worauf ich aber weislich verzichtete.

Natürlich hatte ich mich hier nur eingemietet, um täglich für eine oder zwei Stunden das Treiben einer tunesischen Barbierstube beobachten zu können; die übrige Zeit verbrachte ich mit Spaziergängen in der Umgegend oder durch die Stadt, und des Nachts schlief ich draußen auf dem Schiff.

Eine Begegnung mit dem feindseligen Moslem fand während der ersten fünf Tage nicht statt. Wenn er je nach mir fahndete, so suchte er mich jedenfalls im Frankenviertel und nicht da, wo ich mich befand und bewegte. Am sechsten Tag aber sollte ich mit ihm auf eine höchst unerwartete Weise zusammentreffen. Nämlich als ich am vorherigen Abend an Bord kam, teilte Turnerstick mir voller Freude mit:

„Charley, ich habe heute Glück gehabt, ein großes Glück. Ich werde einen Harem zu sehen bekommen.“

„Pah! Den sehe ich alle Tage."

„Wo denn?"

„Bei meinem Barbier."

„Redet keinen Unsinn! Um diese Urgroßtante eines Seifenschlägers beneide ich Euch nicht. Übrigens da wir von Seife sprechen, ich habe die meinige verkauft; auch die andern Waren finden Absatz, und was man hier nicht nimmt, das werde ich nach Sfaks bringen, wo ich einen guten Markt finde. Ich will, um mich vorher genau zu erkundigen, einmal hin. Geht Ihr mit?"

„Natürlich! Können wir nicht die Linie der Societa Rubattino benutzen?"

„Ja. Übermorgen abend geht ein Dampfer von hier ab. Macht Euch bis dahin fertig!"

„Ich bin zu jeder Stunde bereit. Aber Ihr wolltet von einem Harem sprechen?"

„Nicht nur von einem Harem, sondern von einem Haus überhaupt. Ich war begierig, einmal das Innere eines tunesischen Hauses zu sehen. Die Handelsherren, mit denen ich verkehre, sind alle auf fränkische Weise eingerichtet. Nun hat einer dieser Herren einen maurischen Buchhalter, welcher bei seinem Schwager, dem Mann seiner verheirateten Schwester, wohnt. Dieser Schwager besitzt ein schönes, orientalisch eingerichtetes Haus, welches mir der Buchhalter morgen vormittags zeigen will."

„Wie heißt der Schwager?"

„Abd el Fadl."

„Das heißt zu deutsch Diener der Güte, ein schöner Name, der etwas Gutes erwarten läßt. Ist er mit dem Besuch seines Hauses einverstanden?"

„Doch jedenfalls."

„Und was ist der Mann?"

„Ich weiß es nicht. Ihr kennt es ja selbst, daß man sich hier nach den Verhältnissen eines Verwandten nicht erkundigen kann, ohne Anstoß zu erregen. Der Buchhalter holt uns hier vom Schiff ab."

„Nun, und der Harem?"

„Den soll ich auch sehen, nämlich nur die Zimmer, da es der Dame verboten ist, sich zu zeigen."

„Was habt Ihr davon, eine Wohnung ohne die Inhaberin zu sehen?"

„Was habt denn Ihr davon, die Kunden des Barbiers anzugukken? Meine Kenntnisse will ich bereichern, gerade so, wie Ihr die Eurigen. Also, geht Ihr mit?"

„Ja, aber nur um Euretwillen."

„Wieso?"

„Es könnte eine Falle sein, und da muß ich helfen, Euch herauszubeißen."

„Pah! Dieser junge Buchhalter ist ein ehrlicher Mensch. Von einer Falle kann gar keine Rede sein, und übrigens ist der Kapitän Frick Turnerstick nicht der Mann, sich fangen zu lassen."

Damit war die Sache abgemacht. Ich hatte orientalische Häuser genug gesehen, und es bewog mich nur die Sorge um die Sicherheit des Freundes, denselben zu begleiten.

Am andern Morgen kam der Buchhalter an Bord, ein junger Maure, dessen Erscheinung allerdings ganz vertrauenerweckend war. Er zeigte sich sehr höflich und bescheiden und erklärte, daß sein Schwager von dieser Besichtigung des Hauses allerdings nichts wisse, da er verreist sei, aber bei seiner Anwesenheit jedenfalls seine Zustimmung gern gegeben hätte. Diese Versicherung wurde mit solcher Überzeugung ausgesprochen, daß sie mich beruhigte. Wir gingen, doch steckte ich vorher einen Revolver zu mir.

Unser Weg führte uns in eine Gasse, welche auf den Kasbahplatz mündete. Dort stand das Haus, dessen Straßenseite eine hohe Mauer bildete, deren einzige Öffnung die Tür war. Der Buchhalter bewegte den Klopfer, und gleich darauf wurden wir von einem Neger eingelassen. Ich sah, was ich erwartet hatte, das Innere eines Hauses, wie man es bei allen besseren orientalischen Häusern gerade so oder ähnlich findet.

Diese Gebäude bestehen fast alle aus einem offenen, rundum von Stuben und anderen Räumen eingefaßten Hof, in dessen Mitte ein Brunnen steht. Der Unterschied besteht in der größeren oder geringeren Kostbarkeit der Einrichtung, in dem mehr oder weniger sichtbaren Verfall der Gebäude, der Typus aber bleibt ein und derselbe.

So auch hier. Die Türen des Gebäudevierecks öffneten sich alle nach dem offenen Hof, dessen Brunnen Wasser gab, was höchst selten ist, da die Fontänen meist aus irgendeinem Grund nicht mehr tätig sind. Die Möblierung der Stuben bestand aus Teppich und Sitzkissen; mehr verlangt der Orientale nicht. Da man rundum aus einem Zimmer in das andere gelangen konnte, so war es sehr leicht möglich, uns auch in die Wohnung der Frau den Zutritt zu ermöglichen; diese brauchte sich nur durch die nächste Tür zu entfernen, um uns während des ganzen Rundganges vollständig unsichtbar zu sein. Eine Treppe hoch gab es nur einige kleine Gelasse, welche von der Dienerschaft bewohnt wurden.

Wir gingen also aus einer Stube in die andere und betraten endlich auch den Harem. Auch hier gab es außer dem Teppich, dem Diwan und einigen Ruhekissen nichts, was von Bedeutung gewesen wäre. Eine Stube war wie die andere; nur in den Farben zeigte sich die einzige Verschiedenheit. Aus der letzten Haremstube gelangten wir wieder in das Gemach, welches wir zuerst betreten hatten; wir waren rundum gekommen. Turnerstick wollte vollständig sein; er bat, auch nach oben gehen zu dürfen, und unser Führer willigte ein. Mir lag gar nichts daran, einige von Schwarzen bewohnte Kammern zu sehen; darum zögerte ich einen Augenblick, den beiden zu folgen. Da hörte ich hinter mir das Öffnen einer Tür, und eine Kinderstimme sagte:

„Nusrani, Nusrani!"

Das heißt: ein Christ, ein Christ. Ich drehte mich um und sah unter dem jetzt offenen Eingang einen kleinen allerliebsten, ungefähr sechsjährigen Knaben stehen. Seine dunklen Augen blitzten mich förmlich an; seine Wangen waren gerötet, und um seine Lippen spielte ein unsagbar liebliches, schalkhaftes Lächeln. Welch ein Unterschied gegen die indolenten, trägen Kinder, welche man gewöhnlich im Orient sieht!

„Karrib, ta'a lahaun – komm näher, komm hierher!" flüsterte er mir mit ausdrucksvollem Mienenspiel zu, als ob er mir die größte Wichtigkeit der Welt zu zeigen oder zu sagen habe. Dabei krümmte er den kleinen Zeigefinger und winkte mit den kleinen Patschhändchen immer auf sich zu.

„Komm du zu mir!" forderte ich ihn auf, da er sich noch im letzten Zimmer des Harems befand.

„Darf ich denn?" fragte er, eifrig mit dem Kopf nickend.

„Natürlich darfst du."

Da kam er herbeigehüpft, schlang beide Ärmchen um meine Knie und rief wieder:

„Nusrani, Nusrani – ein Christ, ein Christ!"

Ich liebkoste ihn und erkundigte mich:

„Weißt du denn, daß ich ein Christ bin?"

„Ja."

„Von wem?"

„Von Kalada."

„Wer ist das?"
„Mutter; sie hat euch gesehen."
„Hat sie dich zu mir geschickt?"
„Nein; ich bin selbst gegangen, und sie ist fort. Komm, setz dich neben mich; ich will dir viel erzählen!"

Er zog mich nach dem Wanddiwan. Warum sollte ich dem allerliebsten Kerlchen nicht den Gefallen tun? Ich befand mich ja nicht mehr im Harem und konnte hier ebensogut wie draußen auf dem Hof die Rückkehr Turnersticks und seines Begleiters erwarten. Ich setzte mich also nieder. Der Kleine nahm auf meinem Schoß Platz und begann, sich mit sehr löblicher Beherztheit mit meinem Bart zu beschäftigen.

„Wie heißt du?" fragte er.
„Nusrani", antwortete ich. „Und du?"
„Asmar."

Dieser Name bedeutet der Brünette und paßte sehr gut auf den Knaben. Der orientalische Schnitt seines Gesichtes und der leicht angedunkelte Teint brachten mir die Worte der heiligen Schrift, mit denen sie den späteren König David beschreibt, in Erinnerung: „ein Knabe, bräunlich und schön".

„Du mußt mich so nennen!" fügte er hinzu. „Sage es!"

Ich nannte ihn beim Namen und hob sein Gesicht zu mir empor, worauf er seine Lippen mit meinem Schnurrbart in jene streichende Berührung brachte, welche man beim Schärfen eines Rasiermessers beobachten kann, was jedenfalls einen Kuß bedeuten sollte. Leider wurde ich um den vollen Genuß desselben gebracht, denn ich hörte den Schrei einer Frauenstimme, und als ich aufblickte, stand dort an der Tür, welche nach dem nächsten, aber nicht nach dem Haremszimmer führte, ein junges, schönes Weib, die Augen halb erschrocken und halb in froher Überraschung auf uns gerichtet. Ihr Gesicht war unverhüllt; der Schleier hing über dem Hinterkopf herab. Die Haltung, welche sie jetzt zeigte, war diejenige einer Person, welche nicht weiß, ob sie fliehen oder sich nähern soll. Sie tat keins von beiden. Sie zog den dichten Schleier nach vorn, so daß ihre Züge nicht mehr zu erkennen waren, hob den Zeigefinger winkend empor und sagte:

„Asmar, bete!"

Der Knabe machte sich von mir los, stand auf, faltete die Hände und betete:

„Ia abana ‚Iledsi fi' s-semevati jata haddeso 'smoka . . ."

Welch eine Überraschung! Das war ja das Vaterunser! War

diese Frau eine Christin? Ich erhob mich auch vom Diwan. Sie mochte mir die Frage vom Gesicht ablesen, denn als der Kleine geendet hatte, sagte sie, als ob ich sie gefragt hätte:

„Ich bin keine Nusrana. Ich möchte es gern werden; aber ich darf nicht."

„Wer verbietet es dir?"

„Mein Gebieter."

„Ist er ein Moslem?"

„Der strengste, den es geben kann."

„Wo hast du dieses Gebet, welches du deinem Kind lehrtest, gelernt?"

„Oben auf dem Dach. Es stößt mit demjenigen des Nachbarhauses zusammen, und dort wohnte eine Frankin, welche Nusrana war. Mit ihr habe ich täglich gesprochen, und sie erzählte mir alles, was sie aus der Heiligen Schrift wußte."

„Und du hast es geglaubt?"

„Warum sollte ich nicht?"

„So ist es recht. Die einzige und ewige Wahrheit liegt im Wort Gottes, nicht aber im Koran und in den Schriften eurer Ausleger."

„Ich weiß es, Herr, ich weiß es. Ihr Christen seid so ganz, ganz anders, als . . ."

Sie hielt inne, als ob sie etwas Unrechtes, Verbotenes habe sagen wollen, und fuhr dann fort:

„Nach längerer Zeit wollte ich meinem Gebieter diese heiligen Erzählungen kennen lehren; seitdem durfte ich nicht wieder zu meiner Freundin auf das Dach, und der Gemahl derselben mußte Tunis verlassen."

„Wer zwang ihn dazu?"

„Mein Herr."

„Hatte er die Macht dazu?"

„Ja. Was mein Gebieter will, dem stimmt der Herrscher von Tunis bei."

Nach diesen Worten mußte Abd el Fadl, ihr Mann, ein Minister oder sonstiger hoher Ratgeber des Bei sein. Ich hätte es gar zu gern gewußt, doch scheute ich mich, sie zu fragen. Welch ein Unterschied! Sie nannte ihren Mann Herr und Gebieter, während sie denjenigen ihrer christlichen Freundin als Gemahl bezeichnete. Das charakterisiert die Stellung des christlichen und mohammedanischen Weibes auf das vortrefflichste. Wie aber kam es, daß diese Frau trotz der strengen Haremsregeln es wagte, bei mir zu verweilen und mit mir zu sprechen? Es war, als ob sie meine Gedanken zu erraten verstehe, denn sie traf wieder das Richtige, als sie nun bat:

„Verzeih, Herr, daß ich nicht geflohen bin! Als ich den Knaben an deinem Herzen sah, konnte ich nicht fort. Und ich blieb auch aus einem andern Grund. Ich habe eine christliche Frau gehört und ihr geglaubt; ein Weib aber ist keine Gelehrte oder Lehrerin; ein Mann weiß besser, was falsch oder richtig ist. Du bist ein Christ und ein Mann. Sage mir um des Himmels willen, wer recht hat, Christus oder Mohammed!"

„Christus, denn er ist wahrer Gott, von Ewigkeit geboren; Mohammed aber war ein sündiger Mensch. Mohammed hat Haschisch gegessen und seine Suren erträumt; Christus aber ist am Kreuz gestorben, um die Sünden aller Welt auf sich zu nehmen. Wer an ihn glaubt, wird selig."

Da schlug sie die Hände zusammen und rief nach einem tiefen Atemzug und mit einer Stimme, der ich die Tränen anhörte:

„So bleibe ich Christo treu, und wenn mein Gebieter mich töten sollte. Er liebt mich sehr, und unser Knabe ist sein Leben; aber den Namen des Heilands darf ich nicht über meine Lippen bringen."

„Ist er so grausam?"

„Er ist die Peinigung anderer gewöhnt, denn er ist der Dschellad unsers Beis. Seine Seele gehört mir, aber die meinige soll auch nur ihm und nicht Christo gehören, weil . . . fort, fort! Herr, lebe wohl; ich danke dir!"

Sie hatte schnell den Knaben ergriffen und verschwand mit ihm im Harem, denn draußen waren Schritte zu hören.

Nun war mir alles klar. Dschellad ist so viel wie Henker, Gerichtsvollzieher, Vollstrecker der Befehle des Herrschers. Das Amt des Dschellad ist im Orient ein Ehrenamt, und der Träger desselben hat oft mehr Macht als der Wesir. Auch die geistige Frische, Lebhaftigkeit und Anschmiegsamkeit des Knaben war mir jetzt erklärlich; er war ja das Kind einer christlich gesinnten Mutter, welche ihm die zärtliche Aufmerksamkeit und wahre Liebe widmete.

Jetzt wurde ich von Turnerstick und dem Buchhalter abgeholt. Der letztere führte uns noch einmal in den Hof, weil dort die nach Trinkgeld lüsterne Dienerschaft versammelt war. Wir verteilten einige Münzen unter sie und standen nun im Begriff zu gehen, als es vorn an der Eingangstür klopfte. Der Schwarze eilte fort, um zu öffnen, und wir trafen mit dem Mann, welchen er eingelassen hatte, noch in der Ecke des Hofes zusammen; es war — unser Feind, der Moslem, welcher auf mich geschossen hatte.

Als er uns erblickte, stand er erst einige Sekunden lang wie vor Betroffenheit erstarrt; dann aber brach der Grimm los. Er stieß einen unartikulierten Schrei der Wut aus, faßte mich mit der Linken an der Gurgel, zog mit der Rechten die Pistole, richtete sie auf meine Brust und drückte ab – freilich ohne zu treffen, denn ich schlug sie ihm im letzten Moment aus der Hand und machte mich von ihm los.

Turnerstick wollte mir zu Hilfe kommen, aber die Diener, welche soeben erst sein Tinkgeld eingesteckt hatten, fielen über ihn her, so daß er, der kräftige Seemann, sich ihrer kaum zu erwehren vermochte. Mein Gegner zog das Messer und wollte wieder auf mich eindringen; da wurde eine aus dem Harem auf den Hof führende Tür aufgerissen, und die Frau, welche den Schuß gehört hatte, trat heraus. Sie sah, daß er sein Messer auf mich zückte, und schrie entsetzt:

„Ia issai-jidi, ja Jesuji, ja Mesihji, wakkif, wakkif – o heilige Jungfrau, o mein Jesus, o mein Messias, halt ein, halt ein!"

Sie streckte ihre Hände flehend aus. Er ließ das Messer fallen. Sein Weib erschien, wenn auch verschleiert, vor uns Fremden; sie nahm sich unser an, und sie bediente sich dabei der Namen, welche ihr streng verboten waren. Er starrte eine Weile wie abwesend nach ihr hin; dann befahl er ihr:

„Hinein, hinein, sofort!"

„Nein, nein", antwortete sie. „Laß erst diese Männer fort; es soll kein Mord geschehen!"

Er machte eine Bewegung, als ob er auf sie losspringen wolle; da ergriff ich seine beiden Oberarme, drückte sie ihm fest gegen die Brust und fragte:

„Du, also du bist der Henker des Bei, du?"

„Ja, ich bin der Dschellad. Ihr müßt sterben", antwortete er, indem er sich loszumachen versuchte.

„Töte uns, wenn du es fertigbringst!" meinte ich, indem ich ihn freigab und den Revolver zog. „Dein Leben gegen das unsrige!"

In seinen Zügen waren die Spuren eines gewaltigen, inneren Kampfes zu bemerken; dann deutete er nach dem Eingang und rief:

„Fort, fort, ihr Hunde, ihr Hundesöhne! Erst muß ich erfahren, was ihr hier zu suchen hattet, und dann werde ich euch richten. Euch wäre besser, wenn ihr nie geboren wäret!"

Wir gingen.

IV

Unserem Vorsatz treu, waren wir mit dem Dampfer der Societa Rubattino von Tunis nach Sfaks gefahren, und Turnerstick hatte gefunden, daß er hier ein reiches Feld abernten könne. Er konnte nicht nur den Rest seiner Waren, welcher unter der Aufsicht des Steuermannes zurückgelassen worden war, verkaufen, sondern auch neue Ladung einnehmen. Er war ebenso schlau und umsichtig im Handel wie tüchtig zur See und befand sich infolge seiner Erfolge in der rosigsten Laune, machte Besuche über Besuche, hielt Konferenzen und war für mich nur des Abends zu sprechen. Darum beschloß ich, mich anderweit zu unterhalten und zu diesem Zweck die nahen, hochinteressanten Karkehna-Inseln zu besuchen. Mandi, der bedeutendste Handelsmann der Stadt, ein Malteser, bei welchem wir uns gern befanden, stellte mir sein Segelboot und einige Leute zur Verfügung. Ich blieb vier volle Tage dort und kehrte erst gegen Abend des fünften zurück. Nach einer Stunde, welche ich mit der Aufbesserung meines etwas angegriffenen Anzuges verbracht hatte, ging ich zu Mandi, um ihm zu danken. Der Tag war indessen vergangen, aber der frühe Mond stand schon am Himmel. Ein Diener, den ich nach seinem Herrn fragte, sagte mir, daß derselbe vor einiger Zeit in den Garten gegangen sei, und infolgedessen begab ich mich in den letzteren, in welchem ich schon einige Male gewesen war.

Zu erwähnen ist, daß Sfaks sehr schöne Blumen-, Obst- und Südfruchtgärten besitzt; es leben viele Europäer hier, besonders Franzosen, Italiener und Malteser, und das hat dem geselligen Leben einen mehr französischen Anstrich gegeben.

Der Garten lag einsam, auf der einen Seite von dem Haus und auf den andern drei von hohen Mauern umgeben. Ich forschte vergeblich nach Mandi und hatte nur noch die hinterste Ecke zu durchsuchen. Um dorthin zu gelangen, mußte ich über einen kleinen, freien Platz gehen, welcher vom Mond hell beschienen wurde. Kaum war sein Licht auf mich gefallen, so hörte ich eine helle Kinderstimme rufen: „El Nusrani, el Nusrani – der Christ, der Christ!"

War das etwa der kleine Asmar, der Sohn des Henkers? Ich blieb gar nicht lange darüber im Zweifel, denn das Kerlchen kam gesprungen und nahm mich bei der Hand. Er war es wirklich.

„Wo ist dein Vater?“ fragte ich ihn.
„Dort“, antwortete er, nach dem Haus deutend.
„Und Kalada, deine Mutter?“
„Komm, ich werde dich führen.“
„Wer ist bei ihr?“
„Niemand. Sie ist allein.“

Nun trug ich kein Bedenken, die arme, bedauernswerte Frau aufzusuchen. Sie saß in tiefem Schatten von Jasmin auf einem Stein. Ich grüßte; sie dankte nicht; die Angst, mit mir entdeckt zu werden, raubte ihr die Sprache.

„Verzeihe mir, daß ich der Stimme deines Kindes folge!“ bat ich sie. „Soll es nur Zufall sein, daß wir uns so unerwartet und unbeobachtet hier wieder treffen? Ich werde nur so lange bleiben, wie nötig ist, das zu erfahren, was ich wissen muß. Was waren bei dir die Folgen unsers Besuches?“

„Ich habe nicht gesagt, daß ich mit dir gesprochen habe“, antwortete sie zagend. „Der Zorn meines Gebieters hat meinen Bruder getroffen, der Euch in das Haus gebracht hat, doch wurde mir deshalb ein großer Zorn, daß ich in meiner Herzensangst die Namen Jesu und der heiligen Jungfrau ausgerufen hatte. Darum reist er jetzt mit mir und dem Kind nach Keruan, wo ich diese Schuld durch das Abbeten der Reinigungssuren auslöschen soll. Der Knabe soll mir, weil er schon das heilige Vaterunser betet, genommen werden und in Keruan bleiben, um ein frommer Marabut zu werden.“

„Warum geht dein Mann nicht direkt von Tunis nach Keruan? Warum hat er diesen Umweg zu Schiff über Sfaks gemacht?“

„Weil er eine Botschaft des Beis an den Befehlshaber der hiesigen Truppen zu überbringen hatte. Mein Gebieter wohnt stets bei Mandi; darum sind wir auch heute hier.“

„Wann reist ihr ab?“

„Morgen früh, auf Kamelen und mit drei Dienern.“

„Weiß dein Mann, daß ich mich mit meinem Freund hier in Sfaks befinde?“

„Nein; er ahnt es nicht.“

„So weiß ich genug; ich danke dir! Vertraue auf den Herrn, der dein Glück und dasjenige deines Kindes ebenso sicher lenkt, wie er die Sterne leitet. Lebe wohl! Vielleicht sehen wir uns wieder.“

Der Diener, welcher mich in den Garten gewiesen hatte, stand noch an der Tür. Ich sagte ihm, daß ich seinen Herrn nicht gefunden hätte, und befahl ihm, demselben mitzuteilen, daß Abd el Fadl von unserer Anwesenheit nichts wissen dürfe. Dann begab ich mich in meine Wohnung zurück, die ich mit Turnerstick teilte. Vorhin war er nicht daheim gewesen; jetzt saß er da. Bei meinem Anblick sprang er auf und empfing mich mit den Worten:

„Willkommen zur Heimkehr, Charley! Gut, daß Ihr zurück seid! Ich habe ein prächtiges Unternehmen. Meine Geschäfte sind fast beendet, und nun will ich einen Ausflug machen, zwanzig Stunden weit zu Pferd. Macht Ihr mit?“

„Wohin?“

„Großartige Ruine, riesiges Amphitheater, Löwen-, Tiger- und Elefantenkämpfe wie zur Römerzeit!“

„Meint Ihr el Dschem?“

„Was? Ihr kennt das Dings?“

„Leidlich.“

„Sodann eine Riesenhöhle, leider jetzt verschüttet, aber immer noch des Ansehens wert.“

„Meint Ihr die Mahara er rad, die Höhle des Donners?“

„Auch diese kennt Ihr?“

„Bin schon drin gewesen, damals, als ich von dem Krumirland aus nach Süden ritt. Vielleicht weiß ich, warum diese große Höhle plötzlich eingestürzt ist. Es gab da einen verborgenen Wasserfall, dessen Geräusch die Beduinen für Donner hielten; daher der Name der Höhle.“

„Prächtig, daß Ihr das so kennt! Da brauchen wir keinen Führer. Wir beide allein, gut bewaffnet, zwanzig Stunden weit durch die Stämme der Beduinen! Ihr macht also mit?“

Natürlich sagte ich ja. Es lag wie eine Ahnung in mir. Wie gerne hätte ich Kalada Hilfe gebracht! Ich hatte sie auf Gottes Güte verweisen müssen. Und nun kam dieser Vorschlag des Kapitäns. Wollten wir die Höhle und die berühmten Ruinen besuchen, so hatten wir ganz denselben Weg, den der Henker reiten mußte. Sollte das auch Zufall sein?

Turnerstick war über meine Zusage so erfreut, daß er sofort ging, um zwei gute Pferde und Proviant zu besorgen. Am nächsten Morgen waren wir zeitig reisefertig, durften aber nicht in den Sattel steigen, weil es in meiner Absicht lag, dem Henker einen Vorsprung zu lassen. Wir hörten, daß er mit Tagesanbruch fortgeritten sei, und brachen drei Stunden später auf.

Der gute Kapitän hatte sich den Ritt viel interessanter vorgestellt, als er in Wirklichkeit war. Sobald man Sfaks hinter sich hat, wird die Gegend flach, sandig und unfruchtbar. Nur selten gibt es ein fließendes Wässerchen, welches aber nach kurzem

Lauf wieder im Sande verschwindet. An solchen Stellen wächst Gras, und es stellen sich Beduinen ein, um dasselbe abweiden zu lassen. Zwischen dem Bah feitun und dem Bah Merai ziehen sich Höhen hin, welche den Beduinen vom Stamm der Metelit gehören. Bei ihnen hielten wir an, und erfuhren da, daß der Henker soeben erst mit seiner Begleitung vorübergekommen sei. Bald bekamen wir ihn in Sicht. Er hatte für sich und seine Frau mit dem Kind zwei Kamele; die Diener gingen zu Fuß. Nun machten wir, im Galopp reitend, einen weiten Umweg, um unserem Feind voranzukommen. Dabei trafen wir auf einige arme Selass-Beduinen, welche uns klagten, daß sie fortziehen müßten, da ein starker Panther ihre Herden dezimiere.

Nach einiger Zeit kam mir die Luft so eigentümlich schwer vor; es war, als ob man sie in die Luftwege hinabfallen fühle. Ich kannte das und wurde besorgt. Im Südwest begann der Himmel sich zu färben; es lag da eine Luftschicht, welche oben eine fahlgelbe und unten eine silberglänzende Farbe hatte.

„Das ist die Zaubaa el milh, der Salzsturm!“ rief ich aus. „Gebt Eurem Pferd die Sporen; dann sind wir in einer Viertelstunde in der Höhle.“

Turnerstick hatte noch nie etwas von einem Salzsturm gehört. Das ist der Wüstenwind, welcher über die Schotts streicht, seeartige Wasserbecken mit einer Salzkruste. Wird das Salz durch irgendwelche Einflüsse zerstäubt und vom Samum mit fortgenommen, so entsteht der Salzsturm, welcher höchst gefährlich ist. Das Salz dringt in die Augen und Ohren, in alle Öffnungen und Poren des Körpers; es sticht sich wie Nadelspitzen in die Haut und verursacht ein Brennen und Beißen, welches selbst den Löwen und Panther toll zu machen vermag. So einen Sturm sah ich kommen; die silberglänzende Luftschicht war salzhaltig, und die gelbfahle darüber bestand aus leichterem Wüstenstaub.

Noch hatten wir die Höhle nicht erreicht, so brach das Wetter los. Das war kein Orkan mit Heulen und Toben, sondern ein steter, gleichmäßiger Sturm, welcher mit schwerem Sausen über die Sahel strich. Im Nu hatten wir den Mund und die Nase voller Salz. Wir mußten niesen und husten. Den Pferden erging es ebenso; sie wollten durchgehen. Man konnte kaum zehn Schritte weit sehen; doch kannte ich die Lage der Höhle genau. Nach fünf Minuten hatten wir sie erreicht.

Ihr Eingang war schmal, bald aber erweiterte sie sich zu einem wohl fünfzig Fuß ins Geviert messenden Raum, um sich dann so zu verengen, daß derjenige, der sie nicht genau untersuchte, leicht glauben konnte, daß sie nicht weiterführe. Aber es gab da einen Spalt, durch welchen sich sogar ein Pferd zu drängen vermochte; wer da hindurch war, befand sich in einer hohen, domartigen Wölbung. Dort drangen wir ein, da wir so weit hinten ganz sicher vor dem Salz waren.

Kaum hatten wir es uns bequem gemacht, so sahen wir andere Geschöpfe kommen, welche hier ebenso Rettung suchten, nämlich einige Schakale. Es kamen nach und nach noch mehrere, sogar zwei Hyänen. Die Angst hatte sie friedfertig gemacht; sie vertrugen sich. Durch unsere Spalte blickend, sahen wir das Salz in dicken Schwaden vor dem Eingang vorüberstreichen. Wehe dem, der gezwungen war, das Ende des Sturmes abzuwarten!

Da war es mir, als ob ich inmitten des ununterbrochenen Sausens den Schrei einer Kinderstimme gehört hätte. Ja, wirklich, jetzt wieder! Es kam näher. Jetzt hielten draußen zwei Kamele, welche von drei Männern gehalten wurden. Erst stieg der Henker ab und dann seine Frau mit dem weinenden Kind. Alle flüchteten sich herein, sogar die Kamele. Die Schakale und zwei Hyänen aber schossen furchtsam in das Unwetter hinaus.

Die Gesellschaft nahm in der vordern Höhle Platz; von dem Dasein einer zweiten schien keiner etwas zu wissen. Wir verhielten uns still, da wir gern beobachten wollten.

Das Kind weinte noch immer; die Mutter suchte es zu beruhigen. Der Mann meinte höhnisch: „Nun, so bete doch zu deinem Jesus, daß er dem Salz verbiete, sich zu erheben! Wird er helfen können. Dein Glaube ist . . ."

Das Wort blieb ihm im Mund stecken, und auch mir schlug in diesem Augenblick das Herz, denn vor dem Eingang erschien wieder ein Tier, welches Schutz in der Höhle suchte, nämlich ein riesiger schwarzer Panther. Die Zunge hing ihm weit aus dem Hals, so war er gehetzt worden. Vielleicht war er das Tier, von welchem die Selass-Beduinen erzählt hatten, und vielleicht kannte er die Höhle. Er trat furchtlos herein, hustend und fauchend. Kaum waren ihm die Augen frei vom Salz geworden, so tat er einen Sprung auf das eine Kamel, zerschlug ihm mit der Pranke den Halswirbel und riß ihm die Gurgel auf. Dann begann er, sich um die anwesenden Menschen gar nicht bekümmernd, seinen Raub zu verzehren. Das Knacken und Prasseln der Knochen klang entsetzlich zu uns herüber.

„Schießen wir?" fragte Turnerstick leise.

„Nein", antwortete ich. „Ein Fehlschuß würde viel Blut kosten. Warten wir es ab!"

Die fünf Menschen da vorn saßen lautlos und unbeweglich vor Angst. Die Mutter hielt ihr Kind in den Armen. Der Henker machte den Versuch, seinen Platz zu verlassen, aber sofort erhob das Tier den Kopf und brüllte zornig; er blieb sitzen. Die Leute waren gefangen und konnten sich nicht wehren. Die drei Diener hatten keine Gewehre, und dasjenige des Henkers lag weit zur Seite.

Jetzt legte ich mich auf den linken Ellbogen nieder und versuchte zu zielen. Es war eine schwere Sache, denn es dunkelte hier in der Tiefe, und das Tier mußte unbedingt in das Auge getroffen werden.

Eine Hyäne kam hereingeschossen; sie stürzte beinahe über den Panther weg und flog sofort wieder hinaus. Darob erzürnt, ließ das gewaltige Tier ein Gebrüll ertönen, daß die Wände zu zittern schienen. Das war für die Nerven Kaladas zu viel. Sie öffnete unwillkürlich die Arme, um sich die Ohren zuzuhalten – das Kind rollte von ihrem Schoß herab und zu dem Panther hin. Ein vielfacher Schrei erscholl, sogar auch mit von meinen Lippen.

Die nun folgende Szene läßt sich nicht beschreiben. Zum größten Glück war der Knabe vor Entsetzen ohnmächtig geworden.

„Allah, o Allah, hilf, hilf!" stöhnte der Vater. Es schien, daß das Sprechen dem Panther gar nicht störend sei.

Die Mutter hatte ihr Gesicht in die Hände gehüllt. Der Vater saß leichenblaß, ein Bild der entsetzlichsten Ratlosigkeit da. „O Allah, Allah, hilf! O Mohammed, du Glänzender, sende Rettung! O ihr heiligen Kalifen, tröstet mich!" so hörte man ihn wimmern. Die Diener verhielten sich ganz still; ihnen war es nur um das eigene Leben zu tun.

Jetzt machte Kalada noch einen Versuch, ob das Tier sich das Kind nehmen lassen werde. Sie streckte, ohne sich zu erheben, den Arm nach demselben aus; der Panther aber knurrte und zog mit der Vorderpranke den Knaben näher zu sich heran. Er schien ihn als sein Eigentum zu betrachten. Das trieb die Angst der Eltern auf den höchsten Punkt.

„O Mohammed, o Prophet der Propheten, rette, hilf, erbarme dich!" rief der Henker. „Jesus, du Heiland der Welt, erbarme dich!" betete Kalada. „Heilige Mutter des Erlösers, bitte für mein Kind!"

„O Mohammed, o Mohammed!" wiederholte der Vater. „O Abubekr, o Ali, ihr großen Kalifen! O Mohammed, rette, wenn du kannst!"

„Er kann es nicht!" weinte die bebende Frau.

„Etwa Isa, dein Christ?“ fragte er halb höhnisch und halb hoffnungsvoll.

„Ja, der kann es!“

„So laß uns sehen! Ich werde an den glauben, welcher Rettung bringt.“

Es war gar nicht anders zu denken, als daß meine Kugel die Entscheidung bringen mußte. Nur fragte es sich, in welchem Augenblick das Ungetüm sich aufrichten werde, denn nur dann war ich meiner Kugel sicher. Ich hatte den Löwen und auch den schwarzen Panther schon des Nachts erlegt, war meines Gewehres vollständig sicher und glaubte, keinen Fehlschuß zu tun.

„O Mohammed, du Herr der Propheten, höre mich!“ bat der Henker mit zitternder Stimme. Er hatte sein Kind wirklich lieb, und es war mir, als ob ich seine Zähne klappern hörte. „Gib mir meinen Sohn, oder deine ganze Lehre ist eitel!“

Er wartete eine Weile, und als nichts erfolgte, forderte er seine Frau auf:

„Sage mir die Worte vor!“

„Bete folgendermaßen!“ antwortete sie, indem sie ihm die Worte auf die Zunge legte.

Grad jetzt war das Kind aus seiner Betäubung erwacht und er hörte die Mutter sagen: Bete folgendermaßen! Diese Aufforderung hatte es oft vernommen und befolgt, und so begann es sein ‚Ia abana Iledsi‘, das Vaterunser, laut herzusagen. Also beteten drei Stimmen. Der Panther war noch immer mit Fressen beschäftigt; die Stimmen der andern hatten ihn nicht gestört; als er aber neben sich die feine, klare Stimme des Knäbleins hörte, hob er sich vorn in sitzende Stellung empor und begann, mit geschlossenen Augen zu heulen. Mein Gewehr lag an; kaum öffnete er das Auge und ich erblickte die grüngelbe Glut desselben, so krachte mein Schuß, den das Gewölbe hundertfach wiedergab. Das Tier flog, als hätte es einen schweren Schlag vor den Kopf erhalten, zur Seite, von dem Kinde weg. Im Nu stürzten Vater und Mutter hin und rissen den Knaben, welcher vollständig unverletzt war, an sich. Der Panther wälzte sich noch zwei-, dreimal hin und her, streckte dann die Glieder und verendete.

Welch ein Jubel brach nun los! Niemand dachte daran, daß ein Schuß gefallen war, daß dieser nur aus einem Gewehr hatte kommen können und daß dasselbe einen Besitzer haben müsse. Die Mutter war die erste, welche darauf zu sprechen kam; der Vater untersuchte das Raubtier und fand, daß die Kugel in das rechte Auge gedrungen war.

„Aber, wer hat geschossen?“ fragte er.

„Ich weiß, ich weiß, ich ahne es!“ rief sie. „Der fremde Effendi ist’s gewesen, denn er wollte mir helfen.“

„Welcher Effendi?“

„Ich werde ihn dir zeigen. Die Kugel kann nur von da hinten her gekommen sein, und dort muß er sich befinden. Ich suche ihn.“

Nun, Frick Turnerstick sorgte schon dafür, daß wir leicht gefunden wurden. Wie betroffen aber war der Henker! Er wußte nicht, was er sagen sollte. Ich nahm ihn beim Arm und fragte:

„Wirst du mir jetzt auch noch nach dem Leben trachten?“

„Nein, nein, bei Allah, nein!“ stammelte er. „Ich wollte dich töten, und du errettest mein Kind! Wie soll ich dir danken!?“

„Danke nicht mir, sondern Gott, und frage dich, ob ein Moslem ebenso schnell vergibt, wie ein Christ. Wird dein Weib nun beten dürfen, wie ihr Herz es ihr befiehlt?“

„Ja, sie darf, und ich – ich bete mit, denn unser Prophet hat meine Stimme nicht hören wollen.“

Der erst so abstoßende Mann umarmte mich; sein Weib reichte mir die Hand, ohne daß er finster dazu blickte, und der kleine Asmar mußte mir das Mäulchen zum Kuß geben.

Der Eindruck, den die Errettung seines Kindes auf den Henker gemacht hatte, schien ein nachhaltiger zu sein, denn er erklärte, auf die Reise nach Keruan verzichten und lieber nach Sfaks umkehren zu wollen, worüber niemand mehr als Kalada sich freute.

Wir brachen auf und gelangten gegen Abend nach Sfaks zurück, wo Mandi nicht wenig erstaunt war, den Henker mit Weib und Kind schon wieder zu sehen.

„Ich bin umgekehrt“, erklärte dieser, „denn ich mag nichts mehr von dieser heiligen Stadt wissen. Ich habe heut erfahren, daß Allah dem Propheten und dem Kalifen nicht die mindeste Macht gegeben hat. Wer zu ihnen betet, bleibt ohne Erhörung; aber Isa, der Christ, besitzt alle Macht im Himmel und auf Erden, und wer sich im Vertrauen an ihn wendet, wird Erhörung finden. Ich habe es erlebt und werde von nun an an ihn glauben.“

Er hat dieses Wort wahr gemacht; aus dem Saulus ist ein Paulus geworden, eine Folge der in der Höhle ausgestandenen Angst, welche in seinem Herzen noch lange nachgezittert hat. Er kehrte mit mir und Turnerstick auf dessen Schiff nach Tunis zurück, und ich beobachtete während der Überfahrt, daß er sein

Weib mit einer Zartheit und Aufmerksamkeit behandelte, welche seinem frühern Wesen fern gelegen hatte.

Turnerstick nahm in Tunis neue Ladung ein. Während der Zeit, welche das Laden in Anspruch nahm, wohnten wir bei dem Henker, mit dessen Frau wir wie mit einer Europäerin verkehren durften. Ich schenkte ihm eine in arabischer Sprache gedruckte Bibel, aus welcher ich ihm vorlesen mußte. Er lauschte meinen Erklärungen mit demselben Eifer wie Kalada. Es fiel mir nicht ein, ihn offen und direkt zum Übertritt aufzufordern, aber ich tat mein möglichstes, der Gnade den Boden zu bereiten.

Als wir dann am Tag unserer Abreise von Kalada und Asmar Abschied genommen hatten, begleitete er uns bis an Bord, reichte mir sein Notizbuch und bat:

„Effendi, schreibe mir hier deine Adresse auf! Vielleicht habe ich dir später etwas mitzuteilen, worüber du dich freuen wirst."

Er hat Wort gehalten und mir geschrieben. Sein Brief liegt da vor mir, und ich schreibe ihn, natürlich in deutscher Übersetzung, wörtlich ab.

„Tunis ifrikija, am 12ten Kaum ittani. Abd el Fadl, der Bekehrte, an seinen Freund Mauwatti el Pars-Effendi – Panthertöter-Effendi.

Gruß und Heil! Gruß auch von Kalada, dem Weibe, und Asmar, dem Sohne, die dich lieben. Ich sitze auf dem Fell des Panthers, um dir zu schreiben. Nochmals Heil! Der Herrscher hat mich aus dem Dienst entlassen, denn ich wurde Christ. Fromme Männer haben mich unterrichtet, und ich bestand die Fragen des Priesters. In drei Tagen empfange ich den Ritas el Mukaddes – die heilige Taufe – und werde dann Jussuf – Josef – genannt. Mein Weib heißt Marryam und mein Sohn Karal – Karl –, weil dies dein Name ist, welcher in meinem Hause hoch in Ehren steht. Meine bisherigen Freunde verachten mich, weil ich ein Giaur geworden bin, aber meine Seele ist froh, den richtigen Weg gefunden zu haben. Die Ernte war hier reich und gut. Wie trugen in deinem Land die Datteln? Auch die Füllen sind munter, und in den Dörfern wachsen die Herden . . . die deinigen ebenso? Abermals Heil! Ist dir dein Herrscher wohlgesinnt? Hoffentlich gönnt er deinen Kamelen genugsam Futter! Möge das Feuer deines Zeltes nie verlöschen und dein Kessel stets voller Kuskussu – Mehlbrei – sein. Bald blühen die Orangen. Besuche mich bald! Meine Grüße stehen hier! Saure Milch erquickt den erhitzten Körper; sie mangele dir nimmer! Ich liebe dich und gedenke deiner. Sei gesegnet! Wiederum Heil!"

Der Krumir

I.
Saadis el Chabir

Zwar war die Zeit erst neun Uhr vormittags, doch stachen die Strahlen der afrikanischen Sonne bereits mit intensiver Schärfe auf das vor uns liegende Tal hernieder. Wir beide waren allerdings gegen die Wärme recht gut geschützt. Zu unseren Häupten breitete ein riesiger Mastix, in dessen gefiederten Blättern ein leichter Nordwind säuselte, seine Äste aus und badete seine Wurzelspitzen in dem kühlen Wasser eines Baches, welcher in eiligstem Lauf den Fluß zu erreichen suchte.

Wir kamen aus der Provinz Konstantine, hatten gestern zwischen Dschebel Drima und Dschebel el Maalega die tunesische Grenze überschritten und waren dann quer durch das Wadi Melis gegangen. Zwischen den westlichen, steilen Abhängen des Dschebel Gwibub hatten wir unter Feigen und Granaten unser Nachtlager aufgeschlagen, waren dann heut in östlicher Richtung über die Höhen gegangen und hielten nun eine kurze Morgenrast.

Wir wollten bis zum Abend Seraïa bent erreichen und mußten zu diesem Zweck das Wadi Mellel durchschneiden, welches mit seinen Zypressen-, Johannisbrot- und Mandelbüschen vor uns lag.

„Wie weit ist es noch bis Kef?“ fragte ich meinen Diener.

„Nach dem Maße der Franken können es fünfundzwanzig Kilometer sein, Sihdi“, antwortete er.

Er war lange Zeit in Algier gewesen, und daher war ihm das französische Maß geläufig.

„Und bis Seraïa bent?“

„Acht Kilometer in gerader Richtung. Wie ich gehört habe, sind dort die Uëlad Sebira auf der Weide. Herr ich werde die Meinen wiedersehen, den Vater, die Mutter und . . .“

Er hielt inne.

„Und wen noch?“ fragte ich.

„Sihdi, du hast mich nie gefragt, ob ich eine Bent el Amm – Base, aus Höflichkeit für ‚Frau‘ gebraucht – habe. Ich weiß, warum du es nicht tatest, aber ich sage dir, daß die Bedawi – die

Beduinen – es nicht für eine Sünde halten, von ihren Frauen zu sprechen und die Morgenröte ihres Angesichtes sehen zu lassen. Die Frauen und Töchter der Uëlad Sebira haben das Herz der Taube, aber nicht die Augen der Tänzerinnen; sie brauchen ihr Gesicht nicht zu verhüllen."

„So gibt es also zwei Taubenaugen, deren Blick deine Seele erleuchtet?"

„Ich habe noch kein Weib; aber Scheich Ali en Nurabi hat eine Tochter. Sie heißt Mochallah, die Wohlriechende; ihre Füße sind wie die Füße der Gazelle; ihr Haar gleicht den Locken von Scheherezade; ihre Augen sind wie die Sterne am Himmel; ihre Stimme ist lieblich wie der Gesang des Sandes um Mitternacht, und ihr Gang ist wie der Schritt einer Königin, die durch die Reihen ihrer Sklavinnen wandelt. Allah il Allah – es gibt nur einen Gott, aber es gibt auch nur eine Mochallah! Du wirst sie sehen, Sihdi, und deine Zunge wird mein Glück preisen, mein Glück, welches höher ist als der Himmel, tiefer als die Fluten des Meeres und weiter als die Wüste es Sahar und alle Länder der Erde."

Er hatte sich erhoben. Sein Auge leuchtete, seine braunen Wangen verdunkelten sich, und seine Hände begleiteten die Rede mit lebhaften Gesten.

„Und Mochallah, die Wohlriechende, wird dein Weib sein?" erkundigte ich mich.

„Sie wird mein Weib sein. Sie ist die Sonne meiner Tage, der Traum meiner Nächte, der Preis meiner Taten und das Ziel aller meiner Gedanken. Sihdi, ich war arm, aber um sie zu erringen, ging ich fort von den Zelten der Kinder es Sebira. Hamdulillah, Preis sei Gott, der meine Hand und meinen Fuß gesegnet hat! Ich habe mir viele Franken und Piaster verdient ; am wohltätigsten aber hat deine Gnade über mir geleuchtet, Effendi, und nun kann ich dem Scheich bezahlen, was er für seine Tocher von mir gefordert hat. Ich bin Achmed es Sallah und werde der Glücklichste der Sterblichen sein – insch' Allah, wenn es Gott gefällt!"

„Allah kerihm – Gott ist gnädig, doch die Schicksale des Menschen sind im Buche aufgezeichnet. Möge der Baum deines Lebens duften wie die Blume el Mochallah, die deine Seele bezaubert hat!"

„Effendi, der Baum meines Lebens wird sein wie der Baum des Paradieses, der ewig Blüten und Früchte trägt, und aus dessen Wurzeln tausend kühle Quellen strömen. Da drüben erhebt sich der lange Kamm des Dschebel hemormta wergra, bis an dessen

Fuß die Herden meiner Brüder weiden. Laß uns aufbrechen, damit ich keinen Tropfen verliere von dem Meere der Seligkeit, dessen Fluten ich bereits rauschen höre!"

„Sollen wir die Pferde nicht noch länger ruhen lassen, Achmed?"

„Die Pferde, Sihdi? War dein Rapphengst nicht das beste Pferd unter den Arab el Hadeddihn zwischen den Flüssen Phrat und Tigris? Wird er nicht ‚Rih' – Wind – genannt, weil er schneller noch und unermüdlicher ist als der Sturm, der von den Bergen des Aures braust? Ist meine Fuchsstute nicht im Wadi Serrat geboren; welches berühmt ist wegen seiner Tiere, die niemals ermatten? Wir könnten heut noch Kef erreichen, trotz der Berge und Flüsse, welche zwischen dort und hier zu finden sind."

„Gut, so wollen wir aufsitzen!"

Er hatte recht. Was mein Pferd betrifft, so hätte ich es gegen kein Tier der Welt vertauscht, und das seinige war eines der besten, die ich jemals gesehen hatte. Auch er selbst war ein Mann, über den man sich nur freuen mußte. Von zwar nur mittlerer, aber kräftiger und herrlich ebenmäßiger Gestalt, sah er in seinem weißen Haik, mit dem wehenden Turbantuch und den messingbeschlagenen Waffen aus wie eine Gestalt aus den Zeiten Saladin des Großen. Dabei war er treu, ehrlich, wahr und offen, abgehärtet gegen alle Mühen und Entbehrungen und unerschrocken in jeder Gefahr, fast möchte ich sagen, verwegen. Ferner sprach er nicht nur alle landläufigen Dialekte, sondern er war auch, ehe er nach Algier ging, in Stambul gewesen und hatte sich dort zur Genüge auch mit dem Türkischen bekannt gemacht. Aus allen diesen Gründen war er mir bisher ein wertvoller Begleiter gewesen, den ich mehr als Freund denn als Diener zu behandeln pflegte, und so tat es mir wirklich leid, ihn so bald verlieren zu müssen.

Wir ritten längs des Baches den kurzen Abhang vollends hinab und hielten dann unten im Tal grad auf den Fluß zu. Das Wasser des Wadi Mellel ist nicht breit; wir gelangten sehr leicht an das andere Ufer und damit in eine nicht sehr große, vollständig ebene Lichtung, welche rings von einem wilden Olivengebüsch eingefaßt wurde.

„Maschallah – Wunder Gottes, was ist das, Sihdi?" fragte da plötzlich Achmed, indem er nach links deutete.

Ich sah in der angedeuteten Richtung, also oberhalb unsers Standpunktes, ein Rudel Gazellen aus den Büschen brechen. Meine Jagdlust erwachte sofort.

„Sie kommen grad auf uns zu, Achmed. Sie sind auf der Flucht!“

„So ist es, Sihdi. Siehst du den Fahad – den Gepard, Jagdleopard –, der jetzt hinter ihnen aus dem Busch schnellt? Was tun wir?“

„Wir jagen mit und verlegen den Antilopen den Weg. Mein Pferd ist noch schneller als das deinige, halte dich hier am Fluß; ich werde nach rechts hinübergehen.“

„Aber, Sihdi, dürfen wir? Der Fahad gehört jedenfalls einem Scheich, oder gar dem Emir von Kasr el Bordsch!“

„Pah, wir tun dennoch mit. Vorwärts!“

Wie von der Sehne geschnellt, flog mein Pferd über die Ebene dahin. Die Gazellen mußten sich in größter Angst befinden, da sie uns nicht beachteten, trotzdem die Entfernung keine bedeutende war. Sie hatten zweimal gebogene, schwarze, leierförmige Hörner und waren oben hellbraun, unten weiß gezeichnet; Schwanz und Seitenstreifen zeigten eine dunkelbraune Farbe; wir hatten es also mit Antilope dorcas L. zu tun. Ich zählte vierzehn Stück, ließ also die Doppelbüchse auf dem Rücken und langte nach dem Henrystutzen, aus dem ich meine Kugeln abgeben konnte, ohne zwischen jedem Schuß zu laden. Dieses Gewehr hatte mir in Amerika, Australien und Asien große Dienste getan und auch jetzt immer die Bewunderung meines wackern Achmed auf sich gezogen.

Jetzt hatte der Gepard die hinterste der Gazellen erreicht; mit einem weiten Sprung warf er sich auf sie und riß sie nieder. Ich hielt mein Pferd an und zeigte demselben das Gewehr. Sofort stand das kluge Tier vollständig bewegungslos, wie aus Erz gegossen. Ich hätte eine halbe Stunde lang im Sattel bleiben und schießen können, ohne daß es auch nur einmal den Kopf gehoben hätte. Es hatte in seiner fernen Heimat die beste arabische Dressur erhalten. Eben krachte mein erster Schuß, als ich es auch aus dem Gewehr Achmeds aufblitzen sah. Zwei Tiere stürzten zu Boden. Zu gleicher Zeit wurde das Buschwerk von neuem durchbrochen, und ich bemerkte sechs Reiter, fünf in arabischer Tracht und der sechste in der goldstrotzenden Uniform eines hohen, tunesischen Offiziers. Auf seiner linken Faust sah ich einen Schahihu – einen Jagdfalken – sitzen. Er stutzte einen Augenblick, als er uns sah, dann häubte er den Vogel ab und warf ihn empor. Sofort stieß der Falke auf eine der Gazellen, unglücklicherweise aber auf diejenige, die ich ganz denselben Augenblick aufs Korn genommen hatte; es war zu spät, den

Finger zurückzunehmen, denn ich war bereits im Abdrücken – beide Tiere wälzten sich am Boden. Ohne mich um sie zu kümmern, wandte ich mich den vorüberschießenden Gazellen nach und gab noch zwei Schüsse ab. Da aber hörte ich den Hufschlag eines Pferdes hinter mir, und eine Hand faßte meinen Arm.

„Chammar el kelb – Hund von einem Betrunkenen, wie darfst du wagen, hier zu jagen und meinen Schahihu zu erschießen!" donnerte es mich an.

Ich wandte mich um. Es war der Offizier. Seine Augen blitzten vor Zorn; die Spitzen seines Schnurrbartes zitterten heftig, und sein sonst wohl sehr gutmütiges Angesicht hatte sich dunkel gerötet. Ich war nicht gewillt, mir solche Reden bieten zu lassen, und schüttelte seine Hand von meinem Arm.

„Hawuahsch – laß mich in Ruh!" donnerte ich ebenso herzhaft zurück. „Sagst du noch ein einziges solches Wort, so schlage ich dich mit dieser meiner Faust vom Pferde!"

„Allah aienak – Gott helfe dir!" antwortete er, indem er nach dem Griffe seines Dschambijeh – seines krummen Dolches – faßte. „Mensch, bist du verrückt? Weißt du, wer ich bin?"

„Der Besitzer eines ungeschickten Falken bist du, weiter nichts!"

„Dieser Kerl macht meinen Falken schlecht", rief der Mann. „Allah istaffer – Gott mag es ihm vergeben! Wirst du gleich von deinem Pferd steigen und mir Abbitte tun!"

„Allah kerihm – Gott ist gnädig; er mag deine Gedanken lenken, damit du dich nicht lächerlich machst. Bist du vielleicht Mohammed es Sadak Bei, der Herrscher von Tunis, oder gar der Sultan von Stambul, daß du von mir verlangst, um Verzeihung zu bitten?"

„Ich bin weder der Sultan, noch der Bei von Tunis, den Allah segnen möge, aber ich bin sein Apha el harass, der Oberste seiner Leibgarde. Herunter vom Pferd, wenn du nicht die Bastonade schmecken willst!"

Ich zog in höchster Überraschung mein Pferd etwas zurück.

„Allah akbar – Gott ist groß. Bist du wirklich der Bei el mamluk des Beherrschers von Tunis?"

„Ich sage es!" antwortete er stolz.

Welch ein Zusammentreffen! Dieser Mann also war „Krüger-Bei", der originelle Anführer der tunesischen Leibscharen! Ich hatte oft, sehr oft von ihm sprechen gehört. Er war keineswegs ein Afrikaner, sondern er stammte als der Sohn eines Bierbrauers aus der „Streusandbüchse des Heiligen Römischen

Reiches Deutscher Nation". Sein Kismet hatte ihn im Anfang der dreißiger Jahre nach Tunis verschlagen, wo er zum Islam übertrat. Dadurch erwarb er sich die Gnade des Propheten und aller heiligen Kalifen in der Weise, daß er von Stufe zu Stufe stieg und endlich gar die ehrenvolle Aufgabe erhielt, an der Spitze der Leibmameluken das teure Leben Mohammed es Sadak Paschas zu beschützen. Aber das verleugnete Vaterland schwur ihm Rache. Es sandte nicht etwa, wie Griechenland es vielleicht getan hätte, drei Erinnyen über ihn, sondern es ließ volle fünf unermüdliche Rachegötter über ihn herfallen, und deren Namen lautete Nominativ, Genitiv, Dativ, Akkusativ und Syntax. Er hatte das Deutsche nie anders als im Brandenburger Dialekt sprechen können, drüben in Afrika kamen ihm die Regeln seiner Muttersprache nach und nach abhanden, und wenn er sich ihrer nun einmal bedienen wollte, so eilten sofort die genannten fünf Rächer herbei, um sich seiner zu bemächtigen und ihn in ihrem grammatischen Höllenfeuer schwitzen und schmoren zu lassen.

Hiervon sollte ich jetzt gleich ein Beispiel erleben. Wir hatten bisher arabisch gesprochen, nun aber machte ich meiner Überraschung in deutschen Worten Luft: „Sapperlot, Herr Oberst, hätte ich das gewußt, so wäre unsere Unterhaltung etwas manierlicher ausgefallen . . .!"

Er riß die Augen auf und öffnete den Mund sperrangelweit. Ich ahnte, daß jetzt Nominativ nebst Dativ und Konsorten in ihm zu rumoren beginnen würden.

„Maschallah, Dunderwetter! Du bist wohl . . . ach so, hätte ich mir doch bald versprochen! Ihnen sind wohl jar ein Deutscher?"

„Allerdings!"

„Allah, wallah, billah, tillah – heiliges Pech, dat is doch eigentlich janz und jar unmöglich!"

„Warum?"

„Deswegen . . . weil . . . insofern . . . na, Allah ist jroß, er führt die Seinigen und auch die Ihrigen oft wunderbar und herrlich hinaus. Wat wollen Sie denn hier im Tunis, he?"

„Nichts weiter, als alte Erinnerungen auffrischen und dabei Land und Leute eingehender kennenlernen, als es früher möglich war."

„Alte Erinnerungen – Land und Leute? Haben Sie denn früher schon mal hier jewesen?"

„Ja."

„Wo?"

„Weiter im Süden, an den Schotts. Ich ging damals nach Tripolis, Barka und Ägypten!"

„Tripolis – Barka – Ägypten –? Wallahi, talahi, Schock Batailljon, dat ist weiter als ein Spaziergang von Berlin nach Köpenick! Und wo sind Ihnen nun heute hergekommen?"

„Ich komme über den Dschebel . . ."

Die Rede blieb mir auf der Zunge liegen. Mein Auge war auf das Angesicht eines Mannes gefallen, welcher abgestiegen war und sich mit dem toten Falken zu schaffen gemacht hatte. Jetzt wandte er sich zu uns und kam herbei. Wo hatte ich diesen ewig langen, zum Zerbrechen hagern Menschen nur schon gesehen? War dies wirklich Lord David Percy, der eigentümliche, originelle Sohn des Earl von Forfax? Auch er blieb stehen und blickte höchst erstaunt zu mir herauf.

„Good luck! Seid Ihr's, oder seid Ihr es nicht, old Rifleman?" fragte er.

„Lord Percy, ist's wahr!"

„Egad!" nickte er. „Welcome amidst this tedious part of the world – willkommen mitten in diesem langweiligen Weltteil!"

Er reichte mir die Hand entgegen, die ich ihm herzlich drückte.

„Langweilig?" fragte ich. „Warum?"

„Hm! Kam herüber, um Löwen zu schießen, Tiger, Nashörner, Elefanten, Flußpferde. Habe noch nichts gesehen als Wüstenflöhe, Eidechsen und diese Ziegen da. Langweiliges Land, hm!"

„Ich finde es nicht langweilig."

„Ja, Sir, mit Euch ist es anders. Ihr dürft nur hintappen, wo Ihr wollt, da gibt es Abenteuer; ich habe kein solches Glück. Well! Werde mich Euch wieder anschließen müssen, wie da drüben in old East-Indiens."

„Sollte mir recht und lieb sein, Sir. Aber wollt Ihr mich nicht diesem Gentleman vorstellen? Ich habe ihm meinen Namen noch nicht genannt!"

„Yes, soll geschehen!"

Er machte eine seiner kolossalen Armbewegungen und stellte mich dem Anführer der Leibgardisten vor. Dann fügte er hinzu: „War ein guter Schuß, Sir. Könnt nicht dafür, daß Ihr diesen Vogel getroffen habt. Soll ein Falke sein, ist aber wohl nur ein thistle-finch – ein Stieglitz – oder eine goose – eine Gans – gewesen. War schlecht geschult, hatte kein Geschick, nahm die Gazelle nicht oberhalb der Augen sondern an der Kehle, mußte also von Eurer Kugel getroffen werden. Well!"

„Sie haben Ihnen einander bereits jekannt?“ fragte Krüger-Bei.

„Ja. Wir haben miteinander ein gutes Teil von Indien durchstrichen“, antwortete ich ihm.

„Maschallah, hole mir der Jukuk, dat ist zum Erstaunen! Haben sich im Indien jekannt und tun sich hier im Tunis wieder treffen! Ich bin ein juter Moslemit, aber dat ist mich schon mehr als Kismet; dat ist ein Zufall, der mich zu denken jibt. Schade, daß Ihnen Ihr Freund jar nicht deutsch und nur janz wenig arabisch reden kann; et ist da janz unmöglich, ihm mit sich zu unterhalten!“

„Wo sind Sie mit ihm zusammengetroffen?“

„Er hat sich mir im Tunis vorstellen lassen und ist dann mit mich nach el Bordsch – kleine, im Viereck gebaute Festung – jegangen, was jar nicht weit von hinnen liegt. Ich mußte mit dem Achordar – dem Stallmeister – hin, um Pferde einzuhandeln. Heut wollten wir jagen, und das Nützliche mit das Anjenehme zu befriedigen, werden wir jetzt noch hinüber nach Seraïa bent reiten, was auch zuweilen Mosole jenannt zu heißen wird.“

„Nach Seraïa bent?“ fragte ich erfreut.

„Ja, der Scheich Ali en Nurabi lagert dort, der einige prächtige Pferde haben soll, die er mir zeigen muß.“

„Das trifft sich gut, denn auch ich will nach Mosole.“

„Prächtig! Wir reiten zusammen. Aber wie steht es mit die Jasellen, he?“

„Die gehören natürlich Ihnen. Wegen des Schahihu aber dürfen Sie mir nicht zürnen. Er war schlecht dressiert und stieß im unrechten Augenblick. Hätte er das Wild an der richtigen Stelle genommen, so wäre ihm kein Leid geschehen.“

„Schadet nichts. In Ejypten werden mehr jefangen. Der Bei bekommt von dem Vizekönig öfters welche jeschickt. Aber die Jasellen, welche Ihnen Ihr Jewehr jetroffen hat, die jehören Sie, das tue ich nicht anders. Sehen Sie, da kommen noch zwei Sais – Reitknechte – von mich, die haben jeder einen Falken und eine Jaselle aufjeladen, die von mich bereits erlegt zu werden jeworden sind. Ich habe also Fleisch jenug.“

„Gut, so danke ich herzlich und werde mit den Tieren dem Scheich Ali en Nurabi ein Geschenk machen.“

„Richtig! Janz praktisch! Was mir betrifft, so werde ich die Leute zurückschicken, welche mich überflüssig sind.“ Der Gepard war unterdessen wieder mit der Kappe versehen worden. Einer der Männer nahm ihn hinter sich auf das Pferd und kehrte mit den Reitknechten nach el Bordsch zurück. Von den andern

Begleitern des Obersten der Leibwache wurde die mir überlassene Jagdbeute aufgeladen, und dann wandten wir uns der im Osten aufsteigenden Talwand zu. Sie war nicht sehr schroff und hoch und ließ sich leicht ersteigen, da eine Art von Weg hinauf zur Höhe führte. Oben fanden wir eine kleine, baumlose Ebene, hinter welcher das Terrain sich abermals erhob. Dort gab es wieder Busch und Wald, und da jetzt die Sonne im Zenit stand, so wurde beschlossen, eine kurze Rast zu machen.

Die Unterhaltung, welche seit unserm Aufbruch etwas ins Stocken geraten war, wurde jetzt wieder lebhaft. Lord Percy war schweigsamer Natur, aber Krüger-Bei wollte viel und alles wissen.

Ich mußte ihm von der Heimat erzählen, von meinen Reisen, von allem möglichen, und als wir wieder aufbrachen, klopfte er mir auf die Schulter und meinte: „So wohl wie jetzt ist mich's selten jewesen, bei Allah, hole mir der Jukuk! Ich sage Sie, daß ich Ihnen nich sogleich wieder von mich lasse. Deutsch bleibt Deutsch, dem Propheten und dem Koran jar nicht mitjerechnet. Nehme es Ihnen nicht übel, aber ich sage Sie, es wäre sehr jut für Ihnen, im Tunis zu bleiben. Zwar so hoch wie mir avanciert es nicht gleich einen jeden, aber ein Mann von die Ihrigen Fähigkeiten wird es nicht schwer finden, es zu einer guten Stellung jebracht zu haben jeworden sein. Jeben Sie mich die Hand! Es kostet mich ein Wort, aus Sie etwas Besseres zu machen, als Ihnen da drüben in Deutschland jemals werden zu können vermögen."

„Besten Dank, Herr Oberst! Ich werde mir Ihre freundliche Offerte sehr angelegentlich überlegen."

„Recht so! Der Mensch soll sein Glück niemals nicht mit die Füße betreten. Ich jebe mich die Ehre, Ihnen bereits als Staatsbürger vom Tunis zu betrachten. Von Mohammed und seine Kalifen können wir später einmal zu sprechen die Zeit jefunden haben dürfen. Trotzdem aber werde ich Ihnen nicht zum Islam verleiten, denn ein Christ kann es deretwegen dennoch zu etwas bringen, wenn er nur glaubt, daß der Prophet und die Kalifen wirklich auf der Welt jewesen sind. – Aber jetzt möchte ich wissen, wohin wir reiten müssen, nach rechtsum oder nach linksdrum!"

„Mein Diener kennt die Gegend genau."

„War er bereits hier jewesen?"

„Er gehört zu den Uëlad Sebira, zu denen wir wollen."

„Rufen Sie ihm herbei! Ist er ein braver Kerl?"

„Ich betrachte ihn mehr als Freund, denn als Untergebenen."
„So erlaube ich Sie, ihm mich vorzustellen!"
Ich winkte Achmed herbei. Krüger-Bei betrachtete ihn mit angelegentlicher Gönnermiene und fragte ihn, natürlich arabisch: „Dein Name ist Achmed?"
Der Gefragte machte eine stolze Handbewegung und antwortete: „Ich heiße Achmed es Sallah Ibn Mohammed er Raham Ben Schafei el Farabi Abu Muwajid Khulani."
Der freie Araber ist stolz auf seine Ahnen und unterläßt es zur geeigneten Zeit sicherlich nicht, sie wenigstens bis zum Großvater aufzuzählen. Je länger der Name desto größer die Ehre; ein kurzer wird fast zur Schande gerechnet.
„Schön!" nickte der Bei der Mamelucken. „Dein Name ist gut, und dein Herr hat dich gelobt; ich werde . . ."
„Mein Herr?" fiel ihm Achmed mit blitzenden Augen in die Rede. „Du selbst magst einen Gebieter haben; ich aber bin ein freier Sohn der Beni Rakba vom Ferkah – der Unterabteilung – Uëlad Sebira. Ich habe keinen Herrn; aber ich liebe diesen Sihdi, weil er nicht nur klüger und tapferer, sondern auch gütiger ist als alle andern, die ich kenne. Was wünschest du von mir, Effendi?"
„Wie kommen wir zu der Uëlad Sebira; hier rechts oder links?"
„Reite rechts. Sobald du das Tal überblicken kannst, wirst du ihre Zelte sehen."
Er kehrte, während wir seiner Weisung folgten, zu den andern zurück. Krüger-Bei hatte die kleine Zurechtweisung ruhig hingenommen.
„Stolze Kerle, diese Beduinen", meinte er. „Kein anderer Fürst hat solche Untertanen!"
„Untertanen?" fragte ich lächelnd. „Gehorchen sie wirklich Mohammed es Sadak Paschah?"
Der Gefragte zog eine höchst diplomatische Miene.
„Natürlich betrachten sie ihm als ihren Herrscher; dat versteht sich janz von selber. Oder jibt es vielleicht einem andern, dessen Herrschaft sie ihnen jefallen zu lassen jeneigt zu sein pflegen werden?"
„Ich wüßte allerdings keinen."
„Na, also! Mohammed es Sadak Bei regiert weder mit Ruten noch mit Skorpionen, wie jener König Rehabraham oder Jerobraham vom Israhel, wie der Koran erzählt. Oder steht das vielleicht in die Bibel? Er ist klug und läßt es denen Beduinen jar

nicht ahnen, daß sie seine Untertanen zu sein sich zu rühmen haben müssen."

„Aber wenn sie im Bardo, wo er alle Sonnabende Gericht zu halten pflegt, die Bastonade oder gar den Strick erhalten, dann merken sie es; nicht?"

„Mahlesch – das tut nichts! Die Bastonade und der Galgen stehen auch in dem Buch des Lebens jeschrieben, und niemand, dem sie bestimmt sind, kann ihnen entjehen. Wer nicht mag hören wollen, der wird und muß fühlen sollen; dat ist eine alte Wahrheit; verstanden?"

„Wie steht es denn da mit der Bastonade, die auch ich vorhin bekommen sollte?"

„Die ist abjemacht und verjährt. Allah kehrim, Allah ist barmherzig, und auch mein Jemüt liebt die Gnade. Wir sind Freunde und werden einander also nicht die Füße zu versohlen brauchen notwendig haben. Aber – da unten stehen Zelte. Mich scheint, wir sind nun bald am das Ziel zu kommen anjelangt."

Auch der Engländer, welcher wortlos neben uns geritten war, hatte bereits die weißen Zelte bemerkt, welche zerstreut auf der Ebene lagen.

„Sind dies die Uëlad Sebira, Sir?" fragte er mich.

„Wenigstens eine Abteilung von ihnen. Sie gehören zu dem großen Stamm der Rakba, welcher unter Umständen weit über zehntausend Krieger zu stellen vermag."

„Tapfere Kerls?"

„Ja, wie man hört."

„Hm! Der Beduine ist an allen Orten und zu allen Zeiten mehr oder weniger das, was man einen Räuber nennt."

„Well! So wird es wohl ein Abenteuer geben?"

„Das müßten wir abwarten."

„Will eins haben; verstanden, Sir? Mit Euch erlebt man andere Dinge als mit diesem Colonel der Leibwache, mit dem man nicht einmal reden kann. Ich gehe nicht wieder von Euch fort."

„Ihr seid mir willkommen."

„Welche Route habt Ihr vor, Sir?"

„Ich will über Kef nach der Ebene der berühmten Uëlad Ayar und von da über die Berge von Melbila und Margela nach den großen Duars von Feriana, um dann nach Gafsa, Seddada, Toser und Nefta am Schott el Dscherid zu gehen. Auf dem Schott mußte ich vor Jahren beinahe einmal mein Leben lassen, und ich möchte mir die Stelle gern noch einmal betrachten."

„Zounds! Ein Abenteuer? Erzählt es!"

„Jetzt ist keine Zeit dazu. Seht, man hat uns bereits bemerkt und kommt uns entgegen."

Zwischen den Zelten weideten zahlreiche Schafe, Pferde und Kamele; vor jeder der weißen Sommerwohnungen aber war eine Lanze in den Boden gestoßen, an welcher das Leibpferd des Besitzers gebunden war. Bei unserem Erscheinen wurden die Lanzen herausgezogen und die Pferde bestiegen. Es bildete sich ein Trupp von gegen achtzig Kriegern, der uns entgegengesprengt kam. Die Männer stießen ein lautes, herausforderndes Geschrei aus, schwangen die Lanzen und schossen ihre langen Flinten ab. Sir David Percy griff nach seiner Büchse und lockerte auch die Pistolen.

„Thunder-storm! Sie verhalten sich feindlich. Endlich einmal ein Kampf, ein Abenteuer!"

„Freut Euch nicht zu früh! Sie sehen ja, daß wir nur sieben Personen sind und also keine unfreundlichen Absichten haben können. Sie werden uns nach arabischer Sitte mit einer kriegerischen Fantasia empfangen; von Kampf aber ist keine Rede."

„Dull, extremely dull – dumm, außerordentlich dumm!" brummte er.

Ich wandte mich an Krüger-Bei: „Sind Sie sicher, in Ihrer Uniform hier gastlich aufgenommen zu werden?"

„Ja. Die Rakba sind unsere Freunde. Sie haben die Karawanenstraße zu bewachen, welche vom Tunis über Testur, Nebör und Kef nach Konstantine jeht, und bekommen dafür Jeschenke. Wir haben von sie nichts zu befürchten. Dieser Scheich Ali en Nurabi kennt mir übrigens sehr gut, denn er war schon einmal bei mich im Tunis gewesen. Er wird sich freuen, mir jesund wiedersehen jedurft zu haben; darauf können Sie Ihnen verlassen. Und wenn ich Sie ihn als Landsmann vorstelle, so wird er geneigt sein, davon sehr angenehm berührt werden zu können. Dort kommt er an die Spitze von seine Eskadron. Er hat mir bereits erkannt. Bitte, wir wollen in Galopp auf ihm anrennen, denn dat ist diejenige arabische Sitte, welche bei dem Arabern jebräuchlich zu sein jenannt zu werden verdienen muß!"

Wir flogen einander in gestreckter Karriere entgegen, wobei von beiden Seiten durch Schießen und Schreien ein bedeutender Lärm verursacht wurde. Es hatte den Anschein, als ob wir zusammenrennen würden, aber gerade im letzten Moment vor dem Zusammenprall warf ein jeder sein Pferd herum und ließ das Spiel von neuem beginnen. Zwar nimmt sich dies ganz prächtig aus, aber die Pferde werden dabei ganz außerordentlich in den Häksen angegriffen, und es ist nichts Seltenes, daß ein Tier daran zugrunde geht. Wir jagten im Scheingefecht durch das von Frauen, Greisen und Kindern belebte Lager und sprangen endlich vor einem Zelt ab, dessen Größe und Ausschmückung uns erraten ließ, daß es dem Scheich gehöre. Die Männer bildeten einen Halbkreis um uns. Bis jetzt war kein Wort der Begrüßung gefallen, jetzt aber trat Ali en Nurabi auf den Anführer der Leibmamelucken zu und reichte ihm die Hand.

„Die Wüste freut sich des Regens und der Ibn es Sahar seines Freundes. Marhaba – du sollst willkommen sein. Tritt ein in das Zelt deines Bruders und siehe, wie lieb er dich hat!"

Der Scheich war ein echter, dünn bebarteter Beduine in den reifen Mannesjahren. Er hatte das Hamail – den Koran in einem Futteral – am Hals hängen und war also in Mekka und Medina gewesen. Krüger-Bei benahm sich außerordentlich würdevoll: „Der Mond erhält sein Licht von der Sonne, und ich habe keine Freude ohne den Freund meiner Seele. Dein Name ist groß auf den Bergen und deine Stute berühmt in den Tälern; dein Vater war der tapferste der Helden und der Vater deines Vaters der weiseste der Weisen. Mögen deine Söhne stark sein wie Chalid und die Söhne deiner Söhne tapfer wie der Hengst, der seine Frauen und Kinder verteidigt! Ich bringe dir hier zwei Männer aus dem Abendland. Sie sind große Emirs bei den ihrigen und kommen zu dir, um deine Macht und Freundlichkeit rühmen zu können in den Ländern, wo die Sonne untergeht."

Wie schade, daß dieser Krüger-Bei das Deutsche nicht ebenso gewandt zu gebrauchen wußte wie das Arabische!

„Du sollst mein Kasit – mein Freund – sein, und du mein Aschab – mein Gefährte –", meinte der Scheich, indem er erst dem Engländer und dann auch mir die Hand reichte. „Ihr seid in meinem Zelt so sicher, als ob Dsu'l Fekar – der Blitzende –, der Säbel des Propheten, euch beschütze. Tretet ein, und eßt das Brot mit mir!"

Wir traten in das Zelt. Die Begleiter Krüger-Beis blieben draußen, mein Diener Achmed mit ihnen. Er hatte nicht ein Wort, nicht einen Wink der Begrüßung von dem Scheich erhalten. Lag dies daran, daß dieser zunächst seine Gäste zu beehren hatte? Oder hatte es vielleicht andere, Achmed nicht freundliche Gründe?

Im Hintergrund des Zeltes war ein ungefähr sechs Zoll hohes, hölzernes und mit Matten belegtes Gestell errichtet, das sogenannte Serir, auf welchem wir Platz nahmen. Eine besondere

Frauenabteilung gab es augenscheinlich nicht. Die weiblichen Familienglieder des Scheich waren jedenfalls in dem kleineren Zelt, welches neben dem großen lag, untergebracht. Von der Decke hing an einer grünseidenen Schnur ein Glasgefäß herab, welches der Scheich nahm, um es uns entgegenzureichen. Es enthielt Salz, klargestoßenes Natron aus den Salzseen des Südens; dabei lag ein kleiner Porzellanlöffel. Beides, Glasschale und Porzellanlöffel, war hier ein Luxus, auf den der Scheich nicht wenig stolz zu sein schien. Wir genossen jeder einige Körner ; Ali en Nurabi tat dasselbe und sagte dann feierlich: „Nanu malahin – wir haben Salz miteinander gegessen. Wir sind Brüder, und keine Feindschaft vermag uns zu trennen.“

Hierauf nahm er drei Tabakspfeifen von der Zeltwand, stopfte sie mit eigner Hand, reichte sie uns und gab uns Feuer. Dann entfernte er sich auf kurze Zeit. Als er wieder zurückkehrte, folgte ihm eine ältere Frau und ein junges Mädchen. Die erstere trug ein neun Zoll hohes Senïeh – Tischchen mit Kupferplatte – in den Händen, welches sie vor uns niedersetzte. Die letztere war eine vollkommene Schönheit zu nennen. Sie trug das tiefschwarze Haar in langen, dicken Flechten, in welche Silberschnüre eingewoben waren; um den vollen, hellbraunen Hals legte sich eine Korallenkette, an welcher eine goldene Schaumünze hing; sie trug einen schneeweißen Saub – ein Hemd –, welcher an der Brust ausgeschnitten war, so daß man das rotseidene Sudameirijeh – Schnürleibchen – sehen konnte, welches den vollen Busen trug, ohne ihn zu drücken. Dieses Hemd hatte sehr weite, geschlitzte Ärmel, so daß man den Arm bis zur Gegend des Ellbogens sehen konnte, und reichte bis über das Knie auf die weiß und rot gestreiften Sarwal – Hosen – herunter. Die nackten Füßchen staken in blauen Pantoffeln, und an den Hand- und Fußgelenken glänzten blanke metallene Ringe, an denen je ein Mariatheresientaler und ein goldenes Fünfpiasterstück befestigt war.

Sie trug einen aus starker Palmfaser geflochtenen umfangreichen und präsentiertellerartigen Deckel in den Händen, welcher mit allerlei kleinen Vorgerichten belegt war, welche die beiden Frauen auf dem Senïeh ordneten.

Da gab es Fubir – allerlei Süßigkeiten –, knusprige Kebab – am Spieß gebratene Fleischstücke –, kleine Schalen mit Dibs – Traubensirup –, ein Salabah von Gurken, Granaten, Wassermelonen und verschiedene Sorten von Datteln, von denen mir besonders die Sorte el Schelebi auffiel. Sie ist zwei Zoll lang, kleinkernig und von dem herrlichsten Geruch und Geschmack. Da sie aus Medina kommt, so ist sie teuer und es war also anzunehmen, daß der Scheich ein wohlhabender Mann sei.

Die Frauen sprachen kein Wort. Als sie sich wieder entfernt hatten, deutete der Scheich auf die Speisen: „Tefattelan – wenn es Euch gefällig ist. Nehmt von dem wenigen, bis das Lamm geschlachtet und zubereitet ist!"

„El Hamdulillah!" klang es aus unserem Mund, indem wir zulangten, und ich fügte hinzu: „Dein Herz ist gütig, und deine Hände sind offen für deine Gäste, o Scheich. Nimm auch du eine kleine Gabe, die wir für dich bestimmten. Wir haben el Rassahl, die Gazelle, gejagt und mehrere ihrer Schwestern erlegt. Sie liegen vor deinem Zelt und sind dein Eigentum!"

„Rabbena chaliek ia Sihdi – Gott erhalte dich, o Sihdi!" antwortete er. „Du kommst aus dem fernen Belad er Rumi – Europa –, aber du kennst trotzdem die Gebote des Koran, welcher sagt, daß Allah jede Gabe zehnfach vergilt. Ich nehme die Gazellen, und ihr sollt sie mit uns verspeisen."

Krüger-Bei erkundigte sich: „Ich habe gesehen Bent es Sebira, die schönste Tochter deines Stammes, aber deine beiden tapferen Söhne sah ich nicht. Warum kamen sie nicht, mir ihr Angesicht zu zeigen?"

„Sie sind hinüber nach el Hamsa. Meine Kundschafter erfuhren, daß die Söhne der Uëlad Hamema gekommen sind, die Kaffila – Karawane – zu überfallen, welche wir von Testur her erwarten. Darum sandte ich eine Anzahl junger Krieger aus, um zu erfahren, wo die Feinde sich befinden."

„Die Beni Hamema? Kommen diese Räuber so weit nach Norden herauf?"

„Sie sind überall zu sehen, wo ein Fang zu machen ist. Ihr Scheich ist der Sohn des Teufels. Seine Hände triefen von Blut; er schont sogar weder Weib noch Kind; aaïb aaleïhu – Schande über ihn!"

„Mohammed es Sadak Bei wird ihn zu finden wissen!"

„Meinst du? Es wird ihn niemand fangen. Sein Stamm hat viele Flinten, und der schlimmste aller Räuber ist sein Genosse."

„Wen meinst du?"

„Hast du noch nicht von Saadis el Chabir gehört?"

„Von Saadis, dem Krumir von Ferkah ed Dedmaka? Er ist berüchtigt im ganzen Land. Er hat seine Heimat fliehen müssen, weil er Blut vergoß und ihm nun die Rache folgt. Er ist der Chabir el Chabir, der größte unter den Führern; er kennt alle Berge und Täler, alle Flüsse und Quellen des Landes; wenn die Beni Hamema sich ihm anvertrauen, so sind sie doppelt zu fürchten."

„Sie haben ihn zum Führer gewählt, und er ist gestern am Bah el Halua gesehen worden. Das ist ein schlimmes Zeichen für die Kaffila; Gott schütze sie!"

Obgleich ich an diesem Gespräch nicht teilnahm, interessierte es mich doch außerordentlich, denn auch ich hatte von diesem Saadis el Chabir gehört. Sein Name wurde in jedem Zelt und an jedem Kamelfeuer genannt; er lebte im Mund des Märchenerzählers und auf den Lippen der Weiber, die ihre Kleinen mit ihm zum Gehorsam zwingen wollten. Übrigens brachte Krüger-Bei die Rede nun auf den Zweck seiner Anwesenheit, und so wurden wir von dem Scheich eingeladen, ihn hinaus zu seinen Pferden zu begleiten, um sie in Augenschein zu nehmen.

Wir verließen das Zelt und stiegen zu Pferd.

Sämtliche männliche Araber begleiteten uns hinaus zur Stelle, wo die Tiere weideten. Ihr Anblick brachte das Blut des Engländers in Wallung. Er war ein Kenner und leidenschaftlicher Liebhaber des edelsten der Haustiere.

„Behold!" rief er. „Welch herrliche Tiere! Seht dort die milchweiße Stute. Ich würde tausend Pfund für sie bezahlen. Well!"

„Ihr bekommt sie nicht um das Doppelte, Sir", antwortete ich ihm. „Und dennoch gibt es da ein Tier, welches vielleicht noch kostbarer, wenn auch nicht so teuer ist."

„Welches?"

„Das aschgraue Hedjihn – Reitkamel – da drüben. Es hat ganz dieselbe Farbe, welche man beim Haar eines Weibes so schön findet; cendré nennt es der Franzose. Seht den Kopf, die Augen, die Brust, die Beine! Wahrhaftig, es ist ein Bischarin-Hedjihn und muß ein vorzüglicher Läufer sein."

„Heigh-ho! Geht mir mit Euren Kamelen! Habt Ihr schon einmal auf so einer Bestie gesessen, Sir?"

„Hm, oft genug. Ihr wißt ja, daß ich bereits früher diese alte Sahara mehrfach durchkreuzt habe."

„Richtig! Und wie ist es Euch gewesen, als Ihr diesen Höcker unter Eurem armen Leichnam hattet?"

„Sehr wohl."

„Wirklich? Na, das seid auch Ihr. Ich weiß, daß Eure Nerven aus der Haut eines Nilpferdes gemacht worden sind. Als ich zum erstenmal ein solches Geschöpf bestieg, bin ich erst hinten und dann auch vorn herabgeworfen worden. Denkt Euch, so ein alter Horseman, wie der Sohn meines Vaters ist! Dann aber hielt ich mich ein wenig fester, will aber den Ritt all mein Lebtag nicht vergessen. Das war mehr als Seekrankheit, das war, als hätte ich tausend Teufel verschluckt, die mit mir in alle Winde wollten. Ich werde niemals wieder eine solche armselige, elende Kreatur besteigen!"

Er streckte abwehrend alle zehn Finger von sich und spreizte die langen, unendlichen Beine aus, als habe er das Kamel, von welchem er sprach, noch unter sich.

Die besten der anwesenden Tiere wurden uns einzeln vorgeführt. Auch Krüger-Bei war ganz entzückt über die Milchstute, sein gutmütiges Angesicht strahlte vor Wonne.

„Haben Ihnen bereits einmal so ein Tier gesehen?" fragte er mich! „Dat ist, hole mir der Juckuck, eine echte Rawouan – eine edle Pferderasse! Dem hat nicht einmal Sihdi Ali Bei, der Prinz Thronfoger, im seinen Marstall zu el Marfa, was dat Seebad vom Tunis stets gewesen zu sein jenannt zu werden verdienen muß."

„Ich hörte, daß er sehr viel Geld für Pferde ausgibt?"

„Sehr viel, ungeheuer viel – für Pferde, Wagen und Frauen. Er hat dreihundert Weiber, aber einem solchen Schimmel ist er noch nicht jewesen zu haben gehabt."

„Halten Sie dieses Pferd wirklich für unvergleichlich?"

„Auf jedem Fall. Es ist mich lieber als alle dreihundert Weiber dieses Sihdi Ali Bei, unter denen sich niemals nicht kein solcher Schimmel befunden zu haben erwähnt zu werden erlaubt."

„So sehen Sie sich einmal gefälligst meinen Rapphengst an!"

„Dat ist nicht leicht. Sie haben ihm ja so in dem Libet – in eine Filzdecke – injewickelt, daß man nur die Beine und die Nasenspitze zu sehen jewohnt werden muß."

„Sie sollen ihn nachher sehen."

„Sein Jang und seine Haltung ist mich bereits schon aufgefallen; er scheint Jeist und Feuer zu besitzen. Warum bedecken Sie ihm so über?"

„Er hat in letzter Zeit Durrha fressen müssen und ist davon ein wenig indisponiert. Doch halt, passen Sie auf!"

Der Scheich hatte den Schimmel bestiegen, um ihn durch die Schule zu nehmen. Das Tiere bewährte sich als ganz vorzüglich, und gern hätte ich es einmal mit meinem Schwarzen in die Schranke genommen, wenn ich nicht der Gast seines Besitzers gewesen wäre. Es gibt keine größere Betrübnis für einen Beduinen, als wenn sein Lieblingspferd gegen ein anderes zurücktreten muß.

Mitten in gestreckter Karriere parierte Ali en Nurabi die Stute grad vor uns und fragte Krüger-Bei mit leuchtenden Augen: „Diese Stute heißt Utheif – Schwalbe; wie gefällt sie dir?"

„Sie ist wert, den Propheten im Paradies zu tragen. Verkaufst du sie?"

„Willst du mich beleidigen, Mir Alai – Oberst? Weißt du nicht, daß der Sohn der Sahara lieber sich selbst, sein Weib und seine Söhne tötet, als daß er seine Stute für Geld hingibt?"

„Ich weiß es, o Scheich. Kennst du ein Pferd, welches dieser Utheif gleicht?"

„Es gibt nicht ihresgleichen."

„Willst du dir nicht einmal den Hengst dieses Effendi ansehen?"

„Kein Effendi aus Frankistan kann ein Pferd haben, dessen Augen auf Utheif ruhen dürfen; dennoch ist dieser Hengst vielleicht kein schlechtes Pferd, da ihn sein Herr so sorgsam eingeschlagen hat. Wie heißt er?"

„Sein früherer Herr hat ihm den Namen ‚Rih' gegeben", antwortete ich.

Das machte den Frager denn doch ein wenig stutzig.

„Rih ist ein arabisches Wort", meinte er. „War der Herr des Pferdes denn ein Beduine?"

„Es war Mohammed Emin, der Scheich der Haddedihn von dem Stamme el Schammar."

„So ist dein Hengst ein gewöhnliches Tier, denn kein Schammar verkauft ein gutes Pferd."

„Er hat es nicht verkauft, sondern ich erhielt es als Geschenk von ihm. Ob es ein schlechtes Pferd ist, sollst du gleich sehen."

Ich stieg ab und winkte meinem Diener Achmed. Dieser hatte unserer Unterhaltung mit Spannung zugehört und machte sich jetzt mit Freuden daran, die Hüllen von dem Rappen zu nehmen. Er war schon im voraus stolz auf den Sieg, den ich hoffentlich erringen würde.

„Wallahi, billahi?" rief der Scheich, als der Filz am Boden lag. „Herr, dieser Hengst hat blutrote Nüstern und ist gebaut wie es Saleh, das Lieblingspferd Harun el Raschids. Er ist Radschi pak, er ist vom reinsten Blut. Kein Beduine verschenkt einen solchen Reichtum. Es ist dir gefolgt ohne sein Wissen!"

Das sollte mit andern Worten heißen, daß ich es gestohlen hätte. Nur die Verwunderung konnte dem Scheich diese Worte entreißen. Ich zog die Brauen zusammen und legte die Hand an den Dolch. „Weißt du, was du redest, Scheich Ali en Nurabi? Ist es hier am Dschebel Gwibub eine Ehre, ein Pferdedieb zu sein?

In dem Lande, da ich geboren wurde, ist es eine Schande. Hätte ich nicht das Salz mit dir gegessen, so säße dieses Eisen dir bereits im Herzen. Ich bin kein Inglis und kein Fransesli, sondern ein Nemtsche, ein Deutscher. Sei in Zukunft vorsichtiger, wenn du mit einem Deutschen sprichst!"

Auch seine Augen leuchteten. Wäre ich sein Gast nicht gewesen, so hätte es sicher eine Messeraffaire gegeben. Jedoch er bezwang sich und fragte: „Hat dein Hengst ein Geheimnis?"

„Jedes Pferd von reinem Blut hat ein Geheimnis; auch er hat es."

„Kennst du es?"

„Ich kenne es."

„So verzeihe mir! Kein Mann verrät das Geheimnis seines Pferdes; nur erst auf dem Totenbett entdeckt er es seinem Erben. Wer das Geheimnis seines Pferdes kennt, der hat sein Tier gewiß ehrlich erworben. Aber wenn dir der Scheich der Haddedihn diesen Koheli-Hengst schenkte, so mußt auch du ein großer Scheich oder Emir sein!"

„Er war mein Freund, das ist genug für jetzt. Vielleicht erzähle ich dir am Abend, wie ich zu dem Pferd gekommen bin."

„Und du glaubst, daß es meiner Stute ebenbürtig ist?"

„Ich glaube es."

„So setze dich auf. Du sollst es mir beweisen!"

„Ich darf nicht die Stute des Mannes kränken, in dessen Zelt ich ruhen soll."

„Du darfst es, Effendi. Ich verlange es von dir, um dir zu beweisen, daß meine Schwalbe schneller ist als dein Wind."

Ich war noch unschlüssig, aber Krüger-Bei ermunterte mich: „Er will es ja! Dunderwetter, ich bin ja selber neujierig, was dat für ein Wettrennen zu werden versprochen jehabt haben wird. Indem ich Ihrem Hengst jesehen habe, bin ich janz erstaunt, bis jetzt mit solcher Blindheit jeschlagen jeworden jewesen zu sein. Der Scheich kann nicht zornig sein, wenn Ihnen ihm besiegen, denn er will es nicht anders. Lassen Sie dem Teufel losjehen. Ich sage Sie, es soll mir freuen, wenn ihren ‚Wind' nicht der Wind auszujehen und verloren jegangen sein haben wird!"

Sir David Percy hatte unsere Unterhaltung zwar nicht vollständig verstanden, aber beim Anblick meines Pferdes waren ihm laute Ausrufe der Bewunderung entschlüpft; er ahnte, um was es sich handelte, und meinte zu mir: „'sdeath, ist das ein Pferd! Ihr sollt mit dem Scheich wohl um die Wette reiten?"

„Ja."

„Tut es, tut es! Ich glaube, dieser Rappe nimmt es mit dem Schimmel auf, vollständig auf!“

„Pah! Er ist ihm an Schnelligkeit und Ausdauer weit überlegen. Aber ich beleidige den Scheich, wenn ich seine Stute beschäme.“

„Papperlapapp! Der Ruf eines solchen Pferdes ist mehr wert, als dieser braune Kerl!“

Mit dem „Geheimnis“ eines Pferdes ist es eine eigentümliche Sache. Ein jeder Araber nämlich gewöhnt sein Pferd an ein gewisses Zeichen, auf welches hin das Tier in potenzierter Schnelligkeit dahinfliegt, bis es tot zusammenbricht. Dieses Zeichen sagt er keinem Menschen, selbst seinem Sohn, seinem besten Freund nicht, und wendet es nur dann an, wenn er sich in Todesgefahr befindet, oder wenn es gilt, einen Preis zu erringen, der ihm kostbarer als das Tier zu sein scheint. Mein Zeichen bestand darin, daß ich den Namen Rih laut ausrief und dem Rappen die linke Hand zwischen die Ohren legte. Ich hatte bereits erfahren, daß es dann einem andern Reiter wohl schwer werden möchte, mich einzuholen. Auch die Stute des Scheich fürchtete ich nicht, desto mehr aber hegte ich Bedenken, seinen Stolz zu verletzen, darum war es mir lieb, daß jetzt eine Unterbrechung eintrat, welche uns, wenigstens für den Augenblick, von der Pferdeprobe absehen ließ. Einer der Araber nämlich stieß einen lauten Ruf aus und deutete mit der Hand nach Norden. Dort ließen sich zahlreiche Punkte sehen, welche sich, indem sie uns schnell näher kamen, zusehends vergrößerten. Es waren Reiter, welche zu dem Stamm gehörten. Kaum hatte der Scheich dies erkannt, so gab er das Zeichen, ihm zu folgen, und schoß auf seiner Stute mit einer schier schwindelerregenden Schnelligkeit davon.

„Drauf, drauf!“ rief Krüger-Bei mir zu. „Holen Sie ihn ein! Das ist die schönste Jelegenheit, sich dem Hengst als die Stute überlegen beweisen zu sein müssen!“

Ich machte eine abwehrende Handbewegung und blieb im gleichen Tempo mit den andern. Die uns Entgegenkommenden waren ungefähr zwanzig Köpfe stark. Sie führten in ihrer Mitte einen Reiter, der mit Palmenfaserleinen an sein Pferd gefesselt war. Zwei von ihnen ritten schneller als die übrigen auf den Scheich zu und parierten vor ihm ihre Pferde. Es waren seine beiden Söhne.

„Hamdulillah“, hörten wir den einen rufen, „Preis sei Allah, der uns den größten der Räuber und Mörder in die Hand gegeben hat!“

„Wer ist dieser Gefangene?“ fragte der Scheich.

„Es ist Saadis, der Krumir. Allah ihal el Kelb – Gott verderbe den Hund, ihn und den ganzen Ferkah ed Dedmaka! Er hat Abu Ramsa, unsern tapfern Krieger, erschossen und einige von uns verwundet. Sein Name werde ausgelöscht, und sein Blut bezahle die Schuld, die ihn zur Hölle führt!"

Dieser Gefangene also war der berüchtigte Krumir, von dem wir vorhin gesprochen hatten! Ich betrachtete ihn mir. Seine Hände waren an den hinteren Teil seines arabischen Sattels gefesselt, und beide Füße hatte man ihm mit Leinen gebunden, welche unter dem Bauch seines Pferdes hinliefen. Dennoch saß er aufrecht, stolz und kalt im Sattel, die schwarzen stechenden Augen scharf auf den Scheich gerichtet. Die niedrige Stirn mit den dünnen, borstenartigen Brauen, die spitzen Backenknochen, die dünne Habichtsnase, die wulstigen Lippen und das stark entwickelte Kinn gaben seinem Angesicht einen gefühllosen, grausamen Ausdruck.

„Abu Ramsa ist tot? Wo ist er?" fragte der Scheich.

„Dort bringt man ihn."

Der Sprecher deutete dabei nach rückwärts, wo zwei Reiter sichtbar wurden. Sie führten zwischen sich ein Pferd, auf welchem die Leiche des Erschossenen festgebunden war.

„Und wer ist verwundet?" erkundigte sich der Scheich.

Zwei der Reiter zeigten wortlos auf die Blutflecke, welche an ihren weißen Mänteln zu sehen waren.

„Erzähle, wie ihr ihm begegnet seid!" gebot Ali en Nurabi.

Sein Sohn berichtete: „Wir ritten das Wadi Milleg hinab und machten am Fum el Hadschar – Mund der Steine, eine Felsenkluft – Halt. Da kam dieser Nachkomme eines räudigen Hundes. Er saß auf dem Pferd; seine Augen suchten wie die Augen eines Spions, und sein Ritt war wie der Gang eines Verräters. Da erblickte er uns und wandte sich zur Flucht. Wir aber waren bald bei ihm. Doch bevor wir ihn festnehmen konnten, hatte er den Gefährten getötet und diese zwei verwundet. Ed dem b'ed dem – en nefs b'en nefs – Auge um Auge, Zahn um Zahn; er ist der Blutrache verfallen!"

„Ed dem b'ed dem – en nefs b'en nefs!" riefen die Stimmen rund im Kreis.

Der Scheich winkte Schweigen.

„Die Versammlung wird über ihn beraten", meinte er. „Hat er euch gestanden, wo sich die Seinigen befinden?"

„Nein. Er hat kein Wort gesprochen. Sein Mund ist wie die Lippe des Todes, welche ewig schweigt."

„Die Spitzen unserer Speere und Messer werden ihm die Worte lehren, welche wir von ihm verlangen. Führt ihn zum Lager fort!"

Während dieser kurzen Verhandlung hatte der Krumir mit keiner Wimper gezuckt und mit unverhohlener Bewunderung mein Pferd und dasjenige des Scheichs betrachtet. Sein Angesicht blieb unbeweglich, und als wir an den Herden vorüberritten, hielt er durch einen leisen Schenkeldruck sein Pferd an, um das aschgraue Reitkamel mit dem entzückten Auge eines Kenners zu mustern. Sein Schicksal schien ihm nicht die mindeste Sorge zu bereiten.

Einige der Araber waren in das Lager vorausgeeilt, um die Kunde zu verbreiten, daß der gefürchtetste ihrer Feinde gefangen sei. Daher wurde unser Zug von der ganzen Bevölkerung unter lautem Jubel empfanden. Die Reiter schossen in kühnen Sätzen durcheinander, und die übrigen klatschten jauchzend in die Hände und gaben durch beleidigendes Mienenspiel und Ausspucken dem Gefangenen ihre Verachtung zu erkennen. Er bewegte keine Miene, selbst dann nicht, als man vor dem Zelt des Scheichs Anstalten machte, ihn von seinem Pferd zu lösen. Kaum aber war der letzte Knoten geöffnet, so schnellte er sich mit einem weiten Satz herab, warf die Umstehenden beiseite und befand sich im nächsten Augenblick vor dem Nebenzelt, an dessen Eingang die Tochter des Scheichs stand. Im Nu hatte er sie ergriffen und wie einen Schild vor sich gestellt. „Dakilah ia Scheik – ich bin der Beschützte!" rief er, und sofort sanken alle Hände, die sich nach ihm ausgestreckt hatten.

Das war so schnell geschehen, daß es unmöglich verhindert werden konnte. In allen Gesichtern spiegelte sich die zornigste Überraschung, aber keiner wagte es, die Hand gegen den zu erheben, der das geheiligte Wort ausgesprochen hatte, welches selbst den schlimmsten Missetäter vor der Rache seiner Feinde schützt.

„Eddini scharbat, ia ambr el benaht – gib mir zu trinken, o Zierde der Mädchen!" sagte er zu Mochallah, der „Wohlriechenden", welche der unerwartete Vorgang ganz erschreckt hatte.

Sie blickte fragend auf ihren Vater. Ein leises Murren erhob sich ringsum; der Scheich aber kehrte sich nicht daran, sondern gebot ihr: „Gib ihm Wasser, aber weder Brot noch Salz! Die Ältesten werden richten, was mit ihm geschehen soll."

Sie verschwand im Innern des Frauenzeltes und trat gleich

darauf wieder mit einer mit Wasser gefüllten Schale hervor, welche sie dem Krumir entgegenreichte. „Nimm und trink, du Feind meines Stammes!" sagte sie.

„Ich trinke", antwortete er stolz. „Mögen meine Feinde verschwinden, wie die Tropfen dieses Wassers, und möge dieser Trank sein Ma el Furkan – das Wasser der Erlösung – für Saadis el Chabir, den Sohn der Beni Dedmaka!"

„Allah jenahrl el Dedmaka – Allah verdamme die Dedmaka!" ließ sich eine zornige Stimme vernehmen.

Es war mein Diener Achmed es Sallah, welcher diese Worte gesprochen hatte. Der Scheich zog die Stirn in drohende Falten und antwortete ihm: „Allah iharkilik – Gott verbrenne dich, dich und deine Zunge! Hast du nicht gesehen, daß dieser Mann die Nuktha al karam – die Tropfen der Großmut – mit einer Tochter deines Stammes getrunken hat? Doch ich weiß, daß du in die Fremde gegangen bist, um die Sitten und Gesetze deines Volkes zu vergessen, und nun weißt du nicht mehr, daß der Beduine zu gehorchen hat, wenn der Mul el Duar – Herr des Zeltdorfes – seine Stimme erhebt. Der Fluch des Propheten trifft den Mann, der seinen Gastfreund schändet, und ich sage euch, daß ich einen jeden töte, der ein Haar dieses Dedmaka zu krümmen wagt, ehe die Dschemma – die Versammlung der Ältesten – beraten hat, was mit ihm geschehen soll!"

O wehe! Aus diesen Worten konnte ich ersehen, daß der Scheich auf den armen Achmed nicht sonderlich gut zu sprechen sei. Was sollte da aus der Liebe der beiden jungen Leute werden? Achmeds Augen funkelten. Jedenfalls war es die Eifersucht gewesen, die ihm seine Worte diktiert hatte. Er war noch nicht so glücklich gewesen, ein Wort mit der Geliebten wechseln zu können, und dieser Räuber und Mörder durfte sie ungestraft berühren und von ihren Händen trinken. Das mußte ihm peinlich sein; doch war er jetzt zu klug, als daß er seinen Gefühlen noch weiteren Einfluß gestattet hätte. Er zog sich grollend zurück.

Auf einen Wink des Scheichs nahmen zwei Krieger den Krumir in die Mitte und führten ihn in das Zelt des ersteren. Krüger-Bei legte mir die Hand auf die Schulter. „Na, nu jeht die Beratung los, und da sind wir überflüssig", meinte er. „Ich werde Ihnen bitten, mir zu begleiten."

„Wohin?"

Nur ein wenig auf dem Promenade, um die Beine zu vertreten. Dat wird so eine Art höfliche Rücksichtsvolligkeit gejen den Scheich zu haben sein, da er jetzt seinem Zelt zu die Versammlung braucht. In eine Viertelstunde ist alles abjemacht, und dann können wir uns zurückzukehren erlaubt jedurft haben."

„So nehmen wir den Engländer mit?"

„Dat wird sich janz von selber zu verstehen jeneigt sein. Mit wem zu jehen sollte er wohl anders aufgefordert werden, als von uns, mit uns auf der Promenade zu dürfen?"

Ich gab Sir David Percy einen Wink. Wir überließen Achmed die Aufsicht über unsere Pferde und wandten uns einer Palmengruppe zu, deren Wedel in einiger Entfernung kühlen Schatten verhießen.

„Was ist das für ein Kerl, Sir, den die Uëlad Sebira gefangennahmen?" fragte mich Percy. „Ich habe wohl alles gesehen, aber nichts verstanden."

„Es ist ein Krumir von Ferkah ed Dedmaka, ein höchst gefährlicher Karawanenräuber, an dessen Hand schon mancher Tropfen Blutes klebt."

„Hm! Wie heißt der Mensch?"

„Saadis el Chabir."

„Was heißt das?"

„Saadis ist der eigentliche Name und heißt ‚der Sechste'. Dieser Mensch kennt nämlich infolge seiner Streifzüge in Algier und Tunesien einen jeden Berg und ein jedes Wadi. Er ist der sicherste Führer weit und breit, hat von der Küste des Mittelmeeres bis in das Belad el Dscherid – Dattelland, südlich der großen Schotts – zahlreiche Freunde und saubere Verbündete, wie ein Londoner Taschendieb von Holborn bis Isle of Dogs seine Hehler hat, und soll sogar auf den gefährlichen Salzseen des Südens so sicher sein, wie ein Reiter in seinem Sattel. Daher engagieren ihn die räuberischen Stämme der Beduinen sehr oft als Führer."

„Hm! Habe den Namen bereits gehört, wußte aber nicht, daß dieser Saadis und jener Spitzbube ein und derselbe Halunke sei."

„So habt Ihr ihn bereits gesehen, Sir?" fragte ich rasch.

„Yes!" nickte er.

„Wo?"

„In Tunis oder vielmehr bei Tunis. Well!"

„Wann?"

„Vor drei Wochen. Es war am Ende der Manuba – der großen Villenanlage bei Tunis – wo er mir begegnete. Er saß auf einem köstlichen Fliegenschimmel und galoppierte nach den Bergen von Saghoan hin. Als ich den Bardo – die Residenz des Beis von

Tunis – erreichte, hörte ich, daß soeben ein Pferd des Beis, ein sechsjähriger Fliegenschimmel, gestohlen worden sei. Ich tat meine Aussage und schloß mich der Verfolgung des Spitzbuben an; aber als wir die Manuba hinter uns hatten, war er bereits am Dschebel Saghoan angekommen. Er konnte nicht mehr eingeholt werden."

„Und ihr habt ihn ganz sicher wiedererkannt? Und irrt Euch nicht?"

„Er ist es, sicher und gewiß. Diese Physiognomie ist nicht zu vergessen, und ich wette alles gegen nichts, daß ich mich nicht irre. Yes!"

„Weiß Krüger-Bei von dem Diebstahl?"

„Natürlich. Er war zu derselben Zeit im Barbo."

„Und Ihr habt ihm jetzt noch nicht gesagt, daß dieser Saadis der Spitzbube ist, dem Ihr damals begegnet seid?"

„Nein."

„So soll er es sofort erfahren!"

Ich teilte dem Obersten der Leibwache mit, was ich soeben gehört hatte. Er war so überrascht, daß er den geöffneten Mund nicht wieder zuzubringen schien.

„Was?" rief er endlich. „Dieser Saadis el Chabir, dieser Hauptspitzbube, soll es gewesen sein? Wird der Lord nicht sich jetäuscht zu haben schuldig jeworden sein?"

„Er täuscht sich nicht."

„Dunderwetter! Dat ist gut; dat wird ein Fang, für welchen mich es Sadak Bei die jrößte Dankbarkeit zu widmen jeneigt zu sein dat Versprechen zu jeben haben wird! Aber wo ist der Fliegenschimmel?"

„Verkauft jedenfalls, da ihn der Krumir heute nicht geritten hat."

„Den Kerl soll der Deibel holen! Er wird die Bastonade so lange auf den Fußsohlen bekommen, bis er dat Jeständnis zu entschlüpfen jelingt, wo der Schimmel zu finden werden kann. Ich bitte Ihnen, lassen Sie mir schnell umkehren, damit wir nicht zu spät kommen, ehe dieser Halunke von die Versammlung der Ältesten begnadigt zu werden in Schutz jenommen zu sein ihr veranlassen wird!"

„Werden wir Zutritt in die Dschemma erhalten?"

Er blieb stehen und besann sich.

„Nein", antwortete er dann, „und dat ist sehr unanjenehm. Aber wir kehren dennoch um, denn man kann nie nicht jemals wissen, was in einer solchen Anjelegenheit ein einziger Augenblick für eine Wirkung zu versäumen mißraten kann. Janzes Bataillon, rückwärts marsch!"

Wir schritten nach dem Duar zurück. Vor demselben stand Achmed bei unsern grasenden Pferden. Ich blieb bei ihm stehen, während die beiden andern weitergingen. Er mußte etwas Frohes erfahren haben, denn sein offenes Angesicht glänzte vor Entzücken.

„O Sihdi", meinte er, „die Sonne ist aufgegangen über deinen Freund und Diener, und Allah hat die Fülle des Glückes über ihn ausgeschüttet!"

„Darf ich erfahren, welches Gesandten sich Allah bedient hat, um dir diese Seligkeit zu schenken?"

„Du darfst es erfahren, nur du allein, denn du wirst uns nicht verraten. Mochallah, die schönste der Houris, ging hier vorüber, um nach dem Lieblingskamel des Scheichs zu sehen. Sie mußte sehr vorsichtig sein, aber sie sagte mir, daß sie mich um Mitternacht dort bei den Palmen erwarten wird. Der Scheich zürnt mir, weil ich als Schiluhh und Amazigh – Bezeichnungen für ‚freier Mann' – in die großen Städte gegangen, und nun gar der Diener eines Ungläubigen geworden bin. Wir werden besprechen, wie wir seinen Zorn besänftigen können."

„Er zürnt dir meinetwegen? Das ist eine Beleidigung, die ich rächen werde!"

„O Sihdi, schone ihn! Dein Arm ist stark, und dein Messer hat sein Ziel noch nie gefehlt; aber der Scheich ist der Vater von Mochallah, die ich liebe; du wirst mein Herz nicht betrüben!"

„Pah, ich will ja nicht töten! Du weißt ja, daß ich ein Christ bin, und daß mein Kitab el mukaddas -- die Bibel – mir verbietet, Blut ohne Not zu vergießen."

„Was willst du denn tun, Effendi?"

„Ich werde mich dadurch an ihm rächen, daß ich, der Ungläubige, deinen Fürsprecher mache. Ich werde ihn bitten, dir deine ‚Wohlriechende' zum Weib zu geben."

„Ist es wahr? O Sihdi, wolltest du das wirklich?" fragte er erfreut.

„Ja. Und ich bin neugierig zu erfahren, ob er meine Wangen in Scham erröten lassen wird. Du weißt ja, daß der Prophet verbietet, den Gast schamrot zu machen."

„Herr, wenn du das tust, so wirst du auch bereit sein, mir noch eine andere Liebe zu erweisen. Erfülle meine Bitte, und ich werde deine Güte preisen von Kind auf Kindeskind!"

Hm, der gute Achmed sprach von seinen Nachkommen zweiter Folge, noch ehe er die Erlaubnis hatte, mit der einstigen Großmutter seiner Kindeskinder reden zu dürfen! Die Liebe ist ein eigentümliches Ding, in Lappland und in Tunis, am Mississippi und bei den Papuas; es ist am besten, ihr den Willen zu lassen. Darum fragte ich: „Welchen Wunsch soll ich dir erfüllen?"

„Meinst du nicht, daß ich mit Mochallah überrascht werden könnte?"

„Das ist sehr leicht möglich."

„Sihdi, ich habe keinen andern. Laß du dein Auge über uns wachen, damit wir sicher sind!"

Ah! Nicht übel! Mein braver Achmed schien zu wissen, daß der Deutsche auf alle Fälle ein gutes Herz hat und seinen Nächsten außerordentlich gern gefällig ist. Aber warum sollte ich ihm den kleinen Dienst nicht erweisen? Wäre ich es gewesen, den eine Mochallah unter Palmen erwarten wollte, so hätte er auch mit Freuden unsern ‚Speech' bewacht. Also antwortete ich: „Achmed es Sallah, gehe getrost hin unter die Datteln. Ich werde jeden Verräter fernzuhalten wissen!"

„O Sihdi, deine Gnade ist so groß, wie der Baum esch Schiab, auf dem die Erde steht, und deine Barmherzigkeit reicht so weit, wie die Tschiuhr el Dschinne – die Vögel des Paradieses, die Schwalben – fliegen. Ich gebe dir mein Leben, wenn du es haben willst!"

„Behalte es für Mochallah, die ‚Wohlriechende'! Sage ihr, daß ich dein Freund sei, der für euch bei ihrem Vater reden wird!"

Ich setzte meinen Weg nach dem Zelt des Scheichs fort. Percy und Krüger-Bei standen wartend vor demselben. Eben als ich bei ihnen ankam, öffnete sich der Eingang und der Scheich trat mit dem Krumir und den Ältesten hervor.

„Was habt Ihr über diesen Mann beschlossen?" fragte der Oberst der Leibwache.

„Die Versammlung ist gütig gegen ihn gewesen", antwortete Ali en Nurabi. „Er hat das Wasser des Willkommens, nicht aber das Brot und Salz der Gastfreundschaft erhalten. Er wird drei Tage lang in unsern Zelten und auf unsern Weideplätzen sicher sein; nach dieser Zeit aber und auch vorher, sobald er über unsere Grenze schreitet, ist er der Blutrache verfallen."

„Er wird fliehen!"

„Sein Pferd wird von meinen Männern bewacht."

„Er wird dennoch fliehen. Weißt du, o Scheich, daß er nicht bloß euch, sondern auch mir verfallen ist?"

„Warum?"

„Das sollst du sofort hören!“

Der Krumir hatte während dieser Verhandlung scheinbar auf keines der Worte gehört. Sein Auge hatte auf der in der Nähe angepflockten Milchstute en Nurabis geruht und war dann nach dem Frauenzelt geglitten, vor welchem Mochallah beschäftigt war, auf einem Stein Durrha zu mahlen. Es lag ein gieriger, hohnvoller Ausdruck in seinem Blick, und ich las von seinem Gesicht den Gedanken, daß sowohl das Pferd als auch das schöne Mädchen zwei Gegenstände seien, um deren Besitz man etwas wagen könne. Bei den letzten Worten Krüger-Beis wandte er sich mit stolzem Gesichtsausdruck diesem zu.

„Du warst vor drei Wochen in Tunis?“ wurde er von diesem gefragt.

„Was gehen dich meine Wege an?“ antwortete er.

„Mehr als du denkst! Willst du leugnen, daß du dort gewesen bist?“

„Ich habe weder zu leugnen, noch dir Rede zu stehen. Ich bin ein freier Sohn der Dedmaka, du aber bist ein Sklave des Pascha. Warte, bis es mir gefällt, mit dir zu sprechen!“

„Es wird dir gefallen müssen, du freier ed Dedmaka, der du ein Gefangener dieser tapfern Uëlad Sebira bist. Dieser fremde Emir aus Inglistan hat dich in Tunis gesehen.“

„Er mag ansehen, wen er will. Was kümmert es mich?“

„Du hast auf einem Fliegenschimmel geritten.“

Es zuckte doch etwas wie Überraschung über das eiserne Gesicht des Krumir; doch er verstand, sich zu beherrschen und antwortete: „Kam dieser fremde Emir nur deshalb aus Inglistan, um Fliegenschimmel zu sehen?“

„Dieser Schimmel war dem Pascha gestohlen worden. Du rittest mit ihm vom Bardo durch die Manuba nach den Bergen von Saghoan. Wir konnten dich nicht mehr erreichen.“

Der Krumir stieß ein kurzes, schadenfrohes Lachen aus.

„So war dieser Schimmel wohl ein sehr gutes Pferd?“ fragte er. „Der, welcher ihn gestohlen hat, muß ein besserer Reiter sein als diejenigen, welche ihn verfolgten.“

„Und dennoch haben sie ihn erreicht, wie du jetzt siehst. Saadis el Chabir, wo hast du das geraubte Pferd?“

„Ich?! – Hat dir der Samum, der böse Wind der Wüste, das Gehirn ausgetrocknet, daß du diese Frage aussprechen kannst?“

Da legte der würdige Oberst der Mamelucken seine Hand an den Griff des Jatagans und rief: „Kelb, Ibn el Kelb – Hund, Sohn eines Hundes, kennst du mich?“

„Ich kenne dich, denn ich habe dich in el Marfa auf der Straße Sihdi Morgiani und auch vor dem Dar el Bei – Haus des Beis – an der Spitze der Sklaven gesehen. Du stammst aus den Ländern des Nordens, wo die Ungläubigen wohnen, die Allah verdammen möge. Bist du noch so rhassihm – so grün – im Lande der Gläubigen, daß du es wagst, einen Krumir von dem Ferkah ed Dedmaka einen Hund zu nennen? Weißt du nicht, daß du nur den als Dieb behandeln darfst, den du unmittelbar nach dem Diebstahl auf dem gestohlenen Pferd sitzend findest? Und selbst wenn du den Fliegenschimmel heut bei mir gesehen hättest, so würde ich ihn nicht gestohlen, sondern geschenkt erhalten, getauscht oder gekauft haben. Wärest du nicht der Gast dieser Männer, bei denen ich Wasser getrunken habe, so würde dich mein Messer treffen. Aber sagst du nur noch ein einziges Schimpfwort zu mir, so wird augenblicklich deine Seele zu ihren Vätern versammelt sein. Ein Sohn der Krumirs läßt sich nicht zum zweiten Mal ungestraft beleidigen. Merke dir das!"

Diese Drohung hatte keinen Einfluß auf den tapferen Krüger-Bei. Er trat seinem Gegner einen Schritt näher und fragte: „Wagst du, zu lügen, daß du das Pferd gestohlen hast?"

„Ich brauche nicht zu lügen und brauche auch nichts einzugestehen. Rede, mit wem du willst, nur nicht mit mir!"

„Nun wohl, dieser Wunsch soll dir erfüllt werden, aber glaube ja nicht, daß du mir entkommst!" Und sich an Ali en Nurabi wendend, fuhr er fort: „Also dieser Saadis el Chabir steht wirklich unter Eurem Schutz?"

„Ja; er kann drei Tage lang frei und unbelästigt bei uns umhergehen, als ob er zu uns gehört. Am vierten Tag, zur Zeit des Fetscher – des ersten Gebets im Zwielicht vor der Morgenröte –, erhält er sein Pferd zurück, um uns zu verlassen. Aber zur Zeit der Morgenröte jagen wir ihm nach, und wenn wir ihn ereilen, so nehmen wir sein Blut. So wurde es beschlossen."

„Er wird vorher entfliehen!"

„Er hat geschworen, nicht zu fliehen."

„Welchen Schwur hat er geleistet?"

„Bei Allah, dem Propheten, und allen heiligen Kalifen."

„So wird er seinen Schwur halten. Ich aber habe keinen Teil an eurem Beschluß; ich habe ihm nicht versprochen, ihm zwischen dem Zwielicht und der Morgenröte Zeit zum Entkommen zu lassen. Ich werde ihn an der Grenze eurer Weideplätze erwarten, um ihn festzunehmen und nach Tunis zu bringen."

„Dies müssen wir dir gestatten“, antwortete der Bei; „aber ehe du ihn nach Tunis bringst, wird er bereits von unsern Kugeln gefallen sein. Jetzt aber tretet ein in das Zelt; ich rieche den Duft des Schafes, welches für euch geschlachtet wurde.“

Der Krumir schritt mit erhobenem Haupt davon, wir aber gingen in das Zelt, wo wir von Mochallah und ihrer Mutter bedient wurden. Weder der Scheich noch einer der Seinigen war bei dem Mahl gegenwärtig. Die Sitte verbot ihnen zu essen, bevor der getötete Genosse begraben war.

„Was hat dieser Colonel der Leibwache mit dem Scheich verhandelt?“ fragte mich Sir Percy während des Essens.

Ich erklärte ihm den Vorgang.

„Hm!“ brummte er. „Miserabler Spitzbube, dieser Krumir! Soll uns nicht entwischen, dieser Kerl! Yes! Ich schaffe ihn mit nach Tunis.“

„Ich denke, Ihr wollt Euch mir anschließen?“

„Ah, richtig! Ihr wollt ja nach dem Süden, und ich gehe mit. Aber vorher können wir doch helfen, den Menschen zu fangen?“

„Werden sehen. Ich traue weder ihm noch seinem Schwur. Vielleicht passiert irgend etwas, noch ehe die drei Tage abgelaufen sind.“

Wir waren eben mit dem Mahl zu Ende, als sich draußen ein lautes, vielstimmiges Klagegeheul erhob. Man stand im Begriff, den Toten zu beerdigen. Als Gäste hatten wir die Verpflichtung, uns mit anzuschließen; daher verließen wir das Zelt und gingen vor das Lager, wo sich sämtliche Bewohner desselben um die Leiche versammelt hatten. Sie lag, in weiße Gewänder gehüllt, vor einer seichten, offenen Grube. Neben ihr standen die Verwandten, und die übrigen schlossen einen weiten Kreis um die Stätte. Die Frauen und Mädchen jammerten in schrillen, durchdringenden Tönen, die Männer aber standen schweigsam mit finstern, rachgierigen Blicken. Der Krumir war nicht zu sehen; er war so klug gewesen, sich unsichtbar zu machen.

Da ein Geistlicher nicht zugegen war, so hatte der Scheich die Stelle desselben zu vertreten. Er erhob die Hand, und sofort trat lautlose Stille ein. Er wandte sein Antlitz in die Kibla – Gesichtsrichtung nach Mekka – und begann: „Im Namen des allbarmherzigen Gottes! Bei dem weisen Koran, du bist einer der Gesandten Gottes, um den richtigen Weg zu lehren. Es ist die Offenbarung des Allmächtigen und Allbarmherzigen, daß du ermahnest ein Volk, dessen Väter nicht gewarnt wurden und daher sorglos und leichtsinnig dahinlebten. Das Urteil ist bereits über sie gesprochen, daher sie nicht glauben können . . ."

Das war der Anfang der sechsunddreißigsten Sure, welche Mohammed „Quelb el Kuran", d. i. Herz des Koran, genannt hat. Sie wird in der Stunde des Sterbens oder bei dem Begräbnis gebetet. Bei den Worten: „Ein Zeichen der Auferstehung sei ihnen die tote Erde, die der Regen neu belebt", wurde die Leiche in die Grube gelegt, mit dem Gesicht nach Mekka gerichtet. Bei den Worten: „Die Posaune wird ertönen, und siehe, sie steigen aus ihren Gräbern. Das ist es, was uns der Allbarmherzige verheißen hat. Nur ein einziger Posaunenschall, und siehe, sie sind allesamt vor uns versammelt . . ." wurde die Erde auf den Toten geworfen. Während dieser Arbeit betete der Scheich die Sure bis zu Ende. Nun lagen Steine bereit, von denen über dem Grab ein Hügel errichtet wurde. Dann betete der Scheich noch die fünfundsiebzigste Sure, die „Sure der Auferstehung", und schloß die Leichenfeier mit dem mohammedanischen Glaubensbekenntnis: „Es ist kein Gott außer Gott, und Mohammed ist sein Prophet!" Jetzt erhob sich das Jammern und Wehklagen von neuem. Die Frauen schritten um das Grab herum, und auch die wehrhaften Männer traten einzeln nach der Reihe herzu, um ihre Messer und Dolche in den Boden zu stoßen zum Zeichen, daß der Tod ihres Waffenbruders gerächt werden solle. Wäre der Krumir dabei zugegen gewesen, ich glaube, daß es ihm schwer geworden wäre, seine stolze, zuversichtliche Haltung zu bewahren. Er lag, als wir in das Zelt des Scheichs wieder eintraten, dort auf dem Serir. Er hatte mit vollem Recht geglaubt, an diesem Ort sich am sichersten zu befinden. Trotz seiner nichts weniger als angenehmen Situation befleißigte er sich eines keineswegs rücksichtsvollen Betragens gegen uns. Er blieb lang ausgestreckt liegen und schien uns gar nicht zu bemerken. Mir und Krüger-Bei war das gleich, da wir wenig Raum brauchten, um uns in orientalischer Stellung niederzuhocken. Sir David Percy aber war diese Stellung, welche der Orientale Rahat otturmak – Ruhe der Glieder – nennt, nicht gewohnt. „Tue deine Beine weg, Master Spitzbube!" meinte er, leider aber nur in englischer Sprache, aber mit der Geste, welche der Krumir unbedingt verstehen mußte.

Dennoch bewegte Saadis el Chabir nicht die Fußspitze, um dem Engländer Platz zu machen.

„Well! Wenn du nicht willst, so magst du Schlitten fahren."

Er faßte den Krumir bei den Füßen und schleuderte ihn mit einem raschen Schwung vom Serir hinweg bis an den Eingang des Zelts. Aber im Nu hatte sich der auf diese Weise Attackierte aufgerafft, um sich auf ihn zu stürzen. Sir Percy war ein gewandter Boxer. Er empfing den auf ihn Eindringenden mit einem Faustschlag auf das Gesicht, der ihm für den Augenblick die Besinnung raubte, und im nächsten Moment flog der Krumir zum Zelt hinaus.

Das war alles so schnell geschehen, daß es mir unmöglich gewesen wäre, es zu verhindern. Percy nahm auf dem Serir Platz, ich aber griff zum Messer, um ihm beizustehen, denn ich erwartete, daß Saadis el Chabir sich eine Waffe suchen und dann wieder eindringen werde. Ein Schlag ist für einen Beduinen die größte Beleidigung, welche es nur geben kann; sie ist nur mit Blut abzuwaschen.

„Was habt Ihr getan, Sir?“ fragte ich. „Es wird Euch an das Leben gehen!“

Er zog ruhig eine seiner Pistolen hervor, spannte die Hähne und antwortete sehr gelassen: „An das Leben! Gut, so werde ich ihn vorher ein wenig töten. Ich habe keineswegs die Absicht, mich von einem Pferdedieb unhöflich behandeln zu lassen.“

„Um Gottes willen, schießt nicht! Er steht unter dem Schutz des Stammes, und sein Tod würde Euch unter die Blutrache bringen.“

„Pshaw! Glaubt Ihr etwa, daß ein Englishman das dumme Ding kennt, welches man Furcht oder Angst zu nennen pflegt? Dieser Mensch hat mich beleidigt nach der Sitte meines Landes; also sind wir quitt. Gibt er sich damit nicht zufrieden, so ist das seine Sache. Yes!“

Was ich befürchtete, geschah nicht; der Krumir blieb zu meiner Verwunderung fort. Auch Krüger-Bei schüttelte den Kopf und meinte: „Dieser Ed Dedmaka kann niemals nicht kein Ehrjefühl besitzen, sonst würde er sein Leben wagen, um dieser Beleidigung zu rächen, die jar nicht jrößer jedacht zu werden jenannt zu sein verdienen muß. Wird der Engländer ihn niederschießen?“

„Ich befürchte es.“

„Dat müssen wir zu vermeiden jesonnen sein miteinander beschließen. Sobald der Kerl wieder in diesem Zelt einzutreten hereinzukommen wagen sollte, halten wir ihm sofort fest, damit er sich nicht zu bewegen und zu rühren vermocht werden kann. Dann rufen wir dem Scheich herbei und überjeben ihn dem Jefangenen, der auf dieser Art und Weise am sichersten unschädlich jemacht zu werden jelingen kann.“

Dieser in einem so wunderbaren Deutsch ausgesprochene Plan kam glücklicherweise nicht zur Ausführung, da der Krumir verschwunden blieb. Erst später, als der Scheich kam, erfuhren wir, daß Saadis sich bei ihm über uns beschwert und mit schwerer Rache gedroht habe. Man hatte ihm ein anderes Zelt als Aufenthaltsort angewiesen.

Unterdessen war der Nachmittag vergangen, und draußen erscholl der Ruf: „Hai aal el sallah – ja rüste dich zum Gebet, wenn die Sonne in das Sandmeer taucht!"

Es war also el Moghreb da, die Zeit des Gebetes beim Untergang der Sonne. Wir tauchten die Hände in das Wasser, traten vor das Zelt und warfen uns mit Ausnahme Percys, welcher sitzen geblieben war, auf den Boden nieder. Ich habe mich während meiner Wanderungen unter den Moslems nie von den Waschungen und Gebeten ausgeschlossen und denke dennoch, ein guter Christ geblieben zu sein.

Nach dem Moghreb stieg der Scheich zu Pferd, um für die Sicherheit der Herden zu sorgen. Ich schloß mich ihm an, da mir sehr daran lag, mit ihm unter vier Augen von meinem Diener reden zu können. Dieser befand sich wieder vor dem Duar bei meinem Pferd.

„Achmed es Sallah", rief ich ihm zu, „du wirst keinen Schritt von meinem Tier weichen, und es auch während der Nacht, wenn du schläfst, an dich befestigen!"

„Sihdi, ich verstehe dich", antwortete er. „Ich werde es nicht nur anbinden, sondern mein Haupt soll auf ihm ruhen, wenn es sich zum Schlaf niederlegt."

„Warum diese Vorsicht?" fragte mich der Scheich im Weiterreiten. „Bist du nicht mein Gast, dessen Eigentum sicher ist, so lange er sich bei mir befindet?"

„Wirst du mir meinen Hengst wiedergeben, wenn er morgen früh verschwunden ist?"

„Wer sollte ihn fortführen?"

„Saadis el Chabir."

„Du irrst. Uns wird er nicht bestehlen. Übrigens hält ihn sein Schwur drei Tage lang bei uns zurück."

„Traue du ihm, ich aber glaube ihm kein Wort. Weißt du überhaupt, ob er da unten im Wadi Milleg allein gewesen ist?"

„Selbst wenn er Gefährten bei sich gehabt hätte, würden sie nicht wagen, das Lager Ali en Nurabis zu überfallen. Sie kennen mich. Morgen werden wir nach dem Wadi Milleg reiten, um sie aufzusuchen, wenn sie vorhanden sind. Reitest du mit, Effendi?"

„Nein."
„Warum nicht? Dein Pferd wird ausgeruht haben."
„Weder ich, noch mein Pferd bedürfen der Ruhe, wenn ich auch jetzt eines der deinigen reite. Ich bleibe morgen nur deshalb zurück, weil ich nicht haben will, daß du einen großen Fehler begehst."
„Von welchem Fehler redest du?"
„Hast du es nicht einen großen Fehler genannt, daß Achmed es Sallah mit mir geritten ist? Und nun willst du selbst, daß ich bei dir sein soll! O Scheich, seit wann ist es im Land der Uëlad Sebira Sitte, seinen Gast zu kränken? Ich habe die Sahara durchritten, vom Dschebel Abiad im Westen bis zum Wah el Dakel im Osten, vom Dschebel Aldeda im Lande der Krumirs im Norden bis zur fürchterlichen Wüste Tintuma im Süden; ich war in Masr – Ägypten –, im heiligen Land el Arab, dann immer weiter gen Osten bis zum Land der Kurden und Perser; ich war in Ländern und bei Völkern, deren Namen du noch niemals gehört hast, aber nie habe ich einen Scheich getroffen, der die Wange seines Gastes schamrot machte. Ich weiß, daß mein Rappe deinen Schimmel besiegt, dennoch habe ich auf die Wette verzichtet, weil ich unter deinem Dach wohne. Und du? Ich gehe von hier in das Land der Khramemsa, Segrelma, Mescheer und Neschaima; sogar über den großen Schott werde ich gehen, um die Kinder der Merasig noch einmal zu besuchen. Was soll ich ihnen allen sagen, wenn sie mich fragen nach dem Scheich Ali en Nurabi vom Ferkah Uëlad Sebira? Ich muß ihnen erzählen, daß du deine Gäste beschimpfst, daß du mich einen Giaur nennst, obgleich ich bereits heut el Asr und auch el Moghreb mit dir gebetet habe. Du nennst mich einen Giaur, weil ich zu Isa Ben Marryam – Jesus, der Sohn Marias – bete. Was aber sagt der Prophet von ihm? Sagen nicht selbst die Heiligen und Lehrer des Islam, daß Isa Ben Marryam am jüngsten Tag herniederfahren werde auf die Moshia der Ommijaden in Damask, um Gericht zu halten über alle Toten und Lebendigen? Warum also nennst du den, der zu ihm betet, einen Ungläubigen? Antworte mir, Scheich Ali en Nurabi!"

Ich merkte ihm die große Verlegenheit an, in welche ihn meine Worte gebracht hatten.

„Wer hat dir gesagt, daß ich dich einen Giaur genannt haben soll?" fragte er mich nach einigem Schweigen.

„Warum fragst du, da du doch genau weißt, daß du es getan hast? Siehe, hier an meinem Hals hängt das heilige Buch; ich bin ein Hafiz, einer, der den Koran auswendig kann. Sage, ob man mich einen Giaur nennen darf!"

„Nein; du bist kein Kafir, kein Giaur!"

„Warum zürnst du dann Achmed es Sallah meinetwegen?"

„Nicht deinetwegen zürne ich ihm, sondern weil er das Duar verlassen hat, um in die Städte zu gehen."

„Du selbst triebst ihn ja fort! Er ging, um sich den Preis für Mochallah zu verdienen. Oder hälst du es für eine Sünde, die Heimat zu verlassen? Sagt nicht selbst der Prophet: ‚Du siehst den Wanderer duch die Länder ziehn, und Allah ist mit ihm. Auch siehst du Schiffe die Wellen durchschneiden, damit ihr von dem Überflusse Gottes Reichtümer erlangt und ihm dafür dankbar seid!' Ist es also gegen den Willen des Propheten, daß Achmed sein Duar verlassen hat?"

„Nein."

„Warum also zürnst du ihm?"

„Ich zürne ihm nicht."

„Warum verweigerst du ihm Mochallah, die Seele seines Lebens?"

Er fühlte sich in die Enge getrieben und antwortete zaudernd: „Ich bin ein Scheich, und er ist nur ein Krieger."

„Allah schütze deine Gedanken! Will Achmed denn dich zum Weibe haben? Er will Mochallah, deine Tochter, und diese ist doch nicht ein Scheich! Gott kann erhöhen und kann stürzen. Achmed ist tapfer, treu, wahr, fromm und klug; ich will heute nicht weiter davon sprechen! Denke darüber nach, o Scheich, so wirst du erkennen, daß er es wert ist, die Blume der Uëlad Sebira zu besitzen."

Das Gespräch verstummte nun. Wir umritten das Lager in einem weiten Bogen und kamen zur Zeit des Aschiah – des Abendgebets – wieder zurück. Dann wurde ein kleines Nachtmahl eingenommen, worauf man inmitten des Duar ein prächtiges Feuer anzündete, um welches sich die Männer versammelten, um bei dampfenden Tabakspfeifen die alten Hikkajah – Märchen – zum tausendsten Mal anzuhören oder den Aghani – den Gesängen – zu lauschen, welche zu den anspruchslosen Klängen der Rababah – einer Zither mit einer Saite – vorgetragen wurden. Eine Stunde vor Mitternacht ging man zur Ruhe.

Im Zelt des Scheich wurden Decken ausgebreitet, um uns gegen die bekannte nächtliche Kälte jener am Tag so heißen Gegenden zu schützen.

„Schlaft ruhig und sicher unter meinem Dach", meinte Ali en

Nurabi. „Allah sei mit euch. Leilkum saaide – gesegnete Nacht!"

Einige Augenblicke später schnarchte er bereits in allen Tönen der chromatischen Tonleiter. Krüger-Bei folgte nach und auch der Engländer war bald eingeschlafen, wie seine langen, halblauten Atemzüge zu erkennen gaben. Ich steckte meine Revolver zu mir, erhob mich von dem Lager und schlich mich aus dem Zelt.

Im Lager herrschte eine lautlose Stille. Von fern her hörte ich das tiefe, hastende „Ommu-ommu" einer Hyäne, worauf das helle „I-a-u" eines Schakals antwortete, und etwas näher ließ ein neugieriger Fennek sein kurzes Gekläff erschallen. Ich fand Achmed an demselben Ort wieder. Er lag zwischen meinem und seinem Pferd, deren Leinen er sich um den Leib geschlungen hatte.

„Hamdulillah – Preis sei Gott, daß du kommst!" begrüßte er mich. „Ich habe auf dich gewartet wie die Nacht auf den Tau."

„Warum? Hast du es so notwendig? Mitternacht ist noch nicht da."

„Nein. Aber Mochallah, die Krone der Töchter, ist bereits da. Sie wartet bereits dort bei den Palmen. Sie kam eine Minute vor dir hier vorüber."

„Eine Minute? Eine ganze Minute? Schrecklich! Nun wundre ich mich nicht, daß du auf mich gewartet hast wie die Nacht auf den Tau."

„Sihdi, hast du bereits mit dem Scheich gesprochen?"

„Ja."

„Was sagt er?"

„Nichts. Doch davon können wir später reden. Eile jetzt, damit die ‚Krone der Töchter' nicht zornig auf dich werde!"

„Effendi, zuvor muß ich dir etwas sagen."

„Was?"

„Als der Abend hereinbrach, hörte ich da unten in dem Szemt- und Loz-Gebüsch – Akazien und Mandeln – den Bulbul – die Nachtigall – singen, und weil ich ihn gern höre, ging ich näher. Ich stand mit den Pferden zwischen den Sträuchern. Da sah ich einen Mann vorüberhuschen, der kein anderer gewesen ist, als Saadis el Chabir."

„Du hast ihn genau erkannt?"

„Genau."

„Hat er dich gesehen?"

„Nein."

„Du meinst, daß er entflohen ist?"

„Nein, denn er hat geschworen zu bleiben."

„So wäre sein Ausgang ja gar nicht verdächtig. Im Duar mag keiner etwas von ihm wissen; so treibt ihn die Langeweile heraus in das Freie."

„Herr, glaube dieses nicht! – Dieser Krumir ist gefährlicher und giftiger als Assaleh – gefährlichste Schlange der Wüste –, die Totbringende."

„Ich stimme dir vollständig bei. Ist er wieder in das Duar zurück?"

„Ich weiß es nicht, denn ich mußte wieder nach hier zurück, um von dir gefunden zu werden."

„So gehe jetzt. Wenn ich etwas für euch Störendes vernehme, so werde ich den leisen Laut eines Hedsch – einer Weihe – ausstoßen, der im Schlafe gestört wird."

„Wie lange wirst du Geduld mit uns haben, Sihdi?"

„Solange, bis Mochallah den letzten deiner Küsse erhalten hat. Allah kerihm – Gott ist gnädig, aber gegen mich nicht, denn er hat mir keine einzige Mochallah geschenkt."

„Effendi, du wirst noch sehr viele bekommen, denn ich werde deinen Namen verbreiten in alle Länder der Erde; darauf kannst du dich verlassen!"

Er schlich sich davon zur „Wohlriechenden", und ich, sein Herr und Gebieter, sein Sihdi und Effendi, mußte für ihn bei den Pferden zurückbleiben. O Schicksal, war das recht von dir? Ich hüllte mich in meinen Haik und lehnte mich an den warmen Leib meines Pferdes. Dieses lauschte lautlos den Suren des Koran, die ich ihm leise in das Ohr rezitierte, eine Gewohnheit, die sein früherer Besitzer mir vererbt hatte, und die sich auch für mich sehr nützlich erwies. Der feurige, windesschnelle Rappe erkannte sicher keinen Menschen als Herrn an, der ihm nicht des Abends in dieser Weise in das Ohr flüsterte. Auch dies war ein Teil des „Geheimnisses" meines Pferdes.

Da drüben unter den Palmen wurden gewiß keine Suren geflüstert, aber ich war nicht neidisch auf den braven Achmed es Sallah. Über mir wölbte sich der tiefblaue Himmel des Südens mit den glänzenden Funken der Schlange, des Schützen, des Skorpions und des Wolfes; diese Sterne waren gewiß ebenso zauberisch wie diejenigen zwei, in deren liebevolles Licht jetzt mein Diener sich sicher ganz ohne Fernrohr und Perspektiv versenkte.

Ich wartete eine halbe Stunde – eine ganze – noch eine halbe

– und abermals eine halbe – Mochallah, wo bleibt der letzte Kuß, bis zu dem ich zu warten versprochen hatte! Eben wollte ich, nur um meines Wächteramtes quitt zu werden, das vorhin vereinbarte Zeichen geben, als sich rechts neben mir ein leises Geräusch vernehmen ließ. Ich legte das Ohr fest auf die Erde; ich konnte mich auf mein Gehör verlassen; es war in den Prärien Nordamerikas zur Genüge geübt worden – ich hörte Schritte, die sich vorsichtig von der Palmengruppe her näherten und die Richtung nach den Zelten einzuhalten schienen. War es Mochallah? Ich zweifelte daran. Schnell schälte ich mich aus meinem weißen Burnus und dem ebenso hellen Mahrahmeh – dem Kopftuch –, so daß ich nun in der dunkelblauen, türkischen Hose und Jacke nicht von dem Erdboden zu unterscheiden war, legte mich platt nieder und kroch nach Indianerart der Gegend zu, in welcher ich die Schritte gehört hatte.

Eine Gestalt wand sich vorsichtig zwischen den Zelten hindurch. Es war ein Mann. Jede Deckung benutzend und immer ein Zelt zwischen ihm und mir, folgte ich ihm. Vor demjenigen des Scheichs waren die beiden Lieblingstiere desselben, die Milchstute und das aschgraue Bischarin-Hedjihn angepflockt, und hinter dem Frauenzelt lag eine Atuscha – eine Frauensänfte, für ein Kamel zu tragen – zwischen mehreren Serdj – Männersätteln –, welche der Mann in Augenschein nahm. Dabei bekam ich sein Gesicht zu sehen – es war Saadis el Chabir, der Krumir.

Er kam von seinem Gang zurück. So spät! Warum ging er nicht sofort in das ihm angewiesene Zelt? Warum spionierte er hier umher? Warum schlich er sich wieder aus dem Lager hinaus? Ich mußte es erfahren und folgte ihm so vorsichtig wie möglich nach. Er schritt auf das Akazien- und Mandelgebüsch zu, von welchem Achmed vorhin gesprochen hatte. Kaum kannte ich dies sein Ziel, so schnellte ich auf die Seite, um vor ihm dort anzukommen. Ich schlug einen Bogen, weit genug, um von ihm nicht gesehen zu werden, und rannte in langen Sätzen, aber doch möglichst unhörbar, dem Gebüsch zu.

Ich erreichte es, als er noch ungefähr dreißig Schritte davon entfernt war, und duckte mich auf den Boden nieder. Er blieb am Rand des Hölzchens stehen, kaum drei Meter von mir entfernt, und klatschte leise in die Hände. Auf dieses Zeichen vernahm ich ein Rascheln, welches sich uns näherte. Zurück konnte ich nicht, zur Seite und vorwärts auch nicht; ich war in eine schlimme Lage geraten.

Da brachen einige Personen durch die Sträucher, und die eine von ihnen stieß an mich. Sofort fuhr ich, die beiden Revolver in der Hand, empor, um ihnen zuvorzukommen, aber mein oft bewährtes Glück hatte mich verlassen – diese Beduinen waren geistesgegenwärtige Leute, noch ehe ich mein „Wer da?“ aussprechen konnte, erhielt ich einen fürchterlichen Schlag auf den Kopf, die Revolver entsanken meinen Händen, und ich selbst stürzte besinnungslos zu Boden.

II.
Abu 'l Afrid

Es war nicht der erste derartige Jagdhieb, den ich jetzt erhielt, und da die gütige Natur meinen Kopf mit einer widerstandsfähigen Knochenlage geschützt hatte, so war ein solcher Schlag stets schnell von mir überwunden worden. So auch hier. Das Bewußtsein kehrte mir bald wieder, wenn auch nicht so rasch, wie es zu wünschen war; denn als ich erwachte, knieten vier oder fünf Gestalten auf mir, welche mir einen Knebel in den Hals geschoben hatten und nun beschäftigt waren, mir Hände und Füße so fest zu binden, daß ich mich nicht zu rühren vermochte. Saadis el Chabir stand dabei, um diesen mir so unwillkommenen Vorgang zu kommandieren.

Warum hatten mich diese Menschen nicht sofort getötet? Es war jedenfalls am besten, so zu tun, als ob ich noch in Ohnmacht liege. Vielleicht hörte ich da irgendein Wort, welches geeignet war, mir Aufschluß zu geben. Dieser Entschluß erwies sich bereits nach wenigen Augenblicken als vorteilhaft, denn ich hörte den Krumir mit halblauter Stimme fragen: „Bewegt er sich?“

„Nein“, antwortete einer der Männer. „Er ist so steif wie ein Speer. Mein Kolben hat ihn gut getroffen. Er wird tot sein, aber es ist doch besser, ich stoße ihm die Klinge in das Herz.“

„Das wirst du nicht tun. Ich hörte aus den Reden dieser Uëlad Sebira, die Allah verdammen möge, daß dieser Mann ein reicher Emir aus dem Abendland ist. Wenn er wieder erwachen sollte, so nehmen wir ihn mit, und er wird uns ein großes Lösegeld bezahlen. Für jetzt haben wir ihn so sicher, daß er uns nicht schaden kann.“

„Was mag er hier gewollt haben?"

„Ich weiß es nicht, vielleicht ist es ein Dichter, der mit el Kamar – dem Mond – hat reden wollen; diese fremden Fürstensöhne sollen alle Dichter sein. Laßt ihn liegen; wir werden später nach ihm sehen."

„Was befiehlst du nun? Holen wir die Milchstute wirklich?"

„Nicht sie allein."

„Wen noch?"

„Einen Rapphengst, der noch kostbarer ist als diese Stute; er gehört dem Fremdling hier."

„Hm, wir werden beneidet sein von allen unsern Brüdern!"

„Und noch mehr. Wir haben auch eine Bentes Sebira – Tochter der Sebira –, die schöner ist als alles, was ich bisher gesehen habe. Ich erlauschte, daß sie sich dort unter den Palmen befindet."

„Allein?"

„Es ist einer von den Jünglingen bei ihr . . ."

„Den wir töten werden?"

„Nein. Ein einziges Geräusch kann uns verraten. Er wird nicht mit ihr nach dem Duar zurückkehren, denn er hat den Hengst zu bewachen. Es ist die Tochter des Scheichs Ali en Nurabi. Wir lauern sie ab, wenn sie heimgeht, und erlauben ihr nicht, einen Laut auszustoßen. Einer von euch führt sie fort. Wir andern nehmen die Stute und das köstliche Hedjihn, welche beide vor dem Zelt des Scheichs angebunden sind. Eine Sänfte liegt daneben."

„Man wird uns hören. Der Scheich wird gute Hunde besitzen."

„Sie kennen mich bereits, denn ich habe bei ihnen im Zelt gelegen. Einer führt das Mädchen fort; einer nimmt die Stute, einer das Hedjihn und einer die Atuscha. Wir andern gehen dann vor das Duar, um den Hengst zu holen, und da allerdings werden wir den Wächter töten müssen."

„Wo versammeln wir uns?"

„Grad im Süden vor dem Lager am Eingang der ersten Schlucht, die hinab zum Fluß steigt."

„Aber wenn man uns hört? Wenn man uns entdeckt?"

„Schäme dich, Knabe! Ist einer von uns einmal entdeckt worden? Sind nicht unsere Augen wie die Augen des Panthers und unsere Füße unhörbar wie die Füße des Fennek und der Katze? Sind nicht Pferde genug vorhanden, um die Flucht zu ergreifen, noch ehe ein Sebira die Flinte erheben kann? Oder meinst du, daß wir noch vorsichtiger handeln sollen? Nun wohl, so nehmen wir erst Mochallah, die Tochter des Scheichs, und schicken sie in Sicherheit; sodann schleichen sich drei bis zum Zelt Ali en Nurabis und wir andern an den Ort, wo sich der Hengst befindet. Dann gebe ich euch das Zeichen der Beni Hamema, und in demselben Augenblick nimmt jeder das, was er zu nehmen hat. Der letzte eilt hierher zurück und holt diesen Franken, den wir aber auch liegenlassen, wenn wir in Gefahr kommen sollten."

„Und wir reiten nicht nach dem Bah el Halua zurück?"

„Nein; ich habe es den andern, welche die Kaffila erwarten werden, bereits zugesagt. Wir eilen sofort nach Süden, übersteigen den Bah Abida und gehen quer durch die Wüste er Ramada nach dem Dschebel Tibuasch, hinter dem die Duars und Tschars der Mescheer-Beduinen liegen, die uns sicher Schutz gewähren, wenn die Uëlad Sebira uns verfolgen sollten. Nun aber vorwärts, damit wir die Rückkehr des Mädchens nicht versäumen!"

Im nächsten Augenblick waren sie lautlos verschwunden, und ich lag allein unter den Büschen, gefesselt und geknebelt, hilflos wie ein Kind, ja, noch viel hilfloser, da ich nicht einmal rufen konnte.

Ich befand mich wahrhaftig in einer schauderhaften Lage. Ich kannte den ganzen nichtswürdigen Anschlag dieser Menschen und war doch nicht imstande, ihn zu hintertreiben! Also hatte ich den Krumir doch richtig beurteilt! Er stand im Begriff, seinen Schwur zu brechen; er wollte fliehen und die drei besten Tiere des Lagers, die Tochter des Scheichs und auch mich mitnehmen. Und dazu noch sollte mein braver Achmed getötet werden. Ich zweifelte keinen Augenblick an dem Gelingen des Anschlags, denn ich kannte aus Erfahrung die Schlauheit und Behutsamkeit, mit welcher der Wüstensohn dergleichen Bravourstücke auszuführen pflegt. Kein Indianer, kein europäischer Gauner kommt ihm darin gleich; nur höchstens von den eingebornen Indiern wird er übertroffen.

Ich strengte alle meinen Sehnen und Muskeln an, und bäumte mich unter den Fesseln hoch empor – sie schnitten mir tief in das Fleisch, gaben aber nicht nach. Ich versuchte, mit der Zunge den Knebel aus dem Mund zu stoßen – es ging nicht, denn er war mit einem Tuch befestigt, welches man mir um Mund und Nase gelegt und hinten im Nacken verknotet hatte. Ich mußte ein für allemal von jeder Anstrengung ablassen, denn sie brachte mich dem Tod des Erstickens nahe. Ich konnte nur eins tun; ich mußte mich verstecken, um von den Krumir nicht wiedergefunden zu werden. Gelang mir dies, so war es später möglich, die

Uëlad Sebira auf die Spur der Räuber zu bringen und nicht nur den Tod Achmeds zu rächen, sondern auch Mochallah mit den geraubten Tieren zu befreien. Ich versuchte also, mich von dem Platz fortzuwälzen. Es gelang, und in einigen Minuten war ich so weit entfernt von dem vorigen Ort, daß ich mich so ziemlich geborgen glaubte. Und was die Hauptsache war – ich war bei einer Umdrehung meines Körpers auf die Revolver zu liegen gekommen, welche mir entfallen waren, und da ich nur am Handgelenk gefesselt war, so hatte ich es mit einiger Anstrengung vermocht, sie mit den Fingern zu erfassen und festzuhalten. Kehrten nicht mehrere der Räuber, sondern nur einer zu mir zurück, und fand er mich auch an meinem neuen Platz, so war es mir trotz meiner ungünstigen Armstellung doch vielleicht möglich, auf ihn zu schießen und – schießen? Ha! Mußte ich denn warten, bis man mich fand? Konnte ich nicht den ganzen Überfall verhüten?

Kaum gedacht, so geschehen: ich gab dem Lauf des einen Revolvers eine Lage, bei der alle Gefahr für mich ausgeschlossen war, und feuerte alle sechs Schüsse los. Sie klangen nacheinander scharf und hell in die Nacht hinaus; sie mußten selbst den tiefsten Schläfer erwecken. Kaum war der letzte verklungen, so hörte ich den Schrei eines Bartgeiers. War dies „das Zeichen der Beni Hamema“, von welchem der Krumir gesprochen hatte? Eine halbe Minute noch blieb es still, dann aber hörte ich einen Pistolenschuß – noch einen, und nun erhob sich ein lautes Rufen und Schreien im Lager. Man war erwacht und mit klopfendem Herzen lauschte ich auf den immer größer werdenden Lärm.

Wer war es, der geschossen hatte? Der Krumir? Fast hätte ich wetten mögen, die Pistole zu erkennen, aus der die beiden Schüsse abgegeben worden waren – Achmeds Pistole. Das Geschrei wurde bald zum Wutgeheul, und ich unterschied sehr deutlich die Stimme des Scheichs, der nach Mochallah, nach seiner Stute und dem Reitkamel rief. Dann hörte ich einen lauten Ruf Achmeds, welcher fragte, ob niemand mich gesehen habe.

Da drückte ich den ersten Schuß des zweiten Revolvers ab – eine lautlose Stille erfolgte, dann rief Achmed laut: „Sihdi! Oh, es ist mein Effendi, denn kein Feind hat einen solchen Rewowah wie er. Sihdi, Sihdi!“

Ich gab den zweiten Schuß ab.

„Warum antwortet er nicht mit dem Munde?“ rief der treue Diener. „Allah kehrim – Gott ist barmherzig; mein Effendi kann nicht sprechen; er befindet sich in Gefahr! Hier, halte sein Pferd; ich muß zu ihm hin!“

Gott sei Dank; er und mein Pferd, beide waren mir erhalten! Jetzt hörte ich viele Schritte sich den Büschen nähern, und ich drückte zum dritten Mal los.

„Hier ist es!“ schrie Achmed. „Kommt ihm zur Hilfe!“

Mit kampfbereiten Waffen drangen sie zwischen die Büsche ein. – Sie wähnten mich im Kampf mit irgendeinem Feind, blieben aber sehr bald zaudernd halten, eine Hinderlist vermutend, da sie kein feindliches Wesen bemerkten. Nur der wackere Achmed drang unaufhaltsam vorwärts. Mein vierter Schuß gab ihm nochmals die rechte Richtung, und bald stand er vor mir.

„Maschallah, ein Gefesselter!“ rief er, als er sich niedergebückt und mich betastet hatte. „Sihdi, Effendi, bist du es? Hast du geschossen? Wallahi, billahi, tallahi, man hat ihm den Mund verstopft!“

Im Nu entfernte er den Knebel, und da er mich nun an der Stimme erkannte, jauchzte er laut auf und entfernte die Fesseln mit wenigen raschen Schnitten.

„Er ist's, er ist's, Hamdulillah, er ist's! Komm herbei, o Scheich; er wird uns Auskunft geben!“

Ich wartete dies nicht ab, sondern drang aus dem Gebüsch in das Freie heraus, wo mehr Raum vorhanden war. Dort faßte mich Ali en Nurabi am Arm.

„Effendi“, fragte er stürmisch, „wo ist Mochallah, das Kind meiner Seele? Wo ist meine Stute, und wo ist mein Bischarinhedjihn?“

„Sage mir erst, wo Saadis el Krumir ist“, antwortete ich ihm.

„Ich weiß es nicht! Er ist fort!“

„Fort? Geflohen?“

„Ja.“

„Trotz seines Schwurs?“

„Er hat ihn gebrochen. Allah verdamme ihn!“

„Ich hatte recht, o Scheich. Dieser Krumir hatte das Auge eines Verräters. Ein Giaur hält das Wort, welches er verpfändet hat, dieser Moslem aber schwört bei dem Bart des Propheten, bei allen heiligen Kalifen und bricht sein Wort; aaib aaleihu – Schande über ihn! Aber er ist nicht nur wortbrüchig geworden, sondern er hat auch deine Tochter geraubt und die zwei besten deiner Tiere mitgenommen.“

„So ist es wahr, o Effendi?“

„Ja.“

„So möge der Himmel zusammenbrechen über den Lügner und Räuber, und die Erde möge sich öffnen, um ihn zu verschlingen, ihn, seinen Vater, den Vater seines Vaters und alle Ahnen und Urahnen bis hinauf zu Adam, dessen Nachkommen sie sind!"

„Du vergißt, daß auch du ein Nachkomme Adams bist!"

„Malesch – das tut nichts, das ist mir einerlei! Mir ist meine Stute geraubt, mein Bischarinhedjihn und meine Tochter; was schere ich mich um alle Vorfahren und Nachkommen der Welt! Effendi, hilf mir. Du allein weißt es, wo er mit ihnen hin ist!"

„Laß uns vorher alles ruhig überlegen! Ich meine, daß . . ."

Er unterbrach mich in stürmischem Ton: „Überlegen? Effendi, ehe wir fertig sind mit dem Überlegen, wird uns der Räuber entkommen sein! Auf, ihr Männer, ihr Helden, auf, um ihm nachzujagen!"

„Jagt ihm nach!" antwortete ich ruhig. „Mir aber erlaubt, daß ich mich niederlege, um zu ruhen. Es ist heut noch kein Tropfen Schlaf an meine Augen gekommen."

„Herr, ist dies dein Ernst?"

„Ja."

„Du bist mein Gast und willst schlafen, während ich nach meiner Stute, nach meinem Kind und nach meinem Kamel schreie? Weißt du nicht, daß dich die Verachtung aller Helden der Badawi treffen wird?"

„Sie wird mich nicht treffen, denn ich werde zwar schlafen, dir aber dann deine Tochter und deine Tiere wiederbringen; du jedoch wirst die Welt umstürzen, die Verlorenen aber nicht zurückerlangen."

„So sage mir, was ich beginnen soll! Ich werde dir gehorchen."

„Die meisten deiner Krieger sind nicht hier, sondern dort im Lager. Laß überall nachsehen, ob ein Mensch, ein Tier oder eine Sache fehlt; dann mögen alle Männer, welche Waffen tragen, zusammenkommen, um zu hören, was geschehen soll. Unterdessen mag die Dschemma, die Beratung der Ältesten, sich vor deinem Zelt versammeln. Vier andere Männer werden noch teilnehmen, nämlich der Bei der Mamelucken, der Emir aus Inglistan, ich und Achmed es Sallah!"

„Achmed es Sallah! Warum dieser?"

„Ali en Nurabi, ich sage dir, daß du deine Tochter und deine Tiere nur dann zurückerhalten wirst, wenn du Achmed dieselbe Ehre gibst, welche du dem besten deiner Krieger erweist. Tue was du willst!"

„Es soll geschehen, wie du gesagt hast. Kommt alle mit mir!"

Er stürmte voran, und wir andern folgten ihm. Im Gehen gesellte sich der treue Diener zu mir. Er hatte jedes meiner Worte gehört und ahnte nun, daß ich irgend etwas vorhabe, was ihm von Nutzen sein werde.

„Achmed, ist mein Rappe sicher?" erkundigte ich mich bei ihm. „Ich hörte deine Stimme, daß du ihn irgend einem der Männer anvertraut hast."

„So ist es, Sihdi. Du kannst ruhig sein; siehe, dort zwischen den Zelten steht der Hengst!"

„Ich danke dir! Erzähle mir schnell, wie es gegangen ist! Ich wachte bei den Pferden, sah den Krumir von den Palmen kommen, wo er euch belauscht hatte, und folgte ihm bis in das Gebüsch, wo mich seine Leute niederschlugen und banden."

„Niederschlugen und banden? Dich, Sihdi? Dies ist das erste Mal, daß du besiegt worden bist!"

„Pah, ich wurde überrascht, aber nicht besiegt; ich habe vielmehr den Sieg noch in den Händen. Also erzähle!"

„Ich ließ Mochallah zu den Zelten zurückkehren und wartete noch ein wenig. Als ich dann zu den Pferden kam, lagen sie noch da, du aber warst verschwunden. Dies machte mir große Sorge. Ich hatte gesehen, daß du dem Krumir nicht trautest, und wußte ganz genau, daß du bei den Pferden geblieben wärst, wenn nicht etwas Wichtiges dich fortgezogen hätte. Daher nahm ich meine Pistolen zur Hand und beobachtete die Dunkelheit mit scharfen Augen und Ohren. Da hörte ich die sechs schnellen Schüsse aus deinem Rewowah, und gleich darauf erscholl der Ruf von el Büdj, dem großen Bartgeier. Das mußte ein Zeichen sein, denn el Büdj plaudert nicht so mitten in der Nacht. Nun sprangen gleich drei Männer aus dem Lager herbei und auf mich zu. Ich dachte, daß es Räuber seien, schoß den einen tot, und den andern verwundete ich. Als ich die andere Pistole erhob, war dieser zweite mit dem dritten bereits wieder verschwunden."

„Ist dieser Mann wirklich tot?"

„Ja."

„Hast du ihn genau angesehen?"

„Ganz genau. Die Kugel ist ihm durch das böse Herz gegangen."

„Ist es der Krumir?"

„Nein. Es ist ein Uëlad Hamema."

„So merke dir: der Schrei von el Büdj ist das Angriffszeichen der Beni Hamema. Vielleicht ist es für später gut, dies zu wissen. Jetzt komm zur Versammlung!"

„Sihdi, du erweist mir die größte Gnade, daß du den Scheich gezwungen hast, mich unter die Ältesten des Stammes treten zu lassen!"

„Sei froh! Wir werden Mochallah wieder holen und dann soll sie dein Weib sein."

„Ist's wahr, o Herr?"

„Ich hoffe, es wahr machen zu können, wenn du treu und tapfer bist."

„Effendi, ich werde die Berge von el Hanenni und Aures einreißen, wenn ich dadurch Mochallah, die Königin der Töchter, wiedererlangen kann!"

Ich befahl dem Beduinen, welcher mein Pferd hielt, dasselbe nicht aus den Augen zu lassen und es vielmehr stets in meiner Nähe zu halten. Dann trat ich vor das Zelt des Scheichs. Man war eben bemüht, ein Feuer zu errichten und Matten zu legen, auf welcher die Dschemma Platz nehmen sollte. Der Scheich wurde von seiner Unruhe an allem Gliedern gerissen; aber er wandte alle Selbstbeherrschung auf, um ruhig zu erscheinen. Sogar die Pfeifen wurden nach alter, ehrwürdiger Sitte herbeigeholt und in Brand gesteckt, ehe das erste Wort zum Ausspruch kam. Ich kam neben dem Scheich auf den Ehrenplatz zu sitzen; neben uns hatten wir Sir Percy und Krüger-Bei; Achmed es Sallah saß ganz unten an. Nun aber ließ es Ali en Nurabi länger keine Ruhe. Er erhob sich auf die Knie und wir taten dasselbe. Die Beratung war eine hochwichtige, und da mußte el Fathha, die „Eröffnung", die erste Sure des Koran, gebetet werden. Ali begann: „Im Namen des allbarmherzigen Gottes! Lob und Preis sei Gott, dem Weltenherrn, dem Allerbarmer, der da herrsche am Tag des Gerichtes. Dir wollen wir dienen, und zu dir wollen wir flehen, auf daß du uns führest den rechten Weg, den Weg derer, die deiner Gnade sich freuen, und nicht den Weg derer, über welche du zürnest, und nicht den der Irrenden!"

Hierauf ließ er sich wieder auf die Schenkel nieder und bat mich: „Nun rede, Effendi! Meine Seele wird jedes deiner Worte trinken und mein Herz dürstet nach jedem Laut aus deinem Munde."

„Wo, sagtest du heute, sei der Krumir gesehen worden?"

„Am Bah el Halua."

„Dort hatten sich die Söhne der Hamema verborgen, um über die Kaffila herzufallen. Wie wirst du diese letztere schützen?"

„Aber, Herr, wir wollen doch jetzt nicht von der Kaffila sprechen, sondern von der Verfolgung des Krumirs! Rede schnell, wenn du nicht willst, daß die Ungeduld mich töten soll!"

„Ali en Nurabi, einem Scheich und alten Krieger ziemt es, ein stilles Angesicht und eine ruhige Rede zu zeigen, selbst wenn der Samum in seinem Innern tobt. Nicht der schnellste Läufer kommt immer zuerst an das Ziel. Erlaube, daß ich dir eine Geschichte erzähle!"

„Effendi, du willst Geschichten erzählen, während mich der Eifer tötet!"

„Ich weiß, daß du nicht sterben wirst! – Da drüben jenseits des großes Meeres gibt es ein weites Land, wo nur wilde Menschen und wilde Tiere wohnen. Ich habe mit diesen wilden Männern und Tieren gekämpft und unter ihnen viele Abenteuer erlebt. In jenem Land wächst das Gold unter der Erde, und viele gehen, es zu suchen. Ich ritt mit noch drei Jägern durch die Wildnis und kam mit ihnen abends an einen Ort, wo viele Männer wohnten, welche das Gold aus der Erde gruben. Sie baten uns, ihre Gäste zu sein; wir aßen, tranken, rauchten und schliefen mit ihnen. Sie stellten eine Wache aus, aber der Mann schlief auch ein, und als ein anderer kam, ihn abzulösen, war das Gold gestohlen worden. Nun ergriffen die Männer alle die Waffen, um dem Dieb nachzueilen. Ich bat sie, bis zum Morgen zu warten, wo die Spuren der Diebe zu sehen seien; sie aber hörten mich nicht und eilten davon. Nur zwei kranke Gefährten ließen sie zurück, um das Lager zu bewachen. Am Morgen brach auch ich mit den drei Jägern auf. Wir hatten die Gastfreundschaft der Männer genossen, und so beschlossen wir, nun auch nach dem gestohlenen Gold zu suchen. Wir fanden es, kämpften mit den Dieben, töteten einige und nahmen ihnen den Raub wieder ab. Bereits am dritten Tag brachten wir das Gold in das Lager zurück; die andern aber, die so eilig gewesen waren, kamen erst nach einer Woche wieder. Sie waren vor Anstrengung, Hunger und Durst ermattet, aber das Gold hatten sie nicht gefunden. – Merkst du, o Scheich, warum ich dir diese Geschichte erzähle?"

Er nickte ungeduldig. „So meinst du, daß wir diesem Saadis el Chabir erst beim Anbruch des Tages folgen sollten?" fragte er.

„Ja, erst beim Anbruch des Tages, aber vielleicht noch später."

„Herr, so wird er uns entkommen!" brauste er auf.

„Weißt du, wohin er ist?"

„Nein. Als ich aus dem Zelt trat, war die Stute und auch das Kamel fort, und nachher merkte ich, daß auch Mochallah, die

Tochter meines Herzens, fehlte. Gesehen habe ich keinen der Räuber."

„Weißt du also, wohin du dich wenden mußt, um ihn zu finden?"

„Nein, aber du weißt es?"

„Ich weiß es; doch warte erst, bis man das Lager durchsucht hat. Jetzt magst du mir beantworten, wie du die Kaffila schützen wirst!"

„Was kümmert mich heut die Kaffila!"

Da erhob Krüger-Bei die Hand. „Was dich die Kaffila kümmert? Sehr viel, Ali en Nurabi! Ich sitze hier im Namen meines Gebieters. Mohammed es Sadak Bei, der Herr von Tunis, hat den Kriegern der Uëlad Sebira den Schutz der Karawanen anvertraut. Willst du seinen Zorn auf deinen Kopf und auf die Häupter der Deinen laden?"

„Ich bin nicht der Scheich aller Sebira!"

„Aber auf deinem Gebiet soll der Überfall stattfinden! Oder liegt el Halua auf dem Gebiet eines andern Scheichs?"

„Auf dem meinigen. Aber Allah wird deine Seele erleuchten, damit du einsiehst, daß ich meine Krieger heut zur Verfolgung des Krumir brauche."

„Alle?"

„Alle!"

„Er hat nur fünf Männer bei sich!" warf ich ein.

„Dennoch bedarf ich meiner sämtlichen Männer. Wenn wir ihn ereilen wollen, müssen wir uns teilen, um ihm jeden Ausgang abzuschneiden. Und bei den Herden muß ich auch eine Anzahl zurücklassen."

„Wir brauchen uns nicht zu teilen", antwortete ich. „Aber davon wollen wir später reden. Da kommen wohl die Männer, die uns von der Nachsuchung berichten wollen."

Ich hatte richtig geraten. Es kamen einige Männer herbei, welche berichteten, daß man außer der Tochter und den beiden Tieren des Scheichs nur einige wertlose Teppiche vermisse, welche während der Nacht im Freien hängengeblieben seien.

„Und die Atuscha?" fragte ich den Scheich.

„Welche Atuscha?"

„Die deinige, hier hinter dem Zelt."

„Was ist mit ihr?"

„Ist sie da, oder fehlt sie?"

Er erhob sich selbst, um nachzusehen, und kehrte bald mit der Kunde zurück, daß die Sänfte nicht mehr vorhanden sei.

„Der Krumir hat sie mitgenommen", erklärte ich. „Und weil er Decken braucht, um die Atuscha auf dem Hedjihn zu befestigen, hat er die Teppiche, welche vermißt worden sind, an sich genommen. Laßt euch erzählen, was ich während eures Schlafs erlebte!"

„Erzähle, erzähle!" rief es rundum.

„Saadis el Chabir hatte kein Wohlgefallen in meinen Augen gefunden; ich glaubte seinem Schwur nicht und hatte die Blicke des Wohlgefallens gesehen, mit denen er mein Pferd betrachtete. Mein treuer Achmed wachte zwar bei dem Roß, dennoch aber erhob ich mich, als ihr schlieft, um einmal vor das Duar zu gehen. Da sah ich den Krumir, welcher durch das Lager nach den Büschen schlich, in denen ihr mich gefunden habt. Ich ging ihm nach, um ihn zu belauschen; er aber hatte, ohne daß ich es wußte, sechs seiner Uëlad Hamema dahin bestellt, die mich rücklings überfielen und niederschlugen. Als ich das Bewußtsein wieder erhielt, glaubten sie mich noch besinnungslos; daher hörte ich ihren ganzen Plan, von dem sie sprachen."

„ Welches war ihr Plan?" erkundigte sich der Scheich.

„Sie wollten Mochallah, deine Stute, dein Hedjihn und meinen Rappen stehlen, und weil sie wußten, daß Achmed es Sallah mein Pferd gut bewachte, sollte er getötet werden. Dieses letztere ist ihnen nicht gelungen, denn Achmed war treu und tapfer, er hat sie in die Flucht geschlagen."

„Weiter hast du nichts gehört, Effendi?" fragte der Scheich.

„Ich werde darüber nachdenken – Die Uëlad Hamema hatten mich an Händen und Füßen gebunden und mir einen Knebel in den Mund gesteckt. Sie ließen mich liegen, um mich nachher mitzunehmen, denn ich sollte ihnen ein Lösegeld bezahlen. Als sie sich entfernt hatten, ergriff ich trotz meiner gefesselten Hände die beiden Revolver, die mir entfallen waren, als ich den Schlag auf den Kopf erhalten hatte, und weckte euch mit sechs Schüssen aus dem Schlaf. Nun wißt ihr alles."

„Aber du weißt, wohin der Krumir sich gewendet hat?"

„Ich werde darüber nachdenken. – Scheich, danke Achmed des Sallah, daß er nicht schlief, sondern wachte! Seine beiden Schüsse waren stärker als die meinigen; ihm hast du vieles zu danken."

„Hat er mir mein Pferd, mein Hedjihn, meine Tochter erhalten?"

„Das konnte er nicht; aber er kann dir alles wiedergeben."

„Er?"

„Ja, er!"

„Beweise es, Effendi!"

„Niemand von euch weiß, wohin sich der Krumir gewendet hat, ob nach Nord oder Süd, nach West oder Ost, und daher müßt ihr den Morgen erwarten, um die Darb und Ethar – Fährte, Spur – zu lesen. Habt ihr einen Mann in eurem Stamm, der sich nie in der Fährte irrt?

„Wir alle verstehen die Spuren der Menschen und der Tiere zu lesen", antwortete der Scheich, und ich sah es den Mienen auch der andern an, daß sie ganz derselben Meinung seien.

Diese Beduinen hätten einmal einen Apachen oder Komantschen auf der Fährte sehen sollen, dann wäre ihnen wohl eine etwas demütigere Selbsterkenntnis gekommen! Doch ließ ich mir nichts merken, sondern meinte nur: „Dann brauchst du keine Sorge zu haben, o Scheich, und wir können uns ruhig schlafen legen, denn mit dem Morgen werden alle deine Krieger die Fährte erkennen, und du erhältst dein Eigentum schnell wieder."

„Herr, glaube das nicht!" rief er schnell. „Der Tau und die Luft der Nacht werden die Spuren verwischt haben. Weißt du nicht, daß eine Spur kaum eine Stunde lang mit Sicherheit zu erkennen ist?"

„Ich kenne einen, der jede Darb und jede Ethar noch nach einer Woche erkennt. Ihm kann kein Mensch entgehen, den er verfolgt, und sollte er ihn durch die ganze Wüste es Sahar jagen."

„Wer ist das, Effendi? Dieser Mann muß Augen haben wie Dschebraïl – der Erzengel Gabriel –, der durch die Felsen blickt."

„Hier sitzt er: es ist Achmed es Sallah, mein Freund und Gefährte."

Sie alle blickten den guten Achmed erstaunt an, und dieser wieder warf seinem Blick mit einem Ausdruck auf mich, der mich beinahe zum Lachen brachte. Er verstand ja vom regelrechten Verfolgen einer Fährte eben auch nicht mehr, als ein jeder andere Beduine.

„Ist's wahr, Effendi?" fragte der Scheich überrascht.

„Zweifelst du etwa? Ich habe da drüben in dem wilden Land, von welchem ich euch vorhin erzählte, oft eine Fährte mehrere Monate lang verfolgt, bis mir der Feind in die Hände fiel. Ich bin ihm nachgegangen über Wüsten und Sümpfe, durch Wälder und Wiesen, über Felsen und Gebirge, durch Täler und Schluchten, über Flüsse und Bäche, durch Städte und Dörfer; oft war ich wochenweit, oft aber auch nur stundenweit hinter ihm; ich habe nach ihm die Blätter der Bäume, die Halme des Grases, die Tiere des Waldes, den Geruch des Feuers, den Tapfen des Fußes, das Wasser des Baches, das Moos der Höhle, das Geröll des Abhanges und den Schnee der Berge gefragt. Überall habe ich genaue Antwort erhalten, und stets habe ich endlich den gefunden, den ich suchte. Hier in diesem Land ist Achmed es Sallah viele Wochen lang mit mir geritten; glaubt ihr etwa, daß er nichts von dem gelernt habe, der sein Lehrer war? Achmed, sage selbst: getraust du dir, den Krumir zu finden?"

Die Antwort würgte ihn ein wenig, dann aber antwortete er im allerzuversichtlichsten Ton: „Beim Barte des Propheten, ich werde ihn finden, er mag hingehen, wohin er will!"

Da wandte sich der Scheich sehr schnell an ihn: „Wirst du auch meine Stute, mein Hedjihn und meine Tochter finden?"

Der gute Achmed warf erst einen fragenden Blick auf mich. Er fing an, mein Verhalten zu begreifen, und als er meine Augen aufmunternd auf sich gerichtet sah, antwortete er sehr entschieden: „Alles werde ich finden!"

„Achmed es Sallah, wenn du meine Tochter und meine Tiere wiederbringst und den Räuber tötest, erhältst du zwei Pferde, drei Kamele, und fünf Schafe von mir!" gelobte der Scheich. „Ist dies genug?"

O du alter geiziger Nachkomme Hagars und Ismaels! Warte, ich werde dir sofort einen Strich durch die Rechnung machen! Ich zog ein sehr erstauntes Gesicht und erkundigte mich: „Ali en Nurabi, wie hoch ist die Diyeh – der Blutpreis – eines erwachsenen Kriegers? Ich habe gehört, daß bei den vier Stämmen der Krumirs, zu denen Saadis el Chabir gehört, und bei den neun Stämmen der Beni Rabka, zu denen ihr gehört, für ein Menschenleben fünfzig Kamele oder dreihundert Schafe bezahlt werden."

„So ist es."

„Nun wohl! Saadis el Chabir, der Räuber, hat einen der Eurigen getötet; er steht im Tar, und das Ergreifen seiner Person allein ist also für euch fünfzig Kamele oder dreihundert Schafe wert. Nun sage, o Scheich, wie hoch du nun dazu deine Tochter, deine Stute und dein aschgraues Bischarinhedjihn schätzt? Wenn Achmed es Sallah den Krumir fängt und ihm seinen Raub abnimmt, so kannst du es ihm mit vielen Herden nicht vergelten. Und du, Ali en Nurabi, du bietest ihm nur zwei Pferde, drei Kamele und fünf Schafe! Was sagt der Prophet im Koran? Er sagt:

‚Wer hier auf Erden seinem Bruder weniger gibt, als er ihn zu geben hat, dem wird bei der Auferstehung das Hundertfache genommen werden; denn Allah ist der Gerechte; bei ihm gilt einer wie der andere, und alles was ihr habt, das hat er euch geliehen.‘ So spricht der Prophet. Du bist ein Ungläubiger, daß du nicht nach seinen Geboten handelst. Hast du nicht vorhin el Fathha, die Heilige, gebetet; hast du nicht dabei gesagt: ‚Führe uns nicht den Weg derer, denen du zürnest, und nicht den der Irrenden!‘ Willst du trotz deines Gebetes den Weg der Irrenden einschlagen?“

Er blickte finster vor sich hin, aber er bemerkte doch den Eindruck, den meine Worte auf die anderen gemacht hatten. Darum sagte er: „Herr, ich weiß, daß du ein Hafiz bist, einer, der den heiligen Koran auswendig kann. Du kennst alle Worte des Propheten und seiner Nachfolger; aber du weißt auch, daß Allah barmherzig und gnädig ist. Willst du grausam sein gegen den, der dir sein Zelt geöffnet hat? Kann Achmed es Sallah nicht für sich selber sprechen?“

„Deine Worte klingen weise, und deine Rede ist wie die eines Mannes, dem Allah die Gnade des Gedankens gegeben hat. Aber ich bin nicht auf dem Weg der Ungerechtigkeit, sondern mein Fuß wandelt auf dem Pfad des Friedens. Achmed es Sallah ist ein Mann und ein Krieger; er kann wohl sehr gut für sich selbst sprechen; jetzt aber nehme ich die Worte aus seinem Munde und lege sie auf die Lippen eines anderen. Du hast ihm heut gezürnt und mich einen Ungläubigen genannt, und also ist der Mund verschlossen. Aber es wird ein anderer für uns sprechen, einer, den du hören und dem du eine Antwort geben mußt. Ich meine den tapferen Bei der Leibscharen, der hier bei uns sitzt.“

Krüger-Bei wandte sich schnell zu mir und fragte:

„Dunderwetter, wat ist denn los? Ihnen haben hier eine Rede jehalten, die janz jewaltig und erjreifend jewesen zu sein jeschienen hat, aber ich habe ihr leider nicht verstanden. Ich soll reden, und von welche jewisse Jegenstände denn?“

„Hören Sie, Oberst!“ antwortete ich ihm. „Wie ihn Ihnen bereits gesagt habe, liebt mein Diener die Tochter des Scheichs . . .“

„Dat weiß ich. Ich würde ihr auch lieben, wenn die Liebe nicht zuweilen die Eijentümlichkeit zu zeigen sich anjewöhnt hätte, nicht wieder jeliebt sein zu werden zu dürfen, weil dat höhere Alter und außer dieses liejende anderweitige Verhältnissen zuweilen nicht janz jenau so jeliebt werden sollen, wie sie ihr jeliebt zu werden jewußt hätten. Verstanden?"

Ich wäre beinahe in lautes Lachen ausgebrochen. Dieser Bei der Heerscharen verstand es allerdings, sich geradezu in klassischer Schärfe über die Eigenschaften der Liebe auszusprechen. Doch beherrschte ich mich, um ernsthaft fortzufahren: „Der Scheich hat ihm einst Hoffnung gemacht und ihm einen Preis genannt, für den er das Mädchen erhalten soll . . ."

„Wird er diesen Preis bezahlen zu müssen können?"

„Ja. Er ist in Konstaninopel und dann in Algier gewesen, um sich ihn zu verdienen. Nun er aber zurückgekehrt ist, soll er das Mädchen nicht erhalten, eben weil er in der Fremde gewesen ist, und sodann weil er mein Diener ist."

„Der Ihrige? Warum denn darum nicht?"

„Ali en Nurabi hat mich einen Ungläubigen genannt."

„Dunderwetter, den soll der Jukuk holen! Einen Ungläubigen darf man nur einen solchen Kerl nennen und jeheißen zu haben dürfen, der weder dem richtigen Glauben, noch seinem eigenen Glauben ohne Kirche und ohne Moschee bereits aus der Schule infolge der heiligen Bücher von die Worte des Propheten und der Kalifen notjedrungen aus dem einem in dem andern umjeändert zu haben janz jenau beschwören jekonnt haben wird."

„Ganz und gar richtig, Herr Oberst! Nun also habe ich mit dem braven Achmed die Bitte, Sie möchten so freundlich sein, für ihn sozusagen den Freiwerber bei dem Scheich zu machen. Und zwar jetzt gleich. Ich weiß, welches Gewicht Ihre Worte haben werden; ich weiß auch, wie tief eindringlich Sie zum Herzen zu sprechen vermögen, und ich weiß endlich, daß es zu Ihrem eigenen Vorteil sein wird."

„Zu meinem eigenen Vorteil? Erklären Sie mich diesem unjenauen Ausdrucke!"

„Ohne Achmed es Sallah ist es ganz unmöglich, den Krumir zu fangen. Und daß er gefangen werde, liegt doch auch in Ihrem Interesse, da er das Pferd Mohammed es Sadak Paschas gestohlen hat."

„Dat ist richtig und auch mit die Eindringlichkeit und Herzenstiefigkeit, von die Sie sprechen, hat es seiner eijenen Richtigkeit. Ich werde infolge desselben diesem Auftrag mit Freuden zu übernehmen jeneigt zu wollen sein. Und da dieser Sache keinen Aufschub zu leiden vertragen kann, so erlauben Sie mir jefälligst, meine Rede zu beginnen und anjefangen zu haben mir jestatten. Ich bitte, Ihnen aufzupassen, welchem Respekt mir entjegenjebracht zu sehen, Sie in dat Jehör fallen wird!“

Es war hohe Zeit, daß er sich erhob, denn der Scheich vermochte kaum mehr, seine Ungeduld zu beherrschen. Als Krüger-Bei jetzt in stolzer, aufrechter Haltung vor uns stand und mit einer unbeschreiblichen Handbewegung zur Aufmerksamkeit winkte, war ich vollständig überzeugt daß er etwas weit Besseres leisten werde, als vorhin im Deutschen. Er begann: „Hört mich an, ihr Ältesten der Ferkah Uëlad Sebira, und du, o Scheich Ali en Nurabi, schenke mir auch dein Ohr! Hier stehe ich, ein treuer Diener des Propheten und ein Schirm und Schild meines Gebieters, der sich Mohammed es Sadak Pascha nennt. Wer wagt es, eine Hand gegen mich zu werfen, oder ein Wort gegen mich zu reden? Hier sitzt du, o Scheich; Hunderte von Kriegern gehorchen deinem Wort, und Tausende von Seelen zählen zu den Deinigen. Dein Wort ist wie ein Schwur, und an den Spitzen deines Bartes klebt kein unerfülltes Versprechen. Hier sitzt ein junger, wackerer Krieger deines Stammes. Ich habe heut seinen Namen gehört; er lautet Achmed es Sallah Ibn Mohammed er Raham Ben Schafei el Farabi Abu Muwajid Khulani. Sein Dolch ist scharf wie der Strahl der Sonne und seine Kugel sicher wie die Gerechtigkeit des jüngsten Tages. Er hat großes Gut aus fremden Landen geholt, besitzt die Achtung seines Freundes, der ein berühmter Emir aus Dschermanistan ist, und hat heut einen Feind getötet, der euch berauben wollte. Ali en Nurabi, dieser tapfere Streiter deines Stammes hat sein Herz geschenkt an Mochallah, die Schönste der Schönen, die aus deinen Lenden geflossen ist. Er will den Preis bezahlen, den du von ihm verlangtest und wird die Tochter deines Alters ehren, wie einst Abraham sein Weib Sarah ehrte. Ich höre, daß du ihn von dir gewiesen habest, aber meine Seele glaubt nicht daran, denn das Wort eines Sebira ist fest und sicher wie el Aresch, der Thron Gottes, den achttausend Säulen und dreimalhunderttausend Stufen tragen, eine jede von der Höhe einer vollen Tagesreise. Ich stehe hier an seiner Statt und werbe für ihn um die Hand deiner Tochter. Seine Ehre ist meine Ehre, und seine Schande sei meine Schande! Dein Herz wurde heut in die Tiefen der Betrübnis getaucht, aber Achmed es Sallah ist der rechte Mann, deine Seele mit Freuden zu erleuchten. Er wird dir alles wiedergeben, was du verloren hast, wenn du ihm die zum Weibe gibst, die er sich erst erkämpfen muß. Bedenke das, o Scheich! Bedenke auch, daß jedes deiner Worte, das daß ihm sagst, auch mich mit treffen muß! Du bist mein Freund, und ich bin der deinige. Allah gebe, daß wir Brüder bleiben! Du hast meine Rede vernommen, und ich bin bereit, nun auch die deinige zu hören!"

Er hatte geendet und setzte sich wieder nieder. Ich konnte nicht anders, ich mußte ihm voll Dankbarkeit die Hand drükken. Er hätte gar nicht besser sprechen können; er hatte die Sache Achmeds geradezu zu der seinigen gemacht, und nun war eine Abweisung beinahe zur Unmöglichkeit geworden. Das fühlte der Scheich. Eigentlich hätte er sich sofort erheben sollen, um seine Antwort zu geben, aber er wandte sich vorher an mich: „Sihdi, ist er es wirklich ganz allein, der den Räuber zu verfolgen vermag?"

„Er hat es versprochen", antwortete ich. „Kennst du einen andern, der es fertigbringt?"

„Ja."

„Wer ist es?"

„Du selbst bist es, denn er hat es erst von dir gelernt."

„Du hast recht, aber ich sage dir, o Scheich, daß auch ich eine Bedingung habe. Du wolltest sehen, ob mein Hengst so schnell ist, wie deine Stute, und ich verzichtete auf die Wette, da ich deine Seele nicht betrüben wollte. Nun aber sollst du erfahren, daß ich mich nicht zu fürchten brauchte. Deine Stute wird beim Anbruch des Tages einen Vorsprung von einigen Stunden haben, aber ich werde sie dennoch erreichen – wenn ich will. Soll ich für euch die Fährten lesen, so begehre auch ich Mochallah zum Lohn, aber nicht für mich, sondern für Achmed es Sallah. Wähle schnell, denn ich sage dir, es ist keine Zeit mehr zu verlieren."

Da erhob er sich endlich. Er legte die Hände an den Bart und sagte. „Ich schwöre hiermit bei dem heiligen Koran, bei dem Bart des Propheten, bei den Bärten aller Kalifen und auch meiner Väter und auch hier bei meinem Bart, daß Achmed es Sallah Mochallah zum Weibe haben soll, sobald er sie mir mit der Stute und dem Hedjihn übergibt. Tut er das aber nicht, so hat er keinen Teil an ihr. Ihr alle habt meine Worte gehört! Sie sind gesprochen!"

Jetzt war der Bann gelöst. Wir alle reichten ihm die Hand, und der Oberst der Mamelucken meinte fröhlich zu mir: „Nun, habe ich mein Wort zu halten mich rühmen zu dürfen umsonst versprochen jehabt? Meine Rede hat jedermann mit sämtliche Zuhörer so tief in dem Jemüte zu rühren jekonnt, daß dieser schwere Werbung niemals ohne mir nicht als eine jelungene zu nennen jehabt werden dürfte!"

„Sie haben beinahe Unmögliches geleistet, Herr Oberst. Ich danke Ihnen von ganzem Herzen!"

„Na, und auch Sie Ihr Wort hat denjenigen Eindruck übrig zu bleiben jelassen, dem man einer unjemein befriedigenden Wirkung mit volles Recht hinterher zu sehen jewähren kann. Darum dürfen wir zwei beiden uns zu trösten versuchen mit dasjenige Bewußtsein, für einem jeliebten Nebenmenschen einem Zustand jestiftet zu haben, dem auf die Seligkeit des Herzens und die lange Dauer einer juten Ehe kein anderer nie zu widmen vermocht werden würde."

Da endlich ergriff auch der Engländer, der sich bisher natürlich hatte schweigsam verhalten müssen, das Wort: „Aber, Sir, erklärt mir doch dies Händedrücken! Ich sitze hier wie ein Meilenzeiger zwischen Papageien. Redet doch nun einmal ein paar Worte mit mir!"

Ich erklärte ihm den ganzen Vorgang. Er lachte vergnügt, streckte behaglich seine ewig langen Beine aus und sagte dann: „Well, freut mich! Verlobung, Hochzeit, Heirat, Ausstattung! Werde diesem guten Achmed es Sallah fünfzig Pfund geben, wenn der Krumir wirklich gefangen wird, stelle aber eine Bedingung!"

„Welche?"

„Ich muß auch dabei sein. Well!"

„Ich bin natürlich ganz von der Partie. Ihr wollt also wirklich mit?"

„Versteht sich! Yes!"

„Aber, die Gefahren . . .?"

„Thunder-storm! Wollt Ihr Euch mit mir boxen, Sir?"

„Später einmal, jetzt aber nicht. Erlaubt, daß mich die andern wieder zu hören bekommen!"

Ich wandte mich wieder zum Scheich:

„Ich vermute, daß die Räuber über den Bah Abida nach der Wüste er Ramada gehen, um über den Dschebel Tibuasch zu den Uëlad Mescheer zu kommen, die ihnen befreundet sind."

„Wie vermutest du dies?"

„Ich belauschte einige ihrer Worte. Zwar könnten sie sich anders besonnen haben, da ihr Raub nicht vollständig gelungen ist, aber es ist doch besser, für jetzt das erstere anzunehmen und unsern Entschluß danach zu fassen. Seid ihr in jenen Gegenden bekannt?"

„Nur auf den großen Wegen."

„Aber gerade diese werden von ihnen vermieden werden, und

wir sind also auf ihre Spuren angewiesen. Lebt ihr in Frieden mit den Beni Mescheer?“

„Wir haben keine Blutrache mit ihnen, aber es ist an der Grenze hin und wieder ein Weidetier abhanden gekommen.“

„So müssen wir also doch vorsichtig sein. Mit großer Macht dürfen wir nicht aufbrechen, denn unser Zug gilt nur dem Krumir und seinen fünf Uëlad Hamema. Vor den Hamema dürfen wir uns nicht sehen lassen, sobald sie zahlreicher sind, als wir, da Achmed einen der Ihrigen getötet hat. Wir können unsern Zweck auf verschiedene Weise erreichen. Die erste ist: Ich habe das einzige Pferd, mit welchem der Krumir zu erreichen ist; ich reite ihm also allein nach und schieße ihn vom Pferd.“

„Herr, sie würden dich töten!“ rief der Scheich.

„Wollen wir wetten?“ antwortete ich. „Wenn Sie mich töten, verliere ich das Leben, wenn aber ich sie töte, so verlierst du deine Stute, die dann mir gehört!“

Ich streckte ihm meine Hand entgegen, aber er bedachte sich doch, einzuschlagen, vielmehr erklärte er: „Du bist mein Gast, und mein Leben ist das deinige. Wir lassen dich nicht allein von hier.“

Und die andern stimmten alle ein, und so mußte ich mich bescheiden. Ich fuhr also weiter fort: „Wir könnten dem Krumir über Ref, Zaafran, Dschebel Schefara und Dschebel Dildschil zuvorzukommen suchen. Wir kommen dann vielleicht einen Tag früher bei den Mescheer an, suchen ihre Gastfreundschaft zu gewinnen und nehmen dann die Feinde in Empfang, sobald sie kommen!“

Die Männer schüttelten die Köpfe, und einer sprach: „O Effendi, du willst mehr wagen, als wir dürfen. Wer kann sich auf die Freundschaft der Beni Mescheer verlassen!“

„So bleibt uns nichts anderes übrig, als den Räubern gerad auf der Spur zu folgen und sie anzugreifen, wo wir sie nur finden.“

„Werden wir sie erreichen?“ fragte der Scheich besorgt.

„Ich glaube es“, antwortete ich. „Zwar könnte die Stute und das Hedjihn nur von meinem Rappen eingeholt werden, aber sie haben jedenfalls noch fünf andere Pferde bei sich, vielleicht auch sechs, da einer von ihnen erschossen wurde. Vielleicht ist sogar ein Mann mehr noch bei ihnen, denn sie haben während ihres Überfalls ihre Pferde wohl von einem Gefährten halten lassen müssen. Und ferner wird Mochallah hoffen, daß wir ihnen folgen; darum wird sie alles tun, um den Ritt aufzuhalten.“

„Effendi!“ rief der Scheich; „deine Worte sind weise; sie träufeln Trost in meine Seele!“

„Habe keine Sorge, wir werden alles wiederbekommen, wenn wir vorsichtig sind. Besser freilich wäre es, wenn wir wenigstens einige sehr gute Pferde hätten, auf denen mehrere von uns vorausreiten und den Krumir beobachten könnten. Wie viele Männer willst du mitnehmen, Ali en Nurabi?“

„Alle!“

„Maschallah! Willst du eine Mücke mit einem Adler jagen? Es sind im höchsten Fall sieben Männer, denen wir folgen wollen. Fehlt es den Söhnen der Sebira so sehr an Mut und Tapferkeit, daß auf einen Feind hundert von ihnen zu rechnen sind?“

„Herr, bedenke, daß wir den Feind erdrücken müssen ohne Kampf!“

„Warum?“

„Wenn der Krumir sich angegriffen sieht, so wird er eher die Stute, das Hedjihn und Mochallah töten, ehe er sie uns wiedergibt.“

„Ist das Erdrücken nicht auch ein Angriff? Können wenige Männer ihren Angriff nicht so einrichten, daß der Sieg erfochten ist, ehe der Feind sich nur zu verteidigen vermag? Willst du bei den Stämmen, an denen wir vorüber müssen, die Besorgnis erwecken, daß wir Absichten hegen, die ihnen feindlich sind? Wenn wir den Uëlad Scheren und den Uëlad Khramemsa begegnen, werden sie uns glauben, daß wir die vielen hundert Männer nur dazu verwenden wollen, um sechs oder sieben Spitzbuben zu fangen?“

„Wir werden ihnen nicht begegnen.“

„Wir werden sie ganz sicher treffen. Ein so großer Zug, wie du ihn haben willst, kann nicht verborgen bleiben. Bedenke doch, daß du viele Kamele mitnehmen müßtest, um den Proviant, die Zelte und vieles andere zu tragen, was wir nicht brauchen werden, wenn wir weniger zahlreich sind!“

„Er hat recht!“ sagte Krüger-Bei. „Hundert Mann sind genug.“

„Oh, hundert Mann sind noch viel zu viel!“ antwortete ich.

„Wie viel meinst du denn, daß wir Krieger brauchen, Effendi?“ fragte mich der Scheich.

„Nicht mehr als zwanzig.“

„Herr, das ist zu wenig!“

„Nein! Bedenke, das du auch mitgehst, dann Achmed es Sallah und dieser tapfere Emir aus Inglistan. Mich selbst will ich auch erwähnen. Wir allein wären vollständig hinreichend, den Krumir zu überwältigen. Die sechs oder sieben Feinde während eines Nachtlagers zu überraschen, wären drei erfahrene Jäger vollständig genug. Bedenke auch, daß du die Mehrzahl deiner Männer zum Schutz der Kaffila verwenden mußt!"

Diesen Gegenstand erfaßte Krüger-Bei sofort mit Energie. Die Beratung wurde lebhafter, denn auch jeder der Ältesten wollte seine Meinung hören lassen, und als sie dann beendet war, durfte ich das Resultat kein erfreuliches nennen: Hundertfünfzig Männer sollten unter Anführung des einen Sohnes des Scheichs der Kaffila entgegengehen, und unsere Truppe sollte aus sechzig Mann bestehen. Die anderen blieben unter dem anderen Sohn zum Schutz des Lagers zurück. Sir Percy lächelte verächtlich, als ich ihm dieses Ergebnis mitteilte.

„Pshaw", meinte er, „diese Beduienen sind Feiglinge! Lassen große Fantasias und Kriegsspiele sehen und haben Angst, sobald es Ernst wird!"

„Das will ich nicht sagen, Sir. Der Araber ist nicht gewohnt, wie die Indianer dem Feind einzeln und wie ein blutdürstiges Tier nachzufolgen, um täglich einen zu skalpieren. Der Beduine liebt den Kampf, aber dieser darf nicht heimlich fressen, sondern muß mit dem möglichsten Schaugepränge verbunden sein. Leider bin ich überzeugt, daß wir mit zehn Männern den Krumir leichter und eher gefaßt hätten, als mit diesen sechzig."

„Well! Kommt, Sir; wollen miteinander vorangehen und die Geschichte allein abmachen!"

„Fast hätte ich Lust dazu; aber ich habe mein Wort gegeben, bei der Expedition zu bleiben."

„Gut, so bleiben wir. Aber ich sage Euch, daß ich ganz allein vorwärts gehen würde, wenn ich richtig arabisch reden könnte. Yes!"

Jetzt wurden nun schnell die nötigen Vorbereitungen getroffen. Man lud Proviant und Munition auf und nahm auch eine ziemliche Anzahl Girba – Schläuche aus Ziegenfellen – mit, um sie später für den Ritt durch die Wüste er Ramada mit Wasser zu füllen. Gerade als diese Vorkehrungen beendet waren, war die Zeit des Fedscher herangerückt. Der Morgen rötete sich im Osten, und die Beduinen sanken neben ihren Pferden auf die Knie, um, das Gesicht gegen Mekka gerichtet, ihr erstes Gebet zu verrichten.

Nun war es Zeit, uns zu überzeugen, ob der Krumir auch wirklich die vermutete Richtung eingeschlagen habe.

„Wie werden Ihnen dieses angefangen, um es janz jenau sehen und behaupten jekonnt zu dürfen?“ fragte mich Krüger-Bei.

„Nichts leichter als das!“ antwortete ich. „Sehen Sie die Trinkstelle neben dem Zelte des Scheichs. Sie hat zwei Abteilungen, die eine für das Lieblingspferd und die andere für das Lieblingskamel des Herrn, denn ein Rassepferd trinkt nie gern aus demselben Gefäß, aus welchem bereits ein Dschemmel getrunken hat. Durch das verschüttete Wasser nun ist der Boden feucht geworden, und die Hufe derTiere haben sich in demselben eingedrückt. Sehen sie?“

„Ich jestehe sehr jern, alles dieses jenau erkennen zu dürfen.“

Ich entnahm meinem Verbandszeug eine Schere und zog das nötige Papier aus der Tasche. Dann fuhr ich fort: „Jetzt schneide ich mir diese Spuren ganz genau in Papier aus und zeichne das innere Bild der Hufe mit dem Stift nach – so! Nun steigen Sie auf das Pferd, und kommen Sie mit mir. Achmed mag uns begleiten.“

Wir drei stiegen auf und verließen das Lager. Ich ritt voran und galoppierte gerade nach Süden und auf die Schlucht zu, von welcher der Krumir gesprochen hatte. Wir erreichten sie in fünf Minuten, trotzdem sie eine volle halbe Stunde von Duar entfernt lag. Ich stieg ab und untersuchte das Terrain. Bereits nach zwei Minuten hatte ich gefunden, was ich suchte.

„Steigen Sie vom Pferd, Oberst, und treten Sie näher!“ bat ich. „Sehen Sie sich doch einmal diese Stelle an!“

„Ich sehe Gras, welches niedergedrückt jewesen zu scheinen jesonnen ist.“

„Es war allerdings niedergedrückt und zwar im Viereck; ein geübtes Auge kann die Ränder desselben noch ziemlich deutlich verfolgen. Und hier, nahe an der andern Seite des Vierecks?“

„Da scheint jemand im den Grase jescharrt und etwas suchen jewesen jehabt zu haben.“

„Nun sehen Sie: Hier hat eine viereckige Decke am Boden gelegen; auf derselben hat ein Mann geruht. Seine Füße langten über die Decke hinaus, und so hat er bei jeder Bewegung mit den Sandalen in dem Grase gerieben. Verstehen Sie das?“

„Da Ihnen es mich jesagt haben, so scheint es mich einzuleuchten sehr deutlich jeworden zu sein.“

„Natürlich ist dieser Mann nicht allein hier gewesen; es steht vielmehr zu vermuten, daß er die Pferde bewachen sollte, welche dem Krumir und seinen Uëlad Hamema gehörten. Wo werden diese Pferde gewesen sein?“

„Dieses zu sagen, kann sich mein Jeist nicht träumen zu lassen so schnell vermuten."

„Wer Pferde zu bewachen hat, der wendet ihnen auf alle Fälle sein Gesicht zu. Sie werden also in derselben Richtung gestanden haben, in welcher er seine Füße liegen gehabt hat, also wohl bei den Büschen dort, die meist nur aus Baten – Terebinthe – bestehen. Kommen Sie! – Da, sehen Sie, daß der Boden niedergestampft ist und mehrere Zweige zu Schlingen gedreht sind? Diese Schlingen haben zur Befestigung der Zügel gedient; es sind ihrer sieben, also dürfen wir auf ebensoviele Pferde schließen. Leuchtet Ihnen auch dieses ein?"

„Erlauben Sie mich, Sie zu diesen unjeheurem Scharfsinn meine Gratulation erjebenst hinnehmen und entjegenjebracht zu mögen! Aber wie wollen Sie Ihnen nun auch dat Kamel, der Stute und dem jeraubten Mädchen finden werden?"

„Vielleicht gelingt mir auch das. Die Räuber sind jedenfalls inmitten der Schlucht geritten, wo der feste, steinige Boden keine Spuren hinterlassen hat. Aber es steht sehr zu vermuten, daß sie die Stute und besonders das Kamel erst gehörig getränkt haben, ehe sie ihm die Sänfte aufschnallten. Hier kann dies nicht geschehen sein, weil die Ufer des Baches zu hoch sind. Gehen wir also weiter. Ich bin überzeugt, daß wir Spuren finden werden, sobald wir eine Stelle erreichen, wo die Ränder des Baches nicht hoch über dem Wasser stehen."

Meine Vermutung bestätigte sich schon in ganz kurzer Zeit. Der Bach schlug einen ziemlich eben liegenden Bogen, der eine kleine Halbinsel umrandete, auf welcher sich von der Zeit der Frühlingsüberschwemmungen her ein grober, mit einzelnen Steinbrocken untermischter Sand abgelagert hatte. Dazwischen war ein spärlicher, schmalhalmiger Graswuchs zu sehen. Diese Art Boden war natürlich geeignet, die leiseste Fußspur aufzunehmen und für lange Zeit festzuhalten.

Außerhalb dieses kleinen Platzes war der harte Weg vielfach zerscharrt.

„Sehen Sie, Oberst, hier haben die sieben Pferde nach ihrem Aufbruch gehalten. Und hier, sehen Sie den deutlichen Eindruck im Sand? Hier hat die Atuscha gestanden, ehe man sie auf das Hedjihn schnallte. Bemerken Sie die Spur eines Kamels und eines Pferds hier am Wasser? Ich nehme meine Papierabdrücke hervor. Sehen Sie, wie genau sie passen? Hier ist die Stute und das Hedjihn gewesen, und hier . . . ah, was hat dieser rote Faden zu bedeuten?"

„Dieses zu wissen kann kein anderer Mensch als nur Ihnen zu erraten befähigt jeworden dat jroße Glück zu haben."

„An diesem Faden klebt Blut. Man hat irgendein Gewebe zerrissen, um den Verwundeten zu verbinden, der die Kugel Achmeds erhalten hat, und dabei ist dieser Faden an dem kleinen Zweig hängengeblieben. Hier rechts, unter der jungen Tscham – Pinie – hat jemand gelegen. Ach, es ist Mochallah gewesen."

„Dunderwetter! Woher wollen Sie Ihnen dat so jenau zu wissen es erraten jehabt zu können?"

„Sehen Sie nicht, daß von dem Zweig die meisten Nadeln wie mit den Händen abgestreift worden sind? Sie hat sich geweigert, mitzugehen, sie hat sich an dem Zweig festgehalten; man hat sie losgerissen, und dabei sind die Nadeln abgezogen worden."

„Allah akbar – Allah ist jroß, aber Ihnen Ihre Jeistesjegenwart ist um ein Erstaunen zu erregen bewundert jeworden!"

„Maschallah!" rief da Achmed, der zwar kein Wort unseres Deutsch verstehen konnte, aber jeder unserer Bewegungen mit Aufmerksamkeit gefolgt war. „Sihdi, sieh her! Was ist das?"

Er hatte neben der Pinie ein Stück tonigen Schiefers gefunden, welches er mir entgegenreichte. Auf der einen Seite des kleinen Steins war mit unsicherem Zug, aber doch deutlich genug, ein arabisches m eingegraben, also der Anfangsbuchstabe von Mochallah.

„Weißt du nicht, ob Mochallah etwas Scharfes bei sich trug?" fragte ich Achmed es Sallah.

„Herr, sie hat stets ein kleines Mun – scharfes Messerchen – um den Hals hängen."

„Sie weiß, daß wir den Räubern folgen werden, und hat uns ein Zeichen geben wollen. Es ist sehr zu wünschen, daß sie dies öfters tut."

„Oh, sie wird es tun, Sihdi! Diesen Stein aber werde ich bei mir behalten, bis ich sie wiederfinde."

„Nun gilt es nur noch, uns zu überzeugen, daß sie längs des Bachs diese Gegend verlassen haben", meinte ich. „Wir wollen also noch ein Stück weitergehen."

Wir verfolgten die Schlucht noch tiefer und fanden genug Hufspuren, um unserer Sache sicher zu sein. Dann kehrten wir wieder zum Duar zurück, wo man sehnlichst auf uns gewartet hatte.

„Effendi, laß uns fortgehen! Vielleicht erreichen wir die Räuber noch am heutigen Tag!" bat der Scheich.

„Daran glaube ich nicht, Ali en Nurabi. Sie können stracks vorwärts reiten, während wir eine große Zeit im Suchen ihrer Spuren verlieren müssen. Was hast du für ein Pferd?"

„Dieser Fuchs ist sehr gut, wenn er auch nicht die Schnelligkeit der Stute besitzt."

„Auch Achmed und der Emir aus Inglistan reiten gute Pferde. Wir werden uns also von den anderen scheiden können.

„Scheiden?" fragte er. „Warum?"

„Weißt du nicht, daß jedes Kriegsheer eine Abteilung haben muß, welche voranreitet, um die Gegend zu erkunden und für die Sicherheit der andern zu sorgen? Dies werden wir tun, weil wir die besten Pferde haben. Deine sechzig Krieger können uns mit Sicherheit folgen, da wir ihnen stetig Zeichen zurücklassen werden, welche Richtung wir eingeschlagen haben. Besprich diese Zeichen mit ihnen, und laß uns Abschied nehmen, damit wir unser Tagwerk beginnen können!"

Mein Vorschlag leuchtete ihm schnell ein, und er befolgte ihn sogleich.

Der Anführer der tunesischen Heerscharen konnte sich unserer Expedition natürlich nicht anschließen. Er kehrte mit seinen Begleitern, aber ohne den Engländer, nach el Bordsch zurück, wobei er eine große Strecke mit den Uëlad Sebira reiten konnte, die der Kaffila entgegengingen.

„Nun kommen auch Ihnen an die Reihe", sagte er, als er bereits von den übrigen Abschied genommen hatte. „Glauben Sie mich; dat Scheiden ist die unanjenehmste Erfindung, die jemals jemacht worden zu sein mir verdrossen hat. Werden wir uns einmal wieder zu sehen die Jelegenheit geboten sein?"

„Inschallah – wenn es Gott gefällt. Die Wege des Menschen sind im Buche verzeichnet."

„Ich weiß, daß Sie pflegen, mein Freund jeworden zu sein. Wollen Ihnen mich einmal einem Jefallen zu erweisen die Jewogenheit behaupten?"

„Sehr gern, wenn es mir möglich ist."

„Dann sind Sie doch einmal so jut, und schießen Sie den Krumir nicht janz tot, wenn Sie ihn finden, sondern schicken Sie ihm mich nach Tunis, wo wir ihn zeigen werden, was einem jestohlenen Fliegenschimmel für seine eijentümliche Bewandtnis hat. Sollten Sie selbst einmal nach Tunis eintreffen, so verjessen Sie Ihnen nicht, mir zu besuchen. Jetzt aber adieu, juten Morjen und jute Reise. Allah sei mit Sie nebst dem Propheten! Nehmen Sie Ihnen vor die Uëlad Hamema in acht, und verjessen Sie mir nicht, der ich Ihr Freund zu sein mir als juter Bekannter stets einjewilligt haben werde!“

Ich erwiderte seine herzlichen Worte, und dann schieden wir, die einen nach Norden und wir anderen nach Süden. Ich habe den wackern, originellen Mann niemals wiedergesehen, aber noch immer steht sein Bild so lebhaft vor meiner Seele, als ob ich erst gestern von ihm geschieden sei.

Die Schlucht war bald wieder erreicht. Hier erklärte ich dem Scheich in Kürze die Bedeutung der vorhandenen Spuren, und dann ging es vorwärts. Es war keine leichte Aufgabe, die vorhandene Fährte auf dem meist felsigen Terrain festzuhalten, doch wurde ich sehr unterstützt durch die Kenntnis der Richtung, welche der Krumir verfolgte.

Er hatte gesagt, daß er den Bah Abida übersteigen werde. Dieser lag von dem Ausgangspunkt unseres Rittes in gerader Linie ungefähr dreißig Kilometer oder vier deutsche Meilen entfernt. Da wir aber mehrere bedeutende Höhen zu umgehen und verschiedene Gewässer zu durchschwimmen hatten, so mußten wir wenigstens sechs Meilen rechnen. Dazu kam der Zeitverlust, welchen das Aufsuchen der Spur verursachte, so daß ich gut fünfzehn Stunden rechnete, welche wir brauchten, um den Bah Abida zu erreichen.

Wir gingen über den Hemormta Wergra, durchschwammen den Anneg – und bald darauf den bedeutenden Milleg und hielten zu Mittag in einem Quertal des Dschebel Tarf eine kurze Rast. Gerade an demselben Punkt hatte der Krumir auch ausgeruht; die Spuren davon waren ganz deutlich zu erkennen. Dieses Tal ist etwa fünf Stunden lang, erstreckt sich von Westen nach Osten und wird von einem Bach durchzogen, der auf dem Bah Abida entspringt. Gerade vor uns also hatten wir diesen Berg, links Bu Baheur, Mesara und Bordsch Bir bu Hamed, und rechts das Land der Scheren und Uëlad Khramemsa. Da wir die Gesinnung dieser Leute nicht kannten, so galt es, von jetzt an sehr vorsichtig zu sein. Der Krumir hatte denselben Gedanken gehabt; er war, wie sich bald herausstellte, nicht in dem Tal geblieben, wo er jeden Augenblick eine Begegnung erwarten konnte, sondern hatte rechts die Hochebene erstiegen, um auf derselben den Abida zu erreichen. Natürlich folgten wir ihm. Da oben dehnte sich ein meilenweites Plateau rechts nach dem Wadi Serrat hinüber, und gerade vor uns sahen wir in stundenweiter Entfernung den Abida sich erheben. Die Fährte wurde hier außerordentlich deutlich, denn die Verfolgten waren im

Galopp geritten, jedenfalls um dieses offene Land baldigst hinter sich zu legen. Sie hatten, wie ich aus der Beschaffenheit der Spur erkannte, einen Vorsprung von kaum drei Stunden vor uns, und ich sagte dies dem Scheich.

„Hamdulillah – Gott sei Dank!" rief er. „Wir werden sie noch heute erreichen!"

„Du irrst, Ali en Nurabi", antwortete ich ihm. „Oder ist deine Stute ein so schlechtes Pferd, daß es sich diesen Vorsprung in so kurzer Zeit abgewinnen läßt?"

„Wir reiten die ganze Nacht hindurch!"

„Kannst du des Nachts die Spuren erkennen?"

„Du hast recht. Allah verdamme die Finsternis! Komm, laß uns vorwärts eilen!"

Wir flogen dahin, als ob wir selbst die Verfolgten seien. Mein Rappe stöhnte laut auf vor Lust; man merkte es seinen graziösen, spielenden Bewegungen an, daß es ihm leicht sei, die jetzige Schnelligkeit zu verdoppeln. Hätte ich ihm den Willen gelassen, so wäre ich in einigen Minuten mit ihm verschwunden gewesen.

So ging es brausend über den ebenen Boden dahin, doch bald begannen die Pferde der andern zu schäumen und zu schnauben; eins nach dem andern blieb zurück, und nur die Wadi Serrat-Stute meines Achmed zeigte keine Ermüdung. Wir mußten unsere Schnelligkeit mäßigen, hatten aber doch in dieser kurzen Zeit eine ganz bedeutende Strecke überwunden. Der Scheich war außer sich vor Zorn, daß sein Fuchs keine bessere Ausdauer zeigte.

„Sahst du bereits einmal ein Pferd, welches so viel versprochen und doch so wenig gehalten hat wie dieses?" fragte er mich. „Es war eines meiner besten Pferde, aber seit heute hat es den Scheitan – den Teufel – im Leibe mit allen bösen Geistern der Dschehennah – der Hölle –. Aber es wird dennoch laufen müssen, laufen, bis es zusammenbricht!"

„Dann nimmst du den Sattel auf den Rücken und versuchst, ob du auf deinen eigenen Beinen schneller vorwärts kommst. O Scheich, der eiligste ist nicht stets auch der schnellste!"

„Du spottest meiner, Effendi!"

„Nein, denn auch mir ist es unangenehm, daß dir dein Pferd den Dienst versagt. Du solltest mit mir den Deinigen voranreiten; nun aber gibt es nur drei, die dies zu tun vermögen."

„Wer?"

„Ich, Achmed und höchstens noch der Engländer."

„Herr, verlasse uns nicht! Wir wissen nicht, was uns begegnen kann, wenn du vorn bist; auch könnten wir leicht deine Spur verlieren."

„Aber es ist jedenfalls besser, wenn . . ."

Ich hielt inne, noch ehe ich mit der Aufzählung meiner Gründe begonnen hatte, denn rechts von uns tauchten zwei Reiter auf, welche bei unserm Anblick stutzend halten blieben und dann ebenso schnell wieder verschwanden, als sie gekommen waren.

„Was waren dies für Männer?" fragte ich.

„Beni Scheren oder Khramemsa", antwortete der Scheich.

„Das ist unangenehm; doch vielleicht sind sie allein und wir bleiben unbelästigt. Laß uns wieder schnell reiten!"

Dies war schneller gesagt als getan, und kaum waren zehn Minuten verstrichen, so tauchte zu unserer Rechten eine Staubwolke auf, hinter der eine bedeutende Zahl Reiter zu vermuten war. Sie hielt sich zuerst parallel mit uns, ging dann in ein beschleunigtes Tempo über, um uns den Weg zu verlegen.

„Sind dies Feinde, Sir?" fragte mich der Engländer.

„Vielleicht!"

„High-day! Endlich ein Abenteuer! Sagte ich es nicht, daß man nur mit Euch zu reiten braucht, um etwas zu erleben? Habe eine Doppelflinte, zwei Pistolen und zwei Revolver, gibt also achtzehn Schüsse, das Messer gar nicht gerechnet. Wird prächtig werden, der Spaß. Yes."

Er fuhr vor Vergnügen mit seinen unendlichen Armen durch die Luft, als ob er wie weiland Ritter Don Quichotte, seligen Angedenkens, mit Windmühlen fechten wollte.

„Freut Euch nicht zu früh, Sir", warnte ich. „Unsere Aufgabe ist es, den Krumir zu fangen, wir müssen also jeden Zeitverlust und auch jeden Kampf zu vermeiden suchen."

„Well, richtig! Aber im Vorbeireiten können wir doch immerhin ein wenig schießen. Nicht?"

„Ich hoffe nicht, daß man uns dazu zwingen wird!"

Jetzt hatte der fremde Reitertrupp uns die Richtung abgewonnen und blieb in unserem Weg halten. Es war eine ganz bedeutende Schar; sie konnte über hundert Köpfe zählen. Der Anführer stellte seine Leute in ein Vordertreffen und eine Reserve auf und erwartete uns in einiger Entfernung vor seiner Linie. Scheich Ali en Nurabi gebot den Seinen, halten zu bleiben, und ritt auf den Anführer zu. Ich schloß mich ihm an.

„Kennst du den Fremden?" fragte ich ihn.

„Jetzt erst sehe ich seine Züge, und nun erkenne ich ihn."

„Wer ist es?“

„Es ist ein Feind; es ist Hamram el Zagal – der Tapfere –, der grausamste Scheich der Khramemsa. Ich habe ihn in Aïn Juhsuf und in Segrid gesehen. Er verlangt Tribut von jedem, der sein Gebiet betritt, und wer nichts geben kann, muß mit ihm kämpfen. Er hat schon viele arme Männer getötet, die den Zoll nicht entrichten konnten. Er wird ein großes Geschenk von uns fordern.“

„Wonach richtet sich die Höhe dieses Geschenks?“

„Nach dem Reichtum der Reisenden und nach der Zahl der Köpfe.“

„Hättest du zwanzig Männer genommen anstatt sechzig, so kämen wir billiger davon.“

„Ich zahle nichts!“

„Bedenke, daß wir keine Zeit zu verlieren haben, und diese Khramemsa sind doppelt so stark als wir.“

„Fürchtest du dich, Effendi?“

„Pah!“

Wir waren jetzt an Scheich Hamram, der den Beinamen el Zagal hatte, herangekommen.

„Salam aleikum!“ grüßte Ali en Nurabi, indem er sein Pferd parierte.

„Wer bist du?“ fragte der Gegner, ohne den Gruß zu erwiedern.

„Kennst du mich nicht mehr? Ich bin Ali en Nurabi, der Scheich der Rakba vom Ferkah Uëlad Sebira.

„Und ich bin Hamram el Zagal, Ben Jadschi Abbas er Rumier Ibn Schehab Abil Assaleth Abu Tabari el Faradsch. Ich bin der Herr und Anführer dieser tapfern Krieger vom Stamm der Khramemsa, und ich frage dich, was du hier auf unserm Gebiet zu suchen hast?“

„Wir verfolgen einen Räuber, der mir meine Lieblingsstute, mein bestes Hedjihn und meine Tochter geraubt hat, und bitten dich, uns durch dein Gebiet reiten zu lassen.“

„Wer sich seine Stute, sein Dschemmel und seine Tochter stehlen läßt, der ist nichts anderes wert, als daß sie ihm geraubt werden. Haben die Uëlad Sebira keine Augen, um zu sehen, und keine Ohren, um zu hören? Wer durch mein Land reiten will, muß das Geschenk bezahlen.“

„Wie viel verlangst du?“

„Wer ist der Räuber, den du verfolgst?“

„Es ist Saadis el Chabir, der Krumir von Ferkah ed Dedmaka.

Er hat noch mehrere Reiter bei sich, die zu den Beni Hamema gehören."

„Saadis el Chabir ist hier durchgekommen, und wir haben mit ihm gesprochen. Er hat keinen Raub bei sich. Er ist mein Freund. Du wirst sehr viel zahlen müssen, wenn du vorüber willst."

Dieser tapfere Hamema log. Hätte er wirklich eine Zusammenkunft mit dem Krumir gehabt, so würde ich dies an der Fährte gesehen haben. Er machte überhaupt den Eindruck eines rohen, wilden Menschen. Breitschulterig und von einem überaus muskulösen Gliederbau, ragte er um eines Kopfes Höhe über seine Leute hinaus. Er war ein wahrer Enakssohn. Bewaffnet war er mit zwei Flinten, einem Dolch, einer Pistole, einer Keule und mehreren Wurfspeeren. Sein Anblick mußte auch einen mutigen Mann bedenklich machen.

„Wieviel verlangst du?" erkundigte sich Scheich Ali.

„Wer ist der Mann an deiner Seite?"

„Ein Emir aus dem Frankenland."

„Ein Giaur? Allah vernichte ihn! Und der Mann, der dort vor den Deinen hält?"

„Ein Emir aus Inglistan."

„Auch ein Ungläubiger? Allah möge sie zermalmen. Höre, was ich dir sage: Jeder deiner Männer gibt ein Schaf; du gibst zwanzig Schafe und jeder der Giaurs zahlt fünfzig Schafe."

„Das sind beinahe zehnmal zwanzig Schafe; das könnte ich nicht geben, selbst wenn ich so viele Tiere bei mir hätte."

„So zahlst du die Hälfte und kehrst wieder um!"

„Du verlangst den Zoll, selbst wenn wir wieder umkehren?"

„Glaubst du, daß ich euch umsonst entkommen lasse?"

„Steige herunter von deiner Forderung!"

„Um kein einziges Schaf! Was Hamram el Zagal gesagt hat, das bleibt gelten. Oder willst du vielleicht mit mir kämpfen?"

Es galt vor allen Dingen, diese Verhandlung abzukürzen. Ali en Nurabi konnte diesen Riesen nicht besiegen, das war sicher. Ich ritt also noch um einen Schritt vor und sagte: „Du willst mit einem von uns kämpfen? Hat dich Allah aus der Reihe der Lebenden gestrichen, daß du solche Worte wagst? Was sind deine hundert Khramemsa gegen meine tapfern Sebira, und was bist du selbst gegen einen Emir aus dem Land der Helden?"

Ich sprach mit Absicht in der überschwenglichen Weise der Wüstensöhne; ich hatte noch mit andern Männern gekämpft und gerungen, als er war; ich wußte mich ihm überlegen, und darum wollte ich ihn von Ali auf mich lenken. Es gelang mir. Er erhob sich erstaunt im Sattel und starrte mich an.

„Thibb el Kelb – Hund von einem Schakal!“ rief er. „Wirst du mir sofort die Hand ablecken, damit ich dir verzeihe!“

„Wenn deine Hand schmutzig ist, so lecke sie selbst ab! Dein Maul ist groß genug dazu. Wie kannst du dich unterfangen, fünfzig Schafe von mir zu verlangen! Siehe, hinter mir halten sechzig Krieger; aber auch wenn sie nicht hier wären, wenn ich ganz allein wäre, würdest du nicht das Haar eines Schafes erhalten. Man sieht euch an, daß euer Mut kleiner ist als eure Worte!“

Seine Augen funkelten; seine Lippen zuckten, und er stieß einen heisern Schrei der Wut aus.

„Mensch, bist du wahnsinnig!“ brüllte er. „Du wagst es, zu Hamram el Zagal solche Worte zu sagen? Gut, du sollst mit mir kämpfen, aber nicht nur um den Zoll, sondern um das Leben!“

„Ich bin bereit. Aber hüte dich! Mein Pferd ist besser als das deine, und meine Waffen sind es auch.“

„Ich sehe, daß du die Waffen der Franken hast“, lachte er höhnisch, „aber du wirst sie nicht brauchen dürfen. Das Pferd und die Waffen des Besiegten gehören dem Sieger. Lege sie von dir, und steige ab, wie ich es tue. Wir werden nur mit den Händen kämpfen, und der eine wird den andern erwürgen.“

„Du sollst deinen Willen haben, el Zagal. Wir beide werden ehrlich miteinander kämpfen, aber die andern sollen auch ehrlich gegeneinander sein.“

„Was sollen diese Worte sagen?“

„Ich verlange das Recht der Schilugh – der freien Männer. Besiegst du mich, so ist alles, was mir gehört, dein Eigentum, und diese Uëlad Sebira werden dir den Zoll bezahlen, den du verlangt hast; besiege aber ich dich, so gehören dein Pferd und deine Waffen mir, und wir können ohne Zoll und Aufenthalt durch euer Gebiet reiten.“

Seine Augen hafteten mit Begier auf meinem Pferd.

„Es soll dein sein, wie du begehrst“, antwortete er.

„Wenn einer von uns beiden gefallen ist, wird Frieden sein zwischen den andern?“

„Ich verspreche es!“

„Schwöre es!“

„Ich schwöre es bei Allah und allen Moslems, die gelebt haben und noch leben werden!“

„Auch die Deinen schwören es?“

„Mein Schwur gilt mit für sie.“

„So steige herab!"

Ich winkte Achmed und den Engländer herbei, um ihnen mein Pferd und meine Waffen zu übergeben. Dabei erklärte ich Sir Percy den Vorgang.

„Zounds", rief er, „hundert Pfund würde ich geben, wenn ich an Eurer Stelle wäre!"

„Seht Euch den Kerl an, Sir! So ein Gang ist nicht ganz ungefährlich."

„Hm! Da legt er den Haik ab. Diese Muskeln! Dieser alte Boy hat Arme wie ein Elefant. Nehmt Euch in acht, Sir; die Sache ist allerdings bedenklich. Gebt ihm einen richtigen box on the stomach – Hieb auf den Magen –, daß ihm die Seele abhanden kommt; das ist das beste!"

„Pah! Ihr habt ja damals in Indien meine Art Jagdhieb gesehen; ein einziger davon ist genug."

„Ihr werdet Euch die Faust zerschlagen, Sir!"

„Ich glaube nicht, daß der Kopf dieses Khramemsa härter ist als die Indianerschädel, die ich bereits getroffen habe. Sollte mir aber etwas Menschliches passieren, so haltet Ruhe; ich habe es versprochen!"

Auch ich warf den Haik von mir. Die andern wichen zurück, und nun standen wir uns allein gegenüber. Der Riese schien mir weit überlegen zu sein; er selbst war so überzeugt davon, daß er ohne alles Vorspiel sofort zum Angriff überging. Mit einem weiten, kräftigen Sprung stürzte er sich auf mich, um mich zu erfassen. Er konnte mir die Sache gar nicht leichter machen. Ich drehte mich schnell zur Seite, und während er mit beiden Armen in die Luft griff, schlug ich ihm die Faust mit solcher Gewalt gegen seine rechte Schläfe, daß er augenblicklich zusammenbrach. Ein lautes Geschrei erhob sich von beiden Seiten, aber getreu dem Schwur ihres Anführers wagte es keiner der Gegner, sich vom Platz zu rühren.

Ich kniete auf den besiegten Feind und hielt ihn bei der Kehle. Ein zweiter Hieb hätte ihn getötet, doch lag dies ganz und gar nicht in meiner Absicht. Nach kurzer Zeit kam er wieder zu sich und machte eine Anstrengung emporzukommen, doch hielt ich ihn fest unter mir. Er wandte seine ganze Kraft an, mich abzuwerfen, aber ich brauchte nur den Finger fester um den Hals zu schließen, um jeden Widerstand zu brechen.

„Gibst du zu, daß du besiegt bist?" fragte ich ihn.

„Töte mich, Hund!" stöhnte er.

Da ließ ich die Hand von ihm und stand auf.

„Erhebe dich, Hamram el Zagal; ich will dein Leben nicht!“
„Nimm es! Ich mag es nicht mehr haben.“
„Steh auf! Ich sage dir, daß es keine Schande ist, von einem Emir aus dem Frankenland besiegt worden zu sein.“
„Aber eine Schande ist es, sein Pferd und seine Waffen zu verlieren!“
„Behalte sie. Ich schenke sie dir!“
Er war trotzig liegengeblieben; jetzt aber schnellte er rasch empor.
„Ist's wahr? Läßt du mir alles?“
„Alles! Du hast mich beleidigt; du hast mich einen Hund und einen Schakal genannt; aber der Prophet sagt: ‚Wer sich rühmt, seinem Freunde Gutes zu erweisen, der sei still; wer aber seinem Feinde Barmherzigkeit erzeigt, dem steht die Hand Gottes offen.‘ Komm, nimm und iß; wir wollen Freunde sein!“
Ich ging zu meinem Pferd, nahm aus der Satteltasche eine der darin befindlichen Bela – getrockneten Datteln –, zerbrach sie und reichte ihm die Hälfte, während ich die andere Hälfte aß. Er ließ sich wirklich überraschen und steckte die Dattel in den Mund. Jetzt waren wir sicher; jetzt hatten wir gewonnen. Er nahm seine Waffen wieder auf und bestieg sein Pferd.
„Ich habe mit dir gegessen; du bist mein Freund. Kommt mit nach dem Duar, um meine Gäste zu sein!“
„Erlaube uns, dies nach unserer Rückkehr zu tun! Wir dürfen keine Zeit versäumen, wenn wir die Leute erreichen wollen, welche wir suchen.“
„Du betrübst meine Seele, o Emir. Aber sage mir, ob ihr eine Blutrache habt?“
„Ja. Der Krumir hat einen Sebira getötet.“
„So eilt, ihm nachzukommen. Der Zoll sei euch erlassen. Es sei Friede zwischen den Sebira und den Khramemsa. Allah schütze euch!“
Das erst so gefährlich scheinende Abenteuer war glücklich beendet, und ich merkte zur Genüge, daß mein Kredit bei den Gefährten um ein bedeutendes gestiegen war. Wir setzten unsern Weg unbelästigt fort, und die Khramemsa kehrten ohne Beute nach ihrem Duar zurück.

Ich schlug dem Scheich nochmals vor, mit Achmed voranzureiten; aber nach dem, was wir soeben erfahren hatten, wollte er uns nun gar nicht missen. Es ging im scharfen Tempo über die Hochebene dahin. Der Bah Abida trat immer näher und deutlicher an uns heran. Wir erreichten ihn kurz nach dem Nachmittagsgebet, und erstiegen, immer der Fährte folgend, seinen sanften westlichen Abhang so leicht, daß wir gerade mit Sonnenuntergang den Gipfel erreichten.

Gegen Osten fällt er sehr steil in die Ebene hernieder. Wir sahen im Nordosten die Kuppen des Zaafran im Abendrot erglühen; weit gegen Morgen leuchtete der hohe Maktör herüber, und zu unsern Füßen zog sich die öde er Ramada in die dunkle Ferne hinaus.

„Schlagen wir das Lager auf?" erkundigte sich der Scheich.

„Es ist mir noch möglich, die Spur zu erkennen, und hier oben ist es während der Nacht zu kalt. Laß uns weitergehen!" entschied ich.

Ich hätte einen Trapper oder einen Indianer sich über die Fährte äußern hören mögen, welcher ich zu folgen hatte. Während sie für die Beduinen vollständig unsichtbar blieb, fand ich fast alle zwanzig Schritte ein untrügliches Zeichen. Während der „Westmann" Nordamerikas sich alle Mühe gibt, seine Spur zu verwischen, hatte der Krumir sein Augenmerk nur darauf gehabt, schnell vorwärtszukommen, und da das Terrain jetzt steil bergabwärts fiel, so hatten die Hufe seiner Tiere den Boden hier förmlich gepflügt, und es war keine Kunst, die Richtung einzuhalten.

So gelangten wir an ein kleines Wasser, welches hier oben entsprang und sich während seines Laufes ein Talbett gegraben hatte, welches bis zum Fuß des Gebirges abwärts führte. Die Beschaffenheit des Terrains ließ vermuten, daß der Krumir dieses Tal nicht verlassen habe, und so ritten wir selbst dann noch in demselben fort, als die Dunkelheit der Nacht mir die Fährte unsichtbar machte.

„Beginnt die Wüste er Ramada gleich am Fuß des Gebirges?" erkundigte ich mich bei dem Scheich.

„Warum fragst du?"

„Wenn sie gleich da beginnt, so könnten wir bald auf den Feind treffen; denn ich glaube nicht, daß er sein Nachtlager in der Steppe aufschlagen wird."

„Die Wüste beginnt erst später. Vorher kommt noch das ebene Weideland Zwarihn."

„Wie weit ist es vom Bah Abida bis zum Dschebel Tibuasch?"

„Man reitet durch Zwarihn und er Ramada zwölf Stunden. Dann kommt man zwischen den Bergen von Kökada und Sekarma an die Stelle, wo das Land der Mescheer beginnt."

„Ich denke, dies beginnt erst hinter dem Dschebel Tibuasch und dem Gebirge von Haluk el Mehila?"

„Wenn gute Weide ist, kommen die Mescheer auch über die Berge hinüber."

„Warst du bereits einmal dort?"

„Nein."

„Du kennst keinen Mescheer?"

„Ich kenne viele. Ich habe sie in dem Land der es Sseers und Uëlad Aïun getroffen. Ich weiß nicht, ob sie uns freundlich empfangen werden."

„Sechzig Gäste auf einmal ist auch einem Freund zu viel. Wir müssen unser möglichstes tun, um den Krumir noch vor dem Dschebel Rökada zu erreichen. Laß uns eilen!"

Nach zwei Stunden beschwerlichen Ritts, bei welchem uns nur die Sterne leuchteten, erreichten wir die Ebene. Hier machten wir Halt. Wir tränkten die Pferde, gaben ihnen ihre Sisch Bla Halef – verkrüppelte Datteln, die nur als Viehfutter verwendet werden – zu fressen, aßen selbst einige Datteln und legten uns dann zur Ruhe nieder. Wir bedurften ihrer so notwendig, daß keiner daran dachte, ein Gespräch anzuknüpfen.

Während der Nacht, als ich einmal erwachte, vernahm ich ein fernes Brüllen. Ich erinnerte mich, daß die Umgebung der Steppe er Ramada wegen der dort hausenden Löwen berüchtigt sei, doch schlief ich sofort wieder ein. Ich ahnte nicht, daß ich bereits am nächsten Abend mit einem Vetter des „Wüstenkönigs" anzubinden haben würde.

Kaum graute der Morgen, so waren wir wieder marschbereit. Ich ritt einen Bogen in die Ebene hinaus und stieß dabei bald auf die Fährte, der wir wieder folgten, nachdem „el Fagr" gebetet worden war.

Nach Indianerart beinahe waagrecht auf dem Pferd hängend, um keine Spur zu übersehen, ritt ich voran. Mehrere kleine Bäche ließen auf die Nähe eines Flüßchens schließen. Es gab hier gutbefruchtetes Weideland, in welchem sich die Hufe recht deutlich abgedrückt hatten. Wir kamen mit unseren ausgeruhten Pferden rasch vorwärts und erreichten nach ungefähr anderthalb Stunden das vermutete Flüßchen, dessen Lauf sich rechts nach dem Bah bu Scherif zu richten schien. Hier hatten die Gesuchten übernachtet. Das Gras war zertreten und niedergelagert, und man sah deutlich die Stellen, an denen die einzelnen Tiere angebunden gewesen waren.

„Effendi", meinte der Scheich, „kannst du den Ort finden, an welchem Mochallah geschlafen hat?"

Ich suchte.

„Hier ist es. Sie hat in der Atuscha geschlafen."
„Woher weißt du dies?
„Siehst du nicht, daß die Sänfte hier gestanden hat?"
„Ja. Aber Mochallah kann doch an einer andern Stelle geschlafen haben."
„Blicke her! Sie hat aus der Atuscha herausgelangt, als alle schliefen, und abermals ein M. in den Rasen geschnitten."
„Maschallah, es ist wahr! Herr, sie ist gesund; sie hat uns ein Zeichen gegeben; sie weiß es, daß wir kommen. Laß uns eilen!"
Das Wasser des Flüßchens war nicht tief; wir kamen leicht hinüber. Drüben untersuchte ich die neue Spur ganz genau.
„Was suchst du noch, Sihdi?" fragte Achmed es Sallah.
„Ich will sehen, seit welcher Zeit sie aufgebrochen sind. Dem Nachtlager nach sind sie genausoweit von uns entfernt, wie wir vom Bah Abida bis hierher reiten mußten. Nach diesem Gras aber sind sie noch eher aufgebrochen als wir, schon während der Nacht. Es hat sich fast ganz wieder aufgerichtet; die Flüchtlinge sind über zwei Stunden vor uns. Laß uns eilen!"
Es ging im scharfen Trab und lautlos vorwärts, so gut es die Pferde auszuhalten vermochten. Leider zeigte es sich, daß ihnen die Tiere des Krumirs überlegen waren, denn als ich drei Stunden vor Mittag abstieg, um die Fährte, welche jetzt im sandigen, vegetationslosen Boden lief, zu untersuchen, zeigte es sich, daß wir den Verfolgten um nichts näher gekommen waren.
„So erreichen wir sie nicht", sagte ich zum Scheich. „Laß mich mit Achmed voranreiten. In vier Stunden holen wir sie ein, und dann ist es gerade die höchste Zeit, denn dann sind sie fast beim Dschebel Schefara angekommen.
„Ich reite mit", antwortete er.
„Dein Pferd hält es nicht aus!"
„Dann ist es immer noch Zeit zurückzubleiben." Auch der Engländer ließ sich nicht zurückhalten. Die Sebira erhielten ihre Instruktion, und wir vier ließen unsere Pferde doppelt ausgreifen. Eine Stunde verging – und noch eine. Die Sonne brannte heiß hernieder, und wir hielten einen Augenblick an, um uns und die Pferde mit Wasser zu erfrischen, welches wir in einem Schlauch mitgenommen hatten. Die Schläuche waren des Morgens am Fluß gefüllt worden. Nun ging es wieder vorwärts. Weit und unbegrenzt lag die Ebene rund um uns her. Wandernde Ghuds – Sanddünen – wechselten mit wirrem Felsengebrock; kein Baum, kein Strauch, kein Halm war zu sehen, und die Hitze vibrierte wie eine sichtbare Flut über den glühenden

Boden dahin. Das Pferd des Scheichs und des Engländers begann zu straucheln, auch Achmeds Stute ward unzuverlässig; da erhob sich gerade vor uns am Horizont weiß und glänzend ein riesiges Gemäuer, fast wie die Ruinen einer altenglischen Abtei. Es waren keine Mauern; es waren Felsen, in die die Jahrhunderte so abenteuerliche Lücken und Risse gebrochen hatten. Am Fuß, im Schatten derselben, sah ich weiße und farbige Punkte, welche sich regten.

Ich nahm das Fernrohr zur Hand, richtete es und – stieß einen lauten Ruf der Freude aus.

„Sind sie es, Effendi?" fragte der Scheich.

„Sie sind es – ein Kamel mit einer Atuscha und sieben Reiter, der eine von ihnen auf deiner Milchstute."

„Hamdulillah – Preis sei Gott; wir haben sie!"

„Noch nicht. Sie sind ihrer sieben, und wir zählen nur vier."

„Fürchtest du dich?" fragte er erregt.

„Ali en Nurabi, du hast gestern diese Frage bereits einmal ausgesprochen und nachher doch gesehen, ob ich mich fürchte!"

„Verzeih, Herr! Aber warum scheust du dich vor ihnen?"

„Ich scheue mich nicht. Ich denke nur daran, daß wir die kostbare Stute und das Kamel nicht verwunden dürfen."

„Herr, du hast recht! Was werden wir tun?"

„Wir müssen gewärtig sein, der Krumir tötet beide Tiere, anstatt daß er sie zurückgibt. Reitet langsamer. Ich werde einen weiten Bogen schlagen und ihnen zuvorkommen. Dann jagt ihr auf sie zu, und ich stelle mich ihnen in den Weg."

„Nein, das darfst du nicht tun, Effendi! Du wirst uns nicht verlassen. Wir bleiben zusammen, holen sie ein, und dann werde ich so mit ihnen reden, daß wir schnell fertig werden."

„Ganz wie du willst! Sie haben nichts bei sich, was mir gehört."

Wir flogen wieder vorwärts. Der Krumir war gerade im Begriff gewesen, wieder aufzubrechen, als wir ihn erblickten. Ehe er mit den Seinen hinter den Felsen verschwand, sah er sich um und musterte uns, doch nur einen kurzen Augenblick, dann bog er schnell um die Steine. In zehn Minuten hatten wir diese letzteren erreicht. Da sahen wir die Hamema im Galopp über die Ebene brausen.

„Nach, ihnen nach, und wenn die Pferde stürzen!" rief der Scheich.

Er hob sich im Sattel, um sich leichter zu machen, und brachte es wirklich fertig, mit mir Schritt zu halten. Der Krumir blickte sich um und erkannte, daß wir ihn erreichen würden. Er ließ einen Augenblick, nur einen kurzen Augenblick halten; das Kamel sank nieder, so daß die Atuscha von den Reitern verdeckt wurde; es erhob sich wieder, und dann stob der Trupp auseinander – der Krumir geradeaus, das Dschemmel nach rechts und die andern Reiter nach links.

„Herr“, rief der Scheich, „sie wollen entkommen. Nimm du das Hedjihn mit Mochallah; ich nehme meine Stute!“

„Überlaß die Stute mir, du erreichst sie nicht!“ antwortete ich, während wir förmlich über den Boden schossen.

„Ich brauche sie nicht zu erreichen. Ich brauche nur so nahe zu kommen, daß sie meine Stimme hört. Sie hat ein Geheimnis, und wenn ich das Wort rufe, so dreht sie sich um und kommt zu mir.“

„Sage lieber mir dieses Geheimnis!“

„Kein Mensch soll es erfahren!“

Er spornte seinen Fuchs, daß dieser fast das Unmögliche leistete. Ich wandte mich nach rechts, um ihm den Willen zu tun. Achmed blieb hinter mir, und nach dem Engländer blickte ich mich nicht um. Ich schnalzte nur leise mit der Zunge, so war es, als ob mein Rappe doppelte Kraft gewönne. Seine Hufe fraßen die Entfernung, und in fünf Minuten war ich neben dem Hedjihn, welches wie im Sturm dahinjagte.

„Rrreeh, rrreeh – halt, halt!“ rief ich.

Bei diesem Ruf hielt das Kamel im Laufe inne; in demselben Augenblick aber krachte ein Schuß aus der Atuscha, und die Kugel flog an meinem Kopf vorbei. Ah, der Krumir war listig gewesen. Er hatte Mochallah zu sich aufs Pferd genommen und einen der Hamema auf dem Kamel plaziert. Der Kerl hatte nur eine einläufige Flinte; er war mir nicht mehr gefährlich.

„Khee, khee!“ gebot ich dem Kamel, indem ich es beim Halfter faßte.

Dies ist das bekannte Kommando zu Niederknien. Es gehorchte, aber der Hamema sprang auf der andern Seite zur Sänfte hinaus. Doch in demselben Augenblick fiel ein Schuß. Achmed hatte mich erreicht und den Mann niedergestreckt.

„Wo ist Mochallah?“ fragte er erschrocken.

„Bei dem Krumir auf dem Pferd“, antwortete ich. „Ich eile ihm nach. Nimm du das Dschemmel!“

Ich hörte bereits nicht mehr, was er erwiderte, denn ich hatte mein Pferd herumgeworfen, und jagte wieder nach links zurück. Ich sah den Scheich und in weiter Entfernung draußen vor ihm den Krumir. Sir Percy war an der Seite des ersteren geblieben.

Jetzt galt es einmal im Ernst, daß Geheimnis meines Pferdes zu erproben. Ich legte ihm die Hand zwischen die Ohren: „Rih . . . !"

Er stutzte einen Moment, dann aber stieß er einen schmetternden, trompetenähnlichen Laut aus und flog dahin, daß es mir hätte schwindlig werden können. Sein Leib berührte beinahe die Erde; die Beine arbeiteten sozusagen unsichtbar; die Schnelligkeit, mit welcher alles hinter mich wich, war unbegreiflich, fast dämonisch, und ich saß, ohne eine Bewegung zu verspüren, wie auf einem Pfeil, der durch die freien Lüfte saust. So erreichte ich nach einigen Augenblicken den Scheich.

„Allah akbar – maschallah ia radschal!" rief er erschrocken.

Aber schon war ich an ihm vorüber. Es war, als ob ich die Wüste nur so an mir vorüberzuwinken brauchte. Aber auch die Milchstute tat ihre Schuldigkeit. Fünf Minuten vergingen – zehn Minuten – eine Viertelstunde; da war ich nur noch fünf Pferdelängen hinter dem Krumir.

„Halt!" rief ich ihm zu.

Er drehte sich um.

„Giaur!" knirschte er.

Im nächsten Moment sah ich sein Messer. Schon erhob ich das Pistol, um ihn vom Pferd zu schießen, denn ich glaubte, die Klinge sei für Mochallah bestimmt; aber ich ließ es wieder sinken, denn der Stoß galt nur dem Pferd. Er versetzte ihm einen leichten Stich, um es zu größerer Anstrengung anzuspornen. Es gelang ihm. Der Schimmel machte einige konvulsivische Sätze und legte eine Pferdelänge mehr zwischen sich und den Rappen. Dennoch mußte ihn der letztere erreichen, das war außer allem Zweifel. Sollte ich den Menschen erschießen? Das widerstrebte mir. Er konnte sich nur schwer verteidigen, da er das Mädchen zu halten hatte, und ich sah auch nicht, daß er nach einer Waffe griff.

Da plötzlich stieß er einen lauten Schrei aus und bog nach links hinüber. Während unseres Parforcerittes hatte der Sand des Bodens aufgehört und ein erst dünner, dann aber immer dichterer Graswuchs war an seine Stelle getreten, ohne daß ich darauf geachtet hatte. Jetzt sah ich plötzlich da drüben Herden weiden und im Hintergrund Zelte stehen. Der Krumir war sehr wahrscheinlich gerettet, wenn er diese erreichte. Schon sah ich Reiter uns entgegenkommen.

„Halt, sonst schieße ich dich vom Pferd!" rief ich, das Pistol erhebend.

Da faßte er Mochallah und setzte ihr das Messer an die Brust. „Schieß, Hund, wenn du sie töten willst!" antwortete er.

Ich durfte es nicht wagen. Ich legte dem Rappen nochmals die Hand zwischen die Ohren – aber nein, da hätte ja dieser Mensch das Wort meines Geheimnisses gehört! Wir schossen zwischen den Herden und den Reitern hindurch; ich sah die Zelte mit Gedankenschnelligkeit näherfliegen; jetzt, jetzt war ich an seiner Seite; jetzt faßte ich ihn am Arm; da riß er sein Pferd in die Häksen, und ich flog weiter, durch die Vehemenz des Rittes von ihm weggerissen.

Ein lautes Hohngelächter erscholl. „Saadis el Chabir!" hörte ich rufen. Ich zügelte den Lauf meines Pferdes, riß es herum und kehrte zurück. Ich befand mich inmitten eines großen Beduinenlagers, und hundert Gewehre waren auf mich gerichtet, zwanzig Fäuste streckten sich nach mir aus. Ich war ganz in der Lage eines Falken, der bei Verfolgung einer Taube durch ein Fenster in die Stube geraten ist.

„Schießt ihn nieder!" schrie der Krumir. „Er ist ein Hund, ein Giaur, ein Verräter, der mich töten wollte!"

Ein Blick sagte mir, daß Gegenwehr mir nichts fruchten könne. Diese Leute waren Bekannte des Krumirs; hier konnte mich nur das retten, was auch ihn bei den Sebira gerettet hatte. Nicht weit von mir hatte sich ein Zelt geöffnet, und unter demselben erschien eine Frau, an ihrer Seite ein junges, vielleicht siebenzehnjähriges Mädchen. Dieses letztere trug weiße weite Pantalons und ein kurzes ärmelloses Jäckchen. Goldene Krollkralls – Spangen – schmückten ihre Hand- und Fußgelenke; um den Hals trug sie eine Kette von Silberstücken und Gewürznelken, und die langen, langen Dafirah – Zöpfe – waren mit Perlen und kleinen Münzen durchflochten. In der einen Hand hielt sie die lange Habayah – ein Überkleid – und in der andern ein mit Flittern gesticktes Kiladh – ein langes Halstuch. Sie war also wohl gerade bei der Toilette gewesen, als sie der Lärm aus dem Zelt rief. Sofort schwang ich mich vom Pferd, warf die Umstehenden auseinander und sprang auf die beiden Frauen zu.

„Fi hard el harime – ich bin unter dem Schutze der Frauen!" rief ich laut und huschte in das Zelt hinein.

Draußen hörte ich die Rufe des Ärgers. Die beiden Beduininnen waren mir gefolgt und blickten mich ganz ratlos an.

„Bist du ein Weib?" fragte ich das Mädchen.

„Nein."

„Bist du die Braut eines Jünglings?"

„Nein."
„So sollst du meine Schwester sein, wie ich dein Bruder bin!"
Ich zog sie an mich und küßte sie auf die Stirn. Das war mehr als Kühnheit, das war Verwegenheit. Wenn das folgende nicht glückte, so war ich verloren. Ich band den Shawl, der mir als Gürtel diente, ab; ich benutzte ihn als Aufbewahrungsort verschiedener Kleinigkeiten, die ich zu gelegentlichen Geschenken bestimmt hatte.

Es waren verschiedene Quincaillerien, billige Sachen, die man für kaum eine Mark bekommt, welche aber in jenen Gegenden einen hohen Wert besitzen. Ich zog eine Halskette von unechten Korallen und zwei Haarnadeln hervor, an denen große Perlmutterschmetterlinge befestigt waren, hing ihr die erstere um den schönen, vollen Hals und steckte ihr die letzteren in das dunkle Haar.

„Willst du dieses nehmen und meine Schwester sein? Sage ‚Ja', du lieblichste unter den Blumen dieses Landes!"

Sie erglühte bis unter das Mieder, und ich neigte besorgt das Ohr zu ihr herab.

„Soll dies wirklich mir gehören?" fragte sie.

„Ja, es ist dein. Darf ich nun dein Bruder sein?

„Du darfst!" hauchte sie.

„So nimm deine Habayah um, und folge mir!"

Jetzt war ich sicher. Ich hatte ihre Stirn mit meinen Lippen berührt, und sie hatte mein Geschenk angenommen.

„Willst du mir deinen Namen sagen?" bat ich.

„Ich heiße Dschumeilah."

„So komm mit, Dschumeilah! Wo wohnt der Scheich dieses Urdi – Lagers?"

„Hier."

„Hier? Ist er dein Vater?"

„Nein, er ist der Bruder meines Vaters, welcher Scheich der Mescheer von Hadscheb el Aïun und Hamra Kamuda ist."

„So bist du selbst auch Gast in diesem Zelt?"

„Ja."

Das war mir noch lieber, denn der Freund eines Gastes muß noch mehr geachtet werden, als der eigene Freund und Gast. Ich warf dem Mädchen die Habayah über und zog sie aus dem Zelt. Draußen stand mein Pferd, bereits bis auf die bloße Haut ausgeplündert; es war von vielen Beduinen umringt, welche seinen Gliederbau prüften. Und da vorn am Eingang des Lagers erschien der Scheich Ali en Nurabi und der Engländer, beide als – Gefangene.

„Seit wann haben sich die tapfern Beni Mescheer angewöhnt, ihre Gastfreunde auszuplündern?“ rief ich mit lauter Stimme. „Wo ist der Bei el Urdi, der Herr und Anführer dieses Lagers?“

Ein alter Beduine trat hervor.

„Ich bin es. Was willst du?“ sagte er.

„Siehe hier Dschumeilah, die Rose von Hamra Kamuda! Sie nennt mich ihren Bruder und trägt mein Geschenk in ihren Haaren. Sie hat mich in deinem Zelt aufgenommen, und du erlaubst deinen Männern, mein Pferd zu berauben? Siehe hier den Schatten deines Zeltes, o Scheich; wenn er um eine Handbreit fortgerückt ist bis hierher, wo ich das Messer in die Erde stecke, so wird derjenige an dem Messer sterben, der dann noch etwas besitzt, was mir gehört!“

Ein lautes Murren erhob sich ringsum, und aus dem Haufen rief eine Stimme: „Glaube ihm nicht, o Scheich! Er ist ein Lügner, ein Giaur, in dessen Leib der Scheitan wohnt!“

Es war der Krumir, der diese Worte sprach. Ich beachtete sie nicht. Der Scheich fragte das Mädchen: „Tochter meines Bruders, hast du diese Geschenke vom ihm genommen?“

„Ja, er ist ein Diff rebbi – ein von Gott gesandter Gast –, der unter deinem Schutz steht.“

„Du sendest Sorgen auf mein Haupt; aber dein Wort ist mein Wort, und dein Bruder ist mein Bruder. Gebt ihm alles zurück, was ihr genommen habt; er ist wie ein Sohn der Uëlad Scheren!“

Dann trat er zu mir und reichte mir seine Hand.

„Habakek – sei uns willkommen! Dein Fuß mag ein- und ausgehen bei uns, wie es ihm gefällig ist. Dein Freund ist mein Freund, und dein Feind mein Feind; so ist das Recht, welches dir, dem Gast, gehört.“

„Ich glaube es und vertraue dir, o Scheich. Aber warum nimmst du dann meine Freunde gefangen?“ fragte ich, auf Ali en Nurabi und den Engländer deutend.

„Sind diese Männer deine Freunde?“

„Sie sind es.“

„Ich weiß noch nicht, wie sie in dieses Lager kommen. Ich war bei den Herden und bin erst hier eingetroffen, als du aus dem Zelt tratest. Ich werde untersuchen, was recht und billig ist. Man rufe die Ältesten zur Beratung zusammen!“

Da erhob sich am Eingang des Lagers ein Angstgeschrei. Ich

blickte hin und sah Achmed es Sallah auf dem Hedjihn zwischen den Zelten herbeigestürmt kommen, daß alles auseinanderflog. Er hatte die Hähne seiner Pistolen gespannt und rief: „Sihdi, Sihdi! Wo ist mein Effendi? Hier ist Achmed es Sallah!"

Ich sprang vor und winkte ihm. Sofort hielt er sein Dschemmel an, ließ es knien, sprang herab und umarmte mich. Der brave Kerl hatte mich wirklich tief in sein treues Herz geschlossen.

„Bist du gefangen, Sihdi?" fragte er.

„Nein."

„Sind es die andern?"

„Nur einstweilen."

„Wo ist Mochallah, die Geraubte?"

„Sie ist hier, denn dort steht der Räuber."

Ich zeigte auf den Krumir, welcher mit finsteren Blicken bei einigen Mescheers stand. Achmed wollte sich auf ihn stürzen.

„Ich werde ihn zermalmen!" drohte er.

„Halt", sagte ich, ihn festhaltend. „Er ist so gut der Freund der Beni Mescheer wie ich. Die Dschemma wird über ihn entscheiden."

„So entscheide sie schnell, sonst verschlingt ihn meine Rache!"

Die beiden Gefangenen waren in ein Zelt gebracht worden, wo man sie bewachte. Achmed wurde nicht angerührt. Die Mescheer standen in Gruppen beisammen, teils finster und drohend, teils mit neugierigen Gesichtern. Das Hedjihn lag unberührt am Boden, und mein Pferd hatte, wie ich mich jetzt sorgfältig überzeugte, alles wieder erhalten, was man fortgenommen hatte. Ich zog den Dolch wieder aus der Erde.

Dschumeilah war wieder in das Zelt getreten, doch sah ich, daß sie uns durch eine Spalte des Vorhanges beobachtete. Nun trug ich nur noch um die Sebira Sorge, welche wir zurückgelassen hatten.

„Wo hast du dein Pferd?" fragte ich Achmed.

„Draußen auf der Ebene. Ich wußte, daß ich dir Mochallah überlassen könnte; darum band ich mein müdes Pferd an einen Stein und folgte den Hamema, die nach diesem Lager wollten."

„Allah kerihm, was hast du getan? Hast du einen getötet?"

„Nein, denn ich dachte daran, daß sie Freunde dieser Menschen sind. Sie flohen in die Wüste hinein, und ich habe sie gejagt, so weit ich konnte. Dann wollte ich nach dir und Mochallah sehen, und nun werde ich umkehren, um mein Pferd zu holen."

Dieser Achmed es Sallah hatte wirklich einen kleinen Teufel im Leibe.

„Geh, und hole es!" sagte ich; „aber bringe es nicht her!"

„Wohin sonst, Sihdi?"

„Ich weiß noch nicht, wie es hier gehen kann. Reite den Gefährten entgegen und führe sie so weit herbei, daß sie das Dorf sehen können. Dort mögen sie warten und zum Kampf gerüstet sein!"

Er bestieg das Hedjin wieder. Als es sich erhob, trat der Krumir hervor. „Halt", rief er. „Dieser Mann ist ein Gefangener, er darf nicht fort!"

Ich nahm die Büchse aus dem Sattel und legte auf ihn an. „Achmed es Sallah, reite fort!"

Er tat es, und ich senkte das Gewehr erst dann, als er nicht mehr zu sehen war, aber ich bemerkte, daß dies Verhalten die Mescheer noch mehr zu erzürnen schien. Einige von ihnen stiegen zu Pferd und folgten meinem Diener. Jetzt band ich mein Pferd hart am Eingang des Zeltes fest und trat dann wieder ein. „Salam alaikum – Friede sei mit Euch! Ich hatte vorhin keine Zeit, den Gruß zu sagen", entschuldigte ich mich.

Die beiden Araberinnen antworteten nicht. Die Frau schien dem Mädchen Vorwürfe gemacht zu haben.

„Mich dürstet", sagte ich einfach, indem ich mich niedersetzte.

Da brachte mir Dschumeilah Wasser. „Trink!" bat sie. „Willst du auch essen?"

„Nein, ich esse nicht eher, bis die Dschemma gesprochen hat."

„Von welchem Stamm seid ihr?"

„Der eine Gefangene ist der Scheich der Uëlad Sebira; der andere ist ein großer Emir aus Inglistan, und ich bin ein Bei aus Dschermanistan."

„Ist Dschermanistan ein fernes Land?"

„Es liegt im Norden weit über dem Meer drüben, wohl über achtzig Tagereisen von hier."

Sie schlug vor Verwunderung die Hände zusammen. „So weit kommst du her! Was willst du hier bei uns?"

„Ein Mädchen befreien, welches ein böser Mann ihrer Mutter raubte."

Dies erweckte auch das Interesse der Alten. Ich schenkte ihr ein Fünfpiasterstück und erzählte dann so viel von dem Raub Mochallahs, als mir für sie zu wissen nötig erschien. Damit hatte ich ihre Herzen vollends erobert. Dschumeilah nahm sich gleich vor, Mochallah aufzusuchen, und die Alte gab ihre Zustimmung dazu. Eben als das Mädchen ging, trat der Scheich herein, um mich zur Dschemma abzurufen. Die Ältesten hatten sich auf einem freien Platz versammelt. Der Krumir war dabei, der Engländer und Ali en Nurabi. Im Lauf der Verhandlung kamen auch die Hamema, welche sich unterdessen nach dem Lager zurechtgefunden hatten.

Der Fall war nach den dortigen Verhältnissen ein sehr schwieriger. Der Krumir war Gastfreund der Mescheer, ich war es ebenso, und infolgedessen wurden auch Ali en Nurabi und der Engländer für freie Gäste erklärt. So weit standen sich die Parteien gleich. Als aber der Scheich seine Tochter und sein Pferd zurückforderte, geriet er auf einen heftigen Widerspruch. Es wurde ihm erklärt,daß die Entführung eines Mädchens kein Verbrechen, sondern eine ritterliche Tat sei, und daß ein solches Mädchen dem Helden gehöre, sobald er die Grenzen ihres Stammes mit ihr überschritten habe. Auch gestand der Krumir in aller Seelenruhe ein, daß er die Milchstute mitgenommen habe, weil er in der Eile der Entführung nicht gleich sein Pferd finden konnte; übrigens sei das seine von ganz gleichem Wert gewesen. Darauf erklärte die Dschemma, daß sie in dieser Sache nicht kompetent sei; sie habe nur dafür zu sorgen, daß ihre Gäste das Lager auf denselben Tieren verlassen könnten, auf denen sie hier angekommen seien. Daß der Krumir einen Schwur abgelegt und dann gebrochen habe, leugnete er entschieden.

Die Verhandlung wurde von Minute zu Minute stürmischer; der Scheich war mehr auf unserer Seite, die andern aber auf derjenigen des Krumirs. Schon wollte man den Beschluß verkünden, daß der letztere mit seinem Raub ungehindert ziehen könne und wir hingegen zurückgehalten werden sollten, bis er ihn in Sicherheit habe, da erhob ich mich. Ich winkte Schweigen, nahm, ohne ein Wort zu sagen, meinen Henrystutzen zur Hand, den ich mir zu diesem Zweck mitgebracht hatte, legte an und zielte auf einen Speer, welcher in ziemlicher Entfernung vor einem Zelt in der Erde stak. Ich hatte dieses Mittel schon öfters angewandt, um Leute einzuschüchtern, welche mit der Konstruktion eines Gewehres, mit welchem ich fünfundzwanzig Schüsse hintereinander abgeben konnte, nicht vertraut waren. Dieser Stutzen hatte den Apachen und Komantschen, den Chinesen und Malaien, den Kaffern und Hottentotten, den Türken, Kurden und Persern imponiert. Warum sollte er hier nicht auch seine Schuldigkeit tun?

Ich drückte zwölfmal ganz nach dem Takt, in gleichen Intervallen, los und zielte bei jedem Schuß einige Linien tiefer. Dann legte ich ab und zeigte ganz stumm auf die Lanze. Alle erhoben sich und eilten, sie zu betrachten. Selbst der Krumir ging mit: Ein lautes Rufen des Erstaunens erhob sich, während ich die Frist benutzte, schnell wieder zu laden. Die Lanze zeigte zwölf Löcher in ganz genau gleicher Entfernung voneinander. So etwas hatten diese Beduinen noch nicht gesehen. Der Speer wurde aus der Erde gezogen, er ging von Hand zu Hand und wanderte dann sogar durch das ganze Lager.

Mit scheuen Blicken auf mich und mein Gewehr nahmen die Ältesten wieder Platz.

„Emir, was für eine Flinte ist das?“ fragte mich der Scheich. „Ist sie von einem Zauberer gemacht?“

„Du weißt, daß man von einem Zauberer nichts erzählen darf“, antwortete ich ausweichend. „Mit dieser Flinte treffe ich den Uthei – die Schwalbe – und den Büdj – den Geier –, den Khansir – den Eber – und den Nimr – den Panther –, den Nömmer – den Tiger – und sogar den Sihdi el salßali – den Löwen. Jedes Wahesch – wildes Tier – und jeder Mensch, der mein Feind sein will, ist verloren, wenn ich sie erhebe. Ich habe jetzt zwölfmal mit ihr geschossen; soll ich noch zehnmal, fünfzehnmal, zwanzigmal mit ihr schießen?“

„Herr, diese Flinte ist kostbarer als alle Gewehre, welche ich gesehen habe. Darf man sie angreifen?“

„Nein. Niemand weiß, wie sie angegriffen werden muß, als nur ich allein. Was sind alle eure Flinten, Lanzen und Messer gegen dieses Zaubergewehr? Setzt euch zu Pferd und greift mich an; ich stehe ruhig, erhebe mein Gewehr und schieße euch von euren Tieren, noch ehe ihr mir die Haut nur ritzen könntet. Und seht diese kleinen Flinten hier in meinem Gürtel. Paßt auf! Ich werde, ohne, zu laden, in jene Zeltstange schießen – eins, zwei, drei, vier, fünf, sechs. Seht, und zählt die Löcher! Auch dieser Emir aus Inglistan hat solche Wunderpistolen. Seht ihr sie in seinem Shawl? Wären wir beide auch ganz allein; wir würden uns nicht vor euch fürchten; aber draußen vor dem Lager halten noch sechzig Männer, welche gute Waffen tragen. Blickt hier zwischen den Zelten hindurch! Seht ihr die Köpfe unserer Reiter? Und dennoch wollt ihr diesen Räuber beschützen? Dennoch soll er die Stute und das Mädchen behalten, welche dem Scheich der Sebira gehören? Allah kerihm – Gott ist barmherzig; er möge euch gnädig sein und eure Gedanken lenken, damit unsere Kugeln euch nicht dahin senden, von dannen keine Wiederkehr stattfindet. Wir sind als eure Freunde gekommen; sollen wir eure Feinde eines Räubers wegen sein? Ich will nicht haben, daß sich ein Klagegeschrei erhebt in diesem Tal, und daß der Dschebel Schefara widerhalle von dem Totenruf der Mescheer. Eure Ohren hören meine Worte; öffnet auch eure Herzen für meine Rede, mit der ich euch gewarnt habe!"

Ich setzte mich nieder. Ich hatte einen tiefen Eindruck hervorgebracht, und dieser wurde bedeutend verstärkt, als die Männer, welche hinter Achmed das Lager verlassen hatten, zurückkehrten, um zu melden, daß eine große Anzahl Reiter vor dem Duar halte. Man konnte von unserm Platz aus ihre Köpfe und die Spitzen ihrer Lanzen sehen. Jetzt wurde die Beratung wieder aufgenommen, leider aber hatte sie doch nicht das Ergebnis, welches ich erwartet hatte. Man beschloß nämlich, nach Hadscheb el Aïun, Hamra Kamuda, Karaat el Aatasch und Sihdi bu Ghamen zu senden, um die Ältesten der anderen Mescheerstämme herbeizurufen. Sie sollten die schwierige Angelegenheit entscheiden, und bis dahin sollte alles in der gegenwärtigen Lage verbleiben. Einige Vorteile erreichten wir doch: der Krumir durfte das Lager nicht verlassen; Ali en Nurabi und Achmed es Sallah konnten Mochallah besuchen, und die sechzig Sebira erhielten die Erlaubnis, in das Dua einzureiten, mußten sich aber selbst verpflegen. Die Milchstute freilich blieb noch Saadis Eigentum; auch behielt dieser die Aufsicht über Mochallah, welche ihr Zelt nicht verlassen durfte. Ich selbst blieb der Gast des Scheichs, während der Engländer es vorzog, mit den Uëlad Sebira im Freien zu kampieren. Das Hedjihn war wieder in den Besitz von Ali en Nurabi übergegangen.

Die Verhandlung hatte eine sehr lange Zeit in Anspruch genommen. Als die Sebira eingeritten waren und alles sich in Ordnung befand, neigte sich die Sonne bereits dem westlichen Horizont zu, und ich sah, daß man große Haufen des scharfen Halfagrases und stachelicher Mimosen herbeischaffte, um beim Einbruch der Dunkelheit zahlreiche Feuer anzuzünden. Vor seinem Zelt stand der Scheich – Mohammed er Raman war sein Name – im Kreise vieler junger Männer; er hielt eine Anzahl Grashalme in der Hand und ließ die Männer von denselben ziehen. Ich trat hinzu.

„Worüber zieht ihr das Los?" erkundigte ich mich.

„Herr über eine schlimme Sache. Oh, wenn uns deine Wunderflinte helfen könnte!"

„Erzähle mir, gegen wen soll sie euch helfen?"

„Das darf ich dir nur ganz leise sagen." Er näherte sich meinem Ohr, hielt die Hand vor den Mund und flüsterte: „Gegen Areth, den Löwen!"

Der Beduine hat nämlich einen eigentümlichen Aberglauben: er sagt nämlich das Wort Areth, Löwe, nur ganz leise; er glaubt, wenn er es laut sage, so höre es der Löwe und kommt in der nächsten Nacht herbei. Die verschiedenen Beinamen des Löwen werden in einigen Gegenden auch laut ausgesprochen.

„El Areth ist hier?" fragte ich. „Wo hält er sich auf?"

„Allah illa Allah, ia Allah il Allah! Rede leise, Emir, sonst kommt er herbei und verschlingt uns!" rief er erschrocken. „Gott hat uns schrecklich heimgesucht. Wir weideten am Dschebel Tibuasch, da kam der Herr mit dem dicken Kopf und fraß unsere Rinder und Schafe; wir flohen nach dem Dschebel Semata; er folgte uns und fraß sogar unsere Söhne; nun flohen wir nach dem Dschebel Rökada; er ging mit uns und würgte grimmiger als zuvor."

„Warum habt ihr ihn nicht getötet?"

„Wir zogen gegen ihn aus zu hundertzwanzig Mann; wir haben ihn verwundet; aber vier unserer Krieger hat er zerrissen; die anderen rannten fort von ihm. Oh, Emir, er ist schrecklich! Nun flohen wir hierher gegen den Dschebel Schefara. Wir glaubten, es werde ihm hier nicht gefallen, weil hier wenig Wasser ist, und der König des Donners trinkt sehr gern. Aber er folgte uns dennoch nach. Nun hat er sich eine Frau genommen, die ihm Kinder gegeben hat; darum braucht er sehr viel Fleisch und kommt alle Nächte, um es sich zu holen. Allah hat sein Angesicht von uns abgewendet; wir werden verderben, wenn wir nicht tiefer in die Wüste ziehen. Und wenn wir dies tun, so müssen unsere Herden verdursten."

Ich glaubte ihm seine Klage Wort für Wort. Der Araber wird es niemals wagen, sich dem Löwen allein gegenüberzustellen, wie es der kaltblütige Nordländer tut, die sichere Büchse in der Hand. Erst wenn ihm der König der Tiere einen beträchtlichen Teil seiner Herde abgeschlachtet hat, ruft er seine Genossen zur Jagd. Dann tun sich möglichst viele Beduinen zusammen, um das Tier in seinem Lager aufzusuchen. Man erhebt ein infernalisches Geschrei; man wirft mit Steinen; man jagt dem Tier die beleidigendsten Schimpfwörter an den Kopf. Wenn es sich dann sehen läßt, so reitet und jagt alles wirr und aufgeregt durcheinander. Man schießt aufs Geratewohl; man wirft mit Speeren, man sendet nutzlose Pfeile aus der Ferne. Glücklicherweise verblutet sich der Löwe an der Menge kleiner Wunden, nie fällt er von einer einzigen, kaltblütig gezielten Kugel, und stets wird sein Tod mit dem Leben mehrerer Menschen bezahlt. Man flieht schließlich mit den Herden aus einer Gegend in die andere; der Löwe geht mit, und die Angst beginnt von neuem.

„Bleibt hier und tötet ihn“, sagte ich ruhig.

„Wir haben es versucht, Effendi; aber er stirbt nicht. Und hier ist es schlimmer als zuvor. Wir haben zu Assad-Bei, dem Herdenwürger, einen noch viel schlimmern Feind erhalten.“

„Welchen?“

„Weißt du, welches Tier noch viel fürchterlicher ist, als der Herr mit der langen Mähne?“

„Der Panther, der schwarze Panther. Er ist das schrecklichste der Tiere.“

„Du hast recht gesagt. Der schwarze Panther, den wir Abu 'l Afrid – Vater des obersten Teufels – nennen, ist entsetzlicher als der König der Tiere. Dieser nimmt nur so viel Fleisch als er braucht, auch kehrt er sich um, wenn er falsch gesprungen ist; der Panther aber mordet so lange, wie es ihm beliebt; er ist blind vor Blutgier, und wenn er einmal das Fleisch eines Menschen gegessen hat, so mag er kein anderes mehr.“

„Und diesen Abu 'l Afrid habt ihr hier?“

„Ja. Ihn und den Herrn des Erdbebens.“

„Beide zusammen? Das ist selten!“

„Oh, Emir, sie wohnen nicht zusammen an einem Ort. Der König des Donners hat seinen Palast draußen in den Felsen der Ebene; der Panther aber kommt weit her, vom Dschebel Berberu herab. Erst mordete er vier Schafe, dann eine Kuh, nachher ein Pferd. Als ihm dies nicht mehr schmeckte, holte er sich einen Menschen, und nun will er nur noch Menschenblut trinken. Niemand mag mehr bei den Herden wachen. Wir sind zu dem großen, berühmten Marabut – mohammedanischer Heiliger – nach Semela de Feraschisch geritten und haben ihn um Rat gefragt. Er hat gesagt, wir sollen losen, wer die Wache haben soll, alle Abend sieben Männer, zwei bei den Schafen, zwei bei den Rindern und drei bei den Pferden. Für einen jeden von uns hat er ein Amulett gegeben, und dennoch hat Abu 'l Afrid wieder einen jungen Mann gefressen, und der Herr mit dem dicken Kopf hat sich ein Kamel geholt.“

„Stehen die Kamele bei den Schafen?“

„Ja, denn es ist so bei uns Sitte!“

„Und nun lost ihr hier, wer heute abend wachen soll?“

„Ja. Das erste Los hat meinen Sohn getroffen.“

„Welcher ist es?"
„Er ist nicht hier; ich habe an seiner Stelle gezogen. Er ist nach Kas bu Falha geritten und wird bald wiederkehren."
„Ich werde mitwachen."
„Emir, ist es wahr?"
„Ja, ich und der Emir aus Inglistan."
„Mit deiner Zauberflinte?"
„Ich habe noch eine andere, mit welcher man den Sihdi el salßali – Herrn des Erdbebens – und Abu 'l Afrid tötet. Es wird bald dunkel sein. Führe uns an die Orte, an denen sich des Nachts die Herden befinden!"
„Erlaube, daß ich erst die Losung beende!" Ich suchte sogleich Sir Percy auf. Er saß bei Achmed es Sallah und radebrechte mit ihm ein schauderhaftes Arabisch.
„Holla, Sir, es gibt ein Abenteuer!" rief ich ihm zu.
„Well! Ist mir recht! Was für eins?"
„Wir sollen den Herrn des Erdbebens schießen."
„Wen?" fragte er erstaunt.
„Und den Vater des obersten Teufels, mit Respekt zu melden."
„Geht selbst zum Teufel mit Eurem Scherz, Sir!"
„Es ist kein Scherz, Sir. Herr des Erdbebens wird hier der Löwe genannt, und der Vater des obersten Teufels ist ein schwarzer Panther."
„Ein Löwe! Ein schwarzer Panther! Heavens! Ist dies Euer Spaß oder Euer Ernst?"
„Mein vollständiger Ernst!"
„Werden geschossen, die Bestien, Sir! Halloo! Huzza! Aber wann und wo?"
Er war vor Freuden aufgesprungen, schlenkerte die ewigen Beine und gestikulierte mit den unendlichen Armen, daß ihn die Beduinen mit furchtsamem Erstaunen anblickten.
„Wann? Heute nacht", antwortete ich. „Wo? Scheich Mohammed er Raman wird uns sogleich die Orte zeigen."
Ich teilte ihm nun alles mit, was der Scheich mir erzählt hatte. Er war voller Freude und lachte, daß sein großes, gelbes Gebiß zur ununterbrochenen Ansicht blieb. Trotz aller seiner Eigentümlichkeiten war er ein tüchtiger mutiger Jäger. Wir hatten miteinander auf Ceylon den Elefanten und in Indien den Tiger gejagt, und Sir Percy hatte sich in den gefährlichsten Situationen als ein kühner Mann und sicherer Schütze bewährt. Er befand sich heute ganz am rechten Platz.
Der Scheich suchte uns auf und führte uns vor das Lager, wo

man gerade im Begriff stand, die zerstreuten Tiere zusammenzutreiben. Auch hier war viel Brennstoff aufgehäuft, um die Würger der Herden durch die Feuer abzuschrecken. Das Terrain war eben und von allem Gefelse frei.

„Ihr habt die Tiere stets in drei einzelne Haufen zusammengetrieben?“ fragte ich den Scheich.

„Ja.“

„Wenn wir Abu 'l Afrid oder den Sihdi el salßali schießen sollen, so mußt du tun, was ich begehre.“

„Ich werde es tun.“

„Du wirst zunächst die Pferde längs des Lagers in einer langen Linie aufstellen, dann die Rinder, dann die Kamele und dann die Schafe. Der Platz, auf dem die Tiere ruhen, soll ein Dreieck bilden. Die eine Seite dieses Dreiecks stößt dicht an das Lager, und die beiden andern Seiten bilden eine Spitze, welche gerade vom Lager absteht. Diese beiden Seiten werden nur von den Schafen gebildet; die andern Tiere kommen nach innen, denn sie sind kostbarer. In dem Mittelpunkte des Dreiecks wird ein einziges, großes Feuer entzündet, welches den ganzen Platz beleuchtet.“

„Wo kommen die Wächter hin?“

„Mitten unter die Herden hinein. Sie können sich so postieren, daß sie von dem Herrn des Erdbebens nicht erreicht werden können. Ich und dieser Emir aber werden uns draußen vor die Herden lagern, ein jeder an eine Seite des Dreiecks. Den Wächtern sagtst du, daß sie auf keinen Fall schießen dürfen, außer wenn sie selbst angegriffen werden.“

„Herr, dein Plan ist gut; er ist weise, wie der Plan eines Feldherrn.“

Natürlich war dieser Plan sehr vorteilhaft für ihn und die Beduinen. Von der einen Seite wurden die Herden durch die Lagerzelte und von den beiden andern Seiten durch mich und Percy gedeckt. Die Araber konnten sehr zufrieden sein, daß wir zwei alle Gefahr auf uns nehmen wollten.

Als wir in das Lager zurückkehrten, wurden wir von jedermann mit staunendem Auge betrachtet. Es war diesen Leuten geradezu unbegreiflich, daß zwei Männer es wagen wollten, ganz allein es mit dem Löwen und einem schwarzen Panther aufzunehmen. Als wir an dem Krumir vorüberschritten, fing ich einen höhnischen, schadenfrohen Blick auf, den er auf uns warf. Vielleicht hoffte er, durch Abu 'l Alfrid oder el Areth von zwei schlimmen Feinden befreit zu werden.

Der Scheich wollte mich nach seinem großen Zelt führen,

welches neben demjenigen stand, in welchem ich bei den Frauen gewesen war. Achmed es Sallah hielt mich auf.

„Sihdi, du willst wirklich den Nimr und den Herrn mit dem dicken Kopf töten?“ fragte er besorgt.

„Ja.“

„Oh, Sihdi, ich weiß, daß du drüben in Algier bereits beide getötet hast; ich weiß auch, daß du mehrere Herren des Erdbebens erschossen hast in dem Land, wo die Kosa und Tempa – die Kaffern – wohnen; aber hier bei uns ist der König des Donners anders als in fremden Ländern; hier müssen ihn viele Kugeln treffen, wenn er sterben soll. Und der Nimr ist noch viel schlimmer; sein Leib hat tausend Leben; seine Seele ist aus tausend Teufeln zusammengewachsen; sein Rachen kann Eisen zermalmen; und seine Krallen sind unwiderstehlich, wie die eines Drachen. Bleibe hier; gehe nicht hinaus!“

„Was ich versprochen habe, muß ich halten.“

„So nimm mich mit, o Sihdi!“

„Du wirst mir nichts nützen, sondern du kannst mir nur schaden.“

„So werde ich beten zu Allah und dem Propheten, daß er die Augen des Nimr und des Vaters der Mähne verblende, damit sie andere Wege gehen.“

Er wandte sich betrübt von mir. Als ich an dem Frauenzelt vorüber wollte, hörte ich eine leise Stimme rufen: „Emir!“

Ich trat ein. Dschumeilah befand sich allein.

„Herr, du willst mit dem Sihdi es salßali kämpfen?“ fragte sie angstvoll.

„Ja.“

„Und mit dem Vater des Teufels?“

„Ja.“

„Allah illa Allah! Tue es nicht!“

„Warum nicht?“

„Du wirst sterben!“

Es sprach sich eine wirklich ernste, herzliche Besorgnis in ihrer vibrierenden Stimme aus. Ich ergriff ihr kleines, braunes Händchen.

„Hast du Angst um mich, Dschumeilah?“

„Sehr!“

Ich zog sie leise an mich.

„Habe keine Sorge! Ich fürchte el Areth nicht.“

„Aber ich fürchte ihn. Hast du nicht gesagt, daß du mein Bruder bist?“

„Ich bin es."

„Warum willst du mich dann durch deinen Tod betrüben!"

„Würde er dich betrüben?"

Sie antwortete nicht, aber sie lehnte das Köpfchen fester an mich. Es kam eine seltsame, fremde Regung über mich. Dieses Mädchen war die einzige Seele unter den Uëlad Mescheer, welche es wirklich aufrichtig mit mir meinte. Ich legte ihr die Hand unter das Kinn, hob ihr Gesicht empor und küßte sie auf die warmen, nicht widerstrebenden Lippen.

„Allah segne dich, du Rose von Aïun, für die Freundlichkeit deiner Rede! Aber weißt du nicht, daß das Schicksal des Menschen im Buche geschrieben steht? Ich habe schon oft mit el Areth gekämpft und bin stets Sieger gewesen; er wird auch heut unterliegen."

„Herr, mein Mund ist still, aber meine Seele bebt für dich. Kehre wieder, sonst wird Dschumeilah lange um dich weinen!"

Ich ging. Dieses Naturkind handelte rein nach der Eingebung ihres Herzens; sie hatte keine Ahnung davon, daß ihr Verhalten ein „inkorrektes" genannt werden könne. Wäre ich ein Beduine gewesen, so hätte es leicht sein können, daß sie meine Mochallah geworden wäre.

Als ich in das Zelt des Scheichs trat, fand ich dessen Weib beschäftigt, die Vorbereitung für das Mahl zu treffen. Diesem Umstand hatte ich es zu verdanken, daß ich Dschumeilah allein getroffen hatte. Auch hier war der Hauptbestandteil ein gebratenes Lamm; doch gab es wenig Nebenspeisen. Zu allerletzt brachte Dschumeilah noch ein Püree von getrockneten Wein- und Maulbeeren, mit süßer Sahne übergossen, ein Gericht, welches mir auch um der Hände willen mundete, die es bereitet hatten. Nach dem Essen traten wir wieder ins Freie hinaus und nahmen an einem der Feuer Platz, welche innerhalb des Lagers angezündet worden waren. Es ging da sehr lebhaft zu, denn Achmed es Sallah saß an demselben und erzählte von unseren Erlebnissen. Man machte uns sehr ehrerbietig Platz und vergnügte uns mit einem Mummenscherz mit Tanz, den einige Beduinen in weiblicher Kleidung aufführten. Dann wurden allerlei Jagdabenteuer erzählt, welche uns in die richtige Stimmung brachten, und als es ungefähr anderthalb Stunden vor Mitternacht war und ich mich mit dem Engländer erhob, erklang von allen Seiten die Versicherung, daß niemand schlafen werde.

Ich glaubte dies recht gern; stand ihnen allen doch ein Ereignis bevor, welches sie noch niemals erlebt hatten. Ich übergab meine Waffen, außer der Bärenbüchse und dem Bowiemesser, Achmed, der auch die Sorge für mein Pferd und meine andern Habseligkeiten übernommen hatte. Sir David Percy bewaffnete sich mit seinem vortrefflichen Elefantentöter und steckte einen vergifteten malaiischen Kris – Dolch – zu sich.

„Auf welche Seite geht Ihr, Sir?“ fragte er mich.

„Wollen wir losen?“

„Yes!“ nickte er.

„Dreht Euch herum! Ich halte mein Messer so, daß das Heft rechts und die Klinge links ist, oder umgekehrt. Was wählt Ihr?“

„Die Klinge.“

„Seht her; sie zeigt nach der rechten Seite; Ihr geht also rechts. Zuvor wollen wir aber rekognoszieren.“

Die Büchsen über die Schulter geworfen, traten wir zwischen die Zelte hindurch und hinaus auf den Lagerplatz der Tiere. Meine Anordnungen waren genau befolgt worden. In der Mitte brannte ein mächtiges Feuer, dessen Schein die Herden in der Nähe hell beleuchtete, während die ferneren Gruppen in phantastische Schatten gehüllt lagen. Die sieben Wächter saßen ganz in der Nähe des Feuers, wo sich diese gewaltigen Helden am allersichersten wußten. Auch die Hunde hatten sie bei sich, so daß also die große Herde der Tiere ganz allein der Obhut von uns beiden anvertraut blieb. Jetzt trennten wir uns; Percy ging nach rechts und ich nach links hinüber. Jetzt war weder der Löwe noch der Panther bereits zu erwarten; ich lief also meine Strecke noch unbesorgt ab, um zu sehen, ob die Tiere zusammenhielten. Zum Glück wurden sie schon allein vom Instinkt in der Nähe des Feuers festgehalten. Die Kamele und Rinder inmitten des Dreiecks lagen ruhig wiederkäuend da, und die Schafe, welche die gefährlicheren äußeren Seiten einnahmen, hatten sich so dicht zusammengedrängt, als ob sie bereits die Stimme ihres gewaltigen Feindes gehört hätten.

Es war um die Zeit des Neumondes, die Sterne strahlten hell hernieder; aber ihr Schein verirrte sich in die flackernden Lichter des Lagerfeuers. Doch konnte ich, als ich an der Spitze des Dreiecks anlangte, wo mein Revier zu Ende ging, den Engländer noch erkennen, welcher ebenso wie ich beschäftigt war, seine Strecke einmal abzulaufen. Wir hatten beide unsere weißen Burnus- und Turbantücher im Lager gelassen, um nicht schon von weitem die Augen des gefährlichen Wildes auf uns zu lenken.

Ich hielt es für angezeigt, meinen Standpunkt nicht gar zu

sehr in der Nähe der Herden zu nehmen; ich zog mich vielmehr so weit von ihnen zurück, daß mich der Schein des Feuers nicht mehr irritierte und ich die ganze Linie, welche ich zu bewachen hatte, mit einem Blick zu übersehen vermochte. Hier legte ich mich platt auf den Boden, Büchse und Messer griffgerecht, und wartete der Dinge, die da kommen sollten.

Der Löwe geht ebenso wie der Panther erst zur Tränke, ehe er sich sein Fleisch holt. Dabei werden beide laut. Die Ebene, in welcher der Herr des Erdbebens seinen „Palast" hatte, lag auf des Engländers Seite; es stand zu vermuten, daß er durch das Brüllen des Löwen gewarnt und benachrichtigt wurde. Meine Position dagegen war gefährlicher. Der Panther, welcher jedenfalls schon am Dschebel Berburu zur Tränke ging, von woher man seine Stimme nicht hören konnte, kam dann jedenfalls lautlos angeschlichen, so daß er mich sehr leicht überraschen konnte. Glücklicherweise waren mein Gesicht und mein Gehör während meiner vielen Irrfahrten zur Genüge geschärft worden, auch war mir jenes eigentümliche Witterungsvermögen zu eigen geworden, welches der Wilde Nordamerikas in so hohem Grad besitzt, und endlich verließ ich mich einigermaßen auch auf das unerklärliche Ahnen, welches uns sehr oft die Nähe einer Gefahr verkündet, wenn dieselbe von unsern Sinnen noch gar nicht bemerkt werden kann. Der Mensch ist der Kreatur gegenüber in den meisten Fällen viel besser ausgerüstet, als er anzunehmen pflegt.

So verging die Zeit in lautloser Stille; da – da endlich erscholl da drüben in der Ferne jenes tiefe, unbeschreibliche, grollende Rollen, welches der Araber „Rrad" – Donnerrollen – nennt, und welches dem Löwen den Namen Sihdi el salßali – Herr des Erdbebens – gegeben hat. Der Herr mit dem dicken Kopf stand an der Tränke und benachrichtigte die Herden mit königlicher, stolzer Aufrichtigkeit, daß er Hunger habe. Ein- und zweimal wiederholte sich das Brüllen, welches mit keinem andern Laut genau verglichen werden kann; dann wurde es still.

Wohl eine Viertelstunde verging; da – ich schrak zusammen – erscholl die Stimme des Fürsten der Tiere plötzlich ganz in der Nähe jenseits der Herde. Er konnte keine tausend Schritte von derselben entfernt sein. Wäre er auf meiner Seite gewesen, so hätte keine meiner Wimper gezuckt, so aber zitterte ich beinahe vor Erwartung, was jetzt erfolgen werde.

Die Schafe drängten sich womöglich noch dichter zusammen; kein Tier von all den vielen gab einen Laut von sich; sogar die

Hunde verhielten sich still. Die Furcht vor dem gewaltigen Herrscher hatte alles Lebendige gepackt. Ich lauschte atemlos. Da, noch ein lauter, kurzer Ton, daß die Erde zu erbeben schien, und gleich darauf ein Geräusch, als ob jemand von hoch oben herab auf die Erde springe – ein lautes, fürchterliches, scharfes Prasseln und Krachen von Knochen, ein Schuß – und noch einer, dann war es wieder still. Ich aber konnte mich nicht halten, so unvorsichtig es auch war; ich mußte wissen, wie es stand.

„Sir Percy!" rief ich laut.

„Yes!" ertönte es herüber.

„Unverletzt?"

„Well."

„Er war da?"

„Er selber!"

„Was hat er geholt?"

„Junges Kamel."

„Ist er getroffen?"

„Hoffe es!"

„Bleibt! Die Mistreß könnte mit ihm sein!"

„Well!"

Der alte David Percy hatte also keinen guten Schuß getan. Wie kam dies nur? Er war doch sonst im denkbarsten Grad zuverlässig! Wenn nun auch ich nicht gut oder vielleicht gar nicht zum Schuß kam, so waren wir zwei Jäger mit unserem großen Selbstbewußtsein bei diesen Beduinen blamiert in alle Ewigkeit!

Sollte sich wirklich auf meiner Seite nichts sehen lassen? Was war denn das? Ich legte mein Ohr auf die Erde. Wirklich! Ich vernahm ein Geräusch, ganz ähnlich dem, wenn jemand in genügender Entfernung von dem Hörer mit einem Stock schnell über einen verschlossenen Fensterladen fährt. Diesen Ton kannte ich. Ich hatte ihn drüben in den Pampas gehört, wenn der Jaguar des Nachts seine Exkursion begann und in stundenweiter Ferne seine Stimme übte. In der Nähe hat sie natürlich einen ganz andern Klang.

War dies der Panther, der vom Dschebel Berburu herniederstieg? Ich zog mich noch etwas weiter zurück, um ganz in tiefem Schatten zu liegen. Eine Viertelstunde verging, noch eine und noch eine.

Es ist eine Aufgabe, so lange Zeit auszuhalten mit Sinnen und Nerven, welche auf das höchste angespannt sind. Hatte ich mich getäuscht? Oder hatte sich das Tier nach einer anderen Gegend gewandt? Würde der Panther kein Brüllen hören lassen, wenn er in der Nähe wäre? Herrgott, da unten beim ersten Zelt des Lagers bewegt sich etwas! Ich blickte schärfer hin – ah, es war ein Mensch, eine weibliche Gestalt, welche sich in den Schatten des Zeltes niederkauerte. Wer war es? Was wollte sie dort?

Ich hatte keine Zeit nachzudenken, denn in demselben Augenblick fühlte ich in der Luft jene eigentümliche Penetranz, welche jedes größere, in der Freiheit lebende Raubtier um sich verbreitet, die aber nur derjenige Jäger bereits von weitem empfindet, der sich viel mit solchen Bestien herumgeschlagen hat. Schnell wandte ich das Gesicht zur Seite. Himmel! Ich erfaßte mit einem einzigen Blick zwei Körper, welche sich unhörbar über den Boden hinschlichen. Der eine näherte sich, von mir abgewendet, der Spitze des Dreiecks; der andere aber hatte mich bereits bemerkt und wandte sich leise, leise zu mir her. Der Panther hatte auch ein Weibchen, beide waren da, hier auf meiner Seite; heimtückisch, hinterlistig, ohne sich durch einen Laut, durch das geringste Geräusch zu verraten, waren sie herbeigekommen, echt panthermäßig, echt teuflisch – Abu 'l Afrid!

Natürlich hatte ich keine Zeit, diese Betrachtungen anzustellen. Er war noch ungefähr zwanzig Schritt von mir entfernt. Ich lag platt auf dem Boden. Schnell nahm ich das Bowiemesser zwischen die Zähne, stützte mich langsam auf den linken Ellenbogen, erhob den Lauf und zielte.

Er merkte diese Bewegung und hielt inne. Sich auf die Hinterpranken erhebend, duckte er sich vorn nieder. Seine Augen rollten groß und weit geöffnet in grünlich gelber Glut; sie wurden kleiner, schmäler, ich wußte, in dem Augenblick, in welchem sie nur noch einen Strich bildeten, würde er springen. Ich hielt auf sein rechtes Auge, drückte ab, und schnellte mich in demselben Moment mit solcher Gewalt vom Boden auf und nach der Seite hin, daß ich erst acht Schritte von der Stelle entfernt, auf welcher ich gelegen hatte, zum Halten kam.

Meinem Schuß folgte ein einziger brüllender Laut, aber so markerschütternd, so gräßlich, daß drüben am Feuer die Hunde vor Angst zu heulen begannen.

Ein einziger Blick genügte mir, um zu erkennen, daß die Kugel ihre Schuldigkeit getan hatte – der Panther war tot.

Aber der andere? Ich blickte nach der Spitze des Dreiecks hinauf. Dort stand er, hoch aufgerichtet und herüber nach der Gegend starrend, in welcher er den Todesschrei seines Gefährten gehört hatte. Er besann sich; er schien noch einen zweiten Schrei zu erwarten. Dies gab mir Zeit, den abgeschossenen Lauf, zwar mit aller Sorgfalt, aber doch in fieberhafter Eile, wieder zu laden. Dann zog ich mich weiter zurück und kniete nieder. Dies geschah natürlich alles viel schneller, als es sich erzählen läßt.

Ich hielt mein Auge auf den zweiten Feind gerichtet, und nur einen Gedanken lang schweifte es hinüber nach dem ersten Zelt. Ich erschrak. Dort stand jene weibliche Gestalt, hoch aufgerichtet und hell vom Feuer beschienen, und starrte herüber zu mir. Was wollte sie? Wenn der Panther sie erblickte, so war sie verloren! Und, wahrhaftig, er sah sie; er begann, sich zu bewegen; er schlich sich auf sie zu. Sollte ich rufen – sie warnen?

Da hielt er plötzlich an; der Geruch des Blutes hatte ihn erreicht. Mit drei, vier, fünf weiten Sätzen war er bei dem toten Tier. Nur einen Augenblick beroch er dasselbe, dann schnellte er sich mit einem wutröchelnden Gebrüll auf das Weib zu. In langen Sätzen sprang ich nach. Nie vorher und später habe ich solche Sprünge fertiggebracht. Hundert Schritte vor mir erreichte er sie und riß sie nieder; aber Gott sei Dank, sein Sprung war zu weit gewesen – er stürzte über sie hinweg. Im Nu stand ich fest, im Nu drehte er sich nach seinem Opfer zurück, im Nu auch krachte mein Schuß. Er zuckte zusammen. Es war ein gefährlicher Schuß gewesen, denn wie leicht konnte ich das Weib treffen! Doch er, er war getroffen; er hatte im Aufleuchten des Schusses meine Gestalt gesehen! Er wußte, daß ich es war, der ihn verwundet hatte; er beachtete seine Beute nicht weiter, sondern schnellte sich auf mich herbei.

Ich hatte nur noch einen Schuß, dann war ich verloren. Machte das Tier keine Pause vor mir, so konnte ich nicht sicher zielen – es waren nur drei Augenblicke, aber drei fürchterliche. Doch, es sollte nicht so arg werden. Acht, neun Schritte vor mir hielt das Tier, von vorher klug geworden, wo sein Sprung zu weit gewesen war, an, um Distanz zu nehmen. Es war nur eine Sekunde lang, aber sie genügte. Das Auge des ergrimmten Tieres flammte förmlich in der Dunkelheit; es bot mir ein Ziel, wie ich es sicherer gar nicht haben konnte. Der Schuß krachte; ich schnellte mich seitwärts, aber dennoch fühlte ich ein Etwas meinen Oberarm streifen, ließ die Büchse fallen und griff nach dem Messer. Nur zwei Schritte vor mir zuckte der Panther am Boden – ein kurzes ersticktes Röcheln, ein konvulsivisches Schlagen der Pranken – dann war es aus.

Diese fünf Minuten, – denn in so kurzer Zeit war das alles geschehen – waren schwer und gefährlich gewesen, aber ich hatte noch schwerere Minuten und Stunden überstanden. Zunächst lud ich meine beiden Läufe wieder, dann eilte ich zu dem Weib. Wer war es? Dschumeilah! Sie lag ohnmächtig am Boden, aber kein Tropfen Blut, keine Spur einer Verwundung war zu sehen. Der Panther hatte sie nicht mit den Tatzen, sondern mit seinem Leib niedergerissen. Ich hob ihren Kopf empor, und bei dieser Bewegung schlug sie die Augen auf. Es war also doch keine Ohnmacht; sie war bei voller Besinnung und hatte nur vor Angst die Augen geschlossen, weil sie jeden Moment erwartete, von dem fürchterlichen Tier zerrissen zu werden.

„Emir!" jubelte sie laut und legte die Arme um meinen Hals.

„Dschumeilah! Was tust du hier?"

„Ich hatte Angst um dich!"

Welch ein Mädchen, und welch eine Unvorsichtigkeit! Aber sollte ich ihr zürnen? Durfte ich schelten?

„Wenn dich nun der Panther tötete!"

„Allah war bei mir und du, Emir!" Da aber richtete sie sich plötzlich empor und faßte mich beim Arm.

„Hier ist Blut! Du bist verwundet, Herr?"

Ich hatte es noch gar nicht bemerkt. Beim Todessprung hatte eine Kralle des Tieres meinen Oberarm ein wenig aufgerissen.

„Es ist nichts, es ist nur eine Wenigkeit, Dschumeilah", beruhigte ich sie.

„Ist's wirklich nicht viel? Schmerzt es dich nicht?"

„Nein! Aber willst du dich hier sehen lassen? Man wird bald kommen. Weiß die Frau deines Oheims, daß du nicht im Zelt bist?"

„Nein! Sie schläft hinter dem Vorhang. Sie hüllt sich in ihre Tücher, denn sie fürchtet sich vor Abu 'l Afrid und dem Sihdi el salßali."

„Abu 'l Afrid wird euch nichts mehr tun. Ich habe ihn und sein Weib getötet."

„Beide, Herr?" fragte sie erstaunt.

„Beide. Nun aber kehre in das Zelt zurück, denn ich muß fort!"

„Herr, du bist ein großer Krieger; du bist ein Held wie keiner hier. Dschumeilah wird dich nie vergessen!"

Sie schlich sich fort. Warum war ich kein Beduine! Oder warum ist sie nicht die Tochter eines andern Landes! Auch ich habe sie bis heute nicht vergessen.

Ich untersuchte nun zunächst die beiden Tiere. Dasjenige, welches ich zuletzt getroffen hatte, war das Männchen. Sie waren beide von einer Größe, wie ich sie mir gar nie vorgestellt hatte; sie konnten sich mit einem ausgewachsenen, bengalischen Tiger messen.

Meine zwei Schüsse und die darauffolgende Stille schienen den Engländer besorgt zu machen, denn er tat, was ich auch vorhin getan hatte:

„Halloo, Sir!“ ertönte seine Stimme.

„Yes!“ machte ich es ihm nach.

„War er da?“

„Well!“

„Getroffen?“

„Nein!“

„Fie devil – Pfui Teufel!“

„Yes.“

„Kommt Ihr herüber, oder soll ich . . .?“

„Macht Ihr Euch auf die Beine!“

In zwei Minuten sah ich ihn oben um die Ecke biegen; nach einer dritten stand er bei mir.

„Vermaledeite Katzen!“ brummte er.

„Miserabel!“

„Mein Kater kommt auch nicht wieder!“

„Wie groß war das junge Kamel? Ein Füllen oder Fohlen?“

„Hm, vielleicht zweijährig.“

„Na, Master Percy“, lachte ich, „da kommt Euer Kater allerdings nicht wieder, denn an einem zweijährigen Dschemmel kann er sich samt seiner Familie recht satt fressen. Aber, old shooter, warum habt Ihr denn das Tierchen nicht getroffen?“

„Tierchen? Reitet Euch der Teufel? Der Kerl war ja so groß wie ein achtzigjähriger Elefant!“

„Hopphopp!“

„Yes! Habe nie geglaubt, daß ein Löwe ein solcher Kerl sein kann; habe immer nur an die Katzen gedacht, die man in zoologischen Gärten und Menagerien zu sehen bekommt. Und sodann hatte ich meinen Stand sehr unglücklich gewählt. Er fiel zu weit links von mir in die Herde ein, und das Feuer, dessen Schein dazwischen lag, blendete mich. Aber getroffen habe ich ihn; das weiß ich ganz genau.“

„Habt Ihr den Schweiß gesehen?“

„Nein. Bin gar nicht von meinem Ort fortgekommen.“

„Trotzdem er so unglücklich gewählt war? Hättet Euch einen bessern wählen sollen – ungefähr so wie ich, dann hättet Ihr auch etwas geschossen.“

„Auch? Pshaw! Ich habt ja auch nichts!“

„Hm! Kommt einmal hierher! Was ist das?"
„'s dead! Ein Vieh!" rief er, sich niederbückend.
„Ja, ein schwarzer Panther. Kommt einmal einige Schritte weiter. So! Was ist das?"
„Zounds! Abermals ein Vieh!"
„Abermals ein schwarzer Panther, Männchen und Weibchen, Abu und Omm el Afrid – Vater und Mutter des obersten Teufels, sagen die Mescheer."
„Aber Ihr sagtet doch, Ihr hättet nichts getroffen!"
„Wollte nur sehen, was Ihr meinen würdet. Da Eure Kugeln nichts machten, so mußte doch wenigstens ich meine Schuldigkeit tun, sonst wären wir ja ganz erbärmlich ausgelacht worden!"
„Hm! Könnte mich eigentlich ärgern! Habe verteufeltes Pech gehabt!"
„Grämt Euch nicht, Sir! Wir werden morgen am Tag den Vater des Erdbebens nebst Familie in seinem Tuskulum aufsuchen. Seid Ihr dabei?"
„Yes! Well!" nickte er freudig. „Werde mich dann besser halten! Aber wo habt Ihr diese Kerls getroffen? Diese Bestien sollen ein noch zäheres Leben haben als der Löwe."
„Ins Auge."
„Beide?"
„Ja."
„All devils! Erzählt!"
Ich berichtete ihm das ganze Abenteuer ausführlich, und nur von Dschumeilah sagte ich nichts.
„Mensch", rief er, „das ist ja ganz interessant gewesen!"
„Nur interessant? Hm, ich dächte, es sei noch etwas mehr gewesen!"
„Ja, Ihr konntet allerdings von diesem Vater und dieser Mutter des Teufels ein wenig zerrissen werden, aber daran muß man sich gewöhnen."
„Gewöhnen? Ich denke, das lernt man gleich beim ersten Mal! Aber meint Ihr nicht, daß wir jetzt Hallo schlagen wollen?"
„Meinetwegen!"
Er ärgerte sich doch ganz gewaltig, daß er nicht so glücklich gewesen war wie ich und schritt recht kleinlaut mit mir dem Lager zu. Dasselbe war vollständig menschenleer, denn selbst diejenigen Männer, welche die dort brennenden Feuer zu unterhalten hatten, saßen während der Zwischenzeit in ihren Zelten. Es war ja immerhin möglich, daß der Löwe oder der Panther statt

zu den Herden seinen Weg in das Lager nahm. Ich trat in das Zelt des Scheichs. Er lag auf dem Serir, von einer kleinen Tonlampe beleuchtet.

„Emir!“ rief er aufspringend.

„Hole deine Männer!“

„Hast du den Herrn des Erdbebens besiegt?“

„Er ist nur verwundet; er wird erst morgen sterben; aber Abu 'l Afrid und seine Frau sind tot.“

„Ist das wahr, Herr?“

„Ich sage es!“

„Hamdulillah – Lob, Preis und Dank sei Allah, dem Allmächtigen, der Stärke und Segen in deine Hand gegeben hat! Denn daß du Abu 'l Afrid und seine Frau getötet hast, das ist noch ein größeres Wunder, als wenn du zehn Herren mit dem dicken Kopf getötet hättest. Erlaube, daß ich gleich die Tabl – die Kesselpauke – anschlage!

Er zog einen kupfernen Kessel hervor, über welchem ein Trommelfell gezogen war, und trat damit vor das Zelt. Kaum waren die ersten Schläge erklungen, so öffneten sich alle Zelte, und sämtliche Insassen derselben, Männer, Frauen und Kinder kamen herbei. Jetzt sah man recht, daß kein einziger Mensch geschlafen hatte. Unsere vier Schüsse waren gehört worden, und nun hatte ein jeder mit Spannung das Resultat derselben erwartet. Alle kamen wißbegierig und lautlos herbei, um zu hören, was der Scheich zu verkünden habe.

„Im Namen des allbarmherzigen Gottes! Wahrlich wir haben dir einen offenbaren Sieg verliehen“, begann er mit dem Anfang der achtundzwanzigsten Sure des Korans, „auf daß dir Gott deine früheren und späteren Sünden vergebe und seine Gnade an dir vollende und dich leite auf den richtigen Weg und dir beistehe mit seinem mächtigen Beistand! So steht es im heiligen Buch geschrieben, und so ist es heute an uns erfüllt worden durch die Taten dieser Fremdlinge aus dem Abendland. Hört, ihr Gläubigen, ihr Söhne und Töchter der Mescheer, daß Abu 'l Afrid getötet worden ist mit seinem Weibe, der Mutter des obersten Teufels. Nehmt Fackeln und feste Stricke von Palmenfasern und laßt euch von diesen beiden Helden führen zur Stätte des Todes, daß man die toten Leiber des Teufelsvaters und der Teufelsmutter hereinschleife in das Duar, und ihnen die Haut ziehe von den Gliedern, die in der Hölle brennen mögen. Allah illa Allah we Mohammed Rasul Allah – Allah ist Gott, und Mohammed ist Allahs Prophet!“

Der Sturm des Jubels, welcher auf diese Rede allerseits losbrach, ist nicht zu beschreiben. Man umarmte sich; man beglückwünschte sich; man rief, schrie und brüllte zu Allah, Mohammed, zu allen Kalifen, zu mir, zu dem Engländer; es war ein Spektakel, der geradezu seinesgleichen suchte. Man brachte eine Menge Fackeln herbei, die man anzündete; Stricke wurden beschafft, und dann ging es hinaus vor das Lager, ich und Percy an der Spitze, neben mir aber auch Achmed es Sallah, der vor Glück und Freude ganz außer sich war, daß er mich lebend wiederhatte. Der ungeheure Lärm machte auch die Herden rebellisch. Pferde wieherten, Kamele kreischten, Rinder brüllten, Schafe blökten und Hunde bellten und heulten. Und nun erst, als wir an dem Platz anlangten, wo die beiden Panther nicht weit voneinander lagen!

Zunächst getraute man sich nicht an sie heran; als ich sie aber unbeschädigt nach allen Seiten drehte, und man sich also überzeugte, daß sie wirklich tot seien, stürzte sich alles auf sie. Man trat sie mit Füßen; man schlug sie mit Fäusten; man spuckte ihnen in das Gesicht; man ergoß eine Flut von Schimpfworten und Grobheiten über sie, wie sie nur die arabische Sprache in dieser Reichhaltigkeit und Drastik aufzuweisen hat. Ich mußte wirklich alle meine Kräfte aufbieten, um die schönen Felle vom Zerrissenwerden zu bewahren.

Endlich, endlich beruhigte man sich, und ich wurde von dem Scheich aufgefordert zu erzählen. Ich tat es in aller Kürze, und als man sich dann überzeugte, daß jedes Tier wirklich in das Auge getroffen sei, war des Erstaunens kein Ende. Die Panther wurden nun nach dem Duar geschleift, während ich mit Percy, Ali en Nurabi, Achmed, dem Scheich und einigen anderen, welche Fackeln trugen, nach der andern Seite ging, um nach den Spuren des Löwen zu sehen.

Ja, er war getroffen; er war vielleicht sogar gefährlich getroffen, denn er hatte bedeutend geschweißt, und der Scheich stimmte gern ein, als ich ihm vorschlug, am Tag die Fährte des gewaltigen Tieres zu verfolgen. Daß es ein außergewöhnlich großes Exemplar sei, war an der Größe der Spuren zu erkennen. Das fortgeschleppte Kamel hatte dem Scheich gehört.

Als wir in das Duar zurückkehrten, war man bereits mit dem Abziehen der Felle beschäftigt. Sie wurden mir als mein wohlerworbenes Eigentum vorgelegt. Der Scheich betrachtete sie mit lüsternem Auge.

„Scheich Mohammed er Raman, willst du mir eine Bitte erfüllen?“ fragte ich ihn.

„Rede; ich höre!“ antwortete er.

„Nimm dir von diesen Fellen dasjenige, welches dir am besten gefällt, und behalte es. So oft du es erblickst, magst du meiner gedenken, wenn ich nicht mehr bei dir bin.“

„Emir, ist es wahr? Wolltest du mir wirklich diese kostbare Haut von Abu 'l Afrid verschenken?“

„Ich verschenke sie beide.“

„Beide?“

„Ja, denn ich kann sie nicht mit mir nehmen.“

„Wem soll die andere gehören, Herr?“

„Dschumeilah.“

„Dschumeilah? Warum?“ fragte er verwundert.

„Ist sie es nicht, die mich unter ihren Schutz nahm, als die Gefahr über mir zusammenschlug? Allah vergilt alles Gute und alles Böse; warum sollte der Mensch nicht dankbar sein? Gib das andere Fell der Tochter deines Bruders. Die Blume von Hamra Kamuda mag darauf ruhen und des Fremdlings gedenken, der heute ihr Freund und Bruder geworden ist!“

„Ich danke dir, Emir! Dein Herz ist voll Güte, und deine Hand voll Segen. Darum sollst du auch die Stute und die Tochter erhalten, die dem Scheich der Sebira geraubt worden sind.“

III.
Ruhh es Sebcha

Ehe ich mich zur Ruhe legte, verband mir der Scheich die kleine Armwunde; auch ließ er sich meine Jacke geben, um den darin entstandenen Riß von seinem Weib ausbessern zu lassen. Im Duar herrschte die ganze Nacht hindurch ein reges Leben, so daß ich nur sehr wenig schlafen konnte. Man sprach von der bevorstehenden Löwenjagd und von den Heldentaten, welche man dabei verrichten wollte. Die Mescheer waren jetzt, da sie uns bei sich wußten, auf einmal sehr mutige und unternehmende Löwenjäger geworden.

Kaum hatte mich das laute Summen des Morgengebetes aus dem Schlaf geweckt, so trat der Scheich wieder herein, um mir zu melden, daß alles zum Aufbruch bereit sei.

„Geht der Krumir mit?“ fragte ich ihn.“

„Nein; du weißt, Herr, daß er das Lager nicht verlassen darf."
„Und dennoch wäre es mir lieber, ihn dabeizusehen."
„Warum, Emir?"
„Bist du sicher, daß er in unserer Abwesenheit nichts unternehmen wird, was ihm verboten ist?"
„Er hat sein Wort gegeben."
„Er wird es nicht halten, ebenso wie er es bei den Sebira gebrochen hat. In seinem Herzen wohnt die Falschheit und auf seinen Lippen die Lüge."
„Ich verspreche dir, daß die Männer, welche zurückbleiben werden, ihn beobachten sollen. Die Tochter Ali en Nurabis und das Pferd desselben werden sicher vor ihm sein."
„Das erwarte ich ganz bestimmt! Komm, laß uns gehen!"
Wirst du deinen Hengst reiten?"
„Ja."
„Erlaube mir, daß ich dir eines meiner Pferde anbiete. Der Herr mit dem dicken Kopf liebt es, auf die Pferde zu springen, um den Reiter zu töten. Dein Hengst ist zu kostbar, um zerrissen zu werden."
„Ich bin nicht gewohnt, den Löwen zu Pferde zu jagen, um vor ihm besser fliehen zu können. Ich pflege abzusteigen, um ihn stehenden Fußes zu erwarten. Habe also Dank für deine Güte; aber ich werde doch mein Pferd reiten. Wie viele Krieger nimmst du mit?"
„Die Hälfte meiner Leute."
„So werde ich auch die Sebira teilen. Die eine Hälfte von ihnen mag uns begleiten, und die anderen dreißig sollen hier im Lager bleiben, um darüber zu wachen, daß der Krumir nichts Böses tue."
„Was du vornimmst, ist mir recht, Effendi. Du bist mein Bruder und mein Freund; du hast uns von Abu 'l Afrid und seinem Weib errettet, und ich wünsche, daß du in Liebe und in Frieden von uns scheidest."

Ich traf, als wir das Zelt verlassen hatten, mit dem Scheich Ali en Nurabi die jetzt besprochene Vorkehrung, und dann brachen wir auf, gefolgt von gegen zweihundert Beduinen.

Die Spur des Löwen war sehr bald gefunden. Sie war nicht schwer zu verfolgen, da er viel Blut verloren hatte. Trotzdem aber hatte das gewaltige Tier das Kamel wohl an die fünfhundert Schritte weit fortgeschleppt, ehe es von dieser Anstrengung gezwungen war, eine kurze Rast zu machen. An diesem Ort nun erblickten wir eine große Blutlache, die uns sehr willkommen war.

„Ihr habt den Kerl doch nicht ganz schlecht getroffen", meinte ich zu dem Engländer. „Die Menge Blutes, welche er verloren hat, läßt vermuten, daß er keine ungefährliche Wunde erhalten hat."

„Aber dennoch hat er die Kraft besessen, das Kamel noch weiter fortzuschleppen", antwortete Percy. „Sollte er es bis zu seinem Lager fortgetragen haben?"

„Das glaube ich nicht. Der Löwe hat, wenn er en famille lebt, die Eigentümlichkeit, nur in Gesellschaft auf Raub zu gehen. Die Löwin folgt ihm mit den Jungen, falls diese laufen können, und bleibt mit ihnen an einem geeigneten Ort zurück, um ihn mit seiner Beute zu erwarten, welche er auf diese Weise nicht so weit zu schleppen braucht. Da wird das gemeinschaftliche Mahl gehalten, und dann kehrt die gesättigte Familie in ihr Lager zurück, die übriggebliebenen Knochen und Brocken dem Schakal, der Hyäne und dem Geier überlassend. – Reiten wir weiter!"

Die wiederaufgenommene Spur führte auf einen dunklen Strich zu, welcher sich bei unserem Näherkommen als ein ziemlich dünnes und verkommenes Feigen- und Tamarindengestrüpp erwies. Die Mescheer machten Miene, in dasselbe einzudringen; ich hinderte sie daran: „Halt! Wir wissen nicht, was sich in dem Gebüsch befindet. Bleibt zurück, bis ich wiederkehre!"

Ich umritt mit dem Engländer das Gestrüpp, er nach rechts und ich nach links. Hinter demselben stießen wir zusammen und trafen dort auf die Spur der Löwin und zweier Jungen. Die Fährte war eine doppelte: die ältere führte in das Gebüsch und die jüngere wieder heraus und zurück. Es war also klar, daß sich der Löwe noch darin befand. Jedenfalls war er infolge seiner Verwundung nicht imstande gewesen, seiner Familie nach dem Lager zu folgen.

Jetzt kehrten wir zu den Beduinen zurück, welchen wir die Weisung erteilten, das ganze Gestrüpp zu umstellen und die mitgenommenen Hunde loszulassen, um den angeschossenen Löwen aufzujagen. Es geschah; die Hunde, welche bisher nur mit Mühe zu halten gewesen waren, warfen sich vor, und bald hörten wir ihr wütendes Geheul aus einer der Tamarindengruppen schallen.

„Sir, ich bitte Euch, ihn mir zu lassen!" sagte Percy.

„Nehmt ihn", antwortete ich. „Ich werde nur dann schießen, wenn es not tun sollte."

Wir stiegen ab und übergaben Achmed es Sallah unsere Pferde mit der Weisung, sich zurückzuziehen. Die Gewehre schußbereit, warteten wir; aber der Löwe ließ sich nicht sehen, und die Jagd stand auf demselben Fleck.

„Sollte er verendet sein?" meinte ich.

„Wollen sehen", antwortete der Engländer, indem er sich nach dem Gebüsch in Bewegung setzte.

„Keine Unvorsichtigkeit, Sir!" rief ich. „Die Sache ist gefährlich."

„Pshaw!" antwortete er, zwischen den Feigen eindringend.

Es blieb mir also nichts übrig, als ihm zu folgen. Er arbeitete sich nach den Tamarinden hin, und ich blieb ihm auf der Ferse. Wir erreichten die Meute, welche die Tamarinden umstellt hielt, sich aber nicht weiter getraute.

„Was nun?" fragte Percy. „Geben wir eine Kugel hinein?"

Ich legte mich auf den Boden nieder, wo kein Gezweig den Einblick erschwerte. Da sah ich den Fürchterlichen liegen, zur Seite geneigt, mit gebrochenem Auge und alle viere von sich streckend.

„Sir, Euer Schuß war doch ein guter. Er ist tot."

„Tot? Wirklich?"

„Ja."

Bei diesen Worten trat ich vor und bog die Zweige auseinander. Es war ein außerordentlich großes Tier. Die volle, schwärzliche Mähne umfloß wirr den massiven Kopf; die kräftigen, fest geschlossenen Lefzen waren von blutigem Schaum gerötet, und die gewaltigen Tatzen hatten sich im Todeskampf nach einwärts gekrümmt. Eine große, tiefe Lache geronnenen Blutes umgab ihn, und neben ihm lagen die Überreste des Kamels, welche von der Löwin und ihren Jungen zurückgelassen worden waren.

„Heigh – day!" rief der Engländer. „Da endlich liegt der alte Kater! Wohin habe ich ihn denn getroffen, Sir?"

„Seht her! Hier hinter der Vorderpranke zwischen die Rippen hinein. Die Kugel muß ihn während des Sprunges erreicht haben."

„Das ist ihm also doch ans Leben gegangen. Na, ist mir lieb. Brauche mich nun doch nicht auslachen zu lassen! Yes!"

Jetzt nun getrauten sich auch die Hunde herbei, und wir hatten alle Mühe, sie von dem Löwen abzuhalten, den sie gewiß arg zugerichtet hätten. Die Beduinen wurden herzugerufen, und als sie herangekommen waren, erhob sich ein ebenso großer Spektakel wie während der Nacht an den Leichen der beiden Panther. Als der König der Tiere nun genug verhöhnt und beschimpft worden war, wurden die Hunde wieder angekoppelt, und wir brachen auf, um die Löwin aufzusuchen. Bei dem Löwen blieben einige Männer zurück, um aus Ästen eine Schleife zu verfertigen und ihn dann mittels ihrer Pferde nach dem Duar ziehen zu lassen.

Die Löwin hatte ihren entschlafenen Gemahl vor noch nicht gar langer Zeit verlassen, denn ihre Spuren waren noch ziemlich frisch. Vielleicht hätte sie bei dem Toten ausgehalten, wenn sie nicht von der Sorge für die Sicherheit der Jungen geängstigst worden wäre. Sie hatte einen weiten Weg zurückzulegen gehabt, denn wir ritten wohl an die Dreiviertelstunden, ehe wir das Felsental erreichten, in welchem sich der „Palast" des Herrn mit dem dicken Kopf befand.

Als wir es zu Gesicht bekamen, hielt der Scheich Mohammed er Raman sein Pferd an und deutete auf das wüste Steingewirr.

„Hier ist das Battn el Hadschar – der Bauch der Steine –, Emir, wo der König der Mähne sein Weib und seine Kinder hat", sagte er. „Meinst du, daß sein Weib so mutig sein wird wie er selbst?"

„Sicher! Wenn eine Löwin ihre Jungen verteidigt, so ist sie doppelt zu fürchten."

„Wer wird sie schießen, wir oder ihr?"

Aha, der Mescheer schien bei dieser doppelten Fürchterlichkeit doch bedenklich zu werden!

„Wir!" antwortete ich. „Ihr sollt nur das Tal so umstellen, daß sie uns nicht entkommen kann. Bleibt zurück, bis wir uns den Ort genau betrachtet haben!"

Ich stieg mit dem Engländer wieder ab. Wir übergaben unsere Pferde Achmed wieder, nahmen unsere Büchsen und folgten der Fährte.

Das Tal bildete einen nicht zu großen, länglichen Kessel, der nur einen einzigen Zugang hatte. Es hatte ganz das Aussehen, als sei es durch den jähen Einsturz einer unterirdischen Klüftung entstanden. Seine Wände stiegen sehr steil empor, und seine Sohle war von wirren Felsentrümmern angefüllt, zwischen denen einige harte Gräser dürsteten, während im Hintergrund schlanke Farne und nackte Dornen ein schwer zu durchdringendes Dickicht bildeten.

„Da stecken die Katzen. Nicht, Sir?" fragte Percy.

„Höchst wahrscheinlich. Wenigstens führen alle Spuren hinein, deren es hier genug gibt."

„Hier können wir die Hunde nicht gebrauchen. Werden die Tiere mit Steinen heraustreiben. Well!"

„Soll ich die Löwin nehmen, Sir?“

„Nein, Laßt sie mir!“

„Meinetwegen. Sie ist beinahe ganz ohne Gefahr zu erlegen. Wir lassen die Pferde zurück und umzingeln das ganze Tal. Ihr könnt da links auf dem Vorsprung Posto nehmen, wo sie gleich beim Austritt aus dem Dickicht zu treffen ist, und ich verlege ihr den Ausgang aus dem Tal. Solltet Ihr sie fehlen, so wird sie mein. Die Jungen sind uns nicht gefährlich. Sie werden noch nicht viel ausgegangen sein und sind noch täppisch, wie die Fährte zeigt.“

Wir kehrten zu den Beduinen zurück, um ihnen unsere Anweisung zu erteilen. Leider brachten wir sie nicht so weit, von den Pferden zu steigen. Sie dachten an die bessere Möglichkeit der Flucht, ohne zu berechnen, daß die Löwin schnell genug sei, auch den besten Renner einzuholen. Sie umringten das Tal von allen Seiten und stellten sich hart am Rand desselben auf. Nur einige, die am hinteren Rand zu halten hatten, stiegen ab, um von oben herab mit Steinen die Tiere aus dem Lager zu treiben.

Die linke Talwand zeigte einen hohen, schmalen, kanzelähnlichen Vorsprung, der von unten gar nicht, und von oben nur mit Vorsicht zu erreichen war. Percy kletterte zu ihm herab und konnte von da aus mit seiner Büchse das ganze hintere Terrain bestreichen. Ich legte mich am Eingang der Schlucht hinter einen Felsen. Die Hunde wurden von einigen Mescheers in gehöriger Entfernung zurückgehalten. In meiner Nähe, da wo der Rand sich niedersenkte und die Wand eine nicht mehr sehr steile Böschung bildete, hielt Scheich Mohammed er Raman. Er hatte wohl diesen Punkt gewählt, um bei aller Sicherheit doch einen Schein des Mutes zu behaupten.

Als diese Aufstellung genommen war, gab Percy das Zeichen, und sofort wurden eine Menge Steine von oben in das Dickicht herabgeworfen und gewälzt. Ein lautes Fauchen und Knurren antwortete, jedenfalls von den Jungen ausgehend; dann ließ sich auch die Stimme der Alten vernehmen. Es war nicht das mächtige, brusttönende Brüllen eines männlichen Löwen, aber doch so durchdringend und erschütternd, daß die Menschen erblaßten und die Pferde zitterten.

Der Steinhagel wurde wiederholt. Percy lag platt auf dem Vorsprung, zum tödlichen Schuß bereit. Da regte es sich vorn unter den Dornen, und eines der Jungen kroch hervor; die Alte aber ließ sich noch nicht sehen. Nach einigen Augenblicken kam auch das andere Junge nach.

„Zielt auf die Kleinen, ihr Männer!“ rief der Scheich hinauf.

Man gehorchte ihm. Ein Stein traf die kleine Löwin. Sie kreischte schmerzlich auf, und sofort erschien die Alte, aber nicht mit majestätischen Schritten und verächtlichem Blick, wie es der männliche Löwe getan hätte, sondern leise und vorsichtig zu Boden geduckt, echt katzenmäßig. Von meinem niedrigen Standpunkt aus konnte ich sie sehen, während sie dem Engländer durch die Farnwedel, unter denen sie sich noch befand, verhüllt wurde. Ihre Augen glühten grimmig auf die Reiter hervor, welche die vordere Seite des Kessels besetzt hielten; sie schien die Entfernung zu messen und ob an den steilen Wänden emporzukommen sei.

Auch Mohammed er Raman konnte sie nicht sehen. Er trieb sein Pferd bis ganz an den Rand heran und rief: „Noch einmal auf die Jungen, ihr Männer! Wenn ihr sie . . .“

Er konnte den angefangenen Satz nicht vollenden. Er hatte sich zu weit vorgewagt; der lockere Sand gab nach; sein Pferd verlor auf dem losen Steingeröll den Halt und stürzte. Mitten im Sturz warf er sich aus dem Sattel, aber ohne seine Absicht zu erreichen — Pferd und Reiter rollten in den Kessel herab, und zu gleicher Zeit erscholl rundum ein hundertstimmiger Schrei des Entsetzens. Kaum erblickte nämlich die Löwin den herabstürzenden Beduinen, so schnellte sie unter den Farnwedeln mit einer Schnelligkeit hervor, welche es dem Engländer unmöglich machte, einen sichern Schuß zu tun. Zwar drückte er ab, aber die Löwin war ebensoschnell wie die Kugel, von der sie nicht getroffen werden konnte. In unbeschreiblichen Sätzen kam sie unter heiserem Gebrüll dahergestürzt, um sich auf den Scheich zu werfen. Dieser versuchte eben, ob er sich von dem Fall erheben könne, als er sie erblickte.

„Allah illah Allah!“ rief er in verzweifelter Angst und warf sich wieder zur Erde.

Jetzt war sie bei ihm — jetzt berührten ihre Tatzen zum letztenmal die Erde — da drückte ich ab. Die Löwin erhielt die Kugel im Sprung und wurde von ihr um ein weniges zur Seite gerissen. Augenblicklich krachte auch mein zweiter Schuß — der Scheich stieß einen Schrei des Schmerzes aus; das Tier kam gerade neben ihn zu liegen und hatte mit der Kralle seinen Schenkel berührt. Mit einer mehr unwillkürlichen als überlegten Bewegung rollte er sich seitwärts; die Löwin riß den Boden auf, stieß ein letztes, ersterbendes Brüllen aus und streckte dann verendend die gewaltigen Glieder.

Ich hatte kaum zwölf Schritte von ihr entfernt gelegen und sprang herbei, um mit dem Messer bereit zu sein. Es war nicht notwendig; sie war tot.

„Stehe auf, Scheich“, sagte ich. „Sittna Areth ist gestorben!“

„Ist sie wirklich tot?“ fragte er mit vor Schreck ganz weißen Lippen, indem er sich von der Erde raffte.

„Ja.“

„Emir, sie wollte mich fressen!“

„Allerdings, und zwar mit Haut und Haar und Burnus. Du hättest gar nicht die Zeit gehabt, die Sure des Todes zu beten. Nun aber ist sie selber in allen ihren Sünden von hinnen gefahren.“

„Sie wird in der Hölle wohnen, heut und in alle Ewigkeit, Effendi!“

Nach dem lauten Angstschrei aller hatte bis jetzt ringsum das Schweigen des Entsetzens geherrscht. Nun aber brach von allen Seiten ein wahrhaft betäubender Jubel los, und alles kam von rechts und links herbeigeeilt, um in die Schlucht zu gelangen, die dem Anführer der Mescheer beinahe so verhängnisvoll geworden wäre.

Glücklicherweise hatte sich dieser keinen Schaden getan, und die Verwundung seines rechten Schenkels bestand nur in einem leichten Riß, der ihm ein kleines Stückchen Fleisch gekostet hatte. Auch sein Pferd war wohlbehalten davongekommen. Am schlimmsten erging es wieder der toten Löwin, deren bürgerliche Ehre durch die verächtlichsten Worte und Gebärden vollständig zugrunde gerichtet wurde. Ihre Jungen wurden gefangengenommen und gefesselt, um unsern Triumphzug zu verherrlichen.

Ein jeder war mit dem Ergebnis unseres Jagdzuges zufrieden, nur der Engländer nicht. Auch er hatte sich eingefunden, und stand jetzt an meiner Seite.

„Vexatious, immense vexatious – ärgerlich, ungeheuer ärgerlich!“ brummte er. „Läuft mir diese armselige Katze unter der Kugel weg!“

„Tröstet Euch, Sir“, antwortete ich. „Sie ist doch noch getroffen worden!“

„Das ist’s ja eben! Getroffen worden, aber nicht von mir! Ich könnte sie totprügeln, wenn sie noch nicht tot wäre. Yes!“

„Ich gebe Euch die aufrichtige Versicherung, Sir, daß ich sie auch nicht getroffen hätte, wenn ich an Eurer Stelle gewesen wäre. Sie fuhr ja so gedankenschnell aus dem Dickicht hervor, daß sie an Euch vorüber war, ehe Ihr nur den Finger anlegen konntet. Glaubt mir, es wird kein Mensch gering von Euch als Schütze denken."

„Will's hoffen! Würde einen jeden niederboxen, der es wagen wollte, sich über mich zu mokieren. Well. Ist aber ein gewaltiges Viehzeug, diese Katze; wohl kaum unter achteinhalb Fuß Länge. Wer unter solche Handschuhe gerät! Brrr!"

Da es hier kein Material zur Schleife gab, so wurde der Löwin die Haut abgezogen; das Fleisch blieb liegen. Dann brachen wir auf. Scheich Mohammed er Raman ritt neben mir.

„Emir", meinte er, „ich habe dir mein Leben zu verdanken. Allah segne dich dafür! Sage mir, was ich tun soll, um dir zu zeigen, wie lieb ich dich gewonnen habe!"

„Wenn du wirklich glaubst, mir etwas schuldig zu sein, so sorge dafür, daß der Scheich Ali en Nurabi sein Kind und seine Stute zurückerhält!"

„Das habe ich dir bereits versprochen, und ich werde mein Wort halten. Aber du wirst mir erlauben, nachzudenken, welche Liebe ich dir noch erweisen werde. Was wäre ich jetzt ohne deine Kugel! Ihr habt uns errettet von Areth und Sittna Areth, von Abu 'l Afrid und Omm el Afrid. Nun können meine Herden ruhig grasen, und die Söhne der Mescheer werden nicht mehr zerrissen und gefressen werden. Wir werden heut eine große Diffa – Gastmahl, Gelage – halten, dir zu Ehren und zu Ehren des Emir aus Inglistan. Mein Leben ist dein Leben, und mein Tod ist dein Tod. Dein Wohlergehen soll mir sein wie das Auge, welches ich nicht verlieren will."

Als wir auf dem Rückweg das Gesträuch erreichten, in welchem wir den Löwen gefunden hatten, war derselbe bereits fortgeschafft worden. Eine breite Spur, welche von der Schleife gezogen worden war, bezeichnete den Weg, den die Mescheer mit dem toten Wüstenkönig genommen hatten. Übrigens habe ich nicht gefunden, daß die Bezeichnung „Wüstenkönig" eine richtige sei. In der eigentlichen Wüste ist der Löwe nie zu sehen; er würde dort weder die notwendige Nahrung noch auch das Wasser finden, von welchem er als Fleischfresser täglich eine sehr ansehnliche Quantität verbraucht. Er kommt nur in der Steppe und den Oasen vor, welche er zu erreichen vermag, ohne lange und anhaltend Durst leiden zu müssen. Wunderbar war es übrigens, daß es uns gelang, einen Löwen und einen Panther samt den beiden Weibchen auf einem so engen Raum und in so kurzer Zeit zu erlegen. Wären die Mescheer unternehmender gewesen, so hätte ein solcher Fall wohl kaum eintreten können.

Als wir das Duar erreichten, wurden wir mit lautem Jubel bewillkommnet. Ich ritt sofort vor das Zelt des Scheichs und war eben im Begriff abzusteigen, als sich dasselbe öffnete. Ein Mann trat heraus und eilte auf den Scheich zu, der an meiner Seite geblieben war.

„Allah akbar – Gott ist groß; er tut Wunder!" rief der letztere. „Mein Bruder! Kann dich mein Bote, den ich gestern zu dir sandte, bereits getroffen haben?"

„Dein Bote? Es hat mich kein Bote getroffen. Ich war in Feschia und komme zu dir, um Dschumeilah, meine Tochter, zu holen."

Dieser Mann also war der Anführer der Mescheer von Hadscheb el Aïun und Hamra Kamuda, der Vater Dschumeilahs und der Bruder Mohammed er Ramans. Sie sahen einander sehr ähnlich. Ich hatte noch nie gefunden, daß zwei Brüder Anführer zweier verschiedener Ferkahs seien, der eine von ihnen hatte also diese Würde jedenfalls nicht dem Herkommen oder der Geburt, sondern seinen persönlichen Eigenschaften zu verdanken. Sie umarmten sich; dann fragte Mohammed er Raman: „Hast du Dschumeilah bereits gesehen?"

„Ja. Allah sei gepriesen, daß ich sie lebend gefunden habe!"

„Lebend? Dachtest du, sie tot zu finden?"

„Oh, wie leicht konnte ihr Leben zerronnen sein! Sie hat es dir verschwiegen, mir aber hat sie es gleich erzählt, nachdem ich angekommen war."

„Was?"

„Sie ist gestern vor dem Zelt gewesen und Abu l' Afrid hat sie verschlingen wollen . . ."

„Allah illah Allah! Davon weiß ich kein Wort!"

„Aber der fremde Emir hat sie errettet. Oh, zeige ihn mir, daß ich ihm Dank sagen kann!"

„Dies ist der Emir aus Dschermanistan", sagte er, auf mich zeigend, „der Abu 'l Afrid und Omm el Afrid getötet hat."

Da faßte mich der andere bei beiden Händen.

„Herr", rief er, „ich bin Omar Altantawi, der Scheich der Mescheer von Aïun und Kamuda. Du hast meiner Tochter das Leben erhalten; verlange mein Leben, und ich gebe es dir!"

„Ist es wahr?" fragte mich Mohammed.

„Ich habe Abu 'l Afrid allerdings geschossen, als Dschumeilah, die Rose von Aïun, von ihm zerrissen werden sollte", antwortete ich.

„Und heute rettest du mir das Leben, Herr? Hamdulillah – Allah sei gepriesen, der dich in mein Zelt geführt hat. Aber du hast mir das verschwiegen; tritt herein in das Zelt, und erzähle es!"

„Erlaube mir vorher, daß ich mich überzeuge, ob der Krumir während unserer Abwesenheit keinen Verrat begangen hat!"

„Was sollte er getan haben!"

„Welchen Krumir meinst du?" erkundigte sich Omar Altantawi.

„Saadis el Chabir vom Ferkah ed Dedmaka."

„Herr, zürne nicht mir, wenn ich dir eine üble Botschaft sage!"

„Eine üble? Sprich!"

„Dieser Krumir ist fort!"

„Fort? Unmöglich! Er wurde ja bewacht! Er hat geschworen, hier zu bleiben!" rief ich bestürzt.

„Er ist fort. Ich sandte einen Boten voraus, welcher meine Ankunft melden sollte. Darüber freuten sich die Männer des Duars, und sie kamen mir weithin entgegen, um mich mit einer Fantasia zu begrüßen. Kein einziger blieb im Lager zurück, und auch die dreißig Uëlad Sebira waren dabei. Sie dachten nur an mich und nicht an den Krumir, und als wir das Duar erreichten, war er fort."

„Allein?"

„Mit Mochallah, dem gefangenen Mädchen."

Ich war außer mir und hätte mich am liebsten gleich auf mein Pferd geworfen, um ihm nachzujagen, mußte mich aber doch weiter erkundigen: „Welches Pferd hatte er?"

„Allah verzeih mir die böse Botschaft, die ich euch sagen muß! Aber die Männer fürchteten sich; sie erzählten mir alles und baten mich, es euch zu sagen. Er hatte auf der Milchstute gesessen, und das Mädchen auf dem Falben. Die Frauen haben es gesehen. Das Mädchen war gefesselt, geknebelt und festgebunden."

„Auf dem Falben?" fragte Mohammed er Raman. „Auf welchem?"

„Auf dem, der dir gehört."

Der Scheich stand ganz starr vor Schreck; der Falbe war sein Lieblingspferd, welches der Milchstute Alis an Wert wohl gleichkam. Dann aber bekam er wieder Leben. Mit einem einzigen Satz war er in das Zelt hinein, und im Moment erschien er mit der Kesselpauke. Zwei Minuten später waren alle männlichen Bewohner des Dorfes versammelt. Ein kurzes Verhör genügte, um uns die Situation klarzumachen.

Einige Zeit nach unserem Wegritt war ein Aïun-Mescheer gekommen und hatte verkündigt, daß Omar Altantawi im Begriff stehe, die Gastfreundschaft des Duar in Anspruch zu nehmen. Dieser Scheich war außerordentlich beliebt im Lager, und daher hatte seine Ankunft die Männer alle zu einer Fantasia begeistert. Keiner hatte sich ausschließen wollen, um zurückzubleiben, und selbst der Krumir war mitgeritten. Unterwegs hatte er erklärt, daß er den Scheich Mohammed er Raman aufsuchen wolle, um ihn von der Ankunft seines Bruders zu benachrichtigen. An diese Benachrichtigung hatte bisher gar niemand gedacht, und daher ließ man ihm seinen Willen. Da seine Uëlad Hamema mit bei der Truppe blieben, so hegte man nicht den geringsten Argwohn gegen ihn.

Er war aber, sobald er sie aus dem Gesicht verloren hatte, direkt nach dem Duar geeilt und hatte den Falben des Scheichs gesattelt, ohne daß dies von einer Frau beobachtet worden wäre. Plötzlich aber hatte sich ein lautes Geschrei erhoben, und als man nachsah, von wem es herrührte, hatte man den Krumir erblickt, welcher mit der gefesselten Mochallah zu den Pferden eilte. Die Frauen hatten ihn zurückhalten wollen; als er sie jedoch mit seinen Waffen bedrohte, entsank ihnen der Mut. Nun hatte er dem Mädchen einen Knebel in den Mund gesteckt, sie auf das Pferd festgebunden und noch ein Säckchen mit Datteln zu sich genommen. Dann war er fortgeritten, und zwar in südlicher Richtung nach dem Dschebel Tibuasch zu.

Mittlerweile hatten die Mescheer und Sebira den Scheich Omar Altantawi getroffen und eine große Fantasia begonnen. Während dieses fröhlichen Scheingefechtes hatten die wenigen Hamema, welche mit waren, einen wilden Erneb – Hasen – aufgejagt, den sie zum Scherz zu verfolgen begannen. Sie entfernten sich während dieser Verfolgung auf ihren leichtfüßigen Pferden immer mehr von den andern und waren ihnen endlich gar aus den Augen verschwunden. Als diese dann mit ihrem Gast im Lager anlangten, erfuhren sie die Flucht des Krumirs und ahnten sofort, daß das Verschwinden der Uëlad Hamema ein absichtliches gewesen sei. Den Plan dazu hatte ihnen der Krumir wohl mitgeteilt, und der Hase war ihnen recht willkommen gewesen, da er dazu dienen konnte, ihre Absicht zu bemänteln.

Nun hatte ein ungeheurer Schrecken die Männer erfaßt. Einige rieten, dem Krumir sofort nachzujagen; andere meinten, man müsse zuvor uns benachrichtigen; noch andere glaubten, es sei am besten, so zu tun, als ob man gar nichts wisse. Man stritt hin und her; darüber verging die kostbare Zeit. Dann wurde der

Löwe gebracht, dessen Erscheinen das ganze Lager so in Anspruch nahm, daß man darüber den Krumir vergaß. Als man endlich wieder an ihn dachte, wurde beschlossen, dem Scheich Omar Altantawi die Sache vorzustellen und ihn zu bitten, uns schleunigst aufzusuchen, und so die ersten Schläge des zu erwartenden Gewitters auf sich zu laden. Unterdessen aber waren wir nun selbst eingetroffen. So war eine ganze Reihe von Fehlern begangen worden, die nun leider nicht wieder ungeschehen gemacht werden könnten.

Mohammed er Raman wütete vor Zorn wie ein angeschossenes Wild. Er fluchte auf den eidbrüchigen Krumir und schimpfte auf seine nachlässigen Mescheer. Scheich Ali en Nurabi schwur bei allen Bärten der ganzen Welt, daß er seine Uëlad Sebira erschlagen werde. Mein armer Achmed es Sallah suchte Trost und Hilfe bei mir, der ich allerdings auch nicht gerade voll salbungsvoller Ergebenheit war. Der Ruhigste von allen war der Engländer. Er lag sehr bequem auf seinem alten Teppich, kreuzte seine ewigen Beine übereinander und meinte mit schadenfrohem Lachen: „Schön! Ausgezeichnet! Nun geht das Abenteuer wieder los. Es wäre ja sonst alle gewesen. Verteufelter Schurke, dieser Krumir! Gefällt mir sehr, dieser Spitzbube! Yes!"

Die Flucht Saadis el Chabirs hatte mit einem Schlag die ganze Physiognomie des Lagers verändert. An unsere Jagderfolge dachte kein Mensch; statt der versprochenen Diffa gab es eine sehr stürmische Beratung; statt der Freude herrschte Ärger, und anstatt der friedlichen Stimmung, auf welche ich seit meinem letzten Schuß sicher gerechnet hatte, hörte man gegenseitige Vorwürfe, welche allerdings ihrer vollen Berechtigung nicht entbehrten. Am zornigsten zeigten sich die beiden Scheichs Ali en Nurabi und Mohammed er Raman. Der erstere hatte seine dreißig unbedachtsamen Krieger versammelt und hielt ihnen unter aufgeregten Gestikulationen eine Strafrede, welche nichts zu wünschen übrig ließ. Und der letztere tat ganz dasselbe mit seinen Mescheern, die er Hunde, Memmen, Feiglinge, alte Weiber, Läuse, Kröten und Schweine nannte, die eigentlich von Abu 'l Afrid und el Areth hätten gefressen werden müssen. Dazwischen wurde auch nach den Waffen und Pferden gerannt, um dem Menschen nachzujagen, welcher sich so des außerordentlichen, todeswürdigen Verbrechens schuldig gemacht hatte, seinen Eid zu brechen und seinen Gastfreund zu bestehlen.

Omar Altantawi gab sich alle Mühe, in diese Verwirrung einige Ordnung zu bringen, und ich unterstützte ihn dabei. Aber nur mit Widerstreben ließ man sich belehren, daß vor allen Dingen eine ordentliche Beratung stattfinden müsse, während eine unüberlegte und übereilte Verfolgung alles verderben könne. Infolgedessen schieden sich die Ältesten von den andern aus und versammelten sich zur Besprechung.

„Rede du, Emir!" sagte Mohammed er Raman zu mir. „Du hast den Vater des obersten Teufels besiegt, du wirst auch den Räuber meines Pferdes fangen. Ich weiß, daß du ihn bereits gefangen hättest, ehe er unser Duar erreichte, wenn man dir gehorcht hätte."

Das war wenigstens eine vernünftige Rede, die mir alle Hoffnung gab, daß man nicht wieder ganz ungeeignete Vorkehrungen treffen werde. Darum antwortete ich: „Du bist ein Liebling des Propheten, o Scheich, denn dein Auge ist geöffnet für das, was gut und heilsam ist. Laßt euer Herz frei sein vom Zorn, ihr Männer, damit eure Gedanken nur das beschließen, was zu eurem Besten dient. Hört meine Rede; seht, ob ihr sie befolgen wollt! Ihr habt mir gehorcht, als wir gegen el Areth und Abu 'l Afrid nebst ihren Frauen rüsteten, und darum haben wir sie besiegt; handelt ihr auch jetzt nach meinen Worten, so glaube ich, daß wir den Räuber fangen werden. Das aber sage ich euch: ich habe keine Lust, etwas zu unternehmen, von dem ich mir wieder sagen muß, daß es nicht gelingen werde. Sind eure Beschlüsse gut, so reite ich mit, sind sie aber nicht gut, so bleibe ich zurück!"

„Rede!" ertönte es rings herum.

„Hier ist meine Ansicht; der Krumir ist nach Süden gewichen; wir müssen zwei Abteilungen bilden; die eine folgt ihm unverzüglich, um ihn festzunehmen, sobald sie ihn erreicht, und die andere eilt zu den Hamema, um ihm dort zuvorzukommen, wo er ein Asyl suchen will. Sind die Mescheer mit den Hamema befreundet?"

„Wir leben in Frieden mit ihnen", antwortete Mohammed er Raman.

Und Omar Altantawi gab eine Antwort, welche noch besser klang: „Die Beni Hamema wohnen jetzt jenseits des Dschebel Rakmat und des Dschebel Sihdi Ali Ben Aïun. Ihre Dörfer gehen zwischen den Bergen von Segedal, el Bageri, el Meheri und der großen Sebcha el Dscherid bis zum Lande der Neffeti und an das Meer, welches die Abendländer den Golf von Gabes nennen. Ihr berühmter Häuptling ist der alte Scheich Jamar es Sikkit, welcher sich im Lager von Sellum befindet, das gegen Feriana liegt . . ."

„Sellum und Feriana gehören doch nicht in das Gebiet der Hamema“, unterbrach ich ihn.

„Du hast recht“, antwortete er; „aber es wird dort ein großer Kamel- und Pferdemarkt gehalten, auf dem die Hamema immer die ersten sind. Sie treffen immer zwei Wochen eher ein, als die anderen Stämme. Der Krumir kennt diesen Markt, und ich glaube, daß er seinen Ritt ganz sicher von hier nach dem Dschebel Sellum lenkt.“

„Kennst du Jamar es Sikkit?“

„Er ist mein Freund; wir haben das Blut unserer Arme miteinander gewechselt.“

„So bist du der Mann, den wir gebrauchen können. Hast du gute Pferde mit?“

„Ich habe vier Pferde, welche von derselben Güte sind wie der Falbe meines Bruders, den der Krumir mitgenommen hat. Aber diese Pferde sind in Fesschia geblieben.“

„Wir brauchen sie, um den Krumir einzuholen. Willst du sie uns leihen, Omar Altantawi?“

„Leihen? Ich werde selbst mitreiten. Du hast Dschumeilah, mein Kind, errettet; wo du bist, da bin auch ich. Wollt ihr mich mit euch nehmen?“

„Du wirst uns willkommen sein! Mohammed er Raman, hast du Pferde, von denen du glaubst, daß sie schnell genug sind, den Falben einzuholen?“

„Ich zähle fünf von solchen Tieren, aber der Falbe wird ihnen doch wohl überlegen sein.“

„Du darfst nicht vergessen, daß der Krumir seine Hamema bei sich hat, welche nicht so gut beritten sind. Sie sind ganz sicher zu ihm gestoßen, und er muß seine Eile mäßigen, um sie zu seinem Schutz bei sich zu behalten. Also hört die Vorschläge, welche ich euch zu machen habe: Wir dürfen nicht viele Leute mitnehmen, welche gar noch schlecht beritten sind. Darum gehen unsere sechzig Uëlad Sebira sogleich wieder nach ihrem Duar zurück in Seraïa bent.“

Dies wollte Ali en Nurabi nicht zugeben, aber er wurde überstimmt. Die Mescheer hatten ganz dieselbe Ansicht wie ich, daß einige Reiter, welche gute Pferde unter sich hatten und sich ein Ansehen zu verschaffen wußten, sich viel leichter in den Besitz des Räubers und seines Raubes zu setzen vermöchten als eine große Schar, welche das Mißtrauen derer, denen sie begegneten, erregen mußten. Ali en Nurabi erhielt überdies die Versicherung, daß die Mescheer ebenso für seine Sache kämpfen würden, als ob sie seine Untergebenen seien. Dieser Punkt war also angenommen.

„Nun teilen wir uns“, fuhr ich fort. „Mein Pferd und das von Achmed es Sallah, die fünf Pferde hier und die vier in Fesschia, das sind elf Pferde, vollständig genug zur Verfolgung des Krumirs. Von den fünf Pferden des Duars nimmt Mohammed er Raman eines und der Emir aus Inglistan, der einstweilen das seinige zurücklassen wird, eins; auch der Scheich Ali en Nurabi macht sich hier neu beritten; zwei bleiben übrig für zwei tapfere Krieger, welche wir aus dem Duar auswählen. Wir brechen sofort auf, um die Spur des Krumirs zu verfolgen, und Scheich Omar Altantawi reitet eiligst nach Fesschia zurück, um mit seinen vier Pferden, wozu er noch drei Männer von den seinigen auswählt, zu uns zu stoßen. Wie weit ist Fesschia von hier?“

„Ich werde es in ein und einer halben Stunde erreichen, da Not vorhanden ist“, antwortete Omar. „Gewöhnlich reitet man über vier Stunden. Soll ich aufbrechen?“

„Warte noch! Wir müssen erst erfahren, auf welche schnelle Weise du uns erreichen kannst. – Nun ist noch eine andere Abteilung nötig, welche sich nach Abaïd, Melhila, Tiuasch, Caraat el Aatasch, Margeba, Safia, Rakmat, Sihdi Ali Ben Aïun, Gwasera, Segedal, el Bagera und Meheri verteilt, um die dortigen Duars zu warnen, den Räuber aufzunehmen. Auf diese Weise bleibt er ohne Schutz und wird uns ganz sicher in die Hände fallen. Mohammed er Raman und Omar Altantawi geben diesen Boten ihre Beglaubigung mit, damit ja keinerlei Zweifel entstehen kann. Wir elf aber bewaffnen uns gut und nehmen möglichst viel Proviant und Munition zu uns, um auch für einen längeren Zug möglichst unabhängig zu bleiben. – Dies sind die Vorschläge, die ich euch zu machen habe. Entschließt euch kurz, denn unsere Zeit ist kostbar!“

Omar Altantawi und Mohammed er Raman stimmten mir sofort bei; infolgedessen zeigten sich auch die andern einverstanden, und so wurden die notwendigen Vorbereitungen in aller Eile getroffen. Zunächst traten die Uëlad Sebira zusammen, um ihren Rückweg anzutreten. Sie hatten teilgenommen an dem weiten Ritt, ohne uns irgendeinen nennenswerten Vorteil zu bringen. Sie zeigten einige Sorge darüber, wie sich die Khramemsa bei einer Begegnung zu ihnen verhalten würden, doch beruhigte sie der Hinweis auf das Versprechen des Scheichs derselben. Das wiedergewonnene Bischarinhedjihn nahmen sie mit, da wir es nicht brauchen konnten.

Sodann wurden die Eilboten nach den verschiedenen Duars abgefertigt, und dann stiegen auch wir zu Pferde. Zuvor hatte ich natürlich Abschied von Dschumeilah genommen; derselbe war ein sehr kurzer, da ihr Vater zugegen war. Sie gab mir ihre besten Wünsche mit und versprach mir, für mich zu beten.

Wir waren jetzt acht Reiter. Die Spur des Krumirs wurde sehr bald gefunden. Sie führte an einen Bach und folgte über eine Stunde lang dem Lauf desselben. In der Nähe des Dschebel Rökada aber bog sie rechts nach Westen ab. Es war klar, daß Saadis el Chabir die Absicht hegte, den Rökada und Semata zu umreiten, um dann entweder den Dschebel Margeba oder über Sihdi bu Ghanem den Dschebel Sebess zu erreichen. Dies letztere war sicherlich der Fall, wenn er nach dem Markt von Sellum gehen wollte. Doch schien mir dies, ganz entgegengesetzt der Ansicht des Scheichs Omar Altantawi, nicht sehr wahrscheinlich zu sein; denn Sellum konnte dem Räuber doch keine sichere Zufluchtsstätte bieten, weil hier die Angehörigen sehr verschiedener Stämme zusammenkamen.

Bis jetzt hatte Omar ganz denselben Weg mit uns gehabt; nun aber mußten wir nach Westen biegen, während sein Ziel im Süden lag.

„Wo werde ich mit meinen vier Pferden euch treffen?" wandte er sich an mich.

„Unsere Spur umgeht den Rökada im Norden und wird sich dann jedenfalls wieder nach Süden bis zum Schemata ziehen. Wenn du von Fesschia gerade nach Sonnenuntergang reitest, wirst du ganz sicher auf unsere Fährte stoßen. Wir werden von Zeit zu Zeit einen Zweig in die Erde stecken, damit du dich gar nicht zu irren vermagst."

„Du glaubst nicht, daß ich euch verfehlen kann?"

„Das ist unmöglich. Wie lange reitest du von Fesschia, welches auf den Bergen liegt, bis du in die westliche Ebene kommst?"

„Eine Stunde."

„So werden wir, da wir einen Umweg machen, gar nicht lange auf dich zu warten haben."

Er gab seinem Pferde die Sporen; wir taten dasselbe, und bald hatten wir uns aus den Augen verloren. Darauf dauerte es nicht mehr sehr lange, so trafen wir auf die Fährte der sechs Uëlad Hamema, welche hier mit derjenigen des Krumirs zusammentraf. Sie hatten also wirklich im Einvernehmen mit ihm ihre Entfernung von den Mescheern bewerkstelligt. Dann überschritten wir die Karawanenstraße, welche die südliche er Ramada durchschneidet, um die Hamada el Uëlad Ayar von Makten und Ras bu Falha aus über Haru el Haschem mit dem algerischen Tebessa zu verbinden. Gleich hinter derselben bog die Spur nach Süden ab, wodurch also meine Vermutung als richtig bestätigt wurde. Es war wirklich zu bewundern, daß Saadis el Chabir gar nicht daran gedacht hatte, seine Fährte zu verbergen oder unkenntlich zu machen. Sie lag so offen und klar vor uns, daß selbst der Unerfahrenste sich unmöglich in ihr irren konnte. Er mußte doch bereits erfahren haben, daß eine solche Sorglosigkeit zu seinem eigenen Schaden sei.

Es dauerte jedoch nicht lange, so sollte ich anderer Meinung werden. Als wir nämlich bereits so weit gekommen waren, daß wir die Vorberge des Hochplateaus von Sihdi bu Ghanem sich vor uns erheben sahen, begann der Boden felsig zu werden, und die Spur war nur zuweilen an einem aus seiner ursprünglichen Lage gestoßenen Steinchen, einer kaum sichtbaren Einschärfung oder einer ganz unbedeutenden Abrutschung zu erkennen. Ich mußte allen Scharfsinn aufbieten, um sie zu entdecken, und so kamen wir nur Schritt um Schritt vorwärts. Endlich, nach über einer halben Stunde, kamen wir wieder auf erdiges Terrain, aber – ich blieb augenblicklich halten, denn ich erkannte die Hufeindrücke von nur zwei Pferden.

„Halt!“ gebot ich; „berührt mir diese Ethar – Fährte – nicht!“

Ich stieg ab und maß. Der Krumir war doch endlich auf den klugen Gedanken gekommen, uns zu täuschen.

„Was siehst du?“ fragte Mohammed er Raman.

„Daß wir auf einer falschen Spur sind.“

„Marschallah, du hast dich täuschen lassen!“

„Ich werde nie getäuscht! Reitet einige hundert Schritte zurück! Ich muß diesen Felsen genauer untersuchen. Nur Achmed es Sallah mag hinter mir bleiben.“

Dieses letztere verlangte ich, um den Glauben zu erwecken, daß der brave Achmed wirklich etwas von der regelrechten Verfolgung einer schwierigen Fährte verstehe.

Ich bog rechts von der bisherigen Richtung ab, konnte aber trotz aller Sorgfalt nicht das Geringste bemerken. Ich ging also nach links hinüber und suchte. Meine Aufgabe war nicht leicht, da die Pferde der Verfolgten alle barfuß gingen. Hätten sie Eisen getragen, so wären genug sichtbare Eindrücke hinterlassen worden. Endlich, nach ziemlich langem Forschen, bemerkte ich, was ich suchte.

„Achmed, komm näher!“ sagte ich. „Ich will einmal sehen, ob du eine Fährte entdecken kannst. Suche hier!“

Er tat es, aber vergeblich.

„Sihdi, ich sehe nichts. Der Felsen ist hart und glatt, daß kein Huf ein Zeichen zurückzulassen vermag.“

„Und doch! Blicke hier hernieder. Was siehst du?“

Er bückte sich und sah scharf hin.

„Ein ganz wenig Mehl, wie von einem zermahlenen Steinchen.“

„Richtig! Es war wirklich ein Steinchen, welches zermahlen wurde. Siehe genau hin, wie es zerrieben wurde! Geschah dies durch einen geraden Stoß von oben oder auf eine andere Weise?“

„Es sieht aus, als ob das Steinchen dadurch zerrieben wurde, daß sich jemand mit der Ferse darauf drehte.“

„So ist es. Es hat jemand darauf getreten und sich dabei auf der Ferse gedreht. Bei welcher Gelegenheit aber muß dies geschehen sein?“

„Sihdi, wie kann ich das wissen? Ich bin nicht dabeigewesen.“

„Wenn jemand sehr vorsichtig und langsam vom Pferd steigt, so berührt er zunächst mit dem rechten Fuß die Erde, und indem er den linken aus dem Steigbügel zieht, um ihn auf den Boden zu setzen, wird sich der rechte ein wenig drehen, aber einen bedeutenden Druck ausüben, weil das ganze Gewicht des Körpers auf ihm ruht. Ist dieser rechte Fuß nun zufälligerweise auf ein kleines Steinchen zu liegen gekommen, und besteht der Boden aus einem so harten Felsen wie dieser ist, so wird das Steinchen zerdrückt und zerrieben werden. Daraus folgt zunächst, daß einer der Reiter hier sehr vorsichtig und behutsam von seinem Pferd gestiegen ist. Warum aber behutsam, Achmed?“

„Damit der Huf des Pferdes dabei keine Spuren macht. Habe ich es erraten, Sihdi?“

„Ja. Es ist ganz derselbe Grund, wegen dessen der Reiter überhaupt abgestiegen ist; er hat das Pferd erleichtern wollen, damit jeder Hufeindruck vermieden werde. Nun aber müssen wir erfahren, ob auch die andern abgestiegen sind.“

„Wie willst du dies erfahren?“

„Ich werde suchen.“

Ich forschte weiter und machte recht bald einen zweiten Fund: „Schau hier, Achmed, was ist das?“

„Eine Schlange, mit einem Messer in den Stein gezeichnet.“

„Nicht mit einem Messer, sondern entweder mit einer eisernen

Lanzenspitze oder mit dem Fersenstachel. Die Hamema haben statt der Sporen eiserne Stachel, wie du gesehen haben wirst. Es ist einer hier abgestiegen und ausgeglitten; hierbei hat der Stachel den Boden geritzt. Oder der Mann hat die Spitze seiner Lanze während des Absteigens aufgestemmt und ist mit derselben ausgerutscht. So ist die Schlangenlinie entstanden. Zwei also sind vom Pferd gestiegen, folglich die übrigen wohl auch. Die Tiere sollten so leicht wie möglich auftreten können." Ich suchte weiter. „Sag den Männern, daß sie langsam folgen sollen!"

Ich folgte der jetzt eingeschlagenen Richtung weiter und gewahrte bereits nach fünf Minuten da, wo der Stein in weicheres Erdreich überging, abermals die Spuren zweier Pferde. Nun erriet ich sehr leicht das Experiment des Krumirs und rief meine Begleiter herbei.

„Was hast du gefunden?" fragte Ali en Nurabi.

„Daß der Krumir doch nicht so unvorsichtig ist, wie ich dachte", antwortete ich. „Er hat sich sehr viel Mühe gegeben, uns in die Irre zu führen."

„Hast du seine Spur verloren?"

„Nein. Seht euch einmal diese Gegend an! Der felsige Boden, welcher nun hinter uns liegt, geht hier in ein weicheres Erdreich über. Die Grenze zwischen dem Stein und der Erde ist ziemlich scharf und geht hier links hinüber, indem sie einen weiten, halbkreisförmigen Bogen bildet. Um uns nun von sich abzulenken, ist Saadis el Chabir mit seinen Leuten vom Pferd gestiegen, damit die Tiere leicht auftreten konnten und möglichst jede Spur vermieden, hat sich längs dieser Grenze auf dem harten Boden hingeschlichen und von Zeit zu Zeit zwei seiner Reiter von sich abgeordnet. Auf diese Weise müssen vier verschiedene Fährten entstehen, von denen eine jede nach einer andern Richtung geht. Entweder stoßen sie später wieder zusammen, oder der Krumir setzt mit Mochallah seinen Weg allein fort und hat sich von den andern gänzlich getrennt; in der Hoffnung, daß wir einer von ihren Spuren folgen werden und ihn also auf diese Weise entkommen lassen. Zwei Fährten habe ich bereits entdeckt; die beiden andern werden wir sicher auch bald sehen, wenn wir immer an der Grenze zwischen dem Felsen und dem lockern Boden hinreiten. Es soll ihm nicht gelingen, uns zu betrügen. Kommt und folgt mir weiter!"

Ich ging voran und fand auch bald die dritte Fährte. Als ich mein Papier auflegte, fand es sich, daß sie nur von zwei Hamema herrührte. Jetzt war also nur noch eine Spur zu erwarten, und diese mußte nun dem Krumir angehören.

Während wir der jetzigen Richtung weiter folgten, sahen wir hinter uns vier Reiter auftauchen. Es war Omar Altantawi mit seinen drei Mescheern, welche sich als außerordenlich gut beritten zeigten. Nachdem sie begrüßt und über den Grund unseres langsamen Vorrückens unterrichtet waren, setzten wir die Suche fort.

Es dauerte lange, lange, ehe ich endlich die gesuchten Hufeindrücke fand. Mein Papier paßte ganz genau in die Stapfen des einen Pferdes; dieses war die Milchstute gewesen, und um ganz sicher gehen zu können, riß ich ein neues Blatt aus meiner Zeichenmappe, um mir auch von dem Falben eine genaue Abbildung der Hufe zu verschaffen.

Nun aber ging es mit verdoppelter Eile auf der neu entdeckten Fährte weiter, denn wir hatten eine nicht unbedeutende Zeitversäumnis einzubringen. Ich war begierig zu erfahren, welche Richtung der Krumir nun eingeschlagen haben würde, denn aus dieser Richtung konnten wir auf seine Pläne schließen. Nach Verlauf von kaum einer Stunde war ich mir über sie im klaren.

Von Dschebel Sebissa, an der algerischen Grenze, Tebessa gegenüber, zieht sich ein bisher noch wenig bekanntes Flußgebiet quer durch Tunesien bis zur Sebcha Sihdi el Hani, welche auch der See von Kairuan genannt wird, im Osten des Landes. Mehrere, wenn auch unbedeutende Wasserläufe münden von Süden und von Norden her in dieses Gebiet, und einer der vornehmsten dieser Zuflüsse ist der Sufletwa, welcher am Dschebel Semeta entspringt, etwa vierzig Kilometer weit gerade nach Süden geht und dann unterhalb des Ortes Sbeitla oder Sufletwa nach Osten biegt. Wir fanden, daß der Krumir sich an dem rechten Ufer dieses Flüßchens immer abwärts gehalten hatte. Das war die Richtung nach dem Dschebel Margeba, an dessen Flut eine Ferkah der Mescheer ihre Herden weidete. Auch dorthin hatten wir Boten gesandt, und es kam nur darauf an, wer eher ankam, er oder sie. Er hatte die besseren Pferde für sich, sie aber die gerade Richtung über den Tiuasch und die südwestliche Hochebene des Haluk el Melbila. Sie ritten jedenfalls die ganze Nacht, während er, um das Mädchen zu schonen, wahrscheinlich ein Lager nehmen mußte.

Wir konnten unsere Pferde anstrengen und trotz der Aufmerksamkeit, welche ich auf die Spur zu verwenden hatte, in der Stunde über eine deutsche Meile zurücklegen. So kamen wir gegen Sonnenuntergang an dem östlichen Ausläufer der Semmema Amram vorüber und hielten, als es dunkel war, in der Nähe des

Karawanenweges zwischen Sbeitla und Semela de Feraschisch an, um die Nacht vorüberzulassen.

Bei Tagesanbruch saßen wir bereits wieder im Sattel. Es gab hier Grasland ringsumher, und darum waren die gestrigen Spuren des Krumirs noch zu erkennen. Zu meiner Verwunderung aber führten dieselben nicht nach Margeba, sondern rechts ab auf das Belad Aatasch zu. Es lag also in seiner Absicht, alle Stämme der Mescheer zu vermeiden und direkt zu den Hamema jenseits Sihdi Ali Ben Aun zu gehen. Es lag mir sehr daran, hierüber Gewißheit zu erlangen, besonders als ich, bei seinem Lagerplatz angekommen, bemerkte, daß er nur kurze Zeit ausgeruht hatte und bereits vor Mitternacht wieder aufgebrochen war. Er hatte dadurch seinen Vorsprung um wenigstens drei Stunden vergrößert.

Mit anhaltender Eile vorwärts strebend, hatten wir das Flußtal von Aatasch bald erreicht, setzten über das seichte und nicht sehr breite Wasser und langten noch am Vormittag auf der Höhe der Nubaberge an. Von hier aus lief die Spur nach Südosten in die große Vorebene von ed Deban hinab, und nun war ich meiner Sache gewiß.

Ich hielt an und stieg ab, um die Pferde einige Minuten ausruhen zu lassen.

„Scheich Omar Altantawi", fragte ich, „du weißt sicher, daß Jamar es Sikkit, der alte Scheich der Hamema, sich im Lager zu Sellum befindet?"

„Ja."

„Wie lange brauchst du von hier aus, um das Lager zu erreichen?"

„Man reitet wohl fünf Stunden, aber in der Not brauche ich nicht zwei."

„Und wie weit wird es von hier aus nach dem ersten Duar der Hamema sein, welches dort jenseits der Ebene bei Ben Aun liegt?"

„Man reitet sieben Stunden; bei unserer Schnelligkeit aber erreichen wir den Ort ganz sicher in drei."

„Dieser Krumir ist hier links hinab nach Ben Aun; er befindet sich wohl bereits unter dem Schutz der Hamema, denn er hat wenigstens fünf Stunden Vorsprung, und unsere Boten können unmöglich bereits dort angekommen sein."

„Emir, so müssen wir rasch nach Sellum reiten und den alten Scheich holen!"

„Das wollte ich ja auch sagen. Nur er kann uns helfen; aber

wir müssen bis dahin den Krumir festhalten und beaufsichtigen. Zwei Mann nach Sellum sind genug. Nimm einen deiner Mescheer und reite hinüber, während wir andern hier weitergehen. Wenn deine Zeitangaben richtig sind, so reitet man von Sellum bis Ben Aun höchstens sechs Stunden, und du kannst also mit dem Scheich bereits vor Sonnenuntergang wieder bei uns sein."

„Oh, Effendi, von Sellum nach Ben Aun geht ein sehr guter Karawanenweg. Wenn ich Jamar es Sikki, gleich finde, werde ich noch früher bei euch eintreffen. Seid guten Mutes! Die Hamema kennen meine zwei Männer, welche bei euch sind, sie werden sich nicht weigern, das zu tun, was ihr von ihnen verlangt."

Er ritt mit seinem Mescheer nach rechts hinab. Wir gaben unsern Pferden einige Datteln und folgten darauf unserm Weg. Es ging alles so, wie ich es vermutet hatte, auch die Berechnung Altantawis stimmte, und kurz vor der Mittagszeit erblickten wir von fern den ersten Reiter, der auf die Nähe eines Duars schließen ließ. Bald gesellten sich mehrere und noch mehrere hinzu, die zu einer Truppe anwuchsen, welche uns im brausenden Galopp engegenkam. Wir wurden von ihnen umringt. Ali en Nurabi ergriff das Wort: „Salam aleikum! Zu welchem Stamm gehöret ihr?"

„Wir sind Hamema vom Ferkah Feran", antwortete einer.

„Wie heißt der Scheich dieser Ferkah?"

„Jamar es Sikkit Ben Mulai Halefis Bukadani. Und ich bin Sar Abduk Ben Jamar es Sekkit, der Anführer dieser Männer."

„So bist du der Sohn des Scheichs. Wir hören, daß er sich im Lager von Sellum befindet?"

„Ihr habt recht gehört. Wollt ihr zu ihm?"

„Wir wollen in euer Duar, um euch um Brot und Salz zu bitten."

„Wer seid ihr?"

„Ich bin Ali en Nurabi, der Scheich der Rakba vom Ferkah Uëlad Sebira. Dieser Scheich ist Mohammed er Raman, der Anführer der Mescheer vom Dschebel Schefera; diese beiden Männer sind Emire aus dem fernen Frankistan, und die andern sind Mescheer, die uns begleiten."

„Ich kenne euch", antwortete der Hamema stolz. „Ihr werdet weder Salz noch Brot mit uns essen, denn ihr seid die Feinde unserer Freunde."

„Du irrst. Wir kommen . . ."

„Schweig!" unterbrach ihn Sar Abduk mit drohender Stimme.

„Du sagtest, daß du Ali en Nurabi seiest, der Scheich der Uëlad Sebira. Seid ihr nicht Feinde der Hamema Uëlad Mateleg, welche ihr auf der Karawanenstraße von Testur nach Kef bekämpfen wollt?"

„Sie wollen die Kaffila berauben, welche unter unserm Schutz steht!"

„Wer hat sie in euern Schutz gegeben? Mohammed es Sadak Pascha! Ihr seid die Knechte eines Paschas geworden und kämpft für elende Krämer mit eurem Blut, um noch elenderes Geld zu erlangen. Ihr seid unsere Feinde und wollt Brot und Salz mit uns essen! Ihr verfolgt unsern Freund und Bruder Saadis el Chabir und verlangt Gastfreundschaft von uns! Ihr wagt es sogar, zwei Giaurs aus Frankistan zu uns zu bringen, um uns, unsere Zelte, unser Duar, Weiber und Kinder zu verunreinigen! Allah verdamme diese ungläubigen Hunde! Ein guter Moslem speit vor ihnen aus und bindet sie an den . . ."

„Speie aus, du Knabe!" unterbrach ich ihn.

Mit einem einzigen Satz meines Pferdes war ich an seiner Seite, faßte ihn beim Genick, riß ihn quer zu mir über den Sattel herüber und setzte ihm das Messer an die Kehle. Ließ ich mir eine so schwere Beleidigung gefallen, so wäre unsere Sache ein für allemal verloren gewesen. Im Nu hatten alle Hamema die Waffen zur Hand, aber auch meine Leute waren schußbereit. Mein Überfall war so schnell, so unerwartet und so kräftig geschehen, daß Sar Abduk sich in meiner Hand befand, ehe er nur daran denken konnte, sich zu wehren. Ich ließ ihn die Spitze meines Messers an der Gurgel fühlen und sprach: „Wärst du nicht der Sohn des Scheichs Jamar es Sikkit, den ich achte und verehre, so würde dich mein Messer an die Brücke es Ssirath – die Brücke, welche die Toten zum ewigen Gericht führt – jagen. Aber ich sage dir, redest du noch ein einziges Wort, welches mir nicht gefällt, so ist deine Seele dem Engel des Todes verfallen. Geh hin, und steige wieder auf dein Pferd!"

Ich ließ die Hand von ihm, und er rutschte von meinem Pferd herab. Er stand da, ganz bleich vor Schreck, vor Scham und Grimm, und starrte mich wie abwesend an. Dann zog er seinen Dolch und drohte:

„Was hast du gewagt, Fremder! Soll ich dich erstechen?"

Ich hielt ihm den Revolver entgegen. „Du mich? Hat dir mein Messer nicht bereits an der Kehle gesessen? Erhebe die Hand, wenn du zu deinen Vätern versammelt sein willst! Es ist besser für dich und euch, wenn ihr in Frieden vernehmt, was wir von euch begehren, denn wir fürchten euch nicht, trotzdem ihr mehr seid als wir, und noch vor Untergang der Sonne wird Jamar es Sikkit von Sellum herüberkommen, um euch zu sagen, daß wir eure Gäste sind."

„Er kommt nicht!"

„Er kommt, sage ich! Kennst du Omar Altantawi, den Scheich der Mescheer von Hadscheb el Aiun und Hamra Kamuda?"

„Ich kenne ihn."

„Ist er euer Feind?"

„Er ist unser Bruder."

„Nun wohl. Er ist mit uns gewesen und jetzt nach Selum geritten, um Jamar es Sikkit, deinen Vater, zu holen."

„Sagst du die Wahrheit?"

„Ein Emir aus Frankistan sagt niemals eine Lüge! Siehe diese beiden Mescheer vom Ferkah des Scheichs Altantawi! Kennst du sie?"

Meine Furchtlosigkeit schien ihm zu imponieren, da er mir so gutmütig Rede stand. Und jetzt, als er die beiden Männer zum erstenmal genau ansah, hatte es ganz den Anschein, als ob er ein wenig verlegen würde.

„Ich kenne sie", antwortete er.

„So wirst du dich wohl hüten, uns feindlich zu behandeln, bevor du die Befehle deines Vaters vernommen hast."

„Was wollt ihr von uns?"

„Beantworte meine Frage: Ist Saadis el Chabir bei euch, der Krumir vom Ferkah ed Dedmaka?"

„Ja."

„Er hat uns zwei Pferde und ein Mädchen geraubt. Wir verlangen, daß du ihn und seinen Raub an uns auslieferst!"

„Er ist unser Führer gewesen auf vielen unserer Wanderungen; er hat heut wieder Salz mit uns gegessen und Wasser mit uns getrunken; wir werden ihn keinem Menschen ausliefern!"

„So wirst du die Verantwortung aller Folgen übernehmen müssen!"

„Ich übernehme sie. Ihr seid unsere Feinde; ihr steht unter der Blutrache, denn ihr habt einen Hamema getötet im Duar von Seraïa bent."

„Er war ein Räuber; er wollte dieses Pferd, auf welchem ich sitze, rauben und einen unserer Männer töten."

„Sein Blut muß dennoch gerächt werden!"

„Aber nicht von euch. Er gehörte nicht zu euch, sondern zum

Ferkah Uëlad Mateleg, das nur in sehr weiter Verwandtschaft zu euch steht."

„Aber er ist ein Hamema. Wir werden euch festhalten und an die Uëlad Mateleg ausliefern."

„Und wenn alle Hamema zusammenträten, um uns zu halten, es würde ihnen nicht gelingen, das sage ich dir. Aber wir werden freiwillig bei euch bleiben, denn wir wollen die Ankunft deines Vaters erwarten. Führe uns in dein Duar!"

„Das tue ich nicht. Bis der Scheich Jamar es Sikket über euch entschieden hat, werden wir euch als unsere Feinde betrachten. Wir werden euch bis vor das Duar führen und dort bewachen, bis er kommt."

„Tue das! Aber ich warne dich, den Krumir entkommen zu lassen. Er mag unter euerm Schutz bleiben, bis der Scheich euch seinen Willen kundgetan hat!"

Die Hamema nahmen uns in ihre Mitte und führten uns bis vor das Duar, welches mitten in der freien Ebene lag. Aber im Südosten sahen wir die Spitzen des Dschebel Gwassera, im Süden die Höhen des Dschebel Maschura und zwischen beiden den einsamen Kamm des Dschebel Segedel am Horizont sich erheben.

Wir lagerten uns nieder, und ließen unsere Pferde rund um uns grasen. Eine weit überlegene Anzahl bewaffneter Hamema umstellte uns; aber keiner von ihnen nahte sich, um ein Wort mit uns zu sprechen oder uns einen Schluck Wasser zu bringen, dessen wir so sehr bedurften. Unser Gespräch drehte sich ganz allein um die Sorge, daß man uns den Krumir entschlüpfen lassen werde, eine Sorge, welche leider nicht ganz unbegründet war. So verging eine Stunde nach der andern; die Sonne sank vom Zenit immer weiter herab, und mit ihr sank auch unsere Geduld. Da endlich sahen wir an einer Bewegung der uns umstellenden Hamema, daß sich auf der Ebene draußen irgend etwas ereigne. Ein Trupp von ihnen verschwand aus der Nähe und kehrte bald mit drei Reitern zurück, unter denen wir Omar Altantawi erkannten; der dritte war jedenfalls der so sehnlichst erwartete Scheich Jamar es Sikkit. Er war ein Siebenziger von hohem, noch ungebeugtem Wuchs; sein faltiges Angesicht war von der Sonne bis zur Lederfarbe verbrannt, und sein dichter, schneeweißer Bart hing ihm bis über die Brust herab.

Wir erhoben uns von der Erde. Er sprang mit seinen zwei Begleitern vom Pferd und erhob bewillkommend die Hände: „Seid mir gegrüßt, ihr Brüder meines Freundes. El Schems – die

Sonne – leite eure Wege und el Kamar – der Mond – bewache die Ruhe eurer Nächte. Eure Väter freuen sich über euern Wandel, und eure Söhne nehmen sich die Taten eures Arms zum Vorbild. Welcher von euch ist der Scheich Ali en Nurabi, der Anführer der Sebira?"

„Ich bin es", antwortete der Genannte.

„Reiche mir deine Hand. Deine Seele ist betrübt von einem großen Verlust; aber tröste dich, denn ich werde dir wiedergeben alles, was man dir genommen hat! Welcher ist Mohammed er Raman, der Scheich der Mescheer?"

„Ich bin es!"

„Reiche auch du mir deine Hand, denn du bist der Bruder dessen, den ich liebe! Du sollst mir willkommen sein heute und allezeit! Wer sind die beiden Emire aus dem Frankenland?"

„Diese beiden sind es", antwortete Omar Altantawi. „Dieser redet die Sprache der Gläubigen, jener aber nicht."

Der Alte blickte mich lange vom Kopf bis herab zu den Füßen an; dann sagte er: „Emir, ich habe viel von dir vernommen. Du fürchtest dich vor einer ganzen Schar von Feinden nicht; du hast den Sihdi el Salßali getötet und Abu 'l Afrid überwunden; du kannst die Darb und Ethar lesen, wie ein Taleb – ein Gelehrter – im Buche liest. Wenn des Abends am Feuer die Lieder von dem Siret el behluwan und den Siret el modschaheddin – den Taten der Helden und den Taten der Kämpfer – ertönen, so wird man auch deinen Namen hören. Allah segne deinen Eingang in mein Lager, obgleich du ihn in einer andern Weise verehrst! Aber Allah illah Allah – Gott ist Gott; er ist derselbe, welchen Namen man ihm auch geben kann. Sage dem andern Emir, der meine Worte nicht versteht, daß er mir und den Meinen willkommen ist!"

„Ich danke dir, Jamar es Sikkit! Dein Herz ist erfüllt von Güte, und dein Seele ist die Wohnung der Weisheit und des Verstandes. Wir sind bisher zurückgewiesen worden von den Deinen; aber du läßt Gerechtigkeit walten und gibst der Wahrheit die Ehre, wie es der Prophet geboten hat. Geleite uns in dein Zelt, denn es verlangt mich, Worte der Freundschaft zu sprechen mit dem weisesten und berühmtesten Scheich der Hamema!" antwortete ich.

„Setzt euch wieder auf!" bat er. „Solche Gäste sollen ihre Füße nicht bestäuben, wenn sie einziehen in das Duar Sikkits, des Hamema."

Wir stiegen also wieder zu Pferde und ritten in das Lager ein. Am Eingang zu demselben erwartete uns Sar Abduk, der Sohn des Scheichs. Seine Miene war eine finstere. Er sah, wie willkommen wir seinem Vater waren, und versteckte seine Verlegenheit hinter einem unwilligen Angesicht.

„Mein Sohn“, gebot es Sikkit, „heiße meine Gäste willkommen, denn sie sind auch die deinigen!“

Der Angeredete gehorchte und reichte uns allen die Hand; dann schloß er sich uns an, während wir durch das Lager ritten. Vor dem großen Zelt des Scheichs angekommen, stiegen wir ab, und auf den Wink des Anführers regten sich viele Hände, um unsere Pferde in Empfang zu nehmen, und Matten zu den nötigen Sitzen herbeizuschaffen. Das alles hatte einen recht patriarchalischen Anstrich. Hätten Palmen dagestanden, so wäre man versucht gewesen zu glauben, daß man im Hain Mamre bei Abraham bewillkommnet werde. Jamar winkte einen jungen Beduinen herbei.

„Man schlachte von meinen Lämmern und bereite für meine Gäste ein Mahl, wie es dem Hungrigen gefällt!“ befahl er.

Ich aber hielt es für geraten, dagegen noch zu protestieren: „Erlaube, o Scheich, daß nicht eher eine Speise über unsere Lippen komme, als bis die Sache erledigt ist, wegen der wir zu dir gekommen!“

„Herr“, antwortete er, „ich sehe, daß du handelst wie ein Mann, dem Allah die Kraft des Willens und der Tat verliehen hat. Ich würde gerade so tun wie du, und dein Wunsch soll erfüllt werden.“ Er wandte sich zu seinem Sohn: „Man rufe Saadis, den Krumir, herbei!“

In dem Gesicht des jungen Mannes zuckte es eigentümlich, und erst nach einer kleinen Weile antwortete er: „Er ist nicht hier.“

Wir traten alle bei diesen Worten einen Schritt näher. Der Alte runzelte die Stirn und sagte: „Nicht hier? Wo ist er?“

„Fort.“

„Allahi! Warum?“

„Weil er hörte, daß diese Männer angekommen seien.“

„Was hat er mitgenommen?“

„Das Mädchen.“

„Und auch die beiden Pferde, auf denen er kam?“

„Ja.“

„Allah ’l Allah, ia Allah! Und du hast ihn fortgelassen!“ brauste der Scheich auf. „Ist dein Verstand finster geworden, daß deine Gedanken solche falsche Pfade wandeln? Du vernichtest meinen Namen und zerstörst den Ruhm meines Hauses. Du bist der älteste meiner Söhne, aber der jüngste unter ihnen hätte klüger gehandelt!"

Sar Abduks Augen funkelten. „Konnte ich ihn zurückhalten!" fragte er zornig. „Er war unser Gast und unser Bruder. Was gingen mich die Sachen dieser Männer an, die mich vom Pferd rissen und mir mit dem Messer drohten!"

„Wer hat das getan?"

„Ich", antwortete ich. „Sar Abduk nannte uns Giaurs, welche Allah verdammen müsse, und die man anspeien solle. Würdest du dies dulden, Scheich? Allah hat mir die Kraft der Arme gegeben, wie sie kein Hamema besitzt; ich nahm den Lästerer vom Pferd und legte ihm das Messer an die Kehle, um ihm zu zeigen, was er eigentlich verdient habe. Aber weil er der Sohn des Sikkits war, gab ich ihn wieder frei. Anstatt mir nun zu danken, verklagt er mich, daß ich gütig und barmherzig gegen ihn war."

Der Scheich blickte lange vor sich nieder. Kein Zug seines ehrwürdigen Angesichts verriet die Gedanken, die ihn jetzt beschäftigten, und die Gefühle, welche ihn bewegten. Dann fragte er den Sohn: „Wußtest du, daß Omar Altantawi mich holen wollte?"

„Ja", antwortete er zögernd.

„So durftest du nichts tun und nichts erlauben, bevor ich selbst gekommen war. Du hast mein Angesicht beschämt und wirst die Strafe büßen müssen! Wohin hat sich der Krumir gewendet?"

„Er will von hier nach dem Dschebel Sihdi Aisch, dann nach dem Uëlad Schahia, um über Seddada, Toser, Nefta, Sidi Khalifat und Tarsud nach Tuggurt zu gelangen."

„Hat er dir einen falschen Weg gesagt?"

„Nein."

„So will ich dir deine Strafe sagen: Du nimmst unsere schnellsten Pferde und so viele Krieger, als du bedarfst, und jagst ihm augenblicklich nach. Wo du ihn triffst, da nimmst du ihn gefangen oder tötest ihn. Nie sollst du wieder vor mein Angesicht kommen, als wenn du das Mädchen und die beiden Pferde zurückbringst. Ich schwöre es bei Allah und Mohammed, dem Propheten!"

„Gefangen nehmen oder töten?" rief der Sohn. „Er ist unser Gast!"

„Nein, er ist nicht mehr unser Gast. Wäre er es noch, so hätte er seinen Raub zurückgeben müssen, in selber aber hätte keiner anrühren dürfen. Nun aber hat er unsere Zelte verlassen; er steht unter seinem eigenen Schutz."

„Aber er war unser Führer!"

„Er war es, aber er ist es nicht mehr. Er hat zweimal seinen Schwur gebrochen und zweimal die Gastfreundschaft mit einem Raub belohnt, wie ich von Omar Altantawi erfahren habe; er soll von jetzt an sein wie die Hyäne, welcher man keine Kugel gibt, sondern die man mit dem Knüttel totschlägt. Laß die Pferde satteln, denn es ist keine Zeit zu verlieren. Meinen Schwur hast du gehört, und, bei den Gebeinen meiner Väter, ich werde ihn halten!"

Da widersprach Mohammed er Raman: „Laß deine Krieger hier, o Scheich! Glaubst du, wir könnten andern überlassen, wozu wir selbst die Kräfte haben? Sollen wir hier feig und tatenlos sitzenbleiben und vor Ungeduld vergehen? Nein, wir selbst jagen ihm nach. Habe ich recht gesprochen, ihr Männer?"

Wir stimmten ihm unter lautem Zurufen bei. Der Scheich wollte widersprechen: „Ihr werdet ihn nicht finden; ihr kennt die Gegend nicht!"

„Oh, dieser Emir kann die Spuren lesen", antwortete Ali en Nurabi. „Wir werden auf seiner Ferse sein, bis er in unsere Hände fällt."

„So ruht euch wenigstens vorher aus, und nehmt das Mahl der Gastfreundschaft von mir an!"

„Verzeihe, Jamar es Sikkit", antwortete ich. „Du weißt, wie kostbar eine jede Minute für uns ist. Wir müssen fort!"

„So nehmt von mir mit, was euer Herz begehrt. Und dieser, mein Sohn, soll bei euch sein, denn der Scheich der Hamema hat noch nie sein Wort zurückgenommen. Seine Stute ist schnell wie der Blitz; der Räuber kann ihr nicht entgehen. Und noch eine andere habe ich, die noch von keinem zweiten Pferd eingeholt wurde. Ich leihe sie euch, wenn eins eurer Tiere ermüdet ist."

Das war ein hochherziges, seltenes Anerbieten, und ich zögerte nicht, sofort zuzugreifen: „Dein Herz spendet Wohltat wie die tauende Nacht, o Scheich! Dieser tapfere Achmed es Sallah, mein Freund und Gefährte, hat seine Wadi Serrat-Stute zu sehr ermüden müssen, so daß ihr vielleicht die Kraft versagt, wenn dieselbe am nötigsten ist. Behalte sie hier, und leihe ihm dafür die deinige. Er wird sie lieben und pflegen, als ob sie ihm gehörte, und sie wieder gegen die seinige umtauschen, wenn wir zurückkehren!"

Es lag mir sehr daran, Achmed bei Ergreifung des Krumir eine hervorragende Rolle spielen zu lassen, da er sich ja Mochallah verdienen mußte. Deshalb war es notwendig, ihm zu einem Pferd zu verhelfen, welches seinem jetzigen, das bereits über seine Kräfte hatte tun müssen, überlegen war.

„Er mag sie nehmen“, antwortete der Scheich. „Kein Bedawi – Beduine – verborgt seine Stute; aber euer Recht wurde von den Meinen verletzt, und so will ich mich nach Kräften bemühen, euch wieder zu demselben zu verhelfen.“

„Wie lange ist es her, daß der Krumir das Duar verlassen hat?“ fragte ich Sar Abduk.

„Die Sonne hat seitdem den fünften Teil ihres Bogens durchlaufen.“

„Sind Fackeln im Lager?“

„Ja.“

„Man nehme welche mit, damit wir auch des Nachts reiten können!“

So waren wir denn wieder einmal in der Erwartung, den Krumir fest zu haben, betrogen worden. Aber das gütige Verhalten des Scheichs machte jeden Vorwurf zur Unmöglichkeit. Sein Sohn ergab sich ruhig in seine Lage, und nach und nach schien die Jagd nach dem Räuber sein Interesse immer mehr in Anspruch zu nehmen. Er hatte sich durch den Krumir gegen uns einnehmen lassen, schien aber im Verlauf unseres Rittes die Buße gar nicht hart zu finden.

Mein wackerer Achmed saß in wahrhaft fürstlich stolzer Haltung zu Pferde. Ein so edles Tier hatte er noch nie unter sich gehabt, und es war ihm die Ungeduld, den Krumir zu Gesicht zu bekommen, sehr leicht anzumerken. Bei einer etwaigen Hetzjagd blieb er sicherlich nicht der letzte.

Es war eine Stunde vor Sonnenuntergang, als wir das Duar verließen. Sar Abduk wollte sich als Führer an unsere Spitze setzen, mußte aber zurückbleiben, denn die Spur war mir zuverlässiger als das, was ihm der Krumir über seine beabsichtigte Route mitgeteilt hatte. Diese Mitteilung konnte recht leicht eine Lüge sein.

Die Fährte wurde gefunden, und da wir die kurze Stunde noch recht ausgibig benutzen wollten, so flogen unsere Pferde nur so über die Ebene dahin. Sie konnten sich später erholen und so trieben wir sie zur höchsten Eile. Als die in jenen Gegenden so kurze Dämmerung hereinbrach, hatten wir den vier Meilen langen Weg bis zum Sihdi Aisch zur Hälfte zurückgelegt.

Nun brach die Nacht herein; el Moghreb wurde gebetet, und dann brannten wir die Fackeln an. Natürlich kamen wir nun langsamer vorwärts und erreichten den Dschebel Aisch erst nach weiteren zwei Stunden. Hinter demselben, also westlich von ihm, sendet der Tarfaui seine klaren Wellen nach Süden zu. Er entspringt, wenn ich mich recht besinne, auf dem Höhenzug, welcher sich südlich von dem Dschebel Schambi von Nordost nach Südwest erstreckt, geht an Feriana vorüber, machte bei Gafsa einen scharfen Bogen nach Westen und läuft dann in den kleinen Schott Baadscha, welcher im Süden des Dra el Haua liegt.

Als wir den Tarfaui erreichten, war die Spur auf einmal verschwunden. Ich ahnte sofort eine List, welche der Indianer und der Westmann Nordamerikas zuweilen anwenden, um ihre Verfolger irrezuleiten, stieg ab, ließ mir die Fackel geben und leuchtete damit in das Wasser. Richtig! Beim Schein derselben zeigten die klaren Wellen sehr deutlich die Hufspuren zweier Pferde. Der Krumir hatte sich das Bett des Wassers zum Pfad gewählt. Um die Fährte nicht zu verlieren, brauchten nur die beiden Ufer sorgfältig beobachtet zu werden.

Eine volle Stunde lang hatte es dem Verfolgten im Wasser gefallen; dann war er aus demselben herausgegangen, um eine direkt westliche Richtung einzuschlagen. Ungefähr eine deutsche Meile westlich vom Tarfaui fließt nämlich parallel mit ihm ein anderes Flüßchen nach Süden, welches sich mit ihm oberhalb Gafsa vereinigt. Dieses Nebenflüßchen hatte der Krumir aufgesucht und war in dem Wasser desselben ebenso fortgeritten, wie in demjenigen des Tarfaui. Dann hatte er es wieder verlassen, um die Richtung nach dem Uëlad Schahia aufzunehmen.

Nun aber waren unsere Fackeln alle verbrannt, und da die Mitternacht nahte, und wir und die Pferde doch einiger Ruhe bedurften, machten wir Lager, stellten eine Wache aus und versuchten, zu schlafen. Es gelang allen, nur Ali en Nurabi nicht, den das wiederholte Mißlingen unserer Anstrengungen in eine Aufregung versetzt hatte, welche keinen Schlummer aufkommen ließ. Als die Schläfer beim Anbruch des Tages geweckt wurden, hatte er noch kein Auge zugetan.

Das Morgengebet wurde gesprochen; man trank einen Schluck Wasser, aß einige Datteln, sattelte dann die Pferde, und der Ritt begann von neuem.

Wir näherten uns heut jenen weniger besuchten Ländereien, in denen die Grenze zwischen Algerien und Tunesien noch heut umstritten ist. Die hüben und drüben lebenden Beduinen befehden sich unablässig; es ist eine blutige unheimliche Gegend, in welcher die Blutrache alljährlich mehr Opfer frißt, als man glauben möchte. Wir mußten hier sehr vorsichtig sein.

Der Krumir war es auch. Dieser Mann entwickelte eine geradezu erstaunliche Ortskenntnis, und es zeigte sich, daß er seinen Ehrennamen el Chabir in der Tat verdiente. Die kleinste Vertiefung, der einzelnste Felsen oder Busch war von ihm benutzt worden, unbemerkt zu bleiben, Deckung gegen das Auge eines Unberufenen zu suchen. Und dabei hatte er alle Hindernisse mit einer vorhersehenden Sicherheit überwunden, welche Bewunderung verdiente und das sicherste Zeugnis dafür ablegte, daß er diese Gegenden nicht zum erstmal durchritt. Dazu mußten wir die Schwierigkeiten rechnen, welche im Mochallah jedenfalls bereitete; es war zu vermuten, daß er sie so an das Pferd gebunden hatte, daß sie sich vollständig in seiner Gewalt befand.

So erreichten wir um die Mittagszeit die Berge von Schahia, von denen aus man über den Dra el Haua hinweg in das gefährlichste Gebiet Tunesiens hinabblicken kann – in das Gebiet der Schotts und Sebchas nämlich. Da unten, gerade im Süden von unserem Standort aus, hatte ich vor mehreren Jahren auf dem Schott Dscherid ein grausiges Abenteuer erlebt, bei dessen Erinnerung sich mir noch heute die Haare sträuben wollten. Nichts ist so heimtückisch wie diese Schotts. Sie liegen da, so hell und freundlich; ihre eisenähnliche Oberfläche blinkt und winkt so einladend, und doch lauert der verräterische Tod unter diesem lächelnden Äußern.

Südlich vom Dschebel Aures und der östlichen Fortsetzung dieser Bergmasse dehnt sich eine leicht gewellte, weite Ebene aus, deren Tiefungen ganz mit Salzablagerungen bedeckt sind. Sie führen als die Überreste von einstigen großen Binnengewässern in Algerien den Namen Schott und in Tunesien den Namen Sebcha und bestehen in der Hauptsache, von West nach Süd aufgezählt, aus den drei großen Schotts Melrir, Rharsa und Dscherid. Der letztere wird auch el Kebir genannt. Da die Region el Areg – der Sanddünen – nahe heranreicht, von welcher aus der feine, leichte Flugsand vor dem Südwind stetig nach Norden treibt, so sind die Einsenkungen des Schotts zum großen Teil mit tiefen, losen Sandmassen ausgefüllt, und nur in der Mitte des Schotts hat sich eine beträchtliche Wassermenge erhalten. Dieselbe ist von einer Salzkruste bedeckt, unter welcher das hellgrüne Wasser einen ganzen Meter tief unvermischt bleibt, und dann folgt bis zu einer Tiefe von fünfzig und noch mehr Metern ein mehlartiger, flüssiger Sand, der alles, was durch die salzige Kruste bricht, mit lautloser, teuflischer Sicherheit festhält und begräbt.

Diese Salzkruste bildet nicht etwa, wie das Eis es tun würde, eine gleiche, ebene Fläche, sondern sie zeigt wellenförmige Erhöhungen und Vertiefungen. Sie ist im Durchschnitt vielleicht zwanzig, oft aber auch nur zehn und noch weniger Zentimeter dick und hat eine Farbe, welche dem bläulich schimmernden Spiegel geschmolzenen Bleies gleicht. Bewegt man sich auf ihr, so erwecken die Schritte einen Ton, der dem Klang des Bodens der Solfatara in Neapel gleicht. Der unablässig sich in Bewegung befindende Flugsand gibt den Krustentälern ein dunkleres Kleid; er wird schwerer und schwerer, bricht endlich durch und läßt hinter sich eine neue, weiße Stelle entstehen. Weht der Samum von Süden her, so kracht und knackt das Salz an allen Ecken und Enden, die Hitze brennt Blasen und reißt Löcher und Risse hinein, so daß sich das ganze Gefüge verändert. Noch schlimmer aber wirkt die Regenzeit. Die feuchten Niederschläge lösen die Salzdecke an ihren niedrigen Stellen auf; die Kruste sinkt in das Wasser ein, wird aber von dem schwimmenden Sand gehalten; oder aber dieser Sand ist so fein und leicht, daß er nach oben steigt und nun der Stelle das Aussehen der größten Festigkeit verleiht. Darum kann man bloß einzelne Stellen dieser Schotts, aber auch nur mit größter Lebensgefahr, betreten. Und dennoch, man sollte es kaum glauben, führen einzelne Wege quer über die heimtückische Salzdecke, und zwar infolge des regen Verkehrs zwischen Tunis und den durch ihren Dattelreichtum berühmten Ländern Suf und Belad el Dscherid. Aber diese Wege sind wenigstens, ich sage wenigstens, ebenso gefährlich, wie die verräterischen Pfade über einen bodenlosen lappländischen Sumpf. Sie haben eine Breite von kaum einem Fuß, erleiden ganz unvorhergesehene und nur schwer bemerkbare Veränderungen und erwecken in dem Wanderer das Gefühl, als ob er zur Winterszeit über glatt beeiste, viele Stockwerke hohe Dachfirste sich hinzubalancieren habe. Oft sinkt dieser Pfad so tief in das Wasser ein, daß das letztere dem Pferd bis über den Leib reicht; oft auch wird man von einer trügerischen Fata morgana zur Seite und in den sichern Tod gelockt. Gewöhnlich wird so eine Furt durch kleine Steinhaufen bezeichnet, welche der Beduine „Gmaïr“ nennt; aber diese Zeichen werden öfters von dem Wasser verschlungen, oder der Wüstensohn gibt ihnen, um eine Rache auszuführen, eine andere Stellung, und wehe dann dem Ahnungslosen, der nur einen einzigen Schritt seitwärts tut – die Sebcha öffnet sich, der Mann verschwindet, der Schwimmsand umklammert ihn mit seinen schweren, nassen Armen und über ihm schließt sich die breiartige, fest und hart scheinende Kruste, um auf ein ferneres Opfer zu lauern.

Wer sich einem solchen Pfad anvertrauen will, der muß einen ganz und gar sichern, nüchternen und geistesgegenwärtigen Führer haben, sonst ist er unrettbar verloren. Als solche Führer oder

Chabirs sind die im Süden des Schotts wohnenden Merasig berühmt. Will eine Gesellschaft oder gar eine Karawane die Sebcha überschreiten, so wird vorher zu Allah um Schutz gefleht. Dann schreitet der Führer voran, jeden Zollbreit genau sondierend, ehe er den Fuß darauf setzt. Dann folgen die Kamele mit ihren Treibern, eines hinter dem andern, vielleicht sogar das folgende mit dem Kopf an den Schwanz des vorhergehenden gebunden. Kommen gefährliche Stellen, so zaudert der Führer, die Kamele und Pferde schnauben ängstlich, aber vorwärts, nur immer vorwärts muß es gehen, keine Augenblick darf der Fuß auf dem dünnen, wankenden, prasselnden und spritzenden Boden halten bleiben, wenn er nicht versinken will; es ist ein über das Grab, über die Hölle Hinübertaumeln, und wenn das andere Ufer erreicht ist, so atmet alles tief auf, und die Männer wenden ihre Angesichter gen Osten, um ein „Hamdulillah" zu rufen und Gott auf ihren Knien zu danken, daß er den Rachen des Ungeheuers verschlossen gehalten hat. Zu Anfang dieses Jahrhunderts schritt eine Karawane von über tausend Kamelen und vielen Menschen über den Schott el Kebir; unglücklicherweise waren mehrere Gmaïr versunken; das Leitkamel irrte von dem fußbreiten Pfad ab und verschwand in der Tiefe; ihm folgten alle andern; alle verschwanden in der zähen, breiigen Masse; diese schloß sich über die Karawane, und eine halbe Stunde später hatte sich der Abgrund wieder geschlossen, und die Salzdecke zeigt ganz ihre frühere Gestalt wieder, daß nichts den fürchterlichen Unglücksfall verriet. So sind Hunderte und aber Hunderte in den seifigen Schlund gesunken, und wenn sie nicht mehr zum Duar kamen, so beteten die Ihrigen die Sure des Todes und sagten: „Der Ruhh es Sebcha, der Geist des Schotts, hat sie irregeleitet; sie sind hinunter in den schwimmenden Sandgarten; Allah erlöse sie!"

Denn nach dem Glauben der Umwohner der Schotts wohnt der Ruhh es Sebcha in den Tiefen des Wassers und öffnet die Pforten des Todes, wenn ein Mensch die Sebcha betritt, ohne betend sein Antlitz gen Mekka zu wenden. Wenn ein Ungläubiger oder ein großer Sünder über die gähnende Tiefe hinschreitet, so erhebt sich der Geist des Schotts und läßt über den Salzeffloreszenzen eine schimmernde Stadt oder eine blühende Uah – Oase – erscheinen, und wenn der Getäuschte dann auf das Trugbild zueilen will, sinkt er dem stummen Abu Jahia – Engel des Todes – in die Arme.

An alles dieses mußte ich denken, als wir da oben auf der Höhe des Schahia hielten. Bis zu diesem Punkt hatte der Krumir seinen

Weg ganz so genommen, wie es Sar Abduk von ihm gesagt worden war. Sollten seine Worte auch ferner zutreffen, so mußte er sich nach Süden, über den Dra el Haua und Dschebel Tarsaui nach Seddada wenden. Doch schien er einen Grund gefunden zu haben, seine Route zu ändern, denn die Spur sprang nach Südwesten um und führte endlich gerade nach Westen.

Wir folgten ihr zwischen dem Schahia und Dra el Haua bis gegen die Abenddämmerung, wo sie wieder eine südwestliche Richtung annahm. Wir hatten uns und unsere Tiere wirklich angestrengt, und eine genaue Untersuchung der Fährte ergab, daß der Verfolgte einen Vorsprung von nur noch einer Stunde vor uns hatte. Dies veranlaßte uns, beim Einbruch der Dunkelheit anzuhalten. Wie leicht war er während des Nachts zu verfehlen; wie leicht konnte er uns zu früh gewahren und dann für uns verloren sein. Am nächsten Vormittag mußten wir ihn auf jeden Fall erreichen.

Wir sattelten also die Pferde ab, als wir ein Johannisbrotgesträuch erreichten, und bereiteten uns in der Nähe desselben mittelst der Sättel und Decken ein Lager.

„Er hat mich doch getäuscht", meinte Sar Abduk. „Er wird nicht über Seddada und Nefta, sondern über die Enge von Asludsch nach Tuggurt gehen."

„Kennt er auch diesen Weg?" fragte ich.

„Er kennt hier alle Pfade; er ist ja el Chabir. Sogar auf der Sebcha weiß er jeden Gmaïr und jede Untiefe. Ihn kann der Ruhh es Sebcha nicht irreführen; er hat die Wanderer über die Rharsa und auch auf el Toserija und des Suida – Hauptpfade über den Schott Dscherid – geleitet; ich bin mit ihm über er Rharsa geritten, und nie hat der Fuß seines Pferdes einen Fehltritt getan."

„Auch ich bin über den Dscherid geritten. So führen also über die Sebcha Rharsa auch Pfade?"

„An dieser Sebcha gibt es wenig Orte, darum sind auch keine sicheren Pfade da. Man reitet am Rand hin, und nur ein kühner Bedawi wagt sich auf das böse Salz."

„Wie weit ist es von hier bis zur Enge von Asludsch, welche die beiden Schotts Melrir und Rharsa scheidet?"

„Du müßtest von früh bis zum Abend reiten."

„Und bis zum nächsten Punkte des Rharsa?"

„Den kannst du schon in drei Stunden erreichen."

„So müssen wir versuchen, ihn von dem Schott abzubringen, sonst wagt er sich auf das Salz, und wir können ihm nicht folgen."

„Er wird es nicht wagen."

„Warum nicht?"
„Er hat ein Pferd zu führen, und für zwei Tiere ist der Pfad zu schmal."
„So meinst du, wenn wir ihn an den Schott treiben, so kann er uns nicht entgehen?"
„Sicher nicht."
„Er wird das eine Pferd mit dem Mädchen opfern und den Schott allein betreten; dann entkommt er uns mit dem Falben, den er reiten wird."
„So schießen wir ihn herab."
Das klang so zuversichtlich, daß ich es selber glaubte.
„Sihdi", fragte Achmed es Sallah, „willst du mir eine Bitte erfüllen?"
„Ja, wenn ich kann. Welche?"
„Du schießt besser als wir andern alle. Nimm du den Krumir und überlaß mir Mochallah!"
„Gern, wenn es möglich ist. Aber wenn es die Not nicht erfordert, werde ich nicht schießen. Man soll nicht unnötig Menschenblut vergießen, und es ist besser, wenn wir ihn lebendig in die Hand bekommen."
„So verwunde ihn. Wir werden dann Gericht über ihn halten."
Aus solchen und anderen Reden war zu ersehen, daß ein jeder überzeugt war, daß morgen unser Ritt ein Ende nehmen werde. Auch der Engländer hegte die gleiche Zuversicht.
„Hm!" meinte er, als ich ihm die Absicht der übrigen mitteilte, „also morgen geht es zu Ende? Schade!"
„Wieso?"
„Wo nachher ein anderes Abenteuer hernehmen?"
„Wird sich schon finden. Übrigens müssen es ja nicht immer Abenteuer sein!"
„Was denn? Reiten kann jeder, essen und trinken auch. Yes! Laßt mir den Kerl, den Krumir! Werde an ihm meine Büchse versuchen."
„Das lassen wir bleiben, Sir! Es ist wünschenswerter, wir bekommen ihn unverletzt."
„Aber wie das? Er wird doch nicht so dumm sein und sich ruhig hinstellen, wenn ihr ihn fangen wollt!"
„Hier läßt sich nichts vorher bestimmen, sondern man muß den Verlauf ruhig abwarten."
„Richtig! Aber – hm! Da fällt mir was ein."
„Was?"
„Ihr habt ja da die alten Lederschnüre kennengelernt, die man

Lasso oder das Lariat nennt. Könnte man sich nicht so ein Ding machen und den Menschen damit fangen?"

„Sir, dieser Gedanke ist nicht übel! Zwar Riemen gibt es nicht, aber feste Schnüre aus Leff – Dattelfasern – haben wir genug. Ein Lariat verstehe ich zu führen. Wollen wir eins drehen?"

„Well!"

Eine Viertelstunde später hatte ich ein festes Lariat, und um nun zu sehen, ob ich noch sicher sei, übte ich mich trotz der Dunkelheit an den Zweigen des Johannisbrotes. Es ging. Nun hatte ich allerdings eine Waffe, die es mir möglich machte, den Krumir ganz unverletzt in die Hände zu bekommen.

Auch heute wurde, wie es notwendig war, eine Wache ausgestellt, und überließen wir uns dem Schlaf in der frohen Hoffnung, morgen um diese Zeit unsere Aufgabe längst erfüllt zu haben. Da wir zeitig zur Ruhe gegangen waren, so waren wir am andern Morgen bereits vor Tagesanbruch munter, und kaum konnten wir die Fährte mehr ahnen als bereits erkennen, so wurde aufgebrochen.

Wir hatten unsern Weg noch nicht Dreiviertelstunden lang verfolgt, so erreichten wir ein kleines Tälchen, welches von Akaziensträuchern bestanden war, und hier hatte der Krumir mit seiner Gefangenen die Nacht zugebracht. Er hatte sich hier so sicher gefühlt, daß er sogar ein Feuer angebrannt hatte. Mochallah war an eine Akazie angebunden worden, wie wir ganz deutlich sehen konnten. Die letzten Eindrücke, welche die beiden Personen und die Pferde hinterlassen hatten, waren so frisch, daß der Krumir kaum eine halbe Wegstunde Vorsprung haben konnte.

Nun ging es mit erneutem Eifer vorwärts. Das Tal stieg eine Anhöhe empor. Als wir den Kamm derselben erreichten, hielten wir alle unwillkürlich unsere Pferde an. Dort, gegen Mittag, blitzte es am fernen Horizont hell und kristallisch auf; das war der Schott Rharsa; der Ruhh des Sebcha lockte uns durch den reichen Schimmer seiner Wohnung, hinabzueilen von der Höhe, auf welcher wir standen. Von der Sebcha aus zog sich ein weites Sandmeer zu uns heran, außer einigen rauhen Koloquinten ganz ohne Vegetation, und dort, dort zu unserer Rechten trabten zwei Pferde, ein Schimmel und ein Falbe; auf dem ersten saß eine weibliche Gestalt, und auf dem andern eine männliche, der Krumir, den wir sofort erkannten.

„Allah 'l Allah!" rief Ali en Nurabi mit lauter jubelnder Stimme, riß seine Flinte aus dem Sattelriemen und sprengte im Galopp den Abhang hinab.

Diese Unvorsichtigkeit sollte sich sofort rächen. Die Morgenluft trug den Schall bis zum Ohr des Krumirs. Er wandte sich um und erblickte uns. Auch er mußte uns erkennen. Nur einen Augenblick zögerte er erschreckend, dann aber flog er mit beiden Pferden ventre-à-terre davon.

Alle waren dem Scheich der Uëlad Sebira gefolgt; nur Achmed hielt noch neben mir.

„Warum reitest du nicht?“ fragte ich ihn lächelnd.

„Weil auch du hier halten bleibst, Sihdi“, antwortete er. „Du wirst wissen, was du tust.“

„Ich weiß es allerdings. Siehe, wie die Sebcha einen Bogen nach rechts beschreibt; diesen Bogen werden sie reiten; wir aber machen es uns leichter und halten in gerader Linie auf die Spitze des Bogens zu. So nehmen wir dem Krumir den Vorsprung ab, den er jetzt noch hat. Vorwärts.“

Wir ritten in der soeben beschriebenen Richtung fort, zunächst Trab, dann Galopp, endlich aber in voller Karriere. Die Hamemastute Achmeds war ausgezeichnet; ich strengte meinen Rappen nicht zu sehr an, und so blieben die beiden Pferde stets in gleicher Höhe. Nach und nach wurde der Sand tiefer, doch wir minderten unsere Schnelligkeit nicht. Der Krumir hatte nur acht auf die andern Verfolger; wir waren von ihm noch gar nicht bemerkt worden, obgleich wir ihm gefährlicher werden mußten, als jene. Es war vorauszusehen, daß sie ihn nicht erreichen würden; die Milchstute und der Falbe waren ihnen überlegen, trotzdem diese beiden braven Tiere sehr harte Anstrengungen hinter sich hatten.

Da, jetzt wandte er sich einmal nach rechts hinüber und erblickte uns. Ich sah, wie er den Kopf voll Trotz in den Nacken warf und seine Pferde zu vergrößerter Schnelligkeit anspornte. Er ritt parallel mit dem Ufer des Schott; er hatte tiefern Sand als wir, und darum war es gar nicht notwendig, meinem Hengst mit dem Geheimnis anzurufen. Er war uns immer voraus, aber da wir die Sehne seines Bogens ritten; so war es gar keine Frage, daß wir ihn erreichen würden.

So verging wohl eine halbe Stunde. Wir näherten uns dem glänzenden Spiegel des Schott immer mehr; die Spitze des Bogens flog förmlich auf uns zu, und die andern hatten wir längst hinter uns gelassen. Jetzt langten wir an dem Busen an, den der Schott in das Land hineinschob, der Krumir hart an demselben, ich in gleicher Höhe, aber vielleicht einen Kilometer von ihm entfernt, Achmed noch immer an meiner Seite. Damit aber veränderte sich das Panorama vor uns. Der Schott trat ganz plötzlich wieder zurück und machte einer breiten Landzunge Platz, die in ihn hineinragte. Der Krumir erhob sich im Sattel, stieß einen lauten Schrei der Freude aus und warf den rechten Arm verächtlich empor. Dann riß er die Pferde plötzlich nach links und sauste dem Schott gerade entgegen.

„Allah kerihm", rief Achmed; „er will auf das Salz!"

Ich antwortete gar nicht, denn jetzt war keine Zeit zu Worten, sondern warf meinen Hengst in dieselbe Richtung und legte ihm die Hand zwischen die Ohren: „Rih, Rih, Rih!!!"

Das Pferd erschrak förmlich bei diesem Ton, den mir die Angst durch die Kehle trieb. Es schien den Boden gar nicht zu berühren, es hatte an meinem Ruf gehört, daß es jetzt einmal Zeit sei, ein Rih, ein Wind zu sein. Ich ahnte, daß der Krumir eine Stelle suche, an welcher ein Pfad über den Schott münde; kam Mochallah auf das Salz, so war sie verloren; ich mußte ihren Entführer also erreichen, noch ehe er am Rand der Sebcha anlangte. Es war, als würde mir die Entfernung entgegengeworfen. So sehr lang sich auch die Landzunge in den Salzsee erstreckte, sie flog zusehends zurück, aber ich kam dem Verfolgten mit jedem Sprung meines Pferdes näher; noch zehn, noch acht, noch fünf, vier, drei Pferdelängen; jetzt nur noch eine.

Ich schwang das Lariat in der Rechten; aber den Reiter durfte ich nicht treffen, sonst wäre das kostbare Pferd verloren gewesen, welches seinen rasenden Lauf hinaus auf das Salz fortgesetzt hätte. Ich mußte die Schlinge dem Falben um den Kopf werfen. Jetzt hatte ich den Krumir erreicht.

„Halt!" rief ich.

„Hier, Scheitan!" antwortete er.

Er erhob die Hand mit der Pistole – mein Lariat flog, und auch sein Schuß krachte. Ich hatte mich augenblicklich zurückgebogen und mein Pferd zur Seite gerissen, um die Schlinge sich zusammenziehen zu lassen, und diese Bewegung rettete mir das Leben – die Kugel flog gerade vor mir vorüber. Da mein Schwarzer auf Lasso nicht eingeritten war, durfte ich ihn nicht plötzlich zum Stehen bringen, sonst wäre er umgerissen worden; ich zügelte vielmehr nur seinen Lauf; die Schlinge saß, der Falbe stieg empor und stürzte nieder.

Der Krumir hatte wohl noch nie einen Lariat gesehen; es entging ihm daher auch die Geistesgegenwart, mir durch einen Schnitt seines Messers zuvorzukommen, aber so gewandt war er doch, während des Sturzes sich aus dem Sattel zu werfen. Er erreichte unbeschädigt den Boden, und da er die Milchstute beim Zügel führte, wurde er von derselben eine Strecke mit fortgerissen; da aber stand sie; er sprang hinter Mochallah auf und jagte weiter.

Das alles geschah so schnell als man es denkt, und ich konnte es nicht hindern, weil ich das Ende des Lariat an meinem Sattelknopfe befestigt hatte und also mit dem gestürzten Falben zusammenhing. Ehe ich meinen Hengst wieder sicher hatte und das Messer zog, um das Lariat zu durchschneiden, saß der Krumir bereits auf der Stute. Einige Sekunden später schoß er auf die unter den Hufen seines Pferdes hell erklingende Salzdecke hinaus, ich hinter ihm her. Ich dachte nicht an die Gefahren dieses Wagnisses, ich dachte nur an den, der pfeilschnell vor mir über die spiegelnde Fläche schoß – der Ruhh es Sebcha hatte mir gewinkt. Mir allein? Ich hörte hinter mir Hufschlag und blickte mich um. Herrgott, auch Achmed war auf dem Salz; seine Stute schoß hinter mir her! Der kurze Aufenthalt mit dem gestürzten Falben hatte es ihm ermöglicht, uns einzuholen!

„Kehre um!" rief, – nein, schrie, – nein, brüllte ich.

„Allah akbar – Sihdi, ich verlasse dich nicht!" hörte ich ihn antworten.

Ich konnte mich nicht weiter um ihn bekümmern; ich hatte genug für mich zu tun. Bis jetzt war die Salzdecke fest und von gleicher Stärke gewesen, nun aber sah ich eine Reihe von Gmaïrs auftauchen, ein untrügliches Zeichen, daß die Gefahr beginne. Die bisher ebene Decke begann, sich wellenförmig zu heben und zu senken; die Höhen leuchteten metallisch, und in den Tiefen lag der tückische Flugsand – und über diese Höhen und über diese Tiefen sausten wir dahin. Der Boden erdröhnte, erzitterte, wankte, kreischte, knirschte und prasselte unter uns; er gab nicht mehr jenen vollen Ton, der so beruhigend klingt, sondern es war ein eigentümlich wimmernder, pfeifender Klang, bei dem einem die Zähne „eilig" werden konnten. Und darauf wurde es noch schlimmer. Die Wellentäler bekamen ein schwammiges Aussehen, fast wie geschmolzener Schnee; sie standen oft unter Wasser, welches über unsere Köpfe emporspritzte; ganze große Flächen wankten, schaukelten und kochten unter den dahinrasenden Hufen unserer Pferde; der Tod flog mit uns, vor, neben, unter uns. Ich verwandte kein Auge von Saadis el Chabir, den wir fangen wollten, und der doch unser Führer, unser einziger Chabir war, der uns retten konnte. Wo er sein Pferd emporgerissen hatte, tat ich ganz dasselbe; ich ahmte eine jede seiner Bewegungen nach und ließ meinen Rappen genau da auftreten, wo seine Stute aufgetreten war. Und so auch tat Achmed hinter mir. Es war der erschrecklichste Ritt meines Lebens. Ich befand mich mehr im Traum wie im Wachen; meine Pulse klopften, und meine Schläfen brannten; es war, als hätte mich das Fieber gepackt, als hetzte ich mit dem wilden Jäger über haltlose, ineinander kumulierende Wolkenballen dahin. Und längst waren ringsum die Ufer verschwunden; wir befanden uns inmitten eines grenzenlosen Verderbens, und jeder Schritt brachte mir die Überzeugung, daß wir unbedingt versinken würden, wenn die rapide Schnelligkeit unserer Pferde nur im geringsten nachließe. Die Salzdecke war stellenweise so dünn, so widerstandslos, daß sie den darüber fliehenden Huf nur einen Augenblick, nicht aber zwei Augenblicke lang zu tragen vermochte. Ich hatte keine Zeit, nach der Uhr zu sehen; wir mochten wohl zwanzig Minuten lang dahingeflogen sein; sie waren mir aber wie zwanzig Ewigkeiten.

Da sah ich, daß die Milchstute müde wurde. Sie hatte eine doppelte Last zu tragen. Auch der Krumir fühlte es. Er beschloß, sie zu erleichtern, aber auf eine Art, die mir die Haare in die Höhe trieb. Seine Gestalt hatte mir bisher Mochallah verdeckt; jetzt sah ich, daß er, während er mit der Linken das Pferd lenkte, mit der Rechten die Fesseln löste, welche das Mädchen auf dem Tier hielten. Dann hörte ich einen Schrei voll Todesangst. Er hatte Mochallah aus dem Sattel gerissen und wollte sie vom Pferde schleudern; sie aber klammerte sich mit der Kraft der Verzweiflung an ihn; sie hing mit ihren Armen an seinem rechten Oberschenkel und wurde mit fortgeschleift. Da erhob er die Faust und schlug sie dem Mädchen auf den Kopf. Ihre Hände lösten sich von ihm; sie stürzte herab, nicht auf, sondern neben den schmalen Pfad; ihre Füße fanden keinen Halt, das flüssige Salz gab nach, sie sank – nein, denn in diesem Moment schoß mein Pferd an ihr vorüber, ich bog mich tief herab und – erfaßte sie mit der Rechten am Oberarm. Ich hielt fest, und die Schnelligkeit des Rittes unterstützte die Kraft meines Armes; die leichte Gestalt des Mädchens beschrieb einen weiten Bogen durch die Luft und fiel quer über meinen Sattel nieder.

Das war das Werk nur zweier Augenblicke gewesen. Hinter mir erscholl ein lauter, jubelnder Ruf; Achmed es Sallah hatte ihn ausgestoßen. Der Schimmel war erleichtert, und mein Rappe schien nichts von der vermehrten Last zu empfinden; die Jagd auf Leben und Tod ging weiter; aber wie lange noch war dies auszuhalten?

Kein Zeichen, kein Steinhäufchen war zu sehen; nichts als wogende Salzfelder, kochender Sandschaum, spritzendes Wasser und fliegender Gischt.

Da, da endlich bemerkte ich weit vor uns einen dunklen Streifen; aber so entfernt er auch war, er kam bei unserer Schnelligkeit rasch näher. Gott sei Dank! Der Krumir hatte einen Weg eingeschlagen, der nur einen Teil der Sebcha abschnitt. Hätte er quer über den hier gegen dreißig Kilometer breiten Schott setzen wollen, so wären wir verloren gewesen. Eine Minute und noch eine verging; der Streifen war ganz nahe; noch wankte, schäumte und schwirrte der Boden unter uns – jetzt aber gab er einen harten, sichern Ton, und wir flogen über eine feste Kruste dem sichern Erdboden zu.

„Allah 'l Allah!" rief der Krumir.

„Hussa, spring mit, Achmed!" schrie ich.

Mein Rappe flog wie ein Vogel über den breiten tief sumpfigen Rand hinweg, welcher die Salzkruste vom festen Boden trennte, und gleich hinter mir landete auch Achmed glücklich. Unsere Pferde schossen noch einige Längen vorwärts, ehe sie zum Stehen kamen und – wo war der Krumir? Die Milchstute stak mit dem Hinterleib im Sumpf, und mehrere Schritte vor ihr lang sein Körper regungslos im Sande.

Wir stiegen ab und halfen zunächst dem Pferd heraus; dann traten wir zu dem Reiter. Die ermüdete Stute war zu kurz gesprungen, und der aus dem Sattel geschleuderte Krumir hatte, mit dem Kopf zuerst aufschlagend, den Hals gebrochen.

„Gott sei seiner Seele gnädig!" seufzte ich tief aufatmend.

„Allah jenahrl al barrahsch – Gott verdamme den Aussätzigen!" fügte Achmed hinzu und trat dann schleunigst zu Mochallah, welche ich auf den Sand gelegt hatte. „Sihdi, sie ist tot!" rief er erschrocken.

Ich untersuchte sie.

„Sie lebt, sie ist bloß ohnmächtig", erklärte ich ihm.

Da nahm er sie in seine Arme und küßte sie auf Augen, Mund und Wangen, bis sie wieder erwachte. Unterdessen bekümmerte ich mich um die Pferde, welche mit schlagenden Flanken und weit geöffneten Nüstern daneben standen. Wir durften sie so nicht stehen lassen. Ich rieb sie kräftig ab und wandte mich dann wieder zu Achmed. Dem guten Kerl standen dicke Tränen im Auge; er wollte mit Mochallah sprechen, aber er erhielt keine Antwort. Sie hing wortlos an seinem Hals, und was wir hörten, waren nur unartikulierte Töne.

„Schone sie, Achmed es Sallah!“ bat ich. „Sie hat zu viel gelitten, und die letzte halbe Stunde war fürchterlicher, als ein Weib ohne schwere Folgen ertragen kann.“

„Ja, Sihdi, sie war entsetzlich! Oh, was ist el Areth, und was ist Abu 'l Afrid gegen diese Sebcha! Der Ruhh es Sebcha hat uns entkommen lassen, weil wir keine Sünder sind, aber den Krumir hat er doch zuletzt noch festgehalten. Möge seine Seele in der Dschehennah wohnen bei den Teufeln, die am schlimmsten sind! Ich werde diesen Ritt niemals vergessen!“

„Ich auch nicht, darauf kannst du dich verlassen. Mir ist, als sei ich von tausend Minaretts gestürzt, ohne ein einziges Mal Schaden zu nehmen.“

„Und, Sihdi, ich danke dir, daß du Mochallah, die ‚Perle der Töchter‘ errettet hast, als sie der Krumir in den Abgrund schleudern wollte!“

„Sprich jetzt nicht davon! Auch wir beide sind noch zu angegriffen; es muß eine Zeit vergehen, bis wir zur Ruhe gekommen sind. Hilf mir, den Krumir auf die Stute binden; dann nimmst du Mochallah zu dir auf das Pferd, und wir wollen sehen, ob wir unsere Leute finden.“

„Kennst du die Richtung, in welcher wir sie suchen müssen, Sihdi?“

„Ja, unser Ritt ist nach Südwest gegangen, wir müssen nach Nordost zurück.“

In kurzer Zeit befanden wir uns auf dem Rückweg. Ich trabte voran, die Milchstute am Zügel führend, und hinter mir folgte der glückliche Achmed es Sallah, aus seinem Wortschatz die süßesten Ausdrücke suchend, um seiner „Perle der Töchter“ zu zeigen, wie unendlich selig er sich fühle.

Es war kurz nach der Mittagszeit, als wir den einen Teil jener Landzunge erreichten, von welcher aus unser fürchterlicher Ritt begonnen hatte. Als wir um die letzte Ecke bogen, waren wir noch immer nicht bemerkt, denn alle die Unsrigen saßen am Ufer und verwandten kein Auge von der weiten, glitzernden Fläche, auf welcher wir am Morgen verschwunden waren. Da schoß ich einen Lauf meiner Büchse ab, sie alle fuhren empor, und als sie uns erblickten, erscholl ein einziges, unbeschreibliches Jubelgeschrei. Bald waren wir umringt und mit tausenderlei Fragen bestürmt. Nur einer stand abseits von uns, die wiedergefundene Tochter in seinen Armen, und betrachtete mit leuchtenden Augen seine Stute – Ali en Nurabi.

„Hamdulillah, ich habe beide wieder?“ rief er endlich. „Achmed es Sallah, du hast dein Wort gehalten, und so gedenke ich denn auch an das meinige: Mochallah, die Tochter meines Herzens, sei dein. Nun aber erzählt uns doch, wie Allah euch geleitet hat, und wer die Seele dieses Räubers genommen hat, an dem man keine Wunde sieht."

„Laß mich erzählen, Sihdi!" bat Achmed.

„Tue es!" antwortete ich.

Ich gönnte dem braven, treuen Mann diese Genugtung, welche ja doch der geringste Lohn war für das, was er gewagt hatte. Unterdessen saß ich bei dem Engländer, um diesem in seiner Muttersprache von unserem Ritt zu berichten. Er zog die ewigen Beine zu sich und legte die unendlichen Arme um die Knie, während er mir mit größter Spannung zuhörte. Als ich geendet hatte, holte er tief Atem und gestand aufrichtig: „Wißt Ihr, Sir, daß ich mir gern ein Abenteuer wünsche! Aber ein solches denn doch nicht. Man hat am liebsten ein wenig feste Erde unter den Hufen, wenn man spazieren geht. Yes! Aber dieser Achmed ist ein ganz verteufelter Kerl; reitet Euch da auf dem alten Teich nach! Nun hat er endlich doch seine Mochallah – Verlobung, Hochzeit und Austattung. Wißt Ihr auch, was ich ihm versprochen habe?"

„Ja."

„Nun?"

„Fünfzig Pfund."

„Und diese soll er auch haben, denn er hat sie redlich verdient. Well!"

Eine Stunde später standen wir alle auf der festen Salzkruste des Schott, in welche wir ein Loch gebrochen hatten.

„So nehmt denn seinen Leib, ihr Männer", sagte Omar Altantawi mit ernster Stimme, „und werft ihn in den Abgrund des fliegenden Sandes, wohin er schicken wollte das Kind unseres Bruders. Der Ruhh es Sebcha soll haben seine Gebeine bis zum Tag der Auferstehung; seine Seele aber sehe zu, ob sie komme über die Brücke, die zum Paradies führt. Er hat seinen Schwur gebrochen und Gott und den Propheten gelästert; das ist die schwerste aller Sünden. Allah illa Allah, we Mohammed Rasul Allah!"

Eine Ghasuah

I.
Abu djom

Wir hatten einen sehr anstrengenden Ritt hinter uns, denn wir kamen vom Dar Abu Uma herüber, welches über hundert geographische Meilen von Nil entfernt ist, und hatten höchstens noch eine halbe Tagereise bis zum westlichen Arm desselben, dem Bahr el Abiad, zu machen. Wenn ich sage „wir“, so meine ich außer mir meinen kleinen, braven, tapfern und langjährigen Diener und Begleiter Hadschi Halef Omar und einen echten Fori-Neger Namens Marrabah. Dieser hatte das Gelübde getan, ganz allein nach Mekka zu pilgern, und uns gebeten, ihn mitzunehmen, weil er bei uns Sicherheit vor den Sklavenjägern erwartete. Ich hatte ihm diese Bitte aus Gründen der Menschlichkeit erfüllt, und da er die Gegend bis zum Nil genau kannte, so konnte er uns als Führer von Nutzen sein. Marrabah war als armer Teufel nur mit einem baumwollenen Hemd bekleidet und saß auf unserem Packpferd, welches während dieses Rittes kein Gepäck zu tragen hatte. Seine Waffen bestanden in einem alten Messer und einem noch älteren Spieß, von denen ich überzeugt war, daß sie keinem Menschen schaden würden, da ihr Träger und Besitzer sich schon am ersten Tag als ein zwar guter Kerl aber außerordentlicher Hasenfuß entpuppt hatte. Halef und ich ritten junge, aber sehr kräftige und ausdauernde Fadasihengste, Pferde, welche im tiefen Wüstensand große Schnelligkeit entwickeln und im Wasser wie die Fische schwimmen.

Wir hatten seit heut früh den jetzt wasserlosen Nid e' Nil weit von uns zur rechten Hand, und so nahm ich an, daß wir den Bahr el Adiad ungefähr in der Gegend der Insel Abu Nimul oder der Mischrah Om Oschrin erreichen würden. Die Gegend war vollständig eben; zur Regenzeit grünende Steppe, bot sie uns als jetzt kahle, ausgetrocknete Fläche nicht einen einzigen Grashalm, über den sich unsere Augen hätten freuen können. Dazu brannte die Sonne mit einer so verzehrenden Glut auf uns hernieder, daß wir um die Mittagszeit haltmachten, um den Pferden Erholung zu gönnen und die größte Tageshitze vorüber zu lassen.

Wir saßen still beisammen und aßen einige Datteln, das einzige, was wir hatten. Da deutete Halef gegen Osten und sagte:

„Sihdi, da draußen am Horizont sehe ich einen weißen Punkt. Ob das wohl ein Reiter ist?"

Da ich der angegebenen Richtung den Rücken zukehrte, stand ich auf und drehte mich um.

„Siehst du ihn?" fragte der kleine Hadschi weiter.

„Ja", antwortete ich; „der Punkt, den du meinst, bewegt sich auf uns zu. Was so hell schimmert, ist ein weißer Burnus. Die Bewegung ist so rasch, daß wir es nicht mit einem Fußgänger, sondern mit einem Reiter zu tun haben."

„Ist er etwa bewaffnet?" fragte da der Fori-Neger ängstlich.

„Natürlich! Jedermann geht hier mit Waffen, wie du weißt."

„O Allah, Allah, bewahre mich vor dem neunmal geschwänzten Teufel! Meinst du, Herr, daß dieser Reiter uns feindlich angreifen wird, uns vielleicht ersticht oder gar erschießt?"

Die Furcht vergrößerte seine Augen, und er spreizte alle zehn Finger aus, als ob er die Gefahr damit abwenden wolle. Da fuhr ihn der wackere Halef zornig an:

„Uskut, gerbu – schweig, Hasenfuß! Wie kann ein einzelner es wagen, uns, die wir zu dreien sind, zu überfallen! Und wenn es zwanzig oder fünfzig wären, wir würden uns nicht fürchten. Wir haben den Löwen und sogar den schwarzen Panther erlegt; wir haben den Elefanten und das Nilpferd gejagt; mein Sihdi und ich, wir ganz allein haben gegen hundert Feinde gestanden, ohne daß es unsern Herzen eingefallen ist, schneller zu schlagen. Ich sage dir, so lange du bei uns bist, wird es keinem Feind gelingen, dir nur ein einziges Haar zu krümmen. Aber leider wächst auf dienem Kopf nur die Wolle des Schafes anstatt des schönen Schmuckes der tapfern Männlichkeit. Darum bist du ein Schaf und wirst eines bleiben, bis dich Allah zu deinen Vätern versammelt, wenn du überhaupt einen Vater gehabt hast; denn nur tapfere Männer dürfen von ihren Vätern sprechen!"

Das war von meinem kleinen Hadschi nicht höflich gesprochen. Er haßte nichts so sehr als Furchtsamkeit. Ein mutloses Wort oder gar eine feige Tat konnte ihn in Wut versetzen. Während dieser Zurechtweisung war der fremde Reiter näher gekommen. Er sah uns und hielt an. Jedenfalls überlegte er, ob er uns ausweichen oder sich zu uns wenden solle. Er entschloß sich für das letztere und kam auf uns zugeritten. Er saß auf einem falben Beni-Schanqolpferd und hatte den weißen Burnus so um sich geschlagen, daß wir nur die lange, arabische Flinte sahen, welche er in der Hand hielt, nicht aber die andern Waffen, welche er im Gürtel trug. Kurz vor uns parierte er sein Pferd und musterte uns mit Augen, welche nichts weniger als freundlich auf uns blickten. Dann fragte er kurz und im Ton eines Gebieters:

„Wer seid ihr?"

Es fiel mir nicht ein, zu antworten; auch Hadschi Halef Omar schwieg. Der Fori-Neger duckte sich zusammen wie ein Huhn, über welchem der Habicht schwebt.

„Wer seid ihr?" wiederholte der Beduine in noch strengerer Weise als vorher.

Da stand der kleine Halef vom Boden auf, zog sein Messer, trat auf ihn zu und sagte:

„Steig herunter, und nimm dein Messer, um dich gegen mich zu wehren; dann wirst du gleich erfahren, wer und was wir sind! Komm nur herab; ich werde dich unterweisen, höflich zu sein! Man grüßt, wenn man sich begegnet, und spricht erst dann eine Frage aus, wenn man den Willkommen gegessen und getrunken hat."

„Dazu habe ich keine Zeit", murrte der Fremde; „ich bin ein Krieger der tapfern Baqqara; ihr befindet euch auf unserem Gebiet, und so habe ich ein Recht zu wissen, wer ihr seid."

„Das sollst du nun erfahren, da du uns vorher gesagt hast, wer du bist. Dieser Mann da hinter mir kommt aus Dar-for und will nach der heiligen Stadt Mekka, um dort Allah und den Propheten zu verehren. Dieser hohe Herr da neben mir ist der weitberühmte und unüberwindliche Hadschi Kara Ben Nemsi Emir, und ich, weiß du, wer ich bin?"

„Nein."

„So öffne deine Ohren und vernimm in Ehrfurcht meinen Namen. Ich heiße Hadschi Halef Omar Ben Hadschi Abul Abbas Ibn Hadschi Dawud al Gossarah. Ist dein Name auch so lang und schön?"

Man muß nämlich wissen, daß der Beduine die Namen seiner Vorfahren dem seinigen anzuhängen pflegt. Wer dies nicht kann, weil er seine Ahnen nicht kennt, wird verachtet. Halef war keineswegs stolz, sondern der gemütlichste Kerl der Welt; aber der Baqqara hatte nicht gegrüßt; darüber war er erzürnt und so nahm er den Mund etwas voller, als nötig war. Mich liebte er mehr als alles andere auf der Erde; er hatte für mich sein Leben mehr als hundertmal gewagt; ich war in seinen Augen die in allen Tugenden, in allen guten Eigenschaften hervorragendste Person, die es nur geben konnte, und so fühlte er sich am meisten darüber ergrimmt, daß selbst auch ich nicht eines Grußes gewürdigt worden war.

Der Baqqara schien keineswegs eingeschüchtert worden zu sein. Er sagte in ruhigem, kaltem Ton:

„Ich komme vom Wasser des Nils und will in die Wüste, wo meine Gefährten sind, um Gazellen zu jagen. Nun wißt ihr es und werdet mir wohl auch sagen, woher ihr kommt und wohin ihr wollt."

„Wir kommen vom Dar Abu Uma und wollen nach dem Fluß."

„Nach welcher Stelle?"

„Das wissen wir noch nicht!"

„Wollt ihr etwa den fremden Muallim el Milla el Mesihija aufsuchen?"

Diese arabischen Worte bedeuten zu deutsch Lehrer des Christentums. War vielleicht ein Missionar hier in der Nähe? Das mußte mich natürlich interessieren und darum antwortete ich an Halefs Stelle:

„Ja, das wollen wir. Kannst du uns wohl sagen, wo er zu finden ist?"

„Ja. Er hat sich auf der Dschesireh – der Insel – Aba niedergelassen, um die dort wohnenden Gläubigen zu verführen. Allah verderbe ihn!"

„Aus welchem Lande ist er gekommen?"

„Aus dem Bilad el Ingeliz – aus England. Wenn ihr von hier aus gegen Nordost reitet, werdet ihr morgen bei ihm sein. Seid ihr etwa auch verdammte Christen?"

„Ich bin einer", antwortete ich ruhig.

„So lasse dich Allah in der tiefsten Hölle schmoren! Du besudelst mich!"

Er gab seinem Pferd die Sporen und ritt davon, in die Steppe hinein, die Richtung verfolgend, welche er vorher eingehalten hatte.

„Sihdi, soll ich ihm nachreiten und die Peitsche geben?" fragte mich Halef zornig, indem er seine Nilhautpeitsche aus dem Gürtel zog.

„Nein. So ein Mann kann mich nicht beleidigen."

„Ja, du stehst viel zu hoch, als daß du es bemerken könntest, wenn so ein Frosch dich anquakt, so ein Taugenichts, der noch nicht einmal gelernt hat, sein Pferd zu behandeln. Hast du nicht gesehen, daß dieses ein Eisen verloren hatte?"

„Ja, am rechten Hinterhuf. Bekümmern wir uns nicht weiter um diesen Menschen."

Die Baqqara sind ausgezeichnete Reiter und wilde, verwegene Jäger, Krieger und Räuber. Man hält sie für die gefürchtetsten Araber des obern Nils, und dies gar nicht mit Unrecht, wie sie in neuerer Zeit des öfteren bewiesen haben, denn bei den Aufständen im Sudan waren sie es, welche die hervorragendste Rolle spielten. Daß dieser eine, der jetzt hier bei uns gewesen war, ein Pferd mit nur drei Eisen ritt, galt mir als ein Zeichen, daß er sein Tier nicht schonte, als weiter nichts; bald jedoch sollte dieser Umstand mir wichtiger werden.

Wir brachen zwei Stunden nach Mittag wieder auf, ritten aber nicht nach Nordost, wie uns geraten worden war, sondern ostwärts, in unserer frühern Richtung weiter, weil wir da eher an den Fluß kamen. Wenn wir demselben nach abwärts folgten, konnten wir die Insel Aba und den englischen Missionar auch erreichen.

Der Weg ging wie bisher über öde, vertrocknete Steppe; sie war hart, malmte aber unter den Hufen unserer Pferde leicht in Staub. Darum war es kein Wunder, wenn wir nach ungefähr einer Stunde eine Spur, welche aus Südwesten kam, gleich bemerkten. Sie war breit, und ich stieg natürlich von meinem Pferd, um sie zu untersuchen. Ich habe während meiner langjährigen Reisen in wilden Ländern nie eine Fährte unbeachtet gelassen, und nur diesem Umstand verdanke ich es, daß ich heut noch lebe. Bei genauer Prüfung zeigte es sich, daß diese Spur von wenigstens sechzig Pferden und Kamelen herstammte und grad in der von uns beabsichtigten Richtung nach dem Nil führte.

Das waren jedenfalls Baqqara gewesen. Diese bedienen sich der Ochsen zum Reiten und steigen nur bei Jagd- oder Kriegszügen zu Pferde. Wir hatten es also mit einem solchen zu tun, und es blieb nur zu entscheiden, ob es ein Kriegs- oder Jagdzug gewesen war. Diese Entscheidung war sehr leicht zu treffen, denn auf die Jagd nimmt man nicht so viele Kamele mit. Diejenigen, welche hier geritten waren, kehrten also vom Krieg zurück, und da in jenen Gegenden Krieg ganz gleichbedeutend mit Raub, besonders Sklavenraub, zu sein pflegt, so hegte ich die Überzeugung, daß wir die Fährte einer Ghasuah vor uns hatten. Ein Kriegszug, zum Zweck, Schwarze zu überfallen und Sklaven zu machen, wird nämlich Ghasuah genannt.

Noch hielten wir an derselben Stelle, da sahen wir im Südwest, also da, woher die Fährte kam, einen Trupp von vielleicht zwanzig Reitern erscheinen, welche sich im Galopp näherten.

„Sihdi, das sind Neger“, sagte Halef. „Ich sehe schon von weitem die schwarze Farbe ihrer Angesichter. Von welchem Stamm werden sie wohl sein? Hier in dieser Gegend gibt es außer den Schilluk keine Neger.“

„Schilluk sind es nicht. Diese bewohnen nur die Ufer des Nils, während diejenigen, welche wir hier sehen, aus der innern Steppe kommen. Da sie sich genau auf dieser Fährte halten, möchte ich annehmen, daß sie die Verfolger der hier vorübergekommenen Sklavenräuber sind.“

„Dann können wir uns auf eine feindselige Begegnung gefaßt machen!“

„Allerdings. Wir bleiben trotzdem hier halten, um sie zu erwarten.“

„Nein, nein, wir fliehen, wir reißen aus!“ rief der Fori-Neger. „Ich muß nach Mekka; ich will leben bleiben; ich mag nicht erschossen oder erschlagen werden! Allah behüte und bewahre mich vor dem neunmal geschwänzten Teufel! Ich reite fort. Wozu hätte mein Pferd denn vier Beine, wenn es nicht mit ihnen laufen soll!“

Er wollte wirklich fort; Halef aber griff ihm in die Zügel und hielt ihn zurück, indem er ihn anzürnte:

„Wenn du ausreißen willst, so lauf mit deinen eigenen Beinen, aber nicht mit denen dieses Pferdes, welches nicht dir, sondern uns gehört, Feigling! Wir bleiben da!“

„Aber sie werden uns töten!“ zeterte der furchtsame Schwarze.

„Fällt ihnen nicht ein!“

„Doch, doch! Siehst du denn nicht, daß sie uns umzingeln wollen? O Allah, Allah! O Schreck, o Unglück, o Herzeleid! O Mohammed, o ihr heiligen Kalifen, begnadet meinen Leib und meinen Geist, meine Seele und mein Leben mit eurem Schutz!“

Er warf sich vom Pferd und kroch unter dasselbe, wo er sich wimmernd niedersetzte, um das Ende seiner Tage zu erwarten. Den Spieß und das Messer hatte er weggeworfen, damit man ihn ja nicht für einen gegnerisch gesinnten Menschen halten sollte.

Es war allerdings so, wie er gesagt hatte; die Schwarzen teilten sich und kamen dann von zwei Seiten auf uns zugaloppiert, um uns einzuschließen. Ich ließ dies sehr ruhig geschehen. Nur ein einziger von diesen Reitern war in ein Wollhemd gekleidet; die andern trugen nur einen schmalen Hüftenschurz. Ihre Pferde waren abgetrieben und taugten überhaupt nicht viel; jedenfalls kamen sie aus den sumpfigen Niederungen des Bahr Seraf, Bahr el Ghasal oder Bahr el Dschebel, wo Pferde gar nicht oder nur sehr schlecht gedeihen. Ihre Waffen bestanden aus Messern, aus schweren Hegelikholz-Keulen und langen Kocab-Lanzen. Nur der mit dem Hemd Bekleidete hatte eine Flinte. Dieser Mann war ein wahrer Riese von Gestalt, viel, viel länger und breiter als ich. Tiefe Blatternarben, welche sein Gesicht ganz zerrissen hatten und die Schwärze desselben rot durchzogen, gaben ihm ein schreckliches Aussehen. Sie alle hatten drei Narben auf der Stirn, welche von Messerschnitten herrühren und als Schmuck und Auszeichnung dienen sollten. Ihre Köpfe waren mit einem Teig aus Asche und Kuh-Urin so dick und hoch beschmiert, daß die Haare vollständig darunter verschwanden und es aussah, als ob sie Mützen trügen; dies hat den doppelten Zweck, die männliche Schönheit zu erhöhen und das Ungeziefer fernzuhalten. Diese Teighelme und die Stirnnarben sagten mir, daß die Neger zum Volk der Nuehr gehörten.

Also ließen wir es ruhig geschehen, daß sie uns umzingelten, doch hatte ich meine Revolver gelockert und den Henrystutzen schußbereit quer über die Knie gelegt. Ich war nämlich wieder in den Sattel gestiegen. Die Schwarzen schwenkten unter gräßlichem Geheul ihre Lanzen; es war ein kritischer Augenblick. Da, als sie uns vollständig eingeschlossen hatten, schwiegen sie und der Blatternarbige blieb vor mir halten und fuhr uns in einem sehr verdorbenen Arabisch, wie es von jenen Negern gesprochen wird, grimmig an:

„Wer seid ihr? Was tut ihr hier? Rede schnell, sonst erwürge ich dich!“

„Wir sind Fremde und ziehen auf friedlichen Wegen“, antwortete ich.

„Du lügst; ihr seid Baqqara“, zischte er mir zu, indem er sein Pferd näher trieb.

„Ich sage die Wahrheit; wir gehören nicht zu den Baqqara, und ich bin überhaupt kein Araber, sondern ein Europäer.“

„Hund, wagst du, mich täuschen zu wollen? Die Europäer haben Gesichter wie die Farbe des Wasserschaumes; du aber bist dunkel und willst mich mit einer Lüge betrügen; ich erwürge dich!“

Bei diesen Worten trieb er sein Pferd hart an das meinige und streckte die Fäuste nach meinem Hals aus. Es galt, mich zu wehren, ohne ihn zu verletzen oder gar zu töten, und dabei in der Weise Herr der Situation zu bleiben, daß sich niemand an mir vergreifen durfte. Ich warf also, um die Hände freizubekommen, Halef blitzschnell meinen Stutzen zu, richtete mich hoch in den Steigbügeln auf und schlug dem Schwarzen, eben als er mich packen wollte, die Faust mit solcher Gewalt gegen die Schläfe, daß er zurückflog. Das war der wohlgeübte Jagdhieb, der mir drüben in den amerikanischen Prärien den Ehrennamen Old Shatterhand – „Schmetterhand" – eingetragen hatte. Er verfehlte auch hier seine Wirkung nicht: dem blatternarbigen Riesen schwand die Besinnung; ebensoschnell, wie er den Faustschlag erhalten hatte, faßte ich ihn beim Gürtel, an welchem ich ihn zu mir herüberriß, so daß er quer vor mich zu liegen kam, hielt ihn mit der linken Hand, zog mit der rechten mein Messer, zückte es über ihm und rief seinen Leuten drohend zu:

„Bleibt still! Rührt euch nicht, sonst ersteche ich ihn! Wenn ihr Frieden haltet, wird ihm nichts geschehen. Ich bin ein Freund der Nuehrs; ich habe viele Wochen lang bei den Stämmen von Laq, Eliab und Agonq gewohnt und bin ein Bruder von ihnen geworden; euch aber kenne ich nicht. Wie ist der Name eures Stammes?"

Diese Frage richtete ich an einen jungen, sehr kräftigen Reiter, welcher der mutigste zu sein schien, denn er hatte seine Lanze auf mich gezückt und diese drohende Bewegung nur deshalb wieder rückgängig gemacht, weil mein Messer über dem Blatternnarbigen schwebte.

„Wir gehören zu den Eliab", antwortete er finster.

„Dann müßtet ihr mich kennen, denn ich bin bei euch am Bahr el Dschebel gewesen."

„Unsere Abteilung ist nach dem Bahr el Ghasal gezogen", erklärte er.

„Ich habe davon gehört. Euer Beng-did – Anführer – wird Abu djom, Vater des Windes, genannt, weil er im Kampf mit der Schnelligkeit des Windes zu siegen pflegt. Er ist der stärkste und tapferste Krieger aller Stämme der Nuehrs."

„Und doch hast du ihn mit noch viel größerer Schnelligkeit besiegt!"

„Ich? Wie?" fragte ich verwundert. „So ist der Gefangene hier in meinen Händen wohl Abu djom?"

„Ja, er ist's, mein Vater; ich bin sein Sohn. Du bist stark und schnell, wie Abu es Sidda – der Vater der Stärke –, von dem uns unsere Brüder von Bahr el Dschebel erzählt haben."

„Abu es Sidda? Der bin ich; die Eliab haben mir diesen Namen gegeben; das stimmt."

Da machte der junge Neger eine Bewegung der Überraschung und rief aus:

„Ja, das stimmt! Wurde der kleine Mann da neben dir nicht Abu Kalilin genannt?“

„Allerdings“, antwortete ich. Mein kleiner Hadschi Halef Omar besaß nämlich einen außerordentlich spärlich gewachsenen Schnurrbart, welcher, obgleich er ungemein stolz auf denselben war, aus nur sehr wenigen Haaren bestand. Daher hatten ihn die Eliab in ihrer bezeichnenden Ausdrucksweise Abu Kalilin, d. i. „Vater der Wenigen“, nämlich Haare, genannt, was dem lieben Schwerenöter freilich gar nicht lieb gewesen war; jetzt aber fiel er schnell ein:

„Ja, so war mein Name bei den Eliab. Ihr kennt also mich und meinen berühmten Sihdi? Da werdet ihr wissen, daß wir zwar große Krieger, aber eure Brüder sind und ihr also nichts von uns zu befürchten habt.“

„Ja, ihr seid unsere Freunde und werdet nicht nur meinen Vater wieder freigeben, sondern uns auch gegen die Baqqara helfen. Erlaubt mir, euch im Namen aller unserer Krieger zu begrüßen!“

Er kam erst zu mir und dann zu Halef, um uns erst in das Gesicht und dann in die rechte Hand zu spucken, welche Höflichkeit wir ihm sofort zurückgaben. Wir durften den Speichel nicht wegwischen, sondern mußten ihn eintrocknen lassen, denn so unappetitlich diese Art der Begrüßung ist, es wird durch dieselbe der Bund auf Tod und Leben abgeschlossen und besiegelt. Wer mit wilden Völkern auf du und du freundschaftlich verkehren will, muß sich auf gar vieles gefaßt machen, was er daheim wahrscheinlich mit Ohrfeigen vergelten würde.

Es verstand sich ganz von selbst, daß wir alle abstiegen und ich dabei den Anführer sorgfältig zu Boden gleiten ließ. Die Seinen befürchteten, ich hätte ihn erschlagen; er kam aber bald wieder zu sich und verzieh mir gern den Hieb, als er erfuhr, wer wir waren. Das Anspucken erlebte selbstverständlich jetzt eine zweite Auflage, was heute wohl nicht mehr abstoßend wirken wird, da ich mit gutem Gewissen versichern kann, daß ich mich seit jener Zeit, eine ganzen Reihe von Jahren, schon einige Male gewaschen habe.

Niemand war über das so schnell und unerwartet hergestellte gute Einvernehmen so erfreut, wie unser Fori-Neger Marrabah. Er lachte vor Entzücken am ganzen Gesicht, drehte dabei das Weiße der Augen fast aus den Lidern und zeigte ein Gebiß, welches einem Jaguar alle Ehre gemacht hätte.

Wir erfuhren nun, daß meine Vermutung in Beziehung auf

die Ghasuah ganz richtig gewesen war. Wir befanden uns auf der Fährte eines Sklavenraubzuges, den die Baqqara nach dem Bahr el Ghasal unternommen hatten. Die dort wohnende Abteilung der Eliab-Nuehrs war nicht zahlreich, und ihre erwachsenen Männer waren auf der Jagd abwesend gewesen. Darum hatten die Baqqara, als sie das Dorf überfielen, keinen nennenswerten Widerstand gefunden. Die alten Leute und kleinen Kinder waren nach der gräßlichen Art und Weise, in welcher die Sklavenjagd betrieben zu werden pflegt, einfach umgebracht worden; die jüngeren Frauen, die Knaben und Mädchen aber hatte man fortgeschleppt, um sie an Händler zu verkaufen.

Das ist freilich keine sehr leichte und gefahrlose Sache, denn der Sklavenhandel ist verboten, aber es gibt selbst heut noch Gelegenheiten und Wege genug, die „Waren" an den Mann zu bringen. Wenn der Transport den Nil überschritten hat, und sich auf dem östlichen Ufer desselben befindet, wird der Zug als gelungen betrachtet. Dort gilt der Schwarze nach unserem Geld durchschnittlich fünfzig Mark; je weiter man ihn dann nach Norden bringt, desto höher steigt sein Wert. Der Transport nach dem Nil war zwar mit Schwierigkeiten verknüpft, aber nicht eigentlich gefährlich. Von wirklicher Gefahr ist erst dann die Rede, wenn er den Fluß erreicht und denselben zu überschreiten hat, da dort Beamte stationiert sind, welche mit Hilfe von Truppen Jagd auf die Sklavenjäger und Sklavenhändler zu machen haben. Wer jedoch die Pflichttreue dieser Leute kennt, der weiß, daß dieselbe einem goldenen oder auch nur silbernen Händedruck meist nicht zu widerstehen vermag. Das Schrecklichste bei einer Ghasuah ist, daß auf jeden brauchbaren Sklaven, den sie ergibt, durchschnittlich drei andere Menschen kommen, welche dabei ermordet werden. Afrika verliert auf diese Weise jährlich zwei Millionen Geschöpfe, welche ebenso Gottes Ebenbild sind und Freude und Leid nicht weniger tief empfinden als wir!

Die Eliab-Nuehrs hatten, als sie von der Jagd heimkehrten, ihr Dorf verbrannt und verwüstet und zwischen den Trümmern die Leichen oder deren verkohlte Reste gefunden. Entsetzen hatte sich ihrer bemächtigt, und demselben waren grimmige Wut und der Durst nach Rache gefolgt. Sie hatten sich, so gut es ging, für einige Zeit verproviantiert und waren dann auf ihren von der Jagd ermüdeten Pferden aufgebrochen, den Sklavenräubern nachzueilen. Leider oder, wie ich dachte, glücklicherweise, war es ihnen nicht gelungen, dieselben einzuholen. Ich war überzeugt, daß sie den Kürzeren gezogen hätten, denn sie zählten nur zwanzig Männer, während die Baqqara weit zahlreicher gewesen waren.

Abu djom, der Anführer, erzählte mir das alles, während seine Leute in stillem Grimm rundum saßen. Als er geendet hatte, sprang er auf und rief:

„Nun steigt wieder auf die Pferde, ihr Männer! Wir müssen weitereilen, sonst kommen wir zu spät."

„Halt, wartet noch", bat ich dagegen. „Ihr habt noch Zeit zu warten."

„Warten? Emir, ist das dein Ernst? Wenn die Gefangenen über den Fluß hinüber sind, so sind sie für uns verloren!"

„Nein. Die Fährte, welche wir hier sehen, ist über einen Tag alt. Der Zug ist gestern mittag hier vorübergekommen und hat also am Abend den Fluß erreicht. Hat man die Sklaven sofort über den Nil schaffen wollen, so ist dies bereits geschehen, und wir können es nun nicht mehr hindern; hat es aber Gründe gegeben, sie noch am diesseitigen Ufer zurückzuhalten, so können diese Gründe auch jetzt noch vorliegen, und eure Verwandten sind noch nicht hinüber."

„Eben darum müssen wir eilen! Meine Seele sehnt sich, das Messer in das Blut der Räuber und Mörder zu tauchen!"

„Willst du, daß ihr Messer sich in dein Herz taucht? Wir befinden uns auf dem Gebiet der Baqqara, deren hiesige Abteilung, die Selim, gewiß fünfhundert Krieger zählt; ihr aber seid nur zwanzig."

„Ich denke, du willst uns helfen, Emir?"

„Ja, das werde ich tun; ihr seid ja meine Brüder."

„Nun, ich habe von euch vernommen, daß ihr niemals die Feinde zählt, wenn es auch Hunderte sind. Wenn ihr uns helft, brauchen wir uns nicht zu fürchten. Ich weiß, daß du ein Zaubergewehr hast, mit welchem du immerfort schießen kannst, ohne laden zu müssen. Was sind da fünfhundert Baqqara gegen uns!"

Er meinte meinen Henrystutzen, welcher allerdings fünfundzwanzig Schüsse hatte. Ich antwortete ihm:

„Wir pflegen freilich unsere Feinde nicht zu zählen, weil wir uns weniger auf Gewalt als vielmehr auf unsere List verlassen. Mein Gewehr gibt mir ja eine große Übermacht, aber ich mag nicht Menschen töten, wenn dies nicht unbedingt nötig ist und ich ohne Blut zum Ziel gelangen kann."

„Nicht töten?" fragte er erstaunt. „Was haben diese Hunde anders verdient als den zehnfachen Tod!"

„Ich bin ein Christ, und wir Christen rächen uns nicht, sondern überlassen die Strafe Allah und der Obrigkeit. Dazu haben diese Baqqara nicht mir etwas getan, und es fällt mir also nicht ein, unnötigerweise ihr Blut zu vergießen. Willst du unsere Hilfe haben, so höre auf mich, und wenn die Rettung der Eurigen möglich ist, so werde ich sie retten; willst du dich aber nicht nach mir richten, so reite ohne uns weiter, und ich sage euch, daß ihr noch heute abend dem Tod in die Arme gehen werdet. Ihr wenigen werdet unter den vielen Baqqara sein wie zwanzig Schakale unter fünfhundert Hyänen."

Er starrte lange finster vor sich nieder. Auch keiner seiner Leute sagte ein Wort. Die Nuehrs sind nicht Mohammedaner, sondern Heiden; er konnte meine milden, christlichen Anschauungen nicht begreifen; nach seiner Ansicht schrie die Tat nach Blut, vergossen von seiner eigenen Hand. Darum kam ich seinem Entschluß zu Hilfe, indem ich drängte:

„Wähle zwischen List oder Gewalt, zwischen mit uns oder ohne uns! Im ersteren Falle wirst du die Sklaven wahrscheinlich retten; im letzteren sind sie aber verloren und ihr mit ihnen."

„Laß mich zuvor mit meinem Kriegern reden, Emir", bat er.

„Tue es; ich werde so lange warten", antwortete ich, indem ich aufstand und mich mit Halef eine Strecke entfernte, um nicht zu stören. Nach einiger Zeit wurden wir zurückgerufen. Die Nuehrs hatten sich erhoben, und ihr Anführer sagte mir:

„Emir, wir bitten dich, uns nicht zu verlassen. Wir wollen unsere Frauen, Söhne und Töchter zurückhaben und werden tun, was du gebietest. Wir wollen kein Blut vergießen, sondern mit den Baqqara über den Blutpreis verhandeln. Aber wenn sie beides verweigern, so werden wir kämpfen, auch wenn es ganz sicher ist, daß wir dabei untergehen. Was wirst du in diesem Fall tun?"

„Euch beistehen, denn ihr seid meine Brüder."

„So sei unser Scheich und Emir, Herr; wir folgen dir!"

„Dann verlange ich aber, daß ihr jeder meiner Weisungen Gehorsam leistet. Geschieht dies nicht, so endet das Wagnis, welches wir unternehmen, mit unserm Verderben."

Wir stiegen alle in die Sättel und ritten fort, der Fährte nach, ich voran und Halef an meiner Seite. Die Nuehrs sprachen hinter uns leise miteinander, und wenn ich mich einmal zu ihnen zurückwandte, sah ich an ihren bezeichnenden Blicken und ehrfurchtsvollen Mienen, daß unsere Personen die Gegenstände ihre Unterhaltung waren.

II.
Abu el mawadda

Um den Eindruck zu begreifen, den Hadschi Halef Omar und ich auf die Nuehrs machten und die Bereitwilligkeit, mit welcher sie sich unter meinem Befehl begaben, muß man bedenken, daß der afrikanische, eingeborene Neger, nicht der amerikanische, eingeführte, gewohnt ist, den Weißen und zumal den Europäer für ein höher begabtes, wohl gar höherstehendes Wesen anzusehen. Dazu kam, daß wir am Bahr el Dschebel einige Male Gelegenheiten gehabt hatten, einigen Mut zu zeigen, und überdies pflegte Halef, wenn er mit anderen von mir sprach, mich, obgleich ich ihm dies streng verboten hatte, als den größten Gelehrten und berühmtesten Helden hinzustellen. Das hatte sich weiter und weiter gesprochen, und allerorts war mehr und mehr neue Luft in die sich immer vergrößernde Seifenblase unseres Ruhmes gegeben worden. Kein Wunder also, wenn die Nuehr Eliab sich uns so günstig gesinnt erwiesen und bereit waren, ihren Willen dem meinigen zu unterwerfen. Und das war zu ihrem Glück, denn, wenn sie es nicht getan hätten, so wären sie, wie ich ihnen ja ganz offen sagte, in ihr Verderben gerannt.

Es war nach unserem Aufbruch ungefähr eine Stunde vergangen, als ich die Fährte eines einzelnen Reiters bemerkte, welche von links her auf unsern Weg stieß. Ich stieg ab, um sie zu betrachten, und bemerkte sofort, daß dem Pferd dieses Reiters das rechte Hintereisen gefehlt hatte. Als ich dies Halef mitteilte, rief er aus:

„So ist es der Baqqara gewesen, mit dem wir gesprochen haben! Er ist nach dem Fluß zurückgekehrt. Warum aber hat er dabei einen Bogen geschlagen, einen solchen Umweg gemacht?"

„Um von uns nicht gesehen zu werden", antwortete ich. „Wir sollen nicht wissen, daß er die Seinen auf uns aufmerksam machen, daß er sie vor uns warnen will."

„Warum? Dann müssen wir uns sehr in acht nehmen, Sihdi; denn sie werden uns erwarten, um uns zu überfallen."

„Uns überfallen!" stöhnte da der Fori-Neger voller Angst. „O Allah, Allah, bewahre uns vor dem neunmal geschwänzten Teufel! Man wird uns entweder erschießen, erstechen oder gar ermorden!"

„Keine Sorge", tröstete ich ihn. „Der Baqqara glaubt, daß wir direkt nach der Insel Aba zu dem englischen Missionar reiten.

Man wird uns also diesen nordöstlichen Weg verlegen und zwar vergeblich, weil wir ihn nicht einschlagen, sondern ostwärts reiten, grad dahin, wohin die Spur der Ghasuah, der wir folgen, führt. Reiten wir weiter."

Wir setzten unsern Weg fort und sahen nach ungefähr einer halben Stunde abermals einen Reiter, welcher uns entgegenkam. Er saß auf einem Reitdromedar und führte ein bepacktes Lastkamel neben sich. Unser Erscheinen schien ihn keineswegs zu beängstigen, denn er hielt keinen Augenblick an, sondern kam unbedenklich auf uns zugeritten. Die Pakete, welche sein Kamel trug, waren in Schilfmatten eingeschlagen. Bei uns angekommen, hielt er an, legte die Hand grüßend auf die Brust und sagte:

„Salam! Werdet ihr mir die Fragen erlauben, welche mein Mund an euch zu richten hat?"

„Salam!" antwortete ich; „wir sind bereit, dir Antwort zu geben."

„So sagt mir, wer ihr seid, und woher ihr kommt."

Er schien kein Beduine zu sein, und sein Gesicht war nicht dasjenige eines sehr intelligenten Menschen. Ich durfte ihm keinesfalls die Wahrheit sagen; daher antwortete ich:

„Wir gehören zum Stamm der Rizekat, kommen vom Dschebel Tugur her und wollen über den Nil, um unsere Freunde, die Beduinen von Abu Roof, zu besuchen."

„Habt ihr vielleicht zwei einzelne Reiter gesehen, welche mitten in der Steppe lagerten? Sie waren Weiße und hatten einen Neger bei sich."

Er meinte mich, Halef und den Fori.

„Ja", nickte ich zustimmend. „Sie lagern aber nicht mehr da, wo wir sie fanden; sie sind forgeritten."

„Wohin?"

„Nach der Insel Aba, um einen Christen, der dort wohnt, aufzusuchen."

„Das stimmt; du sagst die Wahrheit. Diese Männer werden den, welchen sie suchen, nicht finden, denn er wohnt nicht auf der Insel Aba, sondern auf der Mischrah – der Landestelle am Fluß – Omm Oschrin."

„Man hat sie aber doch nach der Insel gewiesen!

„Weil sie Hunde sind, welche beißen wollen; es ist aber dafür gesorgt, daß sie unschädlich gemacht werden."

„Weißt du genau, daß der Christ, von dem du redet, auf der Mischrah wohnt?"

„Natürlich weiß ich es, denn er ist ein Missionar, und ich bin sein Diener. Ich bin von Khartum mit ihm hierhergekommen, und heut sendet er mich nach Tassin hinüber, wo ich diese Pakete abzuliefern habe."

„Was enthalten sie?"

„Bibeln in arabischer Sprache."

„Wie heißt der Missionar?"

„Sein Name ist Gibson; hier aber wird er nur Abu el mawadda, Vater der Liebe, genannt, weil seine Lehre die Lehre der Liebe ist. Wenn ihr ihn sehen wollt, so werdet ihr ihn auf der Mischrah finden."

„Wie weit ist es bis dorthin?"

„Ihr werdet mit der Dämmerung dort ankommen, wenn ihr der Spur weiter folgt, auf welcher ihr bisher geritten seid."

„Von wem stammt diese Fährte?"

„Von einer Ghasuah, welche die Baqqara zu den Nuehrs unternommen haben; sie sind siegreich heimgekehrt."

„Wo befinden sich die Sklaven, welche sie gemacht haben?"

„Auf einer kleinen Insel, welche unweit der Mischrah in dem Fluß liegt. Ich würde euch dies nicht sagen, wenn ihr nicht zu den Rizekat gehörtet, welche Freunde der Baqqara sind. Jetzt aber muß ich weiter, Chatirkum; fi amahn allah – lebt wohl; ich befehle euch in Allahs Schutz!"

„Allah jekuhn ma'ak; tarik es-salahme – Allah sei mit dir, und glücklich sei deine Reise!" erwiderte ich seinen Abschiedsgruß.

Als er fort war, lachte Hadschi Halef behaglich vor sich hin und sagte:

„Sihdi, dieser Mensch war ein großer Dummkopf. Er konnte sich doch denken, daß wir diejenigen waren, nach denen er fragte; er aber hat uns nun alles gesagt, was wir zu wissen brauchen. Ganz gewiß ist eine Abteilung der Baqqara nach der Insel Aba gegangen, um uns dort feindlich zu empfangen. Wie gedenkst du, dich zu verhalten?"

„Das kommt auf die Umstände an, die ich auf der Mischrah vorfinde."

„Auf alle Fälle aber werden wir die gefangenen Sklaven befreien?"

„Ja. Kommt jetzt weiter!"

In jenen Gegenden geht die Sonne sechs Uhr nachmittags unter. Nach europäischer Zeit war es jetzt vielleicht halb fünf Uhr. Wir hatten also noch anderthalb Stunden bis zur Mischrah zu reiten.

Bald begann sich die Nähe des Nils bemerkbar zu machen; die

Feuchtigkeit der Luft lockte aus dem Boden ein Grün hervor, welches allerdings zunächst ein spärliches war, nach und nach aber dichter und saftiger wurde. Dann sahen wir einzelne Büsche stehen, und am östlichen Horizont tauchte eine schwarze Linie auf; das war der Wald, welcher die Ufer des Nils besäumt.

Es durfte uns nicht einfallen, direkt nach der Mischrah zu reiten; wir wollten die Gefangenen ja durch List befreien. Darum wichen wir, als wir ungefähr noch eine halbe Stunde zu reiten hatten, von der Fährte rechts, nach Süden ab, um oberhalb der Mischrah an das Wasser zu kommen, von wo aus ich den Ort heimlich beschleichen wollte.

Wir mußten uns nun vor jeder Begegnung hüten und freuten uns daher, als wir auf buschiges Terrain kamen, wo die Sträucher uns Deckung gewährten. Dann nahm uns ein Wald von hochwachsenden Sunutbäumen auf, wo wir uns ein Versteck suchten, in welchem die Nuehrs sich verbergen sollten. Wir fanden ein passendes, stiegen da ab und banden unsere Pferde an. Nachdem ich den Nuehrs anbefohlen hatte, sich bis zu unserer Rückkehr vollständig ruhig zu verhalten, entfernte ich mich mit Halef in nördlicher Richtung, in welcher die Mischrah lag. Unter Mischrah versteht man eine am Fluß liegende freie Stelle, welche entweder bewohnt ist oder auch nur zum Landen der Fahrzeuge und Tränken der Herden dient. Die Mischrah Omm Oschrin war bewohnt. Als wir den Rand des Waldes erreichten, sahen wir rechts von uns die breite Fläche des Nils, während grad vor uns die Hütten und Zelte der Baqqara lagen. Eben jetzt wurden links vom hohen Ufer die dort weilenden Tiere nach dem Fluß getrieben, um getränkt zu werden. Ungefähr hundert Schritte vom Ufer entfernt lag eine Insel, deren Ufer von Schilf eingerahmt waren. Dort jedenfalls befanden sich die Gefangenen und ihre Hüter. Weiter oben lag ein großes Floß am Ufer. Es war aus Ambagstämmen gebaut und konnte wohl fünfzig Personen tragen.

Wir lagen unter einem Hegelikbaum, welcher seine Äste tief niedersenkte und also ein gutes Versteck bildete. Darum sagte ich zu Halef:

„Wir werden jetzt zu den Nuehrs zurückkehren; dann reite ich nach der Mischrah, wo ich mich für einen Händler ausgeben werde. Du kehrst später zu diesem Hegelik hier zurück, wo ich dich heimlich aufsuche, um dir zu sagen, was ihr tun sollt."

„Sihdi, das ist gefährlich! Willst du mich nicht lieber mitnehmen?"

„Nein, du mußt bei den Nuehrs bleiben, weil ich mich sonst nicht auf sie verlassen kann."

„Aber wenn dir ein Unglück geschieht!"

„Sorg dich nicht um mich. Du kennst mich ja und weißt, daß ich mich zu bewahren verstehe."

„Das weiß ich, doch kann der Mutigste und Klügste sich verrechnen. Wehe aber dann diesen Baqqara; sie würden es zu büßen haben!"

Zu unsern schwarzen Gefährten zurückgekehrt, vertauschte ich mein Pferd mit einem von ihnen und mein Gewehr mit der langen Flinte ihres Anführers. Man sollte mich nicht erkennen, denn es war anzunehmen, daß der zurückgekehrte Baqqara eine Beschreibung unserer Bewaffnung und Pferde gegeben hatte. Ihn auf der Mischrah zu treffen, brauchte mich nicht zu besorgen, da er jedenfalls mit nach der Insel Aba geritten war.

Nachdem ich Halef und den Nuehrs gesagt hatte, wie sie sich in den verschiedenen möglichen Fällen verhalten sollten, ritt ich fort, aus dem Wald hinaus, zwischen den Büschen hindurch und dann auf die Mischrah zu. Als ich dieselbe erreichte, tauchte eben die Sonne hinter dem westlichen Horizont hinab.

Ich sah zunächst die Weideplätze der Pferde, Rinder und Schafe liegen und merkte mir besonders die ersteren genau, da wir später für die befreiten Gefangenen Pferde brauchten. Die Mischrah mochte gegenwärtig von vielleicht zweihundert Menschen bewohnt werden. Die Kinder kamen schreiend auf mich zugerannt; die Weiber sahen neugierig aus den Türöffnungen, und die Männer traten zusammnen, um mich mit erwartungsvollen Blicken zu empfangen.

„Salam aleikum!" grüßte ich mit lauter Stimme. „Welcher von euch ist der Scheich dieses Lagers?"

„Der Scheich ist nicht hier", antwortete ein alter Graubart. „Was willst du von ihm?"

„Ich bin Selim Mefarek, der Händler aus Tomat am Seditfluß, und bitte, diese Nacht hierbleiben zu dürfen."

„Womit handelst du?"

„Mit allen Waren, die es gibt, und welcher Farbe sie auch seien."

Mit diesen Worten spielte ich auf Sklaven an.

„Auch schwarz?" fragte der Alte, indem er das rechte Auge bezeichnend zukniff.

„Ja, das am liebsten."

„So bist du uns willkommen und sollst beim vornehmsten

Mann des Lagers wohnen. Steig ab; ich werde dich zu Abu el mawadda führen."

Das war es ja, was ich gewünscht hatte: ich sollte bei dem Missionar bleiben! Natürlich war ich höchst neugierig, ihn zu sehen. Er bewohnte eine ziemlich große, aus Nilschlamm erbaute Hütte, unter deren Eingang er mir entgegentrat. Welch ein langer, hagerer Mensch war das, und welche Salbung lag auf seinen harten, gemütlosen Zügen. Er war in einen scharzen Burnus gekleidet, sah mich mit scharfen Augen prüfend an und sagte, als der Alte ihm meinen Namen, Beruf und Wunsch mitgeteilt hatte, in schlechter arabischer Sprache:

„Du bist mir willkommen, Selim Mesarek. Tritt zu mir ein! Vielleicht ist dein Kommen von Vorteil für uns und auch für dich."

Als wir uns miteinander allein in der Hütte befanden, ließ er die Schilfmatte, welche die Tür bildete, herab und brannte eine Tonlampe an, welche mit Sesamöl gespeist wurde.

Beim Schein derselben sah ich an den Wänden ein Kruzifix und verschiedene schlechte Bilder aus der heiligen Geschichte. Wir setzten uns nieder. Er gab mir eine Pfeife mit Tabak, brannte sich auch selbst eine an und begann dann ein Gespräch, dessen Zweck war, mich vollständig auszuhorchen. Es gelang mir, ihn ebenso vollständig zu täuschen. Er wurde völlig überzeugt, daß ich ein Sklavenhändler sei, und war schließlich so vertrauensvoll, daß er mir sagte:

„Du bist der Mann, der grad jetzt für uns paßt. Wir haben achtundzwanzig Sklaven gemacht, welche wir verkaufen wollen."

„Herr", antwortete ich erstaunt, „man nennt dich den Vater der Liebe und sagt, du seist Missionar. Ich denke, Christen dürfen nicht Sklaven machen und verkaufen!"

Er lachte klanglos vor sich hin und meinte:

„Die Schwarzen sind keine Menschen wie wir; sie denken nicht und fühlen nichts. Es ist eine Wohltat für sie, Sklaven zu sein. Ja, ich bin ein Christ, aber nicht ein Missionar. Ich lehre zwar, aber nur zum Schein, um die Häscher zu täuschen, welche den Sklavenhändlern aufpassen. Keiner von ihnen wird glauben, daß da, wo ein Missionar wohnt, Sklaven gemacht werden. Seit ich hier bin, ist den Baqqara jeder Fang gelungen, und ich stehe mich gut dabei. Sogar der berühmte Reis Effendina hat sich von mir betrügen lassen. Hast du von ihm gehört? Er ist ein hoher Beamter des Vizekönigs und betreibt nur den Fang der Sklavenjäger und Händler. Viele, viele hat er schon gefangen, und ihr Los ist stets der Tod gewesen. Sein Helfershelfer war vor einiger Zeit ein Deutscher, Kara Ben Nemsi genannt, und dessen schlauer Gefährte, welcher Hadschi Halef Omar hieß. Diese beiden sind heut hier plötzlich aufgetaucht. Unser Scheich ist ihnen begegnet; er hat sie erkannt, weil sie ihm ihre Namen nannten; er ließ sich natürlich nichts merken und hat sie an einen Ort gelockt, an welchem er sie fangen wird. Er ist mit einer Anzahl von Kriegern dorthin aufgebrochen."

Das war ja außerordentlich interessant! Also der Baqqara, mit welchem wir gesprochen hatten, war der Scheich selbst gewesen. Welch ein Glück für mich, daß er sich jetzt nicht hier befand! Es läßt sich denken, welche Gefühle ich gegen diesen Engländer hegte, der aber wohl keiner war, sondern sich nur für einen solchen ausgab, doch hütete ich mich wohl, ihm dies durch irgendein Wort oder eine Miene zu verraten. Er war dann so vertrauensselig, das Geschäft mit mir abzuschließen. Wir wurden einig um dreihundert Piaster für jeden der achtundzwanzig Gefangenen. Zehn Baqqara sollten sie über den Fluß und nach Karkog bringen, wo ich den Kaufpreis und auch den „Treiberlohn" zu bezahlen hatte. Dies konnte aber nicht eher als bis nach der Rückkehr des Scheichs geschehen, weil dieser seine Genehmigung zu erteilen hatte. Dem Engländer hatte ich vor dem Aufbruch für jeden Sklaven zwanzig Piaster heimlich zu entrichten.

Als diese Verhandlung zu Ende war, begaben wir uns hinaus ins Freie, wo mehrere Feuer brannten, denn es war Nacht geworden. Die Baqqara freuten sich, als sie von dem abgeschlossenen Handel hörten; es wurden einige Hammel geschlachtet, um gebraten zu werden, und große Krüge voll berauschender Merissa herbeigeschafft.

Den Gefangenen wurde ihr Essen auf einem kleinen Floß nach der Insel geschafft. Ich fuhr mit hinüber. Da ich sie gekauft hatte, hielt man es für ganz selbstverständlich, daß ich sie sehen wollte. Sie waren an Pfähle gebunden und wurden von drei Baqqara bewacht. Ihr Essen bestand in aus Durramehl gebackenen harten Fladen.

An das Ufer zurückgekehrt, suchte ich unauffällig den Hegelikbaum auf, unter welchem Halef auf mich wartete. Ich gab ihm den Auftrag, mit vier Nuehrs um Mitternacht hier zu sein, und ging dann in das Lager zurück.

Die Baqqara aßen und tranken. Man glaubt nicht, welche Quantitäten so ein Beduine vertilgen kann. Ich saß mit dem

„Vater der Liebe" vor seiner Hütte, aß ein Stück Fleisch und trank einige Schluck Wassers dazu. Er erzählte mir von sich, natürlich nur Rühmliches, ich hörte aber zwischen seinen Worten heraus, daß er ein verlorener Sohn und gewissenloser Abenteurer war, dem nichts, auch nicht die Religion, heilig galt. Später kam das Gespräch wieder auf den schon erwähnten Reis Effendina und seinen Helfer Kara Ben Nemsi. Der Engländer ahnte nicht, daß ich dieser letztere war, sonst wäre er nicht in die zornige Drohung ausgebrochen:

„Wehe diesem Kerl und seinem Halef! Morgen werden sie gefangen und sofort aufgehängt!"

„Hm!" meinte ich nachdenklich. „Nach allem, was ich von dir gehört habe, sind diese beiden sehr schlau und vorsichtig und also nicht leicht zu fangen. Wie nun, wenn sie den Scheich ergreifen, anstatt er sie?"

„Was fällt dir ein! Ich sage dir, ehe die Sonne morgen untergeht, sind sie in die Hölle gefahren!"

„Wünschst du das, der du ein Christ ebenso wie Kara Ben Nemsi bist?"

„Ja, ich wünsche es; ich will es, denn solches Ungeziefer muß unschädlich gemacht werden!"

Wie hätte ich ihm geantwortet, wenn ich gedurft hätte! Aber ich mußte vorsichtig sein. Später ging er in die Hütte, um sich schlafen zu legen. Es fiel ihm nicht auf, daß ich im Freien schlafen wollte; er hielt mich für einen Eingeborenen des Landes, dem die giftigen Nebel des Flusses nicht schaden können.

Gegen Mitternacht wurde es ruhig im Lager. Die Baqqara krochen in ihre Hütten und Zelte, und nur die Wächter bei den Herden oben auf der Uferhöhe blieben wach. Ich wartete noch eine Weile und schlich mich dann nach dem Hegelik, wo ich Halef mit den Nuehrs vorfand. Ich teilte ihnen mein Vorhaben mit.

Außer dem großen Floß lagen am Ufer einige kleine Kähne von der Art, wie sie dort gebräuchlich sind; die Planken derselben werden nur mit Baststricken zusammengebunden, und Halef sollte mir nach einiger Zeit in dem anderen mit den Nuehrs folgen und an der Südspitze der Insel anlegen. Die drei Wächter mußten unschädlich gemacht werden. War dies geschehen, so wollten wir die Gefangenen losbinden und auf dem großen Floß in Sicherheit bringen.

Die Sterne leuchteten hell hernieder; ihr verräterischer Schimmer konnte uns leicht verderblich werden; aber schon begann ein leichter Nebel zu wallen, der sich bald verdichtete und uns

Schutz gewährte. Nachdem ich mich überzeugt hatte, daß ich nicht beobachtet wurde, stieg ich in das Boot und ruderte mich nach der Insel. Einer der Wächter rief mich an, beruhigte sich aber, als er mich erkannte. Ich war jetzt Besitzer der Sklaven und hatte das Recht, die Nacht über bei ihnen zu sein. Die beiden andern traten auch herbei; sie still zu machen, war nicht schwer, drei schnelle Kolbenschläge warfen sie in das Gras, wo sie betäubt liegenblieben. Sie wurden, als Halef kam, gebunden und erhielten, um nicht rufen zu können, Knebel in den Mund. Darauf nahmen wir den Sklaven die Fesseln ab. Sie hatten fürchterlich gelitten; um so größer war ihr Entzücken, als sie hörten, daß die Ihrigen gekommen seien, sie zu befreien. Ich hatte große Mühe, sie zum notwendigen Schweigen zu bewegen.

Nun fuhren wir sechs nach dem Floß, um dasselbe herbeizuholen. Im Nebel gelang uns dies sehr leicht. Ruder waren genug vorhanden. Die Befreiten wurden aufgenommen, dann stießen wir das Floß von der Insel und ließen es abwärts gleiten, um eine Strecke unterhalb der Mischrah an das Ufer zu legen. Auf demselben angekommen, durchdrangen wir trotz der herrschenden Dunkelheit den Wald, wendeten uns dann wieder aufwärts, schlugen einen Bogen um die Mischrah und blieben südlich von derselben zwischen den Sträuchern halten. Halef ging, um die in unserm Versteck zurückgebliebenen Nuehrs mit den Pferden zu holen. Nun erst, als diese kamen, konnte ich die Befreiung für gelungen erklären. Jetzt sollte ein wirres Durcheinanderrufen, Danksagungen und dergleichen beginnen, ich mahnte aber streng zur Ruhe, weil es noch galt, Pferde für den Transport zu schaffen. Ich schlich also mit Halef fort, um die Gelegenheit dazu auszuspähen; ich hatte mir den Ort gemerkt, an welchem sich die Pferde befanden. Dort brannte ein Feuer, an welchem die Wächter saßen; es waren nur zwei. Ein Kolbenschlag und noch einer, und sie waren betäubt. Halef ging, die Nuehrs zu holen; eine Viertelstunde später waren diese mit Pferden versehen, freilich aber nicht mit Sätteln, da dieselben sich in den Hütten und den Zelten befanden, wohin wir unmöglich dringen durften.

Die Nuehrs, selbst die Knaben und Mädchen, konnten alle gut reiten. Wir sorgten zunächst dafür, eine Strecke von der Mischrah fortzukommen; dann hielten wir an, um den Geretteten Zeit zu geben, ihrem Jubel Luft zu machen. Das taten sie denn in so ausgiebiger Weise, daß mir die Ohren gellten. Dann, als sie sich nach und nach beruhigt hatten, wurde Beratung gehalten über die Richtung, welche einzuschlagen war.

Es war für die Nuehrs ganz unmöglich, sich direkt nach ihrer Heimat am Bahr el Ghasal zu wenden. Zu einem so weiten Ritt waren sie in keiner Weise ausgerüstet. Dazu kam, daß ich sie dorthin nicht begleiten konnte, da mein Weg in die entgegengesetzte Richtung, nach Norden, führte. Dort lag, einen guten Tagesritt von der Mischrah entfernt, das Dorf Qaua, wo die Regierung die bedeutendsten Niederlagen am weißen Nil hatte. Dort fanden die Nuehrs sicher Schutz und Unterstützung, und so gingen sie auf meinen Vorschlag ein, dorthin zu reiten.

Als wir uns in Bewegung setzten, brach der Morgen an, so lange hatten wir doch zugebracht. Wir ritten so schnell, wie möglich, denn es war zu erwarten, daß uns die Baqqara verfolgen würden. Leider beeinträchtigte das sattellose Reiten unsere Schnelligkeit bedeutend; daher kam es, daß wir schon nach drei Stunden die Verfolger hinter uns bemerkten. Es waren wohl gegen vierzig bewaffnete Reiter, welche ihre Tiere mit Schlägen antrieben.

„Sie mögen kommen!" drohte Abu djom, der Blatternarbige, indem er seine lange Flinte schwang. „Wir werden sie alle töten!"

„Glaub das nicht", antwortete Halef. „Du bist ein tapferer Krieger; aber was sind eure Messer und Spieße gegen ihre Gewehre, deren Kugeln weiter gehen, als ihr eure Speere werfen könnt? Da wird mein Sihdi mit seinem Henrystutzen helfen müssen."

„Wie wird er das tun?"

„Das sollst du sogleich sehen", fiel ich ein, indem ich mein Pferd anhielt. „Laß deine unbewaffneten Frauen, Knaben und Mädchen geradeaus weiterreiten, die Männer bleiben hier mit uns halten. Wir nehmen die Baqqara auf uns."

Die Genannten ritten davon; die zwanzig Bewaffneten blieben halten. Ich stieg vom Pferd und nahm den Stutzen zur Hand. Sobald die Baqqara in Schußweite gekommen waren, zielte ich und gab schnell hintereinander fünf Schüsse ab. Die fünf vordersten Pferde stürzten, auf die Reiter hatte ich nicht zielen wollen, denn Menschenblut vergießt man nicht ohne große Not. Die Verfolger ritten dennoch weiter. Fünf oder sechs fernere Schüsse warfen ebensoviele Pferde nieder. Da hielten sie nun doch an. Sie erhoben ein wütendes Geheul und berieten sich. Ich füllte die Patronenkugel wieder und hörte dabei, daß der Name Selim Mefarek, den ich mir beigelegt hatte, einigemal zornig genannt wurde. Dann kam der „Vater der Liebe", welcher bei ihnen war, langsam auf uns zugeritten und gab mit der Hand das Zeichen, daß er als Unterhändler komme. Wir ließen ihn nahe heran.

„Was soll das bedeuten?" fuhr er mich zornig an. „Erst kaufst du die Sklaven, ohne sie sofort zu bezahlen, und dann befreist du sie und stiehlst noch unsere Pferde dazu!"

„Du irrst", antwortete ich lächelnd: „Selim Mefarek hat sie gekauft, ich nicht."

„Du bist doch Mefarek!"

„Nein; der war gestern bei dir. Ich aber bin der deutsche Kara Ben Nemsi, und hier neben mir siehst du meinen Hadschi Halef Omar. Wir sollen heut, ehe die Sonne untergeht, in der Hölle sein. Wißt ihr vielleicht, Mister Gibson, wo ihr euch da befinden werdet?"

Er sah mich einige Augenblicke lang betroffen an; dann ging eine plötzliche, gewaltige Bewegung über sein Gesicht. Er stieß einen grimmigen Fluch aus und fügte hinzu:

„Dieser deutsche Hund also! Da mußt du erst recht zur Hölle und zwar sofort!"

Er legte blitzschnell sein Gewehr auf mich an; noch schneller aber krachte es hinter mir; das Gewehr glitt ihm aus den Händen; er wankte und fiel aus dem Sattel zur Erde nieder – Abu djom hatte ihn erschossen, ihn grad ins Herz getroffen.

Als die Baqqara dies sahen, sprengten sie mit gellendem Geschrei wieder auf uns ein; sie kamen nicht weit; mein Stutzen räumte unter ihren Pferden auf; sechs, acht, zehn, zwölf stürzten; das half; die auf ihnen gesessen hatten, rannten heulend davon, und die Reiter kehrten um und folgten ihnen. Wir waren sie nun sicher los. Das verdoppelte die Kampflust der Nuehrs; sie wollten ihnen nach; es gelang mir aber, sie davon abzuhalten. Ich untersuchte den „Vater der Liebe"; er war tot. Ich will ihm wünschen, daß er nicht dahin gegangen ist, wohin, wie er gestern abend sagte, ich geschickt werden sollte. Wir ließen ihn für die Baqqara, welche später jedenfalls zu ihm zurückkehrten, liegen, und ritten weiter.

Am Abend kamen wir in Qaua an, wo die Beamten sich der Nuehr Eliab annahmen. Sie sind, wie ich später erfuhr, glücklich am Bahr el Ghasal angekommen und haben dann auf einem siegreichen Kriegszug die Baqqara gezwungen, den hohen Blutpreis für die bei dem Sklavenzug Ermordeten zu zahlen. Es ist seit jener Zeit den Baqqara nicht wieder eingefallen, eine Ghasuah gegen die Nuehrs zu unternehmen.

Nûr es Semâ – Himmelslicht

I.
Nûr esch Schems

Es war Mitte Dezember. Wir kamen von Bagdad herauf und wollten meinen Freund Amad el Ghandur, den Scheich der Haddedihn-Araber vom großen Stamm der Schammar besuchen. Wenn ich sage „wir“, so ist damit außer mir nur noch mein kleiner, wackerer und treuer Diener Hadschi Halef Omar gemeint. Wir waren vor Jahren bei den Haddedihn gewesen, hatten ein gutes Andenken zurückgelassen und wußten, daß sie uns mit großer Freude bewillkommnen würden.

Es war eigentlich ein kleines Wagnis, daß wir zwei es unternahmen, fast das ganze Mesopotamien so allein der Länge nach zu durchreiten. Die freien Ebenen, welche zwischen dem Euphrat und Tigris liegen, sind von vielen Araberstämmen bewohnt, welche nicht nur sich gegenseitig immerfort befehden, sondern auch mit der türkischen Obrigkeit in stetem Hader liegen und jeden fremden Reisenden und sein Eigentum als gute Beute betrachten. Aber es war uns trotzdem nicht bange. Wir hatten grad in dieser Beziehung reiche Erfahrungen gemacht, kannten das Land und seine Bewohner genau und wußten, daß wir uns in jeder Beziehung und Gefahr aufeinander verlassen konnten. Besser war es immer, allein zu reisen, als unter dem sogenannten Schutz eines türkischen Soldaten, dessen Gegenwart uns nicht nur nichts nützen, sondern im Gegenteil nur schaden konnte. Wir hatten das erlebt.

Der kürzeste Weg hätte uns am Fluß hinaufgeführt; da sich aber die Beduinenhorden, welche wir vermeiden wollten, grad in dessen Nähe zu ziehen pflegen, so waren wir erst dem Wasser des kleinen Dijala gefolgt und ritten nun den Adhem entlang, um in der Nähe des Dschebel Hamrin nach Westen umzubiegen und bei Tekrit über den Tigris zu setzen.

Was unsere Ausrüstung betraf, so besaßen wir zwei gute Pferde und vortreffliche Waffen. Mein amerikanischer Henrystutzen hatte schon manchen Gegner in Schach gehalten. Dazu als Proviant mehrere Beutel voll Mehl und Datteln, für unsere Pferde das saftige Grün der Dschesireh, welcher es in der jetzigen Jahreszeit nicht an Regen mangelte – was brauchten wir mehr!

Es war am Vormittag; die Mündung des Adhem lag weit hinter uns, und schon gegen Abend hofften wir, die Höhen des Dschebel Hamrin zu sehen. Die Steppe, welche in der tropischen Glut des Sommers eine Wüste bildet, glich einem Gras- und Blumengarten, dessen Blütenstaub die Beine unserer Pferde gelb färbte. Sie bildete hier in dieser Gegend keine vollständige Ebene; es gab Bodenerhebungen genug, wenn dieselben auch nicht bedeutend waren, und dazwischen zahlreiche Einsenkungen, welche oft eine beträchtliche Tiefe und Breite besaßen. Diese Rinnen mit den eingefallenen Wänden waren die Überreste des einstigen Bewässerungssystems, welches die Dschesireh unter persischer Herrschaft zum fruchtbarsten Land des Reiches gemacht hatte. Auch kamen wir durch einige größere Talmulden, welche wohl selbst noch zur Kalifenzeit als große Wasserreservoirs gedient haben mochten. Etliche von ihnen waren so tief, daß wir auf ihrem Grund wie zwischen Bergeshöhen hinritten.

Mitte Dezember, und doch gab es eine Wärme wie in Deutschland im Juli und August! Die Pferde begannen allmählich unter derselben zu leiden, und wir machten gegen Mittag halt, um sie ausruhen zu lassen. Am Rand eines der erwähnten einstigen Bewässerungsgräben setzten wir uns in das Gras und zogen unsere Tschibuks hervor, um von dem aus Bagdad mitgebrachten Tabak eine Pfeife zu rauchen. Während wir dies taten, deutete Halef nach Osten und sagte:

„Schau, Sihdi! Sind das nicht Reiter, welche sich dort bewegen?“

Ich saß mit dem Gesicht westwärts gerichtet, drehte mich um, blickte in die angedeutete Gegend und antwortete:

„Ja, es sind, wie es scheint, zwei Reiter, welche ein Lastpferd bei sich haben. Deutlich kann man es nicht erkennen, weil die Entfernung zu groß ist.“

„Wer mögen sie sein?“

„Das werden wir erfahren. Sie haben gleiche Richtung mit uns, und da sie langsam reiten, werden wir sie nachher bald einholen. Da ihre Anzahl nicht größer ist, haben wir von ihnen nichts zu befürchten.“

Nach ungefähr zwei Stunden ritten wir weiter und trafen bald auf die Fährte derer, die wir gesehen hatten. Sie schienen später schneller geritten zu sein, wie wir an ihren Spuren sahen. Wir beeilten uns nicht, denn wir hatten keinen Grund, sie einzuholen, blieben aber in ihren Stapfen, da sie wirklich unsere Richtung eingehalten hatten. Wie vermutet, sahen wir gegen Abend den Dschebel Hamrin, welcher seine Höhen nach Nordwesten zog, und gelangten in eines der vorhin erwähnten Täler, in welchem wir die Nacht zuzubringen beschlossen, weil ein kleines Wässerchen durch dasselbe floß. Wir konnten trinken und auch die Pferde trinken lassen.

Das Tal beschrieb einen Bogen; darum konnten wir es nicht bis ans Ende übersehen. Wir lagerten uns am Eingang desselben. Die hohen Wände schützten uns vor dem stets kühlen Wind der Nacht.

Es war meinem Halef nicht eingefallen, unterwegs anzuhalten und abzusteigen, um die vom Islam vorgeschriebenen Gebete zu verrichten, und auch jetzt betete er weder das Moghreb noch das Aschiah, die Gebete bei Sonnenuntergang und eine Stunde nach demselben. Er war ein sehr eifriger Mohammedaner gewesen, durch sein Zusammenleben mit mir aber, obgleich er sich noch einen Mohammedaner nannte, innerlich ein Christ geworden. Wir rührten in dem mitgebrachten Becher Mehl und Wasser zusammen, aßen dies und einige Datteln dazu, banden den Pferden die Vorderbeine so zusammen, daß sie zwar grasen, aber sich nicht weit entfernen konnten, und legten uns dann schlafen.

Da wir so zeitig zur Ruhe gegangen waren, wachten wir am andern Morgen sehr früh auf; der Tag begann zu grauen. Wir aßen einige Datteln, sattelten die Pferde und ritten weiter. Wir kamen an den Bogen, den das Tal macht, und wollten eben um die innere Ecke desselben biegen, als wir jenseits derselben eine laute Stimme rufen hörten:

„Hai alas-sallah ia mu'minin! Allah akbar; Allahu akbar – Auf zum Gebet, ihr Gläubigen! Gott ist groß; Gott ist groß!"

Wir ritten sofort ein Stück zurück, stiegen ab und gingen dann vorsichtig wieder vor, um, hinter der Krümmung versteckt, nach vorn zu sehen, was für Leute wir vor uns hatten.

Was wir da erblickten, war keineswegs erfreulich. Es lagerte da ein Trupp von gegen zwanzig sehr gut bewaffneten Männern mit ihren Tieren. Wir zählten sechzehn Reit- und acht Lastkamele, dazu sieben Pferde. Wie konnte das stimmen? Da waren doch wenigstens drei Pferde zu viel! Diese Männer knieten jetzt auf ihren Gebetsteppichen und beteten das Fagr, das Gebet bei der Morgenröte. Ihre Tiere waren alle abgesattelt und grasten. Die Sättel lagen auf einem Haufen beisammen; daneben standen die Gegenstände, welche die Lastkamele getragen hatten – sechzehn hölzerne Särge, je zwei für ein Kamel. Wir hatten eine sogenannte Karwan el Amwat, eine Karawane der Toten vor uns. Und da, hinter diesen Särgen, sahen wir zwei Menschen liegen, welche an Händen und Füßen gefesselt waren. Das erklärte das Rätsel der überflüssigen Pferde. Nämlich die zwei Reiter, welche wir gestern gesehen hatten, waren hier auf die Karawane gestoßen und von den Leuten derselben ergriffen worden.

Diese letzteren waren keine Sunniten, sondern Schiiten. Die Sunniten, welche man die orthodoxen Mohammedaner nennen könnte, erkennen Abu Bekr, Omar und Othman als Kalifen an, während die Schiiten diese drei verwerfen und nur Ali und dessen Nachfolger für rechtmäßig erklären. Zwischen beiden herrscht ein grimmiger Haß, welcher besonders zur Zeit der schiitischen Wallfahrten in hellen Flammen auflodert. Dieser Haß ist eine Folge der Leiden, welche die Söhne Alis auszustehen hatten. Der Jüngere von ihnen, Hussein, wurde ermordet und in Kerbela begraben; darum ist diese Stadt der heiligste Wallfahrtsort der Schiiten, welche ihre Toten von weither bringen, um sie dort zu begraben. Diese Leichen werden bis zu einer passenden Gelegenheit aufbewahrt, um dann in größeren oder kleineren Karawanenzügen nach Kerbela geschafft zu werden. Während dieser Totenzüge befinden sich die Beteiligten in einer religiösen Aufregung, welche an Wahnsinn grenzt und sie zu allen Untaten gegen Andersgläubige fähig macht; den Beweis dazu hatten wir jetzt vor uns liegen.

„Siham Allah fi ada ed din – Allah möge die Feinde der Religion durchbohren!“ flüsterte mir Halef zu. „Das sind ja verdammte Schiiten! Sie haben die beiden Reiter überfallen und werden das auch mit uns tun wollen, wenn sie uns sehen. Sihdi, was werden wir beginnen?“

„Schnell fliehen“, antwortete ich, um ihn auf die Probe zu stellen.

Was ich vermutet hatte, das geschah: Der kleine wackere Mann antwortete zornig:

„Fliehen? Zwei solche Männer wie wir sind? Vor diesen gemeinen Totengräbern? Ja, es wäre klüger, sie zu meiden; aber sollen wir den Gefangenen nicht beistehen? Das wäre feig! Wer weiß, was sie mit ihnen vorhaben. Diese tollen Bekenner der Schia sind imstande, sie qualvoll zu töten. Wir müssen die armen Teufel retten, und ich hoffe, Sihdi, daß du damit einverstanden bist!"

„Allerdings, aber da dürfen wir nicht hierbleiben; wir müssen uns einen Punkt aussuchen, welcher ihr Lager besser beherrscht und unsern Leibern Sicherheit bietet. Komm!"

Wir stiegen wieder auf, ritten bis an den Ausgang des Tales zurück und bogen dann außerhalb desselben scharf ein, um an seinem Rand emporzureiten, bis wir uns grad über der Karawane befanden. Da stiegen wir wieder ab, trieben unsere Pferde eine Strecke fort, damit sie nicht von unten gesehen werden konnten, legten uns auf die Erde nieder und krochen vorsichtig bis an den Rand, um in das Tal hinabzublicken.

Wir befanden uns auf einer vielleicht zwanzig Ellen hohen und ziemlich steilen Böschung, grad über dem Mittelpunkt des Lagers. Dieses hatte eine so geringe Ausdehnung, daß ich mit meinem Henrystutzen die zehnfache Länge hätte bestreichen können. Das Gebet war vorüber; man hatte den Gefangenen die Fesseln an den Füßen gelöst und einen Kreis um sie gebildet, in dessen Mitte sie standen, und beriet sich unter wüstem Geschrei, welches Schicksal sie erleiden sollten.

Eben zuckte der erste Strahl der aufgehenden Sonne über das Tal; da erhob der eine der Gefangenen die gefesselten Hände und rief:

„Ia schems, ia schems! Ia schems, il hamdulillah – O Sonne, o Sonne! O Sonne, Gott sei Dank! Du wirst uns retten vom gräßlichen Tod, der uns droht, denn wir stehen im Nur esch Schems, unter deinem Licht und Schutz! Laß uns nicht schon jetzt über die Brücke Tschinevad ins Jenseits schreiten, sondern vertreib mit deinen Strahlen die bösen Geister Ahrimans und sende uns Ormuzds reine Engel zu Hilfe!"

Ein schallendes Hohngelächter antwortete ihm, und das Brüllen und Schreien begann von neuem in einer Weise, daß wir die einzelnen Worte und Ausrufe nicht unterscheiden und verstehen konnten. Aus seinen Worten hatten wir gehört, daß er ein Parse war, also einer der Anhänger der zoroastrischen Lehre, welche die Sonne und das Feuer als Sinnbilder ihres guten Gottes Ormuzd anbeten. Als eine Pause in dem Geschrei entstand, rief er wieder mit erhobenen Armen:

„Ia schems, ia ilaha, ia nefisa, ia challasa – O Sonne, o Göttliche, o Herrliche, o Retterin! Du mußt und wirst uns retten, denn ich trage ja dein Tilsim – Talisman – auf meinem Herzen!"

Wieder wurde mit Gelächter geantwortet, und dann gebot einer, welcher der Anführer war:

„Macht es kurz mit den ungläubigen Hunden; ihnen geschehe, wie ich schon gestern abend geboten. Wir haben hier ja Platz zur Runde!"

Was für eine Runde sollte das sein? Was meinte er mit diesem Worte? Wir sollten es gleich sehen. Es wurden mehrere Stricke zusammengeknüpft und mit dem einen Ende an den Nasenriemen eines Pferdes befestigt; das andere nahm einer der Kerle in die Hand. Dann schlang man den Gefangenen kürzere Stricke um die Handgelenke und band dieselben rechts und links an den Bauchgurt des Pferdes.

„O Allah! Man will sie zu Tode schleifen! Siehst du es, Sihdi?" fragte Halef.

Natürlich sah ich es! Das Pferd sollte an dem langen Strick, welcher als Longe diente, im Kreise herum getrieben werden und die beiden armen Menschen hinter sich herschleppen, bis sie tot waren. Wir durften nicht längern zögern, denn schon machten sich mehrere Schiitten mit ihren langen Lanzen bereit, das Pferd mit den Spitzen derselben anzutreiben.

„Fangt an!" gebot der Anführer. „Was zögert ihr lange!"

Da erhob ich mich mit Halef und rief hinab:

„Halt, bei Allah, haltet ein, wenn ihr nicht selbst verderben wollt!"

Sie fuhren alle herum und blickten vor Überraschung sprachlos zu uns herauf.

„Bindet diese beiden Männer augenblicklich los, und gebt sie frei, sonst sterben nicht sie, sondern ihr fahrt zur Dschehennah – zur Hölle!"

Die Leute schwiegen noch immer, so betroffen waren sie; dann fragte der Anführer:

„Wer seid ihr denn, daß ihr es wagt, uns stören zu wollen?"

„Wir sind Retter in der Not, denen niemand widerstehen kann. Mein Gewehr allein reicht hin, euch alle in einer Minute zu töten. Paßt auf, ich werde es euch beweisen; da drüben steckt eine Lanze in der Erde; ich werde ohne zu laden, sechs Löcher in dieselbe schießen."

Ich hatte dieses Experiment mit meinem Stutzen oft gemacht, und stets war es mir gelungen, die Betreffenden dadurch einzuschüchtern. Vielleicht war es mir auch jetzt möglich, die Gefangenen durch dasselbe zu befreien und Blutvergießen zu verhüten. Ich legte also den Stutzen an, zielte und drückte schnell hintereinander ab. Sie eilten nach dem letzten Schuß hin, die Lanze zu betrachten, wodurch ich Zeit gewann, die sechs verschossenen Patronen unbemerkt von ihnen zu ersetzen. Es ertönten laute Ausrufe der Verwunderung; den Anführer hörten wir sagen:

„Allah bewahre uns! Das ist ein Dschiht es Sihr, ein Zaubergewehr, welches man nicht zu laden braucht und womit man dennoch ganz genau die Ziele trifft."

„Du hast recht gesprochen", antwortete ich. „Eine Minute genügt, euch alle mit dieser Zauberflinte tot ins Gras zu strecken; es schießt so schnell und sicher, daß keiner von euch Zeit zur Flucht finden würde. Gebt also die Gefangenen frei, sonst schieße ich!"

„Seid nur ihr zwei da oben?" fragte er.

„Zwei oder hundert, das ist ganz gleich; mein Gewehr allein genügt."

„Wir schießen auch!"

„Versucht's einmal! Eure Flinten liegen dort bei den Särgen. Wer Miene macht, die seinige zu holen, der bekommt meine erste Kugel, und dann hält das Zaubergewehr nicht eher mit Schießen ein, als bis ihr alle getroffen seid."

„Du bist der Scheitan – der Teufel – selbst, sonst hättest du keine solche Flinte und könntest uns nicht so furchtlos drohen!"

„Wenn du das meinst, so beeile dich! Ich gebe euch nur so viel Zeit, als nötig ist, dreimal die Fathha zu beten, dann schieße ich!"

„El kuwwe a'leija – die Gewalt ist gegen mich. Gott verbrenne dich! Ich werde mich mit meinen Leuten beraten!"

„Und ich bete indessen dreimal die Fathha. Wenn ich zu Ende bin, trifft meine erste Kugel das Pferd, an welchem die beiden hängen, in den Kopf und die zweite dich!"

Das Tier tat mir leid; aber ich sah voraus, daß ich es opfern mußte, um den Schiiten Schreck einzujagen und dadurch Blutvergießen zu vermeiden. Sie berieten sich wild gestikulierend halblaut miteinander, ich wartete vielleicht zwei Minuten und rief dann hinab:

„Die Frist ist zu Ende, es geht los!" Hierauf zielte ich nach dem Pferd und drückte ab. Es wankte einige Male herüber und hinüber und fiel dann nieder, um noch kurze Zeit mit den Beinen um sich zu schlagen. Dann richtete ich mein Gewehr auf den Anführer.

„Battil – halt ein!“ schrie er, als er dies sah. „Wir werden die Hunde freigeben!“

„Augenblicklich?“

„Sofort!“

„Mit ihren Pferden und allem, was ihr ihnen genommen habt!“

„Verlangst du auch das?“

„Ja, wenn ihnen das Geringste fehlt, hört ihr kein Wort mehr von mir, desto mehr aber Schüsse!“

„Jil'an daknak, addak el hemm – verflucht sei dein Bart, und Unheil treffe dich!“

„Fluche nicht, sondern beeile dich, sonst schieße ich doch! Die beiden Männer mögen dann ihren Weg schnell fortsetzen!“

Was so ein Repetiergewehr bei solchen unwissenden und abergläubischen Menschen tut! Sie banden die Gefangenen los und gaben ihnen ihre Pferde. Wegen der übrigen Gegenstände gab es freilich ein längeres Gezänk, da dieselben schon verteilt worden waren; doch war nach meiner letzten Drohung höchstens eine Viertelstunde vergangen, so hatten sie alles beisammen und konnten weiterreiten. Ehe sie ihre drei Pferde in Bewegung setzten, rief der eine zu uns herauf:

„Ia sejjid, ia weli en niam, Allah jebarik fik; Allah jesellimak – o Herr, o Wohltäter, Allah segne dich, Allah erhalte dich!“

„Reitet fort; wir sehen uns wieder!“ rief ich ihnen zu. Dann machten sie sich schnell davon, und zwar im schnellsten Galopp, der ihren Pferden möglich war.

Als wir glaubten, daß die beiden Geretteten weit genug fort seien, stiegen auch wir in unsere Sättel und ritten ihnen nach. Verfolgt wurden wir von den Schiiten nicht, und hätten sie es getan, so wären wir imstande gewesen, sie mit unsern Gewehren, welche viel weiter trugen, als die ihrigen, von uns fernzuhalten.

Die beiden Geretteten waren noch nicht am Horizont verschwunden; wir galoppierten hinter ihnen her. Als sie uns bemerkten, hielten sie an, uns zu erwarten. Der eine von ihnen, welcher vorhin zu uns gesprochen hatte, war besser gekleidet als der andere; er rief uns, noch ehe wir sie erreicht hatten, entgegen:

„Ihr kommt uns nach? Darüber ist mein Herz erfreut, denn nun ist es mir möglich, euch besser Dank zu sagen, als es vorhin möglich war.“

„Danke Gott und nicht uns!“ antwortete ich ihm. „Er war es, der uns zur rechten Zeit zu euch führte. Was wir getan haben, war nichts als unsere Pflicht, und für die Erfüllung einer Pflicht hat niemand Dank zu fordern."

„Das ist wahr; aber euer Pflichtgefühl brachte euch selbst in eine so große Gefahr, daß hundert andere sich vor derselben gefürchtet hätten. Nimm also meine Hand, Sihdi, und sage mir, wie ich dir wieder dienen kann!"

„Deine Hand ist mir willkommen; hier ist die meinige. Hattet ihr denn diese Perser beleidigt?"

„Nein. Sie sind keine Perser, sondern aus der Gegend von Suleimania, welches noch diesseits der Grenze liegt. Wir trafen auf sie, grad als sie, die uns entgegenkamen, lagern wollten. Wir grüßten und wollten an ihnen vorüber; da hielten sie uns an, weil sie glaubten, daß wir Sunniten seien. Als ich ihnen sagte, daß ich ein Parse bin, wurde ihr Haß noch größer als vorher, und sie bemächtigten sich unser, um uns für den Tod ihres Hussein sterben zu lassen."

„Wo kommt ihr her?"

„Aus Bagdad. Mein Vater ist der Parsenkaufmann Wikrama, und ich heiße Alam. Wir wollen zu den Anezeh-Arabern, um meinen Vater aus der Gefangenschaft derselben zu befreien."

„Wie? Er ist Gefangener der räuberischen Anezeh? Wie konnte er, ein Bagdader Kaufmann, in die Hände dieser Leute fallen?"

„Er reiste nach Mossul, um einem Geschäftsfreund eine große Summe Geldes zu bringen, wurde aber von ihnen überfallen und ausgeraubt. Sie sind mit dieser Summe nicht zufrieden und verlangen noch ein hohes Lösegeld. Ist dasselbe nicht zur bestimmten Zeit bezahlt, so werden sie ihn töten."

„Du willst das Geld zu ihnen bringen?"

„Ja, aber nicht die ganze Summe, welche sie verlangt haben, denn es war mir unmöglich, dieselbe aufzubringen. Durch den Verlust, den er erlitten hat, sind wir arm geworden, denn was die Anezeh ihm abgenommen haben, war fast unser ganzes Vermögen. Ich habe geborgt, soviel ich konnte, und doch kaum die Hälfte der Summe zusammen, welche die Beduinen verlangt haben, doch hoffe ich, daß sie damit zufrieden sein werden. Sollte dies nicht der Fall sein, so wende ich mich an den berühmten Einsiedler auf dem Felsen Wahsija, von dem ich hörte, daß er große Macht über sie habe."

„Welch eine Unvorsichtigkeit, hier von diesem Geld zu erzählen! Wie nun, wenn wir Räuber wären und euch dasselbe abforderten?"

„Ihr würdet es nicht finden, wie es die Schiiten auch nicht gefunden haben. Es ist gut versteckt. Übrigens seid ihr unsere Retter, denen ich vertrauen darf, und auf alle Fälle habe ich zwei Talasim bei mir, welche mich aus jeder Gefahr retten werden."

„Vertraue keinem Talisman und keinem Amulett, o Jüngling! Gott allein ist der Retter. Das Gebet vermag mehr als alle Talasim der Welt."

„Meine Talasim sind eben Gebete. Sobald ich meine rechte Hand auf die Stelle lege, an welcher sie sich befinden, ist die Rettung da. Als ich vorhin die Sonne anrief und die gefesselten Hände auf die Brust legte, an welcher meine Talasim ruhen, sandte sie euch sofort, uns zu befreien. Wo kommt ihr her, und wo wollt ihr hin, o Sihdi?"

„Wir kommen von Bagdad und wollen zu den Haddedihn-Beduinen, um deren Scheich, welcher unser Freund ist, zu besuchen. Ich werde Kara Ben Nemsi genannt, und hier ist Hadschi Halef Omar, mein Begleiter."

„Zu den Haddedihn? So müßt ihr wohl auch nach Tekrit und über den Tigris hinüber?"

„Ja. Dann werden wir am Thartharfluß hinaufreiten."

„Das ist ja auch unser Weg! Sihdi, erlaubst du, daß wir mit euch reiten?"

Es lag mir gar nicht viel daran, diese beiden jungen und jedenfalls unerfahrenen Menschen bei mir zu haben; sie konnten uns nichts nützen; dennoch antwortete ich:

„Wenn ihr euch in unsere Art und Weise fügt, werdet ihr uns willkommen sein. Also vorwärts nach Tekrit, damit wir keine Zeit verlieren!"

Ich setzte mein Pferd in Bewegung; er hielt sich sogleich an meine Seite und sagte:

„Du wirst es nicht bereuen, uns bei dir zu haben. Wir kommen durch Gegenden, in denen es viele Gefahren gibt. Aber meine Talismane werden uns beschützen und auch dir zugute kommen. Der eine ist ein Talisman der Sonne; ich befinde mich im Nur esch Schems, im Licht und Schutz der Sonne, welche wir verehren, und kein Feind wird uns etwas anhaben können."

„Sie ist ein Werk des allmächtigen Schöpfers, ohne den sie nichts wäre. Wer in seinem Licht wandelt, der steht unter dem mächtigsten Schutz, den es im Himmel und auf Erden gibt!"

II.
Nûr el Hilal

Es war einige Tage später. Wir hatten Tekrit, diese jetzt so klein und unbedeutend gewordene Ortschaft, hinter uns, waren auf Schilfflößen über den Tigris gegangen, noch eine Strecke westlich in die Steppe hineingeritten und befanden uns nun an dem kleinen Fluß Tharthar, an dessen Ufer wir aufwärts ritten. Hier hatten wir Wasser, so viel wir brauchten, Weide die Fülle und konnten uns, falls uns eine feindliche Begegnung drohte, frei nach allen Richtungen wenden, was nicht möglich gewesen wäre, wenn wir uns am Ufer des Tigris gehalten hätten.

Und eine solche Begegnung lag keineswegs außerhalb des Bereiches der Möglichkeit. Wir hatten nämlich zu unserm Leidwesen in Tekrit erfahren, daß Feindseligkeiten zwischen den Stämmen der dortigen Beduinen ausgebrochen seien. Der erste Grund dazu war eine Räuberei der Abu Hammed gegen die Alabeïde gewesen; diese beiden Stämme hatten befreundete Abteilungen an sich gezogen und machten nun mit ihren gegenseitigen Plänkelzügen die ganze Gegend unsicher.

Halef und ich hatten uns ganz besonders vor den Abu Hammed zu hüten, denn wir waren vor Jahren mit dabeigewesen, als sie von den Haddedihn besiegt und tief gedemütigt worden waren. Wenn wir ihnen in die Hände gerieten, hatten wir nichts Gutes zu erwarten. Darum hielten wir die Augen offen.

Was unsern Begleiter, den Parsen Alam, betrifft, so war ich mit seiner Anwesenheit vollständig ausgesöhnt; er war zwar jung, unerfahren und wohl auch unvorsichtig, dabei aber für mich eine sehr interessante Persönlichkeit. Er hatte einen Parsen zum Vater und war in Bagdad von einer mohammedanischen Mutter geboren worden; infolgedessen bekannte er sich äußerlich zum Glauben seines Vaters und hielt es doch innerlich mit demjenigen seiner Mutter. Halb Sonnen- und Feueranbeter und halb Moslem, war er doch keins von beiden; dabei besaß er eine durstige Seele, rang nach Licht und Wahrheit und hatte doch weder das eine noch das andere zu finden vermocht. Er fühlte die Fesseln des Aberglaubens, unter welchem er stand, wollte gern frei von ihnen sein und konnte doch nicht loskommen.

Es war gar kein Wunder, daß er in dieser innern Bedrängnis das Gespräch auf die Religion brachte. Er hatte mich für einen Moslem gehalten; als er dann hörte, daß ich Christ sei, wurde er noch offener, als er vorher gewesen war und legte mir eine Menge Fragen vor, welche ich alle beantworten sollte. Es fiel mir nicht ein, mich nun sofort als Missionär zu gebärden; das wäre ein unverzeihlicher Fehler gewesen; ich erwähnte meinen Glauben und seine Lehren mit keinem Wort, sondern schlug den wenn auch indirekten aber um so sicheren Weg ein, ihm durch kurze, klare und überzeugende Bemerkungen zu beweisen, daß der seinige haltlos sei.

Vom Morgen bis zum Abend sprachen wir von fast nichts anderem; er wurde nachdenklicher und immer nachdenklicher, so daß ich überzeugt war, daß meine Worte fest in seinem Innern hafteten. Auf diese Weise hatte ich auch meinen Halef bekehrt, der mich partout zum Mohammedaner hatte machen wollen. Der kleine, treue Mann hörte unsern Wechselreden schweigend zu, konnte sich aber, als ich gelegentlich einmal neben ihm ritt, nicht enthalten, heimlich zu mir zu sagen:

„Sihdi, erinnerst du dich noch daran, daß ich dich damals zum Islam bekehren wollte, du mochtest wollen oder nicht?"

„Ja."

„Und nun ist mir dein Glaube lieber als der unsrige, obgleich ich dies noch niemand sagen mag. Ich bemerke, daß dieser Parse eines Tages ebenso denken wird wie ich, trotz der Talismane, welche er bei sich trägt."

Er hatte also an Alam ganz dieselbe Beobachtung wie ich gemacht. Nebenbei mag hier bemerkt werden, daß der Begleiter des Parsen ein junger Mann war, welcher jetzt in seinem Dienst stand und früher eine Art Hausierhandel unter den Beduinen getrieben hatte, die Gegend und deren Bewohner also einigermaßen kannte und darum als jetziger Begleiter nicht schlecht gewählt worden war. Für mich freilich konnte dieser einfache und vollständig harmlose Mann nicht die mindeste Bedeutung haben. Er ritt auch immer sehr bescheiden hinter uns her.

Der Tharthar hat im Sommer wenig oder fast gar kein Wasser; dann gibt es nur an seinen Ufern etwas Grün; in der Steppe aber sind die Pflanzen vollständig abgestorben, und die Beduinen halten sich mit ihren Herden in der Nähe des Tigris oder suchen den westwärtsfließenden Euphrat auf. Jetzt gab es Wasser in dem Flüßchen, doch nicht so viel, daß uns der Übergang schwer geworden wäre. Wir konnten, wenn es notwendig war, in jedem Augenblick hinüber und wieder herüber, ganz wie es unsere Sicherheit erforderte.

Bis jetzt hatten wir keine Begegnung gehabt; heute aber, als die Sonne vielleicht drei Viertel ihres Laufes vollendet hatte, sahen wir vier Reiter, welche südwestlich aus der Steppe kamen und auf den Fluß zuhielten, an welchem sie mit uns zusammentreffen mußten. Als sie uns bemerkten, hielten sie für kurze Zeit an, um sich zu besprechen; dann setzten sie ihre Pferde in Galopp und kamen auf uns zu. Wir ritten unsern Schritt weiter, da wir vier Männer jedenfalls nichts zu fürchten hatten. Erst als sie uns ganz nahe waren, hielten wir, wie uns die Höflichkeit gebot, an. Sie sahen grad so aus wie alle Beduinen; es gab nichts an ihnen, was uns hätte mißtrauisch machen können. Sie grüßten uns höflich und wir dankten ihnen. Sie waren jung; der älteste von ihnen konnte fünfundzwanzig Jahre zählen. Er fragte uns, zu welchem Stamm wir gehörten.

„Wir sind fremd“, antwortete ich unbestimmt. „Unsere Väter haben nicht in der Wüste, sondern in Städten gewohnt.“

„Wohin wollt ihr?“

„Zu dem frommen Einsiedler auf dem Felsen von Wahsija. Du siehst, daß unsere Reise eine sehr friedliche ist.“

Ich mußte in dieser Weise antworten, weil ich noch nicht wußte, zu welchem Stamm diese Leute gehörten.

„Habt ihr ein Gelübde getan, daß ihr zu dem Einsiedler wollt?“ fragte er weiter.

„Nein. Wir wollen ihm nur ein Geschenk und eine Bitte bringen. Bei welchem Stamm stehen eure Zelte?“

„Wir gehören zum mächtigen Stamme der Alabeïde.“

„Der Alabeïde?“ rief Halef erfreut aus. „Wo befindet sich derselbe?“

„Nicht weit von hier am Fluß. Wir werden unser Lager noch vor Abend erreichen“, antwortete der Mann dem kleinen, unvorsichtigen Frager.

„Dann reiten wir mit euch, denn wir sind alte Bekannte und Freunde eures Stammes.“

„Ihr? Wieso?“

Halef deutet auf mich und antwortete stolz:

„Hier seht ihr den berühmten Emir Kara Ben Nemsi. Kennt ihr seinen Namen? Und ich bin Hadschi Halef Omar, sein Freund und Gefährte. Ihr seid jung und also damals nicht dabei gewesen; aber wir haben im Tal der Stufen mit euch und den Haddedihn gegen die Abu Hammed, Dschowari und Obeïde gekämpft. Das war ein sehr großer Sieg, und ihr wißt gewiß, daß ihr denselben diesem Emir Kara Ben Nemsi zu verdanken hattet.“

Bei der Nennung meines Namens hatten die vier Reiter laute Rufe der Überraschung ausgestoßen. Sie sahen einander mit einem Ausdruck an, welcher auf freudige Bestürzung deutete, später erfuhren wir freilich, daß es etwas ganz anderes gewesen war. Als Halef seine hochtrabende Rede geendet hatte, antwortete der vermeintliche Allabeïde in jubelndem Ton: „Hamdulillah! Preis sei Allah, der uns euch hier begegnen ließ! Ja, wir gehörten damals noch nicht zu den Kriegern, aber wir haben eueren großen Ruhm vernommen. Unsere Stämme verdankten euch jenen Sieg. Ihr seid uns willkommen, hoch willkommen. Wie werden sich die Unserigen freuen, wenn wir ihnen verkünden, welche Gäste wir ihnen bringen! Emir Kara Ben Nemsi, nimm hier meine Hand! Sei unser Gast für viele, viele Tage! Willst du uns die Wonne deiner Gegenwart bereiten?"

Ich sah seine Augen und diejenigen seiner Gefährten leuchten, ergriff seine Hand und sagte zu. Ich nahm dieses Augenleuchten als ein Zeichen der Freude; das war es auch, aber einer ganz anderen Freude, als wir annahmen. Wir unvorsichtigen Menschen gingen ganz vertrauensselig in eine Falle, die uns noch dazu von so jungen Menschen gestellt worden war!

Wir ritten weiter und unterhielten uns über die damaligen Kriegserlebnisse. Ganz besonders freuten sich die vermeintlichen Alabeïde darüber, daß wir damals die Abu Hammed so gezüchtigt hatten. Ich war Gefangener dieses Stammes gewesen, ihm aber entkommen; sein Scheich Zedar Ben Huli wurde dann von einem meiner Gefährten erschossen; die Abu Hammed mußten sich den Haddedihn und Alabeïde unterwerfen und den besten Teil ihrer Herden als Tribut zahlen. Dabei gaben sich die vier in einer Weise, daß bei uns kein Argwohn entstehen konnte. Sie hielten ihre Worte und Gebärden unter einer außerordentlichen Beherrschung.

Später trennte sich einer von uns, um voranzureiten und die Ankunft so hochwillkommener Gäste zu verkündigen. Es war vielleicht eine halbe Stunde vor Sonnenuntergang, als wir die schwarzen Zelte des Stammes liegen sahen. Herden weideten, von einzelnen Hirten beaufsichtigt, rund um das Lager. Es war ein Bild des Friedens. Eine große Anzahl von Frauen und Mädchen kam uns entgegen und bewillkommnete uns mit einem vielstimmigen und oft wiederholten „Marhaba!". Hinter diesen hielten die Jünglinge, um diesen Ruf zu wiederholen. Bei ihnen befanden sich nur wenig erwachsene Männer. Wir hatten gehört, daß die Krieger auf einem Zug gegen die feindlichen Abu Hammed abwesend seien, aber hoffentlich übermorgen schon wiederkommen würden. Das war ein ganz außerordentliches Freudengeschrei, welches man nur bei der Ankunft von sehr lieben Gästen zu hören pflegt! Wir wurden förmlich von den Pferden gehoben und im Triumph zu den Zeltreihen geführt. Da plötzlich sah ich, daß einer der alten Krieger meinem Halef das Gewehr aus der Hand riß; im nächsten Augenblick, ehe ich nur eine Bewegung der Abwehr machen konnte, schlug er mir den Kolben desselben, so gegen die Stirn, daß mir die Gedanken vergingen; noch ein solcher Hieb, ich stürzte zu Boden und verlor die Besinnung.

Wie lange ich ohnmächtig gewesen war, weiß ich nicht; als ich erwachte, umgab mich tiefe Dunkelheit; im Kopf hatte ich eine Empfindung, als ob derselbe ein hohler Kürbis sei, in welchem Millionen Fliegen summten. Durch dieses Summen tönten wie aus weiter Ferne menschliche Stimmen. Ich lag, an Händen und Füßen gebunden, an der Erde. Als ich mein Gehör anstrengte, wurden die Stimmen nach einiger Zeit deutlicher; ich glaubte diejenige meines Halef zu erkennen.

Da wurde es licht. Einige Männer erschienen, von denen einer eine tönerne Öllampe in der Hand hatte. Sie traten zu mir. Als sie sahen, daß ich die Augen offen hatte, sagte der Lampenträger:

„Allah sei Dank; der Hundesohn lebt; ich habe ihn also nicht erschlagen!“ Und sich zu mir wendend fuhr er fort: „Du bist Kara Ben Nemsi, der uns damals im Tal der Stufen überlistet hat; heute haben wir dich übertölpelt. Wir gehören nicht zu den Alabeïden, welche Allah verbrennen möge, sondern wir sind Abu Hammed, denen du damals so großen Schaden zugefügt hast. Du wurdest zu uns gelockt, und dein Hirn war schwach genug, zu glauben, daß wir Alabeïde seien. Ihr habt damals unsern Scheich Zedar Ben Huli getötet; nun bleibt ihr hier liegen, bis unsere Krieger zurückkommen, welche um der Blutrache willen eure Seele von euch nehmen werden!“

Er versetzte mir einen Fußtritt und entfernte sich dann mit den anderen. Im Schein des kleinen Lichtes hatte ich gesehen, daß ich mit meinen Gefährten im Innern eines Zeltes lag; sie waren ebenso gefesselt wie ich; sie hatten vorhin miteinander gesprochen, und infolge der beiden Hiebe, durch welche ich niedergeworfen worden war, hatte ich ihre Stimmen wie aus weiter Ferne gehört.

Als wir wieder allein waren, erkundigte ich mich nach den Verhältnissen. Mich hatte man für den Gefährlichsten gehalten und also niedergeschlagen; die andern waren niedergerissen und bewältigt worden. Als wir dann gebunden worden waren, hatte man unter Geschrei und Geheul einen Freudentanz um uns aufgeführt, uns mit Händen und Füßen geschlagen und gestoßen, angespuckt und dann in dieses Zelt geschleift, vor welchem jetzt zwei Wächter saßen.

„Daran bin ich schuld, Sihdi", gestand Halef. „Ich hätte nicht so schnell sagen sollen, wer wir sind!"

„Das ist wahr; aber Vorwürfe nützen zu nichts. Ich bin ebenso unvorsichtig gewesen wie du. Man hat uns natürlich ausgeraubt?"

„Nein. Als einige Miene machten, uns die Taschen zu leeren, verbot es der Stellvertreter des Scheichs. Er meinte, dies dürfe erst geschehen, wenn die Krieger zurückkehren."

„Er hat gewußt, daß alles bald verschwinden würde, während nur der Scheich den Raub zu verteilen hat. Das ist gut für uns. Aber unsere Waffen?"

„Die hat man uns freilich abgenommen und in das Zelt des Scheichs geschafft."

„Weißt du, welches Zelt dies ist?"

„Nein. Ich hörte aber sagen, daß sie dort aufbewahrt werden sollten."

„Hm! Du liegst neben mir. Wie sind dir deine Hände gebunden?"

„Vorn."

„Ich habe die meinigen auf dem Rücken. Kannst du deine Finger bewegen?"

„Ja."

„So rutsche näher, und versuche einmal, ob du mir die Knoten aufknüpfen kannst! Man merkt es, daß wir es mit unerfahrenen Leuten zu tun haben. Hätten sie uns einzeln eingesperrt, so könnten wir einander nicht helfen."

Halef folgte meiner Aufforderung; es ging schwer und langsam, aber nach einer halben Stunde hatte ich die Hände frei.

„Nun binde auch mich und die andern los!" forderte er mich auf.

„Fällt mir nicht ein! Das wäre die größte Torheit, die ich begehen könnte! Binde mir vielmehr die Hände wieder zusammen. Es war einstweilen ein Versuch. Hörst du den Lärm da draußen! Man ist noch viel zu munter. Später werde ich sehen, ob und wie wir fortkönnen. Jedenfalls aber gehe ich nicht, ohne mein Gewehr wiederzuhaben."

„Und meinen Packsattel!“ flüsterte der Parse angelegentlich.
„Warum diesen?“
„Weil mein Geld im Polster desselben versteckt ist. Sag mir, o Sihdi, würden diese Abu Hammed uns töten?“
„Ohne Gnade und Barmherzigkeit!“
„Du meinst aber, daß wir fliehen können?“
„Ich hoffe es.“
„Allah sei gepriesen! Daran sind nur meine beiden Talismane schuld. Ich habe es dir gesagt, daß sie uns aus jeder Not erretten werden!“

Ich schwieg. Er kannte meine Meinung bereits. Was hätte ich nur noch sagen sollen?

Wir warteten. Die Zeit verging. Draußen wurde es still und stiller. Die Männer, welche vorhin dagewesen waren, kamen wieder, um nach uns zu sehen. Wir lagen wie vorher. Sie glaubten uns fest zu haben und gingen wieder. Draußen geboten sie den neuen Wächtern, ja recht gut aufzupassen. Dann hörte ich zuweilen leise Schritte, welche um unser Zelt gingen; das waren die Wächter, welche vor dem Eingang saßen. Von Zeit zu Zeit unternahm einer von ihnen einen Rundgang.

Nun wurde es Zeit. Halef mußte mich wieder losbinden, was jetzt schneller ging als vorher. Ich hatte die Hände frei und konnte mir nun den Strick von den Fußgelenken knüpfen.
„Sihdi, wohin willst du draußen?“ fragte der Parse.
„Das Zelt des Scheichs suchen.“
„Such auch meinen Packsattel! Ich werde die Hand auf meinen Talisman der Sonne legen, den ich auf der rechten Brust trage. Er wird dich beschützen. Ormuzd mag dir seine reinen Geister zur Begleitung senden!“

Ich kroch leise an die Hinterwand des Zeltes und zog einen der Pflöcke aus der Erde. Nun konnte ich die Leinwand heben und unter derselben hindurchkriechen. Der Himmel hatte sich mit Wolken umzogen, als ob es regnen wolle; es war so dunkel, daß man nicht sehr weit sehen konnte. Das war mir lieb, obgleich es mir dadurch schwer wurde, unser Zelt wiederzufinden. Ich schob mich also hinaus und schnellte mich dann gleich mehrere Ellen weit fort, um aus der Nähe der Wächter zu kommen. Dann legte ich mich zu Boden und kroch weiter. Ich mußte durch das ganze Lager, war aber überzeugt, daß das Zelt des Scheichs sich durch irgend etwas vor den anderen auszeichnen werde.

Weiter aufwärts brannte ein Feuer, an welchem mehrere Männer saßen, gewiß die spätere Ablösung für unsere Wächter.

Ich mußte mich so halten, daß der Schein dieses Feuers nicht auf mich fiel, und kroch im Dunkel der anderen Seite weiter, jedes Zelt, an dem ich vorüberkam, soweit die Dunkelheit es zuließ, genau betrachtend. Da stand eines, welches größer als die anderen war; zwei mit Palmfaserbüscheln verzierte Lanzenspitzen ragten über demselben hoch empor. Sollte dies das gesuchte sein?

Eben wollte ich mich vorsichtig nach der vorderen Seite desselben schieben, da hörte ich ein Geräusch. Ein Mann kam um das Zelt herum; ich befand mich gerade vor seinen Füßen und hatte keine Zeit, ihm auszuweichen. Noch ein Schritt, er stolperte über mich weg und stürzte. In demselben Augenblick kugelte ich mich so weit wie möglich fort, eilte auf Händen und Füßen fort, erhob mich dann, und huschte, so schnell ich konnte, den Weg zurück, den ich gekommen war.

„Wacht auf, ihr Männer!“ rief eine laute Stimme, welche durch das ganze Lager klang. „Es war ein Mensch am Zelt des Scheichs!“

Es wurde augenblicklich in den Zelten und außerhalb derselben lebendig. Jetzt war es Hauptsache für mich, schnell in das unserige zu kommen. Ich befand mich schon in der Nähe desselben, auf der hintern Seite der Zeltreihe, legte mich wieder nieder und kroch hin. Zum Glück für mich fiel es den Wächtern nicht ein, hierher zu sehen oder gar zu kommen. Sie waren aufgestanden und einige Schritte nach der Richtung gegangen, in welcher das Zelt des Scheichs lag. Ich schob mich unter der Leinwand hindurch und steckte den Pflock wieder in die Erde. Dann band ich mir den Strick um die Füße, und Halef mußte mir die Hände auf den Rücken fesseln. Kaum war dies geschehen und ich lag an meinem frühern Platz, so kamen mehrere Beduinen mit der Lampe und leuchteten uns einen nach dem andern an.

„Die liegen sicher; von ihnen kann keiner fort“, lautete das Resultat dieser Inspektion. „Es ist kein Mensch, sondern nur einer unserer Herdenhunde gewesen.“

Sie gingen fort, und es wurde nach und nach wieder ruhiger im Lager. Ich erzählte den Gefährten mit leiser Stimme, was geschehen war.

„Mein Tilsim der Sonne hat sich nicht bewährt“, meinte der Parse. „Mein zweites Tilsim ist ein Tilsim el Hilal, ein Talisman des Halbmondes, für Moslems gemacht. Ich stehe also auch unter dem Nur el Hilal, im Licht und Schutz des Halbmondes. Wagst du dich wieder fort, o Sihdi?“

„Ja. Wir müssen unser Leben an die Freiheit wagen und zwar noch in dieser Nacht; morgen ist's wahrscheinlich schon zu spät."

„So werde ich, wenn du gehst, die Hand auf diesen zweiten Talisman legen, den ich auf der linken Seite der Brust trage."

Ich wartete, bis unsere Wächter abgelöst worden waren, machte mich wieder frei und legte ganz denselben Weg in derselben Weise wie vorhin zurück. Ich wußte nun wirklich, daß es das Zelt des Scheichs gewesen war. Diesmal hatte ich mehr Glück. Es bestand bloß aus dem Selamlik – dem Empfangszelt; die Abteilung für die Familie bildete ein eigenes, danebenstehendes Zelt. Leider saß ein Wächter davor, jedenfalls weil sich unsere Sachen in demselben befanden. Dieser Mann war vorhin über mich weggestürzt.

Ich zog auch hier einen Pflock aus der Erde; dann kroch ich hinein und tastete im Finstern um mich, so vorsichtig und leise, daß der Wächter nichts hörte. Da lagen unsere Sättel und dabei alle unsere Waffen. Ich fühlte meinen Stutzen, nahm ihn und kroch wieder hinaus.

Jetzt war wenigstens ich auf alle Fälle gerettet. Das Gewehr in meiner Hand gab mir das Gefühl vollständiger Sicherheit. Ich kehrte in unser Zelt zurück und band die andern los. Sie mußten mir folgen. Da sie außer Halef das Anschleichen nicht geübt hatten, krochen wir nur langsam vorwärts. Am Zelt angekommen, schob ich mich zunächst allein hinein; die andern mußten warten. Ich kroch leise, leise quer durch den kleinen Raum bis vor zum Eingang und schob das Tuch, welches die Tür bildete ein wenig zur Seite. Da saß der Wächter, welcher stumm gemacht werden mußte, mir grad handgerecht so nahe, wie ich es nur wünschen konnte. Ich nahm ihn von hinten mit der Linken bei der Kehle, drückte dieselbe fest zusammen und schlug ihm die rechte Faust zwei-, dreimal so gegen die Schläfe, daß er sich streckte. Er war besinnungslos.

Nun konnten die andern herein. Wir banden den Wächter und zwangen ihm einen Zipfel seines Kopftuches als Knebel in den Mund. Dann nahmen wir unsere Sachen, wobei wir uns durch den Tastsinn leiten lassen mußten. Jetzt wurde sehr einfach die hintere Zeltwand von oben bis unten zerschnitten, damit wir mit den Sätteln leicht hinauskonnten. Der Parse und sein Begleiter hatten freilich viel zu tragen, drei Sättel und einige Pakete Waren, welche sie auf dem Saumpferd mit sich geführt hatten, um, da Alam das Lösegeld nicht ganz besaß, die Anezeh vielleicht mit diesen Handelsgegenständen zu befriedigen. Das erschwerte unser Fortkommen, doch halfen ich und Halef mit tragen, und so kamen wir glücklich und unbemerkt zum Lager hinaus.

Nun aber Pferde. Es war gar nicht notwendig, daß wir grad die unserigen bekamen. Heut gegen Abend, als wir uns dem Zeltlager näherten, hatten wir gesehen, auf welcher Seite desselben die Pferde weideten. Dorthin trugen wir unsere Sachen, legten sie ins Gras, und dann ging ich zunächst rekognoszieren.

Die Hunde hatte ich nicht zu fürchten, da dieselben bei den Schafen und Ziegen zu sein pflegen. Ich kam an den Kamelen vorüber; dann sah ich Pferde im Gras liegen. Auf dem Bauch kriechend, bewegte ich mich weiter. Da lag ein Hirte, den Ellbogen auf die Erde gestemmt und den Kopf in die Hand gelegt. Ich machte einen Bogen, um von hinten an ihn zu kommen, und nahm ihn dann beim Hals. Der junge Mensch war schon vor Schreck halbtot. Ich setzte ihm das Messer auf die Brust, ließ ihm Luft, leise reden zu können, und sagte:

„Sprich um Allahs willen nicht laut, sonst ersteche ich dich! Sagst du eine Lüge, so bekommst du auch das Messer! Wieviel Hirten sind hier bei den Pferden?“

„Nur ich“, stieß er zitternd hervor.

„Steh auf, und komm mit mir! Wenn du still bist, wird dir nichts geschehen.“

Er gehorchte. Ich hielt ihn fest und brachte ihn zu den Gefährten, wo er mit seinem eigenen Gürtel gebunden wurde. Der Parse und dessen Diener mußten ihn bewachen; ich aber ging mit Halef, fünf Pferde zu holen. Das war in kurzer Zeit geschehen. Wir sattelten und zäumten sie auf, knebelten den Hirten, so daß er nicht gleich nach unserer Entfernung rufen konnte, stiegen auf und ritten so schnell davon, wie die Dunkelheit es gestattete.

Zunächst sagte keiner ein Wort; aber als wir uns weit genug entfernt hatten, rief Halef im Ton der Erleichterung aus:

„Lob und Preis sei Allah, der uns errettet hat! Sihdi, wir waren dem Tod verfallen, denn die Krieger der Abu Hammed hätten uns nach ihrer Rückkehr ganz gewiß ermordet.“

„Nein, es war keine Gefahr vorhanden“, behauptete sonderbarerweise der Parse.

„Nicht?“ fragte der kleine Hadschi ganz erstaunt.

„Nein, denn ich habe meine beiden Talismane bei mir. Zwar hat sich der Talisman esch Schems, der Sonne, diesmal nicht bewährt, dafür aber hat der andere, der Talisman el Hilal, des Halbmondes, um so besser seine Pflicht getan. Ich stehe im Nur esch Schems und im Nur el Hilal, im Licht und Schutz der Sonne und im Licht und Schirm des Halbmondes; mir kann also nichts geschehen und euch auch nicht, weil ihr euch bei mir befindet."

„Wenn aber hier mein Sihdi nicht gewesen wäre, so hätte es für uns keine Rettung gegeben", wendete Halef eifrig ein. „Und meinst du, daß er sich von deiner Sonne oder von deinem Halbmond kommandieren läßt? Er ist ein Christ und lebt in einem andern Licht, als das deinige ist. Es ist auch das meinige geworden; Allah und dem Propheten sei Dank dafür!"

Er dankte also dem „Propheten" dafür, daß er innerlich ein Christ geworden war! Das durfte man aber dem kleinen, wakkern Kerlchen nicht übelnehmen.

III.
Nûr es Semâ

Die Anezeh sind einer der ältesten arabischen Nomadenstämme. Man sagt, sei seien Nachkommen des großen Stammes der Rebija, der schon vor Mohammed im südlichen Nebschd wohnte. Einige Zweige sind im nördlichen Nedschd verblieben; andere wohnen im Hedschaz, und außerdem haben mehrere Abteilungen ihre Weiden in der Nähe des Dschebel Schammar. Diese letzteren sind sehr raubsüchtig und dehnen ihre Beutezüge oft bis weit hinein nach Mesopotamien aus. Ihnen war Wikrama, der Vater unseres Parsen Alam, in die Hände gefallen.

Ich war der Überzeugung, daß es dem Sohn nicht gelungen wäre, seinen Vater zu befreien, selbst wenn er das ganze verlangte Lösegeld und nicht nur einen Teil desselben besessen hätte. Diese halbsüchtigen Leute pflegen zwar das Lösegeld zu nehmen, aber, anstatt dann den Betreffenden freizugeben, eine neue Forderung zu stellen. Alam war überhaupt nicht der Mann dazu, mit diesen Beduinen in der Weise zu verkehren, wie es nötig gewesen wäre, wenn er seinen Zweck erreichen wollte.

Von einem Einsiedler auf dem Wahsijafelsen hatte ich bei meinem früheren Hiersein nichts gehört. Dieser einsame Felsen liegt südwärts von den Sindscharbergen. In den Ortschaften der letzteren gibt es auch Christen. War es vielleicht ein christlicher Einsiedler? Kaum möglich, denn ein solcher wäre doch nicht, noch dazu in so wenigen Jahren, bei der mohammedanischen Bevölkerung bis hinab nach Bagdad so berühmt geworden. Und da er eine solche Macht selbst über die diebischen Anezeh, die doch Moslimin sind, ausüben sollte, so war er jedenfalls Moslem, wahrscheinlich einer jener frommen Asketen, welche im nordwestlichen Afrika Marabus genannt werden.

Nach unserem Zusammentreffen mit den Abu Hammed waren einige Tage vergangen. Wir befanden uns im Gebiet von Mossul, freilich in der Steppe, dem Aufenthalt der Beduinen, wohin die Macht des Mutessarrif von Mossul kaum zu dringen vermag. Wir hatten gestern zwei Obeïde-Araber getroffen, welche jetzt mit den Haddedihn befreundet waren, und von diesen erfahren, wo die letzteren zu suchen seien. Heute nun näherten wir uns den Weiden derer, welche wir besuchen wollten.

Schon gegen Mittag sahen wir die Steppe wie abgemäht, ein Zeichen, daß die Haddedihn mit ihren Herden erst vor ganz kurzem hiergewesen und, wie die Spuren zeigten, langsam nach Norden gezogen waren. Dann, kurz nach Mittag, bemerkten wir die ersten Personen, zwei Reiter, welche am nördlichen Horizont ihre jungen Pferde tummelten. Sie sahen uns und kamen auf uns zu gesprengt.

Ja, das waren Haddedihn; das sah man schon von weitem, die besten Reiter weit und breit! Ventre à terre kamen sie mit eingelegten Lanzen auf uns zu geflogen und parierten mitten im Galopp ihre Pferde so nahe vor uns, daß die Spitzen ihrer Lanzen fast meine und Halefs Brust berührten. Das ist ein höchst gefährliches Experiment; aber man darf dabei kein Augenlid bewegen, wenn man nicht für einen Feigling gelten will.

Es waren zwei alte Krieger; ich kannte sie genau, denn ich hatte manchen Abend mit ihnen am Lagerfeuer gesessen. Welche Überraschung, als sie mich und Halef erkannten! Sie warfen sich sofort von den Pferden, ergriffen meine Steigbügel und küßten mir die Stiefelspitzen, bei dem ausgeprägten Stolz dieser Leute ein unerhörter Beweis, wie sehr sie uns ins Herz geschlossen hatten. Dann stiegen sie wieder auf und jagten wie der Wind davon, um uns anzumelden.

„Sihdi“, fragte der Parse, „wirst du lange bei diesen Leuten bleiben?“

„Gewiß, einige Wochen.“

„Ich denke, du willst mich zu den Anezeh begleiten, weil du denkst, daß ich allein meinen Vater nicht befreien kann?“

„Ich habe es dir versprochen und halte mein Wort.“

„Aber dann kannst du dich kaum einen Tag bei den Haddedihn verweilen. Ich habe dir gesagt, daß am fünften des Monats Ssafar die Frist zu Ende ist.“

„Ich reite mit und kehre dann zu ihnen zurück.“

„Der fünfte Tag im Ssafar nach Mondmonaten, ist das heuer nicht der fünfundzwanzigste Tag im Kanun el Auwal – Dezember – nach Sonnenmonaten, Sihdi?“ fragte Halef.

„Ja.“

„Auf diesen Tag fällt doch das Id el Milad – Weihnachtsfest – der Christen!“

„Allerdings.“

„Und du willst dieses dein großes Fest dadurch feiern, daß du zu den feindlichen Anezeh gehst und bei ihnen dein Leben wagst?“

„Es gilt die Erlösung eines Unglücklichen und die Verhinderung eines Mordes. Das ist die beste Feier eines christlichen Festes.“

„Wohlan, Sihdi, darf ich mit?“

„Ja, du wirst sehen, daß wir ganz heil zurückkehren werden.“

Da erschien vor uns im Norden eine große, dichte Wolke von Reitern, welche schreiend, jauchzend und ihre Gewehre abschießend auf uns losstürmten. Die Wolke teilte sich, als sie in unsere Nähe kam; die Reiter umritten uns und bildeten, als sie hielten, einen Kreis, in welchem nur einer von ihnen auf uns zu sprengte – Amad el Ghandur, der heldenhafte Scheich, welcher sich ebenso wie ich vom Pferd warf. Wir umarmten und küßten uns, wobei alle andern unaufhörlich „Marhababak“ – Gruß, Heil – riefen.

Es war das jüngere Ebenbild meines einstigen Freundes, seines Vaters Mohammed Emin, grad so hoch und breit von Gestalt, mit denselben ernsten, edlen Zügen und, bei einem Beduinen eine große Seltenheit, einem schönen, dunklen Bart, welcher ihm bis über die Brust herunterhing. Der Bart seines Vaters war ebenso dicht und lang, aber silberweiß gewesen.

Was soll ich die rührenden Szenen schildern, welche nun folgten! Jeder wollte einen Händedruck, ein Wort von mir, und es dauerte lange, ehe sie umwendeten, um uns im Triumph in ihr Lager zu führen. Man schildert diese Leute immerhin als halbwild, roh, unzuverlässig, treulos und so weiter! Wer sie genau kennt, der weiß, daß sie es nicht sind. Sie sind Freund dem Freunde, Feind dem Feinde und zwar dann auch in jeder Beziehung und mit dem ganzen Herzen. Freilich, wer zu ihnen kommt, ohne die Berechtigung ihrer Eigenart gelten lassen zu wollen, wer da glaubt, von der hohen Plattform seiner Bildung auf sie herabblicken, sie als pfiffiger Händler aussaugen oder ihnen beweisen zu können, daß Mohammed kein Prophet, sondern ein sich selbst betrügender Phantast gewesen ist, der hat sich in ihnen geirrt und wird ihre guten Seiten niemals kennenlernen.

Und welche Aufregung erst im Duar, im Zeltdorf, als wir in dasselbe gelangten! Die Männer waren uns entgegengekommen; nun kamen die Frauen alt und jung, die Knaben und die Mädchen! Der Scheich wollte, um mich von ihnen zu befreien, mich in sein Zelt drängen; aber das ging nicht an; ich wurde von zehn, von zwanzig Händen in den Schwarm hineingezogen und nicht eher freigegeben, bis auch der kleinste Nacktfrosch wenigstens einen freundlichen Klaps von meiner Hand bekommen hatte. Erst dann konnte Amad el Ghandur mich als seinen Gast betrachten. Und nun ging das Schlachten los. Es gab einen Festtag, und gar mancher arme, fette Hammel mußte meine Ankunft mit seinem edlen Leben bezahlen. Aber so ist der Lauf der Welt: Die Freude des einen ist des andern Schmerz! Dann saßen wir mit dem Scheich beim leckeren Mahl, wobei nach altehrwürdiger Vätersitte die fünf Finger als Löffel und Gabel benutzt wurden; sie rosten nicht, obgleich sie meist ungeputzt bleiben.

Und nun konnte die Rede auch auf das Woher, Wohin und Warum kommen. Ich erzählte Amad von dem Parsen und seinem Vater. Als er den Fall angehört hatte, sagte er: „Es ist gut, daß du, Freund meiner Seele, nicht sofort zu den Anezeh gegangen, sondern vorher zu mir gekommen bist. Es wäre dein Tod gewesen, denn sie sind ergrimmt auf alles, was nicht Beduine heißt. Der Mutessarif hat seine Soldaten zu ihnen gesandt, um die Kopfsteuer mit Gewalt einzutreiben; er hat ihnen die schönsten und besten Tiere ihrer Herden fortführen lassen; nun drohen sie jedem Fremden mit dem Tod, denn jeder Fremde gilt bei ihnen als Türke. Dieser Wikrama, den ihr loskaufen wollt, wird nicht freigegeben, selbst wenn ihr das ganze und sogar das doppelte Lösegeld bezahlt. Wenn sie ihn noch nicht getötet haben, werden sie das Geld nehmen und ihn dennoch ermorden und euch dazu. Aber, Kara Ben Nemsi, du bist mein Bruder, und so werde ich euch beistehen. Weißt du schon, daß wir mit ihnen in Fehde leben?"

„Nein."

„Sie ist angesagt, aber noch nicht ausgebrochen. Die Anezeh haben, weil man ihnen so viele Tiere genommen hat, sich an den unsern vergriffen und wollten sie nicht herausgeben. Wir sind viel stärker und mächtiger als sie und werden sie uns wiederholen. Wann ist die Frist des Gefangenen abgelaufen?"

„Am fünften Tag des Ssafar."

„So bald? Da müssen wir uns beeilen! Ich werde noch heute Boten aussenden, um die Krieger aller Haddedihn-Abteilungen schnell zusammenrufen zu lassen. Dann brechen wir nach dem Felsen Wahsija auf."

„Lagern die Anezeh an diesem Ort?"

„Ja."

„Ich hörte von einem berühmten Einsiedler, den es dort geben soll. Kennst du ihn?"

„Ich war noch nie bei ihm, ich habe ihn noch nie gesehen. Es hat ihn überhaupt noch niemand gesehen außer den beiden Knaben, deren Mutter am Fuß des Felsens wohnt. Diese steigen täglich zweimal, des Morgens und kurz vor Abend, zu ihm hinauf, um die heiligen Worte zu vernehmen, welche sie den Gläubigen, die unten darauf warten, bringen sollen. Es kommen Pilger aus allen Gegenden, welche ihm ihre Anliegen durch die Knaben anvertrauen und dann seine Antwort erhalten. Niemand, selbst kein Räuber und kein Bösewicht wagt es, gegen die Weisungen zu handeln, welche er von dem Einsiedler erhält. Du wirst seine Zelle von weitem sehen, aber hinauf zu ihm steigen und ihn sehen darfst du nicht. Wir hätten mit der Bestrafung der Anezeh noch einige Zeit gewartet; da aber du gekommen bist, so werden wir gleich zwei Gazellen mit einem Schuß erlegen, nämlich diese Räuber züchtigen und diesen Wikrama befreien. Meinst du, daß wir Kundschafter aussenden?"

„Ja, wir müssen erfahren, ob sie sich auch wirklich am Felsen Wahsija befinden, und sie, wenn es möglich ist, einschließen. Auch müssen diese Kundschafter dafür sorgen, daß ihnen unser Zug verborgen bleibt."

„Sobald wir jetzt das Mahl beendet haben, werde ich Männer aussuchen, welche sich am besten dazu eignen, und ihnen unsere schnellsten Pferde geben."

Schon nach einer Stunde ritten diese Kundschafter davon und mit ihnen die Boten, welche die Krieger der andern Abteilungen herbeiholen sollten. Niemand war froher über diese Eile als Alam, dem die Worte des Scheichs große Angst um das Leben seines Vaters eingeflößt hatten.

Schon am nächsten Abend brannten draußen vor dem Lager viele Feuer, um welche sich über sechshundert wohlbewaffnete Haddedihn versammelt hatten, und am darauffolgenden Morgen wurde der Zug angetreten. Am Mittag kam einer der Kundschafter zurück und meldete, daß die Anezeh, ungefähr dreihundert erwachsene Männer stark, mit ihren Frauen und Kindern, Zelten und Herden am Felsen lagerten und wahrscheinlich keine Ahnung davon hätten, daß die Haddedihn so schnell zur Rache aufgebrochen seien. Sie wurden von den andern Kundschaftern, natürlich ohne daß sich dieselben sehen ließen, von weitem beobachtet.

Aus dieser Mitteilung ging hervor, daß wir ihnen doppelt überlegen waren. Dazu kam, daß es bei uns nur Kombattanten, bei ihnen aber Frauen und Kinder gab, welche, wennn sie eingeschlossen wurden, eine außerordentlich störende Berücksichtigung erforderten.

Am nächsten Morgen waren wir so weit gelangt, daß wir anhalten mußten, denn der Parse mußte vorangesandt werden, werden, wenn sein Vater gerettet werden sollte. Taten wir das nicht, so stand mit Sicherheit zu erwarten, daß sein Vater bei unserm Angriff ermordet wurde. Es verstand sich ganz von selbst, daß ich mit ihm ging, denn ich hatte es ihm versprochen. Allein hätte er sich wohl kaum zu ihnen getraut. Mein wackerer, kleiner Halef ließ sich auch nicht zurückhalten; er begleitete uns. Den Führer des Parsen aber nahmen wir nicht mit; er konnte uns nichts nützen.

Amad el Ghandur sah es gar nicht gern, daß ich fortging; er mußte sich aber in meinen Willen fügen. Ich schloß mich übrigens dem Parsen nicht bloß wegen des Versprechens an, welches ich ihm gegeben hatte, sondern ich verfolgte noch eine andere Absicht dabei. Die Haddedihn wollten sich unbedingt rächen; sie waren zum Überfall, zum Kampf fest entschlossen; ich aber glaubte, wenn ich mich bei den Anezeh befand, auf irgendeine Weise das Vergießen von Menschenblut verhindern zu können.

Wir verließen also zu dreien den Ort, an welchem die Freunde lagerten, natürlich nicht, ohne daß ich mit Amad el Ghandur zuvor den Plan, welcher nach meiner Ansicht auszuführen war, genau besprochen hatte. Ich kannte die Gegend, in welcher der Felsen lag; wir konnten uns also nicht verirren.

Da wir beide uns bei ihm befanden, zeigte der Parse ein getrostes Gesicht; ja er äußerte sich sogar wieder einmal:

„Du hast doch keine Sorge, Sihdi? Ihr habt nichts zu fürchten, denn ich habe meine beiden Amuletts bei mir, wir befinden uns im Nur esch Schems und im Nur el Hilal; das Licht der Sonne und des Halbmondes wird uns beschützen."

Ich hatte mich noch nicht danach erkundigt; jetzt aber sprach ich die Frage aus:

„Wo hast du denn die beiden Talismane her?"

„Du weißt", antwortete er, „daß zwischen Bagdad und Basra sieben türkische und zwei englische Dampfer hin- und herfahren. Auf dem einen englischen dient ein Nauti – ein Matrose –, den ich sehr gut kennte. Er hat immer wundertätige Amulettschriften bei sich, aus denen er Talismane macht, um sie zu verkaufen. Ich nahm zwei von ihm, um ganz sicher zu gehen, einen Talisman für Parsen und einen für Mohammedaner. Du hast erfahren, daß beide uns schon errettet haben."

„Das glaubst du, aber ich nicht. Es gibt keinen Talisman. Kann ich sie nicht einmal sehen?"

„Ich weiß nicht, ob ich sie dir zeigen darf; aber beschreiben will ich sie dir. Auf dem Parsentalisman ist Zerduscht, der Stifter unserer Religion, abgebildet, als neugebornes Kind, wie schon da die frommen Nachbarn kommen, um ihn anzubeten. Dabei ist eine Schrift, welche niemand lesen kann. Und auf dem moslemischen Talisman ist das kleine Kind Mohammed abgebildet, wie es von seiner Mutter Amina angebetet wird. Auch dabei ist eine Schrift, welche kein Mensch versteht. Ist dir das genug?"

„Nein, nun nicht, denn ich glaube, du bist von einem Schwindler betrogen worden."

„Warum?"

„Weißt du nicht, daß Mohammed verboten hat, Bilder zu machen? Und nun soll auf einem moslemischen Talisman gar das seinige und dasjenige seiner Mutter sein? Das ist Betrug! Ziehe die Amulette einmal heraus!"

Ich mußte ihn wiederholt auffordern, ehe er mir den Willen tat. Er zog unter seiner Kleidung an zwei Schnüren zwei weiße Papiersäckchen hervor. Auf das eine war eine Sonne und auf das andere ein Halbmond wie von Kinderhand mit Tinte gezeichnet. Ich öffnete sie. Was enthielten sie? Zu meinem Erstaunen zwei Illustrationen zu Gedichten aus einer englischen Zeitschrift! Auf dem mohammedanischen Talisman befand sich die Abbildung der Gottesmutter mit dem Jesuskind. Der parsische

Talisman bestand aus einem Vollbild, Christmas, zur Seite ein Weihnachtsgedicht. Diese Bilder stammten zweifelsohne aus der Heimat des englischen Matrosen, der sie entweder zum Scherz oder aus Gewinnlust als Amuletts verwertet hatte.

„Nicht wahr, Sihdi, es ist kein Betrug?" erkundigte sich der Parsi.

„Es ist einer, und doch ist der Inhalt dieser fremden Schrift ein Talisman im Leben und im Sterben. Hier ist von keinem Nur esch Schems und von keinem Nur el Hilal, von keinem Sonnen- oder Halbmondlicht die Rede, sondern von dem wahren Nur es Sema, von dem Himmelslicht, welches einst über Bethlehem aufgegangen ist und noch heut die ganze Welt erleuchtet. Hier nimm die Bilder und betrachte sie genau! Ich werde sie dir erklären und zu dir von diesem Nur es Sema, diesem Himmelslicht, sprechen. Morgen feiern wir ja Weihnacht, den Tag, an welchem es aufgegangen ist."

Und nun endlich begann ich mit ihm über meinen Glauben zu sprechen, stundenlang, indem wir immer weiterritten. Er hörte mir andächtig zu und unterbrach mich mit hundert Fragen, welche bewiesen, daß meine Worte Wurzel in seinem Herzen faßten. Da wurde es Abend, und wir mußten lagern.

Der Himmel stand voller Sterne, und im Innern meiner beiden Zuhörer gingen auch Sterne auf, echte Himmelslichter. Wir wachten und sprachen bis um Mitternacht. Als ich mich dann zum Schlaf niederlegte, sagter der Parse: „Sihdi, dein Glaube ist voller Liebe, so einfach und doch so wunderbar! Ja, wer ihn im Herzen trägt, der braucht kein Amulett und keinen Talisman, denn die ewige Güte und Liebe wacht stets über ihm. Ich bin betrogen worden, dennoch aber werde ich mir diese Blätter bis ans Ende meines Lebens aufbewahren, denn sie haben mich durch dich zum wirklichen Nur es Sema, zum wahren Himmelslicht, geführt!"

Halef sagte nichts; er drückte mir still die Hand; ich verstand ihn gar wohl. Dann schliefen wir ein. Am andern Morgen ging es weiter. Da erhob sich dann bald der Felsen Wahsija aus der Ebene; an seinem Fuße lagen die Zelte der Anezeh, und um dieselben weideten ihre Herden, zur Hälfte zusammengeraubt.

Der Wahsija – der Einsame – war eigentlich kein Berg, sondern nur ein Fels zu nennen; aber er hatte unten einen Umfang von sicher einer Viertelstunde und eine Höhe von wenigstens achtzig Ellen. In der Zeit von Jahrhunderten hatten sich Sträucher und sogar Bäume angesetzt, welche jetzt grünten; zwischen ihnen führte, von Absatz zu Absatz, ein spiralförmig sich rundum drehender Pfad hinauf. Oben, nicht ganz auf der Höhe, öffnete sich eine Art Höhle, vor der ein Nadelbaum stand, von welcher Art, das war von unten nicht zu erkennen. Da, wo der Weg auf die Ebene mündete, stand unten eine kleine Hütte, in welcher die schon erwähnte Witwe mit den beiden Knaben wohnte. Sie ernährte sich von den Gaben der Pilger, welche zu dem Einsiedler kamen.

Wir wurden von einigen Beduinen angeredet, welche uns in barschem Ton nach unserm Begehr fragten. Ich verlangte, zu dem Scheich geführt zu werden, und sie taten es. Er saß in seinem Zelt, erwiderte unsern Gruß kaum und hieß uns auch nicht setzen. Ich aber nahm neben ihm Platz, winkte Halef und Alam, sich auch zu setzen, und fragte: „Du hast einen Mann bei dir, welcher Wikrama heißt?"

„Was wollt ihr von ihm?" fragte er.

„Wir wollen das Lösegeld zahlen."

„Das ist sein Glück, denn morgen ist der letzte Tag! Gebt es her!"

„Er befindet sich hier?"

„Ja. Gebt es her!"

„Wir sprechen ebenso kurz wie du: Gib ihn her!"

„Erst das Geld, und dann den Mann!"

„Erst den Mann, und dann das Geld! Man bezahlt nie eher, als bis man gesehen hat, was man kauft."

„Ich bin kein Händler und kein Verkäufer, sondern der Scheich der Anezeh. Wer aber bist du, und wie ist dein Name?"

„Man nennt mich Kara Ben Nemsi und ich habe . . ."

Er sprang rasch auf und unterbrach mich:

„Kara Ben Nemsi? Bist du jener Christ, welcher für die Haddedihn die Schlacht im Tal der Stufen gewonnen hat?"

„Ja."

„So verfluche dich Allah tausendmal! Wir waren mit den Abu Hammed verbündet und kamen zu spät, sie zu retten; jetzt aber wirst du dafür büßen müssen. Ihr seid gefangen und werdet nicht entkommen!"

Mit diesen Worten sprang er zum Zelt hinaus. Das war eine Wendung, die ich nicht erwartet hatte. Der Mensch war ganz des Teufels; ich hatte ihm ja gar nichts getan! Draußen erscholl seine Stimme; er rief seine Leute zusammen. Halef, der Kleine, aber Tapfere, fragte mutig: „Sihdi, wir wollen zwanzig oder dreißig von ihnen niederschießen und dann fortreiten?"

„Um Allahs willen, nur das nicht!“ rief der Parse ängstlich. „Wir sind alle verloren!“

„Hier würde die allerdings kein Amulett helfen“, antwortete ich. „Aber sorge dich nicht. Dir geschieht nichts!“

Ich schlug die Matte zurück und stellte mich mit Halef unter den Eingang des Zeltes. Die Anezeh waren alle beisammen; sie standen Kopf an Kopf, einige Schritte vor der Scheich. Es war laut zugegangen, aber als sie mich sahen, wurde es ruhig. Ich hatte den Stutzen in der Rechten und einen von meinen zwei Revolvern in der Linken und fragte mit lauter Stimme:

„Du betrachtest uns also als deine Gefangenen, o Scheich der Anezeh?“

„Ja“, antwortete er. Wag einen einzigen Schritt, so bist du eine Leiche!“

„Du scheinst von mir gehört zu haben; hat man dir auch erzählt, daß ich mit dieser Zauberflinte stundenlang fortschießen kann, ohne daß ich zu laden brauche?“

„Wahajati, el Baruda el Schehennem – bei meinem Leben, die Höllenflinte!“ rief er erschrocken aus, indem er zurückfuhr.

„Und hier mit diesen kleinen Pistolen schieße ich ebensoviele Male. Paß auf! Sechs Schüsse in den Knopf des Sattels, der da am Nebenzelt hängt!“

Ich gab die Schüsse, welche allgemeines Erstaunen erregten, ab und fuhr fort:

„Du siehst, ich könnte trotz deines Verbotes gehen, denn ehe einer von euch sein Gewehr gegen mich erhöbe, wäre er tot und zehn andere dazu. Und ich bin nicht allein; meine Gefährten schießen auch. Aber es fällt mir nicht ein, vor euch zu fliehen. Ich bin gekommen, Wikrama zu holen, und ich werde mich nicht ohne ihn entfernen. Wir bleiben hier in deinem Zelt, bis du dich besonnen hast. Doch merkt euch dabei folgendes: Ich zähle langsam bis zwanzig. Wer dann noch sich weniger als fünfzig Schritt von diesem Zelt befindet, bekommt meine nie fehlende Kugel in den Kopf. Ich schwöre es beim Barte eures Propheten!“

Ich trat mit Halef in das Zelt zurück und ließ den Türvorhang fallen. Draußen waren Stimmen und die Schritte der sich Entfernenden zu hören. Ich schnitt ein Loch in die rechte, Halef in die linke Zeltwand. Durch diese Löcher blickend, sahen wir, daß die Anezeh sich zwar zurückgezogen hatten, doch nicht so weit, wie es von mir bestimmt worden war. Da steckten wir die Läufe unserer Gewehre hinaus, und sofort begann ein allgemeiner Rückzug; der Scheich retirierte mit. Es war eine Lust für uns.

Diese Anezeh hatten die so vielfach übertriebenen Gerüchte von meinem Repetiergewehr gehört und es noch nie mit einem mutigen Europäer zu tun gehabt. Jetzt rissen sie aus. Wir hätten ganz gut fliehen können, denn sich uns gefährlich zu nahen, wagten sie sicher nicht, und ihre sehr langen aber auch sehr schlechten Schießhölzer brauchten wir nicht zu fürchten, aber ich wollte mir als Christ und Nemsi, als Deutscher, nicht nachsagen lassen, daß ich vor diesen Söhnen Mohammeds davongelaufen sei. Wir wußten gewiß, daß um Mittag unsere Haddedihn von allen Seiten kommen würden, das Lager einzuschließen.

Dem Parsen war es himmelangst um seinen Vater, doch beruhigte ich ihn. Wie die Verhältnisse jetzt lagen, tat dem Gefangenen sicher niemand etwas zuleide. Wir sahen, daß große Beratung gehalten wurde.

Das war am Tag vor dem heiligen Weihnachtsabend, doch vormittags. Kurz nach Mittag gab es draußen plötzlich ein Rennen und lautes Rufen. Wir sahen durch die Löcher; die Haddedihn kamen von allen Seiten. Sie hatten schon weit draußen, wo sie nicht gesehen werden konnten, einen Kreis um das Lager gebildet und zogen denselben immer enger, indem sie sich näherten. Jetzt war die Zeit gekommen, Blutvergießen zu verhüten. Ich nahm mein Gewehr, schlug den Zeltvorhang zurück und trat hinaus. Der Scheich stand lebhaft gestikulierend bei den Seinen. Ich rief ihn zu mir. Er kam eiligst näher und fragte schon von weitem: „Kara Ben Nemsi, weißt du, wer die vielen Reiter sind?"

„Ja. Es sind sechshundert Haddedihn, mit ebenso vielen guten Gewehren. Sie kommen, den Raub, welchen ihr an ihren Herden begangen habt, an euch zu rächen. Ihr seid von ihnen eingeschlossen und könnt nicht fliehen. Und uns, die wir ihre Verbündeten sind, habt ihr mitten unter euch. Wenn du sie nicht um Gnade bittest, schlagen in fünf Minuten vielmal sechshundert Kugeln in die Scharen eurer Weiber und Kinder. Aber ich will mich eurer annehmen, und einen Boten zu Amad el Ghandur senden, daß er den Angriff verschiebt. Dann kannst du mit ihm unterhandeln."

„Warte noch!" antwortete er knirschend.

Darauf eilte er fort, um seine Ältesten kurz um Rat zu fragen. Der Kreis zog sich aber so schnell und bedrohlich zusammen und es war so klar, daß ein Widerstand vergeblich sein würde, daß er mir zurief:

„Schick den Boten; mach schnell!"

Halef war bereits instruiert; er nahm sein Gewehr und eilte

fort, natürlich von keinem Anezeh angehalten. Ich blieb am Zelt stehen, um den Erfolg abzuwarten. Tiefe Stille herrschte rings umher. Da erklang droben auf dem Felsen der helle Ton des Glöckchens; gleich darauf sah ich einen Knaben aus der Hütte kommen und den steilen Pfad ersteigen. Er verschwand droben in der Höhe und kam ohne langes Verweilen wieder herab, um zum Scheich zu gehen. Ich winkte beide zu mir und fragte:

„Was will der heilige Mann?"

„Er will wissen, welcher Kampf und warum er hier stattfinden soll", antwortete der Scheich.

„Er soll es von mir erfahren. Kannst du lesen?"

„Ja."

„So warte!"

Ich setzte mich nieder, riß ein Blatt aus meinem Notizbuch und schrieb die Antwort kurz und doch ausführlich mit Bleistift nieder. Als der Scheich sie gelesen hatte, mußte der Knabe das Blatt und den Bleistift zur Höhe tragen. Jetzt mußte es sich zeigen, ob der berühmte Mann wenigstens schreiben konnte. Ich hatte mit Kara Ben Nemsi unterzeichnet. Die Haddedihn standen fast in Schußweite, waren aber haltengeblieben, weil sie das Glöcklein gehört und den Boten des Einsiedlers gesehen hatten. Dieser blieb jetzt länger aus als vorhin; dann brachte er das Blatt herunter. Unter meinen Zeilen stand zu meinem größten Erstaunen, natürlich in arabischer Sprache:

„Ehre sei Gott in der Höhe und Friede auf Erden den Menschen, welche guten Willens sind!"

Die Worte des Lobgesanges der Engel! Am heutigen Tag! Von diesem unter den Mohammedanern berühmten Einsiedler! Er mußte ein Christ sein, unbedingt ein Christ! Ich gab dem Scheich die Worte zu lesen; er ahnte nicht, daß sie aus der Bibel stammten, verstand aber ihren Sinn sogleich, denn er sagte:

„Der heilige Mann befiehlt, daß wir Frieden machen. Meinst du, daß Amad el Ghandur sich billig abfinden lassen wird?"

„Ja. Und wenn er zu streng sei sollte, so werde ich für euch sprechen."

„So willst du hin zu ihm?"

„Ich und du."

„Ich auch? Er wird mich gefangennehmen!"

„Nein. Du stehst in meinem Schutz. Ich verspreche dir, daß du zurückkehren kannst, sobald du willst."

Er traute sich nicht so recht, wagte es aber auf längeres Zureden doch, mir zu folgen.

„Friede auf Erden!“ Diesem Gebot wurde Folge geleistet. Die Verhandlungen dauerten zwar bis gegen Abend, doch wurde man schließlich einig. Wikrama wurde ohne Lösegeld freigegeben, und die Haddedihn bekamen die geraubten Tiere wieder, wofür Amad el Ghandur sein Wort gab, auf Rache zu verzichten. Darauf gab es eine Verbrüderung zwischen den bisherigen Feinden, welche sich zwar erst ein wenig gezwungen ausnahm, nach und nach aber freier und herzlicher wurde. Die Haddedihn kamen zum Lager. Es wurden Hammel geschlachtet und Feuer angezündet, sie daran zu braten.

Vorher aber geschah etwas, was niemand vermutet hatte. Als nämlich die Knaben kurz vor nachts den Felsen erstiegen, hatte der Einsiedler sie ausgefragt. Sie kamen herab. Er ließ durch sie die Anezeh um Lichter bitten, wie die Beduinen sie aus Hammeltalg zu machen pflegen, und ich erhielt die Botschaft, morgen früh zu ihm auf den Felsen zu kommen. Es war, wie bereits erwähnt, außer den beiden Knaben noch nie jemand bei ihm oben gewesen. Ich war auf diesen Besuch natürlich außerordentlich gespannt. Zu erwähnen wäre noch die Freude der beiden Parsen, als sie einander wiederhatten, ohne daß ein Lösegeld zu bezahlen war. Selbstverständlich mußte Wikrama die Summe, die man ihm abgenommen hatte, wiederbekommen, wenigstens soweit sie noch vorhanden war.

Als wir dann abends bei den Feuern saßen und das Friedensmahl verzehrten, ertönte oben das Glöckchen wieder. Wir blickten hinauf. Da erschien auf der Höhe Licht um Licht an dem Nadelbaum. Der Einsiedler feierte den Heiligen Abend mit einem Weihnachtsbaum. Welch ein Wunder hier im Orient, mitten unter Beduinen! Und welch ein Anblick für mich, den Deutschen, der sich keine Weihnacht ohne Lichterbaum zu denken vermag! Die Araber genossen den ihnen fremden Anblick mit stummem Schweigen; Alam aber sagte mir:

„Sihdi, das ist der Baum, von welchem du gestern erzählt hast. Wie schön ist er! Er spricht zu mir von dem Nur es Sema, welches in meinem Herzen aufgegangen ist!“

Und wen ich am andern Morgen da oben auf dem Felsen fand, und was ich von ihm erfuhr? Vielleicht erzähle ich es dem lieben Leser ein anderes Mal!

Christi Blut und Gerechtigkeit

Chodeh t'avezschkeht; aleik salam, u rahhmeht Allah – Gott bewahre dich; der Friede und die Barmherzigkeit des Herrn sei mit dir!"

Scheich Melef, zu dem ich diese Abschiedsworte sprach, reichte mir die Hand von seinem Schimmel herüber. Der dünne Bart zuckte um seine schmalen Lippen, und die Haut seiner Augenwinkel legte sich in die kleinen Fältchen, die mir so wenig gefallen hatten.

„Az kolahme tah; bu kalmehta ta siuh taksihr nakehm; atina ta, Ansziallah, kheïra – Ich bin dein Diener; ich spare nichts, um dir zu dienen; gebe Gott, daß dein Besuch ein glücklicher sei!" antwortete er.

Dabei drückte er mir sehr freundschaftlich die Hand, und ein Seitenblick sagte seiner Begleitung, daß auch sie sich jetzt zu verabschieden hätte.

„Chodeh scogoletah rast init – Gott stehe dir in deinem Vorhaben bei. Chodeh ezsch tah razschibiht – Gott sei zufrieden mit dir. Chodeh da-uleta ta mazen bekeht – Gott vermehre deinen Reichtum. Salam aleik, jahrimen ahziz – Friede sei mit dir, mein teurer Freund!"

Diese und ähnliche andere Rufe erklangen um mich her, während sich gegen zwanzig Hände bemühten, meine Rechte zu drücken. Es war ein verdorbenes Kuramandschi, und so zweifelhaft wie ihr Dialekt, war mir auch ihr Charakter während meines viertägigen Aufenthaltes bei ihnen vorgekommen. Ich fühlte mich froh, ihnen mit heiler Haut entgehen zu dürfen, und kürzte daher den Abschied so viel wie möglich ab. Ich reichte die Hand im Kreise herum; mein arabischer Diener Halef tat dasselbe, und dann ritten wir davon, begleitet von einem Reiter, welcher uns auf dem besten Weg über den Großen Zab hinüber zu den oberen Zibarkurden bringen sollte.

Dieser Mann war seltsam gekleidet. An seinem roten Kuhlik – einer Mütze aus Filz von Ziegenhaaren – waren lange Lederstreifen befestigt, die ihm wie die Beine einer riesigen Spinne über das Gesicht und den Nacken herabhingen. Die weite Hose war schwarz und gelb gestreift. Zwei um die nackten Füße gebundene Lederstücke bildeten die Schuhe. Ein grün und weiß gewürfeltes Kleidungsstück, halb Weste und halb Rock, bedeckte seinen Oberkörper, und aus den Achsellöchern dieses Gewandes ragten zwei braune, haarige Arme hervor, die einem Gorilla anzugehören schienen. Der Mann hatte ein offenes Gesicht und ehrliche Augen, mit denen er mich von Zeit zu Zeit eingehend zu mustern schien.

„Sihdi", fragte mein Diener, nachdem wir wohl eine halbe Stunde lang schweigsam dahingeritten waren, „was heißt Spitzbube auf Kurdisch?"

„Herambaz."

„Gut; so ist jeder dieser Kurden ein Herambaz."

„Sprich leise."

„Warum, Sihdi? Damit dieser Kurde mich nicht hört? Selbst wenn er arabisch reden könnte, würde er doch meinen Dialekt nicht verstehen, denn ich spreche jetzt mit Absicht die Sprache des Mogreb, und diese ist hier fremd, und alle Kurden sind Räuber. Allah il Allah, Gott ist allwissend; er weiß, daß von diesem Scheich der Schirwani nichts Gutes kommen kann. Hast du seine schiefe Nase und seine spitzen Augen gesehen? Seine Seele ist die Seele eines Fuchses."

„Ich weiß es, Halef. Wir haben nichts mehr mit ihm zu schaffen."

„Hamdulillah, Preis sei Gott, daß wir fort sind von ihm! Aber hast du bemerkt, daß vor unserem Aufbruch zwei Reiter das Dorf verließen?"

„Nein. Macht dir dieser Umstand angst?"

„Angst, Sihdi? Weißt du, wer ich bin? Ich bin Hadschi Halef Omar Ben Hadschi Abul Abbas Ibn Hadschi Dawud al Gossarah; ich habe dir Jahre lang treu und tapfer gedient, war mit dir in der Sahara, in Masr – Ägypten –, im Belad al Arab, in Mossul und bei den Teufelsanbetern und bin in keiner Gefahr von deiner Seite gewichen. Hast du jemals gesehen, daß ich Angst gehabt habe?"

„Nein. Mein wackerer Halef hat sich niemals gefürchtet."

Er zwirbelte seinen Schnurrbart, der links aus wenigen und rechts aus etlichen Haaren bestand, sehr selbstgefällig in die Luft hinaus, schob den Turban aus der Stirn, richtete seine kleine, schmächtige Gestalt möglichst hoch im Sattel auf und lockerte seine messingbeschlagnen Pistolen. Nach dieser sehr imponierenden Einleitung meinte er:

„Du sagst die Wahrheit, Effendi. Du bist der weiseste Mann und der größte Krieger des Abendlandes; du hast eine starke Büchse, um den Löwen, den schwarzen Panther und den Bären zu töten; du hast ferner eine Flinte, aus der du viele Kugeln schießen kannst, ohne zu laden; du hast auch zwei kleine Pistolen, die sechsmal losgehen in einer Minute. Ich aber bin dein Freund und Beschützer Hadschi Halef Omar, und unter meiner Obhut bist du sicher gewesen wie unter dem Schirm Allahs und des Propheten. Ich werde auch heute über dich wachen, daß der Feind kein Haar deines Hauptes zu krümmen vermag."

„Das erwarte ich", antwortete ich sehr ernst, obgleich ich ein kleines Lächeln kaum zurückzuhalten vermochte.

Mein kleiner Halef schnitt nämlich gern ein bißchen auf, aber ich wußte dennoch, daß ich mich in jeder Beziehung auf ihn verlassen konnte. Er öffnete bereits wieder den Mund, um die Verherrlichung seiner Person fortzusetzen, als er von unserem Begleiter unterbrochen wurde.

Wir hatten nämlich das Schirwan-Dorf bereits beim ersten Tagesgrauen verlassen und waren von dem Scheich desselben eine Strecke weit begleitet worden. Nun hatte sich der Osten allmählich mehr gelichtet, und eben jetzt schoß der erste Strahl der aufsteigenden Sonne an uns vorüber, um die Fluten des Zab mit brillierenden Lichtern zu überschütten. Da sprang unser Führer vom Pferd, kniete mit gen Morgen gerichtetem Angesicht nieder und rief mit ausgebreiteten Armen:

„Ia Schems, ia Schems, ia Schems – o Sonne, o Sonne, o Sonne!"

Er blieb knien, bis die feurige Kugel sich vollständig über dem Horizont erhoben hatte; dann stieg er wieder auf. Ich war überrascht gewesen und wandte mich jetzt fragend an ihn:

„Du bist ein Dscheside – ein Teufelsanbeter, richtig: Jezide –?"

„So nennt man uns, o Herr", antwortete er, und nach einer kurzen Pause fügte er hinzu: „Nun möchtest du dich mir wohl nicht länger anvertrauen?"

„Wie kommst du zu dieser Frage?"

„Hast du nie gehört, wie schlimm die Leute von uns sprechen?"

„Ich habe es oft gehört, aber ich vertraue mich dir dennoch an. Ich habe unter den Dscheshiden mehr gute Menschen gefunden, als unter den Kindern Mohammeds, und viele ihrer Scheichs und Kawals sind meine Freunde geworden."

Er blickte überrascht auf.

„Chodieh – Herr –, du kennst die Obersten und Prediger der Dschesiden?“

„Ja. Ich war zum großen Fest in Baadri und Gast des Scheichs Adi.“

„Verzeih, Herr; zum großen Fest wird kein Mohammedaner zugelassen.“

„Ich bin kein Mohammedaner, sondern ein Christ. Aber dieser mein Diener Hadschi Halef ist ein Merd el Islam und wurde dennoch zugelassen.“

Ich sah die ungläubige Miene des Dschesiden und zog meinen Melek Ta-us – wörtlich: König Pfauhahn – hervor, den ich unter dem Gewand an einer Schnur um den Hals hängen hatte. Kaum erblickte er die kleine Figur, so rief er unter den Zeichen des größten Erstaunens:

„Der Melek Ta-us, den nur die besten Vertrauten des Mir Scheich Chan erhalten! Herr, wenn du wirklich ein Christ und kein Dscheside bist, so ist dein Name Kara Ben Nemsi!“

„So hat man mich in diesem Land genannt.“

„Du bist also der Fremdling, der mit den Unsrigen gegen die Soldaten des Mutessarif von Mossul gekämpft hat?“

„Ja. Beim Abschied gab mir der Mir Scheich Chan diesen Melek Ta-us als Erkennungszeichen, wenn ich der Dienste eines Dschesiden bedarf.“

„Chodieh, ein jeder Dscheside wird bereit sein, sein Leben für dich zu lassen, wenn er dieses kostbare Zeichen erblickt. Befiehl, was ich für dich tun soll; ich tue alles!“

„Ich wünsche von dir nur, daß du mich sicher zu den Zibarkurden bringst.“

„Dies wird geschehen, Herr. Hier ist der Fluß, und dort liegt ein Kelek – ein Floß aus aufgeblasenen Ziegenhäuten – am Ufer, welches uns über das Wasser tragen wird.“

„Wem gehört das Floß?“

„Der Nezanum – der Dorfälteste – hat es gebaut, doch jeder Bewohner kann es benutzen.“

„Kein anderer?“

„Keiner.“

„So sind es also Dorfbewohner gewesen, welche bereits vor uns hier übergefahren sind.“

„Heut?“

„Ja. Sieh hier die frischen Spuren von zwei Pferden. Hier rechts hat das Kelek gelegen, und da sind die Reiter abgestiegen. Die feuchten Halme haben sich fast wieder aufgerichtet; sie wurden vor vielleicht einer Stunde niedergetreten. Was haben die zwei da drüben zu schaffen? Der Fluß bildet hier die Grenze; sie können also nur zu den Zibarkurden sein. Warum sind sie da nicht mit uns geritten?"

„Herr, es werden Männer eines andern Dorfes sein, oder Angehörige eines andern Stammes, welche das Floß nur zufällig fanden und benutzten."

„Nein; es sind zwei Männer eures Dorfes. Mein Diener hat sie gesehen, als sie fortritten."

Er blickte nachdenklich vor sich hin und legte dabei unwillkürlich die Hand an den Griff des Messers, welches seine einzige Waffe bildete.

„Herr", meinte er dann mit einem sehr aufrichtigen Aufschlag seiner Augen, „ich weiß nichts davon. Vertraust du mir wirklich?"

„Ja, vollständig."

„Es ist möglich, daß du dich in Gefahr befindest, denn der Scheich liebt die Untreue mehr als die Treue. Ihr tragt bei Euch kostbare Waffen und auch andere Dinge, welche hier nie zu sehen und zu kaufen sind. Solange ihr seine Gäste wart, durfte er euch nichts nehmen; jetzt aber kann er tun, was ihm beliebt."

„Und was wird dies sein?"

„Er wird den Scheich der Zibar benachrichtigt haben, euch die Gastfreundschaft zu versagen, und beide werden sich in das teilen, was ihr bei euch führt."

„In diesem Fall ist dein Scheich nicht in das Dorf zurückgekehrt, sondern er wird uns heimlich folgen."

„Ich glaube es. Was wirst du tun?"

„Ich werde mich überzeugen, ob wir richtig vermuten, und, wenn dies der Fall ist, dich zurücksenden."

„Chodieh, das wirst du nicht tun!"

„Ich werde es dennoch tun. Der Scheich ist dein Herr; du darfst nichts unternehmen, was gegen seinen Willen ist."

„Er soll mein Herr nicht länger sein. Ich hasse diese Kurden. Ich wollte sie schon längst verlassen und nach dem Westen gehen, aber sie hätten mich nicht fortgelassen."

„Un die Deinen?"

„Herr, ich habe weder Vater und Mutter, noch Weib und Kind; ich besitze nichts außer dem, was du hier bei mir siehst; das Pferd gehört dem Scheich. Ich will nach Baadri zum Mir Scheich Chan. Nimm mich mit dir, Chodieh, und ich werde es dir danken, solange ich lebe!"

„Ich weiß, daß du beinahe als ein Sklave des Scheichs betrachtet wirst und dich sehr unglücklich fühlen mußt; aber ich kann über deinen Wunsch erst später entscheiden. Kannst du schwimmen?"

„Ja, Herr. Soll ich das Kelek herüberholen?"

„Nein. Ihr schwimmt jetzt an das andre Ufer und versteckt euch drüben hinter das Tschinar- und wilde Biehgestrüpp – Ahorn und Weide. Unterdessen reite ich zurück, um zu sehen, ob der Scheich uns folgt. Vorwärts!"

Die beiden lenkten ihre Pferde in das Wasser, und ich kehrte um. Im Trab erreichte ich die nächste Höhe, von welcher wir gekommen waren, und von hier aus erkannte ich allerdings Melef mit seinen sämtlichen Schirwankurden, welche soeben oberhalb meines Standorts in eine Schlucht einlenkten. Sie hatten einen Bogen geschlagen, um uns verborgen zu bleiben. Wenn auch ich von ihnen unbemerkt bleiben wollte, durfte ich keine Zeit verlieren. Ich ritt im Galopp wieder dem Fluß zu und nahm, als mein Hengst in das Wasser ging, die Waffen hoch empor, um sie vor der Nässe zu schützen.

„Chodieh", rief mir der Dscheside entgegen, „verfolgen sie uns?"

„Ja."

„So sind wir verloren."

„Inwiefern?"

„Bicke hier empor!"

Er deutete nach dem Höhenzug, welcher auf dieser Seite des Zab das Flußtal begrenzte. Ich erkannte einen Trupp von vielleicht dreißig Reitern, die von dort herab uns entgegenkamen.

„Sind es Zibarkurden?"

„Ja, Herr."

„Ich denke, die beiden Schirwani können das Lager des nächsten Zibar-Scheichs noch gar nicht erreicht haben!"

„Sie müssen zufällig auf diesen Emdscherg – Kriegertruppe – gestoßen sein. Man hat uns bereits gesehen. Was befiehlst du, Herr?"

„Kennst du einen sicheren Weg über die Tura Ghara-Berge nach der Feste Ara oder den Quellen des Akra-Flusses?"

„Ja. Was willst du dort?"

„Ich werde dort von Freunden erwartet. Wir müssen uns hier nach rechts wenden, und dann, glaube ich, können wir entkommen."

„Wir können ihnen nicht entgehen, Herr, denn das Tal ist dort von Felsen verschlossen, welche bis an das Wasser reichen. Kein Pferd kann sie erklimmen."

„Gut, so reiten wir ihnen entgegen."

„Und dann?"

„Was dann zu tun ist, wird sich finden. Auf alle Fälle wirst du dich friedlich verhalten. Du bist zwar unser Führer, aber nicht ein Feind von ihnen. Dir wird nichts geschehen."

„Herr, seit ich weiß, daß du den Melek Ta-us hast, bin ich ihr Hemscher – Freund, Genosse – nicht mehr. Ich werde mit dir kämpfen, wenn es nötig ist."

„Das verbiete ich dir! Du bist, wie ich sehe, ein wackerer Mann, aber dein Messer kann uns nichts nützen."

„So gib mir eine Waffe von dir!"

„Du weißt nicht, wie diese Waffen zu gebrauchen sind."

„So tu, was du willst; ich aber schwöre dir beim Heiligtum von Adi, daß ich nicht von deiner Seite weichen werde!"

Der brave Dscheside war totz meiner vorher ausgesprochenen Worte und trotz seines einfachen Messers ein nicht zu unterschätzender Verbündeter. Er hatte Mut und mußte, nach seinen muskulösen Gorillaarmen zu urteilen, wahre Bärenkräfte besitzen. Wir drei hatten dreißig Kurden vor und zwanzig hinter uns; die Situation war also eine keineswegs angenehme für uns, aber unsere Waffen waren ihnen weit überlegen, und überdies war es noch gar nicht erwiesen, ob und daß ihre Gesinnung gegen uns eine feindselige sei. Ich hatte mich oft in noch schlimmeren Lagen befunden und mich doch immer glücklich herausgearbeitet.

Wir ritten also auf die Höhe zu, den Zibarkurden gerade entgegen. Als sie dies bemerkten, hielten sie an und bildeten einen Halbkreis, in dessen Mitte sich der Anführer befand. Er trug nach kurdischem Gebrauch einen riesigen Turban von fast vier Fuß Durchmesser, ein enges, türkisches Gewand, welches von einem ledernen, mit Silberplatten verzierten Gürtel zusammengehalten wurde, und darüber ein Antari – einen weiten Kaftan – von rot- und schwarzgestreiftem Muster. Im Gürtel hatte er ein Messer und eine alte Pistole stecken, und quer über dem Sattelknopf hielt er eine lange persische Flinte, die mir nicht den geringsten Respekt einzuflößen vermochte. Seine Begleiter waren ähnlich bekleidet und trugen meist Luntenflinten oder sehr lange Bambuslanzen. Die Pferde waren mager und abgetrieben und die Reiter machten auf mich mehr den Eindruck einer Bettler-, als einer kurdischen Kriegerschar.

Ein rascher Blick nach rückwärts überzeugte mich, daß auch die Schirwani bereits das jenseitige Ufer des Flusses erreicht hatten.

„Sind die beiden Boten deines Scheichs bei den Zibari?“ fragte ich den Teufelsanbeter.

„Nein, Herr. Sie haben sich wohl zurückgehalten, um sich nicht zu verraten.“

Jetzt hatten wir uns dem Halbkreis bis auf zwölf Pferdelängen genähert, und ich hielt an.

„Sabah 'l kher – guten Morgen!“ grüßte ich den Anführer.

„Chodeh t' avezschkeht – Gott bewahre dich!“ antwortete er sehr zweideutig. „Wer bist du?“

„Wer ich bin, das hast du bereits von den zwei Männern gehört, welche dir Scheich Melef gesandt hat; wer aber bist du?“

Er schien ein wenig verlegen zu werden, faßte sich aber schnell und antwortete:

„Wer hat hier das Recht, zu sagen ‚tu ki-e – wer bist du?‘ – du oder ich?“

„Nur ich allein, denn du kennst wohl mich, nicht aber ich dich!“

Ich sprach diese Worte mit fester Stimme und spielte dabei mit meinem Henrystutzen. Ich hatte den Schirwankurden bewiesen, daß dieses Repetiergewehr eine sehr gefährliche Waffe sei, und war überzeugt, daß die Boten des Scheichs die Zibari ganz besonders auf unsere Schießgewehre aufmerksam gemacht und sie vor denselben gewarnt hatten. Das kleine Experiment machte wirklich den gewünschten Eindruck, denn der Mann antwortete:

„Ich bin der Malk-hoe gund – der Anführer – des Lagers, welches dort hinter den Bergen liegt und werde Scheri Schir – Held, Löwe – genannt.“

„So hast du einen schönen, herrlichen Namen, denn ein Held ist gastfrei und der Löwe stark und ohne Falsch. Scheich Melef wird dich benachrichtigt haben, daß ich als Gast in dein Jilack – deine Sommerwohnung – einzutreten wünsche. Ich werde dir alles bezahlen, was ich brauche, und morgen in Frieden weiterreiten.“

„Du irrst. Scheich Melef läßt mir sagen, daß du ein Giaur bist, der die Wohnung eines wahren Gläubigen verunreinigt. Du wirst unser Lager sehen, aber nur als Gefangener.“

„So erlaube mir, vorher mit dem Scheich zu sprechen!“

Ich sah nämlich, daß die Schirwankurden in das Wasser gegangen waren, und beschloß, diesen Umstand schleunig zu benutzen, um den Zibari zu zeigen, wie gefährlich unsere Waffen seien. Im Nu hatte ich mein Pferd herumgeworfen und jagte nach dem Fluß zurück. Halef folgte mir, hinter ihm der Dscheside und dann die Zibari. Scheich Melef war der vorderste im Wasser.

„Zurück, Gamssi – Verräter –", rief ich ihm zu, „sonst wirst du Wasser schlucken!"

Er hörte nicht auf diese Worte. Ich legte den Stutzen an. Menschenblut wollte ich nicht vergießen, aber meine erste Kugel traf sein Pferd in oder neben des Auge. Es verschwand und er mit ihm. Zwei-, drei-, sechsmal schoß ich, und zwar mit demselben Erfolg. Die sattellosen Reiter schwammen erschrocken nach dem gegenüberliegenden Ufer zurück und die anderen besannen sich nicht lange, ihnen zu folgen. Das war in der Zeit von kaum einer Minute geschehen, während welcher auch Halef sein Doppelgewehr aufgenommen hatte, um mir den Rücken gegen die Zibari zu decken. Diese hielten sich jedoch in vorsichtiger Entfernung. Ich wandte mich jetzt wieder zu ihnen und an ihren Anführer:

„Sechs Pferde, ohne zu laden. Hast du es gesehen? Ich konnte alle erschießen, wenn ich gewollt hätte, die Pferde und auch die Männer. Ich brauche nur mein Tüfenk – Flinte – zu erheben, um jeden von euch von seinem Hasp – Pferd – zu werfen. Merkt euch das! Eure Waffen fürchten wir nicht, denn wer uns zuerst bedroht, der stirbt auch zuerst. Aber ich bin nicht als Duschmehn – Feind – zu euch gekommen, und darum habt ihr nichts von uns zu befürchten. Ich wollte von eurem Brot essen und von eurem Wasser trinken; da ihr aber den Hungernden und Dürstenden dieses Merhameht – diese Barmherzigkeit –, welches der Prophet allen Gläubigen geboten hat, verweigert, so sollen die Hufe unserer Pferde sich von euch wenden. Allah bessere euch und eure Kinder!"

Ich war bedacht gewesen, während dieser Worte meinen Stutzen wieder vollschüssig zu machen, ein Vorgang, dessen Bedeutung sie gar nicht kannten. Jetzt drehte ich mein Pferd nach rechts herum; schnell aber verlegten sie mir den Weg, und der Anführer meinte:

„Chodieh, du bist ein großer Held; du wirst mit uns kommen!"

„Nein. Ein Gefangener der Zibari werde ich nicht sein."

„Wir werden euch nicht fortlassen!"

„Glaubst du, daß wir uns vor Kehleschan – Räubern – fürchten? Unsere Pferde werden uns über euch hinwegtragen. Sieh meinen Hengst an, und du wirst es glauben!"

Ich hatte die bewundernden Blicke bemerkt, welche er kaum von dem Tier wenden konnte. Es war eigentlich gefährlich, diese notorischen Pferdediebe noch extra auf dasselbe aufmerksam zu machen.

„Hast du den Rappen selbst gezogen?" fragte er.

„Nein. Es ist ein Geschenk."

„Herr, ein solches Pferd verschenkt kein Mensch!"

„Glaube, was dir beliebt."

„Von wem hast du es?"

„Von Mohammed Emin, dem Scheich der Haddedihn, vom Stamme der Schammar."

Er fuhr im Sattel empor.

„Heißt der Hengst Rih?" fragte er.

„Ja."

„Herr, so bist du der Fremdling, der die Wüstenschlacht im Tal Deradsch mitgemacht hat und dafür das beste Pferd jenseits des Flusses zum Geschenk erhielt?"

„Ja."

„Und dieser Mann ist der Chismikar – der Diener –, den du bei dir hattest?"

„Er ist es."

„So erlaube, daß ich mit meinen Leuten spreche!"

„Tue es!"

Jetzt begann eine ebenso leise wie eifrige Unterredung zwischen den Kurden. Ich konnte keine Silbe verstehen, beobachtete aber die Mienen scharf. Der Anführer schien seine unfreundliche Gesinnung gegen uns geändert zu haben; er sprach seinen Männern eifrig zu und mochte sie endlich zu seiner Ansicht bekehrt haben, denn er wandte sich an mich:

„Chodieh, wir haben viel davon gehört, daß die Haddedihn drei Stämme ihrer Feinde in das Tal Deradsch gelockt und darin gefangengenommen haben. Niemand wollte es glauben; du aber sollst zu uns kommen und es uns erzählen!"

„Dürfen wir als eure Freunde mit euch gehen?"

„Als unsere Freunde. Ser sere men at – ihr seid mir willkommen!"

„Und diese Schirwankurden da drüben, die mich verraten wollten?"

„Wir haben keine Gemeinschaft mit ihnen."

„Wo sind ihre beiden Boten?"

„Sie sind weiter unten über den Tschai – den Fluß – zurückgegangen."

„Sie haben nicht klug gehandelt. Hätten sie sich des Floßes wieder bedient, so wäre es uns unbekannt geblieben, daß sie zu euch gegangen waren. Reicht uns zum Zeichen der Freundschaft eure Hände, dann wollen wir mit euch reiten."

Die Hände wurden im Kreis herum gereicht; den Dschesiden aber übersah man dabei.

„Herr", meinte der Anführer, „dieser Mann kehrt doch wieder zu den Schirwani zurück?"

„Er ist mir zur Begleitung gegeben und wird bei mir bleiben, so lange es ihm gefällt."

„Aber er ist kein Gläubiger. Er betet den Scheitan an und wird in der Hölle braten!"

„Be Chodera dschen 'et u dschehen eme tschebuhn – Paradies und Hölle sind durch Gott geworden; er allein kann bestimmen, wer in die Seligkeit oder in die Verdammnis geht. Dieser Mann ist jetzt mein Gefährte, und bin ich euer Freund, so ist auch er es. Reicht ihm die Hände, wenn ihr nicht wollt, daß ich von euch bleibe!"

Ich verlangte viel, sehr viel von ihnen; ich tat es, um dem braven Dscheciden zu beweisen, daß ich ihm freundlich gesinnt sei, und sie gehorchten meiner Forderung, wenn auch mit finsteren Mienen. Dann setzten wir uns in Bewegung. Der Anführer ritt an meiner Seite voran, dann folgten Hadschi Halef Omar mit dem Dscheciden, und hierauf kamen die Kurden, die einen ordnungslosen Schwarm bildeten. Natürlich hatte ich während des ganzen Rittes die Hand am Revolver, und auch Halef hielt sein Pferd in stets schrägem Gang, um ein wachsames Auge rückwärts auf die Zibari haben zu können.

Einen gebahnten Weg gab es natürlich nicht. Wir ritten über Steingeröll dem westlichen Höhenkamm zu. Auf demselben angekommen, hielt ich mein Pferd unwillkürlich an, um die mir hier gebotene Rundschau zu genießen. Im Osten und Südosten erhoben sich die Berge von Sidaka und Sar Hasan, zwischen denen Rowandiz liegt, im Süden das Ghara Surgh. Im Norden ragten die Höhen von Baz und Tkhoma, im Westen das Tura Ghara und der Dschebel Hair empor. Dort lag auch Akra, nach dem ich wollte. War vor mir wohl einem europäischen Auge dieser Rundblick ermöglicht gewesen? Ich glaubte es nicht, sollte mich aber sehr bald von dem Gegenteil überzeugen.

Wir ritten über eine kleine Hochebene hin und lenkten dann

talabwärts ein. Bisher hatten wir nur niedriges Gesträuch getroffen, bald aber wuchsen die einzelnen Büsche zu hohen Baumscharen empor. Da gab es wilde Hezschir-, Eruk- und Jadschazbäume – Feigen-, Pflaumen- und Pomeranzenbäume –, Guiz-, Tschinar- und Tu-Bäume – Nuß-, Ahorn- und Maulbeerbäume –, um die sich fruchtbare Tri- oder Kundureben – Wein- und Melonenreben – rankten, Dari zeitun-, Dari beru- und Dari benk-Bäume – Oliven-, Eichen- und Terpentinbäume, wirr durch-, unter- und nebeneinander. Und nun öffnete sich auch eine Art von Weg, der so breit war, daß zwei Pferde nebeneinander gehen konnten. Später führte derselbe über saftige Matten und zwischen sumpfigen Flächen hindurch, bis er an einem breiten, rauschenden Bach wieder emporstieg.

Bis hierher hatten wir uns alle sehr schweigsam verhalten, ein jeder nur mit seinen eigenen Gedanken beschäftigt. Die meinigen waren auf die Gefahr gerichtet, in welcher wir uns bei jedem Schritt befanden. Mit drei Schüssen oder drei guten Speerwürfen konnten die hinter uns reitenden Kurden uns töten; aber sie mußten es meiner Haltung ansehen, daß dann wenigstens auch ihr neben mir reitender Anführer verloren sei. Dieser tat, als bemerke er den Revolver gar nicht, den ich längst ganz aus dem Gürtel genommen hatte, und fragte mich nun nach langer Stille:

„Dein vollständiger Name ist Emir Kara Ben Nemsi?"

„Ja. Wer hat ihn dir genannt?"

„Die beiden Schirwani. Du bist der Fremdling vom Tal Deradsch. Er soll Löwen geschossen haben, ganz allein und mitten in finstrer Nacht?"

„Ja, mit der Büchse, welche du hier auf meinem Rücken siehst."

„Warum führst du zwei Gewehre bei dir?"

„Das große hier ist für sehr große Tiere und sehr weite Entfernungen; das kleinere hier am Sattel nehme ich, wenn der Feind zahlreich und nahe ist. Ich brauche es nicht zu laden."

„Solche Waffen gibt es bei uns nicht. Dein Volk muß ein sehr kluges sein. Man sagte mir, du seist ein Nessarah – Christ –, und dennoch trägst du ein Hamaïl – einen Koran in einem Futteral – am Halse, wie es nur die Pilger tragen, welche in Mekka gewesen sind?"

„Ich verehre Allah und war in den heiligen Städten. Allah il Allah – Gott ist Gott, ob man ihn Allah oder Chodeh nenne. Ist es nicht so?"

„Es ist so. Kennst du auch den Propheten?"

„Ich kenne ihn. Es ist Mohammed, welches ‚der Gepriesene' heißt. Sein Vater war Abdallah Ibn Abd al Muthallib aus der Familie Haschem des Stammes Koreïsch."

„Du bist ein guter Moslem, obgleich du aus dem Lande der Nemtsche – der Deutschen – kommst, welches ich gar nicht kenne. Du sollst bei mir sitzen und mir erzählen von fernen Ländern und von allem, was du erfahren hast. Siehst du die Nester dort rechts hoch oben am Berg?"

„Ich sehe sie."

„Das sind unsere Jilacks, in denen wir wohnen, die Hitze des Sommers naht."

„Du bist der Nezanum, der Scheich deines Dorfes. Hast du die Macht, einen Fremdling gegen die Deinen zu schützen?"

„Ich habe sie", antwortete er stolz, doch schien mir der Ton seiner Stimme ein wenig unsicher zu sein.

Zugleich gab er seinem Pferd den Schenkel, so daß es rascher ausgriff, als bisher. Es schien mir, als ob er ähnlichen Fragen ausweichen wolle.

Um vom Zab bis hierher zu gelangen, hatten wir beinahe die Zeit von zwei Stunden gebraucht. Nach zehn Minuten sah ich ein Verhau von starken Stämmen, der sich quer über den Weg rechts und links in den Wald hineinzog – wir hatten das Dorf erreicht. Auf einen lauten Ruf des Anführers öffneten sich die schmalen Verhaue, durch welche wir einzeln einreiten konnten, und nun erblickte ich eine Halblichtung, welche sich bis beinahe zur Spitze des Berges emporzog. Auf ihr standen regellos die Hütten des Dorfes, welche eigentlich besser Blockhäuser zu nennen waren. Die bedeutendste von ihnen glich einer kleinen, aus Baumstämmen errichteten Festung. Auf sie ritten wir zu.

Es war ein eigentümliches Gefühl, welches mich dabei beschlich. So wie mir, mußte es einer Maus in der Falle zumute sein. Am liebsten wäre ich gleich wieder umgekehrt. Wie ich später hörte, war das Dorf von ungefähr dreihundert Seelen bewohnt, und alle, Männer, Frauen und Kinder, kamen jetzt herbeigeeilt, um den seltenen Fang, den die Ihrigen gemacht hatten, in Augenschein zu nehmen.

„Das ist mein Hani – Haus –"; meinte der Nezanum, indem er vom Pferd stieg. „Tretet mit mir ein!"

„Sage mir zuvor, daß ich dein Mivan – dein Gast – bin!"

„Habe ich dich nicht bereits meinen Freund genannt?"

„Ist bei den Kurden von Zibar Gast und Freund dasselbe?"

Er runzelte die Brauen.

„Ich bin dein Freund, das ist genug. Tritt ein!"

Ich erkannte, daß ich mich allerdings in einer Falle befand; aber was tun? Wir waren von zahlreichen Menschen umgeben, und selbst wenn wir uns mit unseren Waffen Raum verschafft hätten, so war das Verhau so hoch, daß es höchstens meinem Hengst gelungen wäre, darüber hinwegzusetzen; Halef und der Dscheside hätten zurückbleiben müssen. Und wenn wir einen Kurden töteten, so hätten wir selbst im Fall eines glücklichen Entkommens die ganze Meute hinter uns behalten. Mit der Blutrache ist zwischen diesen wilden Bergen nicht zu scherzen. Gewalt war also nicht am Platz, aber Furcht zu zeigen, wäre ein ebenso großer Fehler gewesen.

„Wohl dir, wenn sich dein Wort bewährt", antwortete ich. „Schreite voran!"

Ich stieg ab und nahm mein Pferd beim Zügel. Meine beiden Begleiter taten dasselbe.

„Die Pferde bleiben im Freien", meinte Scheri Schir. „Es ist im Haus kein Platz für sie."

Ohne die Pferde wären wir hilflos gewesen. Ehe ich meinen Rappen verließ, hätte ich ein Dutzend Kurden niedergeschossen.

„Die Pferde bleiben bei uns", antwortete ich. „Vorwärts!"

Ich schob ihn zur Seite und trat in das Haus, mein Tier hinter mir herziehend. Halef und der Dscheside folgten mir. Das Erdgeschoß des Gebäudes glich so ziemlich einer deutschen Scheune mit Tenne und Pansen. Es war in zwei gleichgroße Abteilungen geschieden, von denen die zur rechten Hand als Versammlungs- und Beratungsort, die zur Linken aber als Wohnraum zu dienen schien. Kleine, rechteckige Löcher vertraten die Fenster. Eine Art von Hof konnte es nicht geben, da ich weiter keine Tür bemerkte. Die beiden Abteilungen waren durch ein dünnes Flechtwerk voneinander getrennt. Im Hintergrnd führte eine Art von Leiter nach dem niedrigen Dachraum. Kein Zweifel, dieser Jilack war eine echte, rechte Mausefalle. Herein waren wir; das übrige mußte abgewartet werden.

Die erste Person, welche ich im Innern des Gebäudes erblickte, war ein junges Kurdenweib. Sie trug eine türkische Hose, welche über den feinen Knöcheln zugefältelt war und ein kleines, in Pantoffeln steckendes Füßchen sehen ließ. Eine blaue, gestickte Miederweste umschloß die Taille, und darüber fiel ein vorn offener Kaftan bis über das Knie herab. Das rabenschwarze Haar war in schwere Flechten geordnet, in denen

Gold und Silbermünzen glänzten. Die Frau war schön, sehr schön, am allerschönsten aber war das große himmelblaue Auge, welches sie halb neugierig und halb besorgt auf mich richtete. Auf dem Arm trug sie ein kleines, allerliebstes Mädchen, welches dieselben blauen Augen wie die Mutter hatte. Hinter ihr erhob sich ein junger Kurde vom Boden. Die Ähnlichkeit sagte mir, daß er ein Sohn von Scheri Schir sein müsse. Er war der Mann des jungen, schönen Weibes.

„Ni, vro'l ker – guten Tag!" grüßte ich.

Beide nickten schweigend als Antwort.

„Salam aleikum!" grüßte Halef arabisch. Das Kurdische war ihm nicht geläufig.

„Aleikum salam!" antwortete schnell die Frau.

Halef machte ein freudig überraschtes Gesicht.

„Wie? Du sprichst die Sprache des Koran und der wahren Gläubigen?" fragte er.

„Ja", antwortete sie.

„Hamdulillah, Preis sei Gott, denn nun brauche ich nicht stumm zu sein, wie die Pforte el Dschehennem!"

„Wer bist du?" erkundigte sie sich.

„Wisse, du Rose dieses Tales, du Stern dieses Jilack, daß ich bin Hadschi Halef Omar Ben Hadschi Abul Abbas Ibn Hadschi Dawud al Gossarah, der Begleiter und Beschützer dieses großen Helden, der hier vor dir steht. Wir haben viele Taten verrichtet und große Abenteuer überwunden; dann sind . . ."

„Führt eure Pferde nach hinten!" unterbrach ihn die scharfe Stimme des Hausherrn, welcher hinter uns eingetreten war.

Zugleich fing ich einen Wink auf, mit welchem er die Seinen bedeutete, uns nicht mit übermäßiger Freundlichkeit zu überschütten. Daher sagte ich ihm in ebenso scharfem Ton:

„Scheri Schir, du wirst dafür sorgen, daß diese drei Tiere Wasser und Futter erhalten. Aber merke dir, mein Diener wird jeden Kurden niederschießen, der es wagt, eines von ihnen anzurühren. Ich selbst werde als Gast deine Wohnung betreten, um mich auszuruhen."

Nach einigen kurzen Weisungen an Halef trat ich links in den Wohnraum. Auf dem festgestampften Erdboden lagen längs der Wände dicke Stroh- und Binsenmatten, und in der Mitte der Hauptwand zeigte sich eine Erhöhung, welche mit einem Teppich belegt war. Das war jedenfalls der Ehrensitz, und ich zögerte keinen Augenblick, ihn einzunehmen. Meine beiden Gewehre dicht neben mich legend, ließ ich mich in jene Stellung nieder, welche der Orientale Rahat otturmak, Ruhen der Glieder, nennt.

„Erlaube, daß ich dir deine Waffen aufbewahre!" sagte der Hausherr, der mir mit seinem Sohn und dessen Frau gefolgt war.

„Ein Se' idvar – ein Jäger, Schütze – trennt sich nie von seinen Waffen", antwortete ich ihm, „ganz so, wie ein Suar – ein Reiter – nie von seinem Pferd. Wer mein Tier oder eine meiner Waffen anzutasten wagt, der ist des Todes, und daran trägst nur du die Schuld."

„Warum?"

„Du hast nicht die Pflicht eines Freundes erfüllt, mich in deinem Hani willkommen zu heißen. Du zwingst mich, dich und deine Zibari als Leute zu betrachten, die mir verdächtig sind."

„Ich bin dein Freund, denn ich werde dir nur zu solchen Dingen raten, welche geeignet sind, dein Leben zu erhalten."

„Ah, jetzt wirst du deutlich! Ich sage dir, daß Emir Hadschi Kara Ben Nemsi deines Rates nicht bedarf. Mein Leben steht in Gottes Hand; er hat mir diese Waffen gegeben, es zu verteidigen. Hier stehen Krüge mit Wasser, und da liegt Brot genug auf viele Tage. Soll ich dir eine Kugel geben und dann dein Haus als Festung benutzen, von welcher aus es mir leicht sein wird, deine Zibari der Reihe nach zur Dschehennah zu senden?"

„Auch wir haben Waffen!"

„Sus ol – sei still; sie taugen nichts! Die meinigen aber fehlen nie, und ehe du nur den Finger bewegst, würdest du zu deinen Vätern versammelt sein. Wer ist dieser junge Krieger?"

„Mein Sohn."

„Und dieses Weib?"

„Es ist seine Frau."

„So sieh zu, daß du nicht auch sie in das Verderben führst! Ich bin kein Kur 'o – kein Knabe –, der mit sich scherzen läßt."

„Herr, ich kann nichts tun, ohne vorher meine Männer gefragt zu haben. Selbst ein Scheich darf ohne die Einwilligung seiner Krieger nichts unternehmen."

„So hast du mir da unten im Tal die Unwahrheit gesagt. Höre, was ich beschlossen habe: Dieses Haus gehört jetzt mir; nur du, dein Sohn und dessen Weib dürfen es betreten. Der Eingang liegt offen vor meinen Augen. Jeden andern, der einzutreten wagt, werde ich niederschießen. Du und sie, ihr könnt frei ein- und ausgehn; dein Sohn aber bleibt hier in diesem Raum, und bringst du mir bis zur Zeit, in der die Sonne am höchsten steht, nicht die Nachricht, daß ich dein Gast bin, so erschieße ich ihn. Sieh, ich habe die Büchse bereits in der Hand ..."

Er wollte mich unterbrechen, ich aber erhob mich rasch und winkte ihm Schweigen.

„Still! Geh jetzt, oder bei Chodeh, dem Allwissenden, sagst du noch ein einziges Wort, so schieße ich euch beide nieder!"

Es ist sehr richtig, mein Verhalten war gewagt, aber ich habe nie zu denen gehört, welche meinen, der Reisende müsse sich demütig und nachgiebig durch die Völker schleichen. Die Pflicht gegen die Heimat und die Nationalität erfordert, daß man sich als Mann benimmt. Man muß den richtigen Scharfblick besitzen, um zu unterscheiden, ob der Mut oder die List, das Messer oder – der Geldbeutel zum Ziel führen werde. Ich hatte mich hier nicht verrechnet; der Dorälteste starrte eine ganze Weile wortlos in die Mündung meines auf ihn gerichteten Gewehres. So etwas war ihm noch niemals vorgekommen; er fürchtete sich.

„Herr, ich gehe!" sprach er endlich, wandte sich um und verschwand.

Jetzt war ich überzeugt, daß ich das Spiel gewinnen werde. Ich richtete die Mündung meines Gewehres jetzt auf den Sohn, der unbewaffnet war, und befahl ihm:

„Setz dich in jene Ecke!"

Er blieb mit trotzigem Angesicht stehen, und sein Auge suchte nach der Wand hinter mir, an der die Waffen hingen.

„Ich zähle bis drei", fügte ich hinzu. „Eins – zwei ..."

Er drehte sich langsam um und ließ sich an der bezeichneten Stelle nieder. Die junge Frau stand noch vor mir. Ihr Gesicht war leichenblaß, und in ihren Augen zitterte es feucht und angstvoll.

„O Chodieh, willst du uns wirklich töten?" fragte sie leise.

„Allah yahh fedak – Gott schütze dich!" antwortete ich ihr arabisch. „Ein Krieger tötet kein Weib."

„Aber Hamsa Mertal, meinen Mann, wirst du erschießen?"

„Ja, wenn die Versammlung der Krieger nicht beschließt, daß ich frei sein soll!"

„Kennst du die Gebräuche der Kurden, Effendi?"

„Ja."

„Weißt du auch, daß bei ihnen der ganz sicher ist, der sich unter den Schutz der Frauen begibt?"

„Ja."

„Soll ich dich schützen?"

„Mich, die Meinen, meine Tiere und alles, was ich habe?"
„Ja."
„So hole das Brot!"
Sie nahm einen der runden Brotkuchen von der Matte auf, brach aus der Mitte ein Stück heraus, aß davon und gab auch mir.
„Gib mir deine Hand, und komm", meinte sie hierauf; „ich will auch deinen Männern und Tieren geben!"
Jetzt war ich wenigstens für den Augenblick vollständig sicher. Hätte sie nur von dem Rand des Brotes genommen, so konnte ich an dieser Sicherheit noch immer zweifeln. Als wir aus dem andern Raum wieder zurückkehrten, hatte sich Hamsa Mertal aus seiner Ecke erhoben.
„Geh", gebot ich ihm, „und sage deinem Bav – deinem Vater –, was du gesehen hast! Wie heißt die Blume deines Hauses?"
Bei den Kurden spricht man ungenierter von einem Weib als bei andern mohammedanischen Völkerschaften.
„Schefaka – Morgenröte", antwortete er.
„So erzähle den Kriegern, daß ich unter dem Schutz der Morgenröte stehe und meine Waffen zu den deinigen gehängt habe! Sie können euer Haus betreten."
Ich hing meine Waffen an die Wand, griff in den Gürtel und zog eine jener Spiegelketten hervor, welche man in Paris für weniger als einen Franken kaufen kann. Ich hing sie der schönen Kurdin um den Hals.
„Nimm, o Schefaka; möge der Glanz deiner Wangen und der Strahl deiner Augen immer auf diese Perlen leuchten!"
Ihre Wangen röteten sich vor Entzücken.
„Effendi, ich danke dir! Du sollst bei mir wohnen so sicher wie im Schoße Ibrahims, des Erzvaters. Erlaube, daß ich dir Trank und Speise bringe, und dann magst du ruhen und deine Augen ohne Sorge schließen."
Es geschah, wie sie gesagt hatte. Ich aß und trank und streckte mich dann zur Ruhe nieder. Als ich erwachte, herrschte tiefe Stille in dem Haus; draußen aber unter den Bäumen hörte ich eine laute Stimme, welche die Gläubigen aufforderte, el Asr – das Nachmittagsgebet – zu beten. Ich hatte lange geschlafen, und niemand hatte es gewagt, meine Ruhe zu stören. Als ich die andere Abteilung betrat, lagen auch Halef und der Dscheside schlafend zwischen den Pferden. Ich ließ sie liegen, steckte die Revolver und das Messer zu mir und trat hinaus vor das Haus.

Das Gebet war beendet, und viele Krieger saßen rauchend im Kreis. Meine beiden Wirte waren bei ihnen. Scheri Schir erhob sich und die andern mit ihm. Sie alle gaben mir die Hände, und ich mußte mich zu ihnen setzen.

„Was habt ihr über mich beschlossen?“ fragte ich den Nezanum.

„Die Morgenröte leuchtet über dir“, antwortete er. „Du bist sicher, solange du dich in unserem Dorf befindest.“

„Ich danke dir! Ich werde auch dann noch sicher sein, wenn ich morgen das Dorf verlassen habe. Sieh das erste Blatt dort an dem Eichenzweig. Sechsmal werde ich schießen, und sechs Löcher werden in einer geraden Reihe im Blatt sein.“

Ich zog den Revolver hervor und schoß. Nach dem sechsten Schuß sprangen alle auf. Das Blatt wurde abgeschnitten und ging aus einer Hand in die andere. Das Staunen dieser Männer läßt sich nicht beschreiben. Sie konnten diese Sicherheit des Schusses ebensowenig begreifen, wie den für sie geradezu wunderbaren Umstand, daß ich zu schießen vermochte, ohne zu laden. Mein Ansehen wuchs ebenso rapid wie die Furcht, die sie vor mir empfanden. Nur nach langer Verwunderung nahmen sie ihre vorigen Plätze wieder ein. Hamsa Mertal holte mir eine Pfeife, und ich mußte nun erzählen, wie ich es ja seinem Vater am Morgen versprochen hatte. Die Unterhaltung wurde erst mit dem Moghreb – dem Gebet bei Sonnenuntergang – beendet, an dem ich mich beteiligte. Gott rechnet es dem Christen nicht zur Sünde, wenn dieser zwischen Mohammedanern zu ihm betet.

Nach dem die hervorragendsten der Krieger zum Abendmahl eingeladen waren, kehrten wir drei in das Haus zurück. Meine beiden Begleiter waren mit dem Füttern der Pferde beschäftigt, und Schefaka erwartete uns mit dem Kahweh – dem Kaffee. Während wir rauchten und tranken, errichtete sie aus zwei Pfählen, einer Querstange und einigen Decken eine Art spanischer Wand, hinter welcher sie mit dem Kind verschwand. Nach einigen Augenblicken vernahm ich ein leises Flüstern und dann die helle, klare Stimme des kleinen Mädchens. Langsam und deutlich erklang es:

„Tis – ti – tut – te – täch – tig – teit – tis – tei – tuk – tun – te – ten – teit ...“

Was war das?! Hatte ich richtig gehört, oder ließ meine Phantasie mir diesen kindlichen Stammellauten eine falsche Bedeutung geben? Kurdisch war das nicht, persisch, arabisch, türkisch auch nicht. Hatte ich nicht selbst ganz ähnliche Laute gestammelt, in den Armen der alten lieben Großmama, wenn sie mich zu Bett legte, als ich noch nicht reden konnte? Ich lauschte weiter. Mir wurde ganz eigentümlich zumute; der Atem und der Puls wollte mir stillstehen.

„Was tut das Kind?“ fragte ich leise.

„Es betet“, antwortete Hamsa Mertal, „denn es geht schlafen.“

„Was betet es?“

„Das Gebet des Vaters meines Weibes.“

„Wo ist er? Wo lebt er?“

„Er ist tot.“

„War er ein Moslem?“

„Ich weiß es nicht. Ich habe ihn nicht gekannt.“

„Verzeih mir! Wo nahmst du dein Weib?“

„Ich nahm sie mit, als wir bei den Abu Salman-Arabern einfielen.“

„Darf ich sie fragen?“ bat ich, als in diesem Augenblick Schefaka wieder hinter dem Schirm hervortrat.

„Frage sie!“

„Sage mir, Morgenröte, was dein Liebling jetzt gebetet hat.“

„Das Gebet, welches mein Vater mich lehrte“, antwortete sie errötend.

„Wie lautet es?“

„Es ist eine fremde Sprache, welche ich nicht kenne. Du wirst sie auch nicht verstehen.“

„Oh, sage nur das Gebet, schnell, schnell!“

Sie faltete die Hände, senkte verwirrt die Augen und rezitierte, wenn auch mit fremder Betonung und fehlerhaft, aber für einen Deutschen immerhin verständlich:

„Christi Blut und Gerechtigkeit
Ist mein Schmuck und Ehrenkleid.
Damit will ich vor Gott bestehn,
Wann ich in den Himmel werd' eingehn.
Amen!“

Ich war aufgesprungen und hatte, ebenso wie sie, die Hände gefaltet. Ich schäme mich nicht, es zu gestehen, daß mir die Tränen über die Wangen liefen und in großen Tropfen vom Bart fielen. Hier in den wilden Bergen Kurdistans, mitten in einer fanatisch-moslemischen Bevölkerung vernahm ich das erste Gebet meiner Kindheit, und zwar in meiner Muttersprache! Ich weiß nicht mehr, was ich in den nächsten Augenblicken getan und gesprochen habe; ich weiß nur, daß selbst die beiden Kurden voller Rührung waren und das Halef Omar und der Dscheside am Eingang standen und verwundert unserer Unterredung lauschten.

„Wer war dein Vater?“ fragte ich endlich die Morgenröte.

„Er starb, als ich ein kleines Mädchen war und eben dieses Gebet von ihm gelernt hatte; aber der Vater meiner Mutter hat mir von ihm erzählt. Er war aus einer sehr fernen Stadt, welche Prenis heißt, mit andern nach Stambul gekommen, um mit ihnen die Kamantsche – die Violine – zu spielen. Allah war ihnen nicht gnädig, und er ging mit einem Inglis nach Salem, Halep und Mossul. Der Inglis verließ ihn, und er blieb. Er wurde Dschenkdschi – Soldat – des Mutessarif, und als er gegen die Abu Salman kämpfen sollte, nahmen diese ihn gefangen. Er blieb bei ihnen, und die Tochter meines Großvaters wurde sein Weib. Weiter weiß ich nichts!“

„Schefaka, dein Vater war aus meinem Land. Ich war sehr oft in der Stadt, aus welcher er kam. Du nennst sie Pre-nis, aber sie wird dort Preßnitz genannt, und viele Männer und Frauen, viele Burschen und Mädchen gehen von dort hinaus in fremde Lande, um zu singen und allerlei Instrumente zu spielen.“

„Allah akbar, Gott ist groß!“ rief sie, die Hände zusammenschlagend. „Du hast die Stadt meines Vaters gesehen? Ist's möglich? Du sprichst die Sprache meines Gebetes? Oh, vielleicht kannst du auch meinen Talisman lesen?“

„Welchen?“

„Der Vater meiner Mutter gab mir ihn; er ist das einzige, was mein Vater von seinem Land und seinem Volk noch besessen hat. Es sind Linien und Punkte darauf und eine Schrift, die niemand lesen kann.“

„Zeige mir ihn!“

Sie trat hinter die spanische Wand zurück. Jedenfalls trug sie den „Talisman“ auf ihrem Herzen. Als sie wieder hervortrat, überreichte sie mir ein Notenblatt, welches vielfach zusammengeschlagen und in ein viereckiges Stück Schafleder gefaltet war. Ich öffnete es und fand – das „Ännchen von Tharau“, in D-dur arrangiert für gemischtes Soloquartett. So viel ich suchte, es war keine Unterschrift, kein Name, zu finden.

„Schefaka, diesen Talisman kann ich lesen; er ist in meiner Muttersprache geschrieben. Aber er muß nicht gesprochen, sondern gesungen werden. Soll ich ihn dir vorsingen?“

„Effendi, wenn du das wirklich tun wolltest!"
„So höre!"
Ich sang ihr alle Verse dieses Liedes vor. Ich habe nie so gern und mit solcher Hingebung gesungen als jenes einfache Lied in dem Jilack Scheri Schirs. Als ich geendet hatte, stand die ganze andere Abteilung des Hauses und auch der Platz vor demselben voller Menschen. Niemand wagte, ein Wort zu sagen. Die Macht des deutschen Liedes hatte die rauhen Seelen der Kurden ergriffen, obgleich sie den Text nicht verstanden.
„Schefaka", fragte ich, „soll ich dir erzählen von dem schönen Land, von dem guten Volk deines Vaters? Soll ich dir vorsingen noch viele andere Lieder, die er gesungen hat und gespielt auf der Kamantsche?"
Ihre blauen Augen leuchteten auf in einem freudig dankbaren Blick.
„O Effendi, tue es, und ich werde für dich beten zu Allah und dem Propheten, so lange ich lebe!"
„Ja, tue es, Chodieh!" bat auch Hamsa Mertal, der Mann der schönen Enkelin des deutschen Vaterlandes. „Du sollst uns die Worte dieses Talismans übersetzen und unser Gast, der Gast des ganzen Stammes sein, solange es dir gefällt."
Dieser Mann und dieses Weib, sie hatten sich lieb. Wer hätte Schefaka, die Morgenröte, nicht lieben sollen! Auch der alte „Held Löwe" erhob sich. Meine Hand erfassend, bat er mit lauter Stimme:
„Herr, das Weib meines Sohnes nennt dich Effendi. Ja, du bist ein Effendi, ein großer Gelehrter und ein tapferer Krieger, der weder Furcht noch Kleinmut kennt; du bist würdig, unter die Sipah – die Streiter – der Zibari aufgenommen zu werden. Du hast das Leben der Kurden geschont, trotzdem sie dich verrieten und dann in deine Hand gegeben waren. In deinem Land müssen weise Denker, kühne Streiter, barmherzige Sieger und viel schöne, treue Frauen wohnen. Die Lieder deines Volkes sind sanft wie das lispelnde Blatt und mächtig wie der brüllende Löwe. Du sollst uns von diesem Land und von diesem Volk erzählen. Du sollst unser Mivan, unser Gast, sein, und niemand soll ein Haar deines Hauptes krümmen. Wir verlangten nach deinem Rappen und nach euren Waffen; aber sie sollen dir bleiben, und wenn du von uns gehst, so werden wir dich begleiten weit über Berg und Tal, bis du in Sicherheit bist. Sere men – bei meinem Haupte, das schwöre ich dir!"
Seit jener Zeit sind Jahre vergangen, aber heute noch, wenn

ich eine süße Kinderstimme lallen höre, denke ich an jenen Abend im Nebental des Zab. Denken auch jene Zibarkrieger, denkt jenes holde Weib zuweilen an mich? Chodeh te b'elit, ia schefaka – Morgenröte, Gott erhalte dich!

Mater dolorosa

I.
Fatima Marryah

„Du bist verrückt, Effendi, zehnmal verrückt, hundertmal verrückt, also ganz und gar verrückt, und niemand kann dich heilen, wenn du bei deinem Vorsatz bleibst. Willst du mein Weib zur Witwe und meine Kinder zu Waisen machen? Sollen auch deine Weiber und Kinder in den Fluten der Tränen ersticken und in den Wassern der Trübsal ersaufen? Wenn du darauf bestehst, diesem Fluß des Unglücks noch weiter zu folgen, so werden wir in kurzer Zeit in den Mägen der Geier, Schakale und Hyänen begraben sein!"

„Ich habe weder Frauen noch Kinder", antwortete ich dem Sprecher. „Um mich würde also niemand trauern."

„Allahi, Wallahi, Tallahi! Wenn dich niemand beweint, so ist das doch noch kein Grund, meine abgeschiedene Seele beweinen zu lassen! Du weißt, ich bin ein kühner Mann; aber zu diesen Kurden zu gehen, das heißt geradezu, sich in den Rachen des sichern Todes stürzen!"

„So bleib zurück, Feigling!" rief mein kleiner, lieber Hadschi Halef Omar in zornigem Ton. „Du bist ein Sohn der Angst und ein Enkel der Verzagtheit. Du nennst dich kühn, aber dein Herz wakkelt dir vor Furcht im Leib, wenn wir Miene machen, einen Schritt vom breiten Weg abzuweichen. Du bist uns mitgegeben, uns zu schützen, und klapperst vor Entsetzen, wenn du eine fremde Flinte erblickst. Schäme dich! Komm, Sihdi; wir wollen weiterreiten und diesen Großvater der Furchtsamkeit hier stehenlassen!"

Ich war mit Halef in Kirkuk Gast des Mutessarifs gewesen, welcher uns sehr freundlich behandelte und bei unserer Abreise einen Kawassen aufnötigte. Ich hatte zwar keine Lust, mich mit einem solchen mir ganz unnützen „Beschützer" zu befassen, denn ich reise nicht so wie andere und wußte voraus, daß ich die Aufgabe haben würde, der Beschützer unsers Beschützers zu sein; aber der Mutessarif erklärte, daß ich ohne einen Kawassen bei den Kurden verloren sei, und drängte mich so lange, bis ich ja sagte, nur um nicht undankbar zu erscheinen.

Was ich vorausgesehen hatte, trat ein: Kasem, so hieß der Kawaß, entpuppte sich als ein furchtsamer Mensch, der dazu des Kurdischen nicht einmal genügend mächtig war. Wären mir nicht die Saza- und Kurmandschi-Dialekte geläufig gewesen, so hätten wir auf unsern weitern Ritt verzichten müssen. Glücklicherweise besaß er eine Eigenschaft, welche mich mit dem erwähnten Fehler aussöhnte: er hatte ein gutes Herz und nahm die Vorwürfe, mit denen ihn mein Hadschi, welcher die Feigheit haßte, zuweilen überschüttete, so ruhig lächelnd hin, als ob sie gar nicht an ihn gerichtet seien.

Wir waren von Kirkuk aus nach Suleimanija gegangen, von da nach Rewandis geritten und wollten nun hinüber auf persiches Gebiet, um den Urmiasee zu erreichen. Unser Kawaß schlug uns vor, zu diesem Zweck den Sawi, welcher der Hauptarm des obern Zab ist, entlangzureiten; da dies aber ein Umweg war, bestand ich darauf, dem kleineren Sidaka-Flüßchen zu folgen, welches uns viel schneller über die Grenze führte. Er aber weigerte sich, weil er die Khosnaf-Kurden fürchtete, welche damals ihr Sommerlager an den Ufern des Sidaka aufgeschlagen hatten. Diese Kurden sind freilich als sehr fanatisch und räuberisch verschrieen, da aber alle nomadisierenden Kurden dies mehr oder weniger sind, so hielt ich meinen Vorsatz aufrecht und bekam deshalb von ihm die am Eingang verzeichnete Rede zu hören. Hadschi Halef stimmte mir, wie bereits erwähnt, bei, warf ihm seine Feigheit vor und lenkte sein Pferd nach rechts, in welcher Richtung der Sidaka floß. Ich tat dasselbe, und so mußte der Kawaß uns wohl oder übel folgen, tat dies aber nicht, ohne die Einwendung hören zu lassen:

„Ihr rennt ins Verderben, wenn ihr meiner Stimme nicht gehorcht. Ich kenne diese Khosnaf-Räuber. Sie leben sogar unter sich selbst in ewiger Blutrache. Sie zerfallen in die beiden Abteilungen Mir Mahmalli und Mir Yussufi, von denen die ersteren links, die letzteren rechts vom Fluß weiden. Diese beiden Stämme leben in beständiger Fehde miteinander; sobald es sich aber darum handelt, an einem Fremden einen Raubmord zu begehen, halten sie zusammen. Kehrt um, kehrt um, denn ihnen gegenüber wird alle meine Macht zuschanden!"

„Sprich nicht von deiner Macht!" antwortete Halef. „Die Gewalt deines Mutessarif erstreckt sich nicht auf die wilden Kurden; sie fürchten selbst den Padischah nicht; welche Macht willst also du besitzen? Dir leistet man ja nicht einmal in Kirkuk Gehorsam. Dein Wille ist gleich demjenigen einer Mücke, welche ich mit meinem Odem weit von mir blase."

Ich duldete den Kawassen als unnötiges Anhängsel und schwieg, wenn Halef sich mit ihm stritt. Darum war ich auch jetzt still. Der arme Teufel konnte ja nicht anders sein, als er eben war.

Wir hatten Rewandis am frühen Morgen verlassen, und jetzt war es schon Nachmittag. Indem wir dem Flüßchen aufwärts folgten, ritten wir nicht etwa auf einem gebahnten Weg. Es gab keinen solchen; unsere Pferde gingen vielmehr im klaren Geröll, welches die Frühjahrsüberschwemmung an den beiden Ufern zurückgelassen hatte. An dieses Geröll stieß sofort der dichte Eichenwald, welcher hüben und drüben schroff in die Höhe stieg. Der Ritt war anstrengend für die Tiere, doch erweiterte sich später das Tal des Flusses; seine Sohle trug saftiges Wiesengras, auf welchem die Pferde weicher gingen. Zuweilen legte sich ein Gebüsch, durch welches wir uns drängen mußten, vom Wald her bis an das Wasser hin.

Ich ritt mit Halef voran. Der Kawaß folgte eine Strecke hinterher. Er machte ein sehr besorgtes Gesicht. Da ich aber im Gras keine Spur von Menschen oder Weidevieh bemerkte, hielt ich eine Begegnung mit Kurden jetzt noch für ausgeschlossen. Ich irrte mich, denn ich zog den Umstand nicht in Betracht, daß die beiden Stämme, welche hier getrennt zu beiden Seiten des Flusses lebten, in Fehde miteinander standen. Feindliche Tribus bringen jedenfalls eine größere Entfernung, als die Breite des kleinen Flüßchens betrug, zwischen sich. In der Folge sah ich freilich, daß die Mir Mahmalli und Mir Yussufi sich hüteten, ihre Herden in das Flußtal zu treiben. Sie hatten ihr Lager mitten im Wald aufgeschlagen und ihre Tiere auf Lichtungen untergebracht, wo sie leicht bewacht werden konnten.

Eben ritten wir wieder durch einen dichten Busch, als ich vor uns, doch in weiter Entfernung, um Hilfe rufen hörte. Es war eine weibliche Stimme. Ich nahm natürlich an, daß jemand sich in Gefahr befinde, und trieb mein Pferd schnell vorwärts durch die Sträucher. Halef folgte mir auf dem Fuß. Der Kawaß aber, welcher dies sah und den Hilferuf auch gehört hatte, hielt an und rief uns ängstlich zu:

„Haltet an, haltet an! Effendi, ich bitte dich inständigst, hier im Gebüsch versteckt zu bleiben! Laß rufen, wer da rufen will! Wer sich in Gefahr begibt, den frißt sie auf mit Haut und Haar!“

Selbstverständlich achtete ich nicht auf diese Warnung und ritt weiter. Die Rufe wurden ängstlicher; sie kamen näher. Als ich den Rand des Gesträuches erreichte, sah ich das diesseitige

Ufer als einen langen schmalen Grasplan vor mir liegen, welcher rechts vom Fluß, links von der bewaldeten Höhe und vorn von einem ähnlichen Gebüsch wie das hinter mir liegende begrenzt wurde. Dieser Plan war vielleicht achthundert Schritte lang. Eine weibliche Gestalt kam über denselben nicht gelaufen, sondern aus Leibeskräften gerannt und dabei immer um Hilfe rufend, als ob sie von einem feindlichen Wesen verfolgt werde. Und doch war, so weit mein Blick reichte, kein solches zu sehen.

Die Frau war aus den jenseitigen Büschen gekommen und hatte sich von denselben schon vielleicht hundertfünfzig Schritte entfernt. Die Angst hatte sie zunächst grad vorwärts getrieben; nun aber wendete sie sich dem Fluß zu, um denselben zwischen sich und die Gefahr, welche hinter ihr lag, zu bringen. Da sah sie mich und Halef halten und lenkte rasch wieder in ihre vorherige Richtung ein, kam also noch immer unausgesetzt rufend auf uns zugerannt. Der Kawaß hatte sich doch bis an den Buschrand hinter uns her gewagt. Er sah die Frau und rief lachend aus:

„Allahi, Wallahi, Tallahi! Dieses Weib ist verrückt. Sie schreit um Hilfe und befindet sich doch nicht in Gefahr."

Aber es zeigte sich schon im nächsten Augenblick, daß ihre Rufe nicht ohne Ursache waren, denn aus dem hinter ihr liegenden Gebüsch kam ein Hund geschossen, hinter ihm noch einer und wieder einer. Es waren riesige, grau gefärbte kurdische Windhunde von der Rasse, welche von den Kurden Tazi genannt wird. So ein Hund hat die Höhe eines großen Kalbes, besitzt zwar eine schlechte Nase, läßt aber, einmal auf eine Spur gehetzt, dieselbe nicht wieder fallen und ist darauf dressiert, demjenigen, auf den er gehetzt wird, die Gurgel zu zerreißen. Die Frau befand sich also in höchster Gefahr. Wurde sie von den Hunden erreicht, so war es um ihr Leben geschehen. Sie kamen in weiten, sprungartigen Sätzen hinter ihr her. Ich mußte ihr helfen und jagte ihr entgegen.

„Halt ein, halt ein; um Allahs willen, halt ein! Die Hunde reißen dich vom Pferd und zerfleischen dich!" rief mir der Kawaß nach.

Ich achtete nicht auf ihn. Ich rückte vor, um die Entfernung zu verringern und einen sichern Schuß zu haben. Dann hielt ich an und nahm den Stutzen vor. Als ich ihn anlegte, stand mein Rappe wie eine Mauer; er wußte, daß ich schießen wolle und daß er sich nicht bewegen dürfe. Drei schnell hintereinander folgende Schüsse, und die Hunde, welche ich so schön von vorn aufs Blatt nehmen konnte, wälzten sich im Gras. Die Frau rannte dennoch weiter. Ich ritt ihr, von Halef gefolgt, entgegen und rief sie, als ich sie ziemlich erreicht hatte, an:

„Bleib stehen! Du bist gerettet. Die Hunde sind tot."

Ich hatte mich des Kurmandschi-Dialektes bedient, welcher wohl der ihrige war, denn sie verstand mich, hielt im Laufen inne, blickte zurück und rief, als sie die Hunde liegen sah:

„Gheine Chodeh kes nehkahne – Gott ist allmächtig! Er hat mich errettet. Ihm sei Lob und Dank gesagt!"

Ihr Atem flog so, daß sie diese Worte nur mit Unterbrechung hervorbrachte. Die beiden Hände auf die Brust legend, versuchte sie, sich zu beruhigen. Sie war nicht mehr jung, vielleicht vierzig Jahre alt; Falten, vielleicht mehr infolge der Sorge als des Alters, durchfurchten ihr Gesicht. Ihre sehr ärmliche Bekleidung bestand nur aus einem langen, hemdartigen, blauleinenen Gewand. Auf dem Kopf trug sie ein altes Schleiertuch, welches sich verschoben hatte, sonst wäre ihr Gesicht damit bedeckt gewesen.

„Hattest du die Hunde erzürnt, oder hat man sie auf dich gehetzt?" fragte ich.

„Gehetzt, gehetzt!" antwortete sie, noch immer atemlos. „Ich sollte von ihnen zerrissen werden."

„Wem gehörten sie?"

„Schir Seleki, dem Häuptling der Mir Mahmalli, der Räuber, der Mörder, welche keinen Menschen, nicht einmal ein armes Weib schonen."

„Womit hattest du denn diesen Mann erzürnt?"

„Erzürnt? Er tötet, ohne zornig zu sein, denn der Mord ist ihm ein Vergnügen. Ich vermißte meine Ziege, meinen Liebling, von deren Milch wir leben, denn wir sind sehr arm und haben nur dieses eine Tier. Ich suchte sie und kam zum Fluß. Ich sah sie jenseits desselben und stieg ihr durch das Wasser nach. Eben wollte ich sie ergreifen, um sie zurückzuführen; da kam Schir Seleki, der Erbarmungslose, der oberste der Mörder, mit einer Schar Mir Mahmalli-Krieger. Ich flehte ihn um Erbarmen an, denn wir liegen in Blutfehde mit seinem Stamm; er aber hohnlachte meiner Bitte und stach meinen Liebling tot. Dann wurde darüber beraten, was mit mir geschehen sollte. Die Unmenschen wollten zwar ihre Waffen nicht mit dem Blut eines Weibes verunreinigen, aber sterben sollte ich dennoch. Sie beschlossen, mich von den Hunden hetzen und zerreißen zu lassen. Ich mußte vorwärts laufen bis in das nächste Gebüsch; so weit wollten sie mir Vorsprung geben. Ich lief bis zum Gesträuch, dann durch dasselbe weiter, immer weiter, und schrie in meiner Todesangst zu Gott um Hilfe. Er hörte meinen Ruf und rettete mich durch dich, o Herr. Sein Name sei gelobt in Ewigkeit!"

„So kommen die Mir Mahmalli-Krieger wohl hinter dir her?"

„Sie kommen, sie kommen jedenfalls, um meine zerrissene Leiche ..."

Sie hielt inne. Infolge meiner Frage unwillkürlich zurückblikkend, sah sie einen Trupp Reiter, welcher durch die vor uns liegenden Sträucher brach und, uns sehend, für einige Augenblicke halten blieb.

„Dort kommen sie, dort!" schrie sie entsetzt auf. „Flieh, sonst bist du verloren! Ich fliehe auch!"

Sie rannte spornstreichs nach dem Fluß, um sich ans jenseitige Ufer zu retten. Der Kawaß hielt noch immer weit hinter uns; er brüllte uns zu:

„Allah sei uns gnädig! Kommt zurück! Wir müssen fliehen – fliehen – fliehen!"

Die Kurden sahen die toten Hunde liegen und kamen, ein Wutgeheul ausstoßend und die Waffen schwingend, auf uns zugesprengt. Es waren zwölf Personen. Mein kleiner Hadschi Halef nahm sein Doppelgewehr von der Schulter und fragte ruhig:

„Wir reißen doch nicht aus, Sihdi?"

„Nein! Rück weiter ab von mir, und schieß, wenn sie nicht halten bleiben, aber nur auf die Pferde. Umzingeln lassen dürfen wir uns nicht!"

Ich schob drei neue für die abgeschossenen Patronen in den Stutzen und hielt denselben schußbereit. Zweihundert Schritte, hundertfünfzig, hundert waren sie von uns entfernt, da rief ich ihnen zu: „Halt, nicht weiter! Wir schießen!"

Zwölf gegen zwei! Sie antworteten mit einem höhnischen Gelächter und ritten weiter. Sieben hatten, wie ich sah, Gewehre. Diese fürchtete ich nicht so wie die langen Lanzen, welche die fünf andern hatten und gegen uns eingelegt hielten.

„Die Pferde der zwei vordersten Lanzenreiter!" rief ich Halef zu. Er gehorchte, und ich gab zu gleicher Zeit drei Schüsse ab. Die fünf Pferde stürzten; die Reiter flogen ab. Zwei oder drei der folgenden Pferde strauchelten über die gefallenen und stürzten auch; der Trupp kam dadurch ins Stocken. Die noch im Sattel Sitzenden blieben ungefähr dreißig Schritte vor uns halten, während die andern sich schwer oder leicht aufrichteten und fluchend nach ihren Pferden sahen.

Der Anblick dieser Kerle war keineswegs vertrauenerweckend, doch konnte ihre Bewaffnung mich nicht in Angst versetzen. Die Lanzen waren jetzt unschädlich, und die mit Gewehren Versehenen hatten nur alte Steinschloßflinten, zwei von ihnen sogar Luntenflinten von anno Tobak her. Was die Anzüge betraf, so prahlten dieselben in allen Farben; der Kurde liebt es, sich möglichst bunt zu kleiden. Einer von ihnen, der sich durch den Besitz einer Pistole auszeichnete, trug auf dem Kopf einen Turban, welcher wenigstens drei Fuß im Durchmesser hatte. Er war der Anführer, ritt einige Schritte vor und donnerte uns an:

„Allah vedamme euch! Habt ihr den Verstand verloren, daß ihr es wagt, im Bereich unsers Gebietes auf uns zu schießen? Wer seid ihr, Hunde?"

„Wir sind Fremde", antwortete ich, sein letztes, beleidigendes Wort überhörend.

„Das versteht sich von selbst. Wär ihr nicht fremd, würdet ihr euch gehütet haben, euch durch diese Feindseligkeit die Pforten des sichern Verderbens zu öffnen. Eure Seelen gehören der Hölle. Fahrt hinab durch unsere Kugeln!"

Er wollte sein Gewehr anlegen. Ich hielt den Lauf auf ihn gerichtet und gebot ihm schnell: „Nieder mit der Flinte, sonst jage ich dir den Tod ins Gehirn!"

„Schwätzer!" lachte er. „Eure Läufe sind abgeschossen!"

„Der meinige schießt immerfort. Paß auf!"

Ich gab rasch hintereinander drei, vier, fünf Schüsse auf sein Pferd ab. Es brach tot zusammen. Er stürzte und verlor die Flinte.

„Allah, Allah!" brüllte er wütend, indem er sich aufrichtete. „Woher hast du dieses Gewehr? Hat es der Teufel für dich gemacht? Wie ist dein Name?"

Mein deutscher Name wäre hier nicht am Platz gewesen. Darum nannte ich mich bei demjenigen, welchen ich früher von meinen arabischen Reisegefährten erhalten hatte:

„Ich bin ein Christ aus einem fernen Land und werde Kara Ben Nemsi Effendi genannt."

„Ein Christenhund? Allah verfluche dich! Stirb von meiner Hand!"

Er raffte sein Gewehr auf, um es auf mich anzulegen, da fiel ihm einer der Lanzenreiter in den Arm und rief ihm hörbar ängstlich zu:

„Halt ein! Du tötest uns alle! Das Gewehr dieses Christen schießt hundert Kugeln, ja tausend Kugeln hintereinander, ohne daß man es jemals zu laden braucht. Ich kenne ihn! Er schießt euch, ehe ihr zum Losdrücken kommt, alle über den Haufen."

„Was – was – sagst du?" fragte der Häuptling, indem er seine Flinte sinken ließ und den Sprecher mit offenem Mund anstarrte.

Dieser antwortete, aber mit so leiser Stimme, daß ich ihn nicht verstehen konnte. Er sprach auf ihn und die andern eifrig ein, eine ganze Weile lang, wodurch Halef Zeit gewann, seine beiden Läufe wieder zu laden. Die Kurden hörten dem Sprecher mit sichtbarem Staunen zu und musterten mich mit Blicken, als ob ich das neuentdeckte achte Weltwunder sei. Ich selbst war höchst begierig, zu hören, wo dieser Mann mich kennengelernt hatte. Als seine Rede zu Ende war, wurde eine kurze, ebenso leise Beratung gehalten, und dann wendete sich der Häuptling an mich:

„Herr, bist du einmal bei den Zibar-Kurden gewesen?"

„Ja."

„Du bist Gast des Häuptlings derselben gewesen,"

„Ich pflege nur bei Häuptlingen zu wohnen", antwortete ich stolz.

„So bist du derselbe Fremdling, welcher den Stamm der Haddedihn dadurch vom Untergange rettete, daß er drei Stämme ihrer Feinde in das Tal Deradsch lockte, wo sie sich ergeben mußten?"

„Der bin ich allerdings."

„Und ist der kleine Mann, welcher sich hier bei dir befindet, vielleicht dein Diener Hadschi Halef Omar, welcher dies alles mit dir erlebte?"

„Er ist es."

„Da ihr diese beiden seid, so sind wir bereit, euch zu verzeihen, wenn du das tust, was wir von dir verlangen."

„Sage, was du forderst."

„Du bezahlst erstens die Pferde, welche ihr uns getötet habt."

„Wohl auch die Hunde?"

„Natürlich! Und zweitens schenkt ihr uns alle Waffen, welche ihr bei euch tragt."

„Und drittens?"

„Weiter nichts. Du siehst, daß wir sehr billig sind. Gehst du auf diese Bedingung ein, so bist du mein Mivan und Hemschehr – mein Gast und Freund –, und ihr könnt bei uns, so lange es euch beliebt, ebenso sicher wohnen, als ob ihr zu unserm Stamm gehört."

„Wenn ich mich aber weigere?"

„So werden wir euch als Todfeinde behandeln, und die Sonne dieses Tages wird die letzte sein, die euch ins Auge scheint. Ich rate dir, meinem billigen Verlangen nachzukommen!"

„Es ist mir noch nicht billig genug! Ich werde euch beweisen, daß ihr noch viel, viel billiger sein könnt."

„Glaube das nicht! Wer gab dir das Recht, meine Hunde zu töten?"

„Sollten sie nicht das Weib zerreißen?"

„Ja. Es herrscht Blutrache zwischen uns und ihrem Stamm. Sie ist außerdem eine verfluchte Schiitin, welche sogar von dem Heiland der Christen redet. Ihr Blut gehört den Hunden. Sie heißt Fatima Marryah und wird im tiefsten Schlund der Verdammnis heulen."

Also eine Schiitin war die Frau! Die Sunniten hassen die Schiiten; ja sie behandeln sie mit noch größerer Verachtung als die „Ungläubigen". Und vom Heiland redete sie? Sollte die Kunde vom Welterlöser auf irgendeine Weise in ihr Ohr oder gar in ihre Herz gedrungen sein? Dann konnte ich mich darüber, sie gerettet zu haben, doppelt freuen. Ich antwortete:

„Ich bin ein Christ; sie spricht von meinem Heiland; darum fühle ich mich glücklich, deine Bestien erschossen zu haben. Hättest du dieselben nicht auf das arme Weib gehetzt, so lebten sie noch. Du bist also selbst schuld an deinem Verlust. Und auch die Pferde soll ich bezahlen? Habe ich euch nicht Halt geboten? Drohte ich euch nicht, sonst zu schießen? Ihr gehorchtet nicht; darum schossen wir. Wer gab also die Veranlassung zum Tod eurer Pferde?"

„Du, nicht wir! Wer gibt dir das Recht zu schießen?"

„Ich selbst gebe es mir. Wenn ich angegriffen werde, verteidige ich mich. Dankt Allah, daß ich ein Christ bin! Wäre ich Moslem, so hätten wir nicht auf die Pferde, sondern auf euch geschossen. Und unsere Waffen wollt ihr haben? Damit ihr uns dann niedermachen könnt! Ich verschmähe es, der Gast und Freund eines Mannes zu sein, welcher wehrlose Frauen von seinen Hunden zerfleischen läßt, Schande und Verderben über dich!"

„Schweig!" brüllte er mir zu. „Sage noch ein einziges derartiges Wort, so fressen dich schon heute oder morgen die Würmer!"

„Ez be the tescha-u-utim – ich bedaure dich! Deine Ohnmacht ist nicht imstande, deine Drohung auszuführen. Dies mein Gewehr hat drei Hunde und drei Pferde getroffen; dann erhielt auch dein Tier fünf Schüsse aus demselben. Hast du mich laden sehen? Soll ich noch zwölfmal losdrücken und euch alle durch die Köpfe schießen?“

„Du hast es dir vom Teufel machen lassen!“ knurrte er in unterdrückter Wut. „Welcher Moslem aber kann gegen den Teufel kämpfen! So willst du uns also nicht bezahlen?“

„Nein.“

„Und auch nicht mit uns gehen?“

„Fällt mir nicht ein.“

„Wohin reitet ihr?“

„Dahin, wohin es uns beliebt. Du brauchst es nicht zu wissen. Zunächst bleiben wir noch fünf Minuten hier. Unsere Sicherheit erfordert, daß ihr euch vor uns entfernt. Wer von euch nach diesen fünf Minuten noch nicht fort ist, bekommt eine Kugel von mir.“

„Du scherzt!“

„Es ist mein Ernst!“

„Wir müssen die toten Pferde fortschaffen, ihnen wenigstens das Zeug abnehmen!“

„Zu diesem Zweck könnt ihr später zurückkehren. Ich gebe dir mein Wort, daß ich keine Silbe mehr mit euch spreche. Mein Wille gilt. Fort mit euch! Sieh hier mein Gewehr im Anschlag, und zähle fünf Minuten! Dann geht es sicher los!“

Ich richtete den Lauf auf ihn, und Hadschi Halef folgte meinem Beispiel. Die Angst vor meinem Stutzen brachte die beabsichtigte Wirkung hervor. Die Kurden warfen mir zwar grimmige Blicke zu, wagten es aber doch nicht zu widerstreben. Sie raunten sich leise Bemerkungen zu und trollten sich dann, die einen reitend, die andern zu Fuß, von dannen. Als sie an dem Gebüsch, aus welchem sie gekommen waren, anlangten, drehte sich der Häuptling um, schwang drohend sein Gewehr und rief zurück: „Khu’ in sohre. Baveze ser marahn – das Blut ist rot. Hüte dich vor Schlangen!“

Das war eine Unvorsichtigkeit von ihm, denn er verriet uns dadurch, daß er die Absicht hege, uns heimlich zu folgen, um sich an uns zu rächen. Wir wußten also, daß wir auf unserer Hut sein mußten. Zwar hatten wir keine Menschen, sondern nur einige Tiere erschossen, doch war es sicher, daß die Wirkung ganz dieselbe sein werde.

II.
Yussuf Ali

Hadschi Halef Omar ließ, als die Mir Mahmalli verschwunden waren, ein selbstgefälliges lustiges Lachen hören und sagte:

„Da sind sie hin, die zwölf Helden, welche vor zwei Männern weichen! Müssen sie sich nicht dessen schämen, Sihdi, und alle ihre Kindeskinder in Zukunft auch? Wir aber sind keinen Zollbreit vor ihnen gewichen. Doch siegten wir nur durch die Angst vor deinem Gewehr. Der Mensch, welcher dich kannte, muß damals mit uns bei den Zibar-Kurden gewesen sein. Wir wären schlimm daran gewesen, wenn er den Häuptling nicht auf deinen Stutzen aufmerksam gemacht hätte."

„Auch nicht schlimmer; nur hätte es wohl Menschenblut gekostet, wenn auch nicht das unserige. Solange sie offen vor uns standen, waren sie nicht zu fürchten. Nun aber werden sie uns wie ‚Schlangen', wie der Häuptling sagte, nachschleichen, und das ist weit gefährlicher für uns."

„Eher denke ich, daß sie uns auflauern, wenn wir jetzt weiterreiten. Es scheint, daß wir durch ihr Gebiet kommen werden."

„Meinst du wirklich, daß ich imstande bin, den Weg hier hüben fortzusetzen? Ich habe bisher angenommen, daß du mich besser kennst. Hier hüben wohnen die Mir Mahmalli, drüben die Mir Yussufi, zu deren Stamm, wie es scheint, diese Fatima Marryah gehört. Da wir derselben einen solchen Dienst erwiesen haben, so steht mit Sicherheit zu erwarten, daß ihre Stammesgenossen uns freundlich aufnehmen und nötigenfalls gegen die Mahmalli beschützen werden. Wir gehen also jetzt über das Wasser."

Indem ich das sagte, sah ich mich nach unserem Kawassen um. Er war nicht zu sehen; darum ritten wir zurück und fanden ihn nur dadurch, daß ich im Gras genau nach seiner Spur suchte. Der Mensch hatte vor lauter Angst sein Pferd zwischen die Büsche geführt, dort angebunden und war dann tief in ein Dorndickicht gekrochen, um von den Kurden nicht gesehen zu werden.

„Sind sie fort?" fragte er, als ich ihn an den Beinen hervorzog. „Du lebst, Effendi! So haben sie dich nicht ermordet?"

„Doch! Sie haben mich erschlagen."

„Aber – aber, du stehst ja hier vor mir!"

„Das ist nur mein Geist, der dich Tag und Nacht verfolgen wird für die Kühnheit, mit welcher du uns beschützt hast."

„Und mein Geist wird dir aufhucken, alle Stunden zehn- oder zwölfmal, du Großvater und Urgroßvater der Furchtsamkeit", stimmte Hadschi Halef ein. „Warum bist du zurückgeblieben? Warum hast du dich versteckt?"

„Nur aus Rücksicht für euch. Die Kurden hassen die Kawassen des Großherrn. Hätten sie mich bei euch gesehen, so wäret ihr gewiß nicht so mit heiler Haut davongekommen."

„Und da gibt dein Mutessarif dich uns zum Schutz mit? Allah verwandle ihn dafür in einen umgekehrten Igel, mit den Stacheln nach innen, damit sie seine inwendige Seele stechen und peinigen all ihr lebelang! Welcher vernünftige Mensch tut denn, um einen Zweck zu erreichen, das gerade Gegenteil von dem, wodurch er ihn erreichen würde? Ich werde euch beide nach vollendeter Reise auf Bretter nageln lassen, um euch als Seltenheiten zu produzieren."

„Er machte eine verächtliche Handbewegung und folgte mir, der ich mich nach dem Fluß wendete. Dieser war hier kaum anderthalb Fuß tief, so daß die Kurdin leicht hatte hinüberwaten können. Sie war übrigens nicht mehr zu sehen.

Drüben angelangt, ritten wir am andern Ufer aufwärts, hüteten uns aber, uns nahe an dem Wasser zu halten. Die Kurden konnten sich drüben versteckt haben und auf uns schießen. Wir ritten vielmehr am Rand der Talsohle, am Saum des Waldes unter den Bäumen, durch deren Stämme wir leidlich gedeckt waren.

Diese Vorsicht zeigte sich als gerechtfertigt, denn wir waren noch gar nicht weit gekommen, so fiel drüben aus den Büschen ein Schuß, doch ohne daß einer von uns getroffen wurde. Einige Augenblicke später hörte ich einen zweiten Schuß; er war nicht drüben, sondern hinter mir gefallen. Ich drehte mich schnell um und sah den Kawassen, welcher, um ruhiger zielen zu können, abgestiegen war, neben seinem Pferd stehen und die soeben abgeschossene Flinte senken. Jenseits des Flusses erhoben die Kurden ein wütendes Geschrei. Schnell, damit er meinen Worten zuvorkomme, rief er er mir zu:

„Ich habe ihn erschossen, Effendi! Ich sah ihn zwischen den Sträuchern stehen und auf uns schießen; da schickte ich ihm meine Kugel und sah ihn niederstürzen."

„Welcher war es? Etwa der Häuptling?"

„Nein, ein anderer. Siehst du nun, daß ich Mut besitze und ein tapferer Krieger bin?"

„Nein. Es ist keine Kunst, so aus dem Hinterhalt auf jemand

zu schießen. Warum fragtest du mich nicht? Deine Voreiligkeit kann uns den größten Schaden bringen. Aus dem Geschrei der Kurden ist zu ersehen, daß du getroffen hast. Dachtest du denn nicht an die Blutrache?"

„Blutrache? O Allah, das hatte ich vergessen! Meinst du, daß sie kommen, um sich zu rächen?"

„Natürlich! Kein Volk hält so fest wie diese Kurden an der Blutrache. Wenn sie dir den Hals abschneiden, habe ich nichts dagegen!"

Ich meinte diese Worte natürlich nicht im vollen Ernst, war aber doch erzürnt über ihn. Wir befanden uns schon in Gefahr, und sein unkluges Gebaren konnte dieselbe nur vermehren, zumal der Fluß jetzt eine Krümmung machte und so nahe an den Berghang trat, daß zwischen den beiden nur ein sehr offener Grasstreifen blieb, welchem wir eigentlich zu folgen hatten. Diese Stelle konnte verhängnisvoll für uns werden, weil wir auf derselben den Kugeln der in den Büschen jenseits steckenden Kurden frei ausgesetzt waren. Darum zog ich es vor, wenigstens eine Strecke weit unter dem Wald des Abhanges Deckung zu suchen. Wir waren also gezwungen, uns bergauf zu wenden und mußten infolgedessen absteigen, da das Terrain felsig war und ziemlich steil anstieg. Unsere Pferde führend, kletterten wir empor und kamen zu meiner Verwunderung auf eine Art von Pfad, welcher längs der Berglehne hinzuführen schien. Wir folgten ihm, ohne es für notwendig zu halten, uns auf eine feindselige Begegnung vorzubereiten, denn auf diesem Ufer wohnten ja die Mir Yussufi, von denen ich annahm, daß sie uns freundlich aufnehmen würden.

Hier konnten wir wieder in den Sattel steigen, waren aber noch nicht weit gekommen, so sahen wir uns zum Halten gezwungen. Wir befanden uns nämlich vor einem Felsen, welcher da, wo der Pfad aufhörte, ein Tor zu bilden schien. Man konnte zu keiner Seite abweichen, denn links fiel das Terrain so steil ab, und rechts stieg es so jäh an, daß es nicht zu passieren war. Die Öffnung aber, welche ich Tor nannte, war mit einem starken Dorngeflecht verschlossen. Ich fragte mit lauter Stimme, ob jemand dahinter sei, worauf eine tiefe, kräftige Baßstimme von innen antwortete:

„Es ist jemand da. Wer seid ihr?"

„Wir sind Fremde, welche von Rewandis kommen."

„Wohin wollt ihr?"

„Über die Grenze."

„Wes Glaubens seid ihr? Sunniten oder Schiiten?“

„Ich bin ein Christ; meine Begleiter aber sind sunnitische Moslems. Können wir für diese Nacht eure Gäste sein?“

„Ich werde öffnen. Bindet draußen eure Pferde an!“

Die Dornentür wurde entfernt, und es erschien ein Mann von so riesigen Körperformen, wie ich wohl noch nie einen gesehen hatte. Er war bedeutend höher und breiter als ich und trug auf seinem unbedeckten, sonst kahl geschorenen Kopf nur ein langes, dünnes Temeli – Haarbüschel –, welches hinten bis auf den Rücken niederfiel. Seine sehr weite Hose war schwarz und rot gestreift und oben und unten mit Riemen zugebunden. Die nackten Füße hatten fast noch größere Dimensionen als die gewaltigen Hände, um welche ihn ein irischer Vollmatrose beneidet hätte. Um die Schultern hin ein Lederkragen, welcher in lange Streifen geschnitten war, so daß sein rauh behaarter Oberkörper ebenso wie die nackten, auffallend stark muskulösen Arme zu sehen waren. Er hielt ein Messer in der Hand, mit welchem er wohl eben beschäftigt gewesen war. Er musterte uns mit einem beinahe finstern Blick und sagte dann:

„Kommt herein, und wartet hier! Ich werde dem Malk-hoegund – Dorfältesten – eure Ankunft melden.“

„Er verschwand im Hintergrund durch eine zweite Dornentür, welche er von draußen wieder vorschob, und wir traten ein, die Pferde natürlich im Freien lassend. Wir befanden uns in einem unregelmäßig viereckigen Raum, welcher wohl zwanzig Personen bequem fassen konnte und dessen vier Wände mit ebensolchem Dorngeflecht bekleidet waren. Warum dieses stachelige Zeug? Das sollten wir bald erfahren. Als Stühle oder Schemel lagen mehrere große Steine da. Wir setzten uns. Sonst war ringsum nichts zu sehen als ein Lanzenschaft, an welchem der Kurde bei unserem Kommen geschnitzt zu haben schien.

Eigentlich hatte ich große Lust, die Örtlichkeit in altgewohnter Vorsicht genau zu untersuchen, doch hielt mich eben dieselbe Vorsicht davon ab; wir konnten Beobachter haben, und ich wollte dieselben nicht durch ein Zeichen des Mißtrauens gegen uns aufbringen. Eins aber tat ich, um auf alle Fälle gerüstet zu sein: Ich füllte, um die abgeschossenen Kugeln zu ergänzen, das Magazin meines Henrystutzens mit neuen Patronen.

Eben war ich damit fertig, als die Hintertür wieder geöffnet wurde und der Kurde mit einem Mann eintrat, den er als den Malk-hoe-gund bezeichnete. Dieser war ein verwegen und zugleich verschmitzt aussehender Mann mittlerer Größe. Auch er trug einen riesigen Turban; sein Körper wurde von einem türkischen Anzug, der aber aus rot und gelb gemustertem Zeug gefertigt war, umhüllt. Im Gürtel hatte er ein Messer und eine Pistole stecken. Im Besitz der letzteren Waffe befinden sich bei den Kurden meist nur die Häuptlinge. Er warf einen forschenden und, wie es mir schien, erzwungen freundlichen Blick auf uns und fragte mich dann:

„Die beiden Männer sind Sunniten?"

„Ja."

„Wir bekennen uns zur heiligen Schia und feiern den Tod Husseins, des Märtyreres. Du aber bist ein Christ und trägst doch das Hamail!"

Hamail ist ein in Mekka geschriebener Koran, welchen die dort gewesenen Pilger, wenn sie wohlhabend genug waren, sich einen solchen kaufen zu können, als Andenken an ihre Wallfahrt am Halse tragen. Darum antwortete ich:

„Ich habe ihn in Mekka gekauft."

Er warf mir darauf einen Blick zu, welchen ich nicht zu enträtseln vermochte, musterte mich abermals, und zwar eingehender als vorher, und trat dann vor den Eingang, um unsere Pferde anzusehen. Kaum war sein Auge auf mein Pferd gefallen, so leuchtete es freudig überrascht auf, und er rief aus:

„Ia Hassan, ia Hussein! Das ist ja ein Rapphengst von reinstem Blut. Wie heißt er?"

„Rih", antwortete ich.

„Rih? Von wem hast du ihn?"

„Von Mohammed Emin, dem Scheich der Haddedihn vom Stamme der Schammar."

„Ich kenne die Haddedihn und alle ihre Schicksale. So bist du wohl der Christ, dem er dieses Pferd schenkte, weil du seinen Stamm vor drei feindlichen Stämmen rettetest?"

„Ja."

„Du durchzogst dann Kurdistan und hast dann auch für die Teufelsanbeter gekämpft?"

„Ich stand ihnen bei, weil sie recht hatten."

„Aber gegen Anhänger des Propheten!" brauste er beinahe auf."

„Durch meinen Beistand wurde großes Blutvergießen verhindert", verteidigte ich mich.

„Ich hörte von dir erzählen", fuhr er gemäßigter fort, „auch davon, daß du ein Gewehr besitzt, mit welchem man unaufhörlich schießen kann, ohne zu laden. Hast du es noch?"

„Ja, hier ist es“, erklärte ich , indem ich auf den Stutzen deutete.

„Gib es einmal her! Ich will es betrachten.“

„Ich gebe es nur dann aus der Hand, wenn ich weiß, daß ein Freund es sehen will. Bist du gewillt, uns als Gäste aufzunehmen?“

Dieses Gewehr mit seinen fünfundzwanzig Schüssen war mein bester Schutz, zugleich aber auch eine Gefahr für mich, da ein jeder es zu besitzen wünschte.

„Zeige es mir, dann werde ich antworten!“

„Antworte, dann werde ich es zeigen!“

„Du mißtraust mir?“ fuhr er mich zornig an, indem er beide Hände klatschend zusammenschlug. „Erfahre, welche Folgen das hat!“

Das Klatschen war ein Zeichen, und sein lautes Sprechen sollte das, was jetzt geschah, für uns unhörbar machen; dennoch vernahm ich hinter uns ein Geräusch, als ob die Dornenwand bewegt werde. Ich drehte mich schnell um. Die Wand war fort, und es drängten sich zehn bis zwölf bewaffnete Kurden herein. Die vordersten standen schon hart bei uns. Ich wollte zurückspringen und den Stutzen anlegen; aber es war bereits zu spät, denn der Kurde, der uns eingelassen hatte und dem ich nun den Rücken zudrehte, ergriff den Lanzenschaft und schlug mich mit demselben in der Weise auf den Kopf, daß ich niedersank.

Was nun geschah, konnte ich weder sehen noch hören, denn der Hieb des riesenkräftigen Mannes hatte mich ohnmächtig gemacht. Als ich wieder zu mir kam, befand ich mich nicht da, wo ich niedergeschlagen worden war, sondern ich lag, an Händen und Füßen gefesselt und nur noch mit Hemd und Hose bekleidet, im Freien. Neben mir lagen Halef und der Kawaß, ganz ebenso gebunden und ebenso entkleidet wie ich. Man hatte uns alles abgenommen.

Es war noch Tag, und so konnte ich meine Umgebung deutlich in Augenschein nehmen. Es war mitten im Wald ein großer viereckiger Platz gelichtet worden. Die gefällten Bäume hatte man, ohne ihnen die Kronen zu nehmen, an den Rändern dieser Lichtung so neben- und aufeinander gelegt, daß eine geradezu undurchdringliche Einfassung entstanden war, in welcher als Eingang eine nur so breite Lücke blieb, daß ein einzelner Reiter hindurch konnte. Diese Lücke wurde des Nachts und in Zeiten der Gefahr geschlossen. Später erfuhr ich, daß es noch einen zweiten Eingang gab, nämlich das Felsentor, durch welches wir gekommen waren. Dieses hatte man mit dem erwähnten Dornenflechtwerk so ausgekleidet, daß es einem nur nach dem Wald zu offenen Raume, einer Art Stube glich, ein Umstand, durch welchen auch ich getäuscht worden war. Es war aber nach drei Seiten offen. Von der einen Seite waren wir, von der andern der Malk-hoe-gund und von der dritten diejenigen, welche uns überfielen, eingetreten.

Auf der Lichtung standen die aus Stämmen und Zweigen errichteten Hütten der Kurden. Das Innere derselben konnte durch verstellbare Flechtwände in beliebig viele Abteilungen geschieden werden. Die Herden, welche des Abends hereingetrieben wurden, befanden sich mit den zahlreichen bewaffneten Hirten jetzt draußen im Walde und auf offenen Weideplätzen. Im Innern der Einfriedung gab es jetzt nur wenige, vielleicht dreißig Männer, von denen zehn um uns herumsaßen. Kinder und verschleierte Frauen trieben sich aber in viel größerer Anzahl entweder geschäftig herum, oder sie standen da, um uns neugierig und feindselig anzugaffen. Unsere Pferde waren nahe bei uns an Pfähle gebunden. Unter den erwähnten zehn befanden sich der Malk-hoe-gund und der Kurde, welcher uns empfangen hatte. Dieser letztere schien seiner Kleidung und Bewaffnung nach, denn er hatte nur das Messer, der ärmste von ihnen zu sein. Als der erstere, den ich der Kürze wegen Scheich nennen will, sah, daß ich die Augen wieder offen hatte, redete er mich, und zwar im feindseligen Ton, an:

„Du siehst, wie weit dein Mißtrauen dich gebracht hat. Ihr werdet alle sterben müssen.“

„Hätte ich dir Vertrauen geschenkt, so lägen wir jetzt auch hier“, antwortete ich ihm. „Ihr wolltet unser Eigentum haben, ganz besonders mein Pferd und mein Gewehr; da war es gleich, ob wir euch trauten oder nicht. Sterben aber werden wir auf keinen Fall.“

„Du irrst. Sobald es Abend ist und alle beisammen sind, wird die Hinrichtung vor sich gehen. Ihr seid verdammte Christen und Sunniten, die keine Gnade zu erwarten haben. Wer euch tötet, dem legt Allah tausend Ewigkeiten zu.“

„Und ich sage dir, daß keiner von euch es wagen wird, die Hand an uns zu legen.“

„Ich aber schwöre dir bei Allah, bei Hassan, bei Hussein und . . .“

„Halt, schwöre nicht, denn du würdest falsch schwören“, unterbrach ich ihn. „Wenn du wirklich von mir gehört hast, so wirst du wohl wissen, daß ich mich, ohne zu unterliegen, in noch viel größeren Gefahren als jetzt befunden habe. Mich richtet man nicht so leicht hin. Was nützt dir die Beute, welche ihr uns abgenommen habt? Mein Pferd wird dir nicht gehorchen und mein Gewehr verstehst du nicht zu handhaben. Deine Hand wird nicht einen einzigen Schuß herausbringen."

Er hatte nämlich meinen Stutzen vor sich liegen. Darauf gründete ich meinen Rettungsplan. Ich wollte unsere Freiheit gern mir selbst verdanken; unsere Begegnung mit der Kurdin Fatima Marryah aber wollte ich nur als letzten Trumpf ausspielen. Halef, welcher mir zur Rechten lag, meinte nach meinen letzten Worten in seinem arabischen Mogrebindialekt, den die Kurden nicht verstanden:

„Sihdi, er hat schon, während du besinnungslos lagst, fort und fort probiert, mit dem Stutzen zu schießen; es ist ihm aber nicht gelungen. Sei klug, und tue so, als ob du es ihm zeigen willst. Dann rettest du uns!"

„Das ist eben mein Plan", antwortete ich ihm in demselben Dialekt. „Ich werde ihm . . ."

„Schweig!" fuhr mich der Scheich an. „Ihr habt nichts, was wir nicht verstehen, miteinander zu sprechen. Was dein Gewehr betrifft, so wirst du mir sagen müssen, wie die Handgriffe sind."

„Und wenn ich es nicht sage?"

„So wirst du mit einem zehnfachen Tod bestraft werden. Ihr sollt erschossen werden; aber wenn du mir nicht mitteilst, was wir wissen wollen, so werden wir dich an einen Baum binden und von unten herauf langsam verbrennen."

Den Kurden sind solche Grausamkeiten zuzutrauen. Ich tat, als ob ich erschrocken sei und mich fürchte, weigerte mich aber dennoch scheinbar, sein Verlangen zu erfüllen, bis er seine Drohung verschärfte und ich mich nun ergeben zeigte, dabei aber bemerkte, daß ich mit gefesselten Händen nicht zeigen könne, wie das Gewehr anzufassen sei.

„Ich werde dir die Hände lösen", antwortete er erfreut. „Ich binde den Riemen los."

Er kam eiligst herbei und machte meine Hände frei. Dann reichte er mir das Gewehr. Jetzt hatte ich gewonnen. Jetzt konnten wir gehen, wann und wohin wir wollten; das wußte ich. Ich richtete mich auf, legte an und sagte:

„Paß auf, wie ich schieße! Sieh den längsten, untersten Eichenzweig am zweiten Baum da drüben. Es sind vier Galläpfel daran. Ich werde sie herabschießen. Paßt auf!"

Die Eiche stand siebzig Schritte entfernt. Die bei uns sitzenden Kurden sprangen auf und eilten hin. Die andern Männer eilten nach; die Frauen und Kinder folgten. Nur der Scheich blieb bei uns. Ich hätte vor Freude laut lachen mögen. In dieser Entfernung hatten die Galläpfel die scheinbare Größe von Pfefferkörnern. Es schien unmöglich, sie zu treffen. Ich drückte viermal ab. Ein Jubelschrei verkündete den Erfolg. Ich aber legte, ohne auf dasselbe zu achten, das Gewehr blitzschnell weg, ergriff den Scheich, zog ihn zu mir nieder, faßte ihn mit der Linken bei der Gurgel, riß ihm mit der Rechten das Messer aus dem Gürtel, schnitt den Riemen, welcher meine Füße verband, entzwei, dann auch den, welcher die Hände Hadschi Halefs zusammenhielt, und rief dem letzteren zu:

„Hier nimm das Messer und schneide dich und den Kawassen vollends los, dann binde die Pferde von den Bäumen!"

Er nahm das Messer. Ich hatte jetzt beide Hände zur Verfügung, richtete mich aus meiner sitzenden Stellung auf, riß den Scheich empor, ließ ihn los, hob den Stutzen auf, legte denselben auf ihn an und rief ihm zu:

„Die Hände an den Leib, und bewege dich nicht, sonst bekommst du hundert Kugeln aus dieser Teufelsflinte!"

Er gehorchte beinahe zitternd. Das war alles in der Zeit von nicht mehr als einer Minute geschehen. Die Kurden sahen es von fern. Sie kamen schreiend herbeigerannt; ich rief ihnen entgegen:

„Halt, bleibt stehen, sonst schieße ich euern Scheich sofort über den Haufen! Wer von euch eine Waffe auf uns richtet, dem gebe ich ein Blei in den Kopf!"

Auch sie gehorchten; sie blieben halten, so groß war ihre Angst vor meinem Stutzen. Und da brachten Hadschi Halef und der Kawaß auch schon die Pferde geführt.

„Siehst du nun, daß du falsch geschworen hättest?" fragte ich den Scheich. „Wir sind nicht die Leute, mit denen man machen kann, was man will. Du wirst sofort alles, was uns abgenommen worden ist, holen lassen und dann . . ."

„Chodeh ih Chodeh", unterbrach mich eine weibliche Stimme hinter mir – „Gott, o Gott, was soll hier geschehen?"

Ich drehte mich um und sah Fatima Marryah, welche soeben erst durch das Felsentor gekommen war.

„Man nahm uns gefangen und beraubte uns, um uns dann zu ermorden", antwortete ich ihr. „Wir aber haben uns freigemacht und werden alle erschießen, falls man uns nicht ungehindert abziehen läßt."

„Gefangen genommen – beraubt – töten, euch, meine Retter und Erlöser, denen ich mein Leben verdanke? Kein Haar soll euch gekrümmt werden; das versichere ich euch!"

Sie kam vollends herbei und sprach so eifrig und schnell auf den Scheich und seine Leute ein, daß ich ihren Worten nicht zu folgen vermochte, obgleich ich des Kurmandschi leidlich mächtig war. Die Rede floß ihr förmlich aus dem Mund. Noch hatte sie nicht geendet, und noch sprach sie immer weiter, da kam der Kurde, der mich niedergeschlagen hatte, herbei und rief mir zu:

„Herr, du hast sie gerettet; ich heiße Yussuf Ali, und sie ist mein Weib. Erlaube mir, mich neben dich zu stellen und euer Beschützer zu sein. Bei Hassan und bei Hussein, ich hafte mit meinem Leben für euch und euer Eigentum."

Da dies der heiligste Schwur eines Schiiten ist, so nickte ich ihm Gewährung zu, und er stellte sich neben mich. Als sein Weib geendet hatte, begann auch er für uns zu sprechen, und zwar in einer Weise, daß ich erkannte, er werde seinen Schwur auf alle Fälle halten. Ich glaubte, seine Rede werde den Erfolg haben, daß man zunächst zu einer Beratung zusammentreten werde, hatte mich aber getäuscht, und zwar glücklich getäuscht, denn als Yussuf Ali ausgesprochen hatte, wendete sich der Scheich zu mir und sagte:

„Herr, das wußte ich nicht; darum müßt ihr uns verzeihen. Ihr habt einer unserer Frauen das Leben gerettet; zwei von euch haben zwölf dieser verdammten Mir Mahmalli besiegt, wie könnten wir da eure Feinde sein! Nein, wir sind ihr, und ihr seid wir; wir sind Brüder; ich schwöre es bei Mohammed und bei Hassan und Hussein, die unter den Streichen der Sunniten verblutet sind. Kommt mit in mein Haus! Dort werdet ihr alles finden, was euch gehört."

„Nein!" rief Yussuf Ali. „Sie haben mein Weib errettet; darum müssen sie meine Gäste und nicht die deinigen sein. Ich habe das erste und größte Anrecht auf sie!"

Erst sollten wir getötet werden, und nun stritten sich diese Leute um die Ehre, uns bei sich zu haben. Als man sich nicht einigen konnte, bat man mich, den Streit zu entscheiden, und ich entschied, daß Halef mit dem Kawassen bei dem Scheich, ich aber bei Yussuf Ali wohnen sollte, wodurch beide Parteien befriedigt wurden.

Unterdessen war die Dämmerung eingetreten und die Hirten brachten die Herden getrieben. Dieselben waren nicht bedeutend. Die Mir Yussufi sind bald hüben auf türkischem, bald drüben auf persischem Gebiet, und da die Perser Schiiten sind, so ist es erklärlich, daß einige Familien des Stammes schiitisch geworden waren und sich von dem Stamm getrennt hatten. Die schiitische Abteilung war es, bei welcher wir uns befanden. Sie lebte vom Ertrag ihrer kleinen Herden, vom Einsammeln der Galläpfel, welche bekanntlich einen bedeutenden Ausfuhrartikel bilden, und vom . . . Raub, was bei ihnen als Kurden sehr natürlich war, da der Kurde den Raub für ritterlich hält.

Als die Hirten erfuhren, was sich ereignet hatte, waren sie unsers Lobes voll und machten ihrem Grimm gegen die feindlichen Mahmalli in einem Geheul Luft, welches diese jedenfalls hörten, denn sie bewohnten eine genau ebensolche Einfriedigung jenseits des Flusses auf der Höhe des gegenüberliegenden Berges. Ich hatte dieselbe vorhin, als es noch hell war, liegen sehen und konnte jetzt deutlich die Feuer erkennen, welche drüben brannten.

Auch bei uns wurde vor jedem Haus ein Holzstoß angezündet, an welchem die Bewohner sich versammelten, um das Abendessen zu bereiten. Yussuf Alis Haus war das kleinste; ich konnte es eigentlich nur eine Hütte nennen, welche durch eine verschiebbare Flechtwand in zwei Teile geteilt wurde, deren einer das unvermeidliche Frauenzimmer, der Harem, war, welcher heute mir zur Verfügung gestellt wurde. Mein Wirt hatte nur die Ziege besessen, welche die Mir Mahmalli getötet hatten. Von ihrer Milch und dem Ertrag der Galläpfel lebte er. Außerdem erhielt er einen kleinen Extraanteil von jedem Raub, da er das Amt übernommen hatte, den Felseneingang zu bewachen.

Was sollte er mir, dem hochgeehrten Gast, vorsetzen? Diese Frage setzte ihn nicht in Verlegenheit. Wenn ein armer Nomade, mag er nun Beduine, Kurde oder Kirgise sein, einen Gast bekommt und nichts für ihn zu essen hat, so geht er einfach zum ersten besten Nachbar oder noch besser zum reichsten Mann des Lagers und bekommt von diesem sofort, was er braucht. Yussuf Ali ging also zum Scheich und brachte Mehl, Reis und einen geschlachteten fetten Hammel, so daß also einer Hungersnot ganz gründlich vorgebeugt war.

Leider aber fehlte ihm eins, und zwar die Hauptsache – der Tabak. Dieser gehört nicht zu den Gegenständen, welche man für einen Gast umsonst verlangen kann. Er hatte eine alte Pfeife an einer Schnur am Hals hängen und zog sie bald hin und her, mich dabei verlegen betrachtend. Da schirrte ich meinen Hengst ab und holte aus der Satteltasche meinen Tschibuk und den Tabaksbeutel hervor, den ich Yussuf Ali präsentierte. Da begann sein Gesicht zu glänzen, und er rief aus:

„Welch ein Glück, Herr, daß du selbst einen Vorrat von dieser Quelle des Genusses besitzest. Ich grämte mich schon, daß ich dir nichts zu bieten vermochte. Nun aber hat sich mein Gram in Wonne verwandelt. Chodeh dauleta ta mazen beket, jahrimen ahziz – Gott vermehre deinen Reichtum, mein teurer Freund!

III.
Hussein Isa

Während wir beide Männer mit großem Eifer das taten, was die Abendländer so prosaisch mit „rauchen", die Türken aber mit tütün itschmek, „Tabak trinken", bezeichnen, war Fatima Maryah mit tief verschleiertem Gesicht beschäftigt, das Abendessen zuzubereiten. Es mußte Kuchen gebacken, Reis gedünstet und der Hammel am Spieß gebraten werden. Da ich leicht Ekel habe, so paßte ich sehr auf, in welcher Weise sie das tat. Hamdulillah! Sie war viel, viel reinlicher, als ich es bei einer Kurdenfrau vermutet hatte! Ich konnte mit Appetit essen. Während sie still und wortlos schaffte, unterhielt ich mich mit ihrem Mann über hunderterlei, was ihn und mich interessierte, und fragte ihn im Lauf des Gesprächs auch, ob Allah ihm das Glück, Vater eines Kindes zu sein, ganz versagt habe. Da wurde sein bisher so zufriedenes Gesicht plötzlich ungewöhnlich ernst; er blickte nachdenklich vor sich nieder und antwortete dann:

„Nein, Herr, es wurde mir nicht versagt, dieses Glück, welches ich wohl besser ein Unglück nennen sollte."

„Ein Unglück? Dann verzeih, daß ich davon sprach! Ist dir ein liebes Kind gestorben, so wisse, daß es bei Allah ist. Sprechen wir nicht davon!"

„Oh, sprechen wir dennoch davon! Du weißt alles und kennst alles. Vielleicht kannst du mir einen Rat erteilen, welcher die schwere Last von meinem Herzen nimmt. Ich habe einen Sohn; er ist nicht gestorben und doch vielleicht schon tot."

„Vielleicht?" So weißt du es noch nicht sicher? Ist er in die Fremde gegangen und nicht zurückgekehrt?"

„Er ist in der Fremde und kommt oft zurück, uns zu besuchen, denn er liebt uns so sehr und bringt alles, was er sich erspart. Er lebt also und ist doch vielleicht schon tot für uns."

„Wie soll ich das begreifen?"

„Ich werde es dir erzählen. Als wir vergebens auf ein Kind hofften, taten wir ein Nadr – Gelübde –, daß, wenn das Kismet sich erweichen lasse, unser Sohn nur für Allah und den Islam leben und wirken solle. Da erbarmte sich Allah und gab uns einen Sohn, Herr, ich sage dir, eine Wonne von einem Kind! Der Knabe hatte Augen wie Diamanten, ein Gesicht wie die lachende Morgenröte, ein Herz voller Liebe zu uns, einen Verstand, der von Jahr zu Jahr größer und reicher wurde. Wir taten ihn nach Diarbekir zu einem berühmten Gelehrten. Wir mußten hungern, um diesen Mann bezahlen zu können, aber wir taten es gern. Nach drei Jahren kam er zurück. Da konnte er den Koran und alle seine Auslegungen auswendig; alle heiligen Bücher waren in seinem Kopf versammelt, und der Geschichte der Kalifen war er so gewiß wie seiner eigenen Erfahrung. Wir waren entzückt; wir dankten Allah auf unsern Knien und baten um seinen ferneren Segen. Unser Sohn, den wir Hussein Isa genannt hatten, sollte . . ."

„Hussein Isa?" unterbrach ich ihn, über diesen Namen erstaunt, da Isa Jesus heißt.

„Ja, Hussein nannten wir ihn nach unserm größten heiligen Kalifen, den die Sunniten bei Kerbela ermordet haben. Und den Namen Isa erhielt er nach dem Stifter des Christentumes, der auch von uns für einen Propheten gehalten wird und ein gewaltiger Redner war. Seine Worte waren wie Sonnenstrahlen, welche das Herz erleuchten, und wie Schwerter, die durch die Seele dringen. So ein Redner, so ein Prophet, wohl gar der Mahdi, den wir alle erwarten, sollte unser Sohn werden, und darum hat er zu dem Namen Hussein noch den Namen Isa bekommen."

„Sonderbar! Sollte das ein Omen, ein Kismet, sein?"

„Wie meinst du das?"

„Eure drei Namen sind Yussuf Ali, Fatima Marryah und Hussein Isa. Jede dieser drei Personen hat einen moslemitischen und einen christlichen Namen. Ali und Fatima waren die Eltern von Hussein, welcher von seinen Gegnern getötet wurde. Yussuf – Josef – und Marryah – Maria – waren die Eltern von Isa, welchen seine Feinde ans Kreuz schlugen. Ist das nicht sonderbar?"

„Herr, das ist mir noch gar nicht aufgefallen; das beschwert meine Seele noch viel mehr! Du unterbrachst mich. Ich wollte dir sagen, daß unser Sohn nun nach Meschhed-Ali gehen sollte, um dort die tieferen Lehren der Schiiten zu studieren. Wir rüsteten ihn aus und sandten ihm mit Bekannten fort, welche nach Mossul reisten, um Galläpfel abzuliefern. Sie kehrten zurück und meldeten uns, daß er ganz glücklich mit ihnen dort angekommen sei. Später waren wieder Leute dort, welche behaupteten, ihn in Mossul gesehen zu haben. Wir wollten das nicht glauben, erhielten aber kurz darauf von ihm selbst die Nachricht, daß er nicht nach Meschhed-Ali gegangen, sondern als Chizmikar – Diener – des Patriks – des Patriarchen – von El Kosch in Mossul geblieben sei. Kennst du diesen Mann vielleicht?"

„Ja. Ich war bei ihm und habe mit ihm gesprochen. Er ist ein sehr frommer Mann, den ich sehr verehre. Auch El Kosch ist berühmt Man sagt, daß der Prophet Nahum da geboren worden sei."

„Wenn du bei dem Patrik warst, so hast du wohl unsern Sohn gesehen?"

„Vielleicht. Der Patrik hat mehrere Diener, von denen mir nur zwei zu Gesicht gekommen sind. Erzähle weiter! Deine Geschichte interessiert mich außerordentlich."

„Wollte doch Allah, daß sie weniger traurig wäre! Mein Sohn, der nach Meschhed-Ali sollte, um ein großer Lehrer der Schia, vielleicht gar ein Mahdi zu werden, bei dem christlichen Patrik in Mossul! Das war ja entsetzlich! Ich machte mich auf und reiste selbst hin. Ich fand ihn. Ich bat, ich zürnte, doch vergeblich. Er hatte dem Patrik einen zufälligen Dienst erwiesen und ihn deshalb besuchen müssen. Dieser alte Mann, dieser Giaur, den Allah töten wolle, hatte einen solchen Eindruck auf ihn gemacht, daß er nicht von ihm fortzubringen war. Er kränkte mein Herz sogar mit der Behauptung, daß ihm jetzt das Licht aufzugehen beginne, nach welchem er bisher vergeblich gesucht habe. Ich mußte unverrichteter Sache heimkehren, und er blieb dort. Zuweilen besuchte er uns und brachte uns allerhand Gaben mit. Ich bat ihn, hierzubleiben. Ich drohte mit allem, womit ich drohen konnte; aber es half nichts. Er antwortete mir mit langen Reden, die ich nicht verstehen durfte, und ging wieder fort. Ich sandte mehreremal mein Weib, denn ich dachte, er werde der Mutter vielleicht lieber gehorchen als dem Vater; aber sie nahm nicht ihn, sondern er nahm sie gefangen, denn sie begann nun auch von dem Licht zu reden, welches aufgegangen sei, alle Völker und Heiden zu bekehren, und von dem Stern, den die Könige des Morgenlandes gesehen haben wollten. Wenn das so fortgeht, ist mein Sohn tot für uns und . . ."

„Für mich nicht!" unterbrach ihn seine Frau unter einem lauten Aufschluchzen. „Er ist mein Kind, mein einziges, geliebtes Kind, und wird es bleiben, solange ich lebe!"

Ich hatte während der Erzählung ihres Mannes gesehen, daß sie wiederholt mit der Hand unter das Schleiertuch fuhr, jedenfalls um sich die stillen Tränen abzutrocknen. Jetzt aber konnte sie sich nicht mehr beherrschen; sie mußte sprechen und tat dies in einem so herzzerreißenden Ton, daß mir die Augen sofort naß wurden.

„Weib, schweig!" gebot er ihr. „Er hat auch dich verführt. Willst du etwa auch Christin werden und zu dem Gekreuzigten beten? Dieser Isa war ein Prophet und großer Redner; aber was ist er gegen Mohammed, gegen Ali, den Heiligen, gegen Hassan und Hussein! Willst du den abtrünnigen Sohn verteidigen, so wehe ihm, wenn er kommt! Er hat mich verlassen und will mir nun auch noch das Weib vom Herzen nehmen! Ich weiß, was ich zu glauben habe und . . ."

Er wurde durch einen Ruf unterbrochen, welcher vom hintersten Feuer her erschallte. Er selbst war es, den man gerufen hatte; darum stand er auf und begab sich dorthin, wo man nach ihm verlangte.

„Herr", weinte die Frau, „es ist alles so, wie er dir erzählte, und dennoch ist es nicht ganz so, wie er es sagt. Ich habe um Hassan und Hussein, welche getötet wurden, viele, viele Tränen vergossen, denn ich dachte an Fatima, die Mutter der Getöteten. Jetzt aber weine ich um Isa, den Gekreuzigten, der für alle Menschen gestorben ist, und denke an Marryah, die Mutter der Schmerzen, die an seinem Kreuz stand. Mein Sohn hat mir viel, viel von ihm und ihr erzählt, und was er sagt, das glaube ich, denn ich liebe ihn. Ich habe es meinem Mann wiedererzählt, oft, sehr oft. Er hat es still in seinem Herzen bewahrt, daß weiß ich; das habe ich bemerkt, denn er fing zuweilen selbst von Isa und Marryah an. Es ist ein Streit in seiner Seele entbrannt; doch ist Mohammed in ihm noch mächtiger als der Welterlöser. Aber ich bete im stillen zu Gott, daß er Mohammed besiegen und dem Vater meines Sohnes beistehen möge, zu der Klarheit zu gelangen, die ich für die ewige Wahrheit halte. O Gott, o Gott, wen bringt er da!"

Ich richtete den Blick nach der Gegend, in welche sie deutete. Sie stand wie starr, ob vor Schreck oder vor Freude, das war nicht zu sagen. Ihr Mann kehrte zurück, und an seiner Seite schritt ein anderer, den ich nicht deutlich erkennen konnte; die Feuer flackerten zu sehr. Kurden und Kurdinnen kamen hinterdrein. Da rief Fatima Marryah:

„Mein Sohn, mein Sohn! Er ist's, ja, er ist's!"

Sie eilte auf ihn zu, schlang die Arme um ihn und zog ihn an ihr Herz. Nun erkannte auch ich den jungen Mann. Ich hatte ihn bei dem verehrten, frommen Patriarchen von El Kosch gesehen und damals freilich nicht gedacht, daß er bei einem meiner späteren Erlebnisse eine solche Rolle spielen werde. Die Zuschauer wichen ein Stück zurück, denn Mutter und Sohn küßten sich, und zwar öffentlich, was bei Mohammedanern eine unverzeihliche Sünde gegen die gute Sitte ist. Yussuf Ali riß sie auch schnell und zornig auseinander und rief:

„Was tut ihr da? Was fällt euch ein! Habt ihr die Gebote und Satzungen unsers Glaubens schon so weit vergessen, daß ihr den Leuten hier ein solches Schattenspiel vorführt? Geh her, und begrüße zunächst diesen fremden Herrn, welcher deiner Mutter heute das Leben gerettet hat! Dann habe ich sogleich ein ernstes Wort mit dir zu reden."

Er schob den Sohn zu mir hin. Dieser erkannte mich und sagte, indem er mir die Hand entgegenstreckte:

„Welche Überraschung und welche Freude, dich hier zu sehen, Effendi! Vater, dieser Effendi ist der Gast meines Patriks gewesen und von ihm so hoch geehrt gewesen, daß du stolz, sehr stolz darauf sein kannst, mit ihm an einem Feuer sitzen zu dürfen. Was ist denn mit der Mutter geschehen? Hat sie sich in Gefahr befunden?"

„Ja, sie sollte von den Hunden der Mir Mahmalli zerrissen werden. Doch davon wirst du später hören. Jetzt beantworte mir eine Frage: Wirst du bei dem Patrik bleiben oder zu uns kommen?"

Er hatte die Arme über die gewaltige Brust gelegt und stand hoch aufgerichtet vor dem Sohn, welcher sich zwar wunderte, daß anstatt eines Willkommens diese Frage jetzt und in solcher Weise an ihn gerichtet wurde, aber sofort und ruhig antwortete er:

„Vater, ich käme gern zu euch, aber das ist nun nicht mehr gut möglich."

„Nicht! Warum?"

„Weil ihr zu uns kommen sollt."

„Wir – ? Zum Patrik etwa?"

„Ja. Er hat mich abgesandt, euch zu holen. Ihr seid arm und

lebt in diesen Wäldern kümmerlich. Ich habe mich gesehnt, für euch sorgen zu können, und das ist mir von jetzt an möglich geworden. Der Patrik hat mich einstweilen zu seinem Katib – Schreiber – gemacht; da habe ich eine schöne, große Wohnung und alles, was ihr sonst noch braucht, für euch. Später wird es dann noch besser."

„Noch besser?" fragte der Riese spöttisch. „Ja, wiefern denn das?"

„Weil ich dann nicht mehr Katib, sondern – Kha – Khassis sein werde."

Er brachte das Wort doch nicht mit einemmal heraus, denn Khassis heißt Priester.

„Khassis!" schrie sein Vater auf. „Ein christlicher Priester willst du werden! Ein Oberster der ungläubigen Hunde sollst du sein! Willst du dem Islam entsagen?"

„Vater, zürne nicht; vergib mir! Ich konnte nicht anders. Ich habe es schon getan. Ich bin ein Christ; ich habe Il Kurban il mukad'das er Ritas – das heilige Sakrament der Taufe – erhalten."

„So – bist du – also wirklich schon – ein verdammter – Giaur geworden?" stieß der Alte hervor, indem er vor Grimm nur absatzweise sprechen konnte.

„Ich mußte, Vater, ich mußte! Ich stand zwischen Mohammed und Isa Ben Marryam; ich habe mit beiden gerungen, Tage und lange Nächte hindurch. Mohammed hat mich verlassen; Isa aber nahm mich auf in den Schoß der alleinigen Wahrheit, in den Glanz der ewigen Hoffnung, die niemanden täuscht. Ich ..."

„Halt ein!" fiel ihm sein Vater fast brüllend in die Rede. „Du bist ein Christ und kannst nun nicht mehr zurück? Nicht wahr?"

„Ja; ich bin ein Christ und bleibe es!"

„So sei verdammt und verflucht in alle Ewigkeit ..."

„Vater!" schrie der Sohn auf, indem er sich ihm zu Füßen warf. „Halt ein! Nicht dieses entsetzliche Wort! Du bist ergrimmt. Wenn du dich beruhigt hast, wirst du anders denken und anders sprechen. Ich wollte dir das alles nicht in dieser Weise, nicht so schnell und unvorbereitet sagen. Du aber hast mich mit deinen Fragen dazu gezwungen. Beherrsche dich! Denke nicht nur an mich, sondern auch an die Mutter, die dir hier zu Füßen liegt!"

Die Frau hatte sich vor ihrem Mann niedergeworfen und seine Füße umschlungen. Er stieß sie von sich, erhob den Arm, drang auf den Sohn ein und schrie:

„Ich soll mich beherrschen, ich! Das sagst du mir, der Sohn

dem Vater, du Kröte, du Hund! Willst du mir augenblicklich schwören, von deinem gekreuzigten Isa zu lassen, sonst . . ."

Ich hatte mich vom Feuer erhoben. Der aufgeregte Mann stand im Begriff, den Sohn zu schlagen. Das wollte ich verhindern; darum trat ich zwischen beide und sagte in beruhigendem Ton:

„Yussuf Ali, willst du eine Angelegenheit, welche zwischen deine Wände gehört, in solcher Weise öffentlich behandeln? Höre auf meinen Rat und . . ."

„Schweig!" donnerte er mich an. „Du bist auch ein solcher Giaur, ein solcher Hund, dessen Fleisch kein Aasgeier fressen mag. Deine Worte stinken mich an. Sage noch ein einziges, so vergesse ich, daß du mein Gast bist!"

„Das hast du bereits vergessen!"

„Habe ich es vergessen? So? Nun so kann ich es auch vollenden. Hier, nimm . . ."

Er hielt erschrocken inne. Er hatte getan, was nicht er selbst, sondern was der Teufel seines Zornes gewollt hatte – er hatte mich geschlagen. Da mir das undenkbar gewesen war, so hatte ich mich nicht zur Abwehr bereitgehalten und den Schlag in das Gesicht also voll und gewichtig empfangen, von einer solchen Riesenhand. Ich taumelte zurück und griff nach dem Auge. Es war, was der Kunstausdruck einen Sauhieb nennt, ein Hieb auf die Nase, von welcher der Daumen von derselben ab- und in die Augenhöhle geglitten war. Das Blut drang mir aus der Nase, und auf dem rechten Auge konnte ich nichts sehen. Als ich es befühlte, hing es halb aus der Höhle.

Ein einziger, vielstimmiger Schrei erscholl rundumher. Ein Gast war von seinem Gastgeber erst beschimpft und dann sogar geschlagen worden! Das war noch nie geschehen. Yussuf Ali war übrigens selbst ganz entsetzt über sich. Er ließ die Arme sinken, starrte mich an, ergriff dann seinen Sohn beim Arm und sagte, ihn mit sich fortziehend:

„Komm! Er hat recht. Diese Sache gehört nicht vor andere. Ich allein habe mit dir zu reden."

Sie verschwanden miteinander. Die Frau legte mir die Hände auf beide Schultern und sagte schluchzend:

„Herr, verzeihe ihm; er wußte nicht, was er tat! Er ist sonst so gut; aber wenn er zornig ist, so darf man ihm nicht widersprechen. Hat er dich sehr getroffen? Hast du Schmerzen?"

„Komm mit ins Haus, und gib mir Wasser!"

Ich ging mit ihr ins Haus, um meinen Anblick den anderen zu

entziehen, aus Rücksicht für ihren Mann und auch – für mich selbst. Hadschi Halef folgte nach. Ich brachte das Auge behutsam wieder an seine Stelle; dann stillte er mir die Blutung und legte mir eine nasse Kompresse auf. Während dieser Arbeit hörten wir einen langgezogenen Schrei erschallen, achteten aber nicht auf denselben. Später kam der Scheich, um mich aufzufordern, als Gast zu ihm zu kommen. Ich weigerte mich natürlich nicht, dies zu tun, denn meines Bleibens konnte bei Yussuf Ali unmöglich länger sein. Als wir aus dem Hause traten, saß dieser allein bei seinem Feuer. Wir gingen an ihm vorüber, ohne ihn zu beachten.

Ich sollte mich an das Feuer des Scheichs setzen und mitessen; aber die Lust war mir dazu vergangen. Nase und Auge schmerzten mich, und wenn ich an Hussein Isa und seine arme Mutter dachte, so war es mir unmöglich, einen Bissen zu nehmen. Darum ging ich auch hier in das Haus und setzte mich in der Abteilung desselben, welche mir angewiesen wurde, nieder, um mir von dem zärtlichen Hadschi Halef unausgesetzt kalte Umschläge auflegen zu lassen.

Damit verfloß eine ziemlich lange Zeit, bis ich einen aus der Ferne herüberschallenden Lärm hörte, welcher wie ein aus der Tiefe heraufdringendes Hohngelächter klang. Draußen vor dem Haus erhoben sich laute Stimmen. Man schien sich zu zanken; ich achtete nicht darauf. Da kam der Scheich herein und sagte:

„Herr, Yussuf Ali will mit dir reden. Ich habe ihn abgewiesen, aber er besteht darauf. Auch sein Weib läßt dich dringend bitten, seinen Wunsch ja zu erfüllen."

„Ich werde gleich hinauskommen.

„Er schien diese meine Bereitwilligkeit nicht erwartet zu haben, ging aber hinaus, ohne ein Wort darüber zu verlieren, und ich folgte ihm mit Halef. Draußen stand Yussuf Ali allein mit seiner Frau. Die anderen Kurden und Kurdinnen hielten sich von ihnen fern, weshalb, das war mir leicht erklärlich.

„Herr, hilf uns; mein Sohn ist gefangen!" rief uns Fatima Maryah an, indem sie vor mir auf die Knie sank und die gefalteten Hände flehend emporhob.

„Gefangen?" fragte ich, indem ich sie aufrichtete. „Von wem?"

„Von den Mir Mahmalli da drüben."

„Woher weißt du das?"

„Sie haben es uns herübergeschrien."

„Ah! Das Geheul, welches auch ich hörte!"

„Hast du es vernommen? Sie riefen in einem fort: Hussein Isa gefangen, Hussein Isa gefangen!"

„Wie ist er denn in ihre Hände geraten? Hat er denn diesen Platz hier verlassen?"

„Er mußte. Als sein Vater dich geschlagen hatte, führte er ihn zum Tor hinaus und verbot ihm, jemals wiederzukommen. Der Sohn ging still fort. Die Mir Mahmalli müssen hier in der Nähe gewesen sein, denn ich hörte einen langen, angstvollen Schrei."

„Sie haben sich wegen mir um euer Lager geschlichen. Auch ich hörte den Schrei, hatte aber keine Ahnung davon, was er bedeutete."

„Ich auch nicht, denn ich erfuhr erst später von meinem Mann, daß der Sohn fort sei. Sie haben ihn draußen ergriffen und, als er schrie, fortgeführt. Dann riefen sie es zu uns herüber, daß sie ihn gefangen haben. Hilf uns, Herr! Du bist der einzige, der helfen kann!"

„Ich? Warum ich allein? Hier stehen über fünfzig bewaffnete Männer. Auf, o Scheich! Wir müssen schleunigst hinüber, um ihn zu retten, denn die Mir Mahmalli werden nach dem, was heute geschehen ist, nicht zaudern, ihn zu töten."

Der Scheich schüttelte den Kopf und antwortete:

„Wenn sie ihn töten, so ist es uns ganz lieb. Er ist ein Christ geworden und geht uns nichts mehr an."

„Aber er ist ein Mensch und von eurem Stamm!"

„Gewesen; jetzt nicht mehr. Der Stamm stößt ihn aus."

„Ihr sagt euch also gänzlich von ihm los?"

„Ganz und gar!"

„So denkt daran, daß ich euer Gast bin! Ich erkläre ihn für meinen Bruder; er ist also auch der eurige, und ihr müßt ihn befreien."

„Ein Abtrünniger kann selbst unter dieser Voraussetzung nicht unser Bruder sein. Er hat Mohammed verlassen; mag Isa, an den er jetzt glaubt, ihn retten!"

Da wiederholte Yussuf Ali, welcher bis jetzt geschwiegen hatte, in dumpfem Ton diese Worte:

„Er hat Mohammed verlassen; mag Isa ihn retten! Isa vermag es nicht. Die Mir Mahmalli sind zu blutdürstig und zu stark!"

„Aber Isa ist stärker als sie und als alle Menschen", entgegnete ich. „Halef, gehst du mit?"

„Ja", antwortete der kleine, wackere Hadschi sofort bereitwillig.

„Aber wir wagen das Leben und kennen die Gegend nicht!"

„Die Gegend werden wir bald kennengelernt haben, und wo du etwas wagst, muß ich dabei sein. Ich hole meine Flinte."

„Die ist überflüssig, ebenso die Pistole. Ich gebe dir meine Revolver; dazu dein Messer, das ist mehr als genug."

Da wir all unser Eigentum ehrlich zurückerhalten hatten, so besaß ich auch meine Revolver wieder. Wir gingen in das Haus; ich holte den Stutzen. Als wir wieder herauskamen, stand Yussuf Ali mit seiner langen Lanze da und sagte:

„Herr, ich gehe mit. Ich muß den Sohn wiederhaben."

„Bleib!" gebot ich ihm. „Du taugst bei uns nichts."

Er wollte nicht gehorchen, doch als ich ihm erklärt hatte, daß und warum er uns hinderlich sein werde, fügte er sich. Er begleitete uns mit seinem Weib bis an den Ausgang, um uns hinauszulassen. Als wir draußen standen, drückte sie mir weinend die Hand und bat:

„Tue alles, was du kannst, Herr; aber schone auch dein Leben. Gott wird dich begleiten und meinen Sohn durch dich retten, denn ich werde für dich und ihn beten, bis ihr kommt."

IV.
Es Salib

Aufrichtig gestanden, war es mir gar nicht sehr wohl zumute. Ja, wenn ich gesund, unverletzt gewesen wäre, aber meine Nase schmerzte, und mein Auge brannte wie Feuer. Und wie war mir doch die Sehkraft jetzt in dunkler Nacht und unbekannter Gegend so sehr nötig! Dazu der Umstand, daß die Mir Mahmalli, falls sie uns erwischt hätten, vor Entzücken außer sich gewesen wären. Wir trieben nicht ein gewagtes, sondern geradezu ein verwegenes Spiel. Doch gab es keine Bedenken, denn wenn wir wirklich helfen wollten, so mußte schnell gehandelt werden.

Ich hatte schon am Tag die lichte Stelle auf dem bewaldeten Berg und dann des Abends die auf derselben brennenden Feuer gesehen und kannte also wenigstens die Richtung, welche wir einzuschlagen hatten; das war aber auch alles und wenig genug zugleich. Man steige, die Todesgefahr ganz abgerechnet, doch einmal in einem dichten kurdischen Wald einen steilen felsigen Uferberg empor, noch dazu in möglichster Eile und vollständiger Lautlosigkeit!

Zunächst aber waren wir noch gar nicht so weit. Ehe wir drüben hinauf konnten, mußten wir erst hüben hinab und dann durch den Fluß. Beim Hinabklettern gaben wir uns keine große Mühe, Geräusch zu vermeiden; das hätte uns ganz unnötigerweise aufgehalten. Natürlich konnten wir uns nur auf den Tastsinn verlassen. Ich stieg voran, und Halef folgte. Fühlte ich ein Hindernis, so teilte ich es ihm mit. Ich rannte an Bäume, rutschte zwischen Sträuchern hindurch, blieb an Ästen und Dornen hängen. So stiegen, kletterten, rutschten und schlitterten wir weiter und weiter, bis wir unten das grasige Ufer erreichten. Nun ging es in den Fluß. Eine seichte Stelle zu suchen, dazu hatten wir keine Zeit. Es ging uns hier bis an die Hüften, war aber dafür um so schmaler; wir kamen schnell hinüber. Meine Kompresse war trocken geworden; sie kunstgerecht anzufeuchten, das hätte zu lange gedauert; darum bog ich mich lieber nieder, um den ganzen Kopf ins Wasser zu halten; da wurde Kopf und Binde naß. Dann ging es rasch nach dem jenseitigen Waldesrand und unter den Bäumen empor.

Nun mußten wir vorsichtiger sein, doch machte mir Halef keine Sorge, da er auf unseren früheren Wanderungen das Anschleichen leidlich von mir gelernt hatte. Er hielt sich hart hinter mir und mußte mich dennoch bitten, ein wenig stärker aufzutreten, da er meine Schritte nicht hören könne und also auch nicht wisse, wo ich sei. So liefen, stiegen, kletterten und schwangen wir uns empor, bald auf den Füßen, bald auf allen vieren, ganz nach der Abwechslung des Terrains. Ob wir in dieser Stockdunkelheit die Richtung einhalten würden, das war sehr zweifelhaft; die Nase mußte auch mit Führer sein und nach dem Rauchgeruch der Feuer fahnden. Leider war die meinige sehr unwohl. Sie schwoll infolge des Fausthiebes von Minute zu Minute mehr an und wollte sich partout nicht darauf besinnen, daß es ihre wohlerzogene Bestimmung sei, den Geruch eines Haferkäses von dem Duft einer Resedablüte zu unterscheiden. Ich mußte mich in dieser Beziehung auf Hadschi Halefs Nase verlassen, und dieser meldete mir denn auch endlich, daß er Rauch rieche und diese Empfindung sich von Schritt zu Schritt verstärke. Wir näherten uns nunmehr also dem Ziel.

Wohl eine halbe Stunde waren wir unterwegs gewesen, als wir vor demselben anlangten. Wir standen vor der Baumeinfassung, hinter welcher die Lichtung lag. Wie da hindurchkommen?

„Müssen wir hinein, Sihdi?“ fragte Halef, der mich von früher her stets Sihdi – Herr – nannte.

„Zunächst hinauf“, antwortete ich. „Wenn wir dann sehen, wie es steht, werden wir auch wissen, wie es weiterzugehen hat.“

Wir standen bei einem Ahornbaum, welcher nicht allzu stark und doch so hoch war, daß er die Einfassung weit überragte. Ich legte den unbequemen Stutzen ab, und dann stiegen wir hinauf. Oben angekommen, konnten wir das ganze Lager überblicken, welches weit, weit größer war als dasjenige der Mir Yussufi, aber dieselbe Anlage hatte. Rechts von uns lagen längs der einen Seite die Weidetiere; dort gab es auch ein Dornentor. Vor uns, entlang der uns zugerichteteten Seite, standen Häuser und Hütten, ebenso längs der Seite links von uns. Die vierte uns gegenüberliegende Seite war frei, einen schlanken, hochstämmigen Pistacia vera-Baum ausgenommen, welcher nahe an der Einfassung stand. Auf der Mitte des weiten Platzes sahen wir auch Sommerhäuser und -hütten. Der Raum an der Pistazie schien für Volksversammlungen, wenn auch nicht für sozialdemokratische, für welche den Kurden das feinere Verständnis entgeht, reserviert zu sein. Dort standen die Mir Mahmalli, Männer, Weiber und Kinder, wohl über dreihundert Köpfe stark, und vollführten einen Skandal, der mir grell in die Ohren drang, die der liebe Vater Yussuf Ali mir glücklicherweise nicht mit zerhauen hatte. Wem dieser Spektakel galt, das sahen wir auch, denn unser armer Hussein Isa war an den Stamm des Baumes festgeschnürt.

„Dort haben sie ihn“, sagte der Hadschi. „Wie kommen wir hinein, und wie bringen wir ihn los und heraus, wir zwei allein bei so vielen Menschen, Sihdi?“

„Zunächst müssen wir hin, wenn auch noch nicht hinein“, antwortete ich.

Wir glitten von unserm Ahorn herab und schlichen uns, nachdem ich mein Gewehr wieder aufgenommen hatte, außerhalb der Einfassung hin, um die erste Ecke an der dortigen Seite hinauf, um die nächste Ecke und dann jenseits weiter, bis wir die Stelle erreichten, über welche die drinnen stehende Pistazie ihren Wipfel breitete.

Wir hörten jenseits der Einfassung die Kurden lärmen, konnten sie aber nicht sehen, da hier außerhalb des Lagers auch eine Lichtung gewesen war, welche nun zwar wieder Bäume trug, aber so dünnstämmige und niedrige, daß, falls wir sie auch hätten besteigen können und wollen, dies gar nichts genützt hätte. Es gab da nur einen Weg, nämlich durch die Umfassung, welche wir zu diesem Zweck untersuchen mußten.

Die Stämme waren ebenso mit samt den Wipfeln niedergelegt

wie drüben bei den Mir Yussufi. Da wir nicht durch die Stämme konnten, mußten wir uns eine Wipfelstelle suchen. Das Glück war uns günstig. Grad zwischen uns und der Pistazie lag die nicht sehr dichte Krone einer Haur-Pappel, also eines Baumes, dessen weiches Holz unsern Messern nicht sehr zu widerstehen vermochte. Ich legte das Gewehr wieder ab; dann knieten wir nieder, zogen die Messer und begannen, die Zweige und dünneren Äste in der Weise zu zerschneiden, daß wir uns dadurch einen wohl zwei Ellen breiten und auch über eine Elle hohen Zugang öffneten. Diese Stelle hier war vielleicht die einzige schwache der ganzen, weiten Umfriedung.

Nach einer Viertelstunde waren wir so weit, daß wir, wenn wir nicht von ihnen gesehen werden wollten, die noch übrigen Äste stehenlassen mußten. Natürlich hatten wir nicht bloß den betreffenden Teil des Pappelwipfels, sondern auch die Unkraut- und sonstige lebende Vegetation, mit welcher derselbe sehr dicht durchwachsen war, zu entfernen gehabt. Wir konnten nun, dank unserer Arbeit, nicht nur sehen, sondern auch hören. Sehen, das durfte ich eigentlich von mir nicht sagen, denn die Kompresse war wieder trocken geworden; der Schmerz in dem verletzten Auge war fast unausstehlich und griff auch das gesunde Auge in einer Weise an, daß ich es mehr geschlossen- als offenhalten mußte.

Die Pistazie stand vielleicht zwölf Meter von uns entfernt. Jenseits derselben hielt das „Volk" der Kurden; diesseits stand der heute von uns zurückgewiesene Scheich mit noch vier Männern, welche wahrscheinlich seinen „Gemeinderat" bildeten. Das „Volk" war jetzt still, desto lauter aber sprachen die Herren vom „Rat". Sie schienen sich zur Entscheidung über das Schicksal des Gefangenen zurückgezogen zu haben. Eben, als wir uns festgelegt hatten, um zu lauschen, hörten wir den Scheich sagen:

„Er ist stolz darauf, getauft zu sein und sich zum Salib Isa – Kreuz Christi – zu bekennen. Er hat eingestanden, den fremden Effendi zu kennen, der unsere Hunde, unsere Pferde und sogar auch einen unserer Krieger erschossen hat. Er ist außerdem ein verdammter Schiit und Sohn der Mir Yussufi, deren Blut wir trinken müssen. Außerdem nennt er auch das Weib, welches die heutigen Verluste über uns brachte, seine Mutter. Er muß sterben, und da er das Salib Isa gar so hoch verehrt, so soll er auch die Süßigkeit desselben schmecken und an dem Kreuz enden. Wer etwas dagegen hat, der melde sich!"

Sie meldeten sich, aber nicht dagegen, sondern sie jubelten alle diesem unmenschlichen Vorschlag ihren Beifall zu.

„Hinauf mit ihm ans Kreuz! Baut ein Kreuz! Gekreuzigt muß er werden!" so riefen einige hundert Stimmen frohlockend durcheinander.

„Nicht bauen!" übertönte sie der Scheich. „Einen starken Pfahl quer an den Stamm des Baumes, an welchem er steht, so ist das Kreuz gleich fertig."

Es erfolgte neuer Jubel, während dessen mich Halef fragte: „Ist das nicht teuflisch, Sihdi? Hole schnell deinen Stutzen! Wir müssen hinein, sofort hinein!"

„Nein", antwortete ich, „denn das wäre zu unserm Verderben. Es sind ihrer zu viele gegen uns zwei. Wir würden ihn nicht retten können, sondern auch mit sterben müssen."

„Aber was tun wir dann?"

„Ich eile zu den Mir Yussufi, welche unbedingt helfen müssen. Hoffentlich kommen wir zur rechten Zeit. Du bleibst zurück, um uns gegebenenfalls berichten zu können, was inzwischen vorgegangen ist."

„So bleibe ich hier in dieser Lücke liegen?"

„Nein", entgegnete ich, da ich dem Kleinen nicht recht traute. Bei seiner Gutherzigkeit und Verwegenheit konnte er sich leicht verleiten lassen, selbst ohne mich hineinzuspringen. „Du kletterst auf den Ahorn, auf welchem mir vorhin gesessen haben, und bleibst auf demselben unbedingt sitzen, bis ich wiederkomme."

Wir eilten zurück bis zu dem erwähnten Baum, auf den er stieg. Ich gab ihm meinen Stutzen hinauf, da ich ohne denselben leichter und schneller vorwärts kommen konnte, und lief dann weiter.

Wie ich in fünf Minuten den Fluß erreichen konnte, ist mir noch heute ein Rätsel. Zunächst den Kopf in das Wasser, um die Augen zu kühlen, dann hinein, hinüber und drüben im Wald hinauf. Nach abermals fünf Minuten war ich oben am Eingang. Er war zu, und ich rief; man öffnete schnell. Da stand Yussuf Ali mit seinem Weibe.

„Wo ist mein Sohn?" fragte sie mich. „Kommt er nicht auch?"

„Noch nicht. Ich brauche jetzt Eure Krieger zur Hilfe."

„O Gott, o Gott! So steht es schlimm um ihn! Ich habe ohne Unterlaß gebetet, mich mit dem Kreuz bezeichnet und die schmerzhafte Mutter angerufen, so wie er es mich gelehrt hat. Es hat nichts, gar nichts geholfen!"

„Bete nur weiter, unausgesetzt weiter, so wird es helfen!"

„Ich rannte weiter; sie folgten mir. Im Laufen stöhnte Yussuf Ali:

„Ich bete auch zu Gott und will Kreuzzeichen machen, wie mein Weib es mir vorhin, als du fort warst, gezeigt hat. Ich bin an allem schuld. O Gott, welche Angst stehe ich dafür aus!"

Die Mir Yussufi saßen noch bei ihren Feuern. Ich rief sie zusammen und sagte im dringendsten Ton:

„Hört, ihr Krieger! Wenn ihr tapfere Männer seid und ich euch nicht verachten soll, so müßt ihr mir jetzt folgen, sonst kommt der qualvolle Tod eures Bruders über eure Seelen. Sie wollen ihn kreuzigen. Hört ihr es? Am Kreuz soll er sterben! Das ist die schrecklichste aller Todesarten, und . . ."

Ich wurde dadurch unterbrochen, daß Yussuf Ali einen Schrei ausstieß und davonrannte. Seine Frau schrie ebenso und eilte ihm nach. Ich konnte es nicht hindern, denn hätte ich ihnen nachrennen wollen, um sie zurückzuholen, so wäre eine kostbare Zeit verloren gegangen, die ich nachher allerdings doch noch verlor. Ich sprach weiter, alles was mir die Angst um Hussein Isa eingab, fand aber kalte Hörer. Endlich brachte ich es mit der größten Anstrengung so weit, daß es zu einer Beratung kam, zu einer ewig langen Besprechung, deren Resultat der Scheich mir mit den Worten verkündete:

„Herr, du bist unser Gast, und wir werden dir alle Freundschaft und Liebe erweisen; aber dieser Hussein Isa ist zum Salib Isa übergegangen, und wenn er jetzt gekreuzigt werden soll, so sehen wir darin nur die gerechte Strafe Mohammeds, der an Allahs Thron steht. Wir würden die größte Sünde begehen, wenn wir dem Abtrünnigen helfen wollten. Du bist nicht unsers Glaubens; wenn du ihn retten willst, so tue es, uns aber verschone mit deinen Bitten, welche beinahe sogar wie Drohungen klangen, was wir dir jedoch verzeihen wollen."

Da war nichts, gar nichts mehr zu hoffen und zu machen. Ich blieb auf mich selbst und Halef angewiesen und rannte wieder fort. Mein Kommen hatte nicht nur nichts gefruchtet, sondern die Lage nur verschlimmert, da anzunehmen war, daß Yussuf Ali und sein Weib nur Dummheiten machen würden. Es kümmerte mich nicht, daß der Eingang offen stand und auch hinter mir offen blieb; ich eilte fort, den steilen Hang hinunter, so schnell ich nur vermochte und dabei fast fieberhaft erwägend, auf welche Weise Rettung möglich sei. Dabei achtete ich nicht darauf, daß ich mehreremal stürzte und mir dabei die Kleidung und die Haut aufriß. Am Fluß angekommen, tauchte ich wieder zunächst den Kopf hinein, denn meine Augen brannten wie Feuer – Feuer, ah, das war das rettende Wort! Ja, nur durch Feuer, war Hussein Isa zu befreien, und ich hatte ja Schahheita aus Rewandis – Zündhölzer – mitgenomen und ein Schächtelchen davon in der Tasche stecken.

Indem ich durch das Wasser watete, erscholl oben bei den Mir Mahmalli ein Jubelgeschrei. Hatte man die Eltern Hussein Isas erwischt? Ich rannte weiter und hörte bald darauf heftiges Hundegebell. Nun war vielleicht alles verloren! Da die Feinde die beiden entdeckt hatten, glaubten sie, es seien noch andere Mir Yussufi in der Nähe, und waren infolgedessen beeilt gewesen, ihre Windhunde loszulassen. Wenn diese Halef entdeckten! Und ich mußte hinauf und hatte nur mein Messer bei mir! Es kam darauf an, wie viele Hunde es waren; mit einem oder zweien hoffte ich, auch ohne Blei und Pulver fertigzuwerden. Freilich mußten Schüsse zunächst vermieden werden, da dieselben unsere Anwesenheit vor der Zeit verraten hätten.

Alle diese Erwägungen gingen mir durch den Kopf, indem ich in größter Eile aufwärts strebte. Das Bellen hörte auf; das beruhigte mich einigermaßen. Endlich, endlich kam ich oben bei der Umfriedung an, aber nicht bei dem Ahorn, den ich suchen mußte und schnell fand.

„Halef, bist du noch oben?“ fragte ich.

„Ja. Sprich leiser, und komm schnell, schnell herauf, wegen der Hunde!“

In einigen Sekunden saß ich oben bei ihm.

„Es ist vorüber, Sihdi!“ sagte er. „Sieh doch einmal hin!“

Es durchzuckte mich ein Schreck, wie ich ihn noch nie gefühlt hatte. Hussein Isa hing am Kreuz, und seine Eltern waren unten an den Stamm desselben gefesselt.

„Wird er tot sein,“ fragte Halef. „Er hängt bereits seit einer Viertelstunde. Gleich darauf riefen seine Eltern um Einlaß.“

„Die Törichten! Wie wurde er befestigt,“

„Mit Riemen.“

„Hat man ihn gestochen,“

„Nein.“

„So kann er unter einem Tag nicht sterben. Mir wurde die Hilfe versagt; aber wir beide holen ihn und auch seine Eltern heraus, mein lieber Halef. Wie steht es mit den Hunden? – Wie viele sind's und wo stecken sie wohl?“

„Es sind drei. Sie wurden gleich nach dem Erscheinen der Eltern herausgelassen. Sie bellten ein wenig; dann aber schwiegen sie, immer einzeln um die Umzäunung rennend, ohne daß sie mich fanden. Sie haben schlechte Nasen."

„Ihre Nasen sind gut, wenn sie nur erst auf die Spur gerichtet worden sind. Horch!"

Es kam plötzlich ein einzelner Hund vorübergerannt; sie waren dressiert, nicht zusammenzuhalten, und das freute mich.

„Nun höre meinen Plan!" fuhr ich fort. „Vor allen Dingen müssen die Hunde beseitigt werden. Wir steigen hinab; schießen dürfen dürfen wir nicht. Du stellst dich hinter mich; ich fasse jeden, welcher kommt, halte ihn fest, und du stichst ihn in das Herz."

„Nein, Effendi, nein! Sie reißen dir die Gurgel aus dem Hals."

„Habe keine Sorge um mich! Diese Köter haben mir nichts an. Könnte ich nur mit beiden Augen sehen! Sind die Hunde tot, dann geht's ans Werk, und zwar mit Hilfe des Feuers. Wir brennen die trockene Umfassung an, und zwar hier an dieser Seite, um die Aufmerksamkeit von der gegenüberliegenden, wo Hussein Isa hängt, abzulenken."

„Sie werden ihn schnell töten, ehe sie hierhereilen!"

„Das werde ich mit meinem Stutzen verhindern."

„Wenn du hier auf dieser Seite bist?"

„Ich bin drüben im Loch, welches wir geschnitten haben. Damit alles klappt und ineinander greift und der Brand nur im richtigen Augenblick beginnt, muß ich mit dem Stutzen hinüber, und du bleibst hier. Du machst dir trockenes Zeug zurecht, brennst es, sobald der Schakal dreimal bellt, an, siehst zu, daß es schnell weiterbrennt und nicht ausgelöscht werden kann, und kommst dann schnell zu mir hinüber."

„Ich werde mehrere Feuerherde anlegen – drei – vier – fünf."

„Hier hast du Zündhölzer. Und nun komm!"

„Wir stiegen hinab. Ich zog meine Jacke aus, wickelte sie ärmelüber lang zusammen und schlang sie mir fest um den Hals, Halef zog das Messer. Kurze Zeit darauf hörten wir von links her ein Schnaufen.

„Aufgepaßt – es kommt einer!" mahnte ich den Hadschi, welcher sich, für mich zitternd, hinter mir bereitstellte.

Die im Lager brennenden Feuer warfen doch einen leichten Schein zu uns herüber, so daß es möglich war, ein Tier von der außerordentlichen Größe eines Windhundes der kurdischen Art zu erkennen. Das Schnaufen näherte sich schnell; der Hund kam im Galopp, sah mich, blieb einen Augenblick halten und sprang mir dann, ohne aber einen Laut hören zu lassen, mit einem mächtigen Satz nach der Kehle. In demselben Augenblick breitete ich die Arme aus, bog mich nach vorn, um nicht von ihm umgerissen zu werden, und warf ihm, gerade als er sich verbeißen wollte, die Arme um den Hals. Seine Zähne fanden den dikken Wulst der Jacke und konnten mich nicht verletzen; ich aber preßte ihm mit den zusammengezogenen Armen den Hals und Kopf so fest gegen meine Brust, daß ihm der Atem ausging und sein Körper schlaff herniederhing.

„Stoß zu jetzt, Halef!"

Der Hadschi bohrte der Bestie das Messer vier-, fünfmal schnell hintereinander in die Brust; dann ließ ich sie fallen. Sie bewegte sich nicht.

„Hamdulillah, es ist gelungen!" seufzte Halef erleichter auf. „Das hätte ich nicht für möglich gehalten, Sihdi! Wenn die andern . . ."

„Still!" fiel ich ihm in die Rede. „Es kommt wieder einer, diesmal aber von rechts her."

„Wir wendeten uns nach dieser Richtung. Der zweite Hund kam und wurde in derselben Weise abgetan, nur mit dem Unterschied, daß er mir, als ich ihm den Hals zudrückte, in seiner Todesangst mit den Hinterklauen die Schenkel tief aufkratzte. Erst nach längerer Weile kam auch das dritte, letzte Tier, welches wie das erste unschädlich gemacht wurde, ohne daß es mich beschädigte. Nun half ich Halef eine kleine Weile, nach leicht brennbarem Feuermaterial zu suchen, damit er mehrere Herde anlegen und das Feuer schnell eine weite Verbreitung annehmen könne, und eilte dann mit meinem Stutzen nach der gegenüberliegenden Seite des Kurdenlagers. Dort angekommen, kroch ich in das von uns hergestellte Loch und hatte nun die Szene der Kreuzigung in der bereits angegebenen Entfernung vor mir.

Isa, der ein Licht des Islam hatte werden sollen, hing seines katholischen Bekenntnisses wegen an dem schnell improvisierten Kreuz, doch nicht, wie der Heiland, mit schmerzenden Nägeln befestigt, sondern mit Riemen angebunden. Dennoch war sein halb zurückgeneigtes Gesicht schon äußerst qualvoll verzerrt, und seine Muskeln zuckten im Krampf, welcher den Körper zusammenziehen wollte, und doch nicht konnte. Seine Eltern waren raffinierterweise so an den Stamm des Pistazie festgebunden worden, daß sie diesem, also auch einander, die Gesichter zukehrten. Man hatte ihnen aber die Vorderarme frei gelassen, damit sie einander zwar berühren, aber nicht helfen können.

Viele von den Kurden hatten sich einstweilen satt gesehen und sich entfernt; die andern bildeten jenseits des Baumes, wo sie die Szene in Vorderansicht vor sich hatten, einen Halbkreis und erquickten sich an dem Bild der Körper- und Seelenmarter, welche die Gequälten nicht verbergen konnten.

Diese letzteren verhielten sich keineswegs still; sie warfen einander Worte des Trostes und der Hoffnung zu, welche von den Zuschauern in hämischer Weise kritisiert wurden.

„Halt aus!“ bat die Mutter den Sohn. „Er kommt gewiß; er hat es versprochen, dich zu retten. Du kennst den Herrn. Was er verspricht, das hält er auch.“

Dasselbe tat auch Yussuf Ali. Er unterbrach sein Gebet, um dem Sohn zuzurufen:

„Ich bin schuld, ich allein! Ich wollte zu Allah halten, der dich doch nicht retten wird. Jetzt sind meine Schmerzen größer als die deinen; aber vielleicht kommt der Herr zu Hilfe. Wenn er es tut, werde ich mir mit dem Messer ein Salib Isa in die Brust schneiden, zum Andenken an diese Stunde der Schmerzen, die unaussprechlich sind.“

„Weine nicht, Mutter“, bat Hussein Isa. „Die göttliche Mutter hat tausendmal größere Qualen erduldet als du. Und weine nicht, Vater, denn ich bin zu beneiden; der Tod für den Glauben öffnet den Weg zum Paradies. Mir ist's nicht um mich, sondern um euch. Ihr kamt, mich zu retten, und seid nun selbst dem Tod geweiht. Aber vielleicht kommt der Herr doch noch, wenigstens euch zu retten. Ich will für euch flehen, daß er komme.“

Er hob den Kopf empor, betete laut zu Gott und rief beständig und vertrauensvoll die schmerzhafte Mutter um Hilfe und Beistand an. Die Mir Mahmalli aber warfen höhnische Bemerkungen dazwischen. Ich konnte und durfte nicht länger mehr warten, obgleich ich noch nicht wußte, wie ich mit Halef oder gar allein imstande sei, die drei mit der so notwendigen Geschwindigkeit vom Stamm weg- und vom Kreuz herabzubringen. Ich legte die Hände an den Mund, bellte möglichst laut dreimal, wie ein Schakal bellt. Das Auge jetzt scharf nach der gegenüberliegenden Seite richtend, sah ich sofort ein Flämmchen, welchem schnell zwei, drei, vier, fünf andere folgten, um sich wie an einem Zunderzeug rasch in der Einfassung emporzufressen. Nur eine halbe Minute später stand von der letzteren eine wenigstens zwanzig Ellen breite Strecke in hellen Flammen, die wie rasend weiterliefen.

Das Feuer wurde bemerkt und brachte die beabsichtigte Wirkung hervor. Alles schrie, brüllte, heulte und rannte nach Wasser. Die links drüben liegenden Tiere wurden scheu und jagten zwischen den Hütten und Menschen hindurch. Die entsetzten Kurden eilten in ihre Wohnungen, um den Inhalt derselben zu retten. Niemand achtete der Pistazie; ich aber stand schon an derselben, da ich die wenigen Pappelzweige, die mich gehindert hatten, schnell weggeschnitten hatte.

„Ich bin da!“ tröstete ich die drei. „Erst schnell euch beide los und dann den Sohn!“

„Oh heilige Marryah, Mutter der Schmerzen, wie danke ich dir!“ rief die Kurdin, als ihre Fesseln unter meinem scharfen Messer fielen. „Schmerzhafte Mutter hat mein Sohn dich genannt; ich trete ihn dir ab zu deinem Dienst!“

„O Salib Isa“, rief ihr Mann, „du bist wirklich mächtiger als der Halbmond des Propheten! Weib, ich kenne deine schmerzhafte Mutter noch nicht so wie du, aber ich werde sie von heute an verehren!“

Beide waren frei. Ein Schnitt nach oben machte auch die Füße des Sohnes frei. Das Messer zwischen die Zähne nehmend, kletterte ich hinter ihm am Stamm der Pistazie empor und auf den linken Arm des Querbalkens hinüber. Da kam Halef durch das Loch gekrochen und herbeigerannt.

„Schnell herauf und den andern Arm des Kreuzes!“ forderte ich ihn auf. Wir müssen Hussein Isa zugleich losschneiden, sonst bricht er sicher den einen Arm. Sein Vater ist stark genug, ihn aufzufangen.“

Der kleine, brave Hadschi kam wie ein Eichkätzchen herauf; Yussuf Ali stand mit ausgebreiteten Armen unten. Ein Schnitt hüben und einer drüben – Isa fiel in die Arme seines Vaters, der ihn an seine mächtige Brust drückte und laut aufjubelte. Die Mutter schlang die Arme um beide und jubelte mit. Da sah ich, daß wir bemerkt wurden. Mehrere Mahmalli ließen alles im Stich und kamen herbeigerannt; andere folgten. Ich sprang hinab, Halef ebenso und hob den Stutzen auf, den ich vorhin unten weggelegt hatte.

„Schnell, alle fort, in den dunklen Wald und hinüber in unser Lager!“ gebot ich rasch. „Sorgt euch nicht um mich; ich werde den Rückzug decken. Mir geschieht nichts.“

Sie gehorchten. Hussein Isa konnte nicht gehen; er mußte von seinem Vater getragen werden. Aufzupassen wie er hinausgebracht wurde, das war mir unmöglich, denn die Mahmalli waren nahe. Glücklicherweise hatten sie keine Gewehre bei sich. Ich legte auf sie an und gebot ihnen Halt; als sie dennoch vorwärts rannten, gab ich drei Schüsse auf die Beine ab. Erschießen wollte ich keinen. Die Getroffenen stürzten nieder; die andern blieben stehen; alle brüllten vor Wut. Daß sie halten blieben, war mir lieb, denn da ich auf dem rechten Auge nicht sehen konnte, mußte ich linker Hand schießen, worauf ich doch nicht genügend eingeübt war. Dann zog ich mich durch das Loch zurück, ohne daß sie mir zu folgen gewagt hätten.

Jetzt brannten schon zwei ganze Seiten der Einfassung lichterloh. Der Wald war, so weit der Feuerschein reichte, und das war eine bedeutende Strecke, fast tageshell erleuchtet. Da ich die Feinde jetzt nicht mehr zu fürchten hatte, machte ich keinen großen Umweg, sondern lief möglichst geraden Weges nach dem Fluß hinab und drüben, wo es noch heller als im Tal war, wieder hinauf. Ich kam eben recht, auf Halef und die drei Geretteten zu stoßen, als sie den Eingang zum Lager passierten.

Die Mir Yussufi standen und starrten das Feuer an, welches sie sich nicht zu erklären vermochten. Yussuf Ali ging, seinen Sohn auf den Armen, durch sie hindurch, ohne ihre Fragen zu beachten. Halef hatte ihm erzählt, daß sie an der Rettung nicht hatten teilnehmen wollen. Ich folgte ihm mit seinem Weib. Hadschi Halef aber konnte es doch nicht übers Herz bringen; er blieb stehen, um ihnen zu erzählen, was geschehen war.

Wir andern suchten Yussuf Alis Hütte auf, wo sofort zwei Öllampen angebrannt wurden, damit ich den Zustand seines Sohnes untersuchen könne. Er hatte glücklicherweise nicht lange am Kreuz gehangen, und seine Muskeln und Sehnen waren fest. Er hatte zwar große Schmerzen und fühlte sich wie zerschmettert, eine wirklich gefährliche Verletzung aber war bei ihm nicht zu ersehen.

Was mich betrifft, so erschrak ich über mich selbst, als ich in ein Gefäß mit Wasser blickte, welches mir als Spiegel diente. Auge und Nase bildeten einen einzigen, blauroten Höhenzug in meinem Gesicht, doch zweifelte ich nicht, daß beide durch fleißige kalte Umschläge und Ruhe bald wieder herzustellen seien. Yussuf Ali hatte sich bei mir noch gar nicht entschuldigt; jetzt aber bat er mich in einer Weise um Verzeihung, daß ich ihm nach seiner innern Umkehr den Sauhieb doppelt gern vergab. Die Eltern flossen von Dankbarkeit gegen mich über, der Sohn ebenso, doch in ruhigerer Weise, da er zu matt war, um viel sprechen zu können.

Als Halef kam, ging Fatima Marryah hinaus, um das Feuer

neu zu entfachen und den Hammel vollends gar zu braten. Das so unglücklich unterbrochene Abendessen sollte nun zu einer Festmahlzeit werden, die wir im Hause einnahmen, denn wir schmollten mit den Mir Yussufi und ließen keinen herein.

Nach dem Essen mußte Hussein Isa schlafen; wir andern aber blieben noch lange wach, um das Erlebte tüchtig zu besprechen. Als dieser Stoff bis aufs einzelnste behandelt war, mußte ich von der heiligsten Familie erzählen, von Yussuf, dem Zimmermann, von Marryah, der gebenedeiten Jungfrau, und von Isa, dem Kind Gottes. Ich erzählte bis zum Tod, zur Auferstehung und Himmelfahrt des Erlösers und tat das in der Weise, wie man Kindern erzählt, denn das war den Geisteskräften dieser Leute angemessen.

Solche Stunden sind geweihte, sind heilige Stunden, über die man nicht so recht schreiben kann. Meine Zuhörer waren so andachtsvoll, wie ich es nur wünschen konnte, und ich meine, daß kein Missionär schönere Erfolge aufzuweisen hat als damals ich. Yussuf Ali dachte sich ganz in Joseph, den Zimmermann, hinein und wurde förmlich stolz, der Vater eines so frommen und sogar eines gekreuzigten Christen zu sein. Er zeigte sich auch ganz fest entschlossen, mit ihm nach Mossul zu gehen, und rief endlich begeistert aus:

„Herr, der heutige Tag hat mich für ewig mit Mohammed verfeindet. Ich werde Christ und halte es für das größte Glück, meinen Sohn als Priester zu sehen. Amen!"

Fatima Marryah fiel ihm schluchzend um den Hals und küßte ihn vor meinen und Halefs Augen. Ihr Sohn hatte ihr schon früher von der schmerzhaften Mutter erzählt, und dieses war ihr treu im Gedächtnis geblieben. Von allen heiligen Personen, von denen ich ihr erzählt hatte, hatte sie nebst dem Heiland die Schmerzensmutter am tiefsten in ihr Herz geschlossen. Sie drückte mir weinend die Hände und sagte:

„Heute habe ich eine Ahnung, was die schmerzhafte Mutter alles erlitten; die heiligste Jungfrau hat den Schmerz von mir gewendet; ihr ganz allein soll mein Sohn gehören, und ich werde nichts als seine und also auch ihre Dienerin sein. Das war mein Gelübde, und ich werde es halten."

Gegen Morgen mußten wir doch auch schlafen gehen. Als wir am Mittag erwachten, fühlte sich Hussein Isa bedeutend wohler, und mein Gesicht hatte sich ein wenig gesetzt und eine gelbere Lieblingsfarbe angenommen. Das Auge lugte schon, wenn auch nur matt, aber doch aus der Geschwulst hervor, ungefähr wie eine Rosine kleinsten Kalibers aus einem gut aufgegangenen Plumpudding.

Da wir unmöglich schon fort konnten, so mußte mit den Mir Yussufi ein Modus vivendi eingegangen werden. Halef blieb mit dem tapferen Kawassen als Gast bei dem Scheich, ich aber bei Yussuf Ali, dem der Scheich die Speisen lieferte. Unsere Kurden waren unendlich stolz auf uns geworden, denn zwei hatten drei mitten aus dreihundert Feinden herausgeholt. Dazu kam, daß drüben noch tagelang der Wald brannte; die Mir Mahmalli hatten viele Tiere verloren und auch noch sonstige Verluste gehabt; ihr Sommeraufenthalt wurde durch das Feuer zerstört, und so konnten sie, da sie sich einen anderen suchen mußten, den Mir Yussufi auf lange Zeit hin nicht mehr lästig fallen. Die letzteren schuldeten uns also große Dankbarkeit und trugen dieselbe nach ihrem Können und ihrer Weise auch ehrlich ab. Mich aber, sagten sie, würden die Mir Mahmalli wohl nie vergessen.

Meine Genesung schritt schneller vor sich, als diejenige Hussein Isas. Als mein Auge wieder ganz das frühere war und auch meine Nase nicht nur in ihre ursprüngliche Schönheit zurückentschwollen war, sondern sogar auch wieder Reseda von Haferkäse zu unterscheiden vermochte, lag ihm noch eine große Müdigkeit in allen Gliedern. Er mußte länger bleiben als ich. Es stand fest, daß er die Eltern mitnehmen werde, und ich bat ihn, bei dieser Gelegenheit meinen kühnen Kawassen mit nach Kirkuk abzuliefern. Dieser war darüber sehr erfreut, denn er hatte alle Lust verloren, ferner mit einem Menschen zu reiten, der täglich das Verbrechen begeht, mit einem Dutzend und noch mehr Kurden anzubinden und dann noch ihre Häuser, Zäune und Wälder anzuzünden. Er erhielt natürlich ein Bakschisch von mir, mit welchem er weit zufriedener war als mit mir selbst.

Endlich ritt ich des Morgens mit Halef ab. Sämtliche Mir Yussufi begleiteten uns eine Strecke. Als sie Abschied nahmen, küßte mir Fatima Marryah weinend die Hände und bat:

„Denke meiner Herr, wie ich deiner gedenken werde allezeit! Du hast kein Weib, aber eine Mutter. Grüß sie von mir! Ich werde immer für sie und für dich beten."

Yussuf Ali aber schob seinen ledernen Streifenkragen auseinander, zog sein Messer, schnitt sich zwei tiefe, sich kreuzende Wunden auf die Brust und sagte:

„Das habe ich gelobt; das ist mein Zeichen: Es Salib, das Kreuz, Es Salib Isa, das Kreuz Christi, in welchem ich von nun an leben und in welchem ich auch sterben werde. Ich danke es dir. Reise in Gottes Schutz, und sei so glücklich, wie ich es jetzt bin!"

Hussein Isa nahm Abschied wie ein lieber, lieber Freund, wie ein Bruder. Er versprach, mir Nachricht von sich zu geben, und hat redlich Wort gehalten. Auch die Mir Yussufi reichten uns einzeln und dankend die Hände. Als ich dann nach diesem Abschied mit Halef allein des Weges ritt, sagte er:

„Sihdi, einst wollte ich dich zum Moslem machen; es ist das Gegenteil erfolgt. Auch ich glaube, daß das Kreuz mächtiger ist als Mohammed. Ich werde mit Hanneh, meinem Weib, der schönsten unter den Töchtern aller Mütter reden. Wenn ich auch nicht Priester werde, aber etwas anderes, als ich jetzt bin, werde ich!"

Der Verfluchte

I.

Drei volle Wochen hatte ich mich in Engürijeh, der Hauptstadt des gleichnamigen kleinasiatischen Wilajets, aufgehalten und stand nun im Begriff, mich von meinem Gastfreund zu verabschieden. Dieser war der höchststehende Mann dieser Provinz, nämlich der durch seine eiserne Strenge bekannte und gefürchtete Wali Said Kaled Pascha, welcher von seinen Untertanen den Beinamen Sert Jumruk, die „harte Faust", erhalten hatte. Ich war während meines Aufenthaltes Zeuge mehrerer Gerichtssitzungen gewesen und hatte da allerdings den Beweis erhalten, daß er diesen Namen nicht mit Unrecht führte; aber mochte seine strenge Gerechtigkeit auch zuweilen nahe an Härte streifen, so war er eben gerade darum der richtige Mann für seinen schwierigen Posten.

Die Bevölkerung des Wilajet Engürijeh – Angora, später Ankara – ist eine sehr gemischte. Sunniten und Schiiten, armenische und griechische Christen leben da in beständiger Feindschaft unter- und gegeneinander, und es kommt gar nicht selten vor, daß bei der Frage, welcher Glaube der richtige ist, zum Messer gegriffen wird. Wo so scharfe Gegensätze vorhanden sind, jeder Mann und jeder halbwüchsige Knabe eine Waffe trägt und selbst von den Anfängen einer Volksbildung keine Rede sein kann, da bedarf es freilich einer festen und oft harten Hand, die rücksichtslosen, gewalttätigen Geister im Zaume zu halten. Die Vorgänger Said Kaled Paschas waren Schwächlinge gewesen, welche mit Zagen gekommen und mit Freuden wieder gegangen waren. Da hatte sich der Sultan Said Kaled Paschas, seines alten Lieblings, erinnert und ihn nach Kleinasien geschickt, um da Wandel zu schaffen. Der Alte war Ferik gewesen, also Divisionsgeneral, und infolge einer Verwundung in Ruhestand versetzt worden, doch folgte er dem Ruf des Padischahs mit Freuden, und noch war er nicht lange im neuen Amt, so sah man bereits die Früchte seiner Tätigkeit. Der Stock begann zu regieren; Hunderte und aber Hunderte erhielten die Bastonnade; wer Blut vergoß, wurde ohne großes Federlesen gehenkt, und unter dem Stab Wehe kehrten die zügellosen Geister zur Botmäßigkeit zurück, wenn auch nur äußerlich zunächst; der Religionshaß blieb ja derselbe, der da gewesen war. Der Pascha war gefürchtet, ja gehaßt, und ich habe während meines Aufenthaltes bei ihm nicht eine einzige Person gesehen, von welcher ich behaupten möchte, daß sie ihm aufrichtig zugetan gewesen sei.

Gegen mich war er von geradezu ungewöhnlicher Freundlichkeit. Er bekümmerte sich täglich wiederholt und persönlich um mein Wohlbefinden, und seine Diener hatten die Anweisung, jeden meiner Wünsche sofort zu erfüllen. Ich durfte ihn nach Belieben in seinem Büro aufsuchen und alles sehen und hören, was dort geschah. Des Abends saßen wir rauchend beisammen und unterhielten uns über alles, was ihn interessierte. Er war da gar nicht zurückhaltend, wie strenggläubige Muselmänner sonst gegen Christen zu sein pflegen, und zeigte mir ein Vertrauen, auf welches ich mir wohl hätte etwas einbilden können. Wie ich dazu kam, der Gast dieses Mannes zu sein und von ihm eine so freundliche Behandlung zu erfahren, das zu erzählen, mangelt mir der Raum; ich mußte es aber erwähnen, weil das Vertrauen, welches er mir noch beim Abschied schenkte, sonst wohl befremdlich erscheinen würde.

Ich hatte meine wenigen Habseligkeiten dem Diener übergeben und ihm den Auftrag erteilt, mein Pferd zu satteln und sie dann hinten aufzuschnallen. Dann ging ich zum Pascha, um Dank zu sagen und Abschied zu nehmen. Er wußte, daß dies geschehen werde, und hatte sich darauf vorbereitet. Im Vorzimmer standen zwei baumlange und bis an die Zähne bewaffnete Arnauten, welche mich militärisch grüßten und in das Büro wiesen. Die beiden Räume waren nicht durch eine Tür, sondern nur durch einen dünnen Musselinvorhang voneinander getrennt, so daß man in dem einen hören konnte, was in dem andern gesprochen wurde, ein Umstand, welcher mir jetzt nicht mehr so gleichgültig wie seither erschien.

Der Wali stand am glaslosen Fenster und schaute durch das Holzgitter in den Hof, wo eben die Huftritte meines Pferdes zu hören waren. Er ließ mich keinen Augenblick warten, schnitt meine Dankesworte mit einer energischen Handbewegung ab und versicherte, daß es ihm sehr lieb gewesen wäre, wenn ich noch länger hätte bleiben können. Nach einigen weiteren freundlichen Bemerkungen trat er abermals an das Fenster, deutete in den Hof und sagte:

„Ich sehe dein Pferd, Effendi. Ich möchte es gern als Andenken an dich behalten. Willst du es mir verkaufen?"

Ich hätte es ihm, obgleich ich nicht wohlhabend war, als Geschenk angeboten, wenn dies nicht zu kühn gewesen wäre; darum antwortete ich:

„Du wünschst es. Bestimme selbst den Preis! Ich werde mir ein anderes kaufen."

„Das hast du nicht nötig. Ich gebe dir einen Tenbih – einen schriftlichen Befehl – mit, auf welchen hin du mit deinen Begleitern überall, wohin ihr kommt, gesattelte Pferde, Wohnung, Speise und alles, was ihr braucht, ohne Bezahlung bekommen werdet. Dieser Befehl gilt nicht nur für mein Wilajet, sondern auch für Adana und Haleb. Dann bist du bei weidenden Araberstämmen, wo du für billigen Preis ein besseres Pferd haben kannst als hier."

„Mit meinen Begleitern, sagst du? Ich reise allein."

„Nein. Die beiden Arnauten, welche du draußen gesehen hast, haben den Befehl, dich bis an die Grenze meiner Provinz zu bringen und in jeder Beziehung für dich zu sorgen; ihre Pferde sind bereits gesattelt, und es steht auch eins für dich dabei. In Jachschah Khan, Baltschyk oder Denek Maden könnt ihr dann frische Tiere nehmen, ganz wie es dir gefällig ist. Ich danke für die Erlaubnis, den Preis selbst zu bestimmen. Ich sah das voraus und habe ihn in diesen Beutel getan. Stecke ihn ein."

Er gab mir einen kleinen, seidenen Beutel in die Hand und reichte mir dann auch das Dokument, von welchem er gesprochen hatte. Als ich beides unter Dank in die Tasche schob, fuhr er fort:

„Und nun möchte ich dich um eine Gefälligkeit bitten, welche du mir wohl erweisen wirst, obgleich ich dich dadurch zu einem Umweg zwinge. Du willst zunächst nach Kaisarijeh und müßtest also über Sofular und Mudschur reiten; aber ich habe in Urumdschili einen alten Freund, dem ich durch dich eine Botschaft senden möchte. Willst du sie übernehmen?"

„Sehr gern!"

„So will ich dir sagen, um was es sich handelt, damit du weißt, daß du ihm willkommen bist, obgleich er sehr einsam lebt und ganz besonders ein Feind der Christen ist. Er war Mir Alai – Oberst – im Heer des Großsultans, focht unter der Fahne des Propheten mit großer Tapferkeit und wurde in Ehren verabschiedet, hat aber niemals seine Pension erhalten. Er hat um dieselbe gebeten und sie, als man seine Bitte nicht hörte, wiederholt mit Nachdruck gefordert, doch vergebens, denn er hatte es mit Haushaltern des Sultans zu tun, welche nicht ehrlich waren. Die Pension wurde fünfzehn Jahre lang in Stambul ausgezahlt, ist aber nicht in seine Hände gekommen. Als ich Wali von Engürijeh wurde, wendete er sich an mich, und ich habe den Fall genau untersucht und dem Großherrn direkte Anzeige gemacht. Gestern Abend kam der Bescheid: Ich soll dem Mir Alai die fünfzehnjährige Pension nebst Zinsen und Zinseszinsen sofort auszahlen. Wäre dieser Befehl vorgestern hier eingetroffen, so hätte ich das Geld seinem Sohn mitgeben können, welcher bei mir war; nun aber möchte ich die Gelegenheit benutzen, welche mir dein Ritt nach Kaisarijeh bietet, und ich frage dich, ob du mir den Gefallen tun willst, meinem Freund und Kriegskameraden seine Pension zu bringen?"

„Gern, wenn du sie mir anvertrauen willst."

„Sie ist in deinen Händen sicherer als in der Tasche einer bewaffneten Stafette. Der Mir Alai heißt Osman Bei und wohnt nicht in der Stadt Urumdschili selbst, sondern in der Nähe derselben. Bekannter ist er unter dem Namen Abdal – der Einsiedler –, und wenn du dich nach seiner Wohnung erkundigst, mußt du dich dieses Namens bedienen. Kannst du ihm verschweigen, daß du ein Christ bist, so tue es, denn er haßt die Anhänger deines Glaubens grimmig und hat auch Veranlassung, dies zu tun; das Kreuz hat ihm das größte Unglück gebracht, welches ein Mann und Vater erleben kann, und ich schicke dich zu ihm nicht nur des Geldes wegen, sondern auch weil ich dich kennengelernt habe und nun glaube, daß es dir vielleicht gelingen wird, sein Leid zu mildern, da dir eine Sprache gegeben ist, welche, wenn du willst, tief zu Herzen geht."

„So darf ich vielleicht fragen, welcher Art das Leid ist, von welchem du sprichst?"

„Wenn er will, daß du es wissen sollst, so wird er selbst es die mitteilen; ich erlaube mir nicht, diese Wunde meines Freundes auch nur aus der Ferne zu berühren. Freilich, wenn er hört, daß du ein Christ bist, so wirst du nichts erfahren; darum suche es zu verschweigen. Ich erteile dir diesen Rat auch darum, weil gerade jetzt die Zeit ist, in welcher sich die Mekkapilger dieser Gegend versammeln, um nach Damaskus zu ziehen. Das ist eine Zeit religiöser Erregung und Unduldsamkeit, und da du solchen Leuten an allen Orten und auf allen Wegen begegnen wirst, so wirst du klug tun, sie nicht wissen zu lassen, daß du andern Glaubens bist."

Es war gewiß seltsam, daß dieser hohe Beamte mich vor den strenggläubigen Moslems, zu denen er doch selbst gehörte, warnte und doch den Betrag der Pension, welcher jedenfalls kein geringer war, mir lieber anvertraute, als einem islamitischen Kurier. Das Zusammentreffen mit Pilgern machte mir keine Sorgen; viel eher war es mir bedenklich, daß die beiden im Vorzimmer stehenden Arnauten jedes Wort unserer Unterhaltung gehört hatten und also auch wußten, daß ich eine bedeutende Summe Geldes zu überbringen hatte. Sie waren Soldaten, der eine ein Onbaschi – Korporal – und der andere ein Tschausch – Sergeant –, und hätten nach europäischen Begriffen also wohl Vertrauen verdient; aber der Arnaut ist ein geborner Räuber und stets, selbst wenn er bei der Fahne steht, zu Gewalttätigkeiten geneigt. Außerdem ist gerade der nichtchristliche Arnaut der muselmännischste der Muselmänner, und so war es mir doch nicht recht wohl bei dem Gedanken, gerade jetzt zur Zeit der Pilgerversammlungen und wo ich im Besitz vielen Geldes sein sollte, diese beiden finster blickenden Kerle für mehrere Tage und Nächte als Begleiter bei mir haben zu sollen. Ich teilte dies dem Mudir, natürlich in leisem Ton, mit, und er antwortete: „Du brauchst keine Sorge zu haben; ich werde sie verpflichten, und ihr Eid ist ihnen so heilig, daß sie ihn auf keinen Fall brechen werden."

Trotz dieser Versicherung hatten meine Worte zur Folge, daß er von jetzt an nicht mehr so laut sprach; auch zählte er mir das Geld so vorsichtig vor, daß man es draußen nicht hören konnte. Es befand sich in einem festen Ledergurt, den ich unter der Weste um den Leib binden sollte. Ich mußte das gleich in seiner Gegenwart tun. Dann rief er die Arnauten herein, um mich ihnen zu übergeben. Sie mußten ihm bei dem Propheten schwören, solange ich ihnen anvertraut sei für meine Sicherheit ebenso wie für die ihrige besorgt zu sein. Dies beseitigte mein Bedenken; wenn ich ihnen alles zutraute, den Bruch eines solchen Gelöbnisses aber nicht.

Hierauf begleitete der Wali mich bis in den Hof und blieb da stehen, bis ich zum Tor hinausritt, eine Ehrenerweisung, welcher gewiß nur selten jemand teilhaftig geworden war.

„Allah begleite dich und nehme dich in seinen Schutz!" rief er mir nach, obgleich ich in seinen Augen ein Ungläubiger war. Er ahnte ebensowenig wie ich, wie notwendig mir dieser Schutz in kurzem werden sollte.

Zunächst erfuhr ich gleich draußen vor der Stadt, was für

strenge Mohammedaner meine beiden Arnauten waren. Kaum hatten sie das letzte Haus hinter sich, so stiegen sie ab, und der Tschausch sagte mir:

„Effendi, erlaube uns, das Reisegebet zu sprechen! Jeder wahre Gläubige tritt eine solche Reise nur zur Zeit des Nachmittagsgebetes an; wir aber sind schon am Vormittag aufgebrochen. Da du ein Christ bist, so weißt du nicht, daß wir damit den Zorn Allahs auf uns geladen haben; nun müssen wir ihn durch unser Gebet besänftigten."

Sie schnallten ihre Schabracken los, um dieselben als Gebetsteppiche zu gebrauchen, eine Benutzung, die ich noch nie beobachtet hatte, knieten darauf nieder und verrichteten, gegen Mekka gewendet, unter halblautem Gemurmel und zahlreichen Verneigungen die Andacht, welche sie mir als so dringlich dargestellt hatten. War dies wirklich Herzenssache, oder wollten sie mir gleich im Beginn der Reise zeigen, daß sie mich zwar als ihren Schutzbefohlenen, aber doch als Giaur betrachteten? Als Soldaten waren sie der Disziplin unterworfen und also wohl nicht gewöhnt, stets nur zur Zeit des Nachmittagsgebetes aufzubrechen. Die militärische Notwendigkeit erfordert oft eine Umgehung der äußeren religiösen Gebräuche.

Ich ließ sie gewähren, ohne ein Wort zu sagen, und benutzte als echter Ungläubiger die mir dadurch gewordene Muße zum Betrachten des Tenbih, welchen ich von dem Wali erhalten hatte. Infolge dieses Schriftstückes konnte ich allerorten alles verlangen, was ein großherrlicher Kurier zu fordern hatte; das war mir natürlich außerordentlich angenehm. Die Neugierde trieb mich, auch den kleinen Beutel zu öffnen, in welchem sich die Bezahlung für mein Pferd befand. Es war ein ganz gewöhnlicher Gaul gewesen, und die Summe betrug wenigstens das Achtfache seines Wertes. Der Wali konnte das Pferd für sich nicht gebrauchen, und es war mir klar, daß er es gekauft hatte, um mir in dieser Form ein Geschenk machen zu können. Es fiel mir nicht ein, zornig darüber zu sein.

Als das Gebet nach zehn Minuten beendet war, ritten wir weiter. Die Arnauten verhielten sich im höchsten Grad schweigsam gegen mich. Sie sprachen nur dann mit mir, wenn ich sie fragte, und antworteten da so kurz, daß ich einsah, es liege ihnen nichts daran, mich als leutseligen Effendi kennenzulernen. Wenn sie sich miteinander unterhielten, sprachen sie nicht türkisch oder vielleicht arabisch, sondern sie bedienten sich ihres Mireditendialektes, von welchem mir kaum dreißig Worte geläufig waren.

Sie ritten, je nachdem, vor oder hinter mir her, ohne sich um mich zu kümmern; ich schien für sie Luft zu sein, und als ich zur Mittagszeit in einem Dorf halten ließ, um mir von dem Muchtar – Dorfschulzen – ein Essen liefern zu lassen, wollten sie, als dasselbe gebracht wurde, sich sofort darüber hermachen, als ob ich gar nicht vorhanden sei oder mit den Überresten fürliebzunehmen habe. Der Tschausch nahm, ohne sich um mich zu bekümmern, dem Muchtar die Schüssel ab, setzte sich mit derselben neben seinen Kameraden auf die Erde nieder und spreizte schon die Finger aus, um zuzulangen; da nahm ich, auch ohne ein Wort zu sagen, ihnen die Schüssel weg, ging mit derselben zur Seite, setzte mich nieder, nahm sie zwischen die Beine, zog meinen Löffel aus dem Gürtel und begann zu essen.

„Effendi, das Essen gehört auch uns!" rief der Tschausch zornig.

„Wartet!" antwortete ich kurz, indem ich weiterlöffelte.

„Wir sind gläubige Moslems und dürfen nicht genießen, was ein Christ übrigläßt!"

„Und ich bin ein gläubiger Christ, der euch die Ehre erweisen würde, euch mit ihm essen zu lassen, wenn ihr Offiziere wärt. Said Kaled Pascha, mein Freund, hat euch zu mir befohlen, nicht aber mich zu euch. Merkt euch das?"

Sie schwiegen und gingen in das Haus, um sich anderes Essen geben zu lassen, verhielten sich aber von nun an noch abweisender gegen mich als vorher. In Jachscha Khan, wo wir über Nacht blieben, sah ich sie von dem Augenblick, an welchem wir von den Pferden stiegen, nicht eher wieder, als bis ich am andern Morgen aufstieg, um fortzureiten. Zum Schutz brauchte ich sie nicht; ich konnte mich selbst beschützen, und da sie mir im übrigen nur hinderlich, nicht förderlich sein konnten, so wäre es mir lieber gewesen, wenn ich sie gar nicht mitgenommen hätte, zumal ich im Laufe dieses zweiten Tages die Bemerkung machte, daß sie überall, wo wir anhielten, mich sofort und geflissentlich als Christ bezeichneten. Das konnte jetzt, zur Pilgerzeit, unangenehme Folgen für mich haben.

Wir hatten in Jachscha Khan frische Pferde bekommen; für morgen brauchte ich wieder welche, zumal der heutige Ritt ein sehr anstrengender war, da wir erst am späten Abend über Baltschyk in Paschaköi ankamen. Es gab da einen Han - eine Herberge –, vor welchem wir abstiegen. Da es meinen beiden Beschützern nicht einfiel, für mich zu sorgen, so rief ich selbst den Wirt herbei, um ihm meine Wünsche mitzuteilen. Als er das Dokument des Wali sah, kraulte er sich verlegen hinter den Ohren und sagte:

„Essen könnt ihr haben, ob aber auch Pferde, das bezweifle ich. Es ist schon ein Effendi da, welcher auch einen Tenbih des Wali besitzt; er hat auch schon Pferde bestellt."

„Wie viele?"

„Zwei."

„Ich brauche drei. Die werden jedenfalls zu bekommen sein."

„Ich will's versuchen; aber er wird jedenfalls die beiden besten nehmen, weil er eher gekommen ist als du. Er weiß Pferde zu beurteilen, denn ich habe aus seinem Tenbih ersehen, daß er Kysrakdar – Gestütsmeister – von Malatijeh ist."

Ich ging in das Gebäude, um mich mit diesem Effendi zu verständigen, und fand einen jungen Türken ernsten Aussehens, welcher zufälligerweise auch nach Kaisarijeh wollte und bereit war, den Weg mit mir gemeinschaftlich zu machen. Das war alles, was wir sprachen, denn er zeigte sich außerordentlich einsilbig und zurückhaltend, und ich war so müde, daß ich nur einige Bissen aß und mich dann gleich niederlegte.

Am andern Morgen waren meine Arnauten nicht zu sehen. Der Wirt sagte mir, daß sie die beiden besten Pferde genommen hätten und fortgeritten seien. Ich nahm an, daß sie es unter ihrer mohammedanischen Würde gefunden hätten, mich weiter zu begleiten, hörte aber zu meinem Befremden, daß sie nicht die Richtung zurück nach Engürijeh eingeschlagen hatten, sondern unserm bisherigen Weg weiter gefolgt waren. Das mußte mir auffallen; sie wußten, daß ich Geld bei mir hatte, und ich nahm mir vor, vorsichtig zu sein.

Mein Ziel für heute war Boghaslajan, und der Kysrakdar zeigte sich damit einverstanden. Wir hatten zwar drei Pferde, die aber nichts taugten; ich brauchte nur eins, er zwei, da er Gepäck bei sich führte. Lieb war es mir, daß er den Weg genau kannte, aber weiter bot mir seine Gesellschaft auch nichts, da er wenigstens ebenso wortkarg wie gestern abend war. Ich bemerkte, daß er mich heimlich mit prüfendem Blick musterte und daß sein Gesicht dabei keineswegs einen feindseligen Ausdruck hatte. Er schien sich gern näher mit mir einlassen zu wollen und doch einen besonderen Grund zu haben, dies nicht zu tun.

Heute zeigte es sich mehr als an den beiden folgenden Tagen, daß wir uns der Pilgerzeit näherten. Wir kamen an einzelnen Gruppen und ganzen Zügen von frommen Mohammedanern vorüber, welche nach dem Versammlungsplatz dieser Provinz wanderten. Ich grüßte überall, gab aber die uns gewordenen Zurufe nicht zurück. Es wunderte mich, daß mein Begleiter sich ebenso verhielt. Ich hörte ihn nicht ein einzigesmal das gebräuchliche „Allah hu“ rufen. Die Leute fanden dieses unser Verhalten irreligiös und hätten wohl mit uns angebunden, wenn wir nicht immer schnell an ihnen vorüber gewesen wären. Einmal aber, es war um die Mittagszeit, fiel mir das Verhalten eines Mannes auf, welcher auch zu einer kleinen Pilgerschaft gehörte, an welcher wir vorüberkamen. Als dieser meinen Begleiter erblickte, spuckte er wiederholt aus und rief mit lauter Stimme:

„Es Sabbi, es Sabbi! Sehr ihr ihn? Spuckt aus vor ihm; speit ihn an! Reißt ihn vom Pferd, den Abtrünnigen, der von Allah und dem Propheten gewichen ist. Verflucht sei seine Seele!“

Die Begleiter dieses Mannes stimmten in sein Geschrei ein und wollten seiner Aufforderung Folge leisten; der Kysrakdar aber trieb seine Pferde zum Galopp an, und ich folgte ihm ebensoschnell, noch immer das Geheul „Verflucht sei seine Seele, verflucht sei seine Seele!“ hinter mir hörend. Als wir außer Sicht- und Hörweite gekommen waren, ließ er seine Pferde langsamer gehen und sagte in verlegenem Ton:

„Wir müssen uns trennen, Effendi, denn meine Gegenwart kann dir, wie du siehst, leicht gefährlich werden.“

„Inwiefern? Warum beleidigt man dich?“

„Weil man glaubt, ein Recht dazu zu haben. Ich war Moslem, bin aber jetzt ein Christ, ein katholischer Christ, was hier ja schlimmer ist als ein griechischer oder armenischer. So, jetzt weißt du es; nun spucke auch vor mir aus!“

„Das werde ich bleibenlassen. Ich müßte mich ja selbst anspukken, denn ich bin auch ein Christ.“

Da richtete er sich schnell im Sattel auf, sah mich mit frohen Augen an und rief:

„Du ein Christ? Und ich hielt dich für einen sehr strengen Bekenner des Propheten, weil du mir gestern abend sagtest, daß du den Abdal Osman Bei besuchen wolltest. Dieser Mann spricht mit keinem Christen.“

„Was ich ihm zu sagen habe, ist solcher Art, daß er mit mir reden wird.“

„Dann muß es sehr Gutes sein, was du ihm mitzuteilen hast. Du gefielst mir sogleich, als ich dich gestern abend sah. Hätte ich gewußt, daß du auch Christ bist, so wäre ich anders gegen dich gewesen. Verzeih mir, Effendi!“

Er reichte mir die Hand herüber; ich drückte ihm dieselbe und antwortete:

„Du hast auch mir gefallen, und ich werde bei dir bleiben, wenn du es erlaubst. Laß diese Menschen schimpfen! Sie können uns doch nur mit ihren Worten erreichen, welche ungefährlich sind. Da du den Abdal Osman Bei erwähnst – kennst du ihn vielleicht?"

Er sah vor sich nieder und rief dann aus:

„Ob ich ihn kenne! Er ist ja der Erzeuger meines Lebens, mein Vater; und ich bin sein Sohn, sein einziges Kind."

„Wie! So bist du der, welcher beim Wali gewesen ist?"

„Ja. Der Wali ist ein Freund meines Vaters und hat auch mich lieb, obgleich er mir ob meines Abfalls zürnt. Oh, Effendi, wie glücklich bin ich durch die heilige Religion geworden und doch auch wie unglücklich durch das Herzeleid, in welches ich meinen Vater und meine Mutter versetzen mußte! Du kannst es gar nicht erfassen!"

„Ich begreife es. Dein Vater ist der strengste, der eifrigste Bekenner des Islam, und du, sein einziges Kind, hast den Koran verworfen. Ich kenne beides, die Bibel und den Koran, das helle, lebenspendende Licht des Christentums und den glühenden, versengenden Brand der Lehren Mohammeds; ich kenne auch das Menschenherz, und verstehe, daß dein Vater dich von sich gestoßen hat."

„Er hat mich nicht nur verstoßen, sondern – verflucht. Du hast es ja gehört, daß ich es Sabbi, der Verfluchte, genannt werde!"

Er war ein starker Mann, ein Charakter, und doch standen ihm Tränen in den Augen, als er fortfuhr:

„Und nichts, nichts kann ihn versöhnen als meine Rückkehr zu den Irrlehren des Islam; diese aber ist mir unmöglich!"

„Ja, bleib getreu! Der himmlische Vater steht unendlich höher als der leibliche; die göttliche Liebe wird dir die irdische ersetzen, welche du verloren hast."

„Ich habe sie verloren und doch auch gewonnen. Die Liebe des Vaters hat sich in Haß und Fluch verwandelt; dafür errang ich eine andere Liebe, und diese war es, welche mich zum rechten Glauben leitete. Darf ich dir sagen, wie das gekommen ist?"

„Sei überzeugt, daß ich mich aufs höchste dafür interessiere!"

„So erfahre, daß ich, so wie mein Vater, Offizier war. Der Name meines Vaters und die Freundschaft Said Kaled Paschas standen mir zur Seite, so daß meine Beförderung schnell war. Ich zählte vierundzwanzig Jahre, als ich Kol agassy – Kapitän

– der Engürijeh-Dragoner in Kaisarijeh wurde. Der Dienst führte mich in das Haus des französischen Konsuls, eines Katholiken; ich sah dessen Tochter, liebte sie, kam wieder, fand Gegenliebe und wurde durch dieselbe zur Wahrheit des christlichen Glaubens geführt. Erlaß es mir, ausführlich zu sein! Es war eine schwere Zeit, eine Zeit des Zweifels und der Kämpfe, des Glückes und des schwersten Herzeleides. Die Liebe war meine Führerin gewesen, und die Überzeugung wurde meine Stütze, an welche ich mich fest und aufrecht hielt. Ich entsagte dem bisherigen Glauben nicht aus Zuneigung zu der Geliebten, sondern in der vollen Überzeugung, daß nicht Mohammed, sondern Christi Weg zu Allah und zum Himmel führt. Der Vater verstieß und verfluchte mich; ich mußte den Abschied nehmen; aber die Braut blieb mir treu, und der Konsul verhieß mir die Hand seiner Tochter, sobald ich Ersatz für die verlorene Stellung gefunden haben würde. Ich bemühte mich viele, viele Monate lang, doch überall wurde der Abtrünnige, es Sabbi, der Verfluchte, abgewiesen. Da wendete ich mich endlich an Said Kaled Pascha, meinen früheren Gönner, welcher mittlerweile Wali von Engürijeh geworden war. Er zürnte mir; er sah sich nicht imstande, mir meinen Abfall zu verzeihen, aber er liebte mich noch und beschied mich zu sich. Jetzt komme ich von ihm und habe die Bestallung des Kysrakdar von Malatijeh in der Tasche. Dieses berühmte, großherrliche Gestüt liegt nicht zu fern von hier und doch in einer andern Provinz; ich habe also die bisherigen Anfeindungen nicht zu fürchten und bin trotzdem in der Nähe des Vaters, um jede Gelegenheit, mich mit ihm zu versöhnen, ergreifen zu können. Gott segne den Wali; er ist ein strenger Mann, aber ein treuer und wahrer Freund!"

„Ja, das ist er. Hat er mich doch beauftragt, mit deinem Vater von dir zu reden und ihn, wenn möglich, zur Versöhnung zu stimmen."

„Hat er das? Wirklich?"

„Ja. Er sprach allerdings nicht deutlich, da er seine Hand nicht in fremde Wunden führen wollte, jetzt aber weiß ich, was er gemeint hat, und wenn du es erlaubst, werde ich mich dieses meines Auftrages gern entledigen."

„Tu es lieber nicht, Effendi! Der Versuch wird mißlingen und könnte alles verschlimmern. Ja, wärest du kein Christ! Als Bote des Wali wird mein Vater dich wohl bei sich empfangen, obwohl er sonst keinen Fremden zu sich läßt; aber sobald er erfährt, daß du ein Christ bist, jagt er dich mit Hunden fort."

„Das befürchte ich nicht, denn ich bringe ihm eine frohe Botschaft, welche er seit fünfzehn Jahren vergeblich erwartet hat."

„Seit fünfzehn Jahren? So betrifft es wohl seine Pension?"

„Ja. Sie ist ihm gewährt worden, und ich habe den ganzen Betrag nebst Zins und Zinseszins bei mir, um ihm denselben auszuhändigen."

„Welch ein Glück, welch ein großes Glück! Mein Vater ist ein Einsiedler und Menschenfeind geworden nicht nur aus Zorn darüber, daß man ihm die Zahlung verweigerte, sondern weil er so arm ist, daß er ohne die Pension kaum zu leben vermag. Ich teilte mit ihm meine Gage, die mir dann verlorenging. Ja, jetzt glaube auch ich, daß du ihm willkommen bist und daß du es wagen darfst, meiner bei ihm zu erwähnen. Gott gebe, daß es Erfolg hat!"

„Da kommt mir ein Gedanke. Wäre es nicht vielleicht besser, wenn du selbst ihm das Geld brächtest?"

„Nein, nein! Er würde es nicht annehmen. Du mußt es bringen, du, nicht ich. Eins aber kann ich tun, nämlich mich in der Nähe halten, damit du mich, falls du mit deinen Bemühungen glücklich bist, sogleich rufen oder holen kannst."

„Gibt es einen dazu passenden Ort?"

„Ja; ich werde ihn dir vorher zeigen. Wie gut, wie herrlich, daß wir uns getroffen haben, Effendi! Vielleicht kann ich meiner Braut nicht nur eine Anstellung, sondern auch die Kunde von der Versöhnung mit meinem Vater bringen. Sag, ob ich dir etwas zuliebe zu tun vermag, Effendi! Meine Freundschaft wird dir gehören, so lange ich lebe!"

„Ich biete dir die meinige dafür, obgleich wir uns, wenn wir einmal geschieden sind, wohl schwerlich jemals wiedersehen werden. Meine Heimat liegt zu fern von hier!"

„Wo?"

„In Alemannia, wohin du höchst wahrscheinlich niemals kommen wirst; dennoch wird das Andenken, welches ich dir bewahre, stets ein herzliches sein."

Es läßt sich denken, daß wir nun in anderer Weise als bisher miteinander verkehrten. Er entwickelte eine Lebhaftigkeit, welche für einen Türken wirklich selten war, und erzählte mir in kurzer Zeit seinen ganzen Lebenslauf. Leider erlitt unsere Unterhaltung zuweilen recht gehässige Unterbrechungen. Je mehr wir uns Boghaslajan näherten, desto mehr Leute gab es, die ihn kannten, und da wir nur Mohammedanern begegneten, welche die Pilgerreise angetreten hatten, also fanatischen Mohammedanern, so hatte er, so oft man ihn erkannte, die niederträchtigsten Schimpfreden anzuhören, und wir bogen oft feldein, um auf einem Umweg derartigen Beleidigungen zu entgehen. In Boghaslajan weigerte sich der Wirt sogar, ihn zu behalten, und es bedurfte der wiederholten Hindeutung auf die Tenbihs des Wali, ehe er sich aus Angst vor der Strafe bereitfinden ließ, uns Quartier und Essen zu geben und am nächsten Morgen für drei frische Pferde zu sorgen. Es stieg dabei die Ahnung in mir auf, daß es vielleicht noch schlimmer kommen könne.

II.

Nicht aus Sorge für unser Wohlergehen, sondern aus Rücksicht auf sich selbst und auf die Ruhe seines Hauses machte der Wirt uns bemerklich, daß es geraten sei, uns nicht vor den andern Gästen sehenzulassen. Er sagte, die Stube sei voller Pilger, welche während der Nacht hierbleiben würden, und brachte uns hinter das Haus in einen von vier halb verfallenen Lehmmauern umschlossenen Raum, den er seinen Gülistan, seinen Blumengarten, nannte. Es gab da einen ziemlich verdorrten Jasminstrauch, einen welken Zitronenbaum und – last, not least – eine Rose mit zwei Knospen und mehreren Würmern drin und hunderten von Läusen auf den Blättern. Die eine Ecke dieses Gartens war durch eine alte, viel geflickte Leinwand abgesperrt und sollte wohl ein Zelt, eine Laube oder so etwas Ähnliches bedeuten. In einer andern Ecke stand eine solche Menge von Gras, daß ein einziges Kaninchen es in fünf Minuten hätte wegfressen können. Das also war ein türkischer Blumengarten. Vielleicht begeistert diese Beschreibung einen germanischen Dichter, ihn in vierundzwanzig Sonetten zu besingen.

„Hier müßt ihr schlafen, wenn ihr unbelästigt bleiben wollt", meinte der Wirt, indem er auf die Leinwand deutete. „Euer Gepäck werde ich bringen und dann auch Essen und Wasser besorgen."

Nach diesen Worten ging er fort, indem es ihm unmöglich zu sein schien, daß wir irgendwelche Wünsche haben könnten. Was mich betraf, so schlief ich in diesem famosen Gülistan ebensogern wie drin im schmutzigen Haus, und der Kysrakdar dachte jetzt an nichts als an die Aussöhnung mit seinem Vater; alles andere war ihm gleichgültig.

Nach kurzer Zeit brachte der Wirt die Sachen meines Gefährten geschleppt, die meinigen hatte ich bei mir, und dann das Abendessen. Dieses bestand ausschließlich aus einem trockenen und lederzähen Kuchen, welcher mit ranzigem Öl getränkt war. Das Wasser befand sich in einem Krug, welcher den Henkel und den halben Rand verloren hatte, was im Orient der Vollkommenheit bekanntlich keinen Eintrag tut. Während er uns diese Delikatessen präsentierte, sagte er in wichtigem Ton:

„Seid froh, daß ich euch hierher gebracht habe! Soeben fragten die Arnauten wieder nach euch."

„Welche Arnauten?" fragte ich, da mein Verdacht sofort rege war.

„Die heute nachmittag gekommen sind. Sie fragten gleich nach ihrer Ankunft nach euch, besonders nach dir", fügte er, zu mir gewendet, hinzu. „Sie sagten, ich solle dich nicht aufnehmen, denn du seist ein Christ und wolltest dich den Pilgern anschließen, um die heiligen Gebräuche kennenzulernen und dann später zu verhöhnen."

„Ein Christ bin ich, das ist wahr; aber eben gerade deshalb habe ich mit euern heiligen Gebräuchen nichts zu schaffen. Du hast diesen Arnauten nicht gesagt, daß wir angekommen sind?"

„Nein, noch nicht."

„So hüte dich überhaupt, es zu tun! Wenn du plauderst, zeige ich es dem Wali an, dessen Empfehlung ich besitze. Wo befinden sich die Arnauten?"

„Im Pferdestall, ganz hinten, wo das Futter liegt."

„So haben sie sich also versteckt?"

„Ja."

„Ist dir das nicht ein Beweis, daß sie Schlimmes vorhaben und ein böses Gewissen besitzen?"

„Nein, denn sie sagten, sie seien euch nachgesandt worden, um euch zu beobachten und nötigenfalls gefangenzunehmen."

„Das ist eine ungeheure Lüge, denn von diesem meinem Begleiter wissen sie eigentlich nichts, und mir sind sie von dem Wali zu meiner Bedienung mitgegeben, wie du aus meinem Tenbih ersehen kannst. Sie haben es aber vorgezogen, sich aus dem Staube zu machen, aus welchem besonderen Grund, das werde ich schon noch erfahren. Also sage ihnen nichts von unserer Anwesenheit, du könntest sonst in Strafe kommen. Und halte die bestellten Pferde zeitig bereit, da wir mit dem frühesten wieder aufbrechen werden."

Er ging. Es war mir nicht etwa bange; es fiel mir gar nicht ein, vor den Arnauten das Hasenpanier zu ergreifen, aber nach dem, was mir geahnt und was ich wieder jetzt gehört hatte, trachtete ich danach, das Geld, welches ich bei mir trug, so bald wie möglich loszuwerden. Darum wollte ich morgen den Ritt möglichst früh beginnen.

Vom Essen war keine Rede. Wir untersuchten das Innere des Zeltes. Es stand eine primitive Steinbank darin, welche nicht einmal einem Menschen und noch viel weniger zweien Platz zu einem Lager gewähren konnte. Darum streckten wir uns draußen außerhalb des Zeltes auf den Erdboden nieder und schliefen bald den Schlaf der Gerechten, obgleich wir vor den Arnauten wohl nicht ganz sicher waren. Es war doch die Möglichkeit vorhanden, daß sie nach dem Garten kamen, um da, von niemand bemerkt, ihre Beobachtungen fortzusetzen; aber ich verließ mich auf mein gutes Gehör, welches mich bei irgendeinem ungewöhnlichen Geräusch sicher aus dem Schlaf geweckt hätte.

Wir erwachten trotz unsers unbequemen Lagers leider später, als in unserer Absicht gelegen hatte. Es war schon heller Tag und von unserm berühmten Rosengarten aus hörten wir das Geräusch und die Stimmen der Pilger, welche sich zum Aufbruch rüsteten. Da wir uns des Kysrakdar wegen nicht von ihnen sehenlassen wollten, warteten wir, bis es still geworden war, und gingen dann aus dem Garten in den Hof. Die ersten Menschen, welche wir da erblickten, waren die beiden Arnauten, welche unter dem offenen Hoftor standen und nach der Gegend ausschauten, aus welcher sie uns zu erwarten hatten, obgleich auf eine Ankunft unsererseits um diese Stunde wohl schwerlich zu rechnen gewesen wäre.

„Dort stehen sie", meinte mein Gefährte. „Gehen wir wieder in den Garten zurück?"

„Nein. Sie können noch stundenlang da stehen, und wenn wir warten wollten, bis sie weg sind, würden wir unsere Zeit versäumen. Übrigens liegt nun, da es Tag geworden ist, nichts mehr daran, ob sie uns sehen oder nicht."

Wir gingen also über den Hof dem Hause zu. Sie hörten unsere Schritte, drehten sich um und waren nicht wenig betroffen, uns zu sehen. Der Tschausch machte eine rasche Bewegung, sich zu entfernen und draußen zwischen den Häusern zu verschwinden; ich aber rief ihm zu:

„Bleib! Wo willst du hin? Weißt du nicht, daß du zu uns gehörst?"

Er kehrte um und kam langsam näher. In seinem Gesicht war finsterer Trotz zu lesen. Der Onbaschi folgte ihm, um ihm bei seiner Verteidigung beizustehen.

„Ihr seid ein wenig spazierengeritten, ohne uns um Erlaubnis zu fragen", sagte ich. „Said Kaled Pascha wird euch darüber unterrichten, ob man eine solche Unbotmäßigkeit ohne Strafe wagen darf."

„Erzähle es ihm!" antwortete der Tschausch.

„Ja, ich werde es ihm berichten!"

„Aber nur bald, sonst könnte es leicht zu spät werden!"

„Ich werde schon dafür sorgen, daß nichts eintritt, wodurch ihr der verdienten Züchtigung enthoben werden könntet."

„Tu, was du willst; es geht uns nichts an. Wir begleiten keinen Giaur, und du hast uns nichts zu befehlen. Du gehst, wohin es dir beliebt, und wir tun auch, was wir wollen."

„Ich werde allerdings tun, was mir beliebt; ob aber euch euer Belieben auch gelingen wird, ist eine andere Sache. Ich könnte euch eure Pferde wegnehmen, denn sie wurden von mir requiriert; ich lasse euch aber so, wie ihr seid, und wünsche, daß ihr es euch nicht schlimmer machen mögt."

Wären sie klug gewesen, so hätten sie verstanden, was ich meinte. Ich wendete mich ab und ging in das Haus, um nach dem Wirt zu suchen. Er fand sich bald und teilte uns mit, daß er frische Pferde für uns im Stall stehen habe. Wir tranken den Kaffee, welchen er uns bot, und begaben uns dann nach dem Stall, um die Pferde zu besichtigen. Es standen drei da, aber als ich sie genauer in Augenschein nahm, sah ich, daß sich nur ein frisches dabei befand; die beiden andern waren diejenigen, auf denen sich die Arnauten heimlich von uns entfernt hatten. Auf die sogleich angestellten Erkundigungen erfuhr ich, daß die beiden Kerle, während wir Kaffe tranken, fortgeritten seien. Sie hatten die guten Pferde genommen und uns ihre abgetriebenen zurückgelassen, die wir nun wohl oder übel nehmen mußten, da in dem kleinen Nest keine andern zu bekommen waren. Dieses Unglück war aber nicht groß, weil ich heute nur bis Urumdschili wollte, welches von Boghaslajan in einem fünfstündigen Ritt recht wohl zu erreichen ist.

Der Weg führte an einem Nebenflüßchen des Tarla hin; wir hatten freies Feld vor uns. Als der Kysrakdar sagte, daß wir später durch einen großen und dichten Wald kommen würden, antwortete ich:

„Da haben wir uns sehr in acht zu nehmen, da sich jedenfalls da unsere Arnauten versteckt haben."

„Versteckt! Zu welchem Zweck?"

„Um uns zu ermorden."

„Ermorden? Höre ich recht! Sprichst du im Ernst, Effendi?"

„Ja."

„So hältst du sie, die dich beschützen sollten, für Mörder?"

„Für Raubmörder. Ich habe dir bisher nichts Näheres mitgeteilt; nun aber, da meiner Ansicht nach die Entscheidung naht, muß ich dich darauf aufmerksam machen. Sie waren dabei, als der Wali von dem Geld deines Vaters sprach, und wissen, daß ich es bei mir trage. Eine solche Summe kann auch ehrlichere Leute verführen, als die Arnauten zu sein pflegen."

„Ich erschrecke! Sollten sie sich nicht deshalb, weil wir Christen sind, sondern dieses Geldes wegen von uns entfernt haben?"

„Jedenfalls."

„Aber sie haben doch jedenfalls von Said Kaled Khan strenge Anweisung erhalten, und da sie Soldaten sind, muß ihnen jeder Ungehorsam doppelt angerechnet werden!"

„Was das betrifft, so mußten sie sogar einen Eid ablegen, ihren Verpflichtungen zu genügen; aber wenn ich mich recht erinnere, so war der Wortlaut dieses Eides so gehalten, daß er zu umgehen ist. Sie haben geschworen, so lange ich ihnen anvertraut sei, für meine Sicherheit ebenso besorgt zu sein, wie für die ihrige. Da sie sich von uns getrennt haben, bin ich ihnen, wenigstens ihrer Ansicht nach, nicht mehr anvertraut, und sie halten sich infolgedessen ihres Versprechens entbunden."

„Das ist ein Verdacht, den ich nur schwer zu teilen vermag. Sie sind doch Vertrauenspersonen."

„Welches Vertrauen sie verdienen, haben sie uns ja deutlich gezeigt. War es nur ihre Absicht, uns loszuwerden, so konnten sie nach Engürijeh zurückkehren und dort sagen, sie seien von mir heimgeschickt worden. Warum aber ritten sie weiter, und, was die Hauptsache ist, warum hielten sie sich nicht hinter uns, sondern uns voran? Ich bin vollständig überzeugt, daß sie es auf das Geld abgesehen haben."

„Erlaube mir nur noch einen Einwand: Sie sind deine Beschützer, sollen also bei dir sein. Wenn dir etwas geschieht, muß sich der Verdacht des Wali sofort auf sie lenken. Das wissen sie ebensogut, wie ich es dir sage."

„Bedenke, daß ihnen da eine ganze Auswahl von Ausreden zur Verfügung steht. Ich bin überfallen worden, weil ich sie zurückgeschickt habe. Übrigens bedeutet die Summe, welche ich bei mir habe, für diese Leute, selbst wenn sie dieselbe teilen, ein Vermögen. Sie würden wohl gar nicht in ihren Dienst zurückkehren, sondern irgendwohin gehen, wo man sie nicht finden würde, was bei der Größe und den Zuständen des weiten Sultanats eine Kleinigkeit wäre. Du magst zweifeln; ich aber bin überzeugt, daß mein Mißtrauen mich nicht täuscht."

„Dann müssen wir darauf bedacht sein, ihnen auszuweichen, Effendi!"

„Gibt es denn einen andern Weg nach Urumdschili?"

„Von hier aus eigentlich nicht, doch können wir nach rechts gegen Hadschi Bektasch reiten und dann auf halbem Weg durch die Wälder und über die Berge zurückgehen."

„Dazu habe ich keine Lust. Wie groß würde dieser Umweg sein?"

„Wir würden freilich erst am Abend am Ziel ankommen."

„Also einen vollen halben Tag versäumen? Wegen dieser Halunken sicher nicht. Wir reiten weiter."

„Aber wenn sie wirklich im Wald auf uns lauern! Es scheint zwar nur auf dich abgesehen zu sein, doch müßten sie mich auch töten, weil ich sonst gegen sie zeugen würde."

„Du warst Offizier, und ich denke also, daß du dich nicht fürchtest!"

„Ich kenne allerdings keine Furcht, mag aber nicht leichtsinnig sein. Gegen die Kugel eines im Wald versteckten Mörders kann selbst der größte Heldenmut nicht schützen."

„Das weiß ich und fordere also keinen Heldenmut. Ein wenig Vorsicht genügt."

„Sagt dir die Vorsicht, wo der Mörder steckt, so daß du ihm auszuweichen vermagst?"

„Ja. Hab keine Sorge! Ich besitze in solchen Dingen mehr Erfahrung als du denkst. Betrachte den Weg, auf dem wir reiten! Der Boden ist weich und trägt die Spuren aller, welche heute früh darauf gegangen sind. Noch deutlicher haben sich die Hufspuren der beiden Pferde eingedrückt. So lang wir diese Spuren sehen, sind wir sicher, denn ehe die Arnauten sich auf die Lauer legen, müssen sie ihre Pferde vom Weg wegführen, um sie zu verstekken."

„Du scheinst schärfere Augen zu haben als ich, denn ich kann die Spuren der Reiter nicht von denen der Fußgänger unterscheiden. Aber gefährlich ist es auf alle Fälle, ihnen zu folgen."

„Nein. Wenn wir in den Wald kommen, bleibst du eine Strecke

hinter mir zurück und bist also sicher; das übrige kannst du mir getrost überlassen."

Ich durfte wohl annehmen, daß er kein Feigling sei, mußte aber noch lange auf ihn einreden, ehe er Vertrauen zu meinem Sicherheitsgefühl faßte und mir weiter folgte. Man darf nicht denken, daß es eine gebahnte Straße gab; es war eine Bahn, welche mit der Zeit und ad libitum ausgetreten worden war; man konnte so breit gehen und nach rechts und links abweichen, wie man wollte. Später wurde diese Bahn schmaler und ausgesprochener, weil sie nun durch den Wald führte. Dieser bestand zunächst aus niedrigem Gebüsch, aus welchem dann einzelne Bäume ragten, die sich darauf zu einem geschlossenen Ganzen vereinigten.

Uns zur Seite hatten wir das kleine Flüßchen, welchem zufolge der Boden jetzt noch feuchter wurde, als er vorher gewesen war. Die Hufeindrücke wurden deutlicher. Ich hielt an, stieg ab und machte meinen Gürtel los, um ihn dem Pferd um den Hals zu schnallen; dann band ich die Steigbügel am Sattelgurt fest und stieg wieder auf. Nachdem ich dem Kysrakdar mein Gewehr, welches mich gehindert hätte, übergehen hatte, forderte ich ihn auf, mir nun nur langsam zu folgen, während ich ihm voranreiten würde. Er wollte eine Erklärung haben, doch ließ ich mich darauf nicht ein.

Es galt, die Stelle zu erkunden, an welcher die Arnauten steckten, und mir während dieses freilich gefährlichen Unternehmens keine Blöße zu geben. Ich mußte also nach Indianerart so reiten, daß der Leib des Pferdes meinen Körper beschützte. Auf der Seite des Flüßchens waren die Kerls jedenfalls nicht versteckt; darum steckte ich nach dieser Seite hin den einen Arm in den Gürtel und nach der andern den Fuß in den festgebundenen Bügel. Nun lag ich also mit der einen Kniekehle im Sattel, während das andere Bein in der Luft schwebte; indem ich mich am Gürtel, also am Hals des Pferdes, festhielt, saß ich nicht mehr auf demselben, sondern hing lang an der Seite des Tieres hin, dem die Sache so fremd vorkam, daß es erst nicht vorwärts wollte, aber doch gehorchen mußte. Einmal in Gang gebracht, war es dann leicht zu lenken.

Ich hielt, ohne nach rechts oder links zu blicken, die Augen scharf zur Erde gerichtet, damit mir ja kein Stapfen entgehen möge. Die Arnauten waren langsam geritten, um nicht etwa die vor ihnen befindlichen Pilger einzuholen, und da wir kurz nach ihnen von Boghaslajan fortgeritten waren, so befanden wir uns ihnen ziemlich nahe, und es war vorauszusehen, daß ich meine Absicht in kurzer Zeit erreichen würde.

Mein Pferd galoppierte, was in meiner Lage die bequemste Gangart war. Mein Kopf befand sich unter dem Hals des Gaules, und ich sah die Spuren deutlich, fort und immerfort, bis dieselben plötzlich abwichen und zwischen die Bäume hineinführten. Ich wußte genug, riß mein Tier herum und ritt zurück. Dabei hörte ich unweit der Stelle, an welcher ich umgekehrt war, einen kurzen Ruf erschallen. Die dort versteckten Arnauten hatten den sonderbaren Reiter gesehen, mich aber wohl nicht erkannt, da ich nur einen kurzen Augenblick zu sehen gewesen war.

Natürlich richtete ich mich jetzt wieder im Sattel auf und teilte, zu dem Kysrakdar zurückgekehrt, ihm mit, daß es mir gelungen sei, den Ort des Hinterhaltes zu entdecken. Nun war demselben sehr leicht auszuweichen. Wir ritten über das Flüßchen, dessen Wasser nicht tief war, hinüber, stiegen dort unter den Bäumen ab und führten unsere Pferde wohl eine halbe Stunde weit durch den Wald. Da wir nun versichert sein konnten, die gefährlichste Stelle weit genug hinter uns zu haben, kehrten wir nach dem Weg auf die andere Seite des Wassers zurück und gelangten aus dem Wald, der uns so leicht hätte verhängnisvoll werden können. Mein Begleiter war, da er die Arnauten nicht zu sehen bekommen hatte, noch immer nicht ganz überzeugt, daß sie wirklich Böses gegen uns im Schilde führten.

Von jetzt an ritten wir durch eine hügelige Landschaft, welche durch einen steten Wechsel von Wiesengrün und kleinen Wäldchen belebt wurde. Zuweilen sahen wir zur Seite ein Dörfchen, ein einsames Haus liegen, vermieden es aber, durch Ortschaften zu reiten. Der Kysrakdar machte lieber einen Umweg; er war hier bekannt und wollte sich nicht beschimpfen lassen. Freilich waren nicht alle Begegnungen zu umgehen, und dann gab es auch stets einen Auftritt, dem wir uns als Reiter glücklicherweise immer schnell entziehen konnten.

„Es Sabbi, es Sabbi – der Verfluchte, der Verfluchte!" mußte mein beklagenswerter Kamerad bei jedem Zusammentreffen hören. „Speit ihn an; werft ihn mit Steinen; reißt ihn vom Pferd! Allah verdamme ihn; Allah verbrenne ihn; Allah vernichte ihn!"

Je weiter wir kamen, desto mehr Menschen sahen wir unterwegs und desto fanatischer und aufgeregter schienen sie zu sein. Sie alle wollten nach Kaisarijeh, wo sich, wie ich später sah, die Pilger der ganzen, weiten Umgegend versammelten, um gemeinschaftlich über den Antitaurus zu gehen. Wehe dem Menschen, dem das Unglück begegnet, durch eine unbedachte Handlung oder ein unvorsichtiges Wort die hochgesteigerte religiöse Empfindlichkeit dieser Leute zu verletzen! Wer nicht Mohammedaner ist, hält sich da am besten unsichtbar hinter seinen vier Pfählen, und in Wahrheit sahen wir auch nicht eine einzige Person, welche infolge ihrer Kleidung oder eines sonstigen Zeichens als Christ zu erkennen gewesen wäre.

Die Pilgerhaufen wurden schließlich so zahlreich, daß ihnen fast nicht mehr auszuweichen war. Sie wollten zunächst alle nach Urumdschili, um die zwischen hier und Kaisarijeh über den reißenden Kizil Irmak führende Seilfähre zu benutzen. Wir sahen keinen einzigen Reiter unter ihnen, ein sicheres Zeichen, daß wir gerade die Hefe vor uns hatten, welche leicht in Gärung zu bringen ist. Höchstens trieb einmal einer ein armseliges Eselein, welches sein noch armseligeres Gepäck tragen mußte, vor sich her.

Die Mittagszeit war vorüber, als wir das erste bebaute Feld vor uns liegen sagen. Hinter Hecken und Obstbaumgruppen stieg ein dünnes, sonderbar geformtes Ziegelwerk in die Höhe, welches ein Minarett vorstellen sollte. Wir waren in der Nähe von Urumdschili angekommen.

Rechts von uns, vielleicht zwei Kilometer von der Stadt, sah ich eine Gruppe von mehreren Eichen der großfrüchtigen kleinasiatischen Art. Unter denselben stand neben Oliven- und Maulbeerbäumen ein Häuschen, welches rundum von einer Mauer umgeben war. Noch weiter zurück war der Horizont, jedenfalls von einem Wald, dunkel gefärbt. Der Kysrakdar deutete auf das Haus und sagte:

„Dort wohnt mein Vater, der Einsiedler. Du kannst zwischen den Tabak- und Safranfeldern hindurch leicht hinkommen. Sollte ausnahmsweise das Tor offen sein, so hüte dich, in den Hof zu gehen. Die Hunde würden dich zerreißen. Klopfe auf das Bekken neben dem Tor!"

„Gut! Wo bleibst du einstweilen?"

„Ich reite nach dem Wald, welchen du dort hinten liegen siehst. Brauchst du mich während des Nachmittags, so hole mich; ich werde dich kommen sehen. Im andern Fall nehme ich an, daß du als Gast diese Nacht beim Vater bleibst, und werde mich dir schon bemerklich machen."

„Du hast nichts zu essen und gehst nicht nach der Stadt. Da wirst du hungern müssen."

„Ich würde zu meiner Braut reiten, wenn die Stadt nicht voller Pilger wäre, welche mich beschimpfen würden. Wenn es Abend ist, darf ich es eher wagen. Hungern werde ich nicht, denn auf den Feldern wachsen Melonen genug, an denen ich mich sättigen kann. Gott gebe dir Glück zu deinem Vorhaben und lasse es gelingen!"

Er drückte mir die Hand und ritt in der Richtung nach dem Wald davon; ich lenkte mein Tier zwischen die Felder hinein, um nach dem Hause zu gelangen.

Es lag einsam in der heißen Sonnenglut; die Baumkronen, welche über die Mauer blickten, ließen ihre Blätter hängen. Diese Mauer war sehr dick und sehr hoch. In der vordern Seite befand sich ein hölzernes Tor, welches verschlossen war. Neben demselben hing ein kleines Metallbecken mit einem Hammer. Ich klopfte, und sofort erhob sich jenseits der Mauer ein mehrstimmiges, satanisches Hundegeheul, welches wohl fünf Minuten anhielt und dann auf eine zurufende Menschenstimme verstummte. Dann fragte dieselbe Stimme, es war eine weibliche, am Tor nach meinem Begehr.

„Ist Osman Bei, der ehemalige Mir Alai, daheim?" anwortete ich.

„Wer bist du?"

„Ein Bote seines Freundes Said Kaled Pascha, des Wali von Engürijeh."

„Warte!"

Ich stieg vom Pferd und wartete; es verging eine halbe Stunde. Ich setzte mich in das wuchernde Gras und Unkraut neben dem Tor, und es verging noch eine halbe Stunde. Ich schellte wieder. Dasselbe Hundegeheul und dann dieselbe Stimme:

„Wer ist draußen?"

„Noch immer der Bote des Wali."

„Warte!"

Ich setzte mich wieder nieder und wartete eine Stunde, zwei, drei volle Stunden. Da kam ein uralter, gebeugter, schmutziger und nur in Lappen gekleideter Kerl durch die Felder nach dem Hause, blieb vor mir stehen, sah mich finster und stechend aus seinen triefenden Augen an und sagte dabei kein Wort.

„Gehörst du in das Haus?" fragte ich.

Er nickte, was jedenfalls ja bedeuten sollte.

„Ist der Mir Alai daheim?"

Er schüttelte den Kopf, womit er sehr wahrscheinlich nein sagen wollte.

„Ich habe mit ihm zu sprechen. Wo befindet er sich?"

Abermaliges Kopfschütteln. Da drückte ich meine einzige Kugel ab:

„Ich bringe ihm Geld – viel Geld!"

Ich hatte einen Kernschuß getan, denn kaum war das Zauberwort Geld erklungen, so rief der Alte mit atemloser und überschnappender Fistelstimme:

„Geld, viel Geld? Warte, mein Söhnchen, warte nur ein ganz klein wenig, du Liebling Allahs, du Bote der Glückseligkeit! Ich werde den Abdal holen. Er befindet sich in der Stadt, um den Pilgern heilige Reden zu halten. Er ist der Oberste der Sekte der Tschok Keskinler – der sehr Strengen, ganz Strengen – und hat mit seinen Ordensbrüdern die Pflicht, die Begeisterung der Gläubigen für die fromme Reise zu erhöhen."

Er ging wieder fort – schnell, sehr schnell.

„Wie lange habe ich noch zu warten?" konnte ich ihm noch nachrufen.

„Nur wenige, sehr wenige Minuten", antwortete er zurück und war dann auch schon verschwunden, so eilig hatte er es. Ja, das Geld „macht Beine".

Also der Einsiedler war der Oberste der ganz strengen Mohammedaner. Da hatte ich es mit einem sehr fanatischen Menschen zu tun. Die Freude am Besitz war bei ihm auch nicht geringer als die Frömmigkeit, denn als ich annahm, daß der Bote ungefähr die Stadt erreicht haben werde, sah ich die beiden schon von dort herbeikommen.

Der Mir Alai mochte fünfundsechzig Jahre zählen, war hoch und stark gebaut, und hatte einen strengen asketischen und dabei kühnen Gesichtsausdruck. Er musterte mich einige Augenblicke und sagte dann:

„Du bringst Geld? Gib her! Von wem ist es?"

„Von Said Kaled Pascha."

„Ah, ein Geschenk für meine Ordensbrüder. Gib her!"

Er hielt mir die Hand hin.

„Es ist kein Geschenk, sondern etwas anderes."

„So sage es!"

„Nicht hier. Ich möchte diese Angelegenheit nur in deiner Wohnung mit dir besprechen."

„Das geht nicht, denn ich laß keinen fremden Menschen ein."

„Das tut mir leid. Ein Bote des Wali von Engürijeh ist kein Mann, den man wie einen Bettler vor der Pforte abfertigt. Ich gehe also wieder."

Ich stieg auf mein Pferd, ohne daß er es hinderte, und fügte noch hinzu:

„Es betrifft deine Pension, die du nun endlich erhalten sollst. Lebe wohl!"

„Halt!“ rief er da, indem er mir in die Zügel griff. „Meine Pension? Steig ab und komm herein; ich kann dich nicht fortlassen.“

Ich stieg scheinbar zögernd wieder ab. Er hatte das Tor mit einigen Griffen, ich weiß nicht wie, geöffnet, trat in den Hof und rief den drei riesigen Hunden, welche da auf der Lauer standen, einige Worte zu, worauf sie sich zurückzogen. Der alte Triefäugige nahm mein Pferd, und ich ging mit seinem Herrn in das Innere des Hauses, welches so ärmlich eingerichtet war, daß es die Bezeichnung Haus eigentlich gar nicht verdiente. Die Stube, in welche wir traten, hatte als einzige Zimmereinrichtung einen alten Teppich, auf den wir uns niederließen.

Diese Armut kann als Maßstab bei der Berechnung des Entzückens dienen, welches der Einsiedler empfand, als ich ihm einen fünfzehnjährigen Pensionsbetrag nebst Zinseszinsen hinzählte. Er schwamm in Wonne, eilte fort, um seine Frau davon zu benachrichtigen, und kehrte dann zurück, mir zu sagen, daß ich sein Gast sein und mit ihm nach der Stadt gehen müsse, um der Feierlichkeit des Empfanges der einzelnen Pilgerzüge und der Einweihung der heiligen Fahne beizuwohnen.

Die Fahne war natürlich nicht die berühmte Fahne, welche alljährlich auf einem weißen Kamel nach Mekka geschafft wird, dennoch gelüstete es mich, der Einladung Folge zu leisten; ich sagte also zu.

Zunächst wurde ich, allerdings in höchst eiliger Weise, mit dem Besten bewirtet, was das Haus bot, Milch und einige Früchte. Dabei behandelte micht der Abdal mit aller Freundlichkeit, die einem solchen Menschenfeind möglich war; das heißt mit fast gar keiner. Er hatte seine Freude nur einen Augenblick lang sehen lassen; jetzt war er wieder zugeknöpft. Eine eigentliche Unterhaltung gab es nicht, und nun gar von seinem Sohn anfangen, das durfte ich erst recht nicht wagen. Noch nicht halb gesättigt, mußte ich mit ihm fort, nach der Stadt, einem schmutzigen Nest, in welchem es eigentlich mehr Schutt und Trümmer als Steine, und mehr geistig betrunkene Mohammedaner als Menschen gab.

Der Empfang der nacheinander Ankommenden und meist nur durchziehenden Pilgerhaufen bestand in einem heiseren Allah-Gebrüll, und über die Einweihung der „heiligen“ Fahne will ich lieber gar nichts sagen. Diese Menschen waren eben beinahe toll vor religiöser Begeisterung; sie schrien wie die Tiger, verwundeten sich, um dem Propheten ihr Blut zu weihen, und ergingen sich in ähnlichen andern Verrücktheiten, bei denen ich förmlichen Ekel empfand. Ich war darum froh, als der Abdal mich nach hereingebrochener Dunkelheit aufforderte, mit ihm nach Hause zu gehen, um das Abendbrot einzunehmen. Ob ich meinen Zweck in Beziehung auf seinen Sohn bei ihm erreichen würde, war mir mehr als zweifelhaft geworden. Ganz abgerechnet davon, daß er überhaupt ein hartes Herz besaß, war er ein so verknöcherter Islamit, daß an eine Verzeihung voraussichtlich nur unter ganz außergewöhnlichen Umständen zu denken war. Dennoch war ich fest entschlossen, nach dem Abendessen oder auch schon während desselben mein Glück zu versuchen, die Angelegenheit sollte sich aber noch vor demselben entscheidnen.

Als wir durch das Tor traten, mußten die Hunde wieder von mir abgehalten werden. Der Mond war im Aufgehen, und so sah ich mein Pferd, welches sich im Gras unter den Bäumen gütlich tat. Das Sattel- und Zaumzeug hing an einem Pflock an der Hauswand. Der Mir Alai führte mich in dasselbe Zimmer, in welchem ich schon gewesen war, und entfernte sich dann, wahrscheinlich, um bei seinem Weib nachzusehen, ob das Essen bereitstehe. Er war kaum von mir fort, so erhob sich auf der Seite, nach welcher er gegangen war, ein wütendes Geschrei. Ich erkannte seine Stimme; er brüllte wie ein Verrückter. Der Schwall seiner Worte blieb mir unverständlich; deutlich aber hörte ich nur immer die Worte Sabbi, Verfluchter, und den oft wiederholten Fluch Allah partschalamah, was so viel wie „Gott zerschmettere dich!" bedeutet.

Wie ich später hörte, hatte sein Sohn mit Ungeduld auf mich gewartet und diese Ungeduld, als es dunkel wurde, nicht länger bemeistern können. Er war herbeigekommen und hatte das Tor, dessen Mechanismus er kannte, geöffnet. Die Hunde brauchte er als Sohn des Hauses nicht zu fürchten. Er hatte seinen Vater und mich abwesend gefunden und war zu seiner Mutter gegangen, wo ihn der erstere jetzt ertappte, mit Fäusten auf ihn eindrang, ihn zu Boden warf und fluchend und brüllend auf ihn einschlug. Die Mutter wollte dem Wütenden Einhalt tun, wurde aber von ihm mit solcher Gewalt in die Ecke geworfen, daß sie dort wimmernd liegenblieb. Der Sohn rang sich in die Höhe, um den Vater von sich abzuhalten, er mußte sich natürlich gegen ihn wehren; das steigerte die Wut desselben in solchem Maß, daß er ein geladenes Gewehr von der Wand riß und auf ihn anlegte. Er hätte sicherlich geschossen; der Kysrakdar sah glücklicherweise ein, daß es unmöglich sei, mit einem so wahnwitzig erregten Menschen gütlich zu verhandeln, und ergriff die Flucht. Um aus dem Hause zu kommen, mußte er durch die Stube, in welcher ich mich befand. Er kam zur einen Seite hereingesprungen und wollte zur andern hinaus; da sah er mich und blieb stehen. Schon aber erschien sein Vater hinter ihm mit dem Gewehr in der Hand und legte auf ihn an. Ich sprang hinzu, schlug den Lauf zur Seite; der Schuß krachte und die Kugel ging hart am Kopf des Sohnes vorüber und fuhr in die Wand.

„Was tust du, Unglückseliger!" rief ich ihm zu. „Du willst deinen eigenen Sohn ermorden?"

„Schweig!" donnerte er mich an. „Was hinderst du mich, diesen Abtrünnigen zu züchtigen, diesen Hund, der von Allah abgefallen ist, diesen Verlorenen und Verfluchten, der nichts zu erwarten hat als nur die Hölle mit allen ihren Qualen!"

„Er ist dein Sohn, und du bist sein Erzeuger!"

„Allah verzeihe es mir, daß ich sein Vater bin! Woher aber weißt du, daß dem so ist? Kennst du ihn denn?"

„Ja, ich bin mehrere Tage mit ihm geritten."

„So wußtest du, daß er sich hier befindet, daß er zu mir wollte?"

„Ja."

„Und du hast es mir nicht gesagt! So hat er, den Allah zerschmettern möge, dir wohl verschwiegen, daß er ein Giaur, ein Christenhund geworden ist?"

„Nein, er hat es mir gesagt."

„Und du hast ihn nicht angespieen, ihn nicht zum Teufel und allen bösen Engeln gejagt?"

Er hatte diese Fragen, während er weit nach vorn gebeugt vor mir stand und mich mit seinen blitzenden Augen verbrennen zu wollen schien, mit großer Hast hervorgestoßen. Er befand sich in einem Zustand, der ihn zu jeder Gewalttat fähig machte, dennoch antwortete ich ruhig:

„Wie hätte ich das gekonnt, da ich ihm nicht unrecht geben kann. Ich bin ja selbst ein Christ."

„Du – du – du bist ein Christ?" Diese Worrte schienen ihm nicht aus dem Mund zu wollen; seine Augen traten drohend hervor, und sein Gesicht färbte sich dunkelrot, während er, wie eine Schlange zischend, fortfuhr: „Und du hast es gewagt, zu mir zu kommen, den man den Einsiedler nennt, zu mir, der ich der Oberste der ganz Strengen bin? Du bist mit mir bei der Einweihung der heiligen Fahne . . ., hinaus mit euch, augenblicklich hinaus!"

Er wartete nicht ab, ob wir dieser Aufforderung Folge leisten würden, sondern rannte an uns vorüber und hinaus. Wir hörten, daß er die Hunde rief.

„Um Gottes willen, wehre dich?“ forderte mich sein Sohn erschrocken auf, indem er sein Messer zog. „Wenn er diese Teufel auf uns hetzt, schonen sie selbst mich nicht.“

Und der Alte hetzte sie wirklich auf uns; ich hörte sie kommen und hatte kaum noch Zeit, mein Gewehr, welches an der Wand lehnte, zu ergreifen. Da kamen sie lechzend hereingestürzt, alle drei, einer hinter dem andern, die riesigen Tiere. Es gab kein Besinnen, kein Bedenken, keine Wahl; so wie sie kamen, schoß ich die beiden ersten nieder und schmetterte den dritten mit dem Kolben zu Boden. Da erschien der Alte und stürzte sich, als er die toten Hunde sah, auf mich. Er mußte wie ein gefährlicher Wahnsinniger behandelt werden; ich empfing ihn auch mit einem Kolbenhieb, der ihn geradeso niederstreckte wie seinen Hund. Hinter uns erhob sich ein Wehgeschrei. Die Frau war da, herbeigelockt durch meine Schüsse. Sie durfte sich vor mir, dem Fremden, nicht sehenlassen; ich ging also hinaus, sattelte mein Pferd und wartete, bis der Kysrakdar nachfolgen werde. Er kam nach einiger Zeit und meldete:

„Ich habe die Mutter beruhigt. Der Vater ist nicht verletzt, sondern nur ohnmächtig. Wir müssen fort, ehe er erwacht.“

Er öffnete das Tor und führte mich gegen die Stadt hin nach einer Stelle, wo ich auf ihn warten sollte, denn er mußte gehen, um sein Pferd zu holen. Nach seiner Rückkehr ritten wir nach der Stadt, um jenseits derselben auf den Weg nach Kaisarijeh zu kommen. Noch hatten wir die ersten Häuser nicht erreicht, so kamen wir an zwei Reitern vorüber, welche am Wege hielten und bei unserer Annährung zur Seite wichen, so daß wir sie nicht betrachten konnten, fast aber schien es mir, als ob es unsere beiden Arnauten gewesen seien.

III.

Der Kysrakdar hatte sich wirklich an Feldmelonen gesättigt; mich aber hungerte, und so suchte ich, als wir in die Stadt kamen, den einzigen Bäcker, den es dort gab, auf, um mir etwas Eßbares zu kaufen. Die Pilger hatten seine Vorräte so in Anspruch genommen, daß eigentlich nichts mehr zu haben war; glücklicherweise aber hatte er mich an der Seite des Einsiedlers gesehen, und da er mich für einen Freund desselben hielt, so ließ er mir aus reiner Gefälligkeit ein orientalisches, das heißt fast unverdauliches Kuchenbrot ab. Dann ging es weiter, denn mein Begleiter wollte sich in Urumdschili natürlich nicht aufhalten.

Ich wäre sehr gern unterwegs über Nacht geblieben; er aber schlug mir vor, direkt bis Kaisarijeh zu reiten, weil er hier überall bekannt war und Unannehmlichkeiten vermeiden wollte, und ich gab aus Rücksicht für ihn meine Zustimmung.

Der Weg beträgt sechs deutsche Meilen, was keine geringe Aufgabe für unsere Pferde war, welche für diese Nacht eigentlich der Ruhe bedurften, und ging, wie schon erwähnt, über den Kizil Irmak, wobei man sich der Fähre zu bedienen hatte.

Als wir am Fluß ankamen, war der Fährmann wach. Er hatte ein Feuer am Ufer brennen, weil die ganze Nacht hindurch Pilger kamen, welche übergesetzt werden mußten. Andere lagerten gruppenweise am Fluß, um schlafend den Morgen zu erwarten. Die Fähre bestand aus aufgeblasenen Häuten, welche mit Rohr bedeckt waren. Es stiegen mit uns eine Anzahl Pilger ein, und eben wollte der Fährmann vom Ufer stoßen, da rief einer derselben:

„Halt! Wollt ihr Allah und den Propheten beleidigen, indem ihr mit es Sabbi, dem Verfluchten, fahrt? Da steht er mitten unter euch! Allah verdamme ihn!“

Sie wichen alle vor ihm zurück, einige spuckten ihn sogar an, und kehrten ans Ufer zurück. Nur meinem groben Auftreten, dem Vorzeigen meines Tenbih und einer reichlichen Bezahlung hatten wir es zu verdanken, daß uns der Fährmann an das andere Ufer brachte. Er versicherte uns, daß die Fähre gewaschen und durch das Beten von Koransprüchen gereinigt werden müsse, ehe ein gläubiger Moslem dieselbe wieder betreten werde. Der Auftritt war höchst ärgerlich, sollte uns aber später zum Vorteil gereichen.

Da der Mond am wolkenlosen Himmel stand, bot der nächtliche Ritt gar keine Beschwerden; aber die Helle, welche er verbreitete, hatte zur Folge, daß der Kysrakdar von mehreren Pilgern, welche wir überholten, erkannt wurde. Wir hatten dann immer die üblichen Flüche und Verwünschungen anzuhören; sonst jedoch begegnete uns bis Kaisarijeh nichts Erwähnenswertes.

Es war am späten Vormittag, als wir diese am Nordfuße des Ardschisch gelegene Stadt erreichten. Sie ist uralt, hieß vor Zeiten Mazaca und später Caesarea Eusebia oder Caesarea ad Argaeum montem und ist die berühmteste unter allen Städten, welche den Namen Caesarea führten. Der später hier residierende griechische Metropolit führte den Titel Hypertinorum hypertinus et totius Orientis exarchus. Die Stadt hat sehr enge, schmutzige Straßen, doch sah ich einige gut gebaute Häuser, unter ihnen dasjenige, welches der französische Konsul bewohnte und vor dessen Tür wir natürlich abstiegen.

Der Kysrakdar hatte mir die Versicherung gegeben, daß ich wie ein alter Bekannter oder guter Freund aufgenommen werden würde, und ich fand das aufs vollkommenste bestätigt. Der Konsul, ein Großhändler, war ein frommer, ernster und dabei höchst wohlwollender Mann, seine Frau eine freundliche, sehr liebenswürdige, aber im Orient unmodern gewordene Dame und die Tochter erstens eine wirkliche Schönheit und zweitens in Beziehung auf ihr Herz und Gemüt der reine, wahre Sonnenschein. Es war nicht zu verwundern, daß sie die Seele meines neuen Freundes so ganz und gar für sich gefangengenommen hatte.

Zunächst mußte natürlich unser gestriges Erlebnis erzählt und ausführlich besprochen und beklagt werden; hierauf speisten wir vorzüglich; und dann mußten wir uns schlafen legen, da wir während der ganzen Nacht unterwegs gewesen waren. Der Kysrakdar legte sich jedenfalls mit fröhlichem Herzen nieder, denn da er nun die zur Bedingung gemachte Anstellung besaß, hatte ihm der Konsul gesagt, daß man noch heute oder morgen den Tag der Hochzeit bestimmen werde.

Ich schlief schnell ein, wurde aber sehr bald wieder geweckt, und zwar durch einen entsetzlichen Lärm, welcher sich vor dem Hause erhob. Es mußte etwas ganz Ungewöhnliches geschehen sein. Ich stand auf, um mich zu erkundigen, und wollte eben zur Tür heraus, als der Konsul hereingestürmt kam und bestürzt ausrief:

„Sie sind schon wach? Das ist gut! Denken Sie sich, Sie und mein Schwiegersohn sollen verhaftet werden! Draußen stehen die Polizisten mit einer großen Menge Volkes."

„Verhaftet? Weshalb?" fragte ich.

„Sie sollen heute nacht beim Einsiedler eingebrochen sein und ihn bestohlen und sogar verwundet haben. Er hat gestern viel Geld erhalten und das hätten Sie ihm abgenommen. Er ist Ihnen hierher gefolgt und hat Sie beim Kadi angezeigt."

„So! Das ist ja im höchsten Grad interessant! Erst bringe ich ihm das Geld vierzig geographische Meilen weit her, und dann breche ich bei ihm ein, um es ihm zu stehlen?“

„Ja, es ist ein Unsinn, aber ein sehr ernster und für Sie höchst gefährlicher Unsinn!“

„Wieso?“

„Das fragen Sie, Monsieur? Ja, Sie fußen darauf, daß Sie fremd sind, und daß ich Konsul bin! Ich kann Ihre Auslieferung verweigern; das ist richtig; aber bedenken Sie, daß wir uns in der Zeit der Hadsch befinden! Da ist der Mohammedaner unberechenbar. Hunderte von Pilgern befinden sich in der Stadt; sie lagern auf allen Gassen und Plätzen. Wird nun ein einziger, kleiner Funke in diese so leicht entzündliche Masse geworfen, so entsteht ein Brand, dessen Wirkung gar nicht abzusehen ist.“

„Ich denke, der vierte Teil der hiesigen Bevölkerung besteht aus Christen?“

„Ja, aber aus armenischen, welche uns wenigen Katholiken feindlicher gesinnt sind als selbst die Mohammedaner. Wie oft haben diese Armenier unsern Gottesdienst gestört, den wir fast im Verborgenen halten müssen; wie oft haben sie gedroht, unsere kleine, arme Kapelle verbrennen zu wollen? Auf sie können wir uns gar nicht verlassen. Ich gestehe, daß ich mich in großer Verlegenheit befinde!“

„Die sehr bald zu Ende gehen wird, denn ich habe nicht die Absicht, Ihnen mit meiner Person Schwierigkeiten zu bereiten. Sagen Sie mir vorher das eine: Können Sie die Auslieferung des Kysrakdar verweigern?“

„Nein; er ist türkischer Untertan.“

„Gut, so liefern Sie uns einfach aus!“

„Das sagen Sie, weil Sie die Gefahr, in welcher Sie sich befinden, unterschätzen. Hören Sie?“

Er machte mich auf den Lärm draußen aufmerksam. Ich hörte rufen:

„Es Sabbi, es Sabbi! Kristianlar dyschary, dyschary Kristianlar – der Verfluchte, der Verfluchte! Die Christen heraus, heraus mit den Christen!“

Das klang freilich nicht ungefährlich. Wenn wir in die Hände dieses aufgeregten mohammedanischen Pöbels gerieten, waren wir unsers Lebens nicht sicher.

„Hat Ihr Haus nur einen Ausgang?“ fragte ich darum.

„Nein. Man kann durch den Garten auf eine hintere Gasse kommen.“

„Und wie viele Polizisten hat der Kadi geschickt?"
„Sechs."
„So mögen drei uns durch den Garten bringen, und die andern drei können die Menge beruhigen, indem sie den guten Leuten sagen, daß wir uns bereits beim Kadi befinden."
„So geht's, ja, so geht's, Monsieur! Und damit Sie nicht etwa denken, daß ich Sie verlassen will, werde ich Sie zum Kadi begleiten."
„Sehr gut, Monsieur! Unsere Unschuld muß sich auf alle Fälle herausstellen, aber es ist sehr leicht möglich, daß ich Ihres Beistandes nicht entraten kann."
Zwei Minuten später gingen wir, nämlich der Konsul, der Kysrakdar und ich, von drei Polizisten begleitet, durch den Garten und mehrere sehr wenig belebte Gassen nach der Wohnung des Kadi, welche auch eine hintere Tür hatte, die wir natürlich benutzten. Ich hatte alles mit, was mir gehörte, auch mein Doppelgewehr. Wir wurden über einen weiten Hof geführt, in welchem eine große Menge Menschen stand. Es war heute Gerichtstag, und im Orient ist es einem Schauspiel gleichgeachtet, den Gerichtsverhandlungen beizuwohnen, die Richtersprüche zu hören und der sofortigen Vollstreckung derselben, wobei es viele Prügel setzt, zuzuschauen. Dann kamen wir in ein größeres Gemach, welches das Amts- und Arbeitszimmer des Kadi bildete. Er befand sich in demselben; niemand war bei ihm.
Dieser Vertreter der großherrlichen Gerechtigkeit war ein dikker Türke mit wohlwollendem Gesichtsausdruck; die Gutmütigkeit blickte ihm aus den Augen. Er bewillkommnete den Konsul, indem er ihm die Hand schüttelte und auf ein Sortiment gestopfter Tabakspfeifen deutete, welche auf einem Teppich neben einem glimmenden Kohlenbecken lagen. Den Kysrakdar schien er als Abtrünnigen nicht zu sehen. Mich aber musterte er scharf und sagte dann:
„Wenn du das Geld gestohlen hast, so sag's lieber gleich; ich bekomme es doch heraus!"
Anstatt der Antwort gab ich ihm meinen Tenbih und setzte mich neben dem Konsul nieder, um mir, ebenso wie dieser, eine Pfeife anzubrennen. Dieses mein Verhalten und der Inhalt der Schrift machte den Kadi verlegen. Er rieb sich erst die Stirn, dann die Nase; nachher kratzte er sich hinter dem Ohr und meinte:
„Diese Angelegenheit scheint freilich ganz anders beschaffen zu sein, als ich dachte! Nicht?"

„Möglich", antwortete ich. „Wie hast du dir ihre Beschaffenheit denn gedacht?"

„Daß du der Spitzbube bist."

„Ja, dann war's freilich sehr einfach! Ich bekam zunächst ganz gehörige Prügel und wurde dann für eine Reihe von Jahren eingesperrt. Leider bin ich aber erstens dieser Spitzbube nicht, und zweitens müßte diese Sache, da ich ein Deutscher bin, vor einer ganz andern Stelle verhandelt werden."

„Aber du warst gestern bei Osman Bei, der Mir Alai gewesen ist und den man den Einsiedler nennt?"

„Ja. Ich habe ihm das Geld gebracht, welches mir Said Kaled Pascha für ihn anvertraute."

„Erzähle mir, wann du zu ihm gekommen, wieder von ihm gegangen bist und was während deiner Anwesenheit bei ihm geschehen ist!"

Ich kam dieser Aufforderung nach, indem ich ihm einen ausführlichen Bericht gab. Am Schluß desselben erwähnte ich die beiden Reiter, welche ich vor den ersten Häusern von Urumdschili gesehen und für die beiden Arnauten gehalten hatte. Er hörte mir aufmerksam zu, las meinen Tenbih noch einmal durch, schlug mit der äußeren Handfläche gegen das Papier und sagte:

„Deine Erzählung und dieser Tenbih beweisen alles. Ein Mann, dem der Wali von Engürijeh eine so große Summe anvertraut, kann kein Spitzbube sein. Ich werde den Einsiedler kommen lassen."

Er gab einem der drei Polizisten, welche uns gebracht hatten und mit uns eingetreten waren, einen Wink. Der Mann entfernte sich und brachte nach wenigen Augenblicken den Mir Alai herein. Als dieser uns erblickte, stürzte er zunächst auf seinen Sohn zu, schlug ihm die rechte Faust – den linken Arm trug er im Bunde – ins Gesicht und schrie ihn an:

„Verfluchter, Abtrünniger, Hund, der seinen eigenen Vater beraubt! Allah zerschmettere dich! Heraus mit meinem Geld! Wo habt ihr es! Ihr habt es geteilt!"

Dann sprang er auf mich zu, blieb vor mir stehen, streckte mir die geballte Hand entgegen und rief:

„Verräter, Lügner, Mörder, sag sofort, wo es ist, sonst ist's um dich geschehen! Draußen stehen hunderte von frommen Pilgern, welche dich zerreißen, wenn du es nicht gestehst!"

Ich antwortete natürlich nicht; der Kadi fuhr ihn an meiner Stelle an:

„Sei still, Schwachkopf! Dieser Effendi ist ein berühmter Gelehrter aus Frankistan, aber kein Dieb. Er hat das Vertrauen unsers berühmten Said Kaled Pascha genossen und es fällt ihm gar nicht ein, sich an deinen Piastern zu vergreifen!"

„Er ist's; ich weiß es genau!" antwortete der Wütende. „Er wollte mich erschießen, hat mich aber nur in den Arm getroffen. Die Kugel ging mir durch das Fleisch und drückte sich dann an der Wand platt; ich habe sie mit. Und noch etwas anderes habe ich mit, nämlich einen Zeugen, welcher beweisen kann, daß dieser Christenhund aus Frankistan sehr viel Geld, also das meinige, in seiner Tasche hatte."

Er hatte dem Kadi den Tatbestand angezeigt und mußte ihn in unserer Gegenwart noch einmal erzählen. Er war eine Stunde nach unserer Entfernung schlafen gegangen, nachdem er seiner Frau das Geld noch einmal vorgezählt und es dann in einen Kasten gelegt hatte. Dieser Kasten stand zwischen ihm und seiner Frau auf dem Schlafteppich. Kurz nachdem er eingeschlafen war, weckte ihn ein Geräusch auf; er fühlte nach dem Kasten und erwischte dabei den Arm eines Mannes, welcher den Kasten stehlen wollte. Es entstand ein Ringen, wobei es sich zeigte, daß zwei Einbrecher da waren. Der eine riß mit dem Kasten aus; der andere hielt den Alten fest, eilte dann auch fort und gab, als er sich verfolgt hörte, einen Pistolenschuß auf ihn ab, durch welchen er verwundet und von der Verfolgung abgeschreckt wurde. Die Diebe waren jedenfalls über die Mauer gestiegen und hatten durch das Fenstergitter ihn das Geld zählen sehen. An den Türen des Hauses gab es keine Schlösser; der Einbruch hatte nur dadurch gelingen können, daß ich die Hunde hatte töten müssen.

Der Einsiedler zeigte die plattgedrückte Kugel vor; es war eine Pistolenkugel, aber weder der Kysrakdar noch ich besaß ein Pistol. Der Zeuge war jener Pilger, welcher uns auf der Fähre beleidigt hatte. Seine Aussage war günstig anstatt ungünstig für uns, denn wir bewiesen durch dieselbe, daß wir zur Zeit des Einbruchs schon längst jenseits des Flusses gewesen waren. Dennoch blieb der Alte bei seiner Meinung. Er schwor, daß wir die Diebe seien, wurde aber vom Kadi scharf zurechtgewiesen und aufgefordert, sich zu entfernen. Als er trotzdem auf mich losschimpfte, drohte ihm der Kadi mit sofortiger Arretur und Bastonnade, falls er noch ein beleidigendes Wort zu mir sagte; darum richtete er seinen Grimm nun ausschließlich gegen seinen Sohn, dessen sich der Kadi nicht annahm; der letztere hatte nicht ein einziges Wort an den Kysrakdar gerichtet; für ihn, den strenggläubigen Mohammedaner, war der „Verfluchte" eben gar nicht vorhanden.

„Sabbi, vermaledeiter Sabbi, du hast deinen eigenen Vater beraubt und bestohlen!" schrie der Alte, indem er seinen Sohn ins Gesicht schlug und ihn anspie. „Allah partschalamah – Allah zerschmettere dich. Ob ich einst den Himmel erben werde, das weiß ich nicht, denn du bist mein Sohn und hast mich um die Seligkeiten des ewigen Lebens und um die Wonnen des Paradieses gebracht. Möge der Satan dich verschlingen!"

In dieser Weise ging es eine Weile fort. Der Kysrakdar war arretiert und durfte sich nicht entfernen; als Sohn wollte er sich nicht an seinem Vater vergreifen und so mußte er dessen wörtliche und tätliche Beleidigungen über sich ergehen lassen. Der Kadi tat dem keinen Einhalt; er gönnte dem zu einem andern Glauben Übergetretenen die Züchtigung, welche er erlitt. Aber mir wurde es doch zu viel. Ich stand auf, schob mich zwischen Vater und Sohn und donnerte den ersteren an:

„Nun schweig! Denn alles, was du deinem unschuldigen Sohn vorwirfst, muß ich auch auf mich beziehen. Soll ich die Hilfe des Kadi anrufen, welche er mir augenblicklich gewähren muß!"

Das wirkte. Er wendete sich von seinem Sohn ab, mir zu und antwortete:

„Ja, ich muß hier schweigen, denn die Augen des Gerichtes sind mit Blindheit geschlagen; aber Allah wird richten zwischen mir und euch, und zwar noch heute, an diesem Tag. Allah partschalamah – Allah zerschmettere euch!"

Er ging fort, und zwar gerade zur rechten Zeit, denn der Kadi fühlte sich durch die Worte, daß die Augen des Gerichtes mit Blindheit geschlagen seien, in hohem Grad beleidigt, ließ ihn aber doch gehen, ohne ihn zu bestrafen. Der Beamte hielt es für seine Pflicht, sich zu entschuldigen, daß er uns belästigt hatte, und tat dies in der umständlichen orientalischen Weise, so daß wir wohl erst nach einer Stunde entlassen wurden.

Während dieser Zeit hatte der Einsiedler sein möglichstes getan, die Menge draußen gegen uns aufzuhetzen. Als wir in den Hof traten, wurden wir mit Verwünschungen empfangen. Wir durften uns nicht durch das vordere Tor wagen; der wüste Lärm, den es da draußen gab, sagte uns deutlich, was unser wartete. Wir wendeten uns also hinterwärts nach der Tür, durch welche wir hereingekommen waren. Wir erreichten sie auch; aber die gegen uns erbitterten Menschen drängten aus dem Hof nach, und als wir auf die hintere Gasse traten, sahen wir rechts von uns einen Haufen stehen, der uns erwartete und mit wüstem Geschrei auf uns zukam. An seiner Spitze befanden sich – meine beiden Arnauten! Nach links war der Weg frei. Wir rannten in dieser Richtung fort, denn es war klar, wir mußten fliehen, wenn wir nicht gelyncht sein wollten.

„Haltet sie auf, die Ungläubigen, die Verfluchten!" schrie der Mob, welcher sich hinter uns dreinstürzte. Bald kam uns ein zweiter Haufe entgegen; also bogen wir eilends in eine Seitengasse ein, und so weiter, die Verfolger immer hinterdrein, bis es uns doch einmal gelang, sie irrezuführen. Da blieben wir stehen, um Atem zu schöpfen. Wir befanden uns am südlichen Ende der Stadt, deren Bewohner dem Geschrei nach, welches wir von überall her hörten, alle auf den Beinen zu sein schienen, um uns zu fangen.

„Ihr könnt unmöglich zurück", sagte der Konsul. „Steigt hinauf zur Kapelle; dort seid ihr sicher. Ich werde euch benachrichtigen, wenn ihr kommen dürft. Es ist die reine Empörung in der Stadt, und mir bangt um die andern Katholiken. Ich will versuchen, nach Hause zu kommen und sie zu warnen."

Wir trennten uns also; ich stieg mit dem Kysrakdar, welcher die Umgebung der Stadt genau kannte, den Berg hinauf, wo wir hinter den dort stehenden Büschen leidliche Deckung fanden.

Der Ardschisch-Berg, an welchem Kaisarijeh liegt, von den Alten Mons Argaeus genannt, ist ein großartiger, erloschener Vulkan, steil und wild zerklüftet und steigt mit seinen Kratern und zerrissenen Felsgebilden bis in die Schneeregion hinauf. Es war ein schmaler, steiler, aber gut ausgetretener Pfad, auf welchem mein Begleiter mich aufwärts führte. Um Felsen zu umgehen, mußten wir uns bald nach rechts, bald nach links wenden und standen dann plötzlich vor einem kleinen, hölzernen Bauwerk, welches auf einem kanzelartigen Felsenvorsprung stand. Das war die Kapelle, in welcher die wenigen Katholiken der Stadt ihre Andacht zu verrichten pflegten. Nach vorn und rechts ging es steil in die Tiefe; linker Hand gab es einen Felsenspalt, welcher durch hohes Strauchwerk beinahe verdeckt wurde. Der Kysrakdar steckte die Hand in einen dieser Büsche und zog an einer Schnur, die dort verborgen war. Wie ich sah, hing an derselben ein vielleicht drei Ellen langes Brett, welches er über den Spalt legte. Es bildete eine Brücke, mit deren Hilfe wir hinüber kamen. Er zog das Brett hinter uns her und sagte:

„So! Nun kann niemand zu uns herüber, und wir befinden uns in Sicherheit. Nur zwei Menschen kennen dieses Versteck, nämlich ich und meine Braut; die Brettbrücke habe ich mir erdacht und hier war es, wo sie mich in den Wahrheiten der heiligen Religion unterrichtete."

Wir setzten uns am Felsenrand nieder. Gerade unter uns lag die Stadt. Wir sahen das ameisenartige Gewühl in den Gassen. Die Aufregung schien sich gesteigert zu haben. Rechts von uns, jenseits des Spaltes, stand die Kapelle. Jetzt sah ich auf den ersten Blick, daß sie auf einer sehr gefährlichen Stelle stand. Der Vorsprung, welcher sie trug, hatte viele Risse und schien im Zerbröckeln begriffen zu sein. Das Kapellchen konnte er wohl tragen, ob aber auch eine größere Anzahl Menschen dazu, das schien mir doch zweifelhaft. Als ich den Kysrakdar darauf aufmerksam machte, sagte er, daß er auch schon denselben Gedanken gehabt, sich aber an den gefährlichen Anblick gewöhnt habe. Noch während er diese Antwort aussprach, hörten wir Stimmen jenseits des Spaltes. Wir lugten durch die Büsche und sahen – unsere Verfolger erscheinen, den Einsiedler, die beiden Arnauten und noch viele, viele andere, welche sich nachdrängten. Wir konnten hören, was sie sprachen. Wir waren im Irrtum gewesen; sie hatten unsere Spur doch nicht verloren gehabt. Sie wußten, daß wir hier heraufgestiegen waren, und füllten bald die Kapelle und den ganzen Raum vor derselben. Wenn sie uns fanden, waren wir verloren; aber sie sahen uns nicht und steckten aus Wut darüber die Kapelle in Brand. Unter jubelndem Johlen und gotteslästerlichen Ausrufen standen sie nun da, um die Flammen aufzüngeln zu sehen. Da erblickte ich einen dünnen Riß, den ich vorher nicht gesehen hatte, im Felsen, auf dem sie standen; er wurde breiter und breiter – der Felsen brach. Ich schrie, meine eigene Lage vergessend, laut auf, um sie zu warnen, aber da starrte ich auch schon ins Leere; der Felsen war verschwunden, mit der Kapelle und allen Menschen, die sich auf demselben befunden hatten. Einen Augenblick später hörten wir es unten in der Tiefe krachen, als ob der ganze Berg zusammenbreche. Der Kysrakdar sprang auf, schlug beide Hände vor das Gesicht und schrie:

„Mein Vater, mein Vater! Gott hat gerichtet und zwar fürchterlich!"

Er wollte hinab; ich hielt ihn zurück. Zu retten gab es nichts, denn bei dieser Tiefe waren gewiß alle Menschen, welche sich auf dem Felsen befunden hatten, zerschmettert wie dieser selbst;

zu retten hatten wir nur uns selbst, und das konnten wir nur dadurch, daß wir hier oben verborgen blieben.

Die nun folgenden Stunden können nicht beschrieben werden. Ich sah, was unten vorging. Die ganze Bewohnerschaft der Stadt schien am Fuß der Felswand versammelt zu sein, um die Leichen aus dem Steingetrümmer hervorzuarbeiten. Mein Gefährte befand sich in einem unbeschreiblichen Zustand. Gegen Abend hörten wir eine weibliche Stimme, welche fort und fort seinen Namen rief. Wir antworteten und stiegen dem Schall nach. Es war seine Braut, welche, als sie ihn erblickte, sich krampfhaft schluchzend in seine Arme warf. Erst nach einiger Zeit konnte sie erzählen. Man hatte natürlich geglaubt, daß wir beide auch mit abgestürzt seien. Der Kadi war gekommen, um die Arbeiten zu leiten und die Verunglückten zu rekognoszieren. Viele waren nicht zu erkennen gewesen. Als man auch die beiden Arnauten unter den Trümmern hervorzog, hatte der Beamte sich meines Verdachtes erinnert und ihre Kleider und Taschen durchsuchen lassen. Man fand das Geld bei ihnen; unsere Unschuld war also erwiesen. Dennoch schien es mir nicht geraten, uns sehen zu lassen, da der Fanatismus jedenfalls der Ansicht war, daß wir, wenn auch schuldlos, doch die Ursache des Todes so vieler Leute seien. Auch der Körper des Einsiedlers hatte sich gefunden, aber in einem fürchterlichen Zustand. Der Konsul hatte ihn in sein Haus schaffen lassen.

Die junge Dame kehrte zurück, um ihren Eltern zu sagen, daß wir gerettet und vollständig unverletzt seien. Als es dunkel geworden war, kam der Konsul selbst, uns zu holen. Wir kamen glücklich und unbeachtet in seiner Wohnung an. Der Kysrakdar wollte vor allen Dingen seinen Vater sehen, und ich ging mit in die Stube, in welcher der Körper lag.

„Allah partschalamah – Allah zerschmettere dich!“ Das war die so oft wiederholte Verwünschung des Alten gewesen; nun lag er selbst zerschmettert da. Kein Glied seines Körpers war unverletzt geblieben! „Allah wird richten zwischen mir und euch, und zwar noch heute, an diesem Tag!“ hatte er gesagt. Mit welch entsetzlicher Genauigkeit waren diese seine Worte in Erfüllung gegangen! Allah hatte gerichtet!

Was weiter geschah? Der „Oberste der ganz Strengen“ wurde am nächsten Abend beim Schein des Mondes begraben – von Katholiken; ein reitender Bote hatte sein Weib herbeigeholt. Der Sohn des von Allah Zerschmetterten ist noch heute Kysrakdar von Malatijeh und hat dieses Gestüt zu großer Berühmtheit gebracht. Seine Braut ist ihm das geblieben, was sie immer war – sein Sonnenschein. Glück und Segen ruht auf allem, was er tut, und längst vergessen ist der häßliche Name, der an der Spitze und am Ende dieser Erzählung steht: es Sabbi, der Verfluchte.

Inhalt